耳根

著

真嫔传

上册

北京联合出版公司
Beijing United Publishing Co.,Ltd.

图书在版编目（CIP）数据

滇娇传：全二册 / 耳根著. -- 北京：北京联合出版公司, 2020.11

ISBN 978-7-5596-4517-3

Ⅰ．①滇… Ⅱ．①耳… Ⅲ．①长篇小说—中国—当代 Ⅳ．① I247.5

中国版本图书馆 CIP 数据核字（2020）第 159884 号

滇娇传（全二册）

作　　者：耳　根
出 品 人：赵红仕
责任编辑：高霁月
封面设计：吴黛君

北京联合出版公司出版

（北京市西城区德外大街83号楼9层 100088）

北京新华先锋出版科技有限公司发行

北京雁林吉兆印刷有限公司印刷　新华书店经销

字数386千字　620毫米×889毫米　1/16　30印张

2020年11月第1版　2020年11月第1次印刷

ISBN 978-7-5596-4517-3

定价：79.00元（全二册）

滇娇传

目 录

滇娇传 下册

滇娇传

上册

这是一座毗邻群山的孤镇。

秋水，冷河。

远处崔嵬的群山，就像一座座万古魔神的雕像，让这个秋凉之夜显得非常肃穆。

不远处的广场上，熊熊火光将一群死去的韶华女孩儿彻底烧为灰烬。她们都是落水而亡的女子，被族人从太阳河里捞了出来，此时这里正在为她们举行某种送别亡人的仪式。

巫女们脸上画着符文，围着火光跳着舞，祈祷这些无辜的孩子早日升天。但在更多的村民眼中，流露出的是深深的恐惧。

与广场形成对比的是，镇子里的其他地方皆是一片死寂。一个脚穿皮靴、背着长弓和剑鞘的清秀少年，年纪十七八岁，还有些稚气未脱，正铿锵有力地从族长主持日常事务的木屋里走出来。少年每走一步，足下的木板就会发出"嘎吱嘎吱"的声音。

少年来到院中的告示牌前，揭下上面泛黄的羊皮纸，仔细阅读了一行，严肃的脸上渐渐露出一丝冷笑，只见那上面写着："通缉令。通缉对象：水鬼。罪行：杀人。"

少年身穿的鹿皮搭袄虽显得有些油腻，不过人长得剑眉星目，这就给了别人一种清新自信的感觉。

除了这些，少年还带着一种特别的气质，那就是"轻浮"。这种轻浮不同于一般年轻人的轻浮，而是因为明明年轻，却故作老练展现出来的。

少年捏着下巴若有所思，不禁自言自语道："赏银：杀死成年水鬼一只，赏十颗银豆子。啧啧，没想到这河畔镇还真富裕。明天一早，我便去抓它八九只水鬼。嘿嘿……"

这少年名叫易少丞。

易少丞并非本地人，他来自汉朝，是一名"九州剑客"。也许是为了提高剑术，也许还为了寻找某些东西，他离开故乡后便走南闯北拜访名师。不久前他才决定要走得更远，于是一路往南，穿过深山莽林，顺着河道逆流而上，这才到了此地。

"八九只？嘿！中原人，你只要能杀掉一只水鬼，把尸体带来，我就给你银豆子。"

易少丞回头一看，只见是个没什么好脸色的身体佝偻的老头儿。他花白的胡子扎成几条辫子，看着易少丞年轻的脸庞，也是极为不屑。

"你是……"

"族长。"

"哦！原来你就是蒙大爷啊，幸会。"

那张通缉令上结尾处标了下单人的姓名，正是这蒙大爷。

只是易少丞看到这老头儿穿得比他还破，再一看赏银，就有些不信了。

蒙大爷一看他的神情，知道他在想什么，便从口袋里抓了一把银豆子。

蒙大爷握紧的拳头在易少丞眼前摊开，易少丞的眼都看直了，愣了愣后，不信之色就消失了。他伸出手要摸一摸，蒙大爷却握紧了拳头，把银豆子又揣回皮口袋里，说："我说中原娃儿啊，我们镇上还有一群不错的狩夜人，他们都可以帮你。只有你杀了水鬼，带着尸体来，这些才是你的。"

易少丞笑了笑，道："我不过是想看看成色……"

"我年轻时候也去过中原，知道一句话，用来形容你们中原人最适合了——雁过拔毛，兽走留皮。"

"那你还想让我这个中原人接活儿？"

蒙大爷没有理会易少丞这句无非是想为接下来抬价做铺垫的话，再次摊开了手，几颗白花花的银豆子在他的掌心里滚动着，问道："我们滇国的银豆子，比你们那边的成色好不好？"

易少丞对着黑夜翻了个白眼，随后转过脸，强行挤出一个人畜无害的笑容，道："多谢族长好意，不过本少爷从来都是独行客，就不要什么帮手了。"

易少丞才不信老头儿说的这一套，现在这年头，找份抓水鬼的差事可不是那么容易的。让那些什么狩夜人从自己这儿白白分杯羹？门儿都没有！至于水鬼是什么，易少丞也没经验，更没见过，反正现在是穷疯了，管它是什么妖魔鬼怪！

"你们汉人啊，常常都说得好像能在天上飞，结果看到的却都在地上爬，所以，你的话我不能信太多。我见过太多了。"蒙大爷收起银豆子，经验告诉他，汉人不论是老的，还是年轻的，都是草皮子上的狐狸——不能信。

蒙大爷又把目光望向远处的祭祀广场，那些祭祀和死者亲属都是麻烦啊。他摇摇头，自言自语地说着易少丞听不懂的话，一个人进屋去了，好像还有点儿闷闷不乐。

易少丞拍拍脸，让整个人清醒了一些。

"依我看，这些水鬼应该就是些水猴子，未必有多么可怕。"他想到这里笑了笑，回到族长的木屋里点了根蜡烛，摊开随身携带的地图研究起来。

从地图上来看，他现在正身处滇国南源部落的河畔镇。

滇国，是位于汉朝西南、一个由少数民族建立起来的国家。南源部落是滇国三十六部落之一，这河畔镇便是南源部落最靠近汉族的地方。所以，河畔镇的商贸还算比较发达，主要出口茶、盐，以换取金银和香料。

了解这些之后，易少丞的脑海中自然呈现出一张完整的地图来——东边，就是大汉朝，可谓国富民强。但繁华的背后又隐藏着莫大的空虚，朝野巨擘互相角力，牵扯的各种势力互相兼并蚕食，就连世外清修的宗门也因此受到了"波及"。

这种"波及"不是擦边而过那么简单，而是……灭门！

有些回忆，不能忘！有些仇恨，必须报！无论付出什么代价，山河崩裂也好，杀身成仁也罢，这种仇恨，他易少丞都必须报！

脑海中的那些记忆，他封存起来不敢去碰，每每触及便涌起撕心裂肺的痛，那些都是宗门被剿灭时的情形。

昔日至亲之人，而今，可还有人记得？

没有！统统没有！

自己这样一个被灭门的外传弟子，名不见经传，流浪异域他乡，只能偷偷地将这份记忆埋藏在深处，不敢轻易表露自己的身份。

易少丞不敢再往下想……他脸色苍白，闭上了眼，颤抖着深吸了一口气，然后长长地叹息一声，这才合上地图，略微有些红的眼睛看向远处夜色。

良久之后，少年脸上的彷徨和悲伤，渐渐转变为坚毅。

"任凭山高水远，流亡天涯，迟早有一天，我会杀回去，师父、师娘，还有芸儿师姐，我一定要为你们报仇！"他用袖子擦了擦脸，平复心情后，脸上恢复了平日那种玩世不恭的表情。

"蒙大爷，小爷我去抓水鬼了。你把银豆子准备好，一颗都不能少。另外，别忘记了，准备几斤烧酒，待我归来，与我畅饮！"易少丞对里屋大声喊道，然后整个人像泥鳅般瞬间溜出了木屋，消失在茫茫夜色里。

蒙大爷听到声音后提着灯笼走出来，左顾右盼找不到人，似有什么难言之隐，脸色顿时焦急起来。

"太阳河里的水鬼，只怕没那么好对付！请鹤幽女神保佑，别让这小子被呛死了，变成下一个冤死鬼呀。"蒙大爷看着夜色，神情担忧地祈祷着。

蒙大爷的担忧不无道理，很少有人见过水鬼真面目，有人说它们长着獠牙，拉人下水后会吸人鲜血。还有的说，它们是妖魔所变。无论如何，有一点可以肯定，水鬼绝不是善茬儿。

旷野中，蛙声嘹亮。

洁白的月光让人能清楚地看到野外的景色。那茂密而又分布极为广袤的野草，在风中微微摆动，就像一大片看不到边际的草原。

易少丞蹚过草地，来到河岸附近，弯弯的河道上，水面既不窄也不宽，漂浮着朵朵睡莲。几只发出咕咕声的水鸟正在荷叶之间觅食，偶尔从水中钻出来，露出乌黑的脑袋，充满灵性的目光警惕地看着周围。

"这就是太阳河。"易少丞看着河水想道，"这片水域也就是闹水鬼淹死村民的地方，显然这些天已经没有人来这里淘米洗菜。路走不通，小路两侧的茅草因为来人稀少，显得更加茂密了。"

易少丞小心翼翼地看了四周一眼，随后便躲进了茅草丛中，眼睛凝视着水面，手中搭着弓箭，心想，只要水鬼冒头，一定要把它们射个千疮百孔。

时间一点点地过去……因为长时间保持一个姿势，易少丞的脖子开始僵直、酸疼。

"这该死的东西，我等了一晚上也没见有任何动静。"易少丞变得有些焦虑。

咬咬牙，再等等吧！如此又过了一个时辰，水面仍旧没有任何动静。易少丞的耐性又被消磨了一些。这让他的注意力除了放在缓缓流动的水面上，同时还留意起那几只在水面上嬉戏的水鸟，暗暗想着这种在家乡被称为"水大姑"的玩意儿味道一定不错，不管是干烧还是就地做成"叫花鸡"，应该都有嚼头。

易少丞越想越饿，越想越走神。他本想喝一口酒取暖，想想后还是忍住了。这种野外狩猎最忌讳身上有异味，酒香味一旦出现，肯定会功亏一篑。

易少丞抬眼望月，判断此时应该已经丑时了。突然，水面传来一阵哗动。

"终于有动静了！"易少丞顿时来了精神，把嘴里的狗尾巴草一下子吐出去，跃跃欲试地吞了口唾沫。

易少丞的目力在夜色中并不差，他远远看到从上游的水面开始有一阵涌动的波纹朝自己这边荡来。很显然，这说明有什么东西在水下游动着，而且是个大家伙。易少丞能看到它昂着头，却看不太清楚那到底是什么。

易少丞浑身颤抖着，实在是因为太激动了。他缓缓地把弓身拉得很满，专注地凝视着，好做到神气合一。尽管这种半跪着的姿势非常不舒服，可是一旦站立起来，就能在一瞬间将箭射出。如果运用宗门绝学"一字长云箭"，易少丞完全可以三箭齐发，每一箭都可以命中水中大物。

然而，"哗啦——"悄然一声，那东西突然潜入了水底，水面很快恢复了平静。

易少丞心里不禁暗骂了一句。看得出来，那东西似乎早就晓得岸上有人。

对于易少丞来说，这种感觉最不爽，刚刚撩起来的兴致还没上来就突然没了，真是扫兴。

"我就不信了！看你能在水下憋多久！小爷我再等一等。"

月华如练，空气中流动着一股水草特有的气息，河边显得有些空寂，用"苍凉"来形容现在的景色最为贴切。

一颗凝聚而成的露珠从易少丞的眉梢上往下一滚，顺着他挺拔的鼻梁滑下，擦过薄而棱角分明的嘴唇，在略有些毛茸茸的胡须的下巴上稍作停留，最后还是往下滑去。几乎就在同时，水面传来剧烈的响动。

原来在短暂的平静后，那个消失的黑色怪影再次从水下迅速浮了起来。

这次易少丞将两只眼睛瞪得像铜铃一般，他终于看清楚了。只听"哗"的一声，在一片荷叶下面的水里，一道水柱跃出水面，竟是一条粗壮的水蚺！大蛇在半空中咬住一只水鸟的腿，瞬间就将它吞了下去！竟是个捕食高手！其他水鸟纷纷惊慌飞走。

岸上，易少丞看得小心脏就像被闪电击中了一般，接着心里又是拔凉拔凉的感觉。他本以为是水鬼出现了，自己大显身手的时候到了，不料是条大水蛇。

"天哪，为啥每次都这样折磨我！"易少丞感到极其无奈。

望着渐渐要亮堂起来的天边，易少丞只感到胸中的一口恶气难出，便将弓弩对准了这条大蛇，心想，实在不行，杀了这条大蛇也算是为民除害，免得以后有村民被它攻击。

没想到出现了新的情况。

这条比成人大腿还粗的水蚺，似乎不怎么饥饿，吞下一只水鸟后就缓缓朝岸边游来。

上岸之后，大蛇慵懒地扭动身躯，盘曲起来，就像一个色彩斑斓的绳盘子，硕大的蛇头昂立着，对着月光咝咝地吐着芯子。过了一阵，大蛇腹部不断地蠕动着，像是有一个圆滚滚的东西正在往上涌。

"吼——"大蛇发出声音，伴随喉咙一哽，它的嘴巴张得越来越大，翘起的蛇尾急速痛苦地摇摆着，一缕白色如光如雾的烟气旋即从它口中飘出，紧接着这种烟气猛地涌出一团，凝而不散，飘在空中。在这大蛇与烟气之间似乎还有一条由烟气凝成的线连着。没过多久，这烟气便开始消散，与此同时，烟气里面包裹着的东西也逐渐显露出了样子。

那是一颗散发着温和清冷蓝光的白色珠子，它的颜色竟然和天上的月亮一模一样。

易少丞从未见过如此奇特美妙的场景，正屏着呼吸，眼睛一眨都不敢眨地看着。虽然远隔数丈，他却感受到了白光的照射。在这种光芒的笼罩下，他只觉得皮肤上好像有一层温润如玉的水流在冲洗着，身上的奇穴在这时也全部悄然打开，正被一股奇怪的力量牵引着。

"难道这就是传说中的……妖丹？"易少丞感受到自己体内只有武修者才有的"元阳纯力"在被净化的同时自然增长，心都在发颤。

"这就是'蛟龙吐珠'！原来这条大蛇是在淬炼它。"

当初还在九州剑宗的时候，易少丞就听掌教提过"天下之大，异物无常"这八个字。许多存在于传说神话中的事物，其实都是真实存在的。

就说眼前这条大蛇，看似模样寻常，只是体形大一些而已，可是它脑袋上那鸡冠状的漆黑龙角就显得不同寻常。要是眼力好，不难发现它的蛇鳞泛着与众不同的古老青黑色，锯齿状的边缘还生着五彩之色。

不少人都知道，蛇这东西，寻常的不过能活五六年，厉害的也至多活个将近三十年。鲜有人知道，蛇每过三十六年为一死劫，渡过之后便会脱劫化蟒，再过三十六年又一死劫，若是熬过则会化蚺。然后，它们会在接下来的时间里寻地火熬过第三个死劫。这个死劫一旦熬过，便会脱劫化蛟，体内凝丹。

虽说这些也都是他在宗门内听来的，不过光凭这个便能说明，这条蛇至少已活过百年，甚至可能时间更长。易少丞觉得这真是条天赋异禀的蛇，若是再给它几十年，说不准就可以化妖了。

"这蛟蛇所吐之物应该便是它的本命元珠，只有百岁以上的灵蛇，经历种种奇遇，才会有如此之大的珠子。我若得到这颗珠子，一定能加快会聚体内的元阳纯力，武学就可踏入另一种高度。只怕我惹怒了它……一定会不得好死。"

易少丞想到这里，又惊又怕。他很清楚，若能得到这条大蛇的本命元珠，好处极多。但他更清楚，这条大蛇的实力远在自己之上。从它那偶尔闪动一下的眼睛灵动地看向自己这里就说明它早就觉察到他的存在了。此刻，上策应是远遁而去，绝不招惹这条蛟蛇。但易少丞每吸一口气，就能明显感觉到体内的元阳纯力在增长，这种感觉极为夯实。

大蛇仿佛也察觉到了易少丞的退却之意，淬炼元珠更加肆无忌惮，不时朝上面喷出一口血雾，让元珠的光芒越发强烈，空气中散发的灵力波动也更加浓郁。

易少丞当然舍不得放弃这千载难逢的修炼机会。

易少丞忽然发现太阳湖的水面波动起来，从水下伸出一个个毛茸茸的脑袋。

这些水鬼终于露出真容，它们的长相都差不多，一个个都是尖鼻子、鹰眼，两颗尖锐的獠牙一直从上唇长到下面，看上去既像野人，又像是凶狠的猴子。其中几只体型健硕的，胸前长着白毛，背部的棕毛带着油性光泽，一看就是水下潜泳的高手。

这些水鬼也和易少丞一样，感觉到了灵蛇元珠的力量，纷纷从水中冒出脑袋。但它们不懂修炼之法，都只是探出脑袋，一点点地朝河岸靠近着，到最后，竟有十七八只之多，成排地半蹲在河岸上。它们大口地呼吸着，胸腔起伏不定。

如此诡异的场面，让易少丞有种做梦的感觉。他忽然觉得胸口非常压抑，那灵气太充沛了，直接导致了胸腔内受压，他的呼吸也变得急促起来。

"糟糕！难道，难道……我中毒了？"易少丞陡然意识到，自己体内的血气不知道从什么时候起，就已经运行不畅了，特别是身体有些麻木，脑袋也昏昏沉沉的。这不是中毒症状，又是什么？

再看这条大蛇，每次喷出的血雾都在浸染着元珠。虽然这个过程让空气里充满元珠的灵气，但巨蛇喷出的血雾带有毒素，而且正在悄无声息地扩散到空气中，这也正好解释为什么自己中毒了。

想到这里，易少丞越发清醒，一股连想都不敢想的恐惧涌上心头。他终于明白这条蛇是想以这种方法，试图诱杀自己和这些水鬼。如果再这么待下去，自己很快就会完全麻痹，到时候可就是坐以待毙了。

"咚！"一声响动，终于有个长得最小的水鬼倒在了地上。这一倒不要紧，其他水鬼立刻受到惊吓，发出嗞嗞的声音，冲着大蛇龇牙咧嘴地叫起来。

这些水鬼的头目约有人类十三四岁的孩子般大小，体型最大，灵智也最高，它感觉到这大蛇不怀好意，立刻从河岸捡起石子，朝大蛇飞掷过去。

"啪"的一声，石块打中蛇头，显然这一下子力道不轻。大蛇有些吃痛，立刻停止了动作，盘曲的身体缓缓地扭动着。

水鬼头目感受到威胁，在它的带领下，其他水鬼都依此办法，纷纷朝大蛇飞掷石块。

大蛇遭受石块攻击后，终于再也无心淬炼元珠，大嘴张开，就将那颗元珠猛地吞回腹中。随后这条大蛇犹如跳起一般移动起来，张开血盆大口，瞬间就将最近的一只水鬼吞了进去。

水鬼看到同伴被吃，纷纷发出悲鸣的声音。

大蛇显然胃口极好，刚才淬炼元珠让它消耗了不少体力，现在正好是进补的时候。只见那蛇躯微微一抖，竟又缠住了一只水鬼，几乎未费吹灰之力，再次吞入腹中。粗壮的蛇躯横冲直撞，只要被扫到的水鬼立刻飞出几丈之外。

大蛇接连吃了两只水鬼，腹中饱满，再也无法吞食了，它就把一些水鬼咬死，丢到一旁。这样没多久，水鬼便都哇哇惨叫起来，已有溃散之势，场面亦是非常混乱。

易少丞趁机得以喘息，连忙朝远处撤离十几丈。他从褡裢中摸出一瓶解毒药丸，吞服后立刻运气，祛除毒素。

今晚的遭遇显然超出易少丞的想象，对面的河岸上，水鬼们不敌巨蛇，一个个纷纷跳入河中，大蛇紧追不舍，也潜入水底。水面渐渐重归平静，似乎什么事情也没有发生过，只留下一些摇摆不定的荷叶。随后水面发出汩汩声，一连串的水泡冒起来。易少丞走近查看，水面上已经多了一层殷红的鲜血，不过很快水面再次恢复了平静。

"哗——"突然，易少丞身前水域一道水柱狂涌而出！他连忙后退，只见哪里是什么水柱，分明就是适才的那条大蛇！

这大蛇再次从水中蹿出，嘴里还咬着一只水鬼。只是这次大蛇有些失算，数只水鬼紧紧地抱着它的七寸之处，锋利的爪子不断地撕扯着蛇鳞，露出一片片翻起来的血肉。

"这些水鬼在水中要比在陆上厉害许多，竟然可以合歼这条巨蛇。"

易少丞这样想的同时，大蛇和水鬼再次沉入水底。

一阵冷风吹来，发随风动。

"不行，我也不能这么干等着，蒙大爷还等着我消灭这些水鬼呢。至于这条大蛇，如果能得到那颗元珠，我就能提高剑学修为。那时，我一定可以重建九州剑宗！"

易少丞很清楚，这次唯有让它们鹬蚌相争，自己才有胜算。但若不赌这一回，明日一定在蒙大爷面前抬不起头。再者，那颗灵珠的诱惑实在太大了，无形中也激起了易少丞夺宝的决心。

他从腰间取出匕首衔在嘴里，又从箭袋中拔出几支燕尾箭随后"哗啦"一声跳入水中。

河水异常寒冷，易少丞进入了无声的世界，他的感官六识也变得异常敏感。为了保护自己不受偷袭，易少丞手腕绷直，手中捏着折断的箭矢，只留下一截箭头。

这样做是因为弓箭太长，为了避免水中阻力才特意折断，好随时可以在水下以飞镖的手法对付那些水鬼。但这一招对大蛇没用，箭头太短，又不可能像在岸上那么好使，所以若非迫不得已，易少丞绝不会冒险与大蛇争斗。

　　大蛇和水鬼们仍在殊死搏斗，水下河沙被搅动，河水也变得混浊起来，夹杂着水草来回涌动着。奇怪的是，它们对突然来到的易少丞都视而不见。

　　"乖乖，水鬼可真是不少啊，这下面一定有个水鬼窝吧？"

　　与大蛇缠斗的水鬼的数量比之前在岸上还要多。这些新增的水鬼，个头明显没有之前的健壮，应该都还没有长大。它们完全是以数量的优势，将大蛇的尾巴、躯干和头部都紧紧抱住，又抓又啃，场面血腥且又诡异。

　　大蛇在水下不断地挣扎着、翻滚着，就算隔着好几丈远，易少丞也能感觉到它的力量非常恐怖。可是，蛇并不能在水下呼吸，时间一长，战斗力就直线下滑，它挣扎着想要跃出水面呼吸新鲜空气。

　　水鬼们越战越勇，那只水鬼首领甚至带着两只雄壮的手下拉扯着一张不知从哪儿弄来的破网缠住大蛇，这样一来，水鬼们的胜算已经极大了。大蛇挣扎的动静越来越弱。水鬼首领一边斗着大蛇，一边斜眼看着易少丞，眼神极为怨毒，很显然这次它没打算放过易少丞。

　　就在这时候，异象再现。网中渐渐僵直的大蛇，不甘愿就这样等死，它猛然吐出本命元珠。这元珠一出现，在水中就快速融化着，周围水域立刻冒出大量的气泡，易少丞眼前白花花的一大片。大量的气泡形成的水域，差不多有半亩之广。

　　"不好，它想玉石俱焚！我要完了。"

　　这颗蛟蛇的本命元珠，本质上是由气而化，凝练百年才渐渐而成，最忌讳暴露在水中。大蛇也是被逼无奈，临死前竟想着与这些水鬼同归于尽。

强烈的危机感涌上心头，易少丞立刻朝远处划走。他很清楚元珠直接出现在水中的后果会非常严重，伴随大量的气泡之后，水中的剧烈爆炸紧随而来。

　　"砰！"沉闷的响声之后，易少丞胸口如同遭受锤击一般难受，他所有的力量也像在瞬间消失一般——原来他随着波浪一下子被甩到了天空中。

　　半条河在此刻都摇动起来，巨大水花溅得河岸上到处都是水。等易少丞再次跌入河水中时，水下早已污浊不堪，但他依然能看清随着蛟蛇本命元珠的爆炸，带来了一场浩劫——绝大部分水鬼已经被当场炸死。大蛇更是倒霉，头颅从中炸裂，已经死透。

　　"可惜，可惜啊，我的珠子啊！你这条烂蛇竟然把我的珠子给糟踏了，早知道，我替你射死几只水鬼也可以啊！"易少丞咒骂着，同时在水下寻找着元珠碎片，但这种东西遇水即化，又刚刚遭遇大爆炸，哪里还有半点儿踪迹可寻？

　　易少丞失望的心情可想而知，不过这么一来也不算没有收获，水鬼们的尸体陆续浮上水面，他便琢磨着，把这些水鬼全部搬到岸上，准备回镇领赏。至于那条大蛇的尸身，确实也不能浪费，将皮剥下来，做成甲胄应该也是一件防身极品。

　　想到这些便宜都是白捡的，易少丞的心情才略微平衡一些。

　　易少丞在岸上休息了一会儿，就下河开始搬动水鬼尸体。可是，他越想越不对劲，目光所过之处，并不见那只水鬼首领的尸身。难道……就在这时，他感觉足下一痛，整个人瞬间被一股力量拖到水下。

　　在水下出现在易少丞面前的，果然是这只水鬼首领。它身上已受伤多处，胸腔穿刺露出白肉和里面的一些软组织，应该都是拜刚才的那场大爆炸所赐。即便如此，水鬼首领仍是凶悍异常。

　　它犬齿微露，面容狰狞，还没等易少丞完全反应过来，直接一爪子挠了过来。易少丞连忙架起匕首，朝着水鬼的手臂劈砍过去。

水下搏斗，凶险异常。易少丞并不能像水鬼那样在水下长时间闭气，所以留给他的每一个呼吸，都是生与死的时间。

"嗷——"一人一鬼，同时击中对方。

毕竟，易少丞还是一名剑修，往常训练虽没有让他成为一名厉害的强者，但基本功底并不差。他这一刺看上去只是砍水鬼的手臂，实际上是连砍带削，瞬间就将这只水鬼的手臂劈砍了下来，而水鬼的爪子还留在易少丞的胸前，至少插入了半寸之深。易少丞疼得直龇牙，连忙将挂在胸前的水鬼手臂给扯了下来。

水鬼首领失去一只手臂，已经没有能力再次进攻，连忙朝水下深处水草茂密地带游去。

"竟然还想逃，我怎能放过你？"易少丞心中冷笑。

望着以鸭蹼状脚游动的水鬼背影，易少丞露出水面急促呼吸了一口空气，再次潜入水中，对水鬼紧追不舍。

这次易少丞决心坚定，不杀水鬼首领，绝不回头，所以在这一路潜泳中，他也充分见识了太阳河河道的全貌。

由于水草根系异常丰茂，易少丞看到的是一簇一簇的水生植物根茎，除此之外还有不少大鱼在水中静静地保持着休憩状态。他和水鬼首领的追逐很快惊动了这些大鱼，它们像飞梭一般地游走了。

易少丞感觉自己至少追出两三里远，那水鬼首领终于因伤痛而体力不支，在水下一大片高耸的水石之处停住不动了。易少丞手中发力，将半截儿箭头飞掷过去，射中了水鬼首领的脑袋，但它仍一动未动。

易少丞确认这只水鬼已经死透了，只是它的眼神中明显充满了一股怨毒和戾气并存的恶意，果真是死不瞑目，非常骇人。

"哼，蒙大爷一定想不到，我竟将这群水鬼一窝端了。这赏银是少不了了！哈哈——"

易少丞累得虚脱，他从一簇水葫芦中露出半个脑袋，终于长长地吐了一口浊气。此时天空已经半亮，星光暗沉，皓月东移。他累了半夜，却没有立刻去休息，因为他很快就发现有一艘巨大的双层舢板船，自上而下缓缓而来。

巍峨的船体就像一座小山，引动着波浪朝四周扩散。易少丞在水中竭力稳住身形，身体依然被荡漾而来的波纹扑动得来回摇摆。可他一动未动，目光被大船所吸引，他看得非常清楚，船头站着一位令人过目难忘的女子。

月光下，这女子身穿彩色金甲，发髻高立，领带飘然，气质卓尔超凡，是一位典型的上位武修。她仿佛具有一种人间其他女子不具有的魔力，就像一颗遗落在沧海之中的明珠，令人过目难忘，特别是那睥睨世间的眼神。她的眉宇之间带有一丝愁绪，她就这么静静地看着大河东去。

她在眺望远方，似有沉思。这山、这水，似乎都难入她的那双秋水般的眼眸。

易少丞目不转睛。她一出现，就吸引了他的目光，甚至让他完全忽略了在大船的船舷两侧还站立着成排的侍卫，他们身材挺拔雄健，一看就是百战之兵。

第二章

滇国公主

"这世上……竟然还有这般女子……"易少丞都看呆了。

那女子生得一尘不染，美若朝霞。至于她的出身，无须多问，这阵仗早就说明了一切。所以，易少丞越是多看她一眼，便越发觉得自己是那么微不足道。

"这种地方怎会有如此大船？船帆上的图案乃一条五色神蟒，这女子到底是何身份？"易少丞心里立马出现了一连串的疑问。

想归想，为了避免被人发觉，易少丞轻轻弄来一簇水草，盖在头顶，继续窥视着那在船头沉思的美丽女子。这道亮丽的景色倒也让他有了评头论足的惬意，刚才激战水鬼首领的疲劳感也一扫而空。

大船渐渐减缓了前进速度，最后，与易少丞隔着一段距离停了下来。

船头传来一阵脚步声。一个银甲女侍卫从船舱中快步走出，怀中抱着一个襁褓，里面应该是个婴孩。她来到船头女子身侧，目光扫了一眼远处群山，最后看向船头流动的河水。

"长公主……我们已到南源部落，再往东走，差不多就要出我们大滇国了。是否……是否就在这里……"女护卫汇报完，静待答复。

水草下的易少丞听得很清楚，船头女子身份何其高贵，竟然是滇国的公主。这也难怪，一般的小家碧玉或者大家闺秀，哪有此等不凡英姿？只是他更加好奇，这些人来这里干吗？

滇国公主没有说话，她接过护卫手中的襁褓，轻轻拍抚，目光如冰消雪融般变得柔和。

"长公主……时间不早了。"护卫见公主殿下并不着急，不免提醒道。

"我要抱她一会儿。"

"……是！"女护卫躬身，默默站在船头。

滇国公主用手轻轻掀开襁褓的盖头，一张稚嫩的小脸蛋出现在她眼前。这是一个出生还没多久的婴儿，粉嘟嘟的面容，噘着小嘴，一双大眼睛非常好看，专注地盯着滇国公主。但这个小家伙并不是那么老实，过了一会儿就有些按捺不住，划着手臂想要触摸滇国公主。她好像很好奇地在问，眼前这个女人为什么不将自己抱得更近，因为只有那样才更温暖一些。

滇国公主望着婴孩，脸上的笑容却渐渐地凝固起来，到最后，眉头紧皱，绝美容颜上多了些许阴沉杀气。若说之前她是天使，转瞬却变成了魔鬼。

这一刹那，躲在水草中的易少丞预感到要发生什么事情，一颗心悬到了嗓子眼儿。

"铎娇，铎娇，铎娇——"滇国公主一连三声叫着一个名字，由于穿透力异常强烈，不远处的易少丞差点儿被震得耳膜出血。正感到痛不欲生时，易少丞又见她扯掉襁褓，将这身无片缕的稚嫩婴儿高高举起，猛然一掷，孩子就这样被她抛了出去。

婴孩降落之际，似乎也感到了命运的不公，感到自己即将坠入永恒冰冷的地狱，又或许是察觉到了危险的来临，她终于破开嗓子，"哇"的一声啼哭起来，这高亢稚嫩的啼哭声传得极远。

这瞬间让水草下的易少丞心弦紧绷。从头到尾，他算是完全看蒙了。看到婴儿要被溺死，触动了易少丞内心深处某块柔软的地方，他想要立刻去救这孩子，却也知道，自己只要有半点儿妄动，一定会被船上之人联合击杀。

"扑通！"是落水之声。

易少丞走神之际，婴孩也同时落水，啼哭声戛然而止。

这小小的身影在沉浮之间又吸进一口气，啼哭声被水呛了回去，变得苍白无力。之后，易少丞就看到远处那嫩白的小身体随着水波漂得更远。

水面恢复常态，亘古不变，静静流淌。这婴孩也不再有任何挣扎……单凭那小小柔弱的身体，无论怎么挣扎，又能起到什么作用？命运也许本来就不该去抗争，像自己，远遁他乡，所做的一切事情，都只为活命而已。

"命……"易少丞想到这里很难受，心头哽着，不禁潸然泪下。

然而让他更没想到的是，在船上，那个女护卫将一张大弓和箭矢递给了那位滇国长公主。

长公主挽弓搭箭，嘎吱吱——三个呼吸后，这张百石强弓被玉葱似的细腻美丽的手拉至如满月。而瞄准的方向，正是那婴儿。

"够了……真是够了！她不过是个连溺水都无法自救的孩子！"易少丞心中狂吼，目眦欲裂，可也只能眼睁睁地看着，不敢发出一点儿声音，水底下的手握得嘎嘣作响。

让他更加没有想到的是，那寒冷锋利的狼牙箭头竟宛如黑夜明灯，逐渐亮起。片刻后，这箭头变得如同一个小太阳一般耀目。

"竟然在箭头里注入了内力！"易少丞看到这里，心头的愤怒已如火山般即将喷发。百石强弓，狼牙箭头，再加上内力，这一箭若是射出，能射穿三百步远的十个重甲步卒！然而这样的手段，现在仅仅是用来对付一个婴儿，还是一个已经被扔进水里的婴儿！

"这婆娘好生恶毒。"易少丞死死盯着船上的女子，暗想，这该多大的仇、多大的怨才能做到如此残忍无情。无论如何，孩子是无辜的。而他面对这一切，除了同情那个孩子，却无能为力……他尚且是苟活，连自己的命都保障不了，如何救那个孩子？在他听到船上传来的一句话后，那压抑到极端的愤怒都变成了冷笑。

"长公主，您与她的姑侄情谊，源远流长，可就像这河水一样，终究会流到尽头。若您不愿意动手，请让属下代劳。"女护卫看着主上，担忧地说道。

箭头上的光芒迅速暗淡，弓箭被甩到甲板上，长公主转身一掌甩出。

"啪！"寂静的夜色里，这一声格外响亮刺耳，两岸适才响起的虫鸣忽然没了。

"我这大滇国焱珠公主之位，你是不是觉得也可以代劳？"

女护卫的脸庞立刻红肿起来，跪在地上，噤若寒蝉。

"属下不敢，属下该死！"

"哼，念你追随我已有十年，忠心不贰，这次我就不再计较。若有下次，你死不足惜！"

焱珠公主目光凶厉地看了一眼女护卫，转过身，又看向茫茫水域，眼中却多了一丝疑惑与不安。只听她轻声念道："奇怪，这水流并不湍急，怎么一晃就不见娇儿的影子了呢？"

原来，就在她们二人说话时，那女婴已经不见了踪影。不过，焱珠公主又觉得担心明显是多余的，这浩渺水域，难道还有其他人不成？

焱珠公主望着这空寂的水面，心里泛起一丝悲凉之意，自己又何尝没有尝过这种切肤之痛呢？只要身为王家子嗣，从诞生开始，命运就再也不是自己能够掌控的了，有些人会成为九五至尊，而有些人终究只是瓦砾而已。

这感慨转瞬即逝，焱珠公主并没有在船头多作停留，转身前往船舱休息去了。

不一会儿，大船掉转方向，缓缓开离。

易少丞从水中露出脑袋，怀抱着刚刚救到的女婴，腿脚发软地朝岸边河滩跑去，甚至还滑了几跤。等到了前面的芦苇丛，易少丞快速地将这女婴的腹腔压住，微微用力，控水，想让她把水全部呕吐出来。

"你倒是醒醒啊！铎娇？小公主？……"

"小公主？"

"哇哇……你不能死啊。你要争气啊。"

小孩儿早就闭过气去了，身体也因为泡在冷水里而冷冰冰的，易少丞根本就感觉不到这孩子还有什么脉象。可他又不死心，眼里泛着泪花，仿佛只要这孩子死了，自己的某种希望也就破灭了。无论他怎么努力，这孩子都没有复苏的迹象。

这样娇小的婴孩，眉头紧皱，似乎才初到世间，就已经厌烦了人世。

"唯一能救她的方法便只剩下元阳纯力！真是在逼我……"

易少丞的眉头也和这女婴一样紧紧地皱起来。他提到的元阳纯力是一种对于每个修行者来说都视若生命的力量。武者修炼武学，强健体魄，其终极目的就是为了在丹田处，将身体百余个穴位中那些游动的细微精纯之力全部会聚在一起，形成一股特殊的力量。这股力量，就叫元阳纯力，既是人之根本，又是力之源泉。

元阳纯力的好处太多了，它能让人力大无穷，也能让人敏捷无比。可以说，在汉朝的宗门非常之多，武学数量不胜枚举，但都脱离不了修炼奇经八脉与这百余穴位。归根结底，一切的修炼都只是为了凝练出那么一股元阳纯力。

元阳纯力的高低，也代表着一位武修的内在实力。元阳纯力段位高者，可以不动声色就将敌人彻底瓦解和摧毁。

易少丞曾在九州剑宗做一名外门弟子，受过剑宗掌教一些特别的恩惠指点，但他差不多用了整整八年时间，才凝练出那么一点点元阳纯力。每次让这股力量穿过奇经八脉时，身体都非常舒服受用。

如今易少丞想来想去，唯一能救这婴孩的方法，只有将元阳纯力灌输到她体内，重新激活这孩子五脏六腑的活力。但这代价对于易少丞来说实在太大，八年苦修就将付之东流。换句话说，一旦易少丞没有了元阳纯力，就算武学招式懂得再多，也无法发挥出真正的实力。那就变成了真正的废物！

"你这是逼我啊……难道我易少丞是上辈子欠你的……啊，不公平！这不公平！我不认识你啊！"易少丞急得团团转，谁愿意让自己的武学修为倒退八年？而且还是为了一个素不相识的人？

易少丞内心激烈挣扎着。他想了想，干脆往地上一跪，对小铎娇哀号："姑奶奶，我的小姑奶奶，你就醒过来吧。我给你磕头了。"

说来也是奇怪，这一拜之下，女婴竟然咳出一口水来。易少丞连忙上去查看，却白高兴一场，这女婴应该是腹中胀气，喷出一口水后，又没了动静。

这完全是巧合啊！易少丞欲哭无泪。最后他还是下定决心，两只手举起女婴，闭目之后，浑身穴位同时震动，他将自己体内苦修已久的那股稀薄的元阳纯力激活之后，通过女孩儿的腋窝，一股脑儿地全部灌输了进去。

一失去这股力量，易少丞立刻感到身体就像被掏空了，整个人摇摇欲坠，眼皮更是沉甸甸的，他现在唯一想做的事，就是去睡上一大觉。可他又不甘心："我必须要看着你醒来，你醒醒啊！"

身体摇晃了一会儿，易少丞突然感觉额头一热。他大惊，眼睛一下子睁得极大，有黄黄的液体从他脑袋上稀里哗啦流了下来。

没错！女婴醒了！

原来是女婴的一股温热的尿水自上而下、醍醐灌顶地将易少丞浇了个透。

"啊，你竟然敢尿我！哈哈哈！"

女婴睫毛长长的，眼睛大而清澈，她就这么直溜溜地望着易少丞。

瞬间，两个人的对视，仿佛经历了几个轮回。

倒是易少丞先忍不住了，他先笑后哭——号啕大哭，仿佛自己才是天下那个最委屈的人，要是有人在附近看到，一定会觉得他是个疯子。而女婴就这么静静地看着易少丞，似乎也在问，这家伙到底是不是个男人，靠不靠谱，还能不能保护自己。

过了一会儿，易少丞渐渐止住哭声，他浑然不顾身上那种"泡金汤"的刺鼻膻味，把孩子紧紧地搂在怀里。

"你终于醒过来了。走，我带你回河畔镇！以后……以后，你就跟着我混了。"易少丞嘴唇打战，目光望向河畔镇的方向。

从来没有任何时候，他像现在这么有成就感。

日上云头，多日连绵阴雨的天气终于转晴了，群山里氤氲的云气很快散去，整个河畔镇都沐浴在温暖的阳光中。易少丞回到镇上，到处还是冷清一片，街上也没什么人，他怀中抱着这个身份特殊的女婴——滇国公主铎娇走进了栖身的客馆。

一进门，火炉边长相一般、身材肥胖的老板娘瓦萨就非常好奇地看着易少丞。

瓦萨是个不幸的女人，丈夫和孩子在很多年前都被狼咬死了。而她又是个直性子，说话的声音非常浑厚，完全对得起她这个肥壮的体形。瓦萨嗓门儿大大地道："易少丞，你从哪里偷来了个娃？真是漂亮的娃娃啊，让我也抱一抱。"

这眼神真是无法形容啊，瓦萨似乎一瞬间就表现出几十个疑问，但又被一个个排除。

"偷来的娃？瓦……瓦萨大姐，你不能瞎说啊……"易少丞连忙解释。

瓦萨见易少丞有些心虚，八卦地继续问："既然不是偷来的，这孩子难道是你的私生子？别说，你们长得还真像！看不出来啊，汉人小伙子，你还很小吧，最多十七岁？十八岁？你真的很厉害耶！"

女人八卦起来，果然天下都一样。易少丞哭笑不得，自己和这娃哪里长得像？还私生子！真是睁眼说瞎话。但想想，如果现在不承认的话，还不知道她能推出多少个结果来，那都是麻烦呀！况且，这孩子的身份极为特殊，他绝不能透露出有关她身世的半点儿消息。

易少丞点点头，又摇摇头，算是默认了。

瓦萨这才满意地哈哈大笑起来，震得屋檐上的积灰都落下来了，似乎自己是天下最聪明的女人，一切都逃不过她这双火眼金睛。

两个人同时把目光转向铎娇，这小家伙正在专注地啃着自己的小手，上面沾满了唾沫。

"瓦萨大姐，她这是饿了吗？"

"汉人小伙子，交给我吧，我比你有经验，我这里还有熬好的糊汤。以后你只要多多打猎，就能养活她了。"

"啊？可我连自己都管不过来。"易少丞觉得摊上大麻烦了。

瓦萨愤怒地骂道："你们这群没有良心、没用的男人，下了床，穿了衣裳，连个禽兽都不如！这可是你的崽子！"

"好吧，好吧，其实我真的只是没经验而已。我才舍不得她呢！"

"哼。"瓦萨接过孩子，脸上荡漾着母性特有的慈爱。

瓦萨轻轻地摇晃着她，小家伙倒也不认生，只是安静地做个小美人就行了。

易少丞终于可以轻松一些了。

"小宝宝叫什么名字？"

易少丞一怔，目光瞥到窗棂上悬挂的铃铛，灵机一动："她……她叫……小铃铛！我去找族长！小铃铛就交给你了。"

"小铃铛？这是乳名吧？大名叫什么呀？"瓦萨追问道。

"……铎娇。"

族长木屋外面不远处的池塘中，波光粼粼，几只野鸭子惬意地游来游去。

易少丞一夜之间击杀二十多只水鬼的事情，简直就像是传奇，很快在河畔镇炸开了锅。

当然，易少丞是真正的赢家。那条大蛇浑身是宝，他剥下蛇皮，送到了皮革店，让大师傅鞣制成革。易少丞知道这是极品原料，因此坚决拒绝了大师傅要将其收购的要求！他定制了一套蛟蛇皮防护服，既可以起到很好的防身效果，又能当潜水服使用。

蛇鳞也是好东西，可以做成鳞甲的甲片，刀枪不破。易少丞自己留了一半，另一半以高价卖给制皮店的大师傅。最后就连蛇骨也被药材店的老板买走了，据说可以做成蛇骨酒，对风寒风湿都极有疗效。

易少丞的钱袋子，就这么渐渐地鼓了起来。

除了这些，由于易少丞杀了水鬼，为民除害，一时风头无两。陆陆续续有人带着礼物来到族长木屋，这些礼物有各种蛋类、水果、腌肉火腿、甚至干蘑菇等，易少丞当着族长的面全部照单收下。

望着最后一个来人非要将一罐米酒留下，族长蒙大爷的这张老脸实在有点儿撑不住了，红扑扑的脸蛋有些发烧的感觉。他背着手拿着烟锅子，轻声问："易少丞，你说的都是真的吗？真的已经永绝后患了？"

虽然亲眼看到广场上摆起的一排排的水鬼尸体，蒙大爷还是怕水鬼没有斩草除根，会回来报复，对他来说，最重要的是"平安"两个字。

易少丞点点头，把手一伸，眉宇之间流露出很关心的表情："赏银呢？"

"我答应你的事情，绝不会变，走……去里屋。"蒙大爷在门框上敲敲烟锅子，带头走进了屋内。

"真爽快，我就喜欢和大爷做买卖！"易少丞紧随而上。

过了很久，易少丞满脸喜悦地从里面走了出来，这一切都说明昨夜的辛劳是值得的。

刚才在领赏银的时候，他还故意套了族长很多话，大部分和滇国王权有些关系，这有助于易少丞加深对滇国的了解。毕竟他身边现在多了小铎娇，他已经有了后顾之忧。

据族长说，滇国的王上名叫离真王，是一位能征善战的君王。几年前，离真王率领大军讨伐其他部族，他用兵如神，依靠小股军队神出鬼没，将敌对势力——羌王部落和句町国联军打得落花流水。离真王现在应该带兵驻扎在滇国边境的某座城市中。

而易少丞昨夜见过的公主焱珠，是离真王的亲妹妹，虽然年纪不大，但也是位英武不凡的女子，辅佐兄长已有多年。

族长所说的这一切却让易少丞更加疑惑。想起昨夜发生的事情，不禁一身冷汗冒了出来——这位焱珠公主是要杀了她哥哥离真王的亲生女儿、自己的亲侄女啊！

易少丞心中不免暗暗揣测，这是什么用心？恐怕其中凶险，绝不是自己能够想象的。

他想了想，决定在河畔镇多住一段时间，至少要把身上的伤养好一些，再做长远打算。另外，他也暗暗提醒自己，如今带着小铎娇，做事绝不能像从前那样顾头不顾尾。

回到客馆后，易少丞看到小铎娇在自己的房内酣睡着。可这个小家伙连睡觉都半睁着眼，一只小手紧紧攥着被角，似乎随时都瞄着外面！

"干吗表情这么严肃？开心一点儿嘛，小铃铛！"

这一瞬间，易少丞的心都融化了，轻轻地替小铎娇盖好被子。

此时，一缕阳光从窗棂射进房内，照在角落的花台上。洁白的栀子花瓣散发着浓郁而香甜的芬芳。易少丞起身，想了想，摘下一朵栀子花，放到小铎娇的鼻子边。说来也奇怪，小铎娇闻着花香，眉头竟然舒展开来，表情也轻松了许多，随即她的小酒窝露了出来，非常可爱，简直就像是一个玉娃娃。

"这就对了。这辈子都别再回去了，跟我混，有肉吃！烦心事我来，你就负责美美的。

"你看啊，瓦萨都说我是你爹啦，看来这个身份也是被坐实了。

以后你要是不听话，我就揍你一顿。

"我这又当爹又当娘的……竟然还被老板娘瓦萨说，你是我的女儿。呀！谁能像我这样幸运，莫名其妙做了一位小公主的爹爹，哈哈！看来我易少丞以后的运气绝不会差！"

为了保护好这个小家伙，易少丞半点儿不敢懈怠自己的修为。他思前想后，渐渐收住心中的杂念，坐在一块蒲团上进行冥想，重聚体内的元阳纯力。半个时辰后，他终于睁开眼，整个人的气息好了一圈，面色已恢复一些红润，血液流动也恢复常态。

"现在看来，我体内的元阳纯力已经荡然无存，短期内想要恢复是很难的了。不过，还有件事情是不能拖的。"易少丞想到这里，不禁皱皱眉，表情显得很凝重。

河畔镇的村民如今都在庆贺水鬼被除尽，但谁都不知道，易少丞心中其实还有一个隐患，那就是水鬼头目固然已经被杀死，但他并没有找到那些畜生的巢穴——

他还清楚地记得，昨晚他追击水鬼首领一直游到一片奇怪的水域，借着月光就能感觉到水面一片黑森森，水温也更加阴冷，这统统说明此地很可能是深不见底。再结合当时的场景，水下出现了一大片一大片的白色石头，就像是一座沉没在水底的小山，叠嶂无穷，就算游在上面往下看，都觉得要迷路。

"水鬼首领已经开了灵智，受重创之后应该是想逃回巢穴。水鬼巢穴一定就在那里，现在时间也不早了，我还得去买些东西，好尽早把这些畜生全部除掉！"

易少丞瞥了一眼安睡的小铎娇，匆匆出门，前往街上。

时间一晃而过，直到冷冷的月光给大地万物镀了一层银色，凄厉的夜枭声让这染霜般的夜景徒添不少神秘与庄严。

旷野上，易少丞健步如飞，抄近道朝目的地跑去。

此时，他身穿刚刚制出来的蛟蛇皮防护服，背囊中装满了各种备用装备，腰间除了挂着一把防身的短剑外，还带着一种穿透力极好的小型射针弩——这身行头价值不菲。值得一提的是这件用那条大蛇皮制成的软铠，防护性能极好，而且非常轻便，关键是作为潜水服最为合适，又能保温又能隔水。

抵达河岸后，易少丞观察周围，才发现这片水域有些不同。太阳河在此地刚好有个弯路，水面变宽，河水冲刷让河道两侧形成了很长的滩涂带，上面长满了芦苇。

"就是这儿了。这地方水深异常，下面一定有古怪。"

"扑通"一声，易少丞跳入水下。不一会儿，水面上漂起一个羊皮鼓形状的气囊。可以清楚地看到有根软管的透气孔存在，这根管子一直延伸至水下十多米深——这就是易少丞带来的新装备，叫"油肠子"，专门用来吸气的。河畔镇渔民们水下作业时间一久，就会用到这玩意儿。

易少丞越潜越深，不时"咕噜咕噜"地吐出一口气泡。寂静无声的水面下，他置身一大片石山中，山上长满了各种水草，微微地漂动着。易少丞缓缓落在石山上，拽动着油肠子，仔细寻找任何可疑的地方。半个时辰之后，易少丞终于在一簇水草附近发现了一个隐秘幽深的洞穴，洞口附近沉淀着许多白色鱼骨。

"看来，我找对地方了，不过这么深的洞，不能用油肠子了。"

易少丞脸上露出喜色，他脑海中同时浮现出那只水鬼首领的面容，这种生物绝不是等闲之辈。

"今天要将这群水鬼彻底斩草除根，为民除害！"

易少丞猛吸一口气，松开油肠子后，端起了射针弩，朝着洞穴深处游去。这条甬道，易少丞越游越深，光线也越来越暗。几经蜿蜒，足有百米长。终于，易少丞看到一抹亮色的水面。他心中一喜，明白这次是赌对了，因为水鬼与人无异，在水下是不可能呼吸的，最多只是善于憋气。所以，它们的巢穴一定也与进气孔相连。

易少丞小心翼翼地端着射针弩，从水中露出半个脑袋……他的小心脏一下子悬了起来。因为映入眼帘的这个半封闭的空间中，竟乌泱泱有一大群水鬼，足有百只之多。这都是些毛茸茸的小崽子，个头不大，昂着脑袋，像嗷嗷待哺的鸭子一样，场面非常壮观。

易少丞刚上岸，这群水鬼崽子就围绕在他脚边，跟前跟后，宛若看到了亲人一样。易少丞见它们没有攻击性，终于松了口气。

"没想到一只成年水鬼都没有，这个群体只怕是要灭亡了。"

易少丞环视四周，只见这巢穴中到处都是鱼骨头，周围环境实在是脏乱差，气味刺鼻，难闻的尿臊味熏得他几乎要昏厥过去。可以想象，一旦没有了成年水鬼的哺育，这么一大群小水鬼都会成批饿死。恐怕过不了多久，这里就会是一座水鬼种群的坟墓。

易少丞收起弓弩，片刻后又有了新的发现。原来在这群水鬼中，竟还夹杂着一个四五岁、浑身黑漆漆、沾着泥沙的小男孩儿，而这些小水鬼似乎早就把他当成了同类。

易少丞朝这小男孩儿走了过去，昏暗中，那小男孩儿也用炯炯的眼神看着易少丞。小男孩儿警惕地爬行起来，似乎只要易少丞敢走近，他就会立刻扑上去咬上一口。

"你叫什么名字？"

"呜——呜——"

"你有父母家人吗？"

"呜呜呜——"

易少丞实在想不到该如何与这小孩儿沟通，这家伙根本就只会说"呜呜"这个词，眼神还一直提防着他，很明显这孩子的智商还是有的，但因为指甲已经长得非常锋利，再加上一直生活在昏暗的水底洞穴中，习性早与其他水鬼一模一样。

"看来这孩子从小就生活在这里了，过着人不像人、鬼不像鬼的日子。"易少丞想到这儿，不禁心中一痛，想着是否要把这孩子带出洞穴。

"呼——"四五岁的鬼娃儿，并不太懂易少丞到底在想什么，但他看得出这人并没有什么敌意。瞥了易少丞两眼后，他眼皮微微一合，就靠在石头上打起盹儿来。

"这群水鬼显然已经把他当成一分子了，而且这家伙早就习惯了这样的生活，看来我也没必要打搅他。"

易少丞放弃了带他出洞的想法，毕竟现在连铎娇都照顾不过来，要是再加上这么个鬼娃，那日子可真的没法儿过了。

易少丞的目光继续探索着这个洞穴，他发现在石洞的西南一角还有一个小洞，大概有一人多高，需要攀爬才能上去，亮光就是从里面传来的。

易少丞想了想，放下一些随身的东西，爬了进去，便又有了发现——出现在易少丞面前的竟是一尊坐化的白骨。这白骨坐姿平稳，头发尚存，眼睛早已变成两个窟窿，头颅微昂着正对前方。这让正面看到白骨的易少丞心里有些发毛，好像这人根本没死，黑洞洞的眼眶正睥睨着自己、睥睨着众生、睥睨着一切。

这人显然至少已经死了五年以上，肉身已无，奇怪的是身上的甲胄却没有半点儿锈迹，给人一种厚重感。白骨森然冰冷，没有半点儿损毁，一杆寒意凛冽的钢枪横放在膝上，化为白骨的手紧抓着枪杆。一切的一切，让易少丞陡然对这个人肃然起敬。

纵然不知道他生前是谁，经历了什么，光凭这腐烂殆尽、唯存白骨的身躯，依旧能有一股不屈的意志、一股睥睨纵横之感，他易少丞就没理由不尊敬、不佩服。

"你到底是什么来历……"

很快，易少丞就从尸骨前的地上找到了答案，那是几列枪刻的有力汉隶："吾乃常山人，名骁龙，封中郎……"

易少丞快速地浏览，原来这尊枯骨名叫骁龙，英俊洒脱，曾在殿前比武，一路过关斩将，无可匹敌。因他出身寒门，一路晋级总受他人挤对和围攻，于是一怒之下在比武中挑杀了几名朝中大员的子弟，因此结仇。不久，骁龙在殿前夺魁，被封中郎将，因此遭受到了各种迫害。终有一次，骁龙被暗算只得南逃到此，重伤不治，坐化了。

骁龙何其不甘,将一身修行的秘诀——雷电心法以及如龙枪诀刻于石壁之上,期待有缘人到来得之,承他衣钵,也希望能替他完成一个心愿。

"骁龙前辈,你我何其相似。我易少丞也是……呵。"似是想到了什么,易少丞有些伤感,摇头感叹缅怀了一番,他抬头看着骁龙的尸骨,郑重鞠了一躬:"我易少丞身背仇恨度日,苦于自身无能。今日虽是偶遇,不过我易少丞感恩前辈衣钵相赠。"

话毕,易少丞浏览起如龙枪诀,其招式神鬼莫测,不免看得心惊肉跳,心想,自己在九州剑宗时学习的剑法和这比起来,简直就是天上地下。

墙壁上还有一套雷电心法,字迹狂草,风格放浪不羁。易少丞知道心法不比招式,需要潜心进入才能感受到其中玄奇之处。他也不急躁,静坐在白骨附近,按照雷电心法第一重走了一遍。许久之后,他睁开眼睛。

"我一直以为,天下武学万千,本质都是依靠百穴之力凝聚出一股元阳纯力,修炼的是穴位和丹田气。而骁龙前辈这套功法,气走经脉,只要将经脉修炼到最强地步,便能激活武魂之力!可是这武魂之力到底是什么,如今却不知道……"

此时,易少丞只觉得经脉温热,浑身力量似有一些提升,这是他花了半个时辰的收获。只是这石壁字刻完全颠覆了他的修行理念,并不是一时半会儿可以悟透的。

易少丞琢磨片刻,牢牢记下了口诀。

第三章

大汉后裔

临别之前，易少丞对着骁龙拜别，眼神凝重："晚辈多谢骁龙前辈赐予这两套功法，定会好好修炼。若有朝一日，实力强大到可以帮助将军完成遗愿，一定会前往帝都，然后……您若泉下有知，就看着晚辈。"

白骨将军似有应答！"哐啷"一声，手中寒枪掉落在地，这一口怨气终于吐了出来，随后整个身体轰然坍塌，一堆白骨化为了齑粉。

依照易少丞的想法，滇国虽好，但他是大汉之人，必不会像骁龙这般埋骨他乡。迟早有一日，他会回到故土，到时候自然就有机会帮骁龙将军完成遗愿。

易少丞握住寒枪，思忖很久却并没有带走，而是将长枪插在骁龙枯骨附近，现在还没到信守承诺的时候，所以他不愿意再受人恩惠。

易少丞出了小洞，再次返回大洞之中。刚才易少丞的动静自然也引起了外面鬼娃的注意，他有些警惕地看着易少丞……而在他旁边，由于没有成年水鬼的哺育，许多小水鬼早已饿得奄奄一息。只有那些还比较健壮一些的继续跟着易少丞，他走到哪儿，就紧随而至。

易少丞今日来这里的目的，本想屠灭这个巢穴里的所有水鬼，但看到这些小水鬼可怜兮兮的模样，内心莫名其妙挣扎了一下。特别是这里还有个从小被水鬼们哺育的鬼娃，也让易少丞意识到，其实水鬼并非那么残忍，否则又怎会把这小子养得好好的？

　　易少丞想了想，顺着来时的路游回河道之中。半晌之后，他去而复返，同时还带回了两条三四十斤重的大鱼，用刀子一划，开膛剖肚的大鱼立刻被投放到水鬼群中。他本以为水鬼们会争夺食物，却见一些大一点儿的水鬼在鬼娃的指引下从鱼身上撕下肉块，转而去喂给那些饿得不能动弹的同伴。

　　"果然有灵智，只是不知道是否可以教化？若是顽固不化，那就绝对不能留下任何隐患。"

　　一念至此，易少丞又捕回一些大鱼，切成肉段，喂给水鬼们吃了。鬼娃对易少丞投来感谢的目光……毕竟只有四五岁的模样，鬼娃在吃着生肉的同时，不忘将鱼的内脏这些柔软的组织喂给那些神态萎靡的小水鬼。

　　这些水鬼吃饱之后，便依偎在易少丞的脚下，挤在一起睡觉，表情显得满足而惬意，看来它们并没有把易少丞当成异类看待，更多是当成了父母或者兄弟一样的角色。鬼娃也渐渐地朝易少丞靠拢着。

　　"我得让他学会语言，懂一些道理，他便能教它们不要伤害村民，只在太阳河中捕鱼生存。这样就能留下它们的性命了。"易少丞看到这一幕，心里开始盘算，他想通过鬼娃来调教这些水鬼，以免它们日后为祸乡里。

　　易少丞心中还惦记着小铎娇，只好先离开这里。回去之后，他也更加坚定了自己的想法。

　　易少丞回到河畔镇后，就勤加修习如龙枪诀和雷电心法，实力可谓一日千里，让人刮目相看。

他继续住在客馆已经不太合适，便用当时杀水鬼的赏金在靠近山林的地方买下了一栋四角楼，带着小铎娇住了进去。

除了修习武艺，易少丞初期也经常去水鬼巢穴那里，捕鱼喂养小水鬼们。随着它们渐渐长大，已经能在周围水域捕鱼了。渐渐地，鬼娃也开始能说一些简单的语言了。在易少丞的教导下，鬼娃带领水鬼充分发挥了可塑性强的特点，并没有对周围生活的人类村庄构成威胁。另一方面，可能是出于对水鬼重新出现的恐惧，在河畔镇的族长蒙大爷下令后，村民们更少出现在水鬼的领地之内。如此一来，人鬼之间就没有了任何矛盾。

而在这群水鬼之中，鬼娃作为人类中的一员，智商最高。种种迹象表明，随着他的年龄渐长，他在水鬼群中具备的号召力也稳步提升，日后应该能成为水鬼的首领。平时每次易少丞来此，鬼娃都会讨好于他，譬如替易少丞捉捉虱子（虽然没有）、挠挠痒什么的，教他什么，也学得最快。

易少丞年龄不大，有时候玩性甚重。他思念九州剑宗，便将这水鬼窝取名为"九州洞府"，并给鬼娃取名为无涯，为大师兄，红毛水鬼则为二师兄，一直排到了十八师兄。他还教这些水鬼当初在九州剑宗所学的武学。

一晃又三年过去了。这期间易少丞做了许多事情，譬如为骁龙将军在附近的山中选择了一处墓地，立碑刻字。至于骁龙将军生前使用的那杆锋利凛冽的长枪，则留在了小洞之中。而无涯有事没事也会像模像样地坐在小洞中观摩着石刻上的心法文字，虽然他并不识字，但易少丞每次看无涯那隐隐顿悟的模样，心中也越来越惊奇。

为了提高无涯在水下的生活质量，易少丞将洞穴好好改造了一番，凿了更多的出气孔，空气流通性提高后，洞里变得更加舒适。

除自身修炼的时间，易少丞将大部分精力都放在了小铎娇身上。这女娃儿越长越水灵，清澈的大眼睛就像能说话一样，皮肤白皙透亮，是个人见人爱的小丫头。

小铎娇又极擅讨好易少丞，想吃啥想喝啥，一个眼神就行了，所以她的各种小零嘴从来就没有少过。每次，小铎娇和易少丞去往九州洞府，无涯见到小铎娇都是毕恭毕敬，原因无他——他的眼睛总是直勾勾地盯在小铎娇带来的零食上。

他们的生活平静而又温馨。终有一日，易少丞决定教小铎娇读四书五经，学写汉文篆书、隶书。小铎娇展现出了她特有的天赋，不到四岁时便能握笔写字，字迹秀丽且透着一股灵性。因为滇文是铎娇的母语，她自然必须学习，但易少丞并不懂滇文，所以他决定等铎娇大一些再给她找老师学滇文。此外，为了给铎娇打下武学功底，易少丞自她幼时就开始教她拳脚功夫。但铎娇毕竟年幼，并没有什么攻击力。

易少丞偶尔也会让她与那些水鬼一起在"九州洞府"练武，或者潜泳抓鱼，于是经常能在附近水域看到一个诡异的场景——易少丞带着小铎娇、无涯游在前面，后面跟着一大群水鬼翻江倒海地游动着，场面壮观无比。若是其他人看到，一定以为这几人正在被水鬼追杀。

日子一久，无涯渐渐地能与易少丞和铎娇聊起天来，不过用词断句都还比较生疏。易少丞无法得知无涯的身世，只能如师父般教导无涯武学。

时光荏苒，一晃又过了几年，在易少丞修炼雷电心法第六年的年底，他终于突破了第一重境界，开始修炼第二重。每次他打坐呼吸时，都会发出炸雷般的声响，体内经脉更是如同钢筋铁骨一般纵横交错。就连从耳孔中逼出的气体也能在头顶一尺之上处形成一团云雾。这正暗合了"云顶缥缈，意合雷电"八个字的神妙意境。

内功达到他这种境界，简直是匪夷所思。放眼中原，恐怕他也算是一等一的大宗师了。

再加上易少丞六年如一日地苦练外功，对于如龙枪诀的理解，虽然谈不上出神入化，但在电光石火之间，爆发力极为惊人。易少丞对于长枪这种兵器的感觉，从最初的生涩练习，渐渐熟练到精湛，再到"一枪横行，无与争锋"的王者境，他有信心面对任何武修的挑战。

王者境，就代表着易少丞的武学已到大成之境。

在枪的世界里，他可是王！

六年！人生最好的六年，就这么一晃而过！

对如龙枪诀和雷电心法这两种巅峰武学的传承与修炼，让易少丞渐渐褪去了当初少年的稚嫩感，他的身材已经变得高大结实，如电掠影的眼睛看上一眼，便令人难忘，颇有几分将军般的威武。然而他也要为生计奔波，会经常去山中狩猎。

铎娇也渐渐长大了。她自幼就是个小美人，平素喜欢扎起长发，穿着本地蚕丝织就的五彩小褂，显得干净利索。或许是出身高贵的缘故，她自幼就与寻常孩子不一样，也更加懂事一些。

由于易少丞管教严格，铎娇并不与附近的孩子们玩耍，更多时间是待在四角楼里练习写字，有时写累了就眺望着山中的杉树林，看着一群画眉叽叽喳喳，时间一久，她甚至在羊皮纸上用画笔自学临摹起鸟儿的样子来。有的时候，这羊皮纸上会多出一个人来，竟是无涯哥哥那憨憨的模样。

滇南之地，气候向来温暖湿润。许多人终其一生可能都没见过一场大雪。不过今年很反常，一股前所未有的冷空气短时间袭扰了整个南方，寒冬说来就来，就连河畔镇附近的河水也百年不遇地结冰了！

易少丞去山中狩猎，也不知道遇到了什么事，当他返回家中时，小丫头就发现自家爹爹带着一脸郁闷。

"爹，你回来啦？"

"丫头，把这个热一热。"易少丞呼出一口白气，从木枪头上取下一个袋子，里面装着一些刚买回来的盐水熟鹿肉。

这几年下来，两人相处很融洽，易少丞完全适应了当铎娇爹的身份。

每次易少丞狩猎归来，便是小铎娇最高兴的时候。她会兴奋地替易少丞温上一壶烈酒，然后端出他带回来的小菜。此时，易少丞清理完挂在羊毛袄子上的茅草，回到屋中，小丫头已经把吃的全部准备好了，等着开饭。

"爹，我给你斟酒。"

易少丞目光略作犹疑，端起酒盅稍顿，随后一饮而尽，眉头渐渐舒展，他看了一眼小铎娇，见她盯着自己，于是道："你也吃，等吃完饭，我就去找无涯，让他给我们抓几条大鱼回来。"

无涯早已成为那群水鬼的首领。

"爹，外面这么冷，大师兄他们会不会冷？会不会捕不到鱼呢？"

"傻丫头，你这大师兄早就习惯了水下的生活。况且其他的水猴子一到冬天，皮毛都会长厚，才不知道什么叫冷呢。水越冷，鱼就越不爱动，到时候咱们挨饿，他们却是鱼舱满满，羡慕都来不及，你还担心什么？来，乖女儿，再给我倒一杯，有件事情我可是要吩咐你，这些日子外面不太平，千万不要乱跑。"

易少丞"咕咚咕咚"几口就把一盅酒喝完了，见小家伙睁着水汪汪的大眼睛盯着自己不说话。

"丫头，咋啦？"

"爹，外面到底怎么啦？什么叫不太平？"

铎娇毕竟年幼，并不晓得天下并不都像河畔镇这么和平安泰。

易少丞叹口气，其实他心中藏着事情，并没有对小铎娇提起。他今日打猎归来，在镇上和族长蒙大爷聊了一会儿天，才知道从王城中传来滇国国主孤军奋战，已被敌酋斩杀的消息，整个滇国举国哀悼。

滇国国主不是别人，正是小铎娇的生身父亲——离真王！

这消息不亚于晴天霹雳，易少丞听起来觉得竟是如此凄凉。

看着她期待的眼神，易少丞捏了捏铎娇的小脸蛋，回答道："不太平的意思就是，外面到处在打仗，我觉得不安全。不过河畔镇可能会好些，等这次大雪之后，我去山中建一座木屋，到时候我们搬过去住。"

　　看到老爹今天有些心情沉重的样子，铎娇似懂非懂。随后，她为易少丞又倒了一杯酒，把酒坛盖子封紧了一些，冷脸相对，说："爹，这是最后一盅！"

　　"多谢女儿哈！你就是我的金疙瘩。"

　　这回可是铎娇额外开恩，多赏了他一杯，易少丞哪儿能不高兴？

　　小丫头倒是越来越懂事了，但易少丞隐隐对铎娇的未来有些担忧，她这滇国公主的身份何时才能点明？

　　"算了，走一步算一步。"易少丞心想。

　　他放下酒盅，吃了少许鹿肉，生起了屋内火盆，走到墙边摘下木枪与弓箭，临走时忽然想到了什么，转头对铎骄说道："再过些日子就到岁旦了，我带你去镇上买些新衣裳，到时候漂漂亮亮的，一定比别人家的闺女都漂亮。"

　　铎骄想了想，摇摇头。

　　"怎么了？"易少丞疑惑道。

　　"爹，我还有好几套衣服呢。回头你给我买根红头绳好不好？我头发长长了。"铎娇说着，轻轻撩了一下发梢。

　　易少丞闻言微微一愣，心想，我家女儿竟知道爱美了，脸上又露出微笑："行，爹回来时，就在镇上给你捎根漂亮的头绳回来。嗯，爹走啦！"

　　"爹，您慢点儿。别忘记给无涯哥哥带一些吃的哦。"

　　"爹知道！你就知道关心无涯。哈哈！"

　　外面传来易少丞爽朗的笑声，铎娇追出去一直把他送到院外，望着他的背影渐渐走下悠长弯绕的石头街，消失不见了，她才抿嘴收起浅笑，带着那么一点点的失落感往回走，关起院门回到阁楼上。

易少丞走过街头停住脚步，抬起头，舒展不开的愁容朝向了天空。

天空，灰蒙蒙的。

"你总会长大，总会有自己的想法，总会知道应该知道的事……唉，真头疼。"

易少丞摇了摇头，继续朝前走。他心里隐隐知道，铎娇的情况和无涯是完全不一样的。她并不是普通女孩儿，现在虽然一切还没表露，但是等到了她应当知道的时候，那时……也是他与她分别的时候。这不是最重要的，这么多年以来他从未放下过心中的仇恨，纵然自己是个孤家寡人，也一直想着重回大汉，重建九州剑宗，杀死宿敌，以及完成那个承诺。

这些事情，他早该做了。但他更清楚，这么多年来与小丫头相处，他与她的感情已经变得很深厚。有些时候，仇恨虽然放不下，可挂念的人更放不下。

易少丞就这么一边想一边走，不知不觉就来到了"九州洞府"附近的水域，目光所过之处，河道两侧到处是大片折断的芦苇。

冷风刺骨，鹅毛大雪终于纷纷而下。只在片刻，天地间就茫茫一片。

"好一场大雪。"易少丞感慨地吐出一团白气，他收起目光，擦掉眉上雪，走到太阳河的冰面上，用长枪敲打着冰面。不一会儿，水下就有了回应，无涯带着一只一脸凶恶的红毛水鬼出现在冰下面。

他们一看到是易少丞，在冰面下立刻态度虔诚起来，双掌合一，像模像样地朝易少丞拜了一礼，才欣喜若狂地对着易少丞挤眉弄眼起来。

"铎娇没有过来。天气太冷了。"

无涯一听铎娇竟然没来，于是立刻表现出一副失望至极的表情，还用手捶打着胸口。

"不过……"易少丞微微一笑，解下了长矛上挂着的包袱，把一袋酱肉拿出来，放在一侧，道，"无涯，这都是铎娇让我带给你的礼物。"

"可是……可是……她为什么不来？"无涯一拳把冰面打碎，从下面钻了出来，气喘吁吁地问易少丞。

而今，这无涯已经是十岁男孩儿的模样了，身体结实，赤裸的上身在冰雪中冻得有些发红，这倒不是因为受冻，而是他一直期盼着看到易少丞，期盼着铎娇的到来。现在有些生气了。

随着时间的推移，无涯已经知道自己是个活在水鬼群中的人类，他心中越发渴望，可以像人一样生活。但毕竟生活环境与世隔绝，因此只要没有见到易少丞和铎娇，他就莫名感到有些压抑。

易少丞也不生气，用手摸了摸无涯的脑袋，说："铎娇说了，你要听话。"

无涯点点头，就像是受委屈的孩子一样，转而把那些肉食抱在怀里，轻轻地啜泣。

"无涯，你武艺修炼得如何了？"易少丞用考验的目光看向无涯，问道。

"师尊……看……我练给你看……"

易少丞摇摇头，用枪头在冰面上画了一只大鱼的形状。

"先去给我抓几条来，家中没有食物了！"

无涯立刻会意，带着红毛水鬼潜入水下。

对于无涯和水鬼来说，师尊易少丞这暴脾气人见人怕、鬼见鬼愁，因为他才是所有水鬼的真正大首领。所以，无论易少丞想教什么，都必须立刻学、尽力学，落后就要受罚挨打！也因此，在无涯的教导下，水鬼们早就学会像人类一样鞠躬行礼。

不一会儿，无涯就带着几个水鬼抓来了好几条肥大的鲤鱼。

易少丞任凭这些鱼在冰面上活蹦乱跳着，不管不问，不一会儿鱼就结冰冻上了。他则命令无涯带着这几个水鬼骨干，在冰面上演练起如龙枪诀的前面部分。

几年前当易少丞意识到这群水鬼只要多加训导就不会伤害无辜百姓后，更加坚定了要好好训练他们的决心。时至今日，无涯和这群水鬼虽然算不上是武学高手，但身体强健，勇敢无畏，操演起九州剑诀和如龙枪诀也像模像样，算是小有成就。

一晃半个多时辰过去了，雪越下越大，天色也渐渐变暗起来。无涯和这几只水鬼的体力都渐渐不支，趴在冰面上吐起舌头来。

易少丞也不怪它们，这套如龙枪诀他最懂不过，乃当世一等一的枪法，需有雷电心法的支撑才能持久，而这些水鬼是一辈子也不可能学会这套心法的，所以易少丞挥了挥手，最终决定以后不再做无用功了，让这些水鬼继续熟悉九州剑诀便可。

至于无涯，易少丞早就把如龙枪诀的图形刻在"九州洞府"之中，再加上往日曾对无涯口授雷电心法，无涯也算是得到了易少丞的部分真传。

遣散水鬼后，易少丞挑着这些尾巴红彤彤的大鲤鱼往回走。大雪飘飘洒洒，天地间皑皑一片。

"我答应过丫头，到镇上时要买根红头绳，千万别给忘记了。"

他望向远处，原野极为辽阔壮美，尽头的河畔镇有缕缕炊烟升起，依稀带着些许火光。

"不好！"一念至此，一股热血忽然上涌，浑身似有电意袭过，易少丞甩下鱼跑了过去。

离得越来越近，易少丞也看得更加清楚了。连天烽火从河畔镇方向烧了起来，浓烈的烟雾直冲九霄。

"丫头！"易少丞一想到小铎娇的安全，立刻慌了起来。几乎就在同时，肩上的木枪条件反射般的"嗡"的一声弹跳起来，被这粗壮的右手一把握住。

手一抖，枪杆震颤，抖落了上面的积雪。

"谁敢伤我女儿，我定让他死无全尸！"易少丞大吼一声，朝着河畔镇快步跑去。

易少丞这一路之上迅如闪电，只用了半口气的功夫就穿过了三里羊肠小路。

越接近河畔镇，易少丞越觉得热血汹涌，他已看到族长蒙大爷的木屋被大火包围，一些残暴的人影正在肆无忌惮地屠杀河畔镇的村民，嘈杂的声音中根本无从辨别出是否有他熟悉的人需要帮助。

就在短暂失神的瞬间，一道黑影忽然从背后笼罩住了易少丞，凶悍的气息劈开风雪朝他头上袭来。易少丞身形一偏，就见到一把砍刀贴着他的胳膊落下。"砰"的一声，足下大青石铺就的地面瞬间四分五裂。

易少丞瞳孔一凝，抬手朝后狠狠一肘，这一招的强力如铁匠拉动吹风烧火的风箱，狂暴至极。身后之人被砸得闷哼一声，倒退数步。

易少丞转头一看，那人是个身形巨大的壮汉，留着辫子须，大雪纷飞中赤裸着上胸，露出胸膛上那只凶恶的狼头刺青。

是异族！

异族大汉被易少丞砸得吐了口血沫子，抬眼看易少丞时面孔都变得狰狞起来。

"你这村夫去死吧！"他狂吼一声，身形冲开浓浓风雪，龇牙咧嘴地举刀劈来。

易少丞沉着出枪，暗劲传至枪头，转动手腕，枪头缓缓从地面划过，在覆雪的地面迸出火花。在大汉离他还有一丈时，易少丞抬枪对准大汉胸口，臂膀一颤，长枪"嗖"的一声飞出，瞬间贯穿大汉胸膛上的狼头。

大汉停住脚步，因为前面的村夫不知何时消失了。这时候他忽然觉得有些不对劲，胸口有些疼，低头看去，只见胸口的狼头刺青被一个碗口大的血洞代替，他的眼睛顿时瞪大，甚至透过这个窟窿看到了自己身后，那个村夫刚好抓住长枪，继续奔跑向远方。

大汉砰然倒地，魁梧身躯溅起无数雪花，冰冷地撒在他脸上，消融在他充满疑惑的眼睛中。那双眼眸逐渐失去光芒，疑惑的神色却因为消逝的体热凝固住，变得僵冷——他到死都没有明白，那个村夫是怎么做到的。

雪很大，很快就将尸体覆盖了，可熊熊大火烧得更凶，同样烧着的还有易少丞的心。

"丫头……丫头，你千万不要有事……"易少丞在狂奔，心中只有一个信念。

他穿过小村庄时又有几个异族汉子冒出——人现，枪出；人过，尸留。每一个死去的人都保持着和第一个人一样的神情，不久之后，易少丞的眼神已经变得麻木。

每一个挡住他的人，都成了他的枪下魂。

六年！对于易少丞来说，这六年便是一个轮回、一次进化。

五感六识，皆已闭合。而今，他脑海中只有一个信念！

此刻的河畔镇，火光冲天，喊杀声震耳欲聋。一群群异域骑兵，在镇上横冲直撞。他们手中持着短弓，近可砍，远可射，每次都必带走一条性命。这些如狼似虎的军团几乎不费吹灰之力，就彻底摧毁了本地薄弱的武装力量，接着……就是惨无人道的屠杀和劫掠物资。

一些骑兵在杀完人后就迫不及待地搬运财物，遇到年轻美貌的女子便如禽兽一般扑上去。整个河畔镇都在燃烧着，废墟中浓烟四起，透着绝望与哀号。

族长蒙大爷死了，旅店的老板娘瓦萨也没有逃过一劫。易少丞冰冷着脸色，红着眼，可敌人太多了，根本无法回避。

"既然无法回避，那就斩尽杀绝！"易少丞看到河畔镇的悲惨景象，越发心急，手中的长枪不断挥舞，身形张狂如雷霆咆哮，所过之处，人形纷纷倒下，不管是十个人还是三十个人，没有一次能在易少丞手下走过一回合。

"哈哈！"一阵狂浪的笑声之后，四五个侵略者脸上还带着抢夺战利品的喜悦，他们突然瞥见有个村民就这么堂而皇之地迎面走来，为首的统领先是一惊，接着哇哇地对身后几个随从大叫起来。

易少丞听不懂他们说的话，现在却知道了这些人的身份——滇国的死敌：羌人。

羌人向来以实力为尊，这种晋升制度残忍却又真实。职位高的可以穿金戴银，职位低的甚至只能穿麻布衣服。此时眼前这个统领模样的羌人，一身皮甲，上面镶嵌铁狼头护肩，足下蹬着一双铜钉鹿皮靴，加之身材壮实、眼神凶悍，看起来异常厉害。

"铁狼头护肩，原来是个百夫长。"易少丞冷笑，一下子明白了所有经过。

他早有耳闻，羌人与滇国既是邻居，又是死敌，双方争夺地盘已久。而今，他们联合了句町国，两边合围，形成了对滇国的打压。只是这一次，羌人的骑兵团让战火燃烧到了宁静的河畔镇。

"百夫长吗？"易少丞呢喃的同时，枪杆如线，人与枪合，枪头如日，骤然光明——

在这晃瞎人眼的瞬间，百夫长只听到有人在自己耳边说了一个字——"死"。百夫长不禁惶恐起来，身经百战的经验让他提刀疯狂挥出。

所有人在这片刻中听到了很多声音，挥刀的声音、风声、雪声等，最后只化为了"咻"的一声，然后整个世界都安静了，所有人的视野也恢复了正常。再看时，那个村夫与他们的百夫长互换了位置，百夫长挥动了兵刃两三下才扑倒在地，只不过已经没了脑袋。那脑袋挂在了易少丞的长枪上。

"杀！"周围数个羌人愣了一下之后，纷纷狂吼着提刀围杀过来。

易少丞一脚踢飞地上尸体手中的大刀，然后转过身。

寒光闪过，这几个围过来的人一瞬间便被踢飞的大刀打了个旋儿，接着纷纷倒地，最后刀回到了他手中。

易少丞冷着脸未做停留，一手挑着挂着敌酋首级的长枪，一手拿刀，步若流星朝四角楼方向飞掠……但这一路上敌人实在太多了，百夫长、千夫长，还有各种喽啰精锐，实力一个比一个强。

许久之后，易少丞浑身是血，都是敌人的血，就像是从地狱中爬出来的恶鬼。而他肩膀上挑起来的枪杆，已经有了一溜人头，他们都是羌人侵略者中的大小首领，无论哪一个，都是靠着累积的大量军功换来的军衔。

易少丞热汗淋漓地大口呼吸着，一口口白色的雾气吐出来，证明他并不是一具行走的尸体，而是至强之人。结果就是，他朝前行走的步伐再也无人敢拦，许多凶残的敌人一见到这场景都不禁退避三舍，也许他们自己都在问"到底从哪里冒出这么一个杀神"？

易少丞也不追杀这些踉跄逃走的敌人，他只有一个目的地，那就是"家"。只要再走过这条幽静的石阶小巷，就能回到四角楼。

见到四角楼完好无损，并没有冒烟燃烧，易少丞松了口气，内心不禁有些激动起来。

眼看就要到家门口了，易少丞特意放慢了归来时的脚步，他想了想，怕自己这副模样会吓到铎娇，于是把沾满鲜血、挂满人头的长枪随便一掷，又脱掉外面的鹿皮袄子，把散乱的头发整理了一下。

易少丞脸上挤出微笑，像往常那般，声音回荡着："小铃铛，爹回来了，爹回来了！"

良久，院内没有回音，安安静静，一如往昔她睡着时的情景。易少丞的笑容凝固了，不安的情绪犹如一盆冷水，将他从头浇到尾。紧接着，额头的青筋猛地就鼓了起来，他冰冷的脸色头一次露出了怒火中烧的神情，眼眸中的狂暴呼之欲出。

"她若被伤半根汗毛，我定让这帮畜生有来无回！"

此刻，易少丞就像一头发怒的豹子，眼看就要扑进院中，只听"嘎吱"一声传来——那扇一直虚掩的竹栅栏门被轻轻推开，易少丞的脚步也随之停下。

"爹！"怯生生的小铎娇走出来，小脸上挂满了泪珠，特别委屈，她肩膀微微发颤，忍着不哭看向易少丞。

易少丞一下子扑过去，紧紧抱起铎娇，眼睛通红地说："不哭，不哭，爹带你离开这儿。"

第四章

血凉长河

此刻，百丈之外的一座山丘上，草枯黄，几名神态肃穆的羌人将领站在这里，居高临下地看着易少丞和铎娇在一起的场景。

和这些将领一起的还有一名身穿花貂皮草的女子，她神态倨傲、面容绝美，一双浅蓝色的深邃眸子仿佛会说话，又为她增添了几分异域风情，让人见之而心动。这女子牵着一个男孩儿，大概六七岁的模样，同样穿着软皮铠甲，显得有几分小男子气概，正被一名中原服饰的侍卫和一群本族勇士密切保护，可见其身份极为特殊。

此时，这一群人，除了小男孩儿，每个人的脸色都非常难看。因为他们目睹了易少丞从一出现到此刻紧紧拥抱那个小女孩儿的全部过程。

这家伙到底是什么人？他从一开始就在急速而高效地击杀对手，仿佛对他而言，他们手底下强大的战士不是战士，而是和那些村民一样的普通人。

谁能想到，这么破落的小镇上竟然还隐藏着一个如此强大的存在。所杀之人，又都是羌人部落中最为骁勇善战的勇士，这简直就像是一场梦！一场充满着耻辱的噩梦！

短暂的沉默后，山丘上终于有人开口说话，竟是这个小男孩儿："母亲、叔父，难道我们军中竟然无人可以杀了那个汉蛮子吗？"

这一问，就像是捅破了一个不能说的秘密，穿着金色铠甲、扎着双股长辫的羌人大首领转过头看了一眼小男孩儿，锋锐鹰眼中带着一股少有的温和，他终于出声了："江一夏，去帮我杀了那个汉人！"

　　"属下遵命！"守护在小男孩儿身旁的中原剑客回应。

　　此人年龄不到三十岁，虽然年轻，但束发和眉间已半数花白，给人一种与年龄并不匹配的沧桑。这也难怪小王子虽然一直被他保护着，却总感觉是与深渊相伴，并不十分自在。

　　江一夏离开后，小王子与大首领四目相对，但又很快转移了各自的目光。

　　"魂，你要好好看着，这种高手搏战，机会十分难得。"

　　小王子魂笑了笑，回答："若是江一夏输了，只怕王叔又要命弩手射杀那人，真是可惜了。"

　　但凡是敌人，以羌人部落的风格，只需要被消灭即可。小王子对此似乎也见怪不怪。

　　大首领避而不答，叹口气后缓缓说道："你在担心他？呵呵，动了恻隐之心？这倒不寻常了。江侍卫修炼的是万里无一的修罗凝霜剑意，这套不传剑学传闻一步杀人、三步杀神。而他那把武器霜绝名气更大，出自大西域贵霜帝国的一位大师之手。我算算，十年中，这把剑杀过的西域诸国的国君有五六位之多……所以啊，魂儿，这汉人虽然会死，但也算死得其所！"

　　"我还是想等一等，看看到底谁更厉害！这样的人才若为我们羌人所用，一定大有所为。换成我，我才不会让江侍卫去杀他。"小王子另有见解。

　　王妃笑了笑，用手轻轻扫掉小王子肩头的积雪，慢慢说道："魂儿，江侍卫是万里挑一的顶级高手，又同样是汉人，让他们自相残杀，何乐而不为呢？而你是我们羌人未来的王，身份高贵，只需懂得驭人之术即可。此次叔父带你出来历练，便是要多看、多学！你看……待会儿等江侍卫杀了那人，我就把那小丫头赏给你，让她做你的小伙伴如何？"

魂抬头看了一眼王妃，挤出一丝苦笑。

"母亲，那她……岂能心甘情愿？这样的人，我是不会留在身边的。"说完，魂也不管母亲惊讶的目光，望向四角楼的方向。

王妃笑着摇摇头，她对魂极为溺爱，一挥手，身侧两名护卫立刻会意，步履如飞下了山丘，准备活捉铎娇，作为王妃的礼物送给王子殿下。

这座燃烧的小镇已经死去太多熟悉的故人，飘荡着太多无辜亡魂。

从回来那一刻起，易少丞的字典里就再也没有"离开"这两个字。

四角楼外，易少丞将铎娇拥在怀中，小家伙安然无恙令他松了口气，但他知道，刚才狂怒杀敌，动静太大，恐怕已经受到了羌人勇士们的注意，现在一定有更多的敌人会围捕过来。所以他暗自下了决心。

"丫头。"易少丞松开铎娇，仔细凝视着铎娇那可爱的小脸，说，"娇儿，待会儿若有人追来，你只需一直往山中跑，不要停下，知道吗？"

"爹，我要和你在一起！"铎娇不愿意。

"答应爹！"

见易少丞眼中充满平日少有的严厉之色，铎娇有些畏惧，又有些委屈，她抿嘴不说话。随后，她轻轻点头算是同意了。易少丞才松了口气。

"爹，我们现在就躲到山上去，可好？"

铎娇很懂事，恢复过来后用手替易少丞擦了擦额头的汗珠，也望向了四角楼后面浓密的杉树林。那里雾霭如云，树梢迎风而动，清新空气一吹过来，血腥味就散了，那是一种野草和树林特有的原始味道。

其实只有铎娇知道，杉树林中有着她经常隔窗谈心的画眉鸟，偶尔还能看到体形优雅的雄鹿。它们都曾与自己目光相对，并不像它们看到其他人类那样带着惊恐之色。相反，那是一种触动心弦的柔和目光。因此，每当在四角楼上为它们绘画的时候，铎娇总觉得自己可以与这些林中生灵交流，后山就是她一直渴望去的秘密花园。

今天，铎娇终于有机会可以一探究竟了！所以在这一刹那，铎娇甚至忘记了自己身处危险境地，脸上浮现出甜美纯真的笑容。

易少丞并不知道铎娇为何而笑。只要她能开心，便最好不过。

易少丞也跟着微笑起来，有点儿傻傻的样子，他将铎娇额前一缕青丝拨到耳后，在她的鼻尖上轻轻刮了一下："听你的，我们现在就去山上！"

父女相视而笑，宛若早已忘记身在燃烧的地狱之中。

然而在他们身后不远处，烈焰仍在燃烧，一股强大的气息似乎静待已久。这种气息如此令人恐惧，它就像是狩猎中的猛兽，静静地盯着猎物，随时都可以爆发出毁灭一切的恐怖力量。易少丞心中一动："敌人派来的高手，果然来了！"

易少丞凭着直觉也能感受到那是一个强大的存在，并且，强大到连自己也没有把握将他打败，好在来者似乎没打算破坏这温情的一刻。

易少丞道："等我！"

那人虽没有回答，却已经应诺了。

而铎娇闻言后不明其意，有些奇怪地看着父亲。

"丫头……走喽！"易少丞抱着铎娇站起来，略作停顿，确认那人允许自己这般做以后，便头也不回地穿过自己的庭院。

易少丞沿着足下这道石阶，往绵绵青森中走去，然而石阶终有尽头。直至最后，他放下铎娇，半跪于地，强行挤出一丝微笑，道："丫头！"

"爹！"

"还记得刚才爹说的话吗？"

铎娇从幸福中惊醒过来，脸上立刻闪过一丝忧郁之色，她点点头，目光却又似乎在问这是为何。

"我要你再重复一遍，说给我听！"

"一直往山中跑，不要停下。"

易少丞点点头，又道："那你再答应我一件事情好不好……"

铎娇已经感觉到有什么不对劲了，她声音有些颤抖地回答："我全部都听爹爹安排。但是……爹要答应我，一定要来山中找我！天黑我害怕！"

"天黑我害怕"这几个字令易少丞心中猛地一沉。他感觉很难受，一时间不知道该怎么回答铎娇。易少丞默默无言地待了一会儿，从身旁摘来一朵迎冬花，别在铎娇的耳朵上，温柔而坚定地说："爹答应你，待会儿一定去找你，等着我！"

铎娇冻得有些发红的小脸蛋上出现了坚韧的表情，随后猛地挣脱了易少丞的大手，转身朝着杉树林中跑去。铎娇跑出几步后，转过头来，看到易少丞还那么望着自己，笑了……顿时让她忘记了所有的哀愁烦恼。随后小小的身影渐渐消失在密林里。

易少丞的心情却一直无法平复下来，他随之收起笑容，阴沉沉地转身往回走。回到四角楼前，就见一个发如白霜的青年剑客站在那里，手中还提着一杆沾满鲜血的长枪，显然已等了多时。

对方将长枪一掷，插进了易少丞面前的石板中！

"你的枪。"这三个字一吐出，谁都听得出这个江一夏冷冷的骄傲。

易少丞也没回答他，管你是什么人，要战那便战！

易少丞眼眸中隐隐闪现着光芒，让自己调整到巅峰状态，整个人绷成一线。手中之枪，从枪杆至枪头，从血槽到墨铁枪尖，无一处不闪烁着星华之光。因此这股气势注入枪中之后，就算是一杆平凡无奇的长枪，也犹如神器在手。

人枪合一，这便是王者境的实力。一身村夫装扮的易少丞，从他握住枪杆时，气质就凛然一变。

白发剑客短暂惊愕，但敌人越强大，江一夏就越满意。是的，他手中长剑嗡嗡作响，已有饮血的渴望。他瞳孔中就像经历了修罗战场最惨烈的战役，整个人的气势陡然提升到极点，那剑锋颤音也随同这气势迅猛增长而越来越响，以至于一把插在丈外雪地上的羌人短刀因再也无法承受短频而强烈的颤音，竟"咔"的一声从中断裂飞了出去。

"阿——"

"修——"

"罗——"

"斩——"

这四个字是修罗剑意的第一重，代表着四股不同的阿修罗神力，对应天道、鬼道、人道、畜生道中的修行之力。犹如四道魔神踏空而来，瞬间又化成四股赤色的剑形幽影。

这条羊肠小道从河畔镇的一个入口进入杉树林中再蜿蜒向上，大概还有一两百步路要走，铎娇艰难地朝上攀爬着，不一会儿一片高大的密林遮住了视线。如今铎娇只有一个念头，那就是爬得高高的，那样可以眺望易少丞到底在干什么。

曲折的山路，凄迷的雾气，没有尽头的小道。铎娇大口喘息，她心中焦急不敢停留，尽管越来越感到绝望，越来越明白父亲可能在欺骗自己。可这一丝希望，毕竟还没有完全破灭。

天色越来越暗。一直前进的铎娇突然停下脚步，眼中带着惊恐——她先是看到一双莲足，缓缓抬头，面前是一个非常漂亮但又严肃的女人，就这么远远地看着自己。虽然她没有说话，目光也尽量装出一副温存模样，但铎娇很清楚——她这么做，明明是在拦截自己。

"这女人到底是谁，为何这么看着我？"小铎娇心中涌起一连串疑问。她仰起头，又把这女子上下打量了一遍，内心谨慎地判断着这个女子是不是个坏人。

说起来，铎娇觉得这个女人的长相确实颇有韵味，发髻一丝不苟，额前文着一只青鸟，裙子紧身，恰好显露出窈窕的身姿，整体而言显得端庄美丽，美中不足的就是那眼神好像结冰了，一看就很难对付。尽管如此，小铎娇心想，她还是要比河畔镇的其他女子漂亮许多。

在这同时，青海翼难掩心中狂喜。

"像，确实像，这个小丫头八成就是先王嫡女，怎么看都与我大滇国主神态相似。胆识也不错，很少有人敢与我对视这么久！可真是命大福大啊，竟然躲过了焱珠长公主的毒手！"

这个叫青海翼的女子身份非常特殊，乃滇国国教——鹤幽神教的大巫女，执掌了圣殿几乎一半的权力。同时，她还精通巫术，整个滇国能达到她这种级别的巫术大师，不超过五人。

六年之前，滇国宫廷出了一个惊天大案——王女失踪。对于滇国来说当时恐怕除了战争，就没有比这更大的事情了，所以曾让整个王朝都处在风暴之中，每个人都成为被怀疑的对象。那时候正在圣殿清修的青海翼接到了正在外进行战事的离真王的请求，便立即着手调查此事。然而，当所有的线索都指向焱珠长公主时，离真王却将这事情按了下去，不再追查。

多少个日夜，青海翼一直百思不得其解。直到几个月前，大滇国中兴之主——离真王战死。青海翼再次怀疑，这与长公主焱珠有莫大关联。当年的调查，也因此在青海翼手里得以延续。

此刻，向来容颜冰冷的青海翼仔细地看着铎娇，狂喜之色越发流露。

"焱珠啊焱珠,我还道你算无遗策,心狠手辣,没想到你连一个婴儿都杀不死。"

就在这时候,铎娇趁她不注意,突然掉头就朝一侧的杉树林里跑去。青海翼连忙飞纵而来,正欲去寻找,却见铎娇苦着一张小脸从密林中返回来了。

原来铎娇逃进杉树林没走几步,就发现前面没有路了。再加上杉树林中枝丫横生,针叶扎人身上非常疼痛,想要躲开是完全不可能的,她只好不情愿地返回小路。再次面对这个着装奇怪的女人时,铎娇勉强挤出笑容。

"小家伙,你倒是跑啊。跟我走!"青海翼笑着说,她此刻心情着实是太美好了。

铎娇拍了拍衣服上的针叶,干脆地拒绝说:"带我去哪儿?我又不认识你,不去。"

"当然是带你回宫。"

铎娇一听有些发蒙。

青海翼捺住性子说道:"这么说吧,你想不想和我去王宫玩,那里有各种好吃的、好喝的,还有……巫术,我可以教你法术,如何?"

铎娇点点头。青海翼一愣,奇怪这孩子竟然这么痛快地就答应了,但铎娇的下句话又把她给镇住了。

"我知道你是坏人,你是骗小孩子的吧。"铎娇用确信的语气、"我算看出来"的表情说。

青海翼面色一怔,刚才她差点儿点头,心中恼怒的同时又觉得好笑,白葱似的手指点着铎骄的额头,道:"呵,小丫头,还真是让我生气呢。若非你还这么小,我真想教训你一顿……"

"漂亮的大姐姐,你是不会动手打我的。"

"什么,你叫我大姐姐?漂亮的……大姐姐……"

青海翼被这么一个小家伙肆无忌惮地赞美着,感觉还真奇怪呢。

但铎娇一脸纯真，怎么看都不像说谎，又说："漂亮的大姐姐，不管你要带我去哪里，或者为什么要找我，其实这些我都可以答应你。但有一点，你要先带我去找到我父亲。"

铎娇此言一出，青海翼立刻想到了已经故去的滇国中兴之主——离真王，她心头便涌上一些愁绪。青海翼真想告诉铎娇，你的父亲已经去世啦，又去哪里找得到，这不是为难人吗？

小丫头却一脸认真，继续顺着刚才的话语说道："大姐姐，虽然镇上很危险，但我看得出来你也一定非常厉害。所以只要你答应我这小小的要求，我就跟你走，怎样？"

铎娇就像一个小商人，诱导着青海翼。

"你父亲？"青海翼明白过来，铎娇是另指他人。她不难猜到铎娇还有个养父，兴许能从他那儿得到一些关于当年的信息。青海翼立刻有些心动。

而小铎娇这双乌溜溜的大眼睛，仍充满诚恳地看向青海翼，等待着答复。她亭亭玉立，就像是一朵迎风而动的小花儿站在那里，让青海翼怎么看都喜爱。

可谁又能想到，此刻的铎娇却认为青海翼是个疯女人，一言不合就要带走自己，不是疯了还是什么？要么，她一定是个拐卖小女孩儿的坏人。所以铎娇急中生智，不如先骗她带着自己找到爹爹，再由爹爹好好教训她一顿。你这个漂亮的疯婆子，好日子就要到头了！

一念至此，铎娇的笑容更加灿烂。

青海翼见状冷笑，说："狡猾的丫头，你实则是想让我去救人吧？那边可都是白羌的兵勇！好，既然你答应我，我便带你下山，免得日后你再恨我。同时，也让你见识一下这些无恶不作的羌人的下场。走吧！"

青海翼目光一凛，恢复往常倨傲之态。

若要查清当年铎娇是如何失踪的，那铎娇的养父就必须仔细盘查。所以青海翼心中暗暗发狠，既然找到了铎娇和她的养父，这案子也该到水落石出的一天了。

　　山下，四角楼外，易少丞遇上了生死危机。

　　白发剑客只是站在远处挥洒剑气，易少丞不光难以近身，还疲于应付。无数剑气挥洒过来都会扭曲空气，化为一张张阿修罗面孔。这些面孔有善有恶、有哭有笑、有愤怒有悲伤，夹杂着呼啸而来的剑气之声，仿佛还带着各种喜怒哀乐的声音。

　　一时间，恍如魔障。这些阿修罗脸看似虚实不定，但如果不劈碎、不借着巧劲躲过，它们便会围着易少丞飞，一旦撞上身体，其中的剑气便会爆散开来，将身体搅得破碎，血肉横飞。

　　易少丞怎么都没有想到，这看上去颇有几分文雅的白发剑客，居然有着如此强悍的战力。他知道自己这一身防御装备肯定无法抵御住，在持枪匆忙击破几张脸后，滚地狼狈躲开。却还是有一张阿修罗脸擦身而过，短暂接触后，易少丞的左脸刹那皮肉翻卷、血肉模糊，半张脸变得畸形丑陋。仿佛一半是人，而另一半是魔。

　　四道剑气冲过他身侧之后，没入冰面之下。

　　易少丞在呼吸之间感觉自己还活着，他没有半点儿疼痛感，却有着一种身在地狱里的错觉。

　　是的，不知道从何时起，河畔镇已经完全堕入可怕的地狱之中。背景是到处燃烧的战火，白色的灰烬缓缓升腾，下面是由人的骸骨堆砌燃烧而出的黑色业火，徐徐抖动着火苗。被燃烧的这群堕落者，哀号、呼救声忽远忽近，既触摸人的灵魂深处，又穿透九霄云外。

　　此外，天地间更有浓烈得令人窒息的毒雾，影响着易少丞的感知力。

　　易少丞知道，这是一种非常危险的情况。和他以前还毫无力量时游历遇到沙尘暴的感觉何其相似，那时候的他在沙尘暴中躲避着，看不到前后，也看不到天地，更不知道危险会在什么时候降临，说不定一块飞石忽然被卷来，就能将他整个人轰飞……如今，也是这般，他不知道那人的攻击会从何处袭来——这不是最重要的，最重要的是，他就算知道，也不知道该如何防御，更不知道这攻击还会产生何种变化。

"砰！"远处突然一阵火星四溅，一柄巨大的剑从剧毒雾气中穿出，带着风火和灰烬迎面杀来！

执剑之人居高临下，身躯极为庞大和飘逸，他的骨骼非常奇特，甚至长出倒钩和骨刺，一对巨大的翅膀微微摆动着。尽管如此，易少丞依旧看出来了，这个怪人的面貌分明还是那白发剑客的模样。不同的是，他白发飞舞，眸中带血，仿佛厌恶人世间的一切。

"人怎么可以长成这样？"易少丞无比惊骇，"难道这根本不是人，是妖怪？"

一阵发愣后，易少丞猛然醒悟："不，不是这样的，这应该是……应该是我遇到了超过王者境的敌人……"

一人之力，可匹敌万人者，便是王！达到王者境的人，即便孤身入万军中，也能来去自如，无人能挡，这种实力在当今世上足以傲视群雄。毫无疑问，易少丞能轻易击杀羌人的百夫长、千夫长，便正是因为此。

不过，进入王者境久了，他才知道在王者境上还有一重境界，那就是界主境。但这只是他偶尔听到的寥寥信息，在往后的日子里，他再未听过类似介绍与说法。正因为从未见过，所以并不知道界主境的威力是怎样的，如今……他终于知道了。

没错，这就是界主境！

达到界主境这种级别，已经化实返虚，不再追求实质性的剑诀，其神念自辟空间，引动某种绝对力量来增强自己的实力——这江一夏就是通过修罗凝霜剑意的修炼，神念通天，操纵起"地狱规则"。

在这地狱之界中，江一夏化身为魔，便是绝对主宰，金口玉言，一言可为法！

这里白骨盈野，烈焰滔天！

骨翼恶魔当空一击，看似不动，实则摄人心魄。

凝霜剑气贯穿而来，断绝了易少丞与人间的所有关联，六年修炼，又有着如龙枪诀和雷电心法的双重加持，仍然有重重负面情绪涌上心头。一切的一切，让他失去了战斗的意志和求生的欲望！

易少丞觉得这一次自己可能真的要死了。

"也许现在出手还有一线可能。"

他的长枪紧贴腕部皮肤，闭目凝神后，他松了一口气，手却将长枪握得更紧了，全身所有的力量以最快的速度凝聚到了长枪之上，好似百川归海，一刹那纷纷涌入其中。这杆普通的枪整个颜色在逐渐变得深沉，仿若狂风雷霆到来前的乌云。

可是，还不够！易少丞总觉得不够，总觉得缺了些什么，他在想，在回想。当颜色深沉如乌云的枪杆上乍然响起一道细微的雷霆之音，易少丞的脑海里陡然传来一个老者的声音："刀道之心在劈砍，棍道之心在点扫，枪道与剑道虽一个是长兵一个是短器，不过何其相似，其道之心在于刺。刺一道，发于心，着于眼，动于身，形意相合时，便是以面化点之时。这个点，便是刺。"

一个年幼的声音又在他耳边紧接着响起："点便是刺，这是什么意思？"

然后，所有声音在他的脑海里化为画面，傍晚悬崖山头老松树下，和蔼的老者捋着胡须笑着，连连摇头对一旁年幼的孩子说道："只可意会，不可言传，不可说呀不可说。"

之后，老者忽然伸出手指点向三丈外的合抱粗的大松树，一阵风过后，好像什么都没有。

一旁眉清目秀的少年连忙跑过去看，发现这上面什么都没有，不免有些小觑。

"师父，你又骗我。"少年转过身去不满道。

少年的目光扫过松树后面的山壁，上面一个深邃的小洞却被他忽视了。

"我明白了，师父，谢谢你。"易少丞的心里涌出一丝感动。

正是这一丝感动，让易少丞手上的长枪转瞬褪去所有的深沉之色……准确地说，应当是所有的深沉之色都推向了枪头，很快那枪头便黑得犹如能滴下墨汁一般。但还没完，直到这种墨色黑到极致时，一丝银白的光华从枪头之上亮了起来。

"这样，就够了。"

心与身合、身与枪合、枪与剑合，三元合一，易少丞举枪朝凌空的白发剑客刺去。这一刺，只是平凡的一刺，并无任何波澜。

天空中的白发剑客江一夏举剑朝天一指，剑散开，化为喜、怒、哀、悲、恐、惊这六张修罗脸，每一张都奇形怪状，却比先前凝实了数倍。

"同为汉人，你这样的年纪就有如此修为已经很不错了，既如此，便给你个痛快吧。"江一夏朝易少丞一挥手。

顷刻间，六张修罗脸并列冲向易少丞。每一张脸从天空中落下时，都叠向前一张，最终化为一张巨大的修罗脸扑向易少丞。

"轰！"无数剑气瞬间爆开，地面、房屋、草木、尸体、火焰……以及易少丞的衣服、血肉，转瞬被剑气撕裂割碎。每一道剑气在扩散消弭之际时，一改锋利，如花儿绽放悄然散开，然而这一散开，立即结冰！

易少丞几乎在三个呼吸内就被密密麻麻的冰花冻结，化为一尊举枪朝天的雕塑。冰封之内，枪头上的光亮一瞬间暗淡了下去。

从高空中往下看，以易少丞为中心，方圆几十步之内全部成了厚厚的冰场，即便在这寒冬腊月都格外显眼。

江一夏慢慢落地，脚踩在冰面上发出嘎吱之声。他淡淡的眼神，仿佛在看一个死人，漂亮地挥出个剑花，割碎周围飘来的雪花，然后"铮"的一声收剑入鞘。

"唉——"他叹了口气，刚想说什么，忽然身形顿住，身体朝前倾，眼珠子凸起。"噗"，一口鲜红的热血喷在了晶莹洁白的冰面上。江一夏脑袋一阵眩晕恍惚，一个不稳，半跪在了地上，用剑鞘撑着身体。

等他抬头再看易少丞时，眼神已然变成了震惊。他百思不得其解，对方的长枪劲气为何有着这么恐怖的渗透性，竟然能够连续穿破六层修罗剑气落在他身上。可是……他自己身上还有界主境的七道护身冰霜劲气啊！

最可怕的是，若不是这伤爆发，他根本就没察觉出来。

什么时候？他是什么时候做的？怎么做到的？为什么能够做到？！一连串的疑问如同重锤砸在江一夏的脑海里，只觉得自己再晚点儿下手，死掉的就是自己了。越想越后怕，越想越觉得不可能，江一夏不禁额头都冒出了冷汗。

界主境，除了神念强大，更拥有着半神一样的战体。任何一位界主强者，都是即将触摸到武学最高圣殿的存在。一旦在界主境末期感知到武魂的存在，学习相应的战魂便会成为当世无敌的战神。天下膜拜，唯有战神。

这是武修强者都明白的道理，而像易少丞这种王者境，万里挑一不假，但再怎么天赋出众，再怎么天纵奇才，与界主境界的江一夏比起来，实力上仍有着相当差距。这种差距会直接体现在刚才的交锋上。可是，今天，江一夏受伤了，他是被一个王者境的村夫所伤。

易少丞被冰封住了，不能动弹，似乎连思维也都被冻结了。特别是他脸颊上的伤口翻卷着露出里面的血肉，触目惊心。这张原本俊朗充满阳光的脸庞，此刻尽是凶残与戏谑。他还保持着攻击姿势，好像随时都想冲破冰封。

"胜败已分，完美的一战！"

伴随着突然响起的掌声，江一夏身后的脚步声也越来越近，他连忙擦掉嘴上的鲜血，用冰雪掩盖了吐血痕迹。他转头看去，原来是大首领带着王妃和王子，以及一众勇士走来了。

这位大首领年约四十岁，身材宽厚，披着金甲，随风而动的大氅上面是一枚白狼印记。他满意地看着江一夏。江一夏没有让他们失望。包括王妃在内，众人算是松了口气，白羌的面子也算挽回了一些，只有小王子魂有些失落。

"我该怎么奖赏江侍卫？"大首领笑着问道。

"您过奖了，一切都是尽我本分。"

江一夏转变得非常快，他迅速收起所有的高傲，恭敬地对大首领行了一礼。

"本分？江侍卫，这不叫本分。你不负我意，打败了此人，就该记一大功。等这次回到部族中，我会履行先前对你的承诺，交给你四道修罗轮回战谱。等你领悟出修罗剑意的最高境界，可别忘记，还要帮我一统大业！"

大首领重重拍了一下江一夏的肩膀，语气柔和，带着鼓励，也期待着答复。

"我绝对不会辜负主上厚望，一定会协助主上剿灭滇国！"江一夏立刻表明立场。

"嗯，好，很好！"大首领露出一丝微笑转过身。

江一夏松了口气，他的这种害怕是有原因的。

这位大首领身份特殊，虽然他并不懂武学，却在五色羌族群内有着极高的威望。这种威望甚至可以支撑他成为下一位掌控羌人五大部族的唯一领主，享有整个族群至高无上的权力，而这一切源自他得到了一个神人宝藏的传闻。可怕的是，这个传闻并非是假的。这点江一夏能够确认，他追寻多年的修罗凝霜剑意的最后半部就在这位大首领手中。

同时，这位大首领还是现任白羌氏族主的亲弟弟。当年若是他愿意，如今白羌族主之位，一定也是他的。这也就不难揣测，为何王子魂的母亲会对这位小叔叔一直暗送秋波。

　　为了得到那本剑谱，江一夏唯有忍耐，他缓缓吐出一口气，跟着大首领走到冰雕前，陪伴观看着被冰封起来的易少丞。

这位羌人大首领、未来的羌王，看着被冰封的易少丞，字字诛心、咬牙切齿地说："汉人常说，无知者无畏。江侍卫，我命令你把这个无知之人的脑袋，穿在枪杆上带回部族，立在我的帐篷前。我要他永远这样看着我，看着我的眼睛。也许只有这样，他的灵魂才会明白，得罪我羌人的下场是多么可悲！来，把这个给我拿着，吸干他的灵魂！"

这席话杀意太浓，恨意太强，以至于一旁的王妃连忙将王子魂搂在了怀中。

众人都注意到大首领转过身，交给江侍卫一个水银色骷髅瓶。

招魂瓶只有五寸余高，显得比较小巧。但就是这么一个小瓶子，强如江侍卫也不禁脸色大变，手掌不断颤抖着。从江一夏接触到瓶子的这一刻起，似乎就来到墓穴深处，浑身血液冻僵，难以移步。

江一夏心中暗忖："虽是个宝物，对身体却损伤不小啊。"

连普通羌人都知道，招魂瓶能收集人类冤魂，用其铸造出的武器自带诅咒效果。因为它对锻造神兵有神奇用处，所以才被称为宝贝。但由于这东西太不人道，往往招致没有约束性的杀戮，所以羌人各部首领不约而同下了死命令，这种绝对危险、绝对禁用的物品一经发现，即刻将持有人除灭。

众人都把目光投向招魂瓶，纷纷感慨和震惊着。白羌大首领当然也非常享受这个过程，毕竟，可以肆无忌惮地使用这种违禁物品，也是身份的一种体现。

人群之中，只有小王子魂的目光仍停留在冻僵冰封的易少丞身上。不一会儿，小王子的目光中竟有了一丝喜色。

原来易少丞并没有放弃，他身体外围的冰层从内而外开始裂开一条细微的纹路。这纹路就像一朵希望之花，在缓慢地舒展着，慢慢地绽放着。既是易少丞自己的希望，也是魂的希望。

此时小王子比易少丞还着急，真希望他能赶快冲出来，与江侍卫再次大战一场。最好胜了江侍卫，这样就能印证自己刚才的推断——这汉人杀了可惜。

幻想终归是幻想。当易少丞眼球一动，裂纹瞬间密密麻麻遍布全身，王子魂看到后立刻受到惊吓，忍不住惊呼："咦，他活过来了。他真的活过来了。"

这一叫不要紧，吓得众人魂不附体。众人冒出的第一个念头就是——逃。没错！逃并不耻辱。易少丞是头冰冻的猛虎，是尊落满尘灰的杀神。他先前已经用行动告诉了他们——枪头之上，曾经挑着八九位勇士的头颅。对于这种凶残的敌人千万不要冒险，只有先拉开距离，再进行反杀才是最优选择。

只是，这种害怕没有持续多长时间。因为在这一刹那，易少丞破冰而出，冰块轰然碎裂，冰碴儿像是碎琉璃一样纷纷落地。

他没有多做任何停留，体内经脉就像是无数条狂龙在呼啸而动，疯狂抽搐，同时也调动了他体内刚刚被冰封时恢复的些许能量……手中长枪，从背后将白羌大首领的黄金铠甲穿了个透，又贯穿胸口，血溅了王妃一脸，吓得她一阵哆嗦。

大首领这时发出了比死亡更为惊恐的尖叫声："不！不要……拿开招魂瓶！啊……我不要堕入地狱……我不要……"

这时，托在江一夏手中的瓶子越来越重，完全成了一个聚风口，疯狂吸收着大首领的灵魂碎片。

羌人所传并不假，一个人灵魂的重量源自一个人的成就。大首领的一生，实在创造了太多的成就。他一生的所作所为都在灵魂被招魂瓶吸收时一一呈现出来：他带人屠灭了盟军句町国的一个偏远城市，让那里尸横遍野；他曾扣押外族供奉，中饱私囊……最让人震惊的事情是，王子魂其实不是他哥哥的孩子，而是他的……

一句话，大首领坏事做得很多，成就也非常大。这让招魂瓶的重量以极快的速度增长着，先是只有一两个人重，然后瞬间变成一座山。一团团黑色云雾夹杂着大首领的惊恐面容，演绎了他从出生到死亡的全部过程。那黑色云雾从他头顶急速生出，又快速朝招魂瓶中流去，画面更是令人目不暇接。这景象震撼了所有人，但所有人又都在逃命。

江一夏早已无法动弹，他现在真的觉得这个大首领是个累赘，因为易少丞的枪头再次呼啸成一线白芒，白芒眨眼划过两位千夫长的脖子后，毫不停歇地朝江一夏刺来。

江一夏直视着枪芒，似一点星光的白芒在他视野中越来越大，也让他越发恐惧。就在这时，招魂瓶在吸收完大首领的灵魂后终于安静下来，变得轻如鸿毛，大首领的身体也变成了干尸。江一夏这才能动。但是，冰冷的枪头点在他额心，这样的寒冷渗透他全身，比这雪、比这冰、比他的修罗凝霜剑意，更加寒冷。

是的，没什么比死亡更冷。

易少丞目光如炬，就这么看着江一夏。此时此刻，他只有一个疑问，为何同为大汉子民，这个被他们称为江侍卫的绝顶高手，竟然甘愿被这群异族驱使，难道仅仅是为了得到那部什么四道修罗轮回战谱？如果是这样，易少丞颇为不屑。

"你赢了，而我……也累了。"平平淡淡说完这几句话，江一夏感觉轻松了许多。在刚才他知道自己即将死亡的刹那，无数的回忆都涌了出来。他自年幼学剑，天纵奇才难逢敌手，虽然只有三十岁，却经历了不为人知的苦难和不愿意的屈从。正是这些经历才让江一夏早生白发，形如老人。

江一夏见易少丞不说话，也不想渴求什么原谅的话语。他斜视了一眼身侧惊恐无比的王妃和王子魂，淡淡一笑，又道："王妃，你莫要担心，他是不会杀你的。你应该为未来想一想，这个孩子并不是你与白羌族主的儿子，而是你和地上这具干尸的私生子。恐怕从此白羌族主就会沦为笑柄，魂也将因你的过错而失去继承白羌之位的资格。你……你真不该啊！"

人之将死，其言也善。王妃闻言，花容失色，肩部颤抖着。回想刚才招魂瓶吸收大首领灵魂的画面，她与大首领苟且之事已被几个逃走的千夫长看得清清楚楚。他们回去一定会告知族主。而这些对于王妃来说，与死又有何异？

在事实面前，就连魂也一直带着怨恨的目光看着母妃，而她无力做出任何辩解。

江一夏对着王妃直摇头，美丽又能怎样，最终换来的是至亲之人对她的一腔仇恨。

静静的雪花就这般飘落着。暗香的迎冬花，咕咕的野鸽子，被火熏黑的残垣断壁仍带余温，偶尔还能听到断裂的木柱子倒塌之声，溅起星火点点。这世上，莫非真的只有如此空空寂寥？

最后，江一夏扭头看了眼易少丞，眉宇中流淌着一种难言的孤独，缓缓说道："我确信羌人有一个关于神人宝藏的秘密，那里藏着传说中的无上武魂。你若能进入其中，得之可成为绝世高手。"

江一夏提到武魂之力时，目光中闪烁着异彩，然而很快又黯淡下去。这可是他一生的追求啊——昔日为此而来，今日又将为此而去。

易少丞静静地听他说着，其间不曾打断，也不曾询问神人宝藏到底藏在哪儿，就像是听一个老朋友在叙述一个平凡的故事。然而故事终有尽头。只见江一夏脸庞浮现出异样微笑后，随后猛然抓住枪头往前一送，自戕而亡。

易少丞的心随之微微战栗。这种悸动不知是因为武魂宝藏这个惊天秘密，引起了他对于最高武学的追求，还是因为江一夏的死就像一阵冰冷的秋雨，为他带来了一种心灵震撼的同时也得到了一种净化。

"我为何而活，又会为何而死，这一切真的……那么重要吗？"易少丞暗暗地想。

王子和王妃被他放走了，这两人离开后，易少丞环视了一圈这个待了六年的河畔镇，大部分建筑变成了废墟，他"扑通"一声仰天倒在地上，胸腔大口呼吸着。脸上那道过深的伤口被他抓起一把白雪堵了上去，终于不再流血。

"这一仗干到现在，耗干了老子……老子所有的精力。娇儿，娇儿……"易少丞躺在地上，脸上荡漾出开心的笑容。因为他知道铎娇必定无碍，这群白羌兵早就吓得魂飞魄散逃命去了，谁还能伤害他的女儿？易少丞终于缓了一口气，力气有所恢复，他扭过头，目光从江一夏的尸体上移向四角楼方向的杉树林那边。

那里是一个被称为"家"的地方！拼取一生肠断，消他几度回眸，守着它真的值得吗？

"娇儿，小铃铛……真的是你吗？"

易少丞瞳孔突然放大，他瞪大眼睛仔细去看，没错，是小铎娇。

铎娇正踩着雪，顶着风霜，"嘎吱嘎吱"朝自己这边跑来。

易少丞莫名紧张起来，他连忙用手捂住受伤的脸颊，但又因为伤口太长，只好松开手掌！他真是怕吓着铎娇。

一会儿铎娇就来到易少丞身边，蹲在他面前梨花带雨地哭道："爹，你怎么受伤了？"

望着小铎娇伤心的模样，易少丞连忙安抚："我没事！别哭。"

"爹，可是你的脸都花了。我怎么帮你……我去家里取药好不好？"

"这是小猫挠的，不碍事，过几天就能好。只是……难免会留下疤，你不能嫌我丑哦。"

"娇儿永远都不会嫌爹爹丑，爹，你没事就好。我扶你起来！"

"爹在起来之前，你必须答应爹一件事，原谅爹刚才骗了你，爹一直以为自己去不了山里了。红头绳的事情这次也没办好，下次爹爹一定……一定买根最好的送给你！"

铎娇哭着、笑着，扶着易少丞站起来。当她脚踩大首领的骷髅发出清脆响声后，低头一看，先是一惊，但很快又释然了。

她当然已经原谅了易少丞，她很清楚爹为何要把自己送到树林台阶上，却独自一人返回四角楼前。因为爹要独守这唯一的关口，决不允许任何一个人闯入山林。相比父亲这样伟大，自己又是他的女儿，又怎能害怕足下这具尸骨。

铎娇笑到一半，却又因为想起某事而变得心事重重，随后用手一指易少丞身后，说："爹，我遇到一个疯婆子，就是她——她要拐卖我，哼！爹，你替我打她一顿，再把她赶走。我就原谅你了！"

此言一出，易少丞心中大惊，汗毛再次竖立起来。他刚才一直在和铎娇说话，确实有些忽略了周边。但谁又能做到踏步无声，潜伏在自己身后而不会被察觉？这绝对又是一个恐怖的存在。易少丞转瞬回头，果真看到一个怒气冲冲的女子，她精致的五官早已扭曲在一起，眼神冷若冰霜，似乎想瞬间就吃了小铎娇！

"你这个臭丫头！"青海翼一个字一个字地蹦出来，若非有所顾忌，又因为铎娇少不更事，换成别人早就被她一巴掌抽飞了。

铎娇才不管青海翼气得半死呢，仗着自己老爹厉害，更是肆无忌惮地不把青海翼放在眼里，朝着青海翼吐了吐舌头。

"你这个大骗子、疯婆子，现在知道厉害了吧？我爹一拳能打死一头老虎呢。你要是识相赶紧跑吧，要不……"小铎娇并没有感受到空气中凝固着一丝不寻常的压抑。她思考片刻，手背在身后，像模像样地在两人间来回踱步，最后扭过头，对青海翼露出两排小白牙，笑容灿烂道："看你长得还比较标致，身段也不赖。要不，就委屈你一下留在我家做个仆人吧？"

铎娇回想起刚才青海翼对自己的威胁，现在终于把她骗到这里，这口恶气现在不出更待何时？于是她就变着法儿地想惹青海翼生气愤怒起来。

果然，青海翼一听马上就气炸了。

"让我去做仆人？小丫头，你到底是怎么想的？难道你真以为这个人能护你周全？哈——哈哈——真是可笑。滇王怎么会有你这样的笨女儿！"青海翼冷笑不已，易少丞闻言后却大惊失色，这女人是怎么知道铎娇身份的？他心中一直担忧的那根弦一下子紧绷起来。

易少丞不由得仔细看着青海翼，因为这女人不是焱珠公主，紧张的心情稍微松弛了一些，但他也明白来者不善，恐怕今天注定了不会是平静的一天。

"娇儿，不要闹了。"易少丞将铎娇护在身后，朝青海翼行了一礼，随后正色说道，"这位小姐，小女年幼，还请海涵。但我有句话也要说，你既然称她为王女，为何不鞠躬行礼？"

青海翼上上下下打量了一番易少丞，冷笑不止："行礼？你这汉人，看在你养育铎娇多年的分儿上，我恕你无罪。你当知就算铎娇之父——离真大王在世，我也相逢不相拜。废话不多说，我乃鹤幽教大巫女——青海翼，你也可称我为左圣使者。"

"原来是这样，鹤幽教是滇国国教，阁下又是左圣使者，身份非常尊崇，自然可以对王女不拜。请原谅在下冒昧了，不知您此番来到这里，又有何目的？"言语之中，易少丞默认了铎娇的王女身份。易少丞望着对方，当然也知道她的目的，但这句话本来就是在打太极。

想轻松带走铎娇，也要问我手中这杆枪干不干。所以，易少丞同时做了两手准备，一边相谈，一边备战。现在体内的经脉又开始抽动起来，经过刚才多重杀戮，易少丞确实已经非常虚弱，但他也丝毫不惧为铎娇再打一场。

青海翼说道："我要带她走。"

"去哪儿？"易少丞眉头一皱，杀意顿显。

"当然是回宫，她从哪里来，就要回哪里去。我想我们之间应该好好相处。你看，你受伤了，实在不应该再强行用武。"青海翼一眼看穿易少丞已经是强弩之末，也许他还能爆发出一阵战力，但此后绝对是油尽灯枯。

她越是这样轻描淡写地说，易少丞越是感到自己已经被完全看透了。既然这样，还不如干脆放弃偷袭的打算，如此一想，他的身体自然松弛了一些。两人之间的氛围也渐渐地缓和了一些。倒是被护在易少丞臂弯下的铎娇，越听越不解。

"爹，她说我是滇王的女儿？这不是真的！"

易少丞没有回答铎娇的话，而是摩挲着她的头发，温柔地道："闺女，我们家今天来客人了，带她进屋，温一壶酒，我要好好唠一唠这事。"

青海翼闻言略松口气。她看得出这对父女感情很深，易少丞为了保护小家伙已经杀了不少羌人勇士，这其中更有白羌的一个大头目——白狼，所以能不动手，最好就不动手。

"既然你都邀请了，盛情难却呀，我就与你一叙。只是这小家伙没怎么调教好啊，脾气还真够倔。"青海翼带着玩味的表情把目光再次投向铎娇，见她警惕非常，就像一只小鹿在寻求父亲的呵护，心中便又多了一丝怜爱。先前的恼意，也随之消解。

只是现在，害苦了铎娇，她确实想不通，为何会有这样的结果。这完全不是自己要的那个画面啊！她现在更加害怕这个女人所说之事都是真的，万一自己不是爹爹的女儿，那么……以后怎么办？

铎娇用试探性的语气怯生生地问："爹，真的要……要让这个美丽的大姐姐去家里吗？"

称呼已改，可见机智。

"当然，尊贵的客人来了家里有酒喝，要是狐狸或者野狼来了，就只有用弓箭来对付。不怕！"易少丞一语双关地说，他一把抱起铎娇，扛着长枪，大步流星地走在前面。

青海翼没有立刻跟上易少丞的步伐，而是弯下腰，从地上捡起那个"招魂瓶"，摇晃了两下，心中一动："这个招魂瓶里竟然收集了我河畔镇一百多条冤魂。羌人杀性太重，这白狼果真该死！"

青海翼脸上露出愤愤之色，当下手中凝起一股纯白气息，随后念诵咒语，就见水银面的招魂瓶里传来一阵嗡嗡之声，随后许多暗灰色的幽影从里面钻出，化成人形缓缓消散在空气中。

青海翼是在释放这些无辜的灵魂，至少让他们不会被打造在神兵上，成为罪恶的帮凶。最后，就见一个无比黑的小人从招魂瓶的瓶颈处往外爬，临到瓶口他仰头看了一眼青海翼，嘴里咒骂着，仿佛整个天地都是自己的敌人——这个灵魂正是白狼。

青海翼见状冷笑，收回手掌中的纯白之气，咒语也停了下来。招魂瓶立刻倒吸，又将这幽魂重新吸入。

"既然你这么恶毒，那我只能以毒攻毒，将你炼化成一柄诅咒兵器了。"

青海翼显然也不是什么省油的灯，她浸淫法术多年，莫说是炼制神兵，只要她有心对付这幽魂，办法多的是。

"差点儿忘了，现在还要去做客呢。"

青海翼站起来，拍了拍肩头积雪，再望易少丞已经快要被这漫天雪花遮掩得看不到完整轮廓了。

此时，距离河畔镇三四里处，冻结得严严实实的太阳河附近，零零散散地散布着羌人溃军。这可不是一群散兵游勇，羌人为半游牧民族，他们行军不像大汉朝，基本都是以百人团队进行袭扰，遇弱则食，遇强则遁，这也是草原上惯用的狼群战法。

这支队伍，如今却如惊弓之鸟。他们以两名千夫长为首，王子魂和王妃也在其中。两名千夫长带领众人在滩涂附近休息，众人围着一堆篝火大口嚼着半生半熟的烤肉，动作夸张地仰头喝酒，却没有一个人说话。

易少丞以杀神之名，消灭了大统领白狼，以及七八名百夫长、千夫长级别的将领，对于他们来说，简直就是无敌的存在。可现在，他们却不能逃。羌人有羌人的规矩，这群人都是白狼的部众，白狼一死，就算回到部族也要受到重罚。

王妃面如寒霜，但在火光的照耀下，脸蛋显得有些红扑扑的，倒是增加了几分媚态，她抿了口酒，道："那个汉蛮子不知道是什么人，竟然能杀了江侍卫！"

当时，易少丞从冰雕中暴走而出，先杀白狼，再以枪头弹飞两名千夫长，最后一枪锁住江一夏的命门，使其丧失进攻的能力。这场景实在太难忘了，王妃从逃出来的一路上早已回忆了千百遍。

一位千夫长打断王妃的回忆，问道："王妃，你倒是说说，我们现在该怎么办？总不能就这么回到部族之中，那样我和阿木扎都得死。"

王妃回过神，微微一笑，倾国倾城的容貌让这名千夫长顿时失神。

"这个河畔镇早已没有了任何守卫，如今只剩下那个男子和他的孩子。如果我们使用火箭突袭，定然可以一报此仇。到时候我要提着他的头颅向族主请罪，请他原谅我这些年犯下的错误。"

两名千夫长立刻将拳头贴在心窝，态度恭敬地表示同意王妃的提议。

就在这时，有人大声喊道："那是什么？"

众人连忙从火堆边散开，就见冰冻的太阳河上，一艘大船从西至东而来，高高扬起的船帆借着风向快速地前进着。这船的体积极其庞大，船首还安着用来破冰的巨大撞头，所以隔得极远也能听到冰层破裂的声音。众人惊恐，许多人从没见过如此巨大的船只，震惊得连腿脚都有些发软。

"不好，这好像是滇国的大船，你们看，那帆布上是不是五色神蟒？"

"啊，果然是滇国王族的船，我曾见过这种神蟒。这上面应该是滇国王族！首领，我们该怎么办？"

此话刚刚落音，就见天幕上星火点点，一阵密集的火箭从船上"嗖嗖"地飞过来。

箭雨落下的声音瞬间将这个简易营地完全覆盖了，原来这支队伍早已被大船派遣的斥候盯上了，所以还没反应过来就遭遇了覆灭。

少许几个身手快些的羌人士兵朝原野跑去，船首上出现了一排女神射手，手中挽弓瞄准了他们。一声命令之后，就是一阵密射，箭无虚发，气势极为凌厉凶狠，那几个羌人士兵皆中箭倒地。

这时，方见一位容姿不凡的女子从船舱缓步走出，立于船首，平静地看着远方营地那扑朔的余火。她眼光虽淡，却难掩一股似刀锋般凛冽的气息。这种眼神与众不同，仿佛自古有之，是神灵之眼，洞悉万古，无人敢迎而看之。

这女子便是六年前来到相同地方的焱珠长公主。也不知这六年她到底经历了哪些事，面容和气质都已有些改变，明显多了特有的威严。

当年，她来此，是为了结果铎娇的性命。而这一次，她仍是为了相同的目的！

"铎娇不能活！既然大巫女不想放过我，那么这次就一并端了吧。"

青海翼的面容从脑海中一闪即过，焱珠却不敢麻痹大意，这个老对手太狡狯了。焱珠长公主很清楚，只要暗中跟随青海翼，就一定能找到关于铎娇的线索。

原是故地重游，却是两番心境。

身为滇国最高的军事长官，焱珠遇到这群羌勇完全是个意外。此前她也收到了一些快报，得知这南源部族近日确实受到了一些袭扰，应该便是这群羌勇所为。

"胆敢在我大滇国境内横行无忌，实在该杀！"焱珠轻蔑道，但她远眺的目光忽而变得有些惊奇，就对身边的一位女护卫道："你去查看一下营地，那边似乎有些动静。"

不一会儿，女护卫去而复返，带回羌人王妃母子。王妃惊恐无比，不敢抬头看焱珠，一直低头不语。倒是一言不发却竭力抗争的王子魂，因为经历了太多而对羌人越来越失望。

"启禀长公主，这两人藏在尸体下面，所以才躲过一劫。请殿下发落！"护卫说完，退到一侧，腰刀拔到一半，随时可对这两名俘虏行刑。

焱珠好像生出一丝兴趣："你是谁，抬起头来！"

这声音虽然很淡，却不容任何人拒绝。羌人王妃抬起头来，露出一张让焱珠也觉得惊讶的精致脸蛋。当她被走近的焱珠托起脸颊时，眸中顿时又多了一丝生的希望。

"求……求……公主饶过我们。我是白羌族主的妃子，他一定愿意赎回我！"

长公主摇摇头，站起来背对这对母子。

"这样的美人怎能浪费？带下去好好款待。继续东进，我现在要即刻找到大巫女！"焱珠下令，语气坚定不已。

"遵命，殿下！"

随着大船再次起航，冻结的太阳河上留下一道狭长的破冰带。

此时已近傍晚，大雪已停，空气寒冷。西边天空，红彤彤的远日普照着。这坏了一下午的阴暗天气终于放晴了。

不一会儿，一个个毛茸茸的水鬼脑袋从太阳河破冰带里探出来，其中有个身材健硕的人类少年胆子最大，第一个爬上冰面。

这是一大群水鬼，它们在冰下就感觉到上面发生了许多事情，但又不敢出现，直到大船远离，无涯才率领众多部下鬼鬼祟祟地前往上面探察。

这群水鬼最终来到了羌勇们的营地上，一阵搜索，找到不少食物。人类食物最是美味，它们一个个发出欣喜若狂的"咯咯"声。由于受到易少丞的教导，它们还懂得使用兵器，因此像刀剑、铠甲、长枪这样的东西，也一起拖到了"九州洞府"之中，从此它们便有了新武器。

轻扫肩头雪，归入角楼中。

易少丞放下怀中铎娇，熟练地燃起一个火盆。光亮顿时照耀起来，室内温度渐暖。

在易少丞生火的过程中，一滴汗珠滚落而下，落在他的脸颊上，顺着卷起的伤口浸了进去。他不禁皱了皱眉头，虽然没说出来，但脸庞肌肉的抽搐已能证明他此刻的感觉——伤口真是火辣辣的疼！

铜镜中，他脸颊上的伤口太触目惊心了，用手一摸还有些肿胀开裂，渗出不少水分。

"这怎么行？想当年，我还是个英俊小生，怎能变得像地狱恶鬼一样丑呢？"

易少丞自嘲着，铎娇则掀开门帘走到院中，主动与大巫女青海翼聊起天来。

易少丞默默地看着窗外的她们，陷入了沉思。直觉告诉自己，这个自称为左圣使者的女子，并非那种恶毒之人。否则，她刚才就可以在自己最虚弱的时候杀了自己，直接把铎娇掠夺走。但这并不代表青海翼的到来，会让易少丞愿意让铎娇随她离开。

父女之间六年的感情，就像是矿泉滴在乳石上，每一寸的增长，都需要无数光阴的培育。而从铎娇来到河畔镇的那一天起，经历了多少个日日夜夜，带来了多少欢颜笑语，易少丞的脑海中时刻都在重温着这些。

　　不过，易少丞更清楚铎娇迟早会离开自己——她是自己的宝贝疙瘩，更是滇国的公主、滇王的女儿，她便注定不凡，这一天早晚会到来。鹤幽神教的左圣使者都找到自己了，这不难推断出，后面还会有更多的麻烦接踵而至。而且，自己能够保护得了她一时，还能保护得了她一辈子吗？将铎娇强行留在身边，终其一生呵护她，铎娇终究都只会像自己一样平凡，但她……终究不属于平凡这条道路。

　　火光掩映下，矛盾心理摧残着易少丞。他沉思着，不自觉地提着一个酒壶喝了口酒，最后像是下定了决心："若是这个青海翼能保铎娇在滇国安全无虞，重返王女之位，我便信她一回。若有半点儿差池，我就算死，也要让她陪着我们一起殉葬！"

　　主意一定，困惑易少丞多时的烦扰一扫而空，连他的目光也坚毅起来。

　　随着易少丞大口喝着烈酒，更加牵动了伤口，疼痛提醒着这个龇牙咧嘴的男人，这张脸真是到了需要立刻处理的时候了。

　　突然传来一声怒喝，来自身后那娇软稚嫩的声音："爹，好大的胆子呀，谁让你喝这么多酒的！"

　　就见铎娇叉腰站在一旁，目光冷冷的，似在责问。

　　易少丞最怕禁酒令，只好露出"我下次一定痛改前非"的表情，又假装正经地咳嗽两声，将酒壶挂在墙壁上，两人之间才恢复了常态。

　　"爹，你坐下来。"

　　"什么事？"

　　"坐下嘛！"

　　铎娇拉着易少丞坐到小凳子上，随后踮脚仔细看着易少丞脸上的伤口，精致可爱的小脸蛋越来越严肃。

　　"果真是伤得很重，不过，我可有好办法……爹，你看这个行不行。"

铎娇话锋一转，突然给了易少丞一个惊喜，只见她手中多了个细长的药瓶。这瓶子形状比较奇特，细长而光滑。易少丞不免惊诧地问道："这是……丫头，这不像家里的金疮药呀！哪来的？"

"这是屋外那位漂亮的大姐姐送的。她说可以治疗伤口，不留任何疤痕！爹，你靠近一点儿嘛，我替你涂上去。这样很快就好了！"

"等等，那女人竟有这么好心？"易少丞半信半疑，随后对着瓶口深深地闻了一下。

第六章

强大如斯

瓶中除了花粉香味，还有着丝丝苦涩的草药气味。易少丞倍感舒服，一闻就知道这是治疗外伤的佳品。这也让易少丞更加奇怪，他凝视着铎娇，严肃地问："丫头，你老实说，是不是背着我答应了那左圣使者什么事情？不然人家为何对我这般好？"

"不不不，我可没有答应她任何事。我只是说……只是说，若是有人能替我爹治好脸上的伤，便是对我最好的人。爹，你说她奇怪不奇怪，就把这个药瓶给我了。她还说，从来不喜欢受人恩惠，既然来我们家里做客，就当是一件小礼物好了！"

铎娇看样子不像在撒谎，到现在脸上还带着一副沾沾自喜的表情。

"我的天，你这和明抢也没什么两样。"易少丞摸了摸自己的额头，感觉有点儿发烫——铎娇这么干，连自己都觉得羞耻啊。他甚至完全能想象出这小妮子在说这番话时，该是多么无赖，同时又多么自信，那场面一定是侃侃而谈、谈笑风生，根本就是无所顾忌嘛。

易少丞只觉得无地自容，但也只能长叹一声："既是如此，那为何不请客人进屋呢，这可不是我平日教你的待客之道！"

"大姐姐说，药瓶一旦揭开，药效就会渐渐消失！爹，我要先给你上药。"

"好吧。"

一会儿之后，抹上了这种神奇疗伤药的易少丞，觉着整个脸颊都清凉起来。连脸上创口处裂开的皮肉组织也似乎因为药物的滋润，紧密地粘在了一起，恢复了许多活力。

易少丞心情颇好，但也不愿意白受别人的恩惠，自然就不会怠慢青海翼。于是他走出去，恭恭敬敬地将这位面容严肃但目光已不再拒人千里的左圣使者，请进了屋中。

虽然无话，易少丞却忙活起来，架起铁锅，在火盆上煮了一锅滇民喜欢的糍粑粥。

直到铁锅内鼎沸不已，糍粑粥的香味飘了起来，屋内蒸汽腾腾，易少丞脸上才多了一丝喜悦之色。他先是盛起来一碗，双手端送到青海翼面前，才缓缓说道："多谢左圣使者的药物，我易少丞无以为报！"

青海翼凝视易少丞。她当然听得出来，易少丞的话中有着双重含义：只要你接过这碗粥，就代表着我并不欠你什么了。所以，对于要带走铎娇这个关键性的问题，可以预见易少丞是绝不会退让半步的。于是这碗粥就被易少丞这么一直端着。

说实话，她很少如此近距离地与男人接触，在闻到异性身上一丝特有的汗味后，她下意识地后挪了半尺距离，继而冷冷地说："好一个无以为报，这碗粥的价格也未免太高了！"

易少丞只是淡淡地看着她，两人目光中都带着坚持和对抗。

坚持了一会儿，青海翼的脸上终于露出一丝苦笑，选择接下这碗粥，摇摇头说："你当知道，这都是碍于王女，我才赠你良药。但话说回来，想必这些年来，你对她亲如己出，抚育之恩又重于泰山，我只能代表她的生身父亲感谢你。所以，你也不用担心再欠我什么。"

青海翼早就看出来，这对父女感情很深。

"那就好，阁下请慢用！"

易少丞知道青海翼还有话要说，默默等待的同时，又低头去给铎娇盛饭，却发现这小丫头因为今天遭遇太多事情有些累了，早趴在旁边的小凳子上睡着了。

易少丞摇摇头。就在这时，却听屋外传来一阵脚踩积雪声。他和青海翼立刻心起警觉，侧耳倾听，这踩雪声一直到了门帘外方停下来。

谁都知道，这河畔镇经历了羌人劫掠，现下遍地都是尸体，并没有一个活口。易少丞目光一沉，修长的手指微微攥成拳头，他缓缓站立起来，朝着卷帘外沉声问："谁？"

经过短暂的沉默，外面传来清脆的女子声音："我家主公焱珠长公主，有请滇国王女铎娇殿下、圣教左圣使者青海翼阁下，以及木屋主人，一同前往罗森船！若一刻后，我主未见诸位大人，屋外射龙手将火烧此屋，万望速速前往罗森船。"

此话说完，说话之人又踩着积雪缓步离开这里。

青海翼和易少丞闻言，对视了一眼，说到底，外面的敌人绝不是那么好对付的，言语中根本就没有给他们留下第二个选择。那离去之人的这番话，足以让易少丞心凉半截儿。

"两千多个日夜过去，这恶魔终于又回来了，丫头啊……这焱珠即使当年的实力也比我现在厉害许多啊。我们该怎么办？"

六年前，是自己冒死从焱珠手中救下了小铎娇一命。这期间，易少丞不敢浪费一点儿时间，每天都在刻苦地修炼雷电心法和如龙枪诀，就是为了防止会有今天这样被动的局面出现。

说实在的，易少丞能有今日修为，多少是被逼出来的。

终于，这个恶魔还是回来了！还说去什么罗森船，易少丞清楚记得当年看到的那条大船的模样，它就像是一座河上移动的坟墓，只有死路，没有生路。

此刻，易少丞目光瞬息万变，绞尽脑汁思量着该如何脱困。

他的这番神情，自然也难逃青海翼的法眼。但青海翼仿佛没听到般，将一缕发丝别到耳后，又将手中木碗挪到唇前，细心品尝着易少丞熬制的糍粑粥。

片刻后，易少丞决定把难题推到别人身上，于是轻声问道："左圣使大人，你说我们该怎么办？"

青海翼略带赞赏地品味着粥，回应道："手艺不错！"

"我是说，这焱珠公主到底是何人？难道你就允许她带走铎娇？"

眼下这个关键时刻，这女人竟还有这样的好心情喝粥，他恨不得掐死这个女人。易少丞的耐性已经彻底消失，他瞪着一双血红的眼睛问。

青海翼随即一笑，她站了起来，眼神蓦然变得异常凶狠。这一刹那，易少丞突然有种失重感——青海翼仿佛一下子把他带入了另一种环境，自己来到了一片白茫茫的云端之上，可以看到身下有一个气团圆圈在缓缓转动着。

"我们是在云端之上，风暴之巅？天哪……你也是界主强者？这是你的空间！"

易少丞不禁大惊失色。其实，他并没有动，这情景就像白天与江一夏的那场战斗一样，界主境强者是完全可以将对方带进自己领域之中的。

易少丞进入青海翼的冰雪领域后，有着一种介于真实与虚幻之间的感触。当他的手掌触摸到一块封冻的浮云，感受到极致寒冷时，他才知道，这个领域要比江一夏的更逼真，也更牢不可破。几乎可以肯定一点，青海翼已经抵达界主境中期，实力远远超过江一夏。

神秘强大的气息在周遭舞动着，呼啸的风声无比寒冷，这里果然是高寒的天宇，缥缈流动的气流之中只有白茫茫的一片。

易少丞对于高度的认知从未改变过，因此视野的尽头看到的便是天地微微弧形的运转轨迹。但那轨迹无法触摸，只能感受到是宏大广阔的天幕与无尽厚土的接壤。这时，一个端丽女子似乎跨越了无尽时空，从天地尽头的寒冷云层中突然来到他身边。

青海翼衣带随风飘舞，额头青鸟双翼扑动，宛若在飞翔。她的眼神透着一股傲视天地高远的孤寂，呼呼风声的存在只是为了衬托她的存在。

至强者，界主境。此时青海翼就像是一座处在风暴中央的冰雪女神，她冷漠地问道："易少丞，焱珠长公主乃滇国当下第一强者，如果连我都无法保护王女，你觉得你是否能够做到这一点？"

易少丞内心被微微触动，他无法反驳。毕竟，自己的王者境与她的界主境相比，等级差距实在太大了。这是云泥之别，是天地沟壑。

"我又怎么知道你会不会一心一意地帮助铎娇？"易少丞不甘心地问道。

"我以鹤幽神教大巫女的身份向你保证，一定活着带她回宫。"

"她回宫后又能怎样？你能保证她的安全吗？"

"我会在滇国宫廷当着众臣之面验她血脉，证明她是先王子嗣，那就没有人可以伤害铎娇了。然后我会好好培养她，我要让她终有一日亲手除掉焱珠，因为焱珠长公主是害死先王的罪魁祸首。我知道这很难很难，然而没有第二条路让你选择，也不能让我选择。"

青海翼的一字一句，都非常坚定。

"你看！"青海翼又用手一挥，许多滇国宫廷内发生的画面瞬间从易少丞眼前滑过……易少丞先是惊讶，后来越看越明白。最后，一个丰神俊朗的君王面孔落入易少丞的眼眸中。

"原来是这样……这是滇王战死的场景？他的容貌果真与铎娇有些相似……现在我明白了，当年你就是用一种法术得知铎娇没死，而且就藏在河畔镇。你作为堂堂大巫女，只知道每日修炼而不来找我，这是为什么？"

易少丞心里的许多疑问，终于因为这些画面得到了解释。

当年铎娇失踪被自己救下后，不久，青海翼就通过一种手段找到了自己，并在远处观察。滇王也很清楚铎娇尚活于世。无论是青海翼还是滇王，都没有担起保护铎娇的职责，而是全部交给了他。

直至不久前，滇王战死，临死前再次委托青海翼将铎娇带回宫。

易少丞露出一丝冷笑，道："好一个大巫女，好一个亲生父亲啊，你们……太让我失望了。"

"因为我信任你，相信你可以做一个好父亲！这些年来，我和滇王一直在暗暗保护你们。但滇王死后，焱珠再无约束……她已执掌滇国兵马，朝野遍布爪牙。这局棋，我们已快到无子可下的地步了！"

青海翼看着易少丞，也不知道她是出于欣赏，还是赞许，冷漠的眼眸终于变得温柔起来。

她是冰雪女神，从来都不苟言笑，从来都非常严谨。此刻，这一抹风情太过惊艳，足以令众生醉倒，就连易少丞也觉得此时的青海翼有着让人无法抵御的魅力。

易少丞也看着青海翼，了然一笑，带着苦涩问："恐怕今天你还打算继续利用我摆脱焱珠那个贱人，是不是？这个局，简直太完美了。"

"没错，焱珠作为滇国第一高手，我要你挡住她……其余的交给我……"可是，青海翼说到一半就被打断了。原来易少丞趁其不备一把将她搂住，狠狠吻住了她的唇。

青海翼吓了一跳！这一瞬间，脑海里空空一片。这么多年来，何时曾有人敢如此放肆？他真是不想活了呀！

"松开……啊，松开……"青海翼先是失神，后来挣扎，接着就给了易少丞狠狠一巴掌。她只觉得头晕目眩，似乎从八千里云端的高空跌落下来。但这只是短暂的错觉。他们同时从青海翼的冰雪世界回到现实后，两人彼此间还保持着一尺左右的距离。

青海翼的目光简直要杀人一般，强烈的杀意瞬间充满了整间屋子，她几乎是怒吼着说道："你想死……"

易少丞见状，却只是哈哈大笑，而这笑声里又带着一股苍凉与悲愤。

"这六年来，你说要我抚育孩子，没问题！你让我现在为你去拼命，也没问题。但你……总不能连找女人的机会都不给我。老子委屈了六年，你却只委屈这一次——哈哈，这才叫公平。你叫青海翼是吧，这次你给我布下一个必死之局，千万别让我活下来，因为到时候老子还要找你算账。这一次不够，等到下一次见到，你完啦！"

易少丞的眼神中带着一种置之死地而后生的执着，也带着浓浓的挑衅和暧昧。

是啊！凭什么你们滇王的孩子，要让我一个大汉子民来养育？被算计了这么久，难道他不该出一口恶气？难道"下次见到，你完啦！"这句话过分？

易少丞觉得自己一点儿也不过分，脸上的轻浮笑容让他都感觉自己仿佛年轻了很多，就好像一下子回到了十八岁那年初到河畔镇时的状态——"小爷我，今天就这么办了！"

青海翼气炸了，她在一瞬间甚至想直接杀了这个该死的浑蛋，然后挫骨扬灰。她端庄精致的面容因为此般羞恼而微微发红，在修长秀美的身材的映衬下，显得更加动人。这又让青海翼多了另一种韵味。说到底，美人连发怒起来也都很好看。

青海翼虽恨透了易少丞，但最终还是控制了自己，面对易少丞怒极反笑，说："好哇，易少丞，那我等着你，千万别让我失望，死在焱珠手里没担当！"

恐怕就连青海翼自己都无法想象，她竟然还能挤出这种微笑——她当然是在诅咒易少丞千万别落在自己手中。但此时，这个男人根本就不理她。

易少丞默默蹲在睡着的小铎娇身边，她睡得很熟。毕竟只是一个六岁的小孩儿，今天这么一折腾，早就困极了。那洁白的小脸蛋就这么侧着趴在一张小板凳上，嘟嘟的小嘴，长长的睫毛。虽然她睡着了，但怎么看都觉得可爱中又透着一股调皮的神态。

"丫头，爹还要给你买根头绳呢。"

易少丞用手抚摸着铎娇散开的头发，凝望她许久。

这一刻，易少丞心如刀绞。谁都知道，只要出了这门，就是一场生离死别。

那焱珠长公主是什么人？易少丞太知道她手腕的厉害了！他早就感应到这栋四角楼的百步之外，已被大军包围得水泄不通。

这些滇国王室的百战之兵，散发出的气息都非常强悍，从气息判断至少达到了武学宗师的级别——有了这重天罗地网，足以说明焱珠根本不需要来到河畔镇，而只需在太阳河等着结果。

"因为这是一个必死之局。"

易少丞的大手轻轻摩挲着铎娇的头发，微微吐出一口混浊的气息，最后，他下定决心离开。

在临出门前，易少丞回眸，仔细地看了一眼青海翼。他笑了，心中只觉着青海翼果然很美！而这刹那，青海翼迎望易少丞的目光中多了一种期盼之色。她说不清也道不明为何心中会微微一动，甚至有些期望他能活下去。但这思绪随即被冷风冻结。

易少丞掀开门帘，踏入了那寒气逼人的茫茫雪野中。不久，屋外传来阵阵急促的破空之声，杀戮声起。

也许，那里，踏雪无痕身姿如虹，万箭齐发箭羽飞舞，长枪直破取将首级。但那呼喊的声音，终是喊出受伤痛苦的哀号，又很快淹没在更加激烈的死战之中。

屋中，青海翼安静地坐在凳子上，披着薄纱的香肩微微颤动，那倾城容颜上始终流淌着一种等待、再等待的焦虑。终于，青海翼觉得时机成熟站了起来，缓缓抱起睡着的小铎娇，望了她一眼，美眸淡笑却带着一丝忧苦。

"该我们走了！"就见她猛然一震，怀中护住铎娇，整个人弹飞而起，直接穿破这座古旧的四角楼顶。

屋外早有一批更加厉害的高手时刻盯着这里，一见青海翼飞梭般从楼顶蹿出，立刻火力全开，加以层层封锁。青海翼巧足轻点借力，又幻化出无数个虚影朝四面八方躲避着，避开一层又一层的箭矢风暴的封锁。

四角楼在敌人的合击之下猛烈燃烧起来，浓呛的灰雾也在足下远离，青海翼终于寻找到一丝生机，化成一抹飞燕消失在浓浓夜色之中。

河畔镇外的太阳河上，停泊着滇国第一战舰——罗森号。

这艘船不但有厚厚青铜护甲的包裹，还设有几十门攻击性极强的弩炮，平时承载着大批弩手。因要兼顾防护性与攻击性，也导致了它的吃水线很深。

此时天气寒冷，罗森号的龙骨、挂帆、绳索具都挂满了一层白色的冰霜，就像刚刚经历了一场疲惫的远途……整艘船上，灯火昏暗，氛围肃杀无比。而甲板上黑漆漆的一片，两盏灯笼随风晃动。一身戎装的焱珠就这么孤零零地站在这里，目光望向无尽苍凉的太阳河。

许久后，伴随一阵急促的脚步声，船舷下方传来阵阵声响。看来那边的战斗终于结束了，一切都到了尘埃落定之时。然而焱珠并未转身，依旧望着黑漆漆的远方，仿佛这世界上没有什么事情可以打动她这颗冷冰冰的心。

"为何我有这种奇怪的感觉？难道这就是痛的感觉吗？不，绝不！没有任何事情可以伤害我！"

若说此刻还有什么比回忆更加伤怀，恐怕便是不久前传来的战报，以及被带回来的十几具尸体——她的射龙手卫队居然一下子损失了十八名。而这十八个射龙手都是被人一枪挑杀。

"那青海翼绝不敢对我的人这般下手，她手上从不敢多一条射龙手的性命，不然的话，永世都不得安宁。我倒要看看，到底是谁这么不知天高地厚，敢动我的人……"

焱珠此刻只剩下一种败极之后的期待，以及思考该如何清算这笔血债。

等待并没有多长，就闻"咚"的一声，浑身是血的易少丞被重重地推搡倒在地上，这动静也打乱了焱珠的思考。焱珠微微转身，看到地上倒在血泊中的易少丞。

"就是你，掩护青海翼跑了？"

"哈哈，贱人！你赶快杀了我吧，哈哈哈——"

易少丞艰难地爬起来骂道，却被人踢了一下脚踝，再次痛苦地倒在地上。他胸前四五支箭矢贯穿而过的伤口让他在倒地的过程中，也感受着强烈的痛苦，但他笑得非常放浪、放纵，甚至放肆。

那些弓箭手自以为掌握了绝佳射击技巧，只要有了距离优势，就会翻倍地掌握战术优势，但这一点对易少丞可没有什么用。他惯用的招式就是近身杀敌，所以用一具尸体做了挡箭牌后，便开始反攻。易少丞早已做好了死的准备，所以在刚才那一场生死战中，他拼尽全力。对于这种人，再客气又有什么用？

"回答我！你……叫什么？你怎么救她的？"焱珠强忍最后的耐性，站在易少丞面前，一连串问出这些年来的困惑。她的手指微微弯曲，这都是因为易少丞就像一头野兽，狂怒的野兽，使得连焱珠也一时控制不住自己的脾气。

"我是你祖宗。"易少丞狠狠骂道，他血红的眼球都能喷出火来。

"哈，哈哈——"焱珠气急而笑，突然那指尖变成一道道爆发白色锋芒的短促弧形，猛然从易少丞脸颊边滑过。顿时，一抹红色飞溅。易少丞立刻感觉面颊上微微一凉，似乎少了一些东西，当他意识到这是被对方抓挠而形成的指印沟壑后，他笑得更加肆无忌惮了。

"你，焱珠……滇国长公主……如今滇国的最高掌权者。哟，你在害怕什么，哈哈，你在惶恐，你在畏惧，你在担心……你那可怜的内心已经不安了。还是杀了我吧！你就是个愚蠢的女人，你连一个婴儿都杀不了，还想杀我，哈哈。"

若不死，必成俘。易少丞早就料到自己的命运，所以他现在唯一能做的就是拖着焱珠更久，只要他们不再追逐青海翼和铎娇，那么他心中的担忧就会少许多。所以，他在故意激怒焱珠。

焱珠不会上当。她很生气，但并不代表她愚蠢。作为一国公主，她经历过各种争斗，自然不会被情绪所左右。在生过气后，她快速恢复了平静，宛若天眼的双眸一下子便洞悉人心，居高临下地望着易少丞。

"告诉我……你……当年是如何救铎娇的。"这是双犹如神灵瞳孔的眸子，不该凡人拥有。

这一瞬间，犹如一张大鼓在易少丞耳畔猛然敲响。"咚"的一声，灵魂静寂，随后被尖锐和聒噪的纷扰瞬间充满，整个脑袋如同被一堆垃圾迅速填塞，越来越大，似要随时爆炸一般。

"啊——"易少丞根本无法忍受这种痛苦，他感觉自己的眼眸好像炸裂了，随后又感觉耳膜被一种尖锐的力量刺穿。

"告诉我……铎娇……"

"告诉我……青海翼……"

"你告诉我……她们都在哪里。"

这声音极大，震慑性已经完全超过了一般的逼问。这股神奇而强大的力量，层层腐蚀着易少丞心底想要坚守的阵地，最终他再也无法坚持，他眼中的焱珠已经出现多重幻影，那微微噘起的嘴唇、高傲的面容、至高无上的冷酷，都是他所不能抗拒的威压。

"啪！"一声清脆的响声——易少丞用尽浑身力量，竟在恪守最后底线之际，甩了贴着自己面容的焱珠一巴掌。

虽然这声音极轻，虽然这动作可以忽略不计，然而那围观的诸多侍卫、诸多射龙手、诸多船员，都亲眼看见了一个他们这辈子也不敢相信的画面。这个囚徒竟……竟扬起了巴掌，给了焱珠长公主一巴掌！

一阵死寂的沉默后，响起了焱珠公主歇斯底里的悲愤声音，瞬间传遍了整个罗森号："九火天蜈，九火天蜈……我要让这家伙被彻底毁灭！"

易少丞已经不记得自己的身体遭受了怎样的摧残，但有一种感知一直存在——皮肤、肉体、灵魂被一层层地剥离。一股神奇而凶残的力量，便这样在他体内汹涌激荡着。

残存的记忆也让易少丞偶尔会想起"铎娇"这个名字，但这又如高度醉酒后的记忆混乱，思念转瞬即逝，连那记忆深处最深刻、最难忘、最美好的残存也被尽数吞噬。一切都没了感觉，只剩下无尽的痛苦。如果说还有半点儿感知，易少丞便觉得以此为证，自己还活着……

天空阴暗，看不见雪花，但能感觉到那落地时的轻盈。

焱珠逼问易少丞几个时辰后，没有半点儿进展，罗森号终于开始朝雍元城进发。

易少丞蜷缩在这昏暗的底舱内，已经没有人在乎他的生死……当船在行进时，船体与河水互相接触而产生的那种轻缓的摩擦，就像是一股清流和温泉，轻轻地滋润着易少丞。

他像介于温暖和寒冷之间、混沌与光明之间、感知与木然之间……他觉得自己死了，却又像活着。

易少丞浑然不知，自己在这阴暗潮湿的底舱里经历着生死轮回。他偶尔会突然惊颤仿佛触电，那完全是因为他体内还有一条凶狠的火红蜈蚣，在经脉中肆无忌惮地游走着。这便是九火天蜈，一只来自西域贵霜帝国硫黄温泉中的奇特物种。

每当这条火蜈蚣开始游动时，易少丞的脸上都会出现一条错综复杂的行走路线——火蜈蚣在他的经脉中行走的曲径路线会同时显现在他的面容上，而且还会留下一行烧灼的伤痕。大概三五天后又会恢复，落去许多死皮，但初时看上去，非常吓人。

三日之后，易少丞终于缓了一口气，身体有了一点点生机，但他无法抬起头，只能茫然地看着船舱唯一的入口处，偶尔会有人员走动时留下的影子，当这影子因为日光变得修长而落在他身上时，又给人一种稍纵即逝的清凉。

又不知过了几天，易少丞终于可以微微地动弹一下，但他也不敢再招惹焱珠，只是就地装死，左耳紧紧地贴着舱底，目光尽可能地呈现出呆滞时特有的涣散。因为焱珠的侍卫会经常巡查，她们见到易少丞这般模样，最多只会流露出一种看待垃圾般的厌恶，而绝不会近身观察。

恰恰如此，传递到焱珠长公主耳中的信息，是易少丞早已变成了傻子。

他渐渐地被焱珠遗忘了！

"嘻嘻，她们……真傻！"

易少丞的思维从初时无比恍惚中竟渐渐地完全康复了。最让他难受之事就是体内那条活蹦乱跳的九火天蜈，这条蜈蚣的作息规则也被他摸清楚了，早中晚一天三次……每次发作，易少丞只恨自己为何不死。

易少丞依旧在装死，他开始记得铎娇的容貌，记起自己为何被关押在这条船中，甚至记起了青海翼那倾城的面容，记得太阳河的"九州洞府"中的无涯和那一群水鬼。他甚至感觉自己的躯体已经变成了和植物一样，虽不能动，却又多了对重新唤醒生命活力的期待。

某个深夜，大雨哗哗而下，逆流而上、缓缓前行的大船终于抛锚了。

易少丞能清楚地听到，水手和护卫在甲板上收帆时的传令声。那流出的雨水形成涓涓细流从通道中流下来，将易少丞浑身浇了个湿透。

"咚咚咚——"突然，一连串的敲打底舱的声音惊动了易少丞。

他侧耳细听，没错，正是从他所在的船板下面传来的！

"难道……难道是无涯？"易少丞突然有了一种激动的期待，他用手指轻轻地敲打着舱底，过了一会儿，舱底传来新一轮的回应。

"果然是无涯，他来救我了！"

半日之后，罗森号抛锚太阳河的某一段航道上，大船底部不知被什么东西凿开，沉了一半，再也无法前进。船上许多珍贵物品因为浸水而损失巨大。而舱底关押的重犯易少丞却不知所终。

焱珠大怒、吐血。

半个月后，修复后的罗森号终于返回滇国王城——雍元。然而再出状况，焱珠长公主进入内城时却被传令官阻截。就听传令官传谕："王女铎娇，自幼贤淑。流离外疆，百臣失职。依先王令，封太女之位！"

焱珠闻言，立刻明白了这一个月当中，雍元城内发生的诸多事变。看来那青海翼真的不好对付，带着铎娇回到王城后就立刻进行了新一轮的报复，必定已经窃取了不少政权。但焱珠仍面不改色，冷漠如旧。她依旧按照祖制在外城三跪九叩，行完这一轮大礼后，才得以凭长公主的礼仪缓缓地进入雍元内城之中。

又过几日，岁旦至，整个雍元城迎来了这一年的除夕，家家户户放灯点炮。

王宫中，这期间小铎娇虽然不解自己为何会被那个漂亮的大姐姐带来这里，见到许许多多的人，但渐渐明白自己此时的身份十分尊崇，与昔日在河畔镇时有着天壤之别，然而她时时刻刻都想着爹爹能来看望自己。因此她经常会做各种噩梦，醒来时泪水浸湿了枕头。

岁旦后的第二天，阳光洒满大地，睡醒的铎娇突然看到窗外一棵小树苗上系着一根红头绳，随风而动。

铎娇一眼认出来，这正是河畔镇的小女孩儿们最喜欢的扎头绳，它用不同动物的几股彩色鬃毛编制，做工非常精巧。上面还编着几朵小花，煞是可爱。

"爹来了？"她先是一惊，旋即跑过去把红头绳抓在手里，眸中泪光闪动，又对墙外大喊道："爹……爹……你在哪里？"

高墙红宇，铎娇的声音就响在耳畔。

此时，流亡多日潜入王城的易少丞，面容消瘦、形如枯槁，体内还有那条九火天螟每日都在折磨着他，因此他的脸上留下了许多触目惊心的火毒疮疤。

　　易少丞就这样用背部紧紧贴着墙面，内心苦苦挣扎着，虽只有一墙之隔，两人却无法看到彼此。

　　"爹，爹，你在哪儿，呜呜呜——"

　　听这伤心至极的抽泣声，想必是因为铎娇找不到易少丞，短暂的欢喜很快就被绝望和无助覆盖了。

　　易少丞心中不忍，脸上早已泪如雨下，他却迟迟不敢应答，两只大手紧紧地攥着，克制着。

　　"女儿，你一定要好好地待在这里，快快长大……我答应过大巫女，她说唯有这样才能保护好你。爹准备给自己放一个长假，回中原走一走、看一看，我还答应过骁龙将军，帮他做一些身后之事……"

　　片刻后，随着铎娇的哭声渐渐停下，易少丞再也无法自顾自地说下去。他心中越来越绝望，连忙趴在墙头，透过瓦缝看到铎娇转过身，那娇小孤独的背影渐渐消失在帷幔深处。

　　滇国王宫。

　　时值夜深，万籁俱寂，偶有风吹，撩动幽暗深邃宫帘下的灯火。

　　书房内，灯火受那微风撩拨，颤抖了一阵，房间内便忽明忽暗起来。

火光明暗间，烛苗跳动，映衬着拥有绝世容颜的少女。她皮肤如世间最美白玉，额头正中用丹砂点抹了一点红。她形似谪仙，面如秀月，但这双美丽的眸子中不知为何又有一丝愁绪，让人看过之后便觉得心情也跟着哀伤起来。

这便是如今的铎娇。一条红头绳系在发髻上，让她多了一丝淡雅的异域风情。

此刻，她闭着眼睛，在脸前竖起双指，仿佛在等待着什么。

"出。"声音一落，铎娇食指上的古朴戒指亮了又暗，墨绿色的火焰在戒指光芒暗下去的同时自指尖燃起，化为浓浓一簇。火焰之中，一个玄奥的符号若隐若现。若是细看不难发现，这符号和她所戴的古朴戒指上的符号一模一样。

对于这神奇一幕的显现，铎娇并没有感到半分惊奇，仿佛本该如此。她随手一弹，这道蕴含符号的墨绿色火焰便射落在三丈开外的灯柱上。骤然间，灯柱被火包裹，在肉眼可见的速度下最终化为缕缕烟气消散，连一点儿铜渣儿都未留下。

做完这一切，铎娇没有说话，转头看向了身旁书桌。

书桌前，青海翼看了之后眼神闪动，向来冷漠的她也为之动容了。

这火焰是巫法，而巫法是巫师们身份的象征，巫法颜色的高低象征着巫师们灵魂强大与否。修为越高，灵魂自然越强大，巫法威力自然也越高。就拿这巫火来说，只是最为寻常的巫法，却也最能体现巫师们的灵魂强度。

滇国巫教认为，人的灵魂起初是无形无色的，但若经过修炼，灵魂会一层层不断强大，乃至于产生质变。

第一层质变为白色，然后是灰、墨、青、紫、橙、红。巫教的巫师们在达到相应境界后便能够穿对应颜色的巫师袍子，这是实力的象征、身份的象征，也是一种至高无上的荣耀。

墨色不是黑色，而是墨绿色，相对应的袍子也不叫墨绿袍，而应当叫墨袍。很显然，铎娇已经有了穿墨袍的资格。寻常能穿这墨袍的滇国巫师，无一不是年过半百之辈，而铎娇的年纪也不过二八而已。

"十年，短短十年你便达到了这样的成就，难为你了。"青海翼柔和地说，目光再次落在铎娇的脸上。这么多年来，她一直能感受到铎娇内心隐藏着一股力量，是一种无法用语言形容的隐忍。也许，纵然世间有一万种痛苦，她却受着最为煎熬的那一种。想到这里，连青海翼都有些心疼起她来。

"十年……"铎娇也喃喃起来，她没想到一晃已经过了十年。

十年光阴飞逝，本以为很难熬，没想到也是弹指间的事情，就好像是昨天。恍惚间，她回到了霜雪河畔，那时血浇飞雪，火光映天，然后好像又看到了一个人，那人长满茧子的大手温柔地抚摸着自己的长发，宽厚的肩膀上落满了雪花，剑一样的眉头砌满冰冷白絮，沉稳的面容上挂着温和的笑，明澈坚毅的眼神凝望着自己。

铎娇的眼睛微微有些湿润，十年过去，那人的模样在岁月的冲刷下正一点一点变得模糊。

她沉静地看向青海翼，这个教了她十年的女人——与她做了一场十年的交易的女人。

"青海翼，师尊，您该兑现诺言了。"

青海翼一怔，诺言，什么诺言？再看向铎娇面色时，少女那冷峻的眼神立刻让她想起了一件事。那就是铎娇十年前刚来这里的时候，什么都不肯学，她那时看透了小女孩儿想父亲的心思，于是说："你无非是在想他罢了，那么我们做一场交易如何？只要你肯学，什么时候能有资格穿上墨袍了，我就将他的踪迹告诉你。"

"呵呵，这个嘛……"看着铎娇咄咄逼人的目光，青海翼罕见地笑了，摊开手说："我不知道。"她也要修炼，她也有重要的事去做，所以哪里有时间专门调查那人去向？只是，想到易少丞，她内心竟隐隐有种羞涩。

当下，铎娇一怔。但不等她提醒，青海翼又道："我怎么可能知道，那当然是骗你的。"没等她愤怒，青海翼便拍了拍宝贝徒弟的肩膀，温柔地道，"接下来你就安心修炼吧，师父得闭关了，也就是说接下来三个月你都见不到师父了。不要想师父，另外，你的修为也不要告诉任何人。"

不等铎娇将她的手拍掉，青海翼便如风一般离开了。

她有多少个十年，为了这个谎言，她竟然虚度了十年！铎娇趴在书桌上，心中辛酸疼痛，浑然不是滋味。那靠着不断修行压榨自己才压制下来的思念之情，转瞬间全部化为了泪水，一发不可收。

细微的抽泣声，在深夜的王宫内孤独回荡。

她曾满怀希望地想，十年后一旦得到消息，就能立刻找到爹爹、无涯师兄，找到她日思夜想的人。然而，此刻，所有的希望与信念都崩塌了。她狠狠一挥手，周围的青铜灯柱在转瞬间燃起的青色火焰中化为灰烬，房间也在忽现的青色光亮后陷入了沉寂与黑暗。

苦痛来得快，去得也快，这是铎娇在深宫之中学到的一件重要的事。

整理完情绪后，铎娇便换了身衣裳，穿了披风走向大门。刚出屋门，身后便出现了一个声音："殿下，您要去哪儿？"

铎娇一怔，回头去看，就见一个穿紫色袍子的女人正看着自己。

"你是……"

"曦云，师姐让我来保护你。"曦云快语道，随后她的目光扫过铎娇，眼神有了丝不屑。她身为青海翼的师妹，在巫教之中地位极高，即便没有这身份，凭借身上的紫色巫袍，她在整个滇国也有极高贵的身份。没想到如今却要当这小丫头的护卫加打手。毕竟是打赌输了，得兑现赌约不是？

"早知道师姐这么厉害，我就不把她拦下斗法还打赌了，唉，这么多年下来，我在进步，师姐的修为也不可能还停留在十年之前，我是不是傻？"曦云无时无刻不在懊恼这件事。

"原来是师叔，我要去御花园散散心，师叔能陪陪我吗？"铎娇笑了笑道。

曦云点了点头，没吭声，便在后面跟着。这种无聊的事她自然不感兴趣，谁叫这个丫头对于巫教和师姐都很重要，绝对不能出岔子呢。况且刚才走的时候师姐千叮咛万嘱咐，她还不耐烦地打了包票。

先王后素来喜爱种花，滇王便为王后准备了一个花海，所以御花园的花海格外大，又是深夜散心，没一会儿，铎娇便在花海中失去了踪影。起初曦云还未在意，过了半盏茶的工夫，她才发觉不对，喊了两声后也没得到任何回应，暗道一声不好，遂在这御花园中找了起来，然而这样的找终究是无果的。

"焱珠！你真是好大的胆子！"这是曦云找出一身汗后，第一个想到的罪魁祸首。

焱珠长公主在滇王死后便成了独揽大权的大丞（摄政王），掌握着整个滇国的生杀大权，估计除了曦云也没人敢这样大声嚷嚷了。她这一嚷嚷，周围的宫女、侍卫当即吓得噤若寒蝉。只是她还没愤恨抱怨完，宫中就传来一个消息，说一盏茶之前，公主骑着快骑出去了。顿时，感觉自己的心智被一个小丫头侮辱的曦云又在众人的面面相觑中，脸色涨得通红。

她冷哼着，重重甩了下袍子离开了。

"小丫头，有种你别回来。"

铎娇还真不想待在这里呢，毕竟这里不是她的家。在她心里，能被称之为家的地方只有一个，而她这次偷偷出来，正是为了寻找这个无数次出现在梦中却又渐渐模糊的地方。

凭着记忆快马到达河畔镇，已是数天之后的正午。远远能看到太阳河波光粼粼，墨绿色的草丛就像天然的纱帐。河畔上，有妇人洗着衣服，聊着家长里短。通过一条小路的连接，废墟下重建的小镇一如十年前：老人抽着旱烟，儿童在嬉戏，几只墨羽鸭子嘎嘎乱叫着。

只是……物是人非。

铎娇并没有高兴起来，反而生出一丝悲凉的感觉，它来源于小时候的那场大雪。那从内心滋生却又恰恰不愿意回忆的记忆翻涌而出，十年之前，南源河畔，雪飞万里，火光映天，与易少丞分别……这成为铎娇一生都难忘的回忆。她的脸上，不禁滚下泪珠。

她掉转马头，迫不及待地赶去自家那四角小楼，想看看那些年和父亲一起度过时光的地方，那里才是她真正的家。

"还好。"铎娇看着眼前的四角小楼，拍了拍胸口，一股庆幸油然而生。

四角小楼还和当年一样，没多少变化，只是十年时光让它的墙外布满了葛藤。门前台阶、屋檐瓦砾上长满了杂草和青苔。

"咦？"当铎娇的目光落到门前老树上时，她震惊地发现，这树上挂满了无数牌子。

自家的树怎么就变成祈愿树了呢？就在她感到有些好笑的时候，一个白发驼背老人走到她跟前，说道："姑娘，你最好离这宅子远一点儿。"

"为什么？"铎娇不解。

老人急道："这里呀，闹鬼！"

"鬼？"铎娇更加疑惑。

"可不是嘛，听说十年前发生了一场火灾，全村人都被烧死了，唯独这四角小楼保留了下来，那之后有人说听到了呜咽之声，我以前也听到过呢。这肯定是那些被烧死的村民冤魂不散呀。姑娘，我看你面善，赶紧离这不干净的地方远一些，冤魂不干净，最喜欢你这样细皮嫩肉的小姑娘。"说完，老人把一块刻满古怪符篆的木牌扔了上去，连忙满脸晦气地走了。

木牌上系着红绳，落下时红绳自然地缠在树枝上，成了众多木牌中的一块。

原来这不是祈愿树，而是被人布置成了镇邪树。

一阵哭笑不得后，铎娇脸色转瞬变冷："哼，闹鬼？我倒要看看你到底是个什么东西，也敢在我家撒野。"

夜已深，小镇的灯火一盏接着一盏灭掉，但村落并没有完全陷入漆黑。月自东方升，亘古不变地嵌在空中，十年如一日地照耀着这片土地，月光也温柔地洒落在那栋四角小楼上。

尽管它依旧破败、荒凉，但白日里已被邻家少女般的铎娇收拾得很干净。

她没有睡在自己当年的屋子里，而是睡在了易少丞的房间，她也许是想在那张床铺上寻觅当年那人的气息，哪怕只是一丝也好。

滇国王宫，那个地方冰冷、无情，但也因此，铎娇成长得更快，心智亦更为成熟。

刚入宫时，她总是爹爹长爹爹短，却不知为何，这总惹得自称为师父的青海翼脸色奇黑无比。有一次，青海翼实在恼火极了，很凶地呵斥："你是滇国至高无上的公主，命运之子，日后王位的正统继承人。他顶多不过是个普通汉人，说得难听点儿还可能是个卑贱逃犯。我们与大汉关系如何，不用我多说你也知道，他有何资格当你养父？你顶多只是寄养罢了。不过即便是我也得感谢他，因为你姑姑焱珠，滇国的确欠他一个救命之恩。易少丞便是易少丞，以后不准你再说他是你父亲，想都不行！你父亲只有一个，那就是离真大王！"

深宫大院，周围都是戴着面具的陌生人，铎娇无依无靠，整日里担忧恐惧，但明白这个女人是自己的救命稻草，千万不能惹她生气，久而久之，她对那个男人也只呼其名了。

月从窗外投射进来，铎娇躺在床上辗转反侧，白日里那村民的话回荡在脑海里，她已经想了一千种办法捉鬼了。最好的办法，就是自己当诱饵，假装睡着……可自从修炼巫术后，她整日精神充沛，十年来没有好好睡觉的她都已经忘了睡觉是种什么感觉了。

实在没法儿装下去就有些心烦了。铎娇离开床来到窗边，这一看正好看到院落中央。那里四周是栏杆，角落栽种着一棵巨榕，她记得那是他从山中刨出拖回来的，只因自己说了一句光秃秃的啥也没有。

这时候已经月至中天，天地之间一片光明雪白。铎娇情不自禁地从窗口一跃，轻轻落在了空地上。她屈指一弹，一缕白色魂火自指尖飞出落在了枝干上，然后被烧断的枝干悄然落下。她伸手接住，手一捋，捋掉了所有的叶子，她便把树枝当作枪使着。

这一刻，整个世界无论发生什么都已经和她没关系了，什么闹鬼、什么巫术、什么王宫、什么滇国！

儿时她使出浑身解数才让那人教了自己武功，离开之后她却再也没碰过。

"也许就是因为这样我才会慢慢记不得他的模样。"铎娇这样对自己说道，随后她手执着树枝扬起，院落里，呼啸的声音便响了起来。

这套如龙枪诀，从起初的生疏到一遍遍练习过后，很多零碎的记忆真的因此被慢慢唤醒。她开始沉浸其中，脸上流露出一丝欢愉的表情。

正在这时，一阵犀利的风从脑后袭来。猛然间，她好像听到了当年那人教自己时也会突然绕到自己身后来上一枪，同时大喊"小心"，以此来警醒训练自己。然后铎娇就像当年所学的那般对付——一个转身回头，先竖枪格挡护住自己，然后猛地压下对方枪杆，借力跳起，对着后面黑暗一踢。

"啪！"脚被黑暗中探出来的大手握住，就如当年被那人握住一样。

当年的铎娇就会易少丞所教的"大蛇随棍上"，此时她抬手甩出了"枪"反刺过去。大手旋即一松，后退，并将她的"枪"撇开。

铎娇落地，举"枪"朝天，转身朝身后的黑暗狠狠一劈。只是劈到一半，便停了——

"谁！"铎娇沉冷喝道。

月光下，长枪闪烁着寒芒，无声中，稳准狠地一刺，最终点在了铎娇的咽喉上。

她知道，村民口中盘踞在她家的鬼，终于出现了。

随着铎娇的呵斥，枪芒又朝前顶了顶，那上面布满的森冷杀意在瞬间透过皮肤凉了她全身，让她感到头皮发麻。

"啪嗒"，树枝从手中滑落，铎娇闭上了眼，但她并不是放弃，因为没见到那人前她是无论如何都不会放弃的，所以她袖子下的手指正飞快撩动，一丝魂火正在凝聚。然而就在魂火凝聚的一刹那，那杀意忽然一下消散了，紧接着她便听到了"咣当"一声。

铎娇只觉咽喉一松，连忙睁眼去看，果然是那枪掉在了地上。她的目光随之一下子被这地上的枪给死死吸引住了。这枪……很眼熟。铎娇一怔，目光从这陈旧斑驳的木枪枪身往前移，最终落在了枪头上，依稀看到枪头上有一行快被磨没了的字，从那熟悉的笔法来看，铎娇一下子便认了出来——易少丞。

是易少丞！这是他当年使用的那杆枪！

一时间，刚才的所有打斗场景在她脑海里闪烁。这个人仿佛知道她接下来的每一招，所以她才会落败。没错，这个人对她很熟悉很熟悉，会那套枪法，这个人就是——

"是爹……是易少丞！"

铎娇眼睛湿润，脸色激动，连忙抬头往前面看去。只是下一刻，她激动的脸色消失了，变得错愕，变得难以置信，不过很快，铎娇便再次激动起来，她张开手拥了上去。

记忆里，那是无涯最后一次见到那个男人——

那个男人站在四角小楼前，周围满是残破的房屋与灰烬，这风雪也随之埋葬了一半的天地，宛若身在一场残酷却瑰丽多姿的梦境里。梦境中，这男人的身上也残破不堪、血迹斑驳。因此他是如此巍峨，却又散发着一种难掩的孤独。

这是一幅如今让人想来，依然会身临其境地感到一种悲壮的画面。

这个男人就在风雪中伫立着，凝视着四角小楼，直到整个人都快变成了雪人。

无涯就这么陪着，虽然不知道要干吗，不过他知道，等待是自己唯一要做的事。

不知过了多久，"雪人"身上的雪壳破裂了。那个男人抖落一身风雪，转头按着他的肩膀，低下身来对他说着什么，尽管他听不懂，可长时间与之相处也能明白一二。大概是"谢谢你""看好这里""等我回来"之类的，然后那个男人便消失在越来越大的风雪中。

之后接下来的日子里，无涯整日在小楼和河畔之间往返，时间长了也经常会想起那个男人还有那个女孩儿，之后不知何时起周围又开始出现了人。

再之后，无涯已忘记如何说话，心中只有一个顽强的信念：等！

为何而等？无涯不知，或许只是懵懂如初，履行当初的一个承诺。

他不懂感情，但在这一刻，也情不自禁地拥住了铎娇，那股久违的熟悉感顷刻涌上心头，冲淡了十年来的静默与清冷。

"无涯师兄，真的是你……"铎娇紧紧抱着无涯，喜极而泣。

人生四大幸事，他乡遇故知便是其一。在铎娇心中，易少丞、无涯，便是她最熟悉的两个人，占据了她幼时生活的全部。可这一切都在十年前的某一天，忽然消失了。就像做梦一样，等她梦醒时才发现，易少丞和无涯都是梦，清冷现实不过是冰凉、巍峨的宫殿，是那黑森森的铁卫的守护。

"无涯……师兄……我终于见到你了，见到你了……"铎娇反复嘟囔着、宣泄着，良久之后，她才抬起头来擦干了眼泪，看向无涯。

月光下的无涯比十年前魁梧了许多。不变的是他棱角刚硬的脸庞、粗犷的眉、漆黑透亮的眼和一头暗红色的头发。也许是他什么都不懂的缘故，身上的衣服乱糟糟的，随便地裹在身上，还散发着一股含着灰尘的怪味。

"师兄，"铎娇拉着无涯的手，看着他的眼睛，喉头嚅动，仿佛极为艰难但最终还是开了口，"你可知道易少丞……爹爹在哪里？"

若干年来与人类间接相处，无涯已经能够听懂铎娇的意思了。但他的表达依旧是个问题，而且是个很大的问题，他手舞足蹈了半天才让铎娇明白，原来爹爹往大汉去了。

"果然和青海翼说的相差无几，是去了东边。当年，他一定是从雍元城赶回来，在这里与无涯分别的。"

复杂的感触再次在心中泛起，铎娇也随之看向东方。

清幽的宫殿里，四爪腾蛇的青铜香炉里青烟袅袅。

"少离最近的修行如何？"女子高冷的声音响起，在这宫殿内回荡着。

循声望去，只见大殿下方站着五个身穿布衣的老者。这些老者看似头发、眉毛、胡子皆花白，但身板挺直，眼中满是精光，太阳穴微微鼓起，面色红润。只是站在那里，浑身上下流露出一股金戈铁马的杀伐之气，寻常人看了不免肃然起敬。

不过，与大殿最上方的绝美女子相比，气势还远远不如。

这女子不是别人，正是焱珠长公主。但这样的称呼并不准确，因为在滇王故去后，她便成了整个滇国的最高掌权者——大丞，也就是摄政王。岁月如洗，唯独洗不去她那飘逸若鹜的轻灵，但又透着一股炎火气息，仿佛是从烈焰中诞生的一名威严神女。

睥睨冷漠的目光，令强者敬畏，让弱者敬若神明——这便是焱珠长公主。

"启禀大丞，殿下资质斐然，又经常配药而浴，短短七日已到三品宗师。"

"嗯。"焱珠应了一声，便没再说话，大殿里落针可闻。

这本不是什么大事，可是其中散发的无形压力却让这几位老者心头无比沉重，额头上不免出了一层细密汗珠。原因无他，他们都害怕这个结果让公主不满意，所以汇报得格外详尽。

武道修行分九流，九流过后便是宗师，宗师又分九品，其中一品最高。等过了一品便是王者境。而他们也不过半步王者。

这越往上走越难是常理，但宗师的境界，过了五品之后更为艰难。最后三品，一品一登天，他们这几个老家伙年轻时都资质卓绝，家境极好，又机遇颇佳，这才到达了宗师一品的境界，可接下来的几十年里硬是拼尽全力都没有参透王者境，成为武修的一方主宰，只是半只脚踏入其中。

"他若能在年底之前晋入一品，那么本王便亲自带你们去我的铜雀台藏书库，随便你们参阅王者境的书籍。"

焱珠挥了挥手，几个老者连忙松了口气，满脸兴奋地离开了宫殿。

焱珠并没有停下来休息，捡起桌案上的成堆奏折看了起来。这时，一位英姿勃发的银甲女护卫前来禀告，正是射龙手军团统帅之一，也是焱珠长公主的贴身侍卫——珑兮。珑兮行礼道："殿下，近些日子的奏折皆已送到少离和铎娇两位殿下手中。另外，铎娇殿下这些日子与带回来的那个野人走得很近，圣教的巫女们看护得也很紧。"

焱珠目露深思，良久后对珑兮说道："无妨！继续留意她的一举一动，多关注圣教的青海翼。"

"属下遵命！"

"殿下圣安。"一个汉人模样的老者来到书房里，恭敬参拜。

案头上堆着许多奏折，铎娇从奏折堆里抬起头，一看到他，连忙起身将其请到了座位上，亲自倒了一盏热茶，让老者受宠若惊。

"文大人客气了，您大可不必如此。"

"唉，殿下才不必如此。我不过是糟老头子一个，十五年前经商被汉人所劫，妻儿被杀，这才流落滇国，若非五年前殿下施恩，我这把老骨头恐怕早就腐朽了。"文大人捋着胡子感叹着，眉宇之间又颇为复杂。

自那以后，他便发誓辅佐这个孩子，反而逐渐忘了自己是个汉人。

寒暄一番后，铎娇连忙问道："文大人，我师兄如何？"

文大人看着铎娇期待的眼神，忽然笑了，摇头道："殿下的师兄应当是自小远离人群才至如此，如今只需多与人交流自然便好。不过，他似乎志不在此，老朽说一句不该说的，殿下也不要过于强求他。至于其他方面，老朽尽力，那孩子也很用心。"

"嗯，那就多谢文大人了。"铎娇行了一礼，把文大人吓得连忙拱了拱手离开了。

铎娇也不知在想什么，愣了愣后眼珠子一转，便离开了书房，来到了宫中一处院落外。她悄悄靠近微合着的门朝里面看去，只见一个虎背熊腰的少年正在修炼枪法，这人不是别人，正是被铎娇带回来的无涯。

由于宫廷的伙食极好，如今的无涯比先前更为俊朗，在回来之后铎娇便让人给他打理了一番。原先的破旧衣服换成了一身青色布袍，一头暗红长发也被扎起，粗犷的眉毛经过修整之后宛如两把上扬的利剑。

无涯身形翻飞，刚猛有力，迅猛疾驰，枪法凌厉，好像一头雷厉风行的战虎。毫无疑问，无涯修炼的正是易少丞所教授的枪法——如龙枪诀！

铎娇在门外看着，不知为何心里异常宁静，这一刻，她感觉整个世界只剩下了她和他。看着看着，无涯的相貌在她眼中变得模糊，慢慢变成了易少丞的模样。她不禁推开门，眼神愣愣的，直到发现身后有人的无涯一枪回戳停在她面前，她都毫无察觉。在她眼中，此时的"易少丞"满脸都是汗，面带着微笑，她就像小时候那般拿起了手帕给他擦汗。

无涯一看师妹来了，兴奋之情不知该如何表达，但他脸上挂着敦厚笑容，足以证明此刻的心情。

铎娇拿起的手帕呈现在他眼前，他知道这个叫手帕，擦汗用的，于是一下子抓过来在脸上胡乱抹了把，又重新塞到了小师妹手里。

手帕被一下子拽走让铎娇瞬间清醒了过来，她发现眼前挂着傻笑的人是无涯不是易少丞时，心头顷刻涌出了无数酸楚。她瞬间脸色一寒，轻轻地拍打了一下无涯的手。

无涯顿时有些惶恐起来。

"师兄，以后若是别人递给你一个东西，或者做出对你好的事情时，你一定要说谢谢。懂吗？"

铎娇的希望很快落空了，无涯并不能够立刻理会铎娇话中的含义，只是呆呆地站着。

就算是说声"谢谢"这种惯用的、最简单的话语，无涯也还没学会。说不清道不明的委屈从心底涌出，铎娇抱着无涯哭了起来。没人知道，一个小女孩儿从什么事都不懂到十年之后能够独立批阅奏章，中间究竟经历了多少转变。

铎娇擦了擦眼泪，深深呼吸了一下，感觉整个人都轻松多了。

"师兄，最近怎么样，还习惯吗？"铎娇凝视着无涯，问道。

"我……嗯……那个……"无涯说了几个生词后，重重点点头。

"可是我听说师兄最近很不用功哦。"铎娇微笑着道。

"这个……嗯……那个……"无涯又说了几个生词，摇摇头，一脸不情愿。

"师兄不想学这个？"铎娇问道。

无涯看了铎娇的脸良久，虽然很想点头，但又不想让师妹失望，最终狠狠点了点头，扬起了握紧的拳头。

"呵呵。"铎娇笑了，她懂师兄，那意思是"我会努力的"。之后，铎娇拉着无涯一同去御花园。文大人说，师兄需要有人陪他经常说话、交流，那地方再适合不过。那片花海据说是她生父当年为她母亲种植的，每每到了那里，她总会感觉到一种特殊的情意。

两人一前一后地走着，便到了花海。虎背熊腰的无涯跟在她身后，宛如一座铁塔，身上散发出来的野蛮气息，让看守宫廷的护卫都有些心里发怵。不承想，在这里，铎娇见到了一个意想不到的人——她的双胞胎弟弟少离。

此时，少离一身便装正在摆弄着花草，身后跟随着几名侍卫、侍女。

"少离，你也在这儿？"铎娇见到少离，心中很是惊喜。

少离闻言，立刻放下手头的活儿，抛下众人来到铎娇跟前行礼一拜，随后笑道："姐姐，你来啦。"

"难道就许你来，不许姐姐来这儿吗？"

铎娇话音刚落，少离身后的宫女、侍从连忙跑了过来向铎娇半跪半蹲行了礼。这是滇国宫廷的礼仪，像少离和铎娇同在的这种情况，双方的侍从必须立刻参拜对方主人。

"大胆！区区平民，见到我滇国王储竟然不拜，是何居心？"就在这时，少离身旁的黑衣侍从发现公主身旁的人竟然没下拜，便当即起身喝道。

拜？为什么要拜？古怪的念头从无涯脑海中一闪而过。师父可从来没教过他这种事，不，从前就算自己参拜，也只拜师父易少丞一人。当下，无涯一双铜铃般的大眼直勾勾地看着这黑衣侍从。

黑衣侍从冷冷一笑，指着无涯道："不过一个平民，得了公主恩赐进宫就敢这样大不敬，真是好大的狗胆，来人，教教他我们雍元王城里的规矩。”

　　一声令下，少离身后的四个侍卫走了出来，各站一方围住了无涯。

姐弟之间

　　黑衣侍从冷哼一声，四个侍卫中的一人飞快抬腿对着无涯膝盖后面踢了过去。

　　"砰！"真是又狠又辣的一脚。无涯的身边都被震得灰尘飞起，然而他的身体半分没动。

　　"嗯？"这个侍卫一愣，他怎么都没想到会这样，他好歹是宫廷侍卫，更是五品宗师！还没等他反应过来，便觉脑袋一疼，身体一轻，然后整个人飞了出去——在周围人瞠目结舌中，无涯单手抓起这个侍卫将他甩了出去。

　　"砰！"他重重落地。剩下的三个侍卫当下瞳孔一凝，不等那黑衣侍从发号施令，便对无涯攻了过去。那一招一式都是杀招，太阳穴、膻中穴、清明穴……何处是死穴便往何处攻击，一时间，六手如影，无涯被围住后，有无数双手针对他全身死穴杀去。

　　"砰砰——"一时间，炸响不绝于耳。这声音完全出自结结实实的打击！

　　无涯任由这些人攻击，只是躲过对命门的攻击，也不防御，仿佛无知无觉一般，不过这并不代表他不反击。

　　不远处，铎娇看得心惊肉跳，但她并不担心，出于对巫术的理解，铎娇已能够看懂无涯似乎还占据一定的上风，眉梢因此带有一丝喜悦。果不其然，三息之后，无涯的手似慢实快地透过无数残影，一把抓住其中一个侍卫拽了过来，将其当作棍子一般画圈一扫，只听"砰砰"两声，周围残影消失，那两个护卫犹如两道离弦之箭飞了出去，最后倒插入了花丛里。

无涯随手一甩，手中的护卫也飞了出去，碾碎一片花丛，惊起无数花瓣。恰好，一阵风吹来，卷着这些碎花瓣肆意飘荡，整个御花园处在这一片漂流花海。

无涯捏着拳头、扭着脖子，淡淡地看着黑衣侍从，一步步走了过去。

"你，你，你……很好！"黑衣侍从自忖怕是不能像这人一般，轻松对付自己的这几个下属，所以当无涯魁梧的身影笼罩住他时，他的脸都青了。

不过，随后又有大批宫廷侍卫跟上，岂是吃素的？

当下一群人带着长枪短刀将无涯围在中央，水泄不通。

"哈哈哈——"就在这时，一阵哈哈大笑声忽然响起，打破了僵局。原来是王子少离，他挥了挥手，紧围着无涯的所有宫廷侍卫就散了开去。他走到无涯跟前，拍着无涯的肩膀，热情异常地道："好威猛的人！我喜欢！看来姐姐有个好护卫啊！不错，不错，这样弟弟我就放心了。"

"可是殿下——"黑衣侍从还想说什么，明显是有些不甘心，少离连忙摆手。

"黑摩苏，你这事做得有些过了，念在你护主心切，我就不予追究了。"少离一边说，一边看着无涯，瞅了一会儿后，跑到铎娇身边竖着大拇指亲热道："姐姐，你从哪儿找来的高手，你看弟弟身边都是些酒囊饭袋。我不开心了！"

铎娇呵呵笑了，摇了摇头。

刚才发生的一切，她并不是没时间去阻止，之所以放任为之，主要还是针对自己弟弟身旁的这个侍从黑摩苏。铎娇早就听闻这家伙靠着乖巧伶俐、见风使舵骗取了她弟弟的信任，本想让无涯乘胜追击，名正言顺地教训他一下。

"少离，这是我师兄，并不是从哪儿找来的。师兄他曾受到我父……"铎娇说到这里忽然发觉不对，连忙住口。

少离奇怪地看着铎娇，似乎等着她继续说下去。

"嗯，总之，我师兄是受高人指点，所以才能这么厉害，日后肯定能够成为我滇国阿泰。"铎娇总算理顺了措辞，面色也恢复了正常。无涯已回到了她身后，负手站立、抬头挺胸，看这气势，似乎根本就不把这场小争斗看在眼里。反观那边的黑摩苏，脸色已发青，显然无颜在这里继续待下去。

"阿泰？呵……我滇国阿泰只有一人，五年一选，需打败整个滇国的所有高手才能获此殊荣，他区区一个未开化的野人，殿下，您是在说笑吗？"不合时宜的声音再次响起，正是这个黑摩苏阴阳怪气地在说。

所谓的"阿泰"，便是"勇士"的谐音。

阿泰，代表滇国第一勇士，这个称号只给滇国三十岁以下的武者。

阿泰的选拔每五年一次，场面极为热闹，届时全国各地三十岁以下的武者都会来参加，一旦获此称号，不光能享受荣耀，还能直接进入滇国军中享受千夫长的权力与待遇，并且这支兵只归阿泰享有。更有一些前辈阿泰混得风生水起，甚至独立出去建设自己的部落，权力相当大。

铎娇没有说话，只是皱了皱眉。

"黑摩苏，你这话说得不错，倒是提醒了我，这个好办。黑摩苏，你立刻去告诉我那五位师父，让他们以后不用来我这里，只管去教无涯师兄就好了。"少离猛一拍手，眼神兴奋地说道。

"可是殿下，这，这，这怎可使得……"黑摩苏当即急了。

"有什么使不得？就说是我说的，我姐姐的师兄就是我的师兄！"

"可……"

"我说的话也没用？"

黑摩苏一下气馁，无奈地低头说道："谨遵殿下之令。"可他气得目露愤恨。

少离说完，转头对铎娇道："姐姐，你不要拒绝，我很看好师兄。黑摩苏说得对，如果没有好的老师指点，修炼武学很可能就会出岔子。练得不好不要紧，可若是走火入魔那可就完啦。姐姐，你放心，我这五个老师是曾经训练我滇国强兵与宫廷侍卫的总教头，每个人年轻时都战功赫赫，曾经被父王授勋过，厉害得很。"

少离说完等着铎娇答应，却看到铎娇眉头皱得更紧，少离不知道她在想什么，于是把她拉到一边小声道："姐姐，你可不知道，这五个老头儿烦死了，每天逼我练武，我最讨厌动刀动枪了，可他们偏偏各有所长，还不光动刀动枪。你就当帮帮弟弟，好吗？"

少离软磨硬泡，露出一脸纯真的笑容。对于这个有血缘关系、同样被封为命运之子的双胞胎弟弟，铎娇这个当姐姐的也实在不好拒绝，最后应了一声答应下来。

"既是这样，就当是帮你了。"铎娇大大咧咧地说，她当然知道，少离这是在故意卖个好，化解刚才黑摩苏和无涯之间的不快。

"太好了，姐姐，那就这样，我先行告辞了！"

"好！"

少离说完转身跑了，拉着一大群侍从、宫女很快消失在花海中，不久便传出他开心爽朗的笑声和宫女的嬉笑。但是没人看到，那黑摩苏消失在花海前，阴森森的眼神狠狠瞪了无涯一眼，又古怪地笑看了一眼铎娇。

铎娇本想借助这次风波与无涯好好聊聊该如何在雍元王城中与别人相处，这时候却因为一个人的到来不得不停下，俏丽容颜顿时皱起来。

来人珑兮作为焱珠的贴身护卫，年龄不比铎娇大多少，但格外的成熟稳重，一身银甲，熠熠生辉，似有几分焱珠长公主的气势。

"殿下，大丞殿下让我送奏章给您，并吩咐我告诉您，这奏章得速速处理，不得有误。奏章已在殿下您的书房桌案上。我看见还有许多未批复的奏章，还劳烦殿下速速处理，以免耽搁了要务。"珑兮说完，扫了一眼无涯，又对铎娇微微行礼，消失在了花海尽头。

铎娇的脸色有些难看，只是什么都没说，便带着无涯离开了御花园。

花海深处，王子少离正和宫女们玩得热闹，一个冷森森的声音忽然出现在身边："殿下，大丞殿下让我告诉您，再过数日便要来检查您的功课，希望您早做准备。另外，大丞殿下说，若是您玩痛快了，便自己一人去御书房，她有事要问您。"

珑兮说的时候，周围的吵闹依旧没停，但"大丞殿下"四个字一出，当即整个世界都死寂了，花海之中除了风吹与花香，便如时间静止了一般。那些宫女、侍从全部默然站立，一动不动，而少离也只觉一盆冷水浇了下来，原本玩得涨红的脸一下子恢复正常。在阳光的照耀下，他的脸似乎还有些苍白，带着些玩世不恭的神色在这一刻也变得收敛。

珑兮说完，悠然走开，少离的脸色一阵阴晴变幻，非常不爽。不过他还是挥舞着手，让周围人重新玩起来，气氛很快又变得热闹。

只是，那不合时宜的声音再次出现，原来是珑兮停下了脚步："对了，殿下，末将来这里时，大丞殿下已经去御书房了，她说她会慢慢等您回去。现在……恐怕已有些不耐烦了。"

珑兮言语之间，周围再次出现死寂，少离看着珑兮说话时头也不回的背影，忽然出手。

"砰！"拳劲将一旁开满鲜花的小树捶得花瓣乱舞。

四周无风，花瓣很快沉落，只留下没有花与叶的光秃秃的枝干。

"散开吧。"少离手一挥，转身离开，周围没人敢跟上去，连旁边的黑摩苏都低着头一言不发。

想起那桌案上堆积如山的奏章，铎娇便觉头大，于是在回书房前，便去找来了文大人，希望他能帮她处理一些，这样也会更有效率。不承想，她刚一推开门，便看到一个纤长的背影正站在书房里。

这是一个雍容华贵又有着威严仪容的女人——焱珠长公主。她手里拿着铎娇批阅过的奏章，那淡然的面色仿佛是在重新审阅奏章里的内容。铎娇细看之下才发现，房间里竟然还有一个女人。这个女人不是别人，正是那天被她戏耍的曦云。

曦云双手抱胸，靠着柱子，闭着双眼，铎娇来了她也没睁眼看一下，仿佛真的睡着了。铎娇见状心中一喜，她很清楚，王宫虽大，却尽数被焱珠把持着，若不是青海翼派了一些强大的巫女在暗中保护，真不知道自己现在是否还活着。而曦云更是目前所有保护铎娇的巫女中最为强大的存在。

"铎娇见过姑姑。"铎娇行了一礼，收起种种心思。

"臣见过大丞殿下。"铎娇身后，文大人也连忙行礼。

焱珠仿佛才发觉两人进来，神色一怔，放下奏章，面带笑容来到铎娇身前，双手托起铎娇精致的脸庞，仔细地瞧着……这时候曦云也睁开了眼睛，冰冷得犹如野兽的双目紧紧盯着焱珠那双看似柔软的手。仿佛生怕这手一用力，公主殿下的脑袋就碎了。

"快让姑姑看看，娇儿最近是不是瘦了。嗯，果然瘦了些许。奏章虽多，可身体更要紧。相比之下，你那弟弟就不如你这么努力，以后可要好好训导他呀。"焱珠说话的同时也感觉到一股无形的压力正在逼近——这个曦云确实具有非常恐怖的摧毁性，令她不得不防。

"多谢姑姑关怀。"铎娇微微一笑，让人看上去觉得她和焱珠的关系就像平常百姓的姑侄关系一般亲密。

"嗯，适才的奏章已送了过来，娇儿，你也批阅一下。这次奏章有些不同，我怕你不分轻重，这才让人告诉你要抓紧。后来想想又不放心，所以特地赶了过来。"说话间，焱珠已经一脸慈爱地拉着铎娇来到桌案前，拿起一卷奏章递到她手里。

"娇儿看看吧，就知道到底是何事让姑姑这般焦急。"

铎娇打开奏章一看，当即皱了眉头，这种事情确实她还是第一次批阅，感到有些扎手。

奏章的内容很简单：提高汉朝商旅的商税。

"姑姑，这个恐怕不妥吧，汉商商税我记得先前就已达到了九分，如今却要从九分直接提到两成。这若批复下去，先不说汉朝商旅恐怕都会撤离，只怕也会引来大汉朝的不满，那时大汉朝若降怒下来，势必又要打仗。"

"打仗？"焱珠笑了笑，转身走向一旁，留给铎娇一个背影，她淡淡地道，"我滇国及西域诸国皆盛产金银珍珠宝石，历年来，汉朝商旅皆是低价买入，之后又跑来高价卖给咱们，这其中被刮走的民脂民膏又有多少？滇国老人都称汉人为草皮子上的狐狸。娇儿，你可知两尺丝绸能在我滇国卖多少钱？五万钱！就你身上所穿的这身丝绸袍子，至少要百万钱，而在汉朝，至多才几万钱。文大人，你是汉人，你来说说。"

"是，殿下。"文大人连忙道，"汉朝以此暴利回纳官税，如此高额税收足以让汉朝有足够的钱来制造兵器，打造军伍。也因为这样，汉朝愈发强盛，我滇国周边却日渐衰弱，乃至畏惧、惊恐于汉朝威严。若我等能从税收入手，便可遏止汉朝势头，而且从周遭获得的利润也能入我滇国国库，壮大我滇国军伍。时间一长，便会此消彼长，此乃强国良法。但这商税不能收取太多，否则触了汉朝底线，对方必然会动怒。一旦兵战，双方必不讨好。可我滇国毕竟没大汉国力强盛，即便打了胜仗，只怕一时间也难以恢复元气，而汉朝纵然吃了败仗，也能很快就恢复过来。所以控制商税额度很重要，这份奏折所提的两成，其实并不过分，或者说刚刚在汉朝的底线之上。"

文大人说完，"啪啪啪"，焱珠拍手称赞道："文大人不愧是汉人，这局势分析得远比我好得多，厉害。"

"殿下过奖了，我文某为汉人所害，失了妻儿，还差点儿命丧野狗。自从被公主殿下所救后，便抛弃了自己的汉人身份，我如今在朝为官，也是滇国的一分子，并非汉人。"

焱珠眼中闪过一丝赞赏之色，随后转头看向铎娇。

"原来如此，是娇儿肤浅了，幸亏姑姑提醒，若不然还真要犯下大错了。"铎娇诚恳道，起身后，又对文大人投去感谢的目光。

"无妨，你还年轻，路还长着呢，姑姑先走了。"说完，焱珠便准备离开，到了门口脚步却又停下，对文大人和曦云道："文大人，娇儿比少离懂事得多，就麻烦你了。还有曦云大人，娇儿也劳烦你照顾了。"

文大人没说话，对着门口行了一礼。

"哼，惺惺作态。"曦云冷脸道。

焱珠微微一笑，摇头不语地离开了。

她作为大丞，权倾朝野，手掌生杀大权，无人敢触其霉头。敢当面骂她的只有一个地方，这个地方让她也不敢肆无忌惮。恰好，曦云就是这个地方的人——鹤幽教。

"小丫头，看在师姐的面子上，别怪我没提醒你，千万别被这女人骗了，如果你出了什么事，就不是我能不能交代的问题了，而是……听到没有？"曦云郑重地看着铎娇。

铎娇看着外面，微微笑着，摇了摇头，道："姑姑不会的，她一向待我很好。"却没人发现，铎娇的目光适才不经意间深沉地看了眼文大人，到了嘴边的话这才临时改了。

少离正在赶去御书房的路上。

自从滇王去世后，这御书房他便很少来，一路上走廊也极为清幽，一个侍卫都没有。

在去御书房的路上有一条小道，这条小道知道的人并不多，他经常抄这里走。小道中间是一片空地，只要穿过这片空地便能很快到御书房了——身为王室最核心的成员之一，他虽然玩世不恭，却极为清楚姑姑的脾气，也很明白姑姑最讨厌等待这件事。

以前有个权臣自视甚高，让姑姑多等了半盏茶的时间，结果就被姑姑生生打死了。自那以后，只要是姑姑的诏令，就算是重病也得从床上爬起来，去指定的地点提前等。

就在他走到空地时，一道急风忽然从脑后袭来，少离当下旋身反手一掌。

"砰！"两掌相碰，发出巨大声响。少离倒退几步还没站稳，便感觉那道疾风再次袭来，当下知道不好，连忙举掌应对。

假山群中，只见少离出掌越来越快，周围好像有个模糊的影子飞来飞去，从四面八方纠缠着少离。渐渐地，少离的出掌也打出了残影。他的额头冒出了细密汗珠，汗珠逐渐变成豆子大小，颗颗滚落、飞洒。

少离终于支撑不住，被一掌拍飞出去，撞向一座假山的尖石。那道黑影却不知何时飘到了少离身后，按着他的背部将其轻轻制住，然后让他慢慢落在地面之上。

少离连忙挣脱回看。这一看，他便愣了，随后仿佛看到了世间最为惊恐的事，连忙半跪道："少离恭迎姑姑。"

"你还知道我这个姑姑。"焱珠笑了笑，"你可知道，这只是我百分之一的力度，你竟都支撑不了。"

顿时，半跪在地上的少离浑身瑟瑟发抖起来。

"少离……少离岂会忘记……"

"没忘记我这个姑姑，倒是忘了我这个姑姑告诉你的话，是吧？"

"少离不敢……"

"你是不敢偷懒，还是不敢和宫女偷欢？"

少离一句话也不敢说，汗水滴滴答答落在地上。

"原来修为达到了二品宗师，也难怪你敢如此。哼，起来吧。你不是喜欢玩吗？也可以，在年底的阿泰选拔上，你若能够赢得阿泰称号，那么日后你想如何我都不再管你。"说罢，焱珠往地上丢下一本书就走了。

少离站起来，后背已经湿透。他捡起地上的书一看，发现这本书原来是汉朝的武学秘籍，令他惊诧的是，这本秘籍竟然就是之前他那五个师父说过的最适合他却早已失传的那套功法。

得到这本秘籍的少离并没有一丝开心，相反，一股悲愤涌上他的心头，他握着秘籍，一拳砸在了假山上。"砰！"这座一丈高的假山与秘籍一同被轰成了碎渣儿。

"我绝不要任何人的施舍！"

若是他五个师父此时在这里，必然会惊诧到无以复加，因为这样的拳劲根本不是二品宗师的修为，而是一品，而且还得是晋入一品很久，将力量修炼得滴水圆融才行！

元阳，就是窍穴中孕生的力量。而窍穴，任何人都有，遍布全身。习武之人和非习武之人的区别也正在此处。寻常人的窍穴中空外瘪，习武之人的窍穴则气血强盛，能孕生元阳，元阳存于其中。待用时，便会抽取出来齐齐迸发，即便普通一掌都能开山裂石。

滇国宫廷一角的小院里，五个怪老头儿正在给无涯悉心讲解着。不知为何，无涯这段时日以来读书甚多，却没识字多少，道理也一个不懂，但是如此复杂的元阳修行原理，他却一点就通。可明白了之后，他就觉得奇怪了，因为这个和他师父教授的好像不大一样。

如龙枪诀的修炼，讲究的是浑身经脉做大道，元阳运行于经脉中，气转雷霆，周天不断，每时每刻都要让身体内的元阳纯力运行起来，和他现在所知的修炼出元阳之后便要储存的说法，就如一静一动，某种程度上是背道而驰的。

不过也管不了这么多了。对于无涯来说，这几个糟老头儿人长得古怪，脾气更古怪，他不惹他们，他们就能安安静静地教自己。他们教什么，他就学什么，每天都换新花样，学起来跟玩似的，他也乐此不疲，像什么拉弓用的"敛目牵牛力"、掷飞刀用的"巧蛇腕"、耍盾用的"百步身"、劈刀用的"连身风魔斩"、溜锁鞭用的"虬龙臂"……

无涯并不知道的是，他修行的体质、习武的资质、进步的速度，同样让这五个滇国大宗师吃惊不小。

王子少离宫内。

又一日过去了，这五个武学宗师来到了王子少离这边，照例教授年轻的王子。

王子资质颇佳，先天条件又好，日日药浴洗骨涤身，什么东西一教就会，进步飞一般神速。偏偏让他们无奈的是，王子每到这时候就开始耍赖、偷懒，用各种各样的手段推托，什么一会儿肚子疼、一会儿口渴了，把这五个老头儿弄得心里火大，就差憋出内伤了。

气归气，碍于少离的王子身份、大丞的亲自嘱咐，他们也无可奈何。终于，其中一个急脾气的老头儿看着口口声声喊着腰酸背疼的王子，躺在榻上叫来宫女给自己按摩的样子，按捺不住了。想想那日大丞对他们的许诺，想想他们追求了将近半辈子的王者境，他一步向前，抱拳朗声道："殿下，莫不是以为自己资质极高便可以如此懈怠了？"

"是又如何？"

少离享受着宫女给自己喂的葡萄，细细嚼着，感受着那酸甜可口的汁水在口中爆溅四溢，满是香味，神情享受而销魂。自己就是这个样儿，你们这群糟老头儿能奈我何？哼！

"那老臣就直说了，殿下可还记得先前那野人少年？"

"嗯，我王姐的师兄呗，怎么样？"

"资质卓绝，进步斐然。"

"嘿，我就知道我王姐她眼光好。"

这老头儿本想以此激起少年的好胜心，不想却听到了这破罐子破摔的话，顿时一阵气急。

"殿下，那少年在教授前修为已达宗师境的初期，这段时日以来进步飞快，已经到了宗师五品，这才多久？想必再过一段时日，就要将殿下您给甩远了。"

"哦！嗯嗯，不错，不错。"少离眼中闪过一丝惊诧，但低垂的眼皮下目光飞快地转动着，沉默了下后，忽然哈哈大笑起来，笑得极为开心。他这样子把几个老头儿弄得不明所以，还以为刺激得过了头，连忙瞪着眼紧张地看着榻上少年。

"几位老师，这样就好，你们继续给我努力教，用心教。"少离站起身来，郑重地道。

"这……"

"不瞒几位老师，前些日子姑姑来找过我，告诉我，只要我能拿下年底选拔，成为新一任阿泰，那么她就再也不管我了。这当然和老师们关系不大，不过我还知道，老师们如今面临瓶颈，姑姑她老人家对你们做了许诺，许诺的内容我大概也猜得到就不说了。老师们用激将法这般劝我，无非是为了那许诺之事，对吗？"

少离停下，目光扫过五个老头儿。他们互相看着，沉默不语，算是默认了。

"既然如此，我们来做一笔交易吧。"不等老头儿们说话，少离又继续道，"你们倾尽全力教师兄就好，但是最后的独门绝技都不准教他，只能教我，并且还要教我破解之法，如何？等年底之时，他便会顺利杀到最后，而那时我也能轻松摘到阿泰了。我成为阿泰，姑姑必然满意，到时由我美言两句，再加上你们脸皮厚一点儿，姑姑必然会兑现承诺，如何？"

几个老头儿都是武者，本就脾气耿直得很。再加上又是大宗师的身份，常年身居高位，脾气更大更直，容不得歪。可正因为如此，他们在这件事情上从没想过另一种可能，而这种可能，王子少离为他们找了出来。

细想一下，这么一直发展下去，而阿泰限制参与者为三十岁之下，那么，野人少年可真的会成为王子少离的劲敌。若反过来一想，虽是劲敌，可不也是助力吗？而且这个助力越强大，他们离预期目标也就越近。步入王者境，那是他们追寻了半辈子的事，人的执念在此，一辈子只有一个，他们已半身入土，再不把握就来不及了！

尽管这违背他们的脾气和心性，还是一咬牙道："成！"

但他们不知道的是，此时此刻在铎娇的书房内，相似的一幕同样在上演着。

"师兄，你果然没让我失望，都达到一品宗师的境界了。"铎娇眼神非常激动，可是神情依旧沉静，举止也没有少女的一丝跳脱。

"还记得我对你说的吗？"铎娇问道。

无涯点点头，木讷的眼神回想了一下，用不流畅的语言说道："隐藏，不告诉。"

"嗯。"铎娇松了口气，"只要那几个老家伙都不知道你的底细，就最安全不过了！"

这个世界上最大的森林是宫廷，危险的不是这宫廷里每一个披着人皮隐藏兽欲的人，而是一个个心如厉鬼的猎人和他们设下的巫术陷阱。所以，漫步其中，风景固然美好，可也得无时无刻不小心翼翼。如此之下，她对无涯的这份信任，便显得尤为珍贵了。

这时候，一阵风从外面吹来，风中夹杂着湿气，冷得铎娇打了个寒战。

"看来要下大雨了。"铎娇打开窗，看向远方，这个方向是东方——

铎娇不知道的是，那一份商税奏折批复下去，很快在大汉引起了轩然大波。

洛阳城，崇德殿外，汉白玉雕砌的兽首沐浴着大雨的洗礼，两排身穿黑森甲胄的禁卫军伫立在风雨之中。

无论岁月如何变迁，这个经历了百年的王朝如今依然巍峨如山。

大殿之中，一名身穿华服、公子容貌的少年，目光深沉凝视着一个沙盘。在他的身侧，恭谨地站着一些王公大臣，有将领也有文臣，每个人都密切关注着主子的一动一静。这少年便是汉朝的帝王。

年轻的帝王面前的沙盘上，泾渭分明，图鉴标明了各方势力，有匈奴、大汉、东瀛列岛、北海之滨，有滇国、西域七十二国、东疆三十六王朝，以及诸多还没有命名的区域。单单看这个世界之广袤，并非此时的人类可以探明的。

"滇国，又是滇国！"年轻的皇帝重重敲了两下桌子，眉目间显得极其不悦。

他之所以如此，原因无他：大汉经商，一路往西，途经诸国，哪一国不是客客气气的？唯独这滇国，竟敢每次都征收大汉商旅赋税。赋税一征收，无异于在丰厚的脂膏上咬一口，原本丰厚的利益难免显得少了许多。最重要的是，这滇国于大汉来讲，不过是个弹丸之地。众臣心中很清楚皇帝的怒意，闻言微微颔首。

愤怒之后，皇帝抬眼望向众臣，问道："诸卿不妨直言，若我们攻打滇国，会有几分胜算？"

一位白须将领回禀道："陛下，老臣愿领三万精骑，半年之内踏平滇国。我们在那里建设新郡，就可以一劳永逸。"

不等皇帝答复，一名宦官样貌的白面文臣当即站出来反对："启禀陛下……滇国虽小，却是百羌之族，民风彪悍不说，还地处密林深处。屠不易，教化更难。只要让他们畏惧我大汉之威，岁银加倍，便免去了兵戈之灾，况且……匈奴一直虎视眈眈，我们绝不能两边开战。陛下……请明断！"

这个文臣说完，瞥了一眼武将，眸中轻蔑之意不言而喻。

年老武将立刻反斥："哼，你个宦官之后，从未随军而行，有何资格谈军事策略？我大汉神威，尽皆毁在你这种人手里。祖宗说过，犯我强汉者，虽远必诛，滇国也不能除外。"

这白面文臣本为宦官养子之后，闻言面色激动，红着脸反驳道："徐老将军，你这是什么话。战不战都要考虑双方利害，我们北有匈奴，向西东扩又非朝夕之功。历年以来，难道败绩还少吗？哼，我这官阶虽低于你，却是读万卷圣人书考取而来。学而优则仕，这四书五经的教化之理，难道在老将军眼中也是狗屁吗？"

"你你你……强词夺理！"武将词穷墨尽，最后怒道，"简直岂有此理！"

这时白面文臣突然冷笑一声，拿出了一份文书，启禀道："陛下，臣这里有一份文书，上面记载徐老将军的三子最近在常山占据良田千亩，私吞中郎将骁龙将军田亩，罪证确凿，请陛下明断。"

皇帝一惊，抓过来阅览后不禁大怒，狠狠将那文书朝地上一甩，目光中带着怒火望向年老武将喝道："徐老将军，你自己看看……这到底是怎么回事！"

原来常山郡不但良田肥沃，还是盛产武将之地。先帝曾在这里平过乱，更有多位皇子被封为常山王，可见这是块皇家福地。二十多年前，此地出过一人才，名为骁龙。这人是个武学奇才，当年曾在殿前比武，被封为中郎将。然而这样的一个人，竟然不知因何消失了。

如今事情已经过去了二十年，所有人都已将其忘却，谁料前一阵子此人突然现身，并前往军中述职，同时接手原先的家产，事情才由此爆出来，于是便有了今天的这个局面。

　　徐老将军一看这文书竟是状告自己的亲儿子，何尝不是惊讶至极？当年的殿前比武，这骁龙何其凶残，半死状态仍能挑杀多位少将军，那让人恐惧的画面依然历历在目，想想都让人心头打战。

第九章

往事当年

　　姜还是老的辣，徐老将军心想这骁龙实在该死，如今却不得不压下此事，于是干脆跪倒在地，痛哭流涕地说："陛下啊，臣之三子徐蒙虽年少狂妄，但绝不会平白夺人田产，这其中一定有冤屈。陛下可以另行召唤，再将此事查明。倒是……"徐老将军把目光投向白面文臣，继续哭诉道，"倒是陛下与臣等在此商议国事，不料因小儿顽劣，让诸位大人竟将国之大事搁置，此番罪孽，老臣应当自刎以示惩戒……"

　　但朝堂不许佩剑，徐老将军无剑自刎，就要去撞殿前的大柱子。皇帝立刻命人将他拉住，先是痛斥他一顿，随后语气缓和了许多，安慰道："老将军多虑，你这倒是提醒我了。一事归一事，我们还是继续商量讨伐滇国的事情吧。等等……徐蒙和那叫什么龙，也需以正视听，记下吧。"

　　只见有文官一边记录，一边提醒皇帝："那人叫骁龙将军……"

　　皇帝暗忖："骁龙这名字，为何我听着有些耳熟呢？"

　　文官似乎猜透皇帝的心思，又提醒道："陛下，二十多年前，这位将军曾经殿前比武，血溅五步，杀过数位英豪少将。先帝因此多加厚爱，赐封官爵。奇怪的是，无因无果的……他在二十年前忽然就失踪了。如今又不知为何回来了。陛下……"

皇帝点点头，头脑里的印象似乎加深了一些："既是先皇旧臣，又深得圣宠，这田亩案更要查个水落石出。查！"

徐老将军眼神一凝，身体微不可查地颤了颤。

列队站立的白面文臣微微冷笑，心中就像憋足了一股劲，更加坚持绝不能对滇国用兵。在他的影响下，一大帮党羽开始分析兵马粮草、将帅士卒、地理驿道、气候变化等需要考虑的诸多问题。任何一个环节出了差错，远征滇国就可能铩羽而归。

白面文臣最后小心谨慎地道："启禀陛下，太后翌年大寿在即。此时我们若对滇国用兵，损德亏福，她老人家一定也不愿意看到这点，所以……陛下……"

太后！又是太后！皇帝的脸色当即一沉。他贵为九五至尊，如今却是太后当权，有些事情自己根本无法定夺。他俊美的脸上又多了一些与这个年龄不相称的阴鸷。他冷冷地注视着诸人，只感觉人心之间的距离是如此遥远，一股说不出是无奈还是愤慨的情绪骤然间涌上了心头，他狠狠一挥，打翻沙盘。

"不打了，不打了！"

"散朝！"

衣袖一挥，皇帝离开了崇德殿。

重新现身的骁龙，自然不是真正的骁龙，而是易少丞。

当年他不远千里，送了一根红头绳给铎娇后，又与青海翼匆匆见了一面，便返回河畔镇。何去何从，曾让易少丞难以选择。后来他想通了，与其枯守，不如朝着危险前行，新债、旧债都该收一收了。

不过这条路很危险，自己能不能回来都还另说，所以更不能带无涯去，只能让无涯在河畔镇等着，说不定有一天，他清算完所有血债，还会回去，与那两个孩子相见。

只是，回到大汉的易少丞体内仍然有歹毒的焱珠给他种下的那条九火天蜈，这也导致他脸上的火毒伤疤，好了又犯，犯了又好，周而复始，非常难受。

十年之间，易少丞体内的这条九火天蜈越长越大，每次发作，他都痛苦得无以复加，甚至能感觉到这条蜈蚣在体内爬动。令人意想不到的是，这条火红色的九火天蜈密密麻麻的火足在经络上行走时产生了大量的毒素，反而刺激了经络生长得更加粗壮、强悍。而雷电心法修炼的便是奇经八脉，气走经络。

因此，在九火天蜈的刺激下，易少丞的经脉越来越强，修炼的雷电心法更是突破重重限制，一重、二重、三重……时至今日，只要易少丞打坐，头顶上就会形成一团赤红色的云层，以小周天的图形运转着，生生不息，循环往复，就算身体上有致命伤口也会自行闭合，复原速度堪比神丹妙药。

这种现象，便是那些界主境强者也求之不得的"毒生轮转，生死无常"之体。

此种体质形成条件极为偶然，易少丞意识到这点后，便打消了消灭体内九火天蜈的念头，他要借助九火天蜈继续修炼雷电心法。如果能修炼到雷电心法的顶级——第七重天：一念通天，整个人就会与天雷合一，真正掌控天地四法"风火雷电"之一，成为凡人无法理解的存在。

就算有九火天蜈在体内游走，释放的毒素剧烈，修炼雷电心法仍需要种种机缘，以及漫长的时间。

在此期间，易少丞回过当年的九州剑宗，找到一些曾在九州剑宗习武的师兄弟。或许经过岁月的洗礼，昔年这些人的热情万丈皆已冷却，什么复仇、什么师尊师娘、什么芸儿师姐，都已成为过往云烟，连提起都小心翼翼。

心如死灰的易少丞站在宗门孤峰之巅远眺山河，心底一片孤凉。

"九州剑宗，必须重建。那些仇人，必须一个个都找出来收拾掉。"

一股前所未有的杀气充满了易少丞的内心深处，很久以前执念的种子便已种下，如今不过是种子回归故土要发芽罢了，只有找到那些仇人，才能让它生根开花。

常山郡。

易少丞将镌有"骁宅"两个大字的匾额郑重地挂到大门的门楣上，凝视许久。

如今的易少丞模样变化甚大，原本梳起的一头长发已被削断，散开披在肩上，身上只穿着一身白色布衣。整体看起来有一种类似汉朝方士的感觉，但要儒雅得多。如果仔细看他眉眼的话，又会觉得此人英武不凡。

"如此，日后你就是真正的骁龙将军了。"易少丞身后之人说道。

此人高大威猛，一脸钢针似的髯须，看起来颇是凶悍。美中不足的是，此人瞎了一只眼睛，紧闭的左眼上刀疤狰狞。他右眼精光内敛，看着匾额目露缅怀之情。良久，他收回目光，将怀中抱着的亮银钢枪往地上一戳。

"铿！"枪稳稳戳在地上，大汉弯腰低头，对着易少丞一抱拳，沉声道："偏将项重，见过骁龙将军。"

易少丞愣了愣，旋即明白过来是什么意思，连忙伸手将项重扶起。

"项兄何故如此，你我昔年便亲如手足，虽有二十年未见，却怎生疏至此？"

"将军。"项重抬起头看向易少丞，两人眼中都流露出一丝笑意。

回到大汉的易少丞为了复仇做了很多事，但他很清楚，光在那蛮荒之地的滇国都有一个让他无法抗衡的存在，更何况是在国力鼎盛的大汉，所以他一直在积蓄实力，暗中图谋。只是汉朝偌大，自己的仇家更深，他思前想后也只能望洋兴叹。

就在这时候，项重出现了。

这项重是骁龙的护卫，在骁龙消失后便替骁龙守着老宅，虽然这宅子被徐蒙侵占了，但徐蒙碍于他的威严也不敢太过分。那段时日里易少丞整日在这宅子中修炼，项重发现易少丞后，当即便与之打了起来。

正所谓不打不相识。这一打，骁龙的枪、骁龙的雷电心法与如龙枪诀，一下子都被项重认了出来。起初项重还以为是将军回来了，兴奋异常，后来才发现是易少丞，于是便停了手问易少丞是何人。

两人一番交流，项重这才知道将军早已故去，当时便热泪盈眶。哭完之后，项重又对易少丞哭诉起当年之事。易少丞也才知道，原来骁龙前辈口中的仇人之一，便是如今在朝廷中颇有权势的老将徐胜。

可以说，当年骁龙之所以外逃，最后重伤不治，这徐胜的"功劳"可是大得很。更可恶的是，骁龙消失几年后，徐胜的三子徐蒙便来到此地，侵占了先皇赏赐给骁龙的家产良田。说到此处，项重狠狠挥了一拳，拳头在空中打出了砰响声。

易少丞不禁惊讶了，因为项重的实力只比他差上些许，但让他惊讶的不是这个，而是骁龙生前到底有多强，竟然能让这样武力强大的汉子死心塌地地追随。

两人各自感叹后，便开始商讨如何报仇。一番合计后，易少丞便在项重的提议下变成了骁龙，如此身份也不再是平民。骁龙以前是中郎将，职位颇高，若能成功拿回原来的军权，便有足够势力和在朝中地位颇高的老将军徐胜斗上一斗。

于是乎，在项重的帮助下，易少丞的外貌、举止都慢慢向骁龙转变了。

但这还不够，他必须踏出更关键的一步，那就是告诉所有人他骁龙回来了，这样他的骁龙身份才会坐实。然后，这才有了那一纸告状诉讼徐蒙侵占他家产之事。不过那份告状不知怎么就落到了那白面文臣的手里，也就有了之后戏剧性的一幕。

"对了，将军，那件事有进展了。"挂完了匾额，项重看了看四周，随后便与易少丞一同进了宅子，然后将朝廷的风声悉数说与易少丞听。

"嗯，这个结果倒是出乎我的意料。"听完，易少丞头微歪，沉默不语，目光露出思索之色。

这一副沉稳老练的模样，一旁项重看了，心里点了点头。若非自己常年充当骁龙将军护卫，熟悉将军的一举一动，还真难看出如今易少丞的破绽来。这就好，基础已经奠定，接下来的事似乎可以大幅度展开了。

"将军意下如何？"项重问道。

"既然他权倾朝野，我倒是想去拜访一下此人。"易少丞沉声说道。

"将军不可。"项重一听有些急了，连忙解释道，"将军有所不知，此人名为李水真，是出了名的奸猾之辈，而且脾气也古怪得很。与之交流，兴许连我们自己都不知道哪里会得罪他，到头来反而可能会弄巧成拙。"

"这人是如今朝中最大的反出兵一派，对吗？"易少丞打断道。

"对。"

"此人如今与徐胜势同水火，对吗？"

"对。"

"我们与徐胜是敌人，对不对？"

"对。"

"那么敌人的敌人，便是朋友，他针对徐胜与我们针对徐胜，此处目标是一模一样的。"易少丞分析道，"而我们想要达到下一步目标，如今最大的倚仗就是此人。"说到这里，易少丞四下看了一眼后，低声道，"我如今虽然是骁龙，真假难辨，但那先前递交的复职奏书若无人帮忙，凭借徐胜手段，我还是很难在朝中立足。若是能得此人帮助，事情就好办多了。凭借此人外界传闻心胸狭窄、睚眦必报的性格，只怕他恨不得给徐胜身上扎颗钉子。这钉子，最好的选择便是我。"

项重眼前一亮，赞同道："将军英明。"只是说完之后，他又重重叹了口气，这就让易少丞觉得奇怪了。

"您有所不知，当年若是我家将军能这样变通，也不会……"

"啪！"易少丞猛地拍了下项重的肩膀，打断道："现在可不是感叹的时候，这种小人不好伺候，得给他送上一份厚礼。"

厚礼？项重没反应过来，道："可是将军，咱们可没那么多金银财宝……"

"金银财宝可以当礼，但厚礼，并非一定要金银财宝才行。"易少丞神秘一笑。

项重丈二和尚摸不着头脑，就在这时，宅院大门忽然传来巨大响声，"砰"的一声就裂开飞了出去。易少丞转头看去，望向破开大门涌入的一大帮子人，忽然哈哈大笑起来："送礼的来了！"

此时正值黄昏，云端晚霞，霓虹若幻。

铎娇带着无涯来到不远处的一片空地上。

"就是这里了。无涯师兄，以后你就在这里练武可好？这样我在书房中都能看到你了。"

无涯愣愣地点点头，他恨不得每一刻都把视线放在铎娇身上，在这片到处是生面孔的地方，铎娇是他唯一认识的人，也是心中唯一的亲人。

"那师兄你……练习一遍如龙枪诀给我看，好吗？"

面对铎娇期待的眼神，无涯岂有不应之理，他连忙挥舞起了如龙枪诀。

这些天来，有那五位尊师的专业训练，无涯也渐渐领悟出许多融会贯通的地方，所以现在他施展这套如龙枪诀时显得凶猛无比，还多了洋洋洒洒的韵味。他的骨骼噼啪作响，银枪如影随形，特别是在晚霞的照耀下，手中的这杆木枪似乎一下子将人代入到多年以前的某个宁静傍晚。

铎娇不由得看呆了。

无涯手中的枪便是易少丞当年惯用的那杆长枪，质朴无华。这让铎娇难免将眼前的人又当成了易少丞，所在的地方，又回到了河畔镇。可她又偏偏知道，面前的人是无涯，是师兄，是她如今唯一可以关心和帮助的人。

纵然，那些从前已经成了过往，那人亦无影无踪。若说生命是一曲辞赋，从无形中来，易少丞便是这样悄然潜入自己的生命之中，又悄然地离开，只留下那难以磨灭的深刻记忆。

"你究竟在哪儿，过着怎样的生活，可想念过我？"

不知不觉，无涯的如龙枪诀已经施展完毕，半身汗水，当他停下后，就看到了悲伤至极的铎娇，连忙掏出一块手帕，想要替铎娇擦去泪水。

"师兄，你怎么还留着我的手帕？"

无涯憨憨地挠了挠脑袋："这个……擦汗……给你。"

铎娇"扑哧"一笑，接了过来，化悲伤为喜悦，走动了两步道："为了奖励师兄近日来的进步，我特地给师兄准备了一份礼物，师兄想知道是什么吗？"

无涯一脸茫然地想了想后，忽然脸上泛起了喜悦："肉。"

铎娇笑了，连忙道："来，随我进书房。"

书房门边，高阶巫女曦云倚在那里冷冷地看着铎娇将无涯领进来。通过这些天的相处，曦云算是看出来了，这个铎娇绝不像表现出来的这般心思单纯，用那句话来形容最为贴切："狐狸，从来都是踮着脚走路的！"

显然，在曦云的眼中，铎娇就是这样一只狡猾的小狐狸。

因为她师父青海翼在曦云眼里，就是一只老狐狸。

想到这里，曦云的脸上就多了一些悲愤，师姐实在太狡猾了，那天就好像知道她要来一样，真是的，太气人了！

铎娇从书架上拿出一份字帖。

无涯以为是肉，没想到是字帖，这东西他一看到就感到出奇地头大。这几天他面对那姓文的老头儿，整日里一片之乎者也，差点儿崩溃。

"我……我不想……学写字。"无涯皱着脸，露出又委屈又害怕的表情，就像厌学的小孩子。

很难想象，他一个人忍受十年孤独都不怕，碰到这字帖竟然就像老鼠碰到了猫一般，足可见这文字对于无涯来说多么可怕。

铎娇笑了笑，她当然知道无涯志不在此，也没有管无涯的表情，便继续将这字帖摊了开来。随后，又在地上摊开一大卷灰白色的羊皮卷。

"师兄，研墨。"

无涯一听，连忙殷勤地磨墨。只要不让他读书写字，干啥都行，不就是磨墨吗？他把这石头砚台磨穿都行。

没一会儿，铎娇便用小狼毫在这羊皮上按照字帖上的字迹写了起来。

无涯一边磨，自然一边看着铎娇写，随着一行字写完，无涯的目光渐渐亮了起来，显然这些字迹引起了他的兴趣——准确地说，是勾起了他的某些回忆。

曦云一看无涯的样子，就觉得奇怪，细细一想，连忙凑上前去看。这不看不要紧，一看，也和无涯一样，呆了。

铎娇所写的这篇字帖，正是当年在"九州洞府"的小洞中隐藏的雷电心法。

想当初，每逢夏日，四五岁的铎娇便和父亲、无涯徜徉在太阳河的清凉河水中，也经常去"九州洞府"。她小时候记忆就很好，有着过目不忘的本事。所以，如今铎娇所写的文字，便是将石壁上的雷电心法原封不动地抄了一份。

"我……我要学……学这个！"

无涯激动地蹲在地上，目不转睛地看着那些字迹，小时候的他也曾在石窟中凝视过这些字迹，总觉得其中隐藏着一股未知的力量。如今，当他看到由铎娇写出的字迹后，再结合最近修炼的心得，一种要破茧般的感觉简直呼之欲出。

令铎娇也匪夷所思的场景就这么出现了。没过多久，无涯坐在这些字迹前面的地砖上，渐渐地陷入某种禅定状态，只见他面容严肃，身体自然松弛，就像一个沉入水下多年的木桩，沐浴着缓缓流过身躯的平稳力量，这是一种进入先天顿悟的修行。

"只见其形，便悟其意。师兄果然很有天赋。"铎娇知道，就算是这样，师兄所需要的还远远不够，因为她的字帖只有当年石窟中的三分意境，即便全部领悟了也并不完全。沉思片刻，铎娇便打算待师兄醒来，就给他细细讲解这些文字所含的意思。

于是，铎娇便拉着吃惊的曦云悄然离开了屋子，让无涯静心修炼。

徐蒙很生气，他要气炸了。

几日之前，一切还好好的，他不是喝酒贪欢，便是驰骋打猎，日子过得何其逍遥？常山郡山高皇帝远，却真是个福地，此处的军备虽说属于大汉朝，可在这里因为他老爹徐胜的关系，和他家的私兵没什么两样。

几天前，他和狐朋狗友打猎正欢时，却被匆忙跑来的管家告知了两件事：一件是一个自称骁龙的人把他的房产、地产给夺了；另一件事情就是这个骁龙不光夺了他的财产，还告了御状，让他老爹在朝中处境极为难堪，现在皇帝已经派人来彻查此事了。徐蒙知道，接下来若处理不当，会有更恶心的事情等着他。

但他现在气啊！

比起第一件事，第二件事自然更为重要，可是第二件事也是因为第一件事才发生的。第一件事在半个多月前就出了，可管家现在才跑过来告诉他。

"你为什么不早说？！"

原野上，年迈的管家在徐蒙耳边将事情说完后，徐蒙的脸色顿时变得铁青。他的体格天生就魁梧非常，以前没练武的时候都能徒手搬动百斤石板，后来练了武更是进步神速，那足有九尺高的体格就算是头熊见了都要先掂量掂量，更何况这瘦鸡似的老管家？

老管家被这么一吼一抓，人当场白眼一翻便晕了过去。

"唉！"徐蒙狠狠叹了一口气，面色由青转红，把老管家一甩，拨马掉头便跑。

他心中已经打定了主意，回去就把这个叫骁龙的人干掉。只要这人一死，那就什么事都没了。他徐家在朝中势力极大，只要解决了这个叫骁龙的，剩下的事情就都是银子的事，花钱打点一番便好。剩下的，若是有人询问，他直接说这人是假的便好。反正，只要让这个人在世上消失，还能查出个什么来？实际上，这也是他徐家的一贯作风。

于是，回到家后，徐蒙找了些人，拿了兵刃，来到那大宅院前，本想砸门将人叫出来，一抬头见那"骁宅"二字，顿时气由心头起，怒从胸中生，当下二话不说，一脚就将这朱红老门踹得四分五裂。

"骁龙何在？！"

这一声犹如虎啸龙吟，吼得老宅房梁颤动不已，灰尘簌簌地落下。

在门口弥漫的烟尘中，徐蒙便看到一白衫、长发披肩的中年男子走了出来，看起来长得既像仙风道骨的方士，又像温文尔雅的儒生。

"本将骁龙，你是徐蒙？"

"好个骁龙，看我今日不活剐了你！"说罢，徐蒙一晃那足有两百斤重的镔铁砍刀便要冲向易少丞。

"慢着。"

刀刃"嗡"的一声落在他额前一尺处，然而锐利的刀风已将他的几根头发斩断，即便如此，易少丞的脸色依旧淡然。

"怕了？"徐蒙仗着那九尺身高，微微抬着下巴，居高临下地看着易少丞。

"呵呵。"易少丞摇了摇头，两根指头在额前的刀刃上一敲，只听"当"的一声，刀刃剧颤。徐蒙眼神一凝，他只觉手臂发麻，手不受控制地握着刀偏向了一边。

易少丞走到大门前，与徐蒙背对而立，看着外面。

这时候，由于徐蒙的巨大动静，住在周围的人都跑了过来看热闹。只见外面乌压压一片，很快聚集了无数人。

"我这是为你好。你看，如今外面有这么多双眼睛，你无缘无故地来踹我家门，又要将我砍杀，到时候圣上的御官下来了，就算你徐家家大业大，又如何堵得住这悠悠之口？"

徐蒙神色一凝，脑子瞬间清醒了不少，待他想明白后，当下只觉后背冷汗涔涔。确实如此，他这次做事有些莽撞了，如果处理不好，只会让朝中的父亲更为难堪。

"你找我，无非想发泄心中不满，对不对？根本不是想杀我。"易少丞对着外面朗声说道。

徐蒙将头微微后转，睨了一眼那乌压压的百姓、一双双眼睛，当即明白，只要自己说个不是，恐怕这话就会成为不久之后的证据，连忙点头道："不错，这宅子本无人居住，只是我景仰那骁龙将军，想修缮一番替他做些事罢了，大家同为武人嘛。你一出现，就自称骁龙，不光打了我徐家的人，还霸占了骁龙将军的宅子和良田，我怎知你是不是真的？这才心中有了怒气。"

这话漏洞百出，本就是他胡诌的，本就是他为骁龙设下的陷阱，只待寻找机会，将面前的这个骁龙挫骨扬灰，岂会管他是真是假。

"那照你的意思，还是不相信我喽？"

"你当然不是骁龙。那骁龙是何等威风人物，岂会是你这样的文弱书生，除非你能打赢我。"说完，徐蒙便让随从研墨写了一份状子，写下自己名字后拿到了易少丞面前，道："骁龙将军是吧，可敢签下这武状？"

易少丞接下武状，朗声读了起来："未月廿三午时，徐蒙与骁龙比武，公平对决，点到即止。然刀枪无眼，生死有命，富贵在天，若有差池，双方不得再追究。否则，五雷轰顶，天诛地灭。"

"啊，这是生死状，将军，这有——"

项重一听连忙上前，却被徐蒙一把抓住衣领推了出去。

"我与你家主人说话，没你这条看门狗说话的份儿，再敢阻止，小心爷爷的拳头。"徐蒙低吼，满怀杀意地警告完，又扬起了那砂锅大的拳头，恶狠狠地看了所有百姓、随从一眼。

那些随从还好，至于老百姓，顿时都被这眼神威胁得不轻，一个个都畏缩起来。

收回眼神，徐蒙嘲讽地看着犹豫的易少丞，道："骁龙将军，就这点儿胆量？"

易少丞一咬牙，写下了"骁龙"二字，然后那作为公正的老人举起了状子，示意给众人看。

接下来要画出场地，双方也需要准备一下。

徐蒙扭动手腕走向一边，嘴角露出一丝隐现的笑：只要你签了这份生死状，还不得任由我宰割？反正戏也做足了，眼下本大爷是一点儿耐性也没有了，在大庭广众之下把人剁了，所有人也都无话可说。不光如此，现在的所有观战者还会是我最好的证人。

"哼……如此一来，所有事情都能迎刃而解了。"徐蒙嘀咕一句，差点儿得意地笑出了声来。他这事做了，日后在家族之中便能扬眉吐气，也能与族中大哥相比肩，再也不用看那些家伙鼻孔朝天的脸色了。

易少丞往宅子里走了几步，与徐蒙擦肩而过。他走到离项重不远处，两人对视一眼，眼神中皆露出了淡淡笑意。

片刻后，比武就在骁龙府外面的校场台开始了。

易少丞大手一挥，几丈外的项重只觉有一股强烈的力量从枪身传来，握枪的双手就像触电一般，再也把握不住，长枪"嗖"的一声飞了出去，速度极快，带着一声轻吟，宛若一条银龙。

"啪！"银枪稳稳地落在易少丞的手中。

徐蒙的眼睛不禁瞪得大大的，在这一刻，他突然萌生退意。

"不可能，骁龙怎么突然变得这么强大？"

徐蒙身为武学大宗师末期的强者，好歹也算是一位骁勇之人，此刻他只感到空气中流淌着一股极其危险的气息……铺天盖地袭来，就像一根根银针扎在皮肤上，刺痛无比。

与此同时，易少丞微微一笑，手一甩，枪再次化为银龙飞出。

"砰！"银龙像是受到什么外力的影响，飞至半途突然下坠。那股压力顿时消除，徐蒙终于深深吸进一口气，不免胆战心惊。紧接着，他就听到人群外传来一声雷霆怒吼："其中有诈，请徐将军速速退下！"

徐蒙匆忙醒悟后连忙朝台下狂奔，一边走，一边朝易少丞骂道："你这家伙不知道使了什么诈！今日我暂时饶你狗命！"

这常山郡本就是他徐家地盘，他徐蒙想来就来，想走就走，谁管得着。

易少丞心中一动，四下巡视，却未发现人形，当即知道了这人定然是个高手，同时也明白这是有人来捣乱了。若是他所料不错，这声音当在几里之外。对于高手来说，这个距离近若咫尺。所以，留给他拿下这份礼物的时间并不多，也就只有三息。

易少丞微笑着，眼神一凝，随后就见他的身形绷直犹如一条直线，瞬息即发。

这道残影就像劈出的剑光，在场地边缘截住了徐蒙。

"找死，吃我一刀。"徐蒙吓了一跳，连忙甩刀劈出。

情急之下，徐蒙自知无多少胜算，所以只想用刀来争取时间罢了。他知道，这一刀越强，便能支撑得越久，于是，这刀便凝聚了一个达到巅峰的武学大宗师的全部力量。这一刻，整个场地之中卷来一阵风暴，狂躁刀息充斥其中。

易少丞不躲不避，一拳挥出。只见白芒绽放，就像出海之日，在海面上形成了一股温暖的气息，旷古烁今。

"咔嚓！"铁拳长驱直入，打断徐蒙拦在胸前的刀柄后，五指再进，又碎胸腔！

当这温暖的感觉被易少丞感受到时，他便知道，徐蒙已死！但易少丞的力量太过霸道，连自己也无法收住，竟似闪电一般穿其身而过。

易少丞没有动，收回拳头凌空一抓，只听得一阵嗡鸣，"砰"的一声，一块大石头便裂开了，插在其中的长枪飞出，"嗖"的一声回到了易少丞手中。

易少丞转头看向远处，几乎同时，一个黑森森的影子从人群外飞来，那身不合时宜的黑色衣衫就像是蝙蝠的双翼，因抖动而发出古怪的"咚咚"之声，压抑得全场人都感觉要窒息了。

"我终究还是晚了一步……啊！你，你实在该死！"这怪人声音嘶哑，透着绝望、怨愤，让人觉得这是具活着的尸体，散发着一股活人不该有的阴冷腐朽的气息。

易少丞缓缓转过身，左手执枪，傲然站立，冷冷地直视对面枯槁老者。

"你，来，了。"

没错，当年在袭杀骁龙的那群人当中，他便是武艺最为卓绝的人之一。

这人外号叫九头尸鹜，据说他有一尊煮肉鼎，喜烹活物食之，而这活物包含世间一切活物。早在这之前，项重就把这群人的画像挂在骁龙宅中。因此，每日易少丞都能看到这些画像，牢记他们的姓名，时时刻刻提醒自己。

当九头尸鹫刚刚站稳之时，易少丞就动了杀心。他手腕一转，枪头寒光转动。

九头尸鹫瞥了一眼地上已死的徐蒙，皱皱眉头道："骁龙，过了这些年，你比以前更强了，但你注定要死！现在，我奉徐将军之命，前来缉拿你归案。"

"那你就来吧。"

"找死！"

九头尸鹫狭长的眉毛一张，瞬间将整个精气神提升到极致状态，顿时一股狂风朝四周横扫而来，飞沙走石之际，人们纷纷用袖口遮住脸。

"你们两个不得在此斗殴。来人，给本官抓了，押送京师……全凭圣上裁决。"

百姓让开一条道路，一位文臣模样的官员走了出来。这人不是别人，正是郡丞纪绝。

纪绝虽是个文臣，这一吼却如洪钟嗡鸣，整个校场一下子安静下来。在他身后突然出现近百名带刀护卫，从周围的房子、墙角中钻出来，快速朝校场方向涌来。

"纪绝！将军府办事，你也要插手？"九头尸鹫阴森地道。

第十章

汉使入滇

"此地属本官管辖，本官在此路过，遇到斗殴，有何管不得？"纪绝声音威严道。

"这纪绝也是条毒蛇，带了这么一大群护卫，还自称路过此地？哼，气杀我也！"九头尸鹫冷哼一声，心里已经大概明白了。他卸下杀气，笑了，阴恻恻地看着易少丞道："骁龙……京师虎牢，我定亲手将你挫骨扬灰。"随后又狠狠地瞥了一眼纪绝，恶毒至极地道："我有一尊煮肉鼎，莫要找死入其中。哈哈——哈哈哈，肉真香！"

说罢，九头尸鹫用鼻子嗅了嗅，趾高气扬地走了。人群中何曾见过这等恶魔，躲都来不及。

纪绝看着九头尸鹫的背影，走到易少丞面前，道："将军，请随我走。"

"多谢郡丞。"

"当年若非将军相助，我又如何能活到今日？将军请……"纪绝在易少丞面前一改官威，语气非常尊敬。

"纪绝，你赶来的倒是时候，可当年将军一走，你连将军的老宅都不闻不问了。"项重一看这情形，连忙走了过来，冷哼一声，显然，这两人是老相识。

"项兄莫要生气，当年将军失踪，我也曾暗中调查。至于这老宅，人走楼空，将军也无家人，我……"说到这里，纪绝抱歉地看着易少丞。

易少丞不在意地摆了摆手，忽然像想到了什么，从怀中拿出一封信，交给纪绝。

"将军，这是……"纪绝看着外面的封皮严严实实，有些疑惑地道。

"将军，这个……"项重皱眉道，从他的面色来看，显然极为看重这东西。

易少丞扫视两人后摇了摇头："与其便宜别人，不如便宜自家兄弟，交给那李水真我还不放心。"

项重一听恍然大悟，连忙点头道："将军说的是，如此最好。老纪，这可是好东西，将军是想你当官那么久了，也应百尺竿头，更进一步了。回去之后，将此物秘呈给圣上便可，然后就等着好消息吧，你一定会连升数级！"

"嗯？"

倒是纪绝，看着这东西更为疑惑了。

"将军，不知纪绝可否知道此中之事？"

项重连忙摇头，严肃地道："老纪，这里面的东西只有一人能看，那就是当今圣上！你千万不能看，否则会引来杀身之祸。"

纪绝虽说要抓人，自然不会真的这么做。但因徐蒙之死，易少丞暂时也被"软禁"在府中。

当天晚上，纪绝便写了一份奏章，奏明了骁龙与徐蒙纷争的前因后果，又将生死状也放入其中。同时夹带在里面的还有另外一样东西，就是易少丞给他的信件。

做完这一切，纪绝就安静地等着了。没想到的是，不久，朝廷下来一份文书，他纪绝果然升官了，还连升两级，但并没有说明原因。

这种情况对于旁人来讲，自然是羡慕不已，因为按照大汉律令，这已经算是皇恩浩荡，破格晋升。这不光是破格，而是代表此人已进入圣上法眼，即将得到重用。

纪绝何尝不惊讶？惊讶归惊讶，他知道，越是如此，越要按捺住好奇心，不要去探知那封信的秘密。

他不知道的是，他这份奏折一出现，便在朝廷里引起轩然大波。

当天夜里，徐胜便被叫到了宫中，与圣上秉烛夜谈，至于所谈内容就不得而知了。那天晚上，很多人都听到了徐老将军的咆哮、愤怒与痛苦之声，然后圣上好像忽然扔给他一样东西，一切不甘之声便都戛然而止。

一直到了子时，徐胜才迈着步子离开王宫。他的脸色很复杂，既悲伤，又欣喜，还带着兴奋，仿佛疯了一般。

在他走后，一黄门太监悄然出了宫。马车在宵禁的城中静默前行，最后进入了一家官家勾栏。在勾栏某间包房内，太监见到了自己要见的人——李水真。他在李水真耳边嘀咕了几句，李水真不禁面色大变。

"你说的可是真的？"

"大人，大致如此，在下先行告退。"太监匆忙离开了勾栏，一路走马观花看男欢女爱，各种喧闹之声充斥于耳，待得出门上马车时，他的眉头已经很忧愁了。

至于李水真，似乎也没了逗留心思，直接回了府中。当夜深人静时，一只铁翅鹞子从李水真的书房窗口飞出。

数天后的朝会上，关于滇国加税一事终于有了商议结果。皇帝最终决定听从李水真等人的建议，打算派遣一队使臣前去滇国一探究竟。此事的微妙之处在于，正副使的人选，是老将军徐胜亲自定的。

滇国在得知此事后，举国上下心怀忐忑地开始准备迎接这支汉朝使臣队伍。

"将军，好消息啊。"骁宅之中，项重粗着嗓子兴奋地蹿入骁龙书房。

易少丞正在棋枰旁用黑白子自己与自己博弈着。闻言，他抬头看向项重。项重是抱着他的银枪闯入的，这杆枪仿佛是他的依靠，又仿佛是真正的骁龙的灵位。

"朝廷敕命已经下来了，从今天开始，将军便可正式任职。就如将军所预料的那般，给的果然是一份闲职，而那徐胜似乎也没有任何为难将军的意思。"项重汇报道。

易少丞手下棋子一按，抬头对项重道："这你可就错了。徐胜亡我之心，难灭！"

十几日后——

"汉朝使臣觐见——"

清晨，红日从东方升起，照耀着滇国王廷无数砖瓦。在嘹亮庄严的传召声中，滇国新一天的朝会开始了。

正如宣召的那般，这一次，满朝文武基本上都来了，官阶由大至小排列两方，密密麻麻，有两百人之多。他们衣冠齐整鲜明，目光都带着等候之意。

朝会宫的最上方，铎娇与少离并排而坐。

今日少离穿着一身庄重威严的绸缎袍子，一旁的铎娇也丝毫不逊色，虽是个女子，却也穿了一身极为肃穆的暗色绸缎，相貌上的柔美被削去了三分，取而代之的是三分英气。即便如此，她的美貌不光没有丝毫减弱，反而更甚以往。

不少低阶又很少入朝的滇国臣子往上偷瞄一眼时，往往都会吓一跳。原因无他，这一眼让他们都产生了错觉，以为坐在那上面的不是王女铎娇，而是大丞焱珠长公主。不过在他们壮着胆子又看了一眼后，这才松了一口气，那焱珠毕竟杀气太重，不似眼前的王女，虽身份尊贵，目光中却带着几分和颜悦色。

细一想，也难怪。焱珠长公主与先王是兄妹，两人血脉同源，如今的铎娇也未免太像了些，外貌虽还带着稚嫩，棱角不够分明，可今日的这一身气质倒是与焱珠长公主有七分相似。

就在群臣暗想这王女铎娇日后说不定会成为第二个焱珠时，一行两人从外走进。这两个人一前一后、一老一少，身着一身暗红底子、黑色绲边的厚重汉朝官袍，身份已毋庸置疑，他们便是汉朝来使。

年长的名叫赵松明，乃是正史，此人面目清瘦，丹凤眼，留着一把山羊胡子，两道修长白眉梳入了一头花白头发之中。年轻的名叫徐天裘，为副使，其实他已三十有余，但相貌甚是年轻，肤白如冠玉，丰神俊朗，英武不凡。

这一老一少刚进入大殿，大殿里顿时变得落针可闻。

"汉朝来使，赵松明。"

"徐天裘。"

"拜见王女、王子殿下。"

两人抱拳，身体弯都没弯，轻描淡写地行了一礼，甚是傲慢。

若在平时，这两人恐怕早被拖出去重罚了，可这两人毕竟是从汉朝而来，而汉朝是他们万万得罪不起的。

"两位远道而来，辛苦了，若招待不周还请见谅。来人，赐坐。"

铎娇微微一笑，淡然挥手，早有准备的宫女、侍从忙将滇国王宫中华贵的椅子搬出，放在台阶之下，其位置比起滇国重臣都要靠前不少。

寒暄一番后，众人便进入了正题，那便是有关商税的事。此前，铎娇在文大人的建议下，将商税提高至两成，惹得汉朝震怒。不过，这并非这两位汉朝来使入滇国的唯一目的。

自从"骁龙"委托常山郡郡丞纪绝呈书后，整个王宫都隐隐有种山雨欲来风满楼的感觉，而那封信中到底藏着什么秘密，到如今还是绝密。

滇国众臣在气场上明显不如两位汉朝来使。这一讨论，先是唇枪舌剑地争论起来。

正史赵松明也着实厉害，滇国群臣根本不是他的对手。争论中，他几乎是一人跟整个滇国朝堂轻松对峙，大有舌战群儒、谁与争锋的风范。足足过了一炷香的时间，太阳都升得老高，一群颇有经验的滇国老臣都争论得面红耳赤，而赵松明依旧气定神闲。

"赵大人，滇国向来与大汉交好，一向邦谊甚深。虽说如今商税加到两成，但大汉受惠实则更多。"文大人谋而后动，想了想后说道。

赵松明斜睨了他一眼，抿了口茶道："怎么说？"

"我滇国地处要害，胜似大汉西南边关，能堵后方诸国列强。然我滇国国力不强，后有西域七十二国，他们向来狼子野心，虎视眈眈。稍有不慎，他们就会破门而入，到时候大汉也会跟着遭难。反之亦然，我滇国甘愿做大汉的马前卒镇守西南，可令贵国圣皇高枕无忧。而大汉天朝地大物博，这两成商税微不足道，但于我滇国来说，却如饮甘露。"

文大人一番话言之凿凿，赵松明听完高看了他一眼，便沉默了。至于滇国诸位大臣，一听此言则松了口气，心中如释重负，不免都高看一眼这位平时和铎娇走得很近的老臣。

"如此说来倒也在理。我大汉一向以理服人，滇国也应是如此吧？"赵松明看向了最上方的铎娇。

这赵松明不可谓不老辣，一眼便看出这老态龙钟的文臣不好对付，便把目光投向铎娇。他早已打听过，滇国虽是长公主焱珠把持大权，可焱珠却放任王女铎娇处理朝政，想必她也有过人之处。他更不相信，凭借自己的口才和经验，还摆不平这个小丫头。

"嗯，理应如此。"铎娇道。

"那请问，若是殿下的商队冒着危险不远万里辛辛苦苦地去做生意，回来的路上，旁人张张口，便将你做生意才得到的血汗钱分去两成，你愿意吗？这姑且不论，等你回朝后，一路还要经过大小关卡，每个关卡扣掉五分到一成关税，最后还会剩下多少？看起来多，最后却十不足一罢了。我大汉乃礼仪之邦，凡事讲究一个度，望滇国也要适可而止。再者，如你所说的西域贵霜等国，若东边没有我强汉震慑，殿下觉得这国力并不强的滇国，还会像如今这样安然无恙吗？"

这一番话好厉害，说得滇国众臣再次心服口服，无以驳斥，再次沉默下来。

现在，这个问题要怎么回答，全都交给了铎娇。

"嗯，这话说的也对。"出乎意料的是，铎娇并未反驳，反而承认了。

"殿下能理解就好，如此一来，殿下看这商税之事又该如何？"

"并不如何。"

"嗯？"赵松明一愣。

铎娇微微一笑，这英气与柔美并存的脸庞，俨然似冰消雪融，让气氛和缓了不少。

"赵大人这话虽是没说错，但似乎忘了一些事。其一，这做生意的是汉朝商人，除了滇国外，剩余重税全由大汉所征。赵大人，您身为大汉使臣，自当明白这其中收益最大的，乃贵国皇廷。"

赵松明脸色一怔，当即哑然。

铎娇的目光扫过赵松明身旁的副使徐天裘一眼，眸底闪过一丝冷意。这个空有一副好皮囊的男人眼神不规矩得很，从开始到现在一直盯着她。

身为滇国王女，她何曾被这样的登徒子无礼过？再说，大汉是易少丞的故乡，铎娇即便代表滇国，在利益上与大汉产生了些许对立，从本质上来讲也还是很愿意亲近大汉的。此时却因为这姓徐的和姓赵的两位使者，无比反感。

铎娇目光微寒，不给赵松明反应过来和反驳的机会，又继续道："其二，若这商队是大汉官商，那么我滇国扣除的也就只有两成罢了，剩下八成最后都会归入贵国国库，大汉还是赚到的。最后，也是最重要的一点。大汉商人一向以物换物来做生意，将货物全部换成金银再带回汉朝。两尺丝绸在我滇国贵得匪夷所思，大人也看到了，我滇国用丝绸之人有多少？另外，你们又低价换取我滇国无数上等皮子，倒到其他地方再高价卖出，一来二去，这其中赚了我滇国多少脂膏？因此这两成商税，用你们商人的话来说，只是保本罢了。"

"这……这……这……"

"我滇国虽地处偏僻，却也讲理。赵大人，我说的对吧？"铎娇微微一笑，表情如闲庭信步，满朝大臣在松了口气的同时，大为激动。若非碍于朝廷威严，想必都有人要站起来鼓掌叫好了。连铎娇一侧的少离，也目含振奋之意，这是从心里佩服姐姐的厉害。

再看那赵松明，额头一层细密汗珠，面色一阵局促，其间嘴张了数次，却一点儿声音都没发出。最终，他陷入沉默。

许是渴了，铎娇招了招手，当即宫女递上来一杯茶，她抿了一口。

"大汉不愧是天朝，地大物博，就连这茶叶与泡茶用的瓷器，也都华美无双。入我滇国，价高无比，从即日起，我滇国当派工匠去汉朝学习烧瓷技艺，想必使者大人不会有什么意见吧？"她话音刚落，一阵爽朗的笑声陡然响起："哈哈哈——"

这笑的不是别人，正是那副使徐天裘。

"徐大人，您有何指教？"铎娇放下茶，面色淡然道。

徐天裘笑声停止，他盯着铎娇道："殿下果然厉害，不但才貌无双，更是对国之利益，毫厘必争，着实为女中豪杰。依我看这件事就到此为止吧。在此，我谨代表吾皇向殿下交个底，此事陛下也早就考虑到了那两成商税的事，念在我大汉与滇国的邦交之谊，滇国又处于重地，所以此事也就算了，陛下并未深究发怒。"

铎娇微微点了点头，滇国满朝文武见状，顿时齐声称颂："汉皇英明，天朝威武。"

这该给的面子自然是要给的，这一番称颂当即让赵松明的脸色好看了许多。

"所以，我等这次过来，商税仅是其一罢了。我大汉太后寿诞在即……"徐天裘说到这里欲言又止，不过满朝都已明白了这是什么意思。

"原来是此事。"铎娇笑了笑道，"大人放心，我滇国独有的雪羊绒已备好——"

但她话未完，便被打断了。铎娇的目光盯着徐天裘。

"此事原已在折子上说过了，不过相较于往年，这次的贡品羊绒还是太少了些，品质也不是很高。"徐天裘多看了铎娇一眼，又淡淡地道，"但我大汉不会做那刁钻苛刻之事，如此有失气度。所以陛下派遣我等前来亲自采集羊绒并加以筛选，望殿下应允。"

"好说，允了。"铎娇眼中一时间闪过无数思考，然后微微一笑道。

至此，一场剑拔弩张的朝会便结束了，所有人都松了一口气，结果还算圆满。只是，不少滇国朝臣心里都暗暗不爽。

那进贡的羊绒并非普通羊绒，而是高山上的雪羊之绒。这雪羊并非家养，根本驯化不了，且个头极小，故而每一头能够采集的也不多。再加上季候等种种原因，每年下来能够采集的羊绒，也就那么一茬。

这一茬，不多不少，刚好能够与丝绸相掺，织成一件衣裳，不但暖和温软，更有飘逸异彩之姿，是人间极为奢华之物。就因为如此珍贵，整个滇国，除了焱珠长公主拥有一件外，再无人独有。

每次采集雪羊绒也是极为艰险与辛苦的事，如今汉使却要更多，未免太过贪得无厌了。只是和商税之事相比，这也不过是小事罢了。商税之事一落定，接下来滇国便在国情上会好上许多。

如此，此要求虽然过分，却也能忍。

朝会结束后，铎娇便在一群宫女和曦云的簇拥下走回书房。

"殿下，请留步一谈。"那徐天裘竟然追了上来。

可惜铎娇对此人一点儿好感都没有，示意了身旁的曦云一眼，未作任何停留就走了。

"自重。"曦云拦住了徐天裘，目光阴冷冷的，就像寒冬腊月的阴云。

徐天裘尴尬地笑了笑，自知在这雍元城内还不能肆意妄为。凝视着铎娇的婀娜背影，直到铎娇消失，他这才转身离开。只是转身之后，目光中那莫名的自信又增添了不少。

适才朝会，是徐天裘第一次见到铎娇。只一眼，他的心便落在了她身上。

因此整整一个朝会，他都在观赏铎娇，越看越觉得铎娇相貌精致、气度非凡，是他心中所要追寻的那般女子。他如今已过而立之年，因家学缘故，再加上本身相貌才学兼备，自视甚高，所以还未娶亲。

"这铎娇，我非娶到不可，即便她是滇国王女又如何？"

徐天裘走到王宫外面，年长的赵松明正在等候，身后是华贵的马车，奇怪的是并未见马夫在何处。

见了徐天裘过来，赵松明连忙上前抱拳一礼，欲言又止："公子……"

徐天裘挥了挥手，脸色有些不耐烦，看也不看赵松明一眼便往马车里一钻。

赵松明连忙上了车，熟练地扬起马鞭，催动了马车。

"殿下，那两个汉臣去长公主寝宫了。"片刻后，曦云过来，懒洋洋地禀告铎娇。

"嗯，这才对，来了滇国岂有不见正主之理？"铎娇微微一笑，对曦云说道。

"所谓朝廷，在我眼里都只是凡俗之事，何必争之。铎娇，你既然拜入我师姐门下，当要好好修炼巫法，若是能达到她那样的修为，又何惧焱珠？"

曦云这么一说，倒也提醒了铎娇。现在她是一心三用，既要在朝中保全自己，又多少要迎合焱珠长公主，还要挤出时间来修炼巫法。

曦云走后，铎娇目光中的疑惑之色更重，似乎陷入了某种强烈的不解之中。片刻后，她又拿起了笔在纸上写写画画，似乎在验证、厘清某种思绪、某种猜度。

会见汉朝使臣，对滇国来说是一等一的大事，任何人都不得怠慢，偏偏滇国如今真正做主的长公主焱珠，倦怠得仿佛是一个永远睡不醒的美人，如往常一般横卧在自己月火宫铜雀台大殿的珠宝榻上，好像世间发生的一切都和她无关似的。直到汉朝的两位使者正式来拜访。

"大汉使节赵松明，前来拜见殿下。"赵松明走到焱珠的寝宫前，站在台阶下，恭敬地行了一礼。

道着大汉的官腔，行的礼却是一名武者该作的揖，这看起来颇为古怪，但又有一种说不出的协调。其实这也难怪，赵松明本就是徐胜老将军帐下的一名武者。

他因为家学渊源的关系，口才极好，所以才被委任使臣一职，是徐胜真正的心腹之一。在来之前他就知道，这滇国虽小，但长公主焱珠不光是大丞，还是当今一等一的武学大家，一身修为深不可测。出于对强者的尊敬，他才行了这般礼节。

徐天裘和他正好相反。

赵松明还在拜见之时，徐天裘便找了旁边一个座位，一屁股坐下，大摇大摆地给自己倒了一杯茶水，喝了起来。手指有节奏地敲打在杯壁上，发出清脆可焱珠听来却非常刺耳的声响。假寐的焱珠，冷然一笑。

"区区王者境，不错，如此年纪便已达到，也确实有傲人的本钱。"只一眼，焱珠便看出了徐天裘的修为，言语之中却淡然非常，就好像根本不是个王者境，只是大街上的白菜，不值一提。

"呵呵。"徐天裘轻轻一笑，道，"长公主殿下，你见过多少我这年纪的王者境？"

"公子年纪几何？"焱珠漫不经心地问。

"三十有一！"

"年少狂士，却不多见。"

见此情形，焱珠心里转念一想："这小子无非仗着自己有些家世罢了。不如问问，这小子到底什么身份，这正史实力与他相差无几，为何身份却相差这么多？"

一念至此，焱珠便又问道："本王不理朝会之事，朝中之事，尔等尽管与王女铎娇去说，不用特意拜会于我，送客吧。"

"王女？铎娇？"徐天裘玩味地说道。

"如何？"

"殿下，王女铎娇我已见过，甚是仰慕，奈何她性格直率，不知殿下可否做主……"

焱珠闻言一下子就听出徐天裘的意图，顿时大怒，坐了起来，掀开床帏，走到徐天裘面前，一双漠视天下的深瞳犹如神明般凝视着徐天裘，道："你……好大的狗胆，纵然是你们汉朝的皇帝，也不敢如此对本王说话，更何况还敢出言羞辱……"

"呵呵——汉朝皇帝不过一弱冠小儿，自然不敢这样，我却敢说。"徐天裘随之站起来，毫不畏惧地迎视焱珠。

两人修为，犹如天地沟壑之差距，但徐天裘的目光充满了一股由骨子里散发的傲然。

"好大的口气。"焱珠冷笑一声，等着他的下一句，若是让她感到不满，丝毫不怀疑她会一掌拍下，击碎他所有的骄傲。

"我师尊是罡震玺，我是两百年来他唯一的亲传弟子！皇帝见了都得给七分面子。殿下，这个理由够吗？"

罢震玺？！这个名字一出现，刹那，焱珠便眼神闪烁，眉宇间五味杂陈，面色极为复杂。传闻此人在一百年前就已由界主境晋入神人之境，是一个极为强大恐怖的存在，但不知又因何消失无踪。如今算来，也有八九十年没有他的传闻了。

稍许平静心态后，焱珠再次冷笑，道："我何以相信你不是在信口雌黄？"

"早就听闻殿下修炼炎火之类的武学，因此此次出使滇国，特意从师尊那儿讨要了一件宝贝，就是为了此刻献给殿下！"

徐天裘一拂手，就见一枚红彤彤犹如贝壳形状的宝物飞入焱珠之手。焱珠顿感炎热无比，一股金石灵气传入经络。

"此乃炎贝火纹石，从地脉深处所得，非神人不可取，可助殿下修行神功！"徐天裘淡然笑道，他看出焱珠见到炎贝火纹石后内心已挣扎动摇，于是又乘胜追击道，"我师尊罢震玺，曾为海国国师，后入汉朝为官，修为高深莫测，早在百年前就已悟透神人之境，消失在朝野之中。而今，又百年过去，定已领悟天地玄机——武魂之力，成为大汉镇国之强者。而他的徒子徒孙们，无一不是当世绝顶高手，譬如徐胜将军麾下的九头尸鹫，便是我师尊的徒孙之一，就极为厉害！"

焱珠虽不知道九头尸鹫是谁，但见一旁的赵松明虔诚至极的目光，便已经确信，这徐天裘身份确实非凡，极有可能真的是罢震玺的亲传弟子。否则，又怎能做到随意就送人一块炎贝火纹石这种珍贵至极的宝物？

焱珠的脸上缓缓涌起一丝温和之意。

"来人，上茶。"焱珠看了眼徐天裘朗声道。

不久，滇国王宫最好的茶水便被奉到了他面前。然而这对徐天裘来说，似乎是应该的，他根本不在乎这些，他不过是来谈一笔买卖。

"殿下，你侄女铎娇姿容非凡，许配给我如何？此事一旦成了，你有什么条件尽管开。我师尊你也应该知道，只需我说上几句，相信他老人家也会愿意为你指点解惑，让你武学更进一步。"

焱珠避而不答，过了一会儿，呷了口茶道："王女铎娇，颇为自强，在我滇国之内，受众臣拥戴。难得徐公子有心，这次羊绒之事我便让她陪你去。至于剩下的，就看你自己的本事了。"

"哈哈哈——好，我要的就是这句话。如此，多谢殿下了。"徐天裵说罢，拍拍裤子，便与赵松明一同离开了铜雀台。

这时，侍卫长珑兮出现在焱珠身边，为她披上了一件衣服。

"殿下，这汉史未免也太过张狂了，区区副使焉敢如此，简直目中无人。"

焱珠无奈一笑，摇了摇头，道："张狂又如何，他是罡震玺的亲传弟子。再说，刚才我接过他投石问路的这块火纹石，便知晓此人乃天纵之才，天赋不在我之下。铎娇若真嫁给他，就能按照祖制剥去她继承王位的资格，这样更好！"

珑兮虽不知道罡震玺是何人，但长公主所言她再清楚不过。长公主无意让铎娇继承大统，这确实是个不错的方法。

"传令下去，明日让铎娇亲自带人去采集雪羊绒，此事不得有误。"良久后，焱珠忽然道。

翌日，一支去采集羊绒的队伍自王宫出发，朝冬岭山而去。在那里，有一个隶属滇国的部落——冬岭山部落。这是整个滇国人数最少也最为贫寒的部落之一，由于冬岭山海拔很高，地处极寒，常年的风吹日晒让大部分人的脸上就像秋天的苹果，有着浑然天成的一抹红色。也正因为如此，此处的人常年生活艰辛，同时也造就了强壮的身躯。

远观冬岭群山风景，最远处的地方是天，下面是地。天与地之间是一座座峰顶尖锐的高山。这些高山外形嶙峋，似刀削斧砍而成，峰顶白雪覆盖，一只只山鹰盘旋着，画面悠远而宁静。山下除了一

153

条肉眼可见的河流奔流不息，便只有广袤的草原，还有许多白色的小点点，那是放牧的羊群。不过那羊群并非雪羊，只是寻常的家羊。

行进途中，少离、无涯和汉使及随行军队骑马而行，浩浩荡荡，足有百余人。铎娇掀开马车帘子看了一眼，满是愉悦，这景色令她心旷神怡。至于马车内的一角，曦云正在假寐。

不久，一行人马便到了一个圆润的山坡上。山坡下布满了栅栏，栅栏里是一顶顶皮制的帐篷。帐篷有大有小，紧挨在一起，看起来就像个帐篷王国。这里就是整个冬岭山部落了。

"你们是什么人？"看守栅栏大门的冬岭山部落侍卫拦下了众人。

由于之前并未有任何通知，此刻忽然前来，对方自然十分警觉，在铎娇、少离亮出身份后，众人便受到了族长哈鲁的款待。铎娇早就听闻此人力大无穷，战斗力非常强悍，这次一见，果然是个雄狮般威武的猛汉。

因为到的时候已经是下午，不久天色便暗了下来。部落的厨师们一阵手忙脚乱后，拿出了最好的酒与牛羊肉来款待他们至高无上的王子、王女，以及来自大汉朝的上使大人。

夜晚篝火，载歌载舞，是迎接客人的欢愉时间，徐天裘又过来找铎娇。

烤火的铎娇眉头微皱，思忖后，便答应了。

不久，两人一同走在了壮美的原野上，远方暗沉好似海上的迤逦巨浪，看不见云舒，也不见云卷，便是乌黑渐暗中又透着一股洪荒原色。

夜晚的冬岭山脉远远望去，就像一座座尖耸匍匐的巨兽，强大、原始、荒芜。

铎娇和徐天裘走在山间路上，山风有些冷。这种冷对于徐天裘来说犹如夏日的凉风，还颇为舒爽，只是对于铎娇这种修炼巫法的人来说，由于常年沾染巫法中的元素，这使得她们的身体变得相对较弱，但感应力也会成倍上升，所以，这种寒冷就觉得有些扎骨。

又一阵风吹了过来，铎娇缩了缩肩，将衣领裹了裹。

"汉朝虽然不错，可这塞外风光也是极好……"徐天裘当即脱下身上的貂裘，转身给铎娇披上了。

铎娇本能地抗拒了一下，不过又淡然一笑，感觉暖和了许多，抬眼对徐天裘报以微笑。

徐天裘悠然洒脱，故作镇定地指了指远方。

"真是个好地方，风景很美，却比不上殿下的姿容。"

说者有心，徐天裘嘴甜如抹蜜，他不相信凭自己的本事、气度，会掠不到这个少女的芳心。不过他也知道，自己留在滇国的时间极为有限，要在有限的时间里达成自己的目的，也非常不容易。

第十一章

冬母蚕衣

　　徐天裘很明白，眼前这花容月貌的铎娇，自小养尊处优，心高气傲自不必说，只怕没有非常手段，是万万不会投怀送抱的。所以，此刻的徐天裘微微皱眉，若猜不透他的心思，定然不知道他正在思忖得手之计。

　　铎娇走在前面，她虽不知徐天裘邀约自己出来散步到底为何，但自从在雍元城中见过汉朝的这两位使者后，便隐隐感觉有些不对劲。至于问题到底出在哪儿，她却一时无法确认。因此，走在这犹如山脊般的堤埂上，铎娇轻捏指上的那枚戒指，每一步都走得异常谨慎。

　　"殿下，我们回去吧，这冬岭山山高风冷，还是帐篷里暖和。"

　　徐天裘温柔一笑，他感觉到再这么走下去，无异于浪费有限的时间。

　　铎娇应了一声算是回应，两人并肩朝下方的部落帐篷方向走了去。

　　回到部落，外面的广场上，依旧歌舞升平，好客的族人们对使者、随从们也劝起酒来，人们脸上都泛起红晕，醉意不浅。

　　因徐天裘的执意邀请，铎娇只得随他进了帐篷。徐天裘娴熟优雅地燃起了小炉灶，切上几片姜，烧起一壶酒来。

　　"饮酒驱寒，最好不过！来，我敬你一碗！"

酒烧好了，徐天裘也给铎娇倒上了一碗。

"我自幼不胜酒力……抱歉了！"

铎娇端起酒盏神色有些犹豫，又放了下去。

徐天裘笑了笑，尴尬地给炉灶里加了柴火，帐篷里温度升高后才觉好了不少。

"不碍事，殿下，这不是滇国的烈酒，是我汉朝的清酒。我汉朝也有冬天，那时候小楼庭院之外朔雪飘飞，院内青竹绿松上落着白雪，我们便会在屋子里打开木窗，生起火炉，然后烧上这么一壶酒。一边看雪听风，一边吟诗作赋。这酒我们每人至少要喝小半缸才会醉。酩酊大醉，好不快哉。"徐天裘面带回忆，慢慢说着。

不得不说，徐天裘描述的场景确实很美妙，就连铎娇眼中都露出了向往之色。

天实在冷，铎娇看了徐天裘，又看了看酒，然后小心翼翼地端起，抿了一口。

"气味很香浓，口感很纯正，但酒味很淡。"铎娇眯了眯眼，不经意间像是想到了什么，再次抬眼时目光里满是欣喜。

言罢，她又喝了几口，似乎已经接受了这种味道。

徐天裘也表现出开心，似笑非笑，说着汉朝的美景美事，时不时有笑声传出来。片刻后，族长哈鲁命人送来了片好的牛羊肉与酱汁。这样一来，有酒有肉，氛围不再像之前在雍元城时那样对立。

酒过三巡，铎娇面色有些霞光般的绯红，眼神微微迷蒙，显然已有了些醉意。

徐天裘端起酒盏时微微看了一眼，眼睛一眯，嘴角弧度微微扬起，连忙将酒盏换了一换，然后看着铎娇抿酒的地方，轻轻尝了尝。一时间，那少女特有的美妙芬芳袭入口中，徐天裘不禁闭上眼，仰着脸，面色销魂而享受。

真是美妙。一时间他陶醉在这种感觉之中，不知不觉有些醉了——他自然没有看到，在他笑起来的同时，铎娇也笑了，之后她手腕上的一只古朴的镯子亮了亮，光芒转瞬即逝。

铎娇慢慢放下端起的酒盏，面上的绯红消失了。她看着仰着脸满是销魂享受的徐天裘，眼神颇为厌恶。她皱了皱眉，目光恢复了清冷。

铎娇摩挲着腕上的镯子，声音轻柔得如风一般，似有似无："大人……这酒……真好喝……可我怎么感觉有些头晕……"

铎娇故意眉头一蹙，这表情犹如三月之桃花，哪个男人见到都会动心。她今日之所以愿意与这厮散步，便是为了一探他们入滇的真正目的。想那汉朝地大物博，又何至于为了区区雪羊绒，就以不菲财力来到这里。其中定有不可告人的秘密！

只是铎娇没想到，散步时并未套出任何话来。这厮又得寸进尺，邀自己去他的帐篷。所以，铎娇虽安排了曦云以做保护，但自己也暗自防护，用手腕上的这件法器手镯散去了大部分酒力。

徐天裘并不知道，铎娇非但是滇国王女，更是滇国圣教的巫女。此时他眼神迷离，猪油蒙心，"呵呵"干笑了两声，道："这是自然，清酒虽无多少酒力，但后劲极大……一旦，一旦饮酒过量便会昏昏欲睡，睡死过去……什么事……都不知道……"

徐天裘说着，眼睛又睁开了点儿，突然一下子靠近铎娇面前，眼睛猛然睁大，放肆地说道："你这样漂亮、高贵，又是王女，自我第一眼见到你起，便想将你据为己有。你啊……你是我的……谁都别想……"

说到这里，徐天裘忽然双手按住铎娇的肩膀，那宽大的手掌借着酒劲极为有力，铎娇被捏得直皱眉头。

"尊使如此放肆，难道不怕我滇国与大汉反目……"铎娇恼羞道，只要这徐天裘再进一步，便会立刻进行反杀。

"反目？！"徐天裘一下子声音变得清朗起来，吓得铎娇一怔，随后他便举起酒盏站起来哈哈大笑，"反目？小小滇国有何资格说这话？我师尊是罡震玺，是神人高手，我是他唯一的亲传弟子，就算是你滇国的大丞见我也得毕恭毕敬。我告诉你，只要从了我……你将获益匪浅！"

"尊使真会说笑！"铎娇捋了一下秀发，站起来后，冷冷地说。

她虽不知道罡震玺是谁，但听到"神人"二字，也是心中一惊。因为，从雍元城到此的二百余里路程，那正史赵松明在徐天裘面前一直表现得唯唯诺诺，她都看在了眼里，那时她还觉得奇怪，只认为这个副使一定有很高的地位，没想到背景竟是这么深厚。神人的弟子，这个背景必不简单。如此一来，她就感觉更加奇怪了。

"你既是神人弟子，那想得到什么就能得到什么，你又为何万里迢迢来我滇国？滇国苦寒，我从你眼神便看得出来你根本不喜欢这地方。至于雪羊绒，虽然珍贵，可在你眼里根本不值一提。汉朝什么没有，怎么会为了雪羊绒而放弃两成商税？"

"天果……"徐天裘说。

"天果？你们是为了天果才来的？"

"嗯！"

"到底是什么天果，值得你们如此花费心思？"铎娇面色一僵追问道。她身为巫女，当然知道天果是什么东西。对于巫女来说，天果是修行中必不可少的道具之一，当她们感知到法力的存在，便会通过天果将其释放出去。

她手上的戒指便是用天果原石打造而成。不过这戒指和她腕上的手镯，都是用低阶天果制成的。

简单地说，天果是一种人们用来操纵法术的介质，天果阶位越高，所能发挥的法诀效果就越强。而天果的等级以"眼"来区分，天果上面有着许多如图案又如文字的符号。这些符号虽然千变万化，但都呈圆状，所以称为"眼"。"眼"越多，天果效力也就越强，需要激发的力量也就越大。

可以说，巫师想使用巫术，必须通过天果才能实现。

一眼天果、两眼天果、三眼天果……三眼之上的品阶天果，举世难求。

"幽牝天果。"徐天裘满不在乎地说完，用玩味的目光看着铎娇，又道，"既然我把知道的都告诉你了，那么，是不是也该轮到你来服侍我了？"

"等等，我滇国巫师众多，天果自然也不少，可大汉之大、之强，缘何为了一颗天果便费尽周折来滇国？"铎娇继续问道，眼中闪过一丝寒芒，不难猜出，这颗幽牝天果还藏着诸多秘密。只是现在的徐天裘有些有恃无恐，显然得意自身的王者境实力，完全没有把铎娇放在眼里。

这样也好，对方越大意，铎娇就越有胜算。

"我可以告诉你，不过，你也休想逃过今日！"徐天裘又饮了一口酒，目光略有不屑，更带几分挑衅地说。

徐天裘终于把所有的事情都吐露出来。

就在不久之前，大汉皇帝从骁龙那里得到可靠消息，说发现了神人宝藏。神人宝藏里藏有武魂。武魂是界主境化为神人的必要之物。一个神人，能抵得上一支万人重铁骑。

一支万人重铁骑，攻城掠寨所向披靡，就算是人才济济的大汉，所拥有的重铁骑也不过数万人罢了。

而这枚武魂的隐藏之地，便被绘制在一颗天果之上，这颗天果又被称为幽牝天果。

幽牝天果如今就在滇国冬岭山部落的山巅之上。

于是，皇帝与徐胜商议，利用此次商税之事前往滇国，再借用雪羊绒之事去冬岭山。不过人选由徐胜提供。徐天裘与其苟且，目的就是要利用幽牝天果找到武魂，从而晋升为神人，变成和他师父罡震玺一样强大的存在。

不巧的是，徐天裘在雍元城意外相中气质非凡的铎娇，便想将她据为己有。于是，本该亲自去找幽牝天果的徐天裘留了下来，而本该留下来忽悠住众人的正使赵松明却外出寻找幽牝天果去了。

"你是说，赵松明已去了冬岭山的山巅，寻找幽牝天果去了？"铎娇有些焦急地问。这其中果有猫儿腻，千算万算，竟还是让这些汉人抢先了一步，她着实有些坐不住了。

徐天裘悠悠点头，眼睛忽然眯起来："待你彻底变成我的女人，我便让赵松明交出这枚天果，让你参悟其中的奥义，如何？"

铎娇微微冷笑，转而问道："你为何全都告诉我，就不怕走漏风声吗？你又可知，那骁龙便是我的……我的……"

铎娇忽然住了口，她内心何其振奋！想当初，河畔镇，"九州洞府"，骁龙在石壁上留下绝世武学。所以铎娇一听到"骁龙将军"，便立刻推断出，他一定就是易少丞！

徐天裘见铎娇面带红润，动人至极，错以为她对自己的建议心动了，便又说道："哈哈，怕？我活到现在还从来不知道这个字该怎么写！……不对，不对，为何我感到身体酥麻？"

徐天裘忽然察觉体内血脉运转不畅，那王者境的气息明显被一种什么东西压制住了，一刹那他吓得魂飞魄散，脸色即刻变得苍白起来，用手指着酒杯："酒……酒……酒里有毒……"

"嗯？"铎娇微微一笑，拈手从红唇间撕下一层肉眼无法看见的薄膜，微微一扬，就如雪花般微微飘落在案台之上。

徐天裘这才明白，铎娇下毒之手段，竟是这么隐蔽。自己竟然傻到以喝她沾唇之杯而窃喜，这不是找死，又是为何？

"汉人常说妇人之心最毒，对极！这是冬母蚕衣，只对男人有效，你只会全身麻痹，任我宰割。"铎娇脸上仍带着温和甜美的笑容，但在徐天裘看来，顷刻就变得令人憎恶至极。

只见铎娇一甩手，藏于袖口的护身匕首如灵蛇钻出，化成银线准确命中徐天裘的前胸。紧接着，铎娇面色一寒，右手食指上的古朴戒猛然一亮，所蕴能量形成一道刺眼火线，顿时照亮她的愤然面庞。

火线怒发而至，在徐天裘胸前炸裂，形成焦煳一片。

铎娇既已动手，立刻使用双管齐下的雷霆手段，确保万无一失。这也是她在雍元王城学到的生存经验。

"啊——"伴随着尖锐凄惨的叫声，徐天裘应声倒下。

> 青青子衿，悠悠我心。纵我不往，子宁不嗣音？
> 青青子佩，悠悠我思。纵我不往，子宁不来？
> 挑兮达兮，在城阙兮。一日不见，如三月兮。

徐天裘倒下之际，听到铎娇这般念道，这是《诗经》中脍炙人口的一篇，民间的贩夫走卒都会吟唱一两句，是女子思念心爱之人的佳篇。只是，铎娇背朝自己，显然压根儿就不是为自己而唱。那又是为谁？

徐天裘的惨叫在寂静的夜里无疑就是一声警钟。

徐天裘双眼一翻白，看样子是彻底死了。蜡烛随着风声也熄灭了一盏。

铎娇有些害怕，因天气寒冷而吐出团团白气。

只因自身厌恶就杀死一个人，这不是铎娇会做的事情。

强者不能惹，强汉更不能惹！

在宫中这么久，就算脑子糊涂，她也耳濡目染懂得了许多事。此人这么年轻就已是王者境，更有一个神人师父，还是大汉朝的使者，这其中利害关系谁都清楚。然而事已至此，一害既除，铎娇还得马上去阻拦正史赵松明，一刻都耽误不得！

想到此处，铎娇闪身出了帐篷，却发现帐篷外有人，呼呼风声中，竟是少离王子看过来的惊恐眼神。

"你怎么来了？"

"他声音太大，我怎能不知晓？姐姐，姐姐，你做该做的事情去吧，要小心。我替你收拾后面之事。"少离想明白后，压低声音道，尽管早已猜到里面发生的事情，但若未亲眼见到，无论如何也想象不到向来办事妥当的姐姐，竟会亲手刺杀了大汉朝的尊使。

打虎亲兄弟，铎娇察觉少离的目光中带着鼓舞之色，感激地点点头，随后飞纵而走。

铎娇刚走，躺在地上的徐天裘猛地睁开了眼睛，双目之中满是阴毒狠厉。

"臭娘儿们……"他咬牙切齿道，一下撕开衣服露出了胸膛，只见心口上的护心镜已破碎，一把匕首没入一半。

铎娇用来护身的匕首是青海翼送她的神兵利器，但徐天裘这护心镜也是他师尊罡震玺送给他的好东西。

这一射，护心镜破碎，匕首也弯曲了。只是盾胜于矛，匕首虽没入胸口，却离心脏还有一段距离。那巫术火焰同样也射在护心镜上，因此效力被抵消了七八成。

徐天裘此番没少吃苦，皮肉外翻，又有炎火炙烤，疼得眼泪直冒。他从地上爬起，咬着牙握住了匕首，艰难地朝外一点点地拔。

王者境的生命力何其强大，不伤心脏便不是致命伤。

只是虽然不是致命伤，想要拔出来也很艰难。

就在这时，一丝冰凉之感落在了他的脖子上，徐天裘不禁身体僵住，一颗豆大的汗珠从他脸颊滑落。他想要转过头去，但剑刃又紧了紧，他不敢再动。

他知道，这个人没有立刻杀他，必然是有话要说。

"区区一个使者，不过是狗一样的东西，也想染指我姐姐。"

"你是王子少离？"徐天裘一惊，缓缓回头，看到一张俊逸无比的面孔，才想起他是前日在雍元城朝会中安静坐于王位之上的滇国王子。徐天裘万万没想到来的人竟是他。

"声音给我小一点儿，一旦把广场上的那些汉朝随兵叫来，可就不好了。"少离淡淡地道。

徐天裘一怔，这话什么意思？

他头脑极为聪慧，虽受重伤，旋即想到如今滇国的形势，转瞬间心思如闪电，想过千万。

徐天裘艰难地笑了笑，道："殿下是想寻求帮助吧？也难怪。按照我们汉人习惯，继承王位的怎么也应当是王子，女流之辈摄政，一向都是禁忌。但是你们滇国就奇怪了，大丞是女流之辈不说，就连当朝说话的都是公主，我若是你，都不知道身为堂堂七尺男儿的面子该往哪里搁。"

少离只笑了两声，没有说话。这也无疑证明，徐天裘的这番话说到了七寸上，他就继续说了下去。

"殿下，你是聪明人，只要不杀我，且与焱珠长公主一样，答应将你姐姐嫁于我，我便借汉朝之力帮你扫除障碍，无论是你姑姑也好，还是其他人也罢，然后嘛……你便是新一任滇王，这滇国你说了算。若是仍不满意，我还可以借你大汉重装铁骑，助你征战四野，如何？"徐天裘一边说一边暗暗蓄力。

"真的？"少离声音有些发颤，连忙问道。

徐天裘从少离的眼神中看出一丝心动，嘴角上扬道："这是自然，我徐天裘好歹是堂堂王者境高手，是神人弟子，岂会骗你？"

"好。"少离痛快回答。

徐天裘脸色一喜，就在他觉得少离放松警惕意欲反击之际，下一刻便觉脖子一凉，他看到眼前的景物在旋转——顷刻间，他已身首异处。

"混账东西，死不足惜，到了这种地步，还想贪图我姐姐美色，呸！"少离一甩手中剑，剑刃落地斜插入地。他朝徐天裘吐了一口唾沫，白俊的脸上满是厌恶与不屑，甚至有些狰狞。

就在他想要走的时候，帐篷"哗啦"一声打开，又有两人闯入。

"啊？殿下，你……"

哈鲁瞪大了双眼看着帐篷内的情形，在他的身旁是无涯。

两人方才听到些许动静，不约而同地赶过来，见此场景，两人瞬间都蒙了。

少离阴沉着脸，道："是姐姐动手在先，我在替她料理后面之事。容我歇一下……"正要吩咐哈鲁处理一下徐天裘的尸首，不远处传来一阵急促的脚步声。

"不好！这是大汉随兵来了！"哈鲁掀开门帘看了一眼，面色焦急起来，"连我都能听到风声中的那一声惨叫，他们又缘何听不出来？"

擅杀大汉使节，必然引发战争！若是被大汉随兵看到这情形，接下来的事情可就严重至极。

说时迟，那时快，大汉随兵速度很快，几个呼吸便已出现在他们的视野之中。

"是师妹所为？"无涯有些不相信，在他眼中，铎娇是多么天真无邪，又岂会真的对这人下手？不过，这会儿已经没有心情再细想，眼看大汉随兵就要到了，这时，无涯忽然一步向前，将那插在地上的染血的剑握在手中，一脚踩在徐天裘的尸身上，骂道："该死——"

"哗啦"一声，帐篷再次被打开，随军冲了进来，所见之物触目惊心。

看到副使徐天裘身首异处，凶手还拿着剑踩在副使尸身上，汉朝士兵自然愤怒不已。随军统领也很愤怒，却非常理智，他一眼扫过凶手也就是无涯，看着满脸惊诧的哈鲁，最终目光落在了王子少离身上，准确地说，是少离的衣角上，那上面有几点血斑。

就在这统领要开口询问时，更加意想不到的事情发生了。无涯忽然出剑，朝他刺来。

虽然剑招老辣，力道也极强，可是这统领修为极高，经验老辣，一把便抓住了无涯刺来的剑。随后，无涯连人带剑被那么一拽，就被统领拉到了身前，统领一掌便将无涯脖子捏住按在了地上。

"好你个蛮子！竟然做出这等事来！简直人神共愤！幸好统领手

段高强，说，你到底为什么要杀徐副使？"

少离一眼看出，无涯这厮定是对姐姐心有好感，不愿意牵连铎娇，而故意为之，所以他立刻见机行事，夺下无涯手中的剑，指着他鼻子大骂。

那统领被少离这么一扰乱，顿觉哪里不对劲，细想后还是一挥手，吩咐人将无涯押了下去，又将徐天裘的尸体收敛。

"只怕事情没有这么简单啊！"统领想道，却忽略了一点，当无涯被押着走过少离身边时，两人对视了一眼。

无涯目露感激，少离则是微微颔首。

大山是雄鹰的家，雄鹰是冬岭山的守护者。

在滇国历来的传说中，以雄鹰最为甚。对于冬岭山部落来说，雄鹰是最为神圣的存在。整个冬岭山部落的图腾便镌刻着雄鹰。而在冬岭山之巅，终日有雄鹰盘旋——这里也是滇国的圣地。

月光洁白，天空湛蓝纯净，那皎洁月光洒落下来，遍布在山巅的皑皑白雪上，一切都是那么静谧安详。

此刻，赵松明跪在山巅上，双手张开，仰面朝天。

月光洒落在他那宛如松皮的老脸上，显得一片虔诚而又古旧。

在他的身前摆着一只黄金火盆，火盆上镶满了各种宝石与带有圈状纹路的古朴石头，这些石头便是天果。火盆里面堆满了沉香。随着他口中发出奇怪的声音，火盆上的宝石也亮了起来，然后沉香陡然燃起了蓝色火焰。这些蓝色火焰并未升腾而起，而是化为丝丝缕缕，注入那些天果之中。

片刻后，所有天果都亮了起来，整个火盆爆涌出一圈蓝色光华，扩向四周。

远远望去，就像在雪白的巅峰上荡起了一圈蓝色涟漪。

赵松明还在念着咒语，直到许久之后，一声嘹亮的鹰啸响起，一道巨大的黑影掠过天上的明月朝山巅扑来，最终落在了火盆上方。

赵松明停止念诵，睁开眼，眼神蓦然一凝。出现在他眼前的是一只巨鹰，这只巨鹰全身腐烂，羽毛之下便是骨骼，那腐烂了一半的鹰头之中，隐隐还有一股腐败至极的尘封之息，一团绿火正在眼窝中燃烧。

火盆里，所有沉香燃起的蓝色火焰，纷纷涌入了这巨鹰口中。

透过巨鹰眼窝中的火焰，赵松明看到了自己想要的东西——在鹰之颅骨中，一块有着六道白色圆圈纹路的黑色椭圆石头，正散发着浓烈的能量——幽牝天果。

赵松明面色一喜，伸手过去，顺着这既温驯又看似凶猛无比的巨鹰眼窝朝里面抓去，越来越接近幽牝天果。

由于受到某种禁制咒语的影响，又有大量普通品阶的天果供奉，巨鹰呆若木鸡，只知一味地进食。

"圣鹰食腐之寒……鹰之祖，你果然出现了，依照秘法召唤，这一切真是踏破铁鞋无觅处……"赵松明暗暗自语，不想后面的话被一人接了去："得来全不费工夫。"

赵松明伸出去的手一僵，回头看到那人越走越近，竟是纤瘦清丽的滇国王女——铎娇。

月色幽寒，冬岭山山巅上疾风吹过，声音呜咽缠绵，好像一首苍古曲子，却不知谁人所唱，又为谁抹平胸中难掩的惆怅。

山巅之上，枯石如珊，半腐的骷髅雄鹰如鬼魅般耸立，体形巨大，那深邃幽幽的眼窝中，两团油绿的火焰燃烧着。它便是冬岭山的传说——食腐之寒，那是不知多少年前便存在于此的强大存在，是鹰中之鹰。这只传说中的生物，因为非常强大和许多古老让人称颂的经历，让它也成为冬岭山部落的信仰。

雄鹰不死，信仰不灭！

而又有谁能想到，寻找武魂的关键便在它的身上。

赵松明并没有迟疑多久，而是速度极快地一把插入骷髅巨鹰眼中，又迅速抽回手，手中便已多了一样东西，他悄无声息地把这东西塞进了怀中。

然而，食腐之寒在没了这样东西之后，眼窝中的火焰便消失了，庞大的身躯忽然坍塌，只听得"哗啦"一声，便散落得支离破碎，随后在如刀夜风中被席卷而去。

羽毛归天空，骸骨归山涧，灵魂且随风，这是雄鹰的最好归宿。

"尊使，麻烦你把东西交出来。"

"东西？什么东西？"赵松明面色一怔，摇头道，"王女，此地风大，老朽这把骨头可吃不消，恕不奉陪。"

这时，突然有把冷冰冰的剑锋悄然架在了他脖子上，赵松明的脚步顿时停下，整个人神色震颤。

"尊使一定没想到，这小小地方还有第三个人吧？"

赵松明头微微倾斜朝铎娇看去，月光下，少女背对着他，仰着脸看着天上的月亮，身上散发出一种无上尊贵的气质，这种感觉让他有点儿恍惚，但转瞬即逝。

"没想到殿下藏得这么深，身边还有一位王者境保护。呵呵，也难怪，素来听闻你与大丞姑侄不合，没想到已经到了这般不合的地步，需要这种级别的高手保护。"赵松明讪笑道，关键时刻仍不忘离间一下焱珠长公主与铎娇之间的关系。

当他将东西从怀中缓缓拿出，好像有一道风从手中拂过，再看时东西已不在手上了。

"师叔，把赵大人押下去好生看待。"

铎娇说罢，转过头去，那制住赵松明的自然不是别人，正是她的师叔曦云。

赵松明毕竟实力太低，对滇国的了解也不是那么透彻，这曦云压根儿不是什么王者境高手，而是作为鹤幽神教的大佬之一、青海翼的师妹，她对巫法的理解完全超过了铎娇。若以实力而论，曦云的实力其实比王者境更胜一筹。

曦云与铎娇隔空对视一眼，互相点了点头。

曦云低头看了一眼幽牝天果，说实话还真有些心动，道："小家伙，此物珍贵无比，你可要保护好了。其上花纹蕴藏一种巫法奥义，你可以好好参悟，说不准还能有什么心得呢！"

曦云玉指一抖，散发着光芒的幽牝天果便从手中射出，铎娇接住，稳稳抓在了手中。

"多谢师叔指教！"

"什么，这上面还有秘密？"赵松明闻言不解地问，曦云就在他身上疾点几下，他的身体便软了下去。

曦云拖着赵松明的身体，对，就是拖，她像一个屠夫拖着一条死狗一般，渐行渐远。这样子真是酷毙了，连铎娇都感慨无比。

铎娇低头看着手上的石头，这东西果然和徐天裘说的一样，是一颗六眼天果。不过这颗六眼天果很奇特，且不说底色不是寻常的黑色，而是青幽之色，单就这颗天果上的眼状纹路来说，并不是有序排列，而是比较错乱，"眼"与"眼"之间，又以手绘而成，线条连接，看上去十分像地图。

"这幽牝天果的纹理果然不一样，师父也说过，品阶高级的天果，纹理中蕴藏着一股先天意境。"

铎娇掂了掂这颗天果，暗暗感慨眼下自己的巫法境界还是太低了，并不能立刻从这枚幽牝天果上找到玄奥之处。

"天果是我们巫师必备之物，不如……我以魂力催动。"

随着身上的魂力自然涌入幽牝天果之中，旋即天果上的六只眼状纹路一眼接着一眼亮起，直到最后一眼亮起时，整块石头暴亮，一簇簇青色的魂火在从"眼"中燃烧而出，脱离石头，最终会聚到一起，化为浓浓的青色一团。

这团光芒逐渐变大、扭动、变形，一只巨鹰的形象出现在手掌上，与那食腐之寒极其相似。

"原来如此。"铎娇散掉了力量，这巨鹰也自然随风消散，她擦了擦额头细密的汗水。

这枚天果对她身体的消耗实在有点儿大，要不是她真正的实力并不限于墨袍，绝无法驱动它。不过她也知道，想要挖掘出这天果中的全部秘密，恐怕还要再等些时日。

赵松明被收押，徐天裘被杀，连同这群大汉随军也与族长哈鲁的卫队对峙起来。铎娇与那统帅密谈半天，以绝不伤害赵松明作为保证，对峙才稍稍缓解，但双方早已不再信任。

这位随军统帅深知强龙不压地头蛇，也只好同意铎娇的建议，她答应一定会给汉朝皇帝一个妥善的交代。但是，麻烦刚刚开始。

到了第二天，关于冬岭山之行匆匆结束的所有消息都传入了滇国雍元城，各种小道消息在滇国坊间流传。赵松明和徐天裘就算做得再过分，背后也是大汉，偌大的汉朝曾先后灭掉诸多强敌，其威严不容置疑。

滇国朝臣在翌日朝会上个个沉默，心情格外忐忑。就连焱珠长公主也密令珑兮调查事情始末。她现在最为担心的，倒不是汉朝的愤怒，而是——罡震玺的怒火！因此，焱珠甚至亲自去了监牢，见了一次赵松明。

至于知道所有事情的赵松明，虽然面若死灰，却也浑然不惧。他深知滇国肯定是不敢杀他的，一旦杀了他，那就是两国交战的问题了。现在对他来说，最大的问题是回到汉朝之后该如何交代。一想到这里，赵松明的心中怎一个"苦"字了得。

赵松明更明白，铎娇与焱珠并不和睦。关于这枚幽牝天果，铎娇所知的秘密太多了，如果再从自己嘴里流到焱珠那边，虽然会搅乱滇国的某种格局，但眼下还是自保为上，绝不能两面树敌。所以如今就算面对的是长公主焱珠，他也只能三缄其口，绝不能说出半个字。

苦啊，他都怀疑身体里的那颗陈年老胆破掉了，嘴里满是苦味。

"不承想，这两人假借采集雪羊绒之名，行那不轨之事，妄图窥探我滇国秘宝。尊使赵大人也是无意为之，奉命而来，希望诸位大人还是多多商议，该如何将此事呈明汉朝，既不得罪汉室显贵，也不要……让我国白吃这个哑巴亏。更不能……不清不白，由我滇国承担一切责任。"

朝堂上，铎娇淡淡几句话，就将所有事情经过大概说了出来，言语中又将天果等重要事情含糊过去，开始征询大臣们的意见。

"诸位，不妨都发表一下高见吧！"铎娇又道。

摆在面前的，无非就是释放汉使、说明因果以及如何向汉朝道歉这三点，在场的大臣都清楚，想要提供解决之道，必会有损滇国王族的威严。对方可是强汉，上国天朝啊！

朝廷上沉默片刻，有个青年臣子微微一拜，道："殿下，杀了大汉副使的犯人，自然要定斩不饶，否则如何向大汉交代？不若我等……让赵尊使带那犯人无涯回大汉复命！"

"哦，这就是你的解决之道？"铎娇冷声反问，谁都听得出这是要爆发的前奏。

笑话，想要让他们把无涯带走，那是不可能的。再说她才是杀徐天裘之人，他们这是要斩她吗？顿时，铎娇额头上生出三道黑线，努力地克制着不爆发出来！

没等她说话，有人先拍案而起，怒声大骂起来："混账东西！"

原本温和的少离突然勃然大怒，就像一只温驯的兔子突然愤怒起来。

"此事错不在我滇国，那无涯虽只是一个寻常侍卫，却是查明此事的有功之人。你非但没上奏折嘉奖，还想落井下石？长此以往，我滇国又有何人敢做勇士，戍我边关！废物，你是废物啊！"

那臣子想不出为何这番实在话会惊动少离王子，不禁吓得浑身如筛糠一般！

要怪就怪少离也参加其中，算是杀死徐天裘的主犯之一，无涯却顶了罪，如今还要被送去汉朝问罪，少离就看不下去了。

"启禀殿下，臣，有话要说。"

少离一看说话的是文大人，斜睨了一眼姐姐铎娇，便主动退回座位，没有再说话。

"文大人请说。"铎娇松了口气，这个文大人向来都是自己的喉舌。

"两位殿下，"文大人对着少离拜了拜，继续道，"此事有重有轻。重的是，这两位使臣都是汉臣，背后是汉朝，若妄动恐惹兵祸。如今木已成舟，若不能给汉朝一个交代，接下来的事情怕难办。反过来说，此事影响之大怕不久后便会举国皆知，瞒是瞒不住的。无论是为了给汉朝一个交代，还是为了振作我滇国，杀与赏都不合情理。"

文大人说到此处顿了顿，铎娇看向少离，让他表态。

少离道："文大人有何高见？"

"不如这样做，殿下看如何：让此人以勇士之名，参加年底的阿泰甄选，一旦赢了，便赦免其罪名，这也说明，此人是个英雄。若是输了，便将其充军作为惩罚。"

"文大人不愧是我朝中股肱之臣，所言极是，准！"

这种做法恰好正中铎娇与少离下怀，被当朝应允。

只是在朝会结束后，被释放的赵松明不经意间看到王女铎娇正在看他，他道了声歉之后，便连忙告辞。

这滇国，他一刻也不能再待下去了，就算能待下去，这张老脸也搁不住了。

"大人，现在该怎么办？"王宫之外，随军统领一见赵松明神色不定地匆忙走来，连忙迎上前问道。

赵松明紧皱着眉头，瞅了他一眼，没好气地道："还能怎么办！"话毕，一甩袖子，举步往前。随军统领连忙跟了上去，言下之意他已明白，只能班师回朝。

赵松明也是人老成精，心知这事情里里外外都已经无法交代，徐天裘的尸体就躺在队伍的马车之中，死得不能再死了。

"对，都是这帮滇蛮子的错，罪不在我！我这一路仔细思量，一定要安全脱身才行！对，我要找徐胜老将军，也只有他才能救我。"赵松明想到这里，似乎已经知道该怎么办了。

如今只要回去，由老将军徐胜禀告，想必陛下多半儿会派大军前来踏平滇国，自己还有几分生机。只是，赵松明压根儿就没参悟透，他回去之后必然逃不过一死。这主要是因为直到现在，他也不清楚幽牝天果对于陛下的价值，而此事牵涉的秘密极大，那神人宝藏莫说是天子、徐胜这样的位高权重之人，就连罡震玺这种达到神人境的超级强者，也会生出觊觎之心。

此中事，到现在为止，在整个滇国也只有从徐天裘那儿得知秘密的铎娇一人知晓。

随军统领一听赵松明要回去，连忙吩咐人备好马车。

"大人，请。"

"嗯？"赵松明如今归心似箭，一看人马已经准备好，连忙上马车，但是一条腿刚跨上去，另一条腿便不动了。

"大人，怎么了？"随军统领问道。

朝会结束时，王女铎娇的匆匆一瞥忽然浮现在赵松明的脑海中，不知为何，他背上一阵冷汗。

"不行，不能走陆路。"赵松明心中当机立断。

赵松明不是庸人，相反，口才极好之外，脑子也出奇灵活。这一刻，他忽然警惕起来。自己想到了回去要将这事上奏，那么王女铎娇呢？这个丫头年纪不大，心思却聪慧果决，几番交锋下来，他都完败。这丫头无论口才还是心智都远远胜过他，甚至远超出她那张美丽而略带稚嫩的脸显示出的年纪。

赵松明的脑海中冒出一个让他惊讶的想法："对了，徐天衮绝不是那个红毛蛮子杀的，难道是她……"

赵松明猛地醒悟过来，那红毛蛮子他也见过，最多上流宗师级的实力，即便是随军统领喝醉了，一只手也能把他拿下，更何况是王者境的徐天衮？也就是说，红毛蛮子不过是个替罪羊，真正凶手其实是看似娇弱柔美的王女铎娇！

"一定就是她！"

赵松明额头不禁冒出豆大的汗珠，他已经能够肯定了，而且徐天衮在出事前就与他说过计划，说要拿下此女，结果到头来徐天衮却出事了。看来，所有秘密已经被她探知，甚至知道得更多，所以才赶到山巅来反制自己！再者，他的行动很谨慎保密，她却那么"恰巧及时"地出现，这也绝非什么巧合！

如此，就能解释一切了。

这个女娃实在太恐怖了，娇弱的外表、不喜不悲的脸、话不多，但一出手就好像电闪雷鸣，眨眼便捏住了自己的七寸。

"大人，您怎么了，大人？"随军统领见赵松明保持那一半上车的姿势良久不动，神情呆滞，脸上尽是汗，心中当下吃惊不小，连忙问道。

"没事。"赵松明被随军统领晃醒，大口大口地喘着气。

"大人，要不暂且休息……"

"你，给我听着。"赵松明抓着随军统领的肩膀，盯着他说道，"一会儿就这么做……"

赵松明耳语几句，随军统领惊讶非常。

"可是大人，如此做的话也太远了，这……不妥吧？"

"没什么不妥，就这么去办。铎娇必有亡我之心。"言罢，赵松明钻入了马车。

随军统领一咬牙，便吩咐了下去。很快，大汉使节的车队便出发了。马车到了城外许久之后，队伍里出来许多滇国平民服饰打扮的人，这些人又返回了雍元城。

至于使节队伍，则浩浩荡荡地朝大汉方向的官道驰骋而去。

曦云来到铎娇的书房，铎娇正端详着手中的幽牝天果，脑中回想着徐天裘的话——幽牝天果中藏着神人宝藏的地图。她左看右看，却看不出什么名堂。

曦云只道铎娇是在领悟其中的巫法奥义，却不知还有更深一层的秘密。

"怎么了？"铎娇没有抬头，问道。

"赵松明跑了。"曦云道。

"嗯。"铎娇应了一声。

"你就不怕吗？"曦云有些急了。

"怕……什么？"

"赵松明一旦回到汉朝，事情便会被坐实，到时候便不是囚禁使节这么简单。擅杀副使，汉朝一旦怪罪下来，怕是要以这个名头来兵戈相见。"曦云挑明了说道。

在王宫中待了这么久，曦云也见了不少事，在这种情况下，铎娇还如此沉稳，曦云自是急了。

"师叔，你放心。大汉不会为两个使节动怒，即便他们背后势力再深，能动怒的也只是为了这个。"铎娇将幽牝天果收好，接着道，"赵松明是老狐狸，但我大滇国最擅长的便是狩猎。先让他跑一会儿。"

"可那是大汉轻骑，速度极快……"

铎娇摆摆手道："现在无论如何跑，他都还在滇国境内，若是此时动手，麻烦还会更多。在汉朝与我滇国之间有一段空地，此处作为两国缓冲之地便没有纳入双方地图之中。"

"这么说，你已经……"

"嗯，所以说，他跑得快，也只是会死得更快罢了。"铎娇扔下笔，站起来负手立于窗口眺望远方，这单薄的背影竟让曦云看呆了。

这一切……竟都在她的掌控之中。

不是为何，曦云看那背影，总觉得和当年的滇王一般无二。

不知从何时起，从前孤零零的小女孩儿如今已经成长为独当一面的雄鹰了。

回想起在朝堂上，赵松明的服软、文大人的建议，甚至少离王子要救无涯而发出的声音，一切的一切，一步一步，好像都落入了这少女柔嫩小巧的手掌之中。

"那么，现在一切都结束了，你想如何安排你师兄？"这是曦云最后好奇的一点。

"当然是阿泰的选拔修炼了。"少女淡淡地道。

"阿泰选拔高手众多，凭借他现在五品宗师的实力还是太过稚嫩。唉，我再帮你一把，他人呢？"

少女回过头来，巧笑嫣然道："多谢师叔，不过……现在还不成，师兄还在做事。"

"做事？"

"嗯，做一件更重要的事。"

"比阿泰选拔还重要？"

"重要得多。"

在赵松明的马车队伍出发后许久，一支数十人的滇国轻骑急匆匆地出了王城，铁蹄激起无数灰尘，惹得行人都退避三舍。

"这是出了什么事？怎么这么急？"

百姓们好奇这轻骑飞出城的原因，在轻骑走后良久仍在讨论。

隐藏在人群中、几个戴着斗笠的普通百姓对视了一眼，继续朝城南前行。

为首的一人看着那轻骑消失的方向，点了点头，眼中露出了果不其然的神色。

"这群滇国骑兵已经开始追击统领那边了，还好，还好啊，若非老夫算得及时，只怕还要折在她的手里。"

这人正是赵松明，他眼中一闪而过怨毒和侥幸并存的目光，随后压低帽檐，与几个心腹继续匆匆赶路。

午时过后，天气便不那么炽热了。

这时候太阳开始西下，温度下降得也很快。直到未时末申时初，天色也开始暗下来。

这大汉外的风光与关内截然不同，风声尤为凛冽。君不见，秋风如刀，满嘴含沙，弦月伴酒一壶饮。这一队快马驰骋在这片平地之上，背着慢慢落下的圆日朝东而去。

他们行了良久，到了一块巨大的风化岩石下，领头之人一勒缰绳抬起手示意，身后轻骑纷纷停下。这队人马绕到了风化岩的后面，开始喝水、吃干粮、休息。

这一队人马不是别人，正是舍了马车的随军统领等人。先前，赵松明突然要求兵分两路，便是为了从这滇国分而行之逃出去，只待到了汉朝王土之上，一定要把这些日子受的窝囊气千百倍地讨回来。

"老大，这赶得也太急了吧，兄弟们都累了，再说马匹都快要废了，不如休息一晚再前行？"

随军统领看了这人一眼，冷冷地道："要命还是要休息？"

这名随军一听，立即明白当下处境，不再言语了。

休整完后，随军统领一挥手，所有人再次飞身上马奔驰。

"照这样的速度，再过几个时辰就能出滇国边境了，届时情况就会有所好转。等冲过中间那片空白地带，就能看到大汉边关了，有了那里的兄弟接应，便彻底安全了。"随军统领一边驰骋一边想着。

"老大不好了！后面有追兵！"就在这时候，身旁的随军喊了起来。

随军统领朝后看去，瞳孔骤然一缩，约莫有三十个人正在朝他这里赶来。

"单马！加速！"

随军统领经验老到，一看这种情形当即下令。所有人立刻舍弃了身旁的备马，一抽马鞭就飞驰出去。

那一队骑兵仿佛早料到了会如此，一个个口中发着怪声，也催起了战马来。

太阳渐渐西斜，凄风烈号，在太阳下边刚沾到最西的地面时，大汉随军刚好冲到了空白地带的中央，那一队追来的人马也正好把他们给截住了。

这些人全部蒙着面，只露出森森眼睛。

"我们是大汉随军，你们是什么人？"虽然被拦下了，随军统领也浑然不惧地问道。

"狡猾的汉人，我说怎么追不上呢，原来不光是轻骑，还有备马。"拦截轻骑队伍的领头人冷哼一声，不屑地道。

在这种情况下，谁都知道这些人是敌非友。

这三十人的追兵异常凶悍，竟一下就截住了上百人。风突然变大掀起滚滚沙尘，同时所有人亮出了弯刀，响起金属摩擦的声音，以及衣带在风中猎猎作响。紧接着，便是无数兵刃相击之声、惨号之声、刀划破衣甲之声……

最后一刀落下时，随军统领被一招毙命，然而他的最后一招也将围攻之人的首领面罩给劈开了，正好看见杀他之人。他睁大的眼睛里满是惊骇之色，怎么也没想到，对方竟然是冬岭山部落族长哈鲁。

没错，就是哈鲁，在事发前几天，他们还围着篝火烤羊肉、喝烈酒，称兄道弟，歌颂着冬岭山风光壮美。

哈鲁还和他吹嘘说自己以前是滇国的阿泰，年轻时骁勇善战，自己部落的骑兵人数虽然少，却精良强悍，深得先王信任，若不是犯了错也不会从朝中退下。

喝了烈酒的他便嘲笑哈鲁吹牛，说如果在汉朝，这样的悍将肯定会被委以重任，又怎么会被贬谪？小小的滇国，果然很复杂。

只是这统领并不知道，哈鲁退下并不是被贬谪，而是在先王死后，他不愿附随长公主焱珠，故而做了类似汉人告老还乡的选择。

当所有随军被杀，风沙也正好停止，一切犹如天意。

"族长，情况有点儿不对。"

"怎么不对？"哈鲁问道。

"这支队伍有两百人，如今这里才约莫一百人，剩下的一百人去哪儿了？而且，殿下指名道姓要的那个老头儿也不在这里。"

哈鲁一拍额头，总算知道为什么这里每个人都有两匹马了，原来是这样。

"怪不得如此……不好，这群草皮子上的野狐狸竟用了这样的诡计，咱们赶快往回跑，他们怕是绕远路了！你们几个留下，收拾收拾，好好葬了这些汉子。"

哈鲁连忙飞身上马，带着剩余的二十人往回赶，在路过王城时，又被铎娇的人给拦了下来。

"殿下这是何意？"哈鲁勒住马，不解地问道。

几日后的夜晚，阴云蔽月。

一行人匆匆来到了毗邻太阳河畔的某一处渡口，这里风景如画，停靠着一艘民用大船。

为首之人掀开了兜帽，在黑夜中露出了脸，这人不是别人，正是赵松明。

看到这船，赵松明并没有松口气，直到所有人登上了船，船行驶起来，在船舱里的赵松明这才松了口气。

一个走陆路，一个走水路，方向又相反。只要顺利而下，何其快哉？

"如此，那王女无论怎么追，最终都会扑空。"

赵松明脸上露出笑意，这种笑容很得意。

的确，在他这样的计划之下，没有人会猜到他一开始就准备了绕水路而行，原路返回的随军不过是诱饵。而这个诱饵在减少人数之后又是双马换乘，速度更快，就算尽力追击，也根本追不上。

如此分行，一下子便保证了整支队伍的所有人都可安全归汉，到时候再添油加醋一番，自己不仅可以功过相抵，情况好的话说不定还能捞点儿功劳。

"砰——"忽然，船剧烈晃动了两下，赵松明一下子惊醒了过来。

"怎么回事？"赵松明站起来问道。

"啊——"一声刺耳的惨叫在这夜晚骤然响起。

赵松明变了脸色，连忙冲了出去，当他到达甲板上时，整张脸顿时变得铁青。

望眼所及，满是随军的尸体与鲜血，一道道黑色的影子拄着长矛站在甲板上，在这无风、阴云蔽月的黑夜，看起来犹如一尊尊微小的魔神。

"你们是什么人？！"

恰在此时，阴云散去，月光照在了甲板上，他看清了这些可怖的"魔神"——身形不算大，模样如同猴子，略微有些伛偻的身体上长满了长毛，一双双眼睛森冷无比，修长的手握着长矛……

这些……都是什么东西？！

"鬼！"

赵松明一阵惊悚，管它们是人是鬼还是怪物，这些东西都得死，因为他得活下去。

他脚尖一挑，地上的长枪便被挑入手中。

就在此时，这些怪物都自动散了开来，红发魁梧的少年从中走了出来。

"原来是你。"一瞬间，赵松明就明白了，他什么都明白了！

红发少年手执长枪，毫无表情地看着赵松明，最后伸手一指。

"来得好。"赵松明手中长枪一拧，冲了出去。

杀！

这注定不会是一场公平的比试。

无涯在雍元王廷虽然隐藏得很深，真正实力是一品大宗师，但他要面对的是已晋升王者境多年的赵松明。赵松明又从军多年，实战经验老辣，只一出手，动作便没多余的，直取无涯心口要害。

无涯纵然灵巧躲过，却也直落下风。

一百回合后，无涯一身衣服已经破碎，浑身浴血奋战，却越战越勇。

平日里的所学所悟，他在此刻都淋漓尽致地运用着，那一枪一式也在身体上的伤痕不断增加的过程中，变得纯熟与融会贯通。终于，五位老者所传授的本领，在第二百回合时，与他的如龙枪诀融会在一起。

步法、身法、腰力、臂力、腕力、指力——在这一刻水到渠成地贯通在一起，化为手中长枪的一刺。

这一刺，平凡无奇，却凝集了他全身所有的力量与技巧。

赵松明根本不在意这些，他只觉得这小子还有点儿料儿，没想到这么难缠，在这一刺刺来时，他借着王者境的力道随意一挡。

"啪！"无涯的枪尖点在赵松明的枪杆上，长枪当即断裂，势头却不减，继续朝赵松明胸口刺去。

"小看你了！"

赵松明神色一怔，他从未想到会变成这样，连忙扭转身体，避开了要害。只听得"哧"的一声，无涯的长枪刹那间洞穿了赵松明的身体。又"哧"的一声，无涯收回带着血线的长枪，脸上露出一丝喜悦之意，当然，这喜悦仅仅是因为解开了内心对于武学的某处疑惑。

赵松明捂着胸口后退几步，他避开了要害，这点儿伤对他来说根本不算什么。至于受伤，那是家常便饭。想当年，他纵马驰骋，身上刀枪、剑伤不下二十处，还不照样金戈铁马行天下？

当下，赵松明手在身上点了两下，以点穴之法封住了伤口流血，虽然这样做同样会导致他封住穴位，元阳纯力无法流畅发挥。不过，对付这小子，绰绰有余。

"来吧！"赵松明身躯一震，上半身衣服顿时支离破碎，露出的上身，肌肉虬结。

谁能想到这个瘦弱、老态龙钟的老头子，竟然有这样一副强大的躯体？

无涯这时候将长枪一甩，插入了船头。

"怎么？放弃了？哈哈哈！这就对了！老夫再差也是王者境，还会怕你这个才入宗师未久的小娃娃？哈哈哈——"

无涯转过身去，口中发出一些怪声，紧接着，那些原本伫立在甲板上一动不动的怪物纷纷围了过来，将赵松明包围。赵松明吃了一惊，旋即笑了："你觉得凭借这些未开化的畜生也能杀死我？老夫可是王者境！"

心态调整后，赵松明恢复至怡然之态。

赵松明攻势再起，朝着其中一头怪物杀了过去。让他没想到的是，这头怪物果断后撤，一旁的怪物有条不紊地抽出长枪，对着他戳了过来。他现在手中没有兵刃，身体又受了些伤，自然惧怕，当下便后撤了。

他哪里想到，他后脚还未落地，这些他眼里未开化的畜生便三个为一组、五组为一团，抱成了一种特殊的架势。

"兵阵？！"赵松明吃了一惊，他越看越觉得像。

所谓兵阵，便是军队之中运用的一种特殊战法，往往攻守一体，或者具有极大的攻击、防守的特性。兵阵种类繁多，效用不一。面对常见的"一字长蛇""二龙出水""天地三才""四门兜底"这些军体大阵，这种兵阵更具有灵活性。

最主要的是，当今世道，武者横行，强者遍地，尤以军中为甚。强者的存在，曾一度打破僵局，搅乱战场局势，他们往往能破坏大阵，达到以一当千，甚至以一敌万的程度。于是，为了制约这种现象，深谙兵法的行家们开始研究，最终研究出了这些特殊的兵阵。

可以说，兵阵的存在，最大限度地遏制了强者搅乱战局的境况。

这对赵松明来说极为不利，但真正让他惊悚的不是这个。

兵法以汉人最为擅长，兵阵也同样是，纵观西域、南疆等势力，从来都是仗着国力与兵种的强大横行无忌，自然对这些不以为意。可现在兵阵竟出现在滇国，还被一群实力超群的怪物掌握，这意味着什么？

身为汉使的赵松明不寒而栗。

"你怎么会懂兵阵？是谁教你的？"赵松明愤怒地问道。

无涯不会回答他的话，只是一挥手，下了最后的命令。然后，这个兵阵便启动了。数不清的怪物围着赵松明开始进行一轮又一轮的攻击。

赵松明苦不堪言，他的攻击力虽然强大，但也不是不能被格挡，特别是在兵阵合力之下，他每每使出全身力量想要打开口子，最后都会被化解。既然攻击无用，那就防守，可是这防守根本不是办法，怪物们的骚扰与实攻虚实交接，让他难以分辨。

这些怪物竟然比一般的悍卒还要强上许多，气息平稳，显然是练过什么功法，一个个都是初级宗师的实力。

赵松明拄着回到手中的长枪，吃力地看着四周，咬着牙，神情有些恍惚，似乎又回到了当年身陷敌军腹地的情景。

"我不能死……即便是死也要把你们这些怪物都杀了，不能给大汉留下祸患！"

赵松明大吼道，再次持枪撑着身躯战斗起来，这一刻，他不再为名、不再为利。恍惚中，就好像回到了少年时代，穷苦出身的他曾经发誓要保家卫国，只是后来步入了军营、官场，他才知道，人生在世，随波逐流，有很多事都是身不由己。

少年志向，终究只是一场空谈罢了。

一腔热血在时间的流逝中变凉，曾经的单纯与傲气也被消磨殆尽……如今，生命即将耗尽的他，仿佛又重拾起初心，他永不忘自己是个军人，是大汉的兵。

"为兵者，醉卧沙场，马革裹尸，若能戍疆守土，此生无憾！"

朝着怪物组成的兵阵，赵松明发出最后的咆哮与力量，但最终淹没在兵阵中……

无涯看着躺在地上睁眼望天的老者，蹲下来为其抚上了眼皮。

"啊喔喔喔——"无涯转身对所有怪物一抱拳，发出古怪的声音。

"啊喔喔喔——"所有水鬼也发出类似声音，然后一个个跳下船头，消失在太阳河中。

如今的水鬼们已开了些许灵智，懂得人言，更知道应如何生存。这也是易少丞当年的功劳——那时候他时常捉鱼喂它们，久而久之，这种行为便烙在了它们心头。

易少丞走后，无涯心中隐约觉得效仿此法只会让水猴子越来越多，而食物则越来越少。在偶然看到村民耕种、放羊之后，他便突发奇想地尝试牧鱼。

这一尝试便尝试了十年光阴，幸好最后还是成功了。

后来，他就算不在，那些水猴子也会没事的时候操练，有事的时候去牧鱼。平日里还会打鱼晾晒，做食物储备，这样一来便形成了良性循环。

由于水猴子的寿命并没有人类长，所以繁殖得也很快。今日他带出来的依旧是当年那些老兄弟，如今这些老兄弟基本上都已有了崽子，算是子孙满堂。

无涯看着水猴子消失的水花良久，笑了笑，然后便离开了。

今夜一战，他其实并不需要直接和赵松明交手，只因为自己这段时间修行以来一直找不到适合练手的对象，这才对赵松明起了兴趣。而那招平凡的刺出，也是他琢磨了许久都没有寻找到关窍，如今总算通过这个契机融会贯通了。

"师妹交代我的事，完成了。"

红发少年的脸上露出一丝憨憨的笑容。

无涯离开后，那艘大船也被水猴子们凿了个底朝天，半浮半沉地在太阳河中越走越远，直至过了许久，终于在汉朝境内被官兵发现，上报给了朝廷。

又是深夜，年轻的皇帝匆忙把徐胜召进宫内。在早上的时候他便得到了这个消息，当时差点儿气昏了头，也亏他城府极深才忍了下去，直到此时才将徐胜传召过来。

"徐胜，你看这个！"

"啪！"两份折子直接摔在了徐胜面前。

徐胜看了一眼皇帝的脸色，弯下腰捡起来细览。他只看了第一份，手便一哆嗦，差点儿跪了下去。这份折子只写了一件事，那就是上百人的大汉随军在与滇国的中央缓冲带被杀，随军统领的尸首已经确认，无一幸免。

他知道，这次出使肯定出大事了，看情形，那样东西也应该没有找到。

于是，他深呼吸一口，打开了第二份折子看，这一看，整个人都蒙了。

正使赵松明被杀，剩下的上百随军无一幸免，这些人都是在一艘发往关内的滇国船只上发现的，同时还发现了一具腐化的尸体，确认为副使徐天裘。

"噗——"徐胜身体僵硬良久，突然一口老血喷出，整个人也踉踉跄跄，几欲摔倒。

这徐天裘是不能死的啊，他可是罡震玺的弟子！

幸好，他被眼疾手快的皇帝连忙扶住，但皇帝眼中明显带着一丝上位者那种特有的厌恶之情。

"陛下！"徐胜惨呼一声跪倒在地，抱着双拳声泪俱下地道："请陛下答应老臣，老臣愿意率三万兵马踏平滇国，不死不休！"

"不死不休？"皇帝冷哼了一声，转过身道，"我知道你一直想打仗，就是想灭掉滇国，这一点嘛，与我之所思倒是有些一致。"

"请陛下答应！"徐胜又朝着地上狠狠磕了一个头。

"随军统领是在缓冲之地被发现的，你就断定是滇国所做？赵松明、徐天裘全都死了，没一个活口，没一个证明，船是到了我朝境内才发现的，中间路途多少，你就确定是滇国所做？出兵，你用什么名义出兵？"

"砰！"皇帝一拳狠狠砸在桌案上，巨大的声响中夹杂着愤怒，让所有的灯火忽明忽暗。气愤！实在是太让人气愤了！

这股愤怒，是年轻的皇帝对滇国发出的。

"可是陛下……"

"没什么可是，就算真是他们做的，无凭无据，贸然出兵，名不正言不顺，滇国一推脱，我们再攻打便会引得诸国恐慌。滇国地处要塞，看似能当我汉朝大关，又何尝不能当那西域雄关？到时候诸国会联手抵抗我汉朝，得不偿失。"

皇帝比所有人更能认清局势，听他这么一说，徐胜也清醒过来。

把滇国逼急了，他们换个靠山，这样潜在的朋友就变成了劲敌，实在不妥。

无可奈何的徐胜一拳砸在地上，也只能这般发泄。

"这件事你就不用插手了，自己还是好好想想该如何向那位老人家交代吧。"

"罢震玺……"徐胜一听这话，原本愤慨的面色变得冰冷，随即又一白，白了之后泛青，最后面若死灰。

"老臣明白，老臣告退……"

徐胜站起来，整个人仿佛一下子苍老了十岁，失魂落魄地离开了王宫。

就连皇帝都不知道，两人的谈话早已被黄门小太监听了个一清二楚，然后乘着夜色将此事告诉了李水真。

滇国的天空永远那么湛蓝。

一声鹰啸骤然响起，一点黑影在天空中出现。

珑兮连忙打开窗口抬眼看去，一只硕大的鹞子冲飞而来，最终稳稳落在了窗口处的架子上。她的目光落在这只铁鹞子的脚上，那里绑着一根竹管。她熟练地拆下竹管，取出里面的信纸，喂了鹞子几块上好的肉干，便转身进入了寝宫内。

深邃的宫内传来了慵懒但又性感的声音："有点儿意思，谅他也不敢对我们动武，让李水真继续等候！"说完，这女音若有若无地打了个哈欠。

一夜过去，汉宫内，侧卧的皇帝一夜无眠。

天未亮时他便起了身，一人离开寝宫，坐在那栏杆上遥望东方。直到太阳从东方冉冉升起，落在他那略显苍白的面容上，他便转身走入御书房内，写下一纸诏令。

这道诏令被加急送去了常山郡，当天下午便落在了易少丞手上。

"太好了，将军！"项重看着诏令兴奋无比。

自从上次杀了徐蒙后，易少丞便挂了军中闲职，若是长此以往，注定无法掌权。若无法掌权，接下来又如何能够培养为骁龙报仇的力量？而这道诏令下来，易少丞虽然职级未变，却由闲职转正。最重要的是，诏令上写明了，允许他带二十人。

"出发去滇国……滇国……"

和项重不同，易少丞的思绪一下就飘出很远，笑容里带着莫名的神往之情。

虽然这早在他预料之内，可他没想到一切来得这么快。一想到去滇国，他的心不免开始紧张起来。

"我……我要见到娇儿了吗？"

在他的印象中，那时她只是个扎着小辫子的玉娃娃，生得非常可爱，又极讨人喜欢。易少丞无论如何也没有想到，自己这一生的命运竟都会系在她的手上，以至于十年过去，每每夜深人静之时，他总是懊恼当初选择对青海翼屈服，让她一个人在冷幽幽的雍元城长大。

这份心思，别人难以理解。不知她现在过得如何，是否可以独当一面？

"大人，这人选你可有？若无的话，我倒有个主意。"

项重的话把易少丞的思绪拉了回来。易少丞想了想，若是他孤身一人前往，这一路没个人照料，届时出了什么事也说不准。但信任的人又没有几个。

"嗯，你有什么打算？"

"将军，昔年将军曾练有一支兵阵，专门挑杀不服管教的强者，这些人都是将军的亲卫，是值得信任的同袍，将军也待他们如手足。如今有了陛下这道诏令，项重愿意前往将这些人召回。有了这些知心的兄弟帮忙，到时候会顺畅许多。"

"哦？"易少丞没想到还有这事，眼前一亮，连忙应允了。

只是骁龙已经消失了二十年，当年的那些老兄弟并不好找，有些已解甲归田，有些已入朝为官，有些已在军伍中做了掌权者，还有一些当起了刀客、剑客，四处拿人钱财替人消灾，另有一些落魄非常，甚至有些人已经死去多年。

易少丞只是顶替了骁龙的身份，并不是真正的骁龙，不认识这些人，但项重认识。而项重只有一人，要把这些人重新召集起来需要很长的时间，所以他花了不少时间才勉强凑齐了人。

这些人里面和项重关系最好的，是个独臂刀客，名为甘臣。

他和项重是骁龙昔年的左右副将，只是在战争之中，一个被弓箭射瞎了左眼，一个被刀砍断了右臂，两个人的日子都不好过。

在项重和这些人联系时，易少丞也没干等着。他连续三个夜晚，佐以一些炼汞单方，炼化了体内那条火毒无比的九火天蜈。雷电心法再进一层，很快突破至第六重天，就连呼吸也似乎蕴藏了一股雷电的气息。这种征兆说明，雷电心法距离最后的大圆满还有一步之遥。

易少丞脸上的火毒伤疤蜕皮新生，渐渐好了，只有左脸还有一道伤疤，但他给人的感觉，除了英武不凡之外，眼中还有一种如剑般的戾气。若不收敛起来，一看就是个由死而生的狠角儿。

不久，这支总数二十一人的队伍便出发了。

马是最好的马，配备的干粮也是最好的，虽然人数少，一切条件都很优渥。

"什么？！"

洛阳徐府，得知骁龙将出使滇国的徐胜满脸震惊。

"陛下当真糊涂，怎么能让他去呢？"徐胜压低声音，发泄着自己的不满。

这段时间以来他走的每一步都不顺，出兵滇国被阻，三子徐蒙被杀，骁龙至今逍遥，属下赵松明出使滇国又遇这般事，就连那徐天裘也死了！

一切的一切，都让他心中急迫，无奈到了极点。这一连串的事情出来，徐胜只觉自己在皇帝心中的地位正日益消减，甚至一度生出告老还乡的想法。

如今一听这事，他就感觉心在被火灼烧一般。

自己没完成的事陛下让骁龙去做，那可是自己的死敌啊……这足以证明陛下的心意……已经不再依靠他了。

"来人！"一念至此，徐胜大喝一声。

"桀桀——徐大人有何吩咐？"阴冷的声音在徐胜话音刚落时便出现在房内。

徐胜一怔，怒气压下几分，冷着脸道："有件事需要你去做。"

"是那骁龙的事吧？"

这人满脸阴鸷，一身黑色大氅，背上还背着一个铜鼎，看起来颇为怪异，不是别人，正是九头尸鹫。对于徐胜，他也并不高看。

"机会有两次，第一次我们失败了，但这一次决不允许失败。"

"什么意思……不妨直说。"

"这次出行最重要的不是陛下所谓的讨一个说法，调查两位使者死因，而是……神人古墓。"

九头尸鹫一怔，原本阴冷玩味的目光专注地看着徐胜。

事到如今，徐胜也不怕把原本绝密的事情说出来，毕竟现在他周围可堪一用的只有这个九头尸鹫。

"徐大人，你继续说。"

徐胜只得将这次事件和盘托出。

"神人古墓之中藏有武魂，但所在之地镌刻在幽牝天果上，幽牝天果确定就在滇国境内。皇帝小儿正是为了这个才放弃了那原本让他震怒的两成商税，派人以为太后贺寿的名义去征雪羊绒，再去秘密寻找幽牝天果。"

"那幽牝天果呢？"

"如你所知，你那小小师叔徐天裘和我那副将赵松明都死了，也没留下一个活口，但我有种感觉……"

"你是说……滇国也知道了，所以杀人灭口？"

"是。朝中李水真使坏，竟让陛下告诉了骁龙，让他携精锐出动，假借调查来探寻幽牝天果。"

"你的意思是，让我在骁龙得到幽牝天果后再出手？可骁龙已经走了许久，行进路线我也不得而知，又如何去找？"

徐胜停下踱步看向九头尸鹫，沉声道："骁龙携带了二十人，这二十人中就有我的人，他的一举一动我都知道，这些我都交给你，到时候你便能清楚地知道他的一举一动了。你要做的只有两件事：找到幽牝天果，再活剐了骁龙！"

"活剐了骁龙"这五个字一出口，徐胜全身都散发着浓烈杀意，九头尸鹫看得阴森直笑。

"我这口锅，就是给他准备的。"

时近年关，又一年的岁旦，滇国上下也忙碌起来。

比起汉朝来，滇国的年关气氛更浓，坊间里外都热闹非常，特别是到了年底总有一次举国欢庆的比武。

滇国武风盛行，人们在并不富裕的环境下生存，就需要极强的生命力。人们相信，守护好自己，保护好家园，留住美好，必须要有强大的武力。只有强大的武力，才能让自己保护的土地发展得更加繁荣，才能让子孙茁壮成长。所以，每每年关的比武，就成了整个滇国的头等大事。

今年不同于往年，五年一度的阿泰选拔比武更加热闹、更加有看头。就冲着"阿泰"这两个字所代表的无上荣耀，滇国的少壮武者便都争先恐后地参加。

今天，是正式比赛的开始，也是百位入围武者的真正第一战。

无涯的修为本就极好，隐藏得又深，再加上铎娇为其讲解雷电心法，他的进步非常神速。再一个是少离的五个师父都不是等闲之辈，对于无涯的所有能力在实战上的体现尤为看重，为此专门为其特训了一番。另外，还有曦云这样一位高手在旁，心情好的时候也会指点一二，他在修炼上的许多闭塞之处，也都因此迎刃而解。

如今无涯所拥有的条件，从某些方面来说略胜王子少离，起码比他的师父易少丞当年要好得多。

昔年，易少丞也只是个外门弟子，因为天赋高，入门没多久便受到指点。凭此易少丞便进入了宗师境，后来机缘巧合得到了骁龙的遗宝，这才有如神助，在短短六年之中晋入王者境。

这修为越往上，便越难。无涯从五品宗师晋升一品，没用多长时间。但从一品晋升到如今半步王者境，却耗费了许久的时间。

阿泰百强赛中，无涯赤手空拳下，没有花多少实力，仅仅一拳便将那百强入选者给击下了台。接下来，一路高歌猛进，顺利进入前十二之中。

这百强赛本就精彩，越到后面越生猛、燃爆，所有人都不遗余力地爆发出最强战力。

台下乌泱泱一片全是观战的百姓，喝彩声音如雷，看得人热血沸腾。

城里城外、酒楼茶馆，处处都在讨论这十二人中谁能进入三甲，谁又能最终夺冠。

最热闹的地方莫过于赌坊。每次的阿泰选拔都是赌坊的头等大事，诸多赌坊都会联合起来举行压赌。如今所有的话题都聚焦在了三个人身上，这三人便是桐木帕、少离、无涯。

人们一边押注，一边讨论着选手的背景。

"这桐木帕又是何人？"人群中不知有谁问了那么一句，周围气氛先是一冷，随后立刻哄笑起来。

"问这话的肯定是外乡人吧。"那讲解着每人背景的赌徒笑道。

"就是，竟然连桐木帕都不知道。"赌坊内一阵嘲笑声。

随后，众人议论起了桐木帕，接着又谈起少离和无涯。

有个身穿黑袍斗篷的人一边喝酒，一边静静倾听，每当听人提及无涯时，目光会突然发亮，脸上露出淡淡的笑意，又像是某种满足和欣慰，此人正是从大汉而来的骁龙中郎将。

未久，易少丞已经无法打听到更多信息，便戴好黑色罩帽，重新走进雍元城贫民区的幽暗小巷内。他的步履看似漫不经心，在路过一个包子铺时还买了几个热腾腾的肉包子吃了起来。而在他身后不远处，两名同样伪装的斗笠剑客，一路尾随。

"哼，看来九头尸鹫也到这儿了，不能再等了！"

易少丞目光一寒，身形一闪，借着一棵枯树的遮掩突然就失去了踪迹。

"跑了！"

两名斗笠剑客对视一眼，随后分散而走。

半刻之后，这两名剑客来到贫民区一间青瓦房的地下，水流声断断续续。原来这里是一处被人遗弃的破败建筑，靠近雍元城的排水道，此时传来九头尸鹫阴沉嘶哑的声音。

"桀桀！我已查出幽牝天果现在就在滇国王女铎娇的手中，该你出马了！大功告成时，我定要拆了骁龙的骨头，熬汤煮肉，你们都有份！"

另一个声音道："我对骁龙没兴趣，我只对神人古墓有兴趣，对了，我还要那个小妮子。"

"嘿嘿，雅兴，雅兴。老兄你在墓中待了这么久，倒是没忘记这人间极乐之事！"

"桀桀——"

易少丞早已暗中跟随这两个剑客来到九头尸鹫的"巢穴"附近，自然也听到了这番对话，杀意顿显，但最后他还是平静下来，悄无声息地离开。

"师兄，今日辛苦你了。不过，此次我们还是要拿到阿泰的资格，同时也要好好磨炼武艺！"

"嗯嗯！你说什么就是什么！"

选拔结束后，铎娇亲自接无涯回了王宫，吩咐宫女拿出早已准备好的糕点肉食，顿时一桌子美味便呈现在无涯眼前。早就饿了的无涯一下子就无法镇定了，囫囵吃了起来。

"吃相真难看！"

永远靠着柱子的曦云额头顿时多了三道黑线，无奈至极。经过这么长时间与这少年相处，她才发现这少年心思澄澈，内心善良质朴，并非如外貌这般野蛮，有很多事只是没有人教他，他才不懂，有人肯耐心指导的话，他学起来一点就通。

铎娇亲自给无涯倒了杯酒，无涯一饮而尽，铎娇又说："师兄，明日十二人的第一场比试我不担心你，只是第二场比试我心里总放不下。我这段时间有些忙，还没有将桐木帢的事说给你听。"

　　"桐木帢？"无涯一下子想到了今日比武时看到的一人。

　　那人年纪显得有些大，人倒是长得很精神，身穿一套雪白的羊皮大氅，一头细碎的辫子上绑满了红蓝珠玉宝石，看起来颇有派头，身份应是颇为尊贵。更让人惊讶的是，这人和无涯一样，不需要武器，赤手空拳，一招制敌。

　　无涯向铎娇形容了一番后，铎娇点头道："便是此人。"

　　原来这桐木帢是滇国一个部族的少族长，这个部族很富裕，故而能收集到很多秘籍、药材来培养此人。他在过去的十年中，曾以十九岁的年纪便夺得阿泰，并且连续蝉联两任阿泰。如今年纪未满三十岁，自然可以继续来参加阿泰的选拔。若是连续蝉联三届的话，此人甚至能得到受封，拥有建立新部落的特权。

　　正是如此，桐木帢在赌坊是被押赌最多，也是最为热门之人。

　　"桐木帢见过王子殿下。"

　　少离寝宫内，身穿白色羊皮大氅、满头小辫子缀满琳琅珠玉的青年人，对着少离拱手一礼。

　　"桐木帢，别来无恙啊！"少离起身哈哈大笑，拉着他就坐到了桌旁。

　　桐木帢被王子的热情弄得浑身不自在，由于身份悬殊，又不好拒绝，于是只能听之任之。

　　原来在十年前，少离不满六岁时，滇国正好举行阿泰选拔。年幼的少离被滇王拉着登上台观看，便见证了桐木帢一路过关斩将，最终赢得阿泰的整个过程，那时候便对此人仰慕不已。

　　"原来如此，在下受宠若惊了。"桐木帢连忙抱拳称谢。

　　少离眯眼笑了笑。

十年前，他不过是个懵懂少年，而如今的他更明白，自己是王子，对于面前这样一位他曾经景仰的阿泰，视角也自然发生了变化。

寒暄一番后，少离直接切入了正题。

"桐木帢，我景仰的阿泰，现在我有一件事需要你帮忙。"

"殿下请不要客气，有什么事尽管说，能够被殿下信任，为殿下出力，那是我桐木帢的幸运。"

"那我就直说了。凭你的实力，进入前三是肯定的事，但是明天你将会遇到一个强大的对手。"

"是谁？"

"那是我姐姐的师兄，叫无涯。"

"那红发少年？"

桐木帢眉头凝重，此人出手果决稳健，凭借赤手空拳便入围了，所以给他留下了深刻印象，甚至他还暗暗比较一番，如果是当年遇到无涯，恐怕都赢不了。

"不错，就是他。你根本就赢不了他。"少离一针见血地说道。

"殿下，您的意思……"

"在我的帮助下，你可以赢过无涯，但我——必须是这次的阿泰！"

桐木帢站了起来，他不是笨蛋，一下子便明白了王子少离的意思，无疑是让他做一场戏，最后把王子给捧上去。可身为阿泰，身为武者的荣耀，决不允许他那么做。

"抱歉，王子，我曾经向埋葬在大山中的祖先发过誓，要堂堂正正面对每一场战斗，认真对待每一个对手，绝不故弄玄虚，我要成为阿泰，顶天立地的阿泰。如果违反这个誓言，祖先就会把我的脑袋拽下来，拒绝我进入大山祖地，并且成为孤魂野鬼。"

桐木帢霍地站了起来，身形挺直犹如枪杆。

然后，少离拍着手笑了。

"这才是我欣赏的阿泰嘛，不过……"少离眯起眼看向桐木帢道，

"桐木帢，我记得你们山地部族一直以来都有一个愿望。我记得当年阿泰选拔时，父王曾经说过一件事，那就是只要能够连任三次阿泰，无论是谁，父王都会帮助这个人完成一个心愿。"

桐木帢神色一凝，低头看着地面："不错。"

他抬起头看向宫殿外的远方，那里似乎有他的部族与家乡——百年前，部族犯了大错，被迫远离赖以生存的故乡，迁徙到了蛮荒的丘陵，谁想到那里居然盛产宝石。但是，他们山地部族最大的愿望，仍是重新迁回去。为此，桐木帢下定决心，非夺得这次阿泰不可。

"可是，你必然赢不了我姐姐的师兄无涯，那怎么办？"少离走到桐木帢面前淡淡地问道，与他并肩一同看向远方天空，接着柔声说了起来，声音里充满了美好，"你看，你的祖先英灵徘徊在大山中，而你们的祖地失落在草原河。因为你的失败，你们山地部族注定将无法回归背靠大山的草原河怀抱。"

"我们祖先说过，美丽的蝴蝶、漂亮的花、娇柔的美人，这三样和鲜艳的蛇是一家人。"桐木帢不为所动。

这是山地部族古老的谚语，意思是越是鲜艳美丽，越是蛊惑人心，就像毒蛇，毒性越强，外表越是漂亮。桐木帢的言下之意，王子正在蛊惑自己。

王子少离哈哈大笑，道："你不必不相信，我清楚你擅长防守消耗，上次阿泰选拔你也是这么赢的。我姐姐聪慧无双，看人透彻，自然比我更加清楚。再者，无涯如今刚晋升到一品宗师的境界，而你，据我所知晋升二品也才没多久。唉，你们的愿望在你身上要落空了，我替你感到不值。"

"殿下，请不要再说了，我一定会全力以赴……"桐木帢面色急切地道，此刻他心中已隐隐有些动摇。

少离苦笑摇头，全力以赴就能赢得比赛？那是瞎扯，阿泰选拔赛，哪一个不是全力以赴，不是用硕大的拳头狠狠教育对方？

他拿出一颗丹药，放在掌心上，递到桐木帢面前。

"隆脉丹。"少离道。

"汉人的东西？"桐木帕惊讶道。

"比武前服下，全身血肉在一个时辰内会硬如金铁，战力至少提升五倍。我们做笔交易吧，你打败无涯，再输给我，我便以'王子'的名义完成你的心愿，日后，你们山地部族依旧是滇国的贵族部落。如何？"

望着少离，最终，桐木帕接过了少离手上的丹药，他单膝跪地："桐木帕愿拼死一战！"

夜深之时，无涯回去了，曦云在一个宫女跑过来耳语几句后，面色变了变，也匆匆离开。

铎娇看着空荡荡的房间，笑容有些怅然。

这个小师叔曦云出身极高，一向闲云野鹤，只是不知她和自己的师父青海翼之间发生过什么，连带着有时候她看自己也很不爽。好在曦云的喜怒哀乐都表现在脸上，这样的人也最好相处。

"不知道发生了什么有趣的事，等她回来问问。"铎娇摇摇头，从屋内摘下一盏灯笼，用金钩挑着出了门。

门一开，迈步而出。一阵湿冷的风吹了过来，让她打了个冷战。途经一片竹林，剑叶晃动，淫雨霏霏。铎娇忽然停下了步伐。灯笼也在此刻悄悄熄灭。

"出来吧。"铎娇的声音在竹林中回荡。

四周寂静了三个呼吸的时间，陡然，一道肃杀的风杀向了铎娇的后脖颈。

铎娇面容凝重，身形一动，躲过了这金钩铁画般的剑气。

"哗啦啦"，剑气凝丝，身后的竹林倒下了一片，切口整齐。

铎娇心头一怔，从小至大，还是第一次遇到这种级别的高手，锋芒毕露，外露的杀气比之徐天裘这种货，强了可不止一星半点儿。

来人的实力至少是王者境，且是一个用刀剑类兵器的强者。

"堂堂王者境，藏头露尾？呵呵，当真可笑……"

铎娇话刚说完，连忙身子一动，一股魂力弥漫周身，身形顿如蝴蝶般翩飞起来。就在她动时，她周遭的竹子纷纷倒了下去，切口仍是整齐无比。

铎娇匆匆瞥了一眼，当下脚尖疾点，身如雀鸟，沿着纤细的竹子飞了上去。

又一道剑气划过，这棵竹子当即被斩断。

"厉害，恐怕我不是这人的对手！"

铎娇心头骇然，在那剑气还未出现时便已偏移了身形，踏在了另一棵竹子上。

剑气在竹林中纵横，砰砰作响，诡异非常，有时好像从一个方向集中扑来，有时又好像从四面八方射向铎娇，每每铎娇都能险而又险地躲过。但铎娇知道，只怕……是有些勉强了！

"谁派你来的？啊！"铎娇一边躲避一边问道，随后发出一声仿佛中剑后的哀鸣。

竹林中，终于冷哼了一声！

铎娇闻声而动，脸上露出一丝喜色。看来这厮中了自己的诱敌之计，在那冷哼声刚起时，铎娇手中骤然爆涌墨绿色火焰，化为一道流矢射向了竹林中最黑暗的角落。

"砰！"火焰落地爆炸，骤亮之中，周围的竹子纷纷炸裂，被火焰烧成了灰烬，但这也暴露了对方隐匿的踪迹，一道黑影在骤亮中一现。

"仅仅如此便也够了！"

墨绿色的魂火已烧到了他的袍子，那人闪身而逃，但一点墨绿色的魂火不灭，他在铎娇眼中就像是黑暗中的明灯。

铎娇跃至竹梢顶端，双脚交缠住竹梢，顿时整棵竹子向下弯去，她正好拦截到了这人面前，袖袍一挥，墨绿色的火焰宛如火箭纷舞，不要本钱地射向了这人。

"找死。"黑影大怒,寒芒一闪,剑气迸发而出。

短短几尺距离,魂火便与剑气碰撞在一起。

"砰!"剑气碰飞,魂火溅落四周。

一招过后,铎娇身体即将压到地上,只见她指尖往地上一点,顿时整个人借着竹子的强韧重新飞了出去,身姿轻灵如燕子一般。

与此同时,她手上的戒指光芒闪烁,双手交错灵动挥舞,那飞溅四周即将熄灭的魂火骤亮,像听到召唤一般,纷纷飞起聚集到了铎娇手上。这便是巫法里面将魂力二次回收的一种妙用之法。

"看你往何处躲!"

铎娇得势不饶人,魂火化为九条纤细炎蟒冲向四周,所过之处,竹子一点即燃,转瞬化为灰烬。而这九条火蛇到了竹林边缘,忽一下身形暴涨,沿着边缘盘成了一个火焰圆圈。火焰圆圈中的火焰朝天冲起,变为了一堵墨绿色的幽暗火焰墙,将整个场地围了起来。

"让我看看你是何人!"

这一切都发生在刹那,根本不给那人反应,随着她话语落音,墨绿色的魂火之墙变成了明亮的青色。

青色的火焰墙内,铎娇从竹梢上轻轻落下,看向了前面——这是一个全身裹在黑色袍子中的男人,无法辨别年龄,手上握着一把无鞘的铁剑,气质内敛,是个非常典型的隐遁刺客。

男人抬起头来,眯起了眼,半张脸都被绷带似的布裹着,一点儿也看不出原本模样。

"好本事,原来这就是巫术。"

男人的声音很沙哑,仿佛磨砂皮蹭在地面似的,听得铎娇心里极为不舒服。

"阁下不是滇国人。"

"是滇国人。"

"滇国的强者又怎会不知巫术乃我国中之教？"

男人不再说话，几息之后哈哈大笑了起来："心思好机敏的姑娘，你刚才骗我显露身形，确实很聪明。既然这样，那你也应该知道我是为何而来的吧？"

"这……我可就不清楚了。"铎娇笑了笑，道，"要不阁下说出来，我帮着找找？"

"不必了，把幽牝天果拿出来吧！"

"铿！"铁剑既出，杀气腾腾，四周青色火墙随之猛烈晃动。

男人径直杀向了铎娇。

铎娇皱眉，手指一屈一弹，当即青色魂火化为一柄长枪，枪身抖动，她竟也持枪迎面冲了过去。

眨眼间，枪头便与剑刃撞在一起。

"噌！"铁剑劈开了枪头，火花迸溅，当青色的魂火枪被劈得殆尽时，铎娇果断放弃长枪，身形一矮从剑锋下挺身跃出，那锋锐剑芒紧贴她的下巴擦过。

两人一错而过，彼此交换位置。

不过，魂火由心而生，这青色魂火形成的枪再次凝聚成形，无声无息朝那剑客的背影刺去。

男人感觉到温度升高，心头一惊，忙转身一剑劈下……铁剑却被魂火烧得通红，连他持剑的右手也隐隐颤动不已。这时男人却眯起了眼，也似在笑。

"小小的把戏，小小的年龄，难不成我还能让这煮熟的鸭子飞了？"

虽然铎娇嘴角也浮现出一丝笑意，但贴着腰肢的手指竟也微微颤动，一点儿鲜血从指尖溢出，若不是故意隐藏，只怕也暴露了她无形中受了剑气的袭击。

铁剑温度飞快消退，寒气随之从铁剑上冒出来，转瞬就形成了一把冰霜之刃。原本只有三尺长的铁剑，此刻看起来硕大无朋，也更加刚猛厚重。

铎娇心头一凛，后跳猛退。同时手指一松，长枪消散，化为数百只青色火焰蝴蝶。

这些蝴蝶凝聚在一起，变成了流动云彩，将铎娇托起，带着她在空中飘飞旋转，转眼便腾挪到了男人身后。但此人速度更快！

"砰！"巨剑落下，将地面砸出一条冰凌沟壑，连带那青色魂火墙也被劈开一个缺口。呼啸而出的刚烈的纵横剑气，也将火墙压矮了一半儿。

铎娇喘息不已，惊骇地看着这个男人的背影。

"这就是王者境！没想到王者境这样强！"

铎娇咬着牙，握紧了拳头，周围的青色火焰蝴蝶像是感受到了她的心意，翩飞纠缠成了一个圆形将她笼罩在其中。

她盯着那个男人，他已经收回铁剑，"当"的一声敲在地上。他转身看着面前少女，沙哑地道："原本以为巫术的魂火和武道的元阳纯力并没什么区别，没想到千变万化，如意随心，难怪在滇国巫师的身份更高一等，再加上你的天赋也很不错。"

"阁下谬赞了！"铎娇冷笑着回答，内心却已做好了另一番准备。

按理说，曦云早应该前来驰援了，却半天不见人影。

既然打不过，又没有援兵，自然不能继续在这里徒劳了。铎娇萌生退意。不料，那男人迅速举起铁剑，狠狠朝地面一戳。肉眼可见，一股强大的蓝色能量顺着铁剑的剑锋而上，使得冰层层层开裂，展现出内在的锋芒。

当这剑锋再次着地，"叮"，一大圈寒冷气劲贴着地面冲开，四周青色魂火墙瞬间被扑灭，周围的墨竹旋即冻结，全部化为形体招展的冰塑。

昏暗夜色中，大雨依旧倾盆，那万千雨点也受到这股寒流的影响，化为一束束冰凌、冰针、冰剑，在对方的搅动下，铺天盖地，朝着她席卷杀来。

第
十
四
章

杀
意
撩
人

"怎会如此强大？"魂火化为了盾，铎娇若再无破局之策，片刻后必会被这些"冰刃"所伤。

铎娇知道自己大意了，本以为可以先用墨袍实力迷惑住这人，然后再展现出真正的青袍实力，没想到无论是青袍还是墨袍，在这人眼里都不过是个玩笑而已。纵然竭尽全力使出魂火，恐怕也和表演没什么区别。

"好了，殿下，我时间不多，今日便玩到此，他日若有机会再陪你练手。"男人沙哑的声音再次响起，顿时森冷的寒气将湿透了的地面寸寸冻住，这冰冻的范围很快就逼近了铎娇。然而铎娇无法挪动，感到自己整个人都要被冰封了。

"太轻敌了……就这样结束了吗？"

铎娇心里问自己。

死，并不可怕。最坏的结果，便是再也见不到那个人了。真的没有机会再见一面了吗？这可是自己挣扎了十年，唯一想要做的事——须臾，数不清的杂念在焦迫中涌现。

"不，绝不！我绝不要这样！"

什么事都能放弃，就是这件事不能放弃！

铎娇猛呼一声，就像音爆一样爆发而出。

男人看着铎娇挣扎的模样，精致的容颜都变得扭曲，不禁有些吃惊，转瞬他就涌出另一个念头："这小妮子，必须是我的！"

时不待我！铎娇手指上的戒指光芒大亮，她唯一可以施展的便只有魂火。源源不断的青色魂火从戒面中散发出来，化为丝丝缕缕的炽热流烟飘散在她四周。转瞬，那青色炽热的流烟暴涨，化为一个持枪的火焰人形，飞奔刺向男人。

"她疯了吗？难道不怕就这样……死了吗？"

男人骇然地看着铎娇与火焰彻底融为一体，火焰人形便是铎娇，铎娇便是火焰人，所过之处冰消雪融，再也不能阻她半步——这虽是极为厉害的大招、杀招，然而反噬之力只有铎娇自己知道，几个呼吸后，若再不散去这些魂火，自己亦将化为一缕燃烧殆尽的飞灰。

"杀……杀，杀……"

火烧的大地，扭曲的五官，灭世般的愤怒，还有从骨髓乃至灵魂深处爆发出的这股狠劲。

她，已经开始燃烧了。

"什么？！"

看着破开冰封一路冲来的火焰人形，男人沙哑的声音里充满了震惊，似乎也没有料到她会这样。如果任凭铎娇这般燃烧，恐怕不但东西得不到，人也会香消玉殒。

就在男人迟疑的刹那，持枪的火焰人形转瞬扑到了他身上。

"轰！"青色火焰骤亮爆散，夹杂着男人不甘的惨叫声和掼甩而出的倒地声。

随着火焰暗下去，男人的惨叫渐渐停止。四周暗了下去，滂沱大雨淹没了这一切，除了雨声再无其他。

铎娇脱了力，浑身冒着热气，宫装已有焦烤之色，她一下跪倒在地。周围的冰冻地面上，剑痕密布，其中亦不乏烟熏之色。

她跪在这里，实在太累了……但总算赢了。

"呼——"她松了口气，心中无比自嘲，"可这赢又何谈是赢？"

因为在最后一刹那，铎娇眼看就要将那男人杀死，但魂火的温度也已达到最为炽烈之际，再不散去，自己必会燃成一缕烟雾，彻底消散。

铎娇终究做不到以命换命，无言中已无须再谈什么获胜的心情。就在这时，黑暗中一道肃杀的剑气猛然袭来，随着"叮"的一声，下一刻她只觉整条手臂不知被什么给震麻了。

铎娇慌忙抬手看，手上空空如也，她这才明白过来，刚才那"叮"的一声是戒指崩坏的声音。

这枚镶嵌魂火天果的戒指……竟然崩坏了？铎娇一下子怔住了！

且不说这枚用了多年的戒指如何珍贵，如果没有天果这种特殊的物质作为媒介，就算再厉害的巫师也形同虚设，和普通人没什么两样。

也正是这个原因，有少部分巫师为了自保，还会去修习武道，青海翼便是这一类人中的翘楚，武道修为已入界主。

"戒指……竟然碎了！"

铎娇心头巨震，瞳孔一缩，一双脚已经出现在她面前。

那个男人走了过来，用冰冷的剑托住了铎娇的下巴，往上抬了抬。

这场战斗结束了。

"滋味如何？"胜利者的口吻历来都是如此骄狂，"你刚才为什么不杀我，你是有机会与我玉石俱焚的。"

铎娇抬起头看向面前的人，沉默的眼神中终于流露出一丝悲哀之色。

这个男人的黑色袍子已经被烧没了，缠绕半张脸的绷带却安然无恙，只露出一双森森的眼睛。

看着对方提问时流露出的好奇，铎娇笑了笑。

是啊，刚才哪怕是同归于尽，也比束手就擒要好。

男人依旧那么看着铎娇，足足好几个呼吸后，终于听到铎娇轻声回答："因为……你，不值得。"

　　铎娇刚说完，就被巨力掼倒在地，吃痛之下闷哼了一声——她那白皙的脸上出现了一个血印子，嘴角也渗出了血丝。

　　"好骄傲的小家伙，告诉我，幽牝天果到底在哪儿？"

　　这个男人的后背已经被烧得血肉模糊，这也是他为什么要打铎娇的原因。说实在的，他懊恼自己太过大意才导致这么窝囊。不过，一切就和他预料的一样，铎娇没有了天果戒指，身体又被冰霜劲气侵蚀，如今已无任何反抗之力。

　　此番来这里，他的主要目的是受九头尸鹫的命令找到幽牝天果，当然，附带着还可以把这个女娃子带回去。他早就听说这个女娃是个美人儿，今日得见，简直惊为天人，而且还是个不折不扣的小辣椒。所以，他要将自己刚才所受的罪全部返还给这个小辣椒！

　　"你不是很厉害吗？不是会玩火吗？起来啊！来啊！"男人并不急着杀铎娇，也不急着在她身上搜寻幽牝天果，而是或用剑抽或用脚踢地折磨着铎娇。

　　铎娇被踢得在泥泞的地上飞滚，却始终没有喊出一声。只是，她的心里越来越绝望。

　　这家伙还真会挑地方，此地幽静，被浓密的竹林覆盖，人迹罕至，光影难穿，声音更难传出。再加上大雨滂沱，纵然她大喊救命，也不会有人听到半分。

　　忽然，一道惊雷落下，刹那间照亮四周。

　　铎娇湿透的宫装紧贴在身上，姣好的身躯暴露无遗，却冷冷地看向男人。这让男人感到极为不爽，渐而又有了一种特殊的感觉，抬手挥剑，剑气射出，隔空便将铎娇的外衣割碎。

　　铎娇脸色一变，终于慌了，她咬着下唇冷冷地看向男人，用嚼碎冰的语气说道："我后悔了。"

　　"后悔没杀我？哈哈！接下来你会更后悔……"男人一把捏住铎

娇的脸庞，想要一亲芳泽。

"轰隆！"又一道闪电撕裂苍穹，也照亮了林间。男人却停下动作，因为他看到一个很长的身影伫立在身后，明明就是厉鬼，却非要这么悄无声息。他的心猛然一跳，身体本能地飞弹出去，随后剑指影子，嗓音干涩地道："鬼鬼祟祟，你是什么人？说！"

"一个要把你碎尸万段的人。"来者声音十分淡然。

他戴着罩帽，一袭黑色的风衣长袍无风而动，刻意低垂着下巴就是为了隐藏身份，却平添了几分神秘飘逸。

"哈哈，凭你这三寸之舌，就想把我碎尸万段？哈哈哈——"铁剑男子大笑起来。

来者看似漫不经心地捏了捏拳，指节咔咔作响。

"好久没有打人了，上一次打死的是徐胜的儿子，这次保证让你喝一壶。"

铁剑男子听完，喉结不由得哽了一下。

来援太突然，而且还很强，铎娇顿时惊喜交集。不过，她并不知此人是谁，又为何会来救自己。总之，劫后余生的人大都会对施救者产生强烈的好感，这点铎娇也不例外。

"阁下是谁，并不重要，关键是个硬茬子，还是及时雨。不对，这雨已经够大了！"铎娇语气揶揄，笑得非常明艳。

"看来，我终于可以休息一下了。不管你是谁……请帮我杀了他！"

重要的事情铎娇只说一遍：杀了他！

话中恨意以及眼神里的光辉，铎娇这分明是要吃人啊。

旋即，她挣扎站起，甩了甩身上的污泥，强忍着疼痛坐到一侧的亭中，用手小心捏住刚才被割破的衣袍。

在铎娇和来人对话之际，铁剑男人的眼神渐渐凝重起来。

高手之间的对决不需要什么语言，互相凝视一息后，男人拖着剑，一跃而起，朝黑袍人径直劈下！

"砰！"泥水飞溅，奇怪的是，那赤手空拳的黑袍人却消失了。

"不好！"

当黑袍人再次出现时，铁剑男人已经感到腰部猛然一酸，似乎被什么东西击中了……接着，狂风骤雨般的拳头落在腰间、腹部、头部、背上、腿上……似乎无处不在，只有一个字——揍！

这种连续打击根本没有停止的苗头，看上去不显眼，用的却是暗劲、寸劲，追求一个"快"字！打在皮肉上看不出什么伤，但穿透力强，入木三分，皮肉如鼓，不停地起来一个个小包。顿时，铁剑男人感到一阵头晕目眩失去了抵抗力，完全成了一个只被狂揍的人形沙包。

"啊！"他忽然发出一声惨烈的哀号！

原来对手不偏不倚，一拳正中他的胯间，什么东西好像碎掉了。随后，噩梦终于结束，对手也停止了攻击。

"扑通！"铁剑男人从半空重重跌下，在泥水中挣扎着，这身修为算是废了，他抬起头来，目光黯淡无神。

"你就是，你就是……"男人惊恐无比地道，"九头尸鹫不该惹你，你是半步界主啊。"

"我是谁不重要，重要的是，你动了不该动的人。"黑袍人说罢，一脚将男人踹到墙边，旋即用手一劈，顿时距离他最近的墨竹化为竹枪，轻轻一指，竹枪点在了对方的咽喉上。

只要再进一寸，对方必死无疑。

不远处，观战的铎娇贝齿一咬下了命令："不要杀他！"随即怒视墙边的男人："说，你到底是不是焱珠长公主派来的？"

雍元王城之中，铎娇最大的宿敌乃焱珠。所以她以为是焱珠调虎离山，引走了曦云，让他对自己下手。也只有这一种猜想，可以解释铎娇所有的疑问。

"此人已废，他也不是焱珠的人，让他走吧！"

黑袍人语气淡然，却有种莫名的信服力。

"就这么便宜地放过他？"

"殿下，我料定他离开这里后会有更糟糕的下场。像我这样一个恩怨分明的人，又怎么会轻易放过他呢？我们可是九州剑宗的人，本门规矩，不放过任何一个坏人！"

此言一出，铎娇只觉头晕目眩，盯住易少丞，目光一刻也不移开。

九州剑宗，多么久远的一个名字，刹那间，无数事情涌上心头，尽皆美好，仿佛连回忆也是五彩斑斓的。铎娇喉咙哽动了一下，眉梢流露出一丝因为莫大喜悦而产生的不敢相信。

几乎就在同时，易少丞也缓缓掀开罩帽。

铎娇的眼睛一动不动，手攥得更紧了。

终于，那张温和的面容慢慢出现在眼前。铎娇下意识地咬紧苍白的嘴唇不让自己发出声音，然而，此举又如何能抑制悲喜交加的复杂心情？

昔年，红绳一别，如今再见，已是沧海桑田。

望眼处，墨竹苍翠被毁得淋漓尽致，成了泥泞的废土。

"本门的规矩，就是……"铎娇哽咽着道，"这是你新立的规矩吧，我怎么从未记得有过？"

易少丞笑了，坚毅的脸颊上，亦泪珠滚热。

暴雨倾盆而下，距离雍元城几十里外的驿站中，众人正围着火炉驱赶湿气。

这群人不是别人，正是汉朝的出使队伍。

自从易少丞找到九头尸鹜在雍元城的巢穴后，一直未归，作为队伍的主心骨没有归队，众人有些心神不宁起来。

"项老哥，我们这都到雍元城外了，怎么不进去？这也真奇了怪了。咱们一路走来也挺不容易，我再也不想住这晴天漏风、雨天漏水的屋子，今夜若是能进城，那该多好。"有人抱怨道。

项重不紧不慢地提起一坛酒，打开，眉头却皱着。

"项老哥就爱卖关子，快说快说，光喝酒不好，我那儿还有些上等鹿肉干，拿来给你下酒。"说着，这人就把包裹得严严实实的鹿肉干拿了出来。

这鹿肉干肥瘦相宜，对这群人来说是不可多得的好东西。

项重舔了舔手指，撕扯着鹿肉干，又把酒分给大家，说道："这几日是滇国年关，城内热闹得很，特别是明日有五年才举办一次的滇国第一勇士选拔的比武大会，城里会更热闹。"

"老哥，我记得这个比武大会好像是争什么阿泰来着吧？这群蛮子也没什么好玩的了，若是骁龙将军出马，还不轻轻松松就拿下？看来这阿泰也不怎么样啊！"

周围顿时哄笑一片，驱散了先前凝重的压抑气氛。

哄笑过后，有人"咦"了一声："将军呢，怎么还未归来？"

众人立刻又皱眉。

正说着，易少丞掀开了门帘，众人一见到他，立刻毕恭毕敬起来。不过其中有几个人并非易少丞带来的人马，而是由汉朝皇帝安插进来的，他们眉头微微一挑，算是对易少丞的示意了。这类人是官爵很高、实力很强但又心高气傲的一个群体，比项重等人出身高贵，自然也不会与他们打成一片了。

易少丞朝桌上一丢包袱，打开后，各种美味的酱卤香味立刻弥漫开来，连这群高阶武官也都忍不住了。这都是铎娇方才命人为易少丞准备的食物，他一个人无法消受，便带回来与众人一同享用。

易少丞与众人正分食美味时，远在几十里外的雍元王城贫民区，靠近排水道的那间破烂房屋内，炉火正旺，十几个王者境界的高手，有的打盹儿，有的眯着眼，一副懒散自在的模样。唯独九头尸鹫看了看从入口处透进来的混沌光线，摇摇头，嘶哑阴沉地道："这么晚了，真让人有些饿啊！"

这句话并没有引起其他人的注意，当他放下背上沉重的铜鼎时，

"当"的一声沉闷震响，让所有人都睁开了眼，有些人还露出愤愤之色，显然是九头尸鹫打扰了众人休息。

"你，去码些木材过来。"

"你，看什么看，去找点儿香葱。"

"剩下的兄弟都动一动吧，也不怕这样会让你们身上懒出蛆来。"

在九头尸鹫的淫威之下，这些高手终于被驱使起来，不一会儿柴火送到，大鼎里也灌入了汤水，火光跳动，九头尸鹫搓搓手掌，道："如今，只差这正主儿了。"

过了好半晌，外面传来一阵响动，直到走近后众人才看清楚，原来是那失败而归的铁剑男子。现在他可是真惨，面目全非，脸上红肿交加，还鼓起一个个大包，连视线都有些模糊了。

"我……我回来了。"

众人皆不言语，对失败者谁也提不起兴趣，倒是九头尸鹫微微一笑，走近之后突然抽出铁剑男子的那把剑，然后在铜鼎的壁沿上磨了起来，带着火星，刺啦啦的声音非常刺耳。

"这，这是要干吗？"铁剑男子感到气氛有些凝固。

"干吗？我饿了！"九头尸鹫猛地转过头，语气有些让人恐惧，脸上却挂着和蔼的笑容。

铁剑男子努力地睁开眼，这才看清楚九头尸鹫的嘴角上分明挂着一丝不屑和嘲讽的微笑，接着他感觉一凉，就失去了所有的感受。

铜鼎之内，立刻漂起一个红黑色的头颅……九头尸鹫一嗅这气味，面露迷醉之色。

经过一晚的狂风暴雨，整个雍元城都被洗涤得干干净净。

早上，太阳从东方升起，宫里一切照旧，似乎什么事也没发生过，大臣们该上朝还是上朝，铎娇与少离依旧并列坐在王座上听着朝政。

昨夜易少丞的出现，让铎娇的心情好到极致。只是，她的额头、眉骨上已敷上草药，脸上还有其他挂彩之处，这反而让她明艳动人的颜值直线提升，朝中那些年轻的臣子心中莫名有些荡漾起来。

"大丞驾到——"

早朝即将结束时，这声传谕让所有大臣分列两边，跪在地上。

"这老妖婆怎么又来了？"

铎娇与少离对视一眼，心中不约而同生出这种感慨，不过还是连忙下台阶往门口走去。

刚走到门口，雍容而威仪的女人迈着步伐也走了过来，铎娇和少离连忙一同行礼。

"长公主殿下！"

"姑姑！"

"都是自家人，就免礼了吧。"焱珠面色和蔼，扶起铎娇，又看了眼少离，说道，"听闻你姐姐昨夜遇刺，幸得逃脱。你可要多上点儿心啊！"

"侄儿明白，已经吩咐禁卫加强戒备。"少离有些惴惴不安地回答，他虽知道姑姑对自己不错，却从未真正地相信过这个女人，更不需要她的施舍。此时的低眉顺眼，早已让这少年内心生出强烈的叛逆。

"光靠你那些人哪里够呢？"焱珠点点头，朝身边的珑兮看似随意地吩咐道，"调遣二十名射龙手到少离殿下这边，以后若再出这般娄子，可就是你的问题。"

"喏！"

珑兮退下，铎娇和少离又不约而同地想道，这焱珠好生厉害，不动声色之间，就以此作为借口布置了更多爪牙。铎娇也很清楚，这些射龙手作为滇国最为强大的战斗力量，非焱珠不能调动，二十个人一下子投放过来，到时候真有什么冲突，这些人很可能就会成为翻盘的存在。

想归想，铎娇的脸上依旧是笑颜如春："姑姑，还请移步殿内。

姑姑这么担心我和弟弟，是怕我们被这些大人欺负了？"

焱珠微笑，目光扫过众臣，道："就你机灵，我是怕……我是怕，这些大臣被你给欺负了。"

"哈哈！"

姑侄俩对视一眼，不约而同地笑了。少离也面露笑容。

大殿上的大臣们不禁长呼一口气，谁都知道如今的滇国王庭，若说焱珠是只母夜叉，那铎娇也好不到哪儿去，谁都怕她们见面掐架弄得鸡飞狗跳。所谓神仙打架，凡人遭殃，还不如眼前这般，哪怕她们都是假惺惺的，也让人省去许多麻烦。

待焱珠坐到王位上，两个小家伙恭恭敬敬地站在一旁，众朝臣也平身而立。

"适才我还想等早朝结束后去给姑姑请安，然后一同去看阿泰选拔的比武。姑姑长居铜雀台，该出来走走了。"铎娇亲昵地说道。

所谓"请安"，完全是铎娇随口胡诌，从小到大，她可是从未主动去过一趟长公主的月火宫。

"哦？"焱珠也是一愣，回过神道，"娇儿，你真是有心。既然你这么说，那就一同前往吧。"

姜还是老的辣，焱珠说到这里，停下来望着铎娇，竟出手帮铎娇整理了下头发，原来是簪子与发髻有些歪。

"你要是姑姑的女儿该多好啊，这样就可以不用管这些乱七八糟的事情，能整日陪着姑姑了。随着年纪越来越大，我越发觉得有些孤单了。"

铎娇愣了愣，未曾想到，假戏真做，竟然也引得心里微微一颤，一种异样的错觉涌上心头。从小到大，哪个孩子不希望得到母爱，所以哪怕是一丝，对铎娇来说也格外珍贵。铎娇心中最柔软的一块地方，便被焱珠这么三言两语一下子戳中了。但是铎娇也清楚，面前的这个人可是蛇蝎心肠的焱珠长公主，是她曾在无数个日日夜夜中思量如何扳倒之人。

一时间，铎娇不知该如何回答。望着笑盈盈的焱珠长公主，她怔住了，眼角处生出一丝晶莹。

"怎么，委屈了？"焱珠微微一颤，令人不敢直视的目光中多了份柔情。

"大丞与殿下姑侄情深，不是母女却胜似母女，只教老朽感动啊。如今我滇国王室虽人丁不旺，却这般和睦，实乃王家大幸，也是我滇国之大幸啊！大丞殿下慈睿，王女殿下英明，何愁我大滇国不昌盛长远！"立在众臣前的文大人笑了笑，连忙拱手向前称颂道。

焱珠听完，豪爽地笑了起来："文大人不愧深得汉人儒家之精髓，这话不光说得好，还极为在理，说到我心坎儿里了，来，重重有赏。"

"多谢殿下！"

这样就能得赏？还重赏？周围的大臣们你看看我，我看看你，又一齐看向文大人，心中一个个都"呸"了起来，大骂文大人是草皮上的狐狸、奸诈狡猾、油嘴滑舌、马屁精……一下子看不起他来。

可心里骂归骂，这些大臣附和得比谁都要殷勤，顿时满朝文武都拱手齐声喊了起来："大丞殿下慈睿，王女殿下英明，我大滇国昌盛长远！"

铎娇不经意间与文大人对视了一眼，眼神里透露着感激，文大人低下头，不动声色地拱手作揖行了一礼。

笑过之后，焱珠长公主的脸色渐渐平静下来，她挽住铎娇的手往外走了几步后忽然停住，微微转头对身后的少离说道："少离，你也和我们一同前往，去观看阿泰选拔赛吧。我还记得，此前要你多加准备，成为阿泰，你都准备得怎样了？"

"姑姑，我定不会让您失望！"

"那就好！"

焱珠说完，挽着铎娇的手臂一同走出。

铎娇回头看了一眼少离，目光中带着一丝鼓励。

这一路上姑侄俩有说有笑，身后的几位大臣只能远远跟着，不敢靠近。而铎娇和焱珠周围也只有几名焱珠的侍卫。

"对了，娇儿，整日里跟着你的曦云哪儿去了？"焱珠看了看周围忽然问道，"好似从刚才就一直不在。"

铎娇闻言心中一颤。

是啊，曦云不在，自己的保护就没有了，长公主该不会想趁此时对自己下手吧？

铎娇挠挠头，镇定下来，身后还有几位大臣跟着，焱珠还不会傻到当着大臣的面杀了自己。

"曦云师叔呀，娇儿也不清楚，昨日傍晚好像突然收到我师尊的什么消息，连招呼也不打就匆匆走了。"铎娇故意提及青海翼，实乃有几分警告之意：你若真敢对我动手，青海翼与鹤幽神教都不会放过你。其实昨日曦云到底因何离开，她到现在都不清楚。

"这可不好。"焱珠皱眉，显得有些不悦，"我说呢，你昨夜为何受伤，看来还是护卫不周。"

"无妨，没她娇儿还觉得清静呢……咦，姑姑，这个护卫我以前怎么从未见过？"

其中一个护卫显得与众不同，一身铁衣，腰悬铁剑，相貌也掩盖在铁面具之下。

铎娇这才发现，射龙手的统帅珑兮并未跟随而来，不禁感到纳闷儿。

"他呀……"焱珠话说到半截儿，似乎忘记继续说下去，已看向远方的擂台。

阿泰选拔是滇国盛事，举国关注。而这最后一天的比试，必然要产生滇国第一勇士——阿泰。

今日，当焱珠和铎娇、少离一同出现在最高的观台，宣布阿泰比武开始时，整个雍元城都沸腾起来。

"大丞焱珠万岁！"

"王女铎娇万岁！"

唯独没有人喊"王子少离万岁"，这让少离的额头上不由得皱起三道黑线。这可不是他想要的结果。

没多久，三人于滇国王族正座坐下，权臣于辅座坐下，侍卫林立，目光皆看向台下。

第一轮比武非常精彩，十二进六，到了中午时便决出了胜负。少离战胜对手，成功入围，换了新的披甲后目光充满期许之色，只待最后登台杀入决赛。

第二轮六进三，这轮有些许胶着。

身穿特色服饰、满头小辫子缀着琳琅宝石的山地部族少族长、蝉联两届阿泰的桐木帢，呼声最高。他与对手纠缠了半个时辰后，终于靠着强大的防守将对手耗得筋疲力尽而取胜，成为率先入围之人。

接下来是这次阿泰选拔的黑马——红发魁梧少年无涯。

如果说桐木帢与对手的比试只是一味地防御和消耗，没什么好看的，那么无涯的这场比试更是无聊，他与对手纠缠来纠缠去，纠缠了大半个时辰，腾挪躲闪，交手不过十次。就在所有人把期许转向下一场的王子少离时，好巧不巧，无涯一拳将对手打飞了出去，那人趴在地上一动不动，无涯轻松赢了比赛。

之后便是王子少离。所有的目光都集中在王子少离和他的对手——一位来自滇国深山之中、为虎猿狼豹养大的少年身上，此人也是天赋异禀，虽未经过名师指点，也没有一点儿像样的功法，却凭借强大的体魄与野兽般的直觉，硬是扛住了少离屡次强攻和毒手刁拳。

"这次，弟弟肯定会赢。"观台之上，铎娇说道。

"哦，你就这么有信心？"焱珠笑道，"只怕他不争气，让外人笑话我们王族这一辈不堪重用。"

"不会的，姑姑。"

铎娇目光中有坚信之色，但焱珠并没有什么信心。

那野蛮少年对待少离，可谓各种狠招尽出，谁都看得出来，半分放水的心思都没有，不少人都为王子少离提心吊胆。但少离并不需要这种关切的目光，他觉得这就是嘲讽。他越战越狠，越战越恨，恨天、恨地、恨这天下所有人。

这股强烈的气势都化为了最后的一击必杀，野蛮少年倒在血泊中的那一刻，少离看到所有关切的目光变成了敬畏。之后，他潇洒一挥手，嘴角露出了得意的笑容，这才是他想要的。

休息片刻，比武就进入了最精彩的末轮，只剩下少离、桐木帕、无涯。

而这最后一轮的对决则由抽签来决定，无涯抽到了桐木帕。

无涯对战桐木帕，是今晚篝火盛宴中的第一场比武。

天黑以后，王宫前面偌大的擂台上，四角篝火熊熊燃起。这时候，休息好了的无涯和桐木帕也登上了擂台。到了决战赛，无涯和桐木帕自然不会再留一手，他们一上台便用上了武器——无涯的枪，对上桐木帕的弯刀。

旗鼓相当的两人在开始后就没有给对方打量的时间，转瞬便纠缠在一起。擂台上的那两道身影越来越快，最终变成了残影，残影之中时不时火花迸溅、金铁铿锵。

台下观战的百姓们一阵惊呼，看得热血沸腾，喊声连连。只有这样的比斗，才是真正的阿泰选拔，之前的那些比试简直如过家家一般平淡。

打了良久，两道纠缠的身形忽然分开。无涯提起长枪，枪头寒芒一点，对准前方，足下飞奔。这是如龙枪诀的起手式——枪出如龙！这一刺又快又狠，转瞬即到。

"果然很强。"桐木帕面色凛然，抬手一刀挥出，刀刃上黄色光芒乍现，布满元阳纯力。刀出，周围火光被压下，瞬间仿佛暗了不少，唯独这弯刀的亮度绽放，好似威力无穷，刀意连绵不绝。这正是山地族弯刀秘学——新月天！

"锵！"枪头疾刺与弯刀之刃碰撞在一起，爆发出刺耳响声。其中力道恐怖非常，不知灌注了多少力量。

一击过后，无涯倒退数步。

只这一招硬碰硬，孰强孰弱，高下立判。

桐木帢提着弯刀直扑而来，犹如鹰隼捉兔一般。

此时，无涯被弯刀贴身进攻，已失了长枪间距优势，被发挥得淋漓尽致的弯刀彻底压制着。很快，无涯身上的衣服便在抗衡之中化为了一片片碎屑，身上也出现了弯刀划过时刀气带出的血痕。

这时，桐木帢忽然收住刀势，一拳打出，正中没反应过来的无涯胸口。

无涯硬是踩着地面倒移出去，铺就的青石板被连翻十多块，最后好不容易站稳，还蹬出一个大坑。

桐木帢这一拳的力量，真实地显示出一品宗师的实力，具有同等实力的无涯在重击之下难受异常，只觉得有只手在肚子里搅来搅去，五内翻滚，脸色苍白至极。

"结束了。"

淡然的声音响起时，无涯忽然从难受中清醒过来，连忙抬头朝天看去。

第十五章

真醒假醉

　　原来是桐木帢飞奔过来一跃而起，举着弯刀对他劈下，弯刀之上黄光乍现后，光芒开始内敛，整把弯刀便如烧红的烙铁，旋即越来越红，最后如滴血凝丝一般。

　　这时，弯刀也劈了下来。

　　这是山地族弯刀绝技——血月沉海！

　　观台之上，焱珠一沾椅子便如抽了骨头的鱼，慵懒地斜坐着，纤纤玉手撑着下巴，半睁着眼睛，似看非看地望着擂台。

　　老实说，鲜有像现在这样不带威严的焱珠，她有着一种那些倾城女子不具有的英气，卓尔不凡，令人难忘。即便拥有绝世的容貌，也没有人敢多看她一眼，更别提心生爱慕之心。据说她曾有过一段恋情，对方是一方部族的少主，结果呢……因为一件极小的事情，焱珠亲手杀了他。也许从那一日起，这位长公主便对男女之情心生厌恶，故而今朝权势滔天，却从未有人听过她与谁有感情纠葛。

　　距离焱珠不远处，铎娇端坐在王椅上，整整一下午都是如此。与焱珠相比，铎娇双手扶在扶手上，坐姿端正，面朝前方，淑女范儿十足。但从此刻战况来看，她的右手食指一直以一种特有频率敲着扶手，似乎并不担心无涯的安全。

　　这种小动作自然逃不过焱珠的眼睛。

"听说那孩子是娇儿的师兄？"焱珠百无聊赖，突然慵懒笑问。

"是啊，姑姑。"铎娇淡淡回道。

"不错，看样子有二十一二了吧？"焱珠故意问道。

"呵呵。"铎娇忽然掩嘴笑了笑，道，"师兄也就比我大三四岁，只是他是男人，头发是火红色，又骨骼粗大，故而看上去不太像少年。"

焱珠闻言难得心生怜悯，道："这也辛苦他了，若不是因为汉朝来使这件大事，倒是无须让他在这上面拼命争取一线生机……娇儿，你说说看，桐木帢与你师兄谁会赢？"

"嗯——"铎娇嘟着嘴想了想说道，"肯定是桐木帢吧。"

焱珠有些惊讶她的回答，笑道："怎么，对你师兄这么没信心？"

"师兄入宫前……无人教习，一直靠着老底子修行，这些年未见，我也是非常想念他。少离曾让那五位大师父来教授他，再加上曦云的指点，师兄这才能够突飞猛进。可是，冰冻三尺，非一日之寒，他根基薄弱，这次能够入围，不过是机缘巧合罢了。至于这桐木帢呢，已经蝉联了两任。"

看着侄女认真分析的样子，焱珠笑了两声，无奈地摇摇头，提醒道："娇儿，你刚才说的这番话一直是师兄长，师兄短——"

铎娇抿嘴一笑，道："我当然希望师兄能赢得这场比赛！"

焱珠忽然严肃地问道："那少离和你师兄对战，你希望谁赢？"

铎娇突然意识到长公主话中有话，还好留了一丝警醒，便不假思索地道："四海之内，血亲为最。少离是我的亲弟弟，我自然希望他能成为最强的英雄。就像我和姑姑之间那般，少离和姑姑之间那般。我们是血亲，是至亲之人，这一点永远无法改变。"

铎娇虽然说得极为真诚，但她内心深处的想法恰恰相反。焱珠与她有杀父之仇，对儿时的她又那么狠辣，到如今她更是焱珠的心腹大患。再说少离，如果说他和无涯谁更与她亲近一些，想都不用想，自然是无涯。

听到这一番话后，焱珠不知为何有些沉默，最后叹气道："也对，也对。"

话虽如此说着，她的目光却一直瞥着铎娇精致的面容，许久没有移开。

"是只小狐狸啊！"

这个念头从焱珠心里一闪而过。

面对桐木帢飞快接近的斩击，无涯笑了。

他提起长枪猛地一戳地面，拄着长枪从地上一跃而起冲向桐木帢，身形跃到空中甩过长枪，枪势如刀狠狠劈出。被灌注了元阳纯力的枪身明亮如日，气势汹涌激烈。

如龙枪诀第一式——逆龙横行！

"砰！"枪与刀再次撞在一起。那纤细的弯刀之中迸发出了难以想象的力量，而长枪之中的元阳纯力也同时爆发，两股力量再次碰撞，化为一股风浪朝外散开。但两人并未就此停手，僵持依旧，那风浪源源不断地往外吹，吹得观战的百姓都有些睁不开眼了。

"这就是高手对决！"

"这就是阿泰的力量！"

"这就是滇国年轻一辈中的最强存在！"

百姓们的心情比比武中的那两个人还要激动，所有眼睛都紧紧注视着他们，生怕错过一个细节。

精彩，实在太精彩了！

五年一度的阿泰选拔比武大会，果然是最值得等待的！

"咔嚓！"轻微的声音传入桐木帢与无涯耳中，两人神色同时一怔，连忙凝眼望去，便看到弯刀与长枪都出现了无数细微裂痕。

不好，兵器承受不住元阳纯力的碰撞，要折了！

这个念头同时在两人心中响起，两人几乎同时收手。

但为时已晚，两人刚一松手，弯刀与长枪同时爆裂，化为无数碎片，洋洋洒洒从天空落下。

没有了兵器，只能赤手空拳了。

无涯凝望着桐木恰，桐木恰从中发现一丝郑重之意。

"接下来，我要全力以赴了。"

原来，至此时，无涯才刚刚开始认真起来。刚才嘛，只是热身而已。

"他真是人吗？简直是雪山巅的皮毛牲口！虽然只比我当年第一次夺得阿泰年长一点儿，实力却远远胜过如今的我。实在可恨，要不是已经服下了隆脉丹，现在我已经躺在地上了吧？"

桐木恰不仅心中冷汗淋漓，后背也已经湿透。他更明白，此时容不得半点儿妥协，必须以绝对姿态倾力战胜面前这个红发小子。

偌大的擂台四个角上火盆熊熊，所有百姓都屏息凝神地看着。两人在台上打转，互相注视对方，寻求攻击的契机。

"不用怕，阿泰是你的，我会帮你。"就在此时，一个苍老的声音在桐木恰耳畔响起。

"师父！"桐木恰一怔，眼睛飞快掠过无涯，一眼看到在他后面的看台后，站着一个拄着拐杖的驼背矮小老人。

桐木恰眼神中一阵犹豫。

师父是王者境强者，束音成丝，传音入耳，这是王者境高手才有的能力。师父出手必然迅捷得不会被察觉，而此刻又有夜色掩护，无涯正好背对着，一切的一切，天时、地利、人和，实在是太靠向他这边了。

"不用怕，不要犹豫，桐木恰。"师父的声音又在桐木恰耳边响起。

"可是……"桐木恰内心无比挣扎，他是个刚正的武者，从小到大父亲都教导他要光明正大、堂堂正正，他比武从来不靠自己山地族少族长的身份，也不靠其他人帮忙。纵然师父出于好意，却也违背了他的意志。

远处，那老者却不允许桐木帢不遵从他的意思。

"桐木帢，你忘了你父亲是含恨而终的吗？

"桐木帢，你忘了我们山地部族从高贵跌至卑贱，所承受的嘲笑和冷眼了吗？

"桐木帢，醒醒吧，个人荣辱根本不算什么，只要你能取得胜利，就能带领部族重新走向繁荣，你不是罪人，而是真正伟大的存在。

"桐木帢，只有这样，先祖才会原谅你。"

师父苍老而不可违背的声音一遍一遍在耳边回荡，桐木帢最终一咬牙，眼神变得坚定。

"杀！"他低吼一声，元阳纯力充斥全身，顿时全身肌肉虬结，衣服"刺啦"一声破碎，碎片似蝴蝶飘散。足下一点，灌注了元阳纯力的身体就像绷紧的弓射出的箭矢，"唰"的一声就来到了无涯身前，按住了无涯的肩膀，身体后躬躺下，想要将无涯甩出去。

这是山地族古传的摔跤之术。虽然是很简单的技巧，但力量、速度俱在的桐木帢能将这招后抱摔发挥到极致。这一招若无涯吃中，恐怕得受重伤。

"来得好！"无涯低吼一声，元阳纯力同样充斥身体。

他就那么站着，一脚狠狠踏在地上，身形不动如山。

桐木帢此时为了对付无涯已经使出了全力，可是他无法挪动无涯一丝一毫，转瞬他便面色通红，额头青筋暴起。反观无涯，面色如常，仿佛铁打的佛陀雕像，纵然外力如何凶猛，依旧坚如磐石。

就在这时，那隐藏在百姓中的驼背矮小老人眼睛一眯，笑了，一丝肉眼不可查的光亮从他袖口中射出。无涯只觉后背忽然刺痛，整个人身心顿时一松，元阳纯力纷纷流失。

"成了！"桐木帢大吼一声，终于拽起无涯将其狠狠掼在了地上。

"砰！"一圈气浪卷着灰尘从擂台中央散开。

"咳——"几颗血珠从无涯喉中飞出，他的脸已疼得狰狞，更可怕的是，他眼神中的光芒正一点点暗下去，这是即将昏厥的征兆。

"意守心神，风雷不动。"就在这时，一个声音出现在脑海里，无涯恍然间似是回到了小时候陪着师父易少丞修炼时的情景。

"意守心神，风雷不动"，这是雷电心法真义中的一番话。

念头一动，无涯运转起了心法，顷刻间全身枯竭的元阳纯力再次流转全身，最终会聚到了胸口膻中穴。这一聚，让他心头一热，全身打了个清醒的哆嗦，适才打斗时的伤痛固然更加强烈，却也让无涯在一个翻身后更加聚精会神起来。

然而无涯刚站起，桐木帢一拳就朝他面门砸来。

你要战，那便战！

无涯眼神一凝，抡起拳头迎上。

两只拳头"砰"的一声撞在一起。

这一拳之后，桐木帢震惊地看着无涯，满脸都是不可思议。

刚才他那一拳已用了全部力量，比武到现在，实打实过了八十多招，直至此刻他已经感觉疲软……就算是服用了少离的隆脉丹，也已有枯竭之势。

桐木帢想到这里，眼神一凝，看向了无涯身后的台下人群……然后，他再次提拳冲了过去。

无涯在此刻闭目想了想，伸手在后背一摸，咬牙一拔，放到眼前一看。

"毫毛？"无涯怎么都没有想到，这扎得自己心神失守的东西不是利器，不是飞针，而是一根细得不能再细、软得不能再软的牛毛！

无涯并不傻，自己实力到了这种地步，就算寻常钢针都不容易轻易扎入身体，更何况是这东西？

"竟然使诈，我得打死这家伙！"

无涯的怒气一下子就被点燃了，你说比武就比武、打斗就打斗，胜负倒也无所谓，关键是玩阴的，这是无涯这种直性子人最为忌讳的一点。于是，无涯浑身元阳纯力爆涌而出，整个人就像燃烧起来一般，"咚咚咚"，连踏三步，提拳，猛砸！

桐木帢被这一拳砸得身体摇晃不止，就像是风中的小树苗，那种血肉裹着骨头在身体里碰撞炸响的声音，听得台下百姓头皮发麻。

比试未久，无涯便凭借雷电心法支配身体里的元阳纯力，显示出压倒性的实力。

无涯又一拳砸出，桐木帢也一拳砸过来，但是碰撞过后，桐木帢只觉得自己打的不是人，而是一块磐石，受伤的竟是自己的拳头。

"不好——"桐木帢心中焦急起来。

就在这时，无涯的拳头忽然停了，在桐木帢惊诧的目光中，无涯突然伫立不动，就像是一只鼓足气息的大蛤蟆。

人群中也有见多识广之人，见状立刻大喊："这无涯一定是在蓄力，要发大招了。"

这么一喊，也牵动了观台上王族的目光，连焱珠都不由得凝视起来。

擂台上。

"看来得速战速决了。"

无涯蓄力完毕，没有丝毫犹豫，举拳对桐木帢砸下。就在这时，一阵剧烈的疼痛从他手上传来，他疼得面红耳赤，一刹那便冷汗淋漓，定睛一看，原来手上经脉要处扎着一根纤细之物，仍旧是那牛毛！

愤怒的无涯知道自己被人暗算了，立刻四下扫视。只是这么一扫视，便错过了打败桐木帢的最佳时机。桐木帢一个鲤鱼打挺翻身而起，抬腿便踢到了无涯脖子上。

"砰！"无涯当即整个脑袋砸进了擂台里。

"呸——"桐木帢浑身狼狈，吐掉带着碎牙的血水，抓起半昏迷的无涯拳打脚踢。

无涯从半昏迷中又被打醒过来，清醒之后便感到浑身无力与巨大的痛楚。

再这样下去，他马上就要落败了。

自己不能输！

"可是，这牛毛竟然这么厉害，对方一而再，再而三地偷袭，我该怎么办？"无涯骨子里的野性爆发了，他咬着牙，面容狰狞，凭借最后一点儿力量抓住了桐木恰的拳头，身体里聚足元阳纯力，一拳挥出。

桐木恰嘴角掀起讥讽的笑容，目光游走，迅速避开了这一下。

"当！当！当！"

擂台一角，钟磬忽然响起！

这钟磬响起，便表示比武到了一半，双方需要中场休息。

无涯生生收回拳头，冷眼看了桐木恰一眼。

事出反常必有妖，由于那牛毛极为纤细，又隔得那么远，不要说普通的观战百姓，就连铎娇都看不出，无涯其实已经受到严重的干扰。

铎娇并不知道这场战局对无涯已然极为不利。

此刻，铎娇正被另一件事情所吸引。准确地说，她是被焱珠身旁的铁甲侍卫那冷冷的眼睛所散发出的某种光芒所吸引。身为一个青袍巫师，铎娇在感知力方面尤为擅长，恐怕都不弱于焱珠长公主多少。

"是他……他为何要看我？"铎娇心思急转。

那人的目光并非像寻常人那样饱含艳羡或者仰慕，而是让铎娇有一种很不舒服的感觉，冷冷的、嗜血的，铎娇感觉自己像是被猎豹盯住的猎物。

"我倒想看看，此人到底意欲何为？"

再三思索后，颇感不适和不耐烦的铎娇忽然转头，将目光迎向了对方。

她终于看清楚了这人的全貌。这人站在几丈外的卫队之中，浑身裹在铁甲里，一双眼睛也藏在了里面。短短的目光相触，这奇怪的不适感就已经消失了。

铎娇松了口气，旋即目光落在了对方立持的大剑上。

这把大剑极为精致，外形也很独特，冷酷的血槽和斑斓宝石并存，铎娇能够清晰地感觉到，这把大剑散发的威势，似乎一般人根本不入它的眼界，而专杀功成名就之人。

这种威势好像对她这种身居高位的存在，有着一种独特的杀意。

"我记起来了！"

铎娇心头一凛，画面在脑海里浮现，心中喃喃自语起来："十年前，南源河畔，雪飞万里，火光映天……"

记忆中的冰天雪地里，确实有一柄大剑插在地上，是易少丞战胜了那汉人侍卫江一夏后，年幼的自己曾看到过它，这把剑的名字叫……霜绝！

"霜绝，专杀西域王侯，所以又被称为戮君之刃。当年易少丞并未拾取这把剑，后被焱珠缴获，这才传到他手里吧——这样的杀器竟会落到他的手里，想来此人定有什么过人之处吧？焱珠手下还真是人才济济呢，看来有必要调查一下。"

"姑姑，"铎娇起身，微笑着对焱珠道，"师兄看来是要落败了，实在有些无聊了。"

焱珠笑了笑，不以为意地挥了挥手："休息去吧。"

"娇儿告退！"铎娇离开观台后，却是返回宫中，紧急唤来了文大人。

"文大人，拿着这个去十里坞，那里有我的一个斥候营，将这个交给七夜。"铎娇把书信交与了文大人后，又道，"此番是机密之事，无人知道我有这样一支卫队，你知道怎么办，对吧？"

铎娇盯住文大人的眼眸，期待着回答。

"老朽定不负所望。"

"多谢大人！"

文大人离开后，铎娇这才松了口气。她虽极为信任文大人，但若非刚才感到那森森杀意，她断然不会冒这个险，把自己的看家本钱都告诉别人。

不过片刻，乔装后的文大人便到了十里坞。这里有着一大片野杏树林，远处有条小河，水源充沛。之所以人迹罕至，是因为此地不远处有一大片荒坟，幽静如寂。

文大人远眺，这一大片林子里好像也没有什么特别之处，那随风摆动的杏花尚是白色的骨朵，寒鸦哀鸣，极是凄婉。他又走了一段路，来到一块石碑前，捡起旁边的一块响石，在上面敲了几下。

"什么人？"

不一会儿，一个身着戎装的少女走出，她目光如箭，气质出众。谁能想到，这里竟隐藏着一些不为人知的秘密。

"老朽受人之托，来这里找一个叫七夜的姑娘。"文大人自报前来的目的。

少女的目光在文大人身上游走了一下，接过递来的信笺阅览一番，便收起傲慢之色，道："文大人，方才冒昧了。请随我走。"

"无碍，无碍……"

文大人跟着少女走入杏林腹地。

谁能想到，这里竟有一支铎娇的私军，是铎娇当初依靠青海翼的帮忙所建，只有百八十人。每个人都不饰脂粉，身穿戎甲，腰悬佩剑，手执长矛，英姿飒爽无比。若是战斗起来，绝对算是一支精锐之师。

铎娇便是需要她们为自己调查清楚那铁甲侍卫到底是何许人也。

阿泰选拔，下半场即将开始。

"我现在的模样可真惨。"无涯躺在擂台一角，喘着气休息着。他看着浑身破碎的衣衫，散开的缭乱的头发，以及满身伤痕，口中满是血腥味，心里有些不舒服。他连忙向观台看了一眼，发现观台上只有那个坏女人在看着他。

他知道，那是师妹的亲姑姑，是个坏女人，所以感觉更加不舒服。让他松口气的是，师妹不在观台上。

"还好，要是被师妹看到，可就丢脸死了。"其实一心专注比武的无涯根本不知道，铎娇从头到尾都在关注着他，若非那铁甲护卫表现出太强的杀气，她定然不会离开观台半步。

另一边，桐木帢就要好得多。他本就是山地族的少族长，身份显赫，又蝉联两任阿泰，荣耀无比。这一休息，周围嘘寒问暖的人无数，有的帮他捶背，有的帮他捏肩，有的帮他擦汗，有的帮他整理容貌。

同样是躺在角落，桐木帢若是土皇帝的话，无涯就是只红毛土鸡。

不过，滇国一向好战，崇拜勇士、强者，无涯作为本届的黑马，人又年轻，自然受到不少百姓的爱戴，即便没有特定的人来照顾他，周围百姓也自发地为他送来水和食物，帮他擦拭身上的泥灰与血渍，甚至帮他拿来了整洁干净的衣服。

无涯心里很温暖，这让他身上的伤痛有了缓解。这时，一只大手按在了他后颈上，一股炽热如岩浆般的暖流，顷刻间从这手掌中溢出，涌入了他脖子中。脖子乃脊椎的顶端，这暖流一涌入，眨眼工夫便流淌至无涯的四肢百骸、五脏六腑，让他浑身的经络舒展开来，刚才那一战被打得闭塞的经脉也被再次冲开。于是，浑身的元阳纯力再次会聚在一起。

在这股强大无比的暖流带动下，元阳纯力仿佛产生了共鸣，也跟着开始运转起来。

不过片刻，无涯就觉得全身伤痛好了七八不说，连原本被严重消耗的元阳纯力与体力都恢复了将近十分。

"醍醐之法！"

无涯一怔，这就是那五个老头儿说过的醍醐之法！

所谓醍醐之法，便是将一个人的元阳纯力倒入另一个人体内，帮助另一个人元阳运转周天，让经脉、气穴恢复顺畅，这样便能治好体内的伤，恢复体力与消耗掉的元阳纯力。强大的人甚至能够直接将全身元阳修为传入另一个人体内，让其转瞬成为高手，这便是醍醐灌顶。

元阳纯力这种东西，每个活物体内都有，只是多与少的差别，想要利用起来，非得是武道高手。可若非至亲之人，谁又会傻到用这种方法？

无涯在恢复的同时，眼睛一点点地睁大，身体剧烈颤抖起来。

他不敢去猜测，传给自己元阳之人会是谁？

天下之大，谁能赐予自己这番恩情？

那就……只能是他！

无涯眼睛睁得大大的，突然流淌出一丝温热，这是噙满泪珠的感觉！接着，这盈盈雨滴似要一滑而下，无涯一咬牙，怀揣着实在无法说服自己的想法，在那只手离开自己后颈的一刹那转过身去。

他低着头看着眼前，面前的确有一个人，这个人穿着双皮靴，身材并不高大，重要的是没有一点儿他熟悉的感觉。他的心在颤抖，情绪在紧张，他的眼睛还在持续地从这人脚底一点点往上看，目光扫过这人的脚、小腿、膝盖、大腿、腰腹、胸膛，最后是……脸。

可是，这人穿着一身黑色斗篷，面孔遮在防沙尘的大兜帽下，什么也看不见。能看见的，只有对方微微露出的下巴与嘴巴。

这下巴上没有一点儿胡须，和他记忆里那人最后离开的模样一点儿都不像——他是胡子拉碴的。

"不是他……"无涯有些失望。

失望之际，他目光一瞥，看到这人嘴角慢慢上扬了起来……这种上扬带着些许桀骜与戏谑，让他感到无比熟悉。

无涯再次抬头瞪大眼睛看着面前这人，男人伸出了手，将兜帽慢慢掀掉。

顷刻间，一张熟悉得不能再熟悉的脸出现在无涯面前，尽管他不再像当年那样扎起长发，英气勃发，而是一头长发散开披在肩上，面孔满是儒雅，但无涯忘不了这双凌厉澄澈的眼睛，这对利剑一般的眉毛，以及脸上尚存一道细蜈蚣似的疤痕。

"许久不见，无涯。"这人声音温和地道，"还好吗？"

无涯激动无比，眼睛里的光芒在颤动着，眼泪在眼窝里盘旋。

本就不擅长表达的他，激动到无以复加时，便手舞足蹈起来，嘴里"啊啊啊"地发着声音，不知该如何打招呼，也不知该如何表达。

这几个月来铎娇费尽心思训练他说话，结果关键时刻还是掉链子了。

无涯一阵手忙脚乱后，突然想起什么，他在擂台上退后两步，双膝一跪，仰起脑袋来便狠狠磕在地上。

九个响头，每磕一个，擂台就颤抖一次。

习武之人本就根骨强健，如无涯这般已经超越了一品大宗师，修为仅仅逊于王者境，再加上天赋高，这铁铸铜浇的擂台即便撞到也不会受伤，可是此刻，九个响头过后，他额头已经一片血肉模糊，叩头之处也凹陷了下去！

"师父。"

响头磕完，无涯终于想起来应该说话了。

大音希声，莫过于此，吼得再亮，叫得再响，也不如这沉沉的两个字。

易少丞的大手轻轻地拍打着他，似是在安慰，又似是在表示他感同身受。

这一刻，易少丞又何尝不是百感交集，过去的十年时间里，虽然他远在万里之外的汉朝，却常忆河畔日暮，自己带着铎娇和无涯练武、游泳的场景。那些年，那些事，那些美好的，还有那些曾经的挣扎，都已经物是人非，留在心里的只有这沉甸甸的一切。

一时间，易少丞也不知是喜是悲。

"好好打，再有人使坏，我来对付。"易少丞最后对无涯道。

"师父？原来这个人是无涯的师父！"周围百姓一看如此，当下为易少丞让开了不少空间，再看易少丞时眼中敬重无比。

无涯的实力他们是见识到了。年纪轻轻，天生体格高大壮如牛，威猛非常，能和蝉联两任阿泰的英雄桐木帢打成平手，再加上一头罕见的红发，除了强大之外，浑身都充满着危险气息，这人看上去简直就像一头野兽。

这头野兽，他们从阿泰比武开始就关注着。他们发现，他并没有那么可怕，只是长相有些奇特罢了。他喊出"师父"两个字时所展露出来的性情，让人感到无比亲和，因为那纯真得像个孩子。

随着无涯师父的出现，更多人的目光移到了易少丞身上。这个男人身材不算高大，英俊潇洒，就算脸上有道狰狞的疤痕，也破坏不了他一身汉人独有的儒雅气息。

这样一个人，竟然是这只野兽的师父？能够调教出这样一头怪物的家伙，这人该有多么强大！一想到这里，所有人的心理慢慢从起初的敬重变成了敬畏。

易少丞欣赏地看着无涯，长长地松了口气道："你长大了不少。"

被师父这么说，无涯有些不好意思，不过像是想到了什么，忽然面色不开心地跃下擂台，对易少丞道："对不起，师父，我把您用的那杆长枪给弄坏了。"

说完，无涯摊开了手，手上是几块金属碎片，正是破碎的枪头。他一直攥着这几块碎片，手心上都硌出了血印。

"无妨，物是死的，人是活的，你没事就好。"易少丞宽慰道，心里好气好笑又感动，又道，"你可想过接下来怎么办？"

易少丞说完，目光扫向擂台一角的桐木帢以及他身后的那个瘦小老者。

桐木帢此刻正半坐半躺半假寐，眼睛也在看着这边。没过多久，那瘦小老者将一把崭新的弯刀递到了他的手中，同时目光也凛然地看向易少丞。

桐木帢不管这两位前辈人物的无形对峙，接过弯刀，坐起来，慢慢拔出，只见这镶嵌着宝石的刀鞘里，那弯刀的刀刃竟然没有一丝装饰，只是上面寒光凛冽内敛，如镜的刀面上有着不少雪花般天然细微花纹，刃上锯齿密布。

连易少丞也在感慨，这真是一把绝世好刀！

"真是可惜了。刀身有雪花纹，刀刃有细密锯齿，这样的钢口与锻打技艺，怕是少有，却落在了手脚不净的人手里。"易少丞微微笑着，语气淡然平和，但隐隐有股怒意。

这股怒意，无涯感受到了。他遥遥看着摆弄刀具的桐木帢，收回目光，对易少丞一抱拳道："确实是好刀，等一会儿开始了，无涯就把它抢过来，送给师父。"

"哈哈哈——"易少丞高兴地笑了起来，片刻后道，"无涯，你看这人身后。"

无涯不明所以，顺着易少丞所说方向看了过去，就看到一个如瘦鸡似的糟老头子拄着拐杖站在桐木帢身后，头上毛发都没几根，嘴也因为没牙瘪了下去，一副弱不禁风的模样。

这又有什么好看的？无涯疑惑地看着易少丞，实在不明白。

易少丞道："你被偷袭的那几下，就是这个人搞的鬼。"

一听到这个，无涯当即大怒，他就知道那牛毛有古怪，他撸起袖子就要去把这老头儿给剥皮抽筋了，只是师父易少丞淡淡的话语把他给拦住了。

"摘叶飞花杀人，这是使用暗器的最高境界，花最软，叶最脆，能用这两样东西杀人，你想想看，实力该有多强？这人用的却是牛毛，软得不能再软，细得不能再细，可一出手就将你经脉戳伤、气血封闭，你可想过这人实力？"

"王者境？"无涯立刻明白了过来，见易少丞未语，又跟着问道，"真是王者境吗？"

"至少是这个境界了，这人许是这小子的师父。你刚才所用的一切招式都被这人看在眼中，此时恐怕他早已想出了应对你的破解招式，并且传给了那小子。我为你用醍醐之法，本有揠苗助长的嫌疑，依照平日，就算你半死我也不会用。但今天我若不助你一把，恐怕你一登台就要被他斩杀。"

"他也配当阿泰？还有这不要脸的老匹夫，安敢欺我！"无涯一听，气得咬牙，恢复如初的他，说话竟也渐渐流利起来。

易少丞笑了，问道："想不想狠狠教训他一下？"

无涯点了点头道："想，可是，我没有称手兵器。"

"兵器哪里都有，重要的是使用兵器的人，你看。"

易少丞伸出两根手指，在无涯疑惑的目光中，这手指颜色竟然逐渐变黑，指尖泛起了微微猩红，几道虺蛇似的雷电乍然跳跃。

易少丞忽然出手，戳向了擂台铜铁浇注的支柱，这一招又快又疾，无涯一点儿都没看清。

在易少丞收回手时，他就看到那支柱上面有一个洞，洞口周围都被烧红了。

耳根

著

真媱传 下册

北京联合出版公司
Beijing United Publishing Co.,Ltd.

这正是易少丞那一下的杰作。

无涯当即瞪大了眼睛，这一下一点儿声音都没有发出，竟然能达到这种程度，师父的修为该有多高、多强？！

无涯又惊又喜又雀跃。

"这就是如龙枪诀和雷电心法修炼到融会贯通后所产生的'雷龙真义'，在秘籍中，又被称为'乌云龙降'或者'刹龙神枪'。是用枪的至高境界，是人枪合一，但并非手中枪与人成为一体，而是身上无论何处，都能成为枪，只要心到意到元阳到，无论是手指，还是手肘、脚、膝盖……都可成枪，总之，无处不是枪，无处不能用。我这就将要诀传于你。"

不久，当钟磬之声再起，随着中正上台，比武终于到了最后一段，也到了一决雌雄之时！

易少丞的出现自然而然也吸引了观台上的焱珠的关注，确认这就是让她受过奇耻大辱的人时，焱珠竟然"呵呵"这般自嘲地笑起来，随后突然想起了什么。

"铎娇，铎娇呢？"

一旁的侍卫道："方才便离去了。"

"哼，看来我对她确实心存幻想了，如今这人来了，她不上房揭瓦还是铎娇吗？"

侍卫听不懂其中利害，只见焱珠又摇了摇头。

"我倒要看看，他敢来我大滇国，到底想玩什么花招。这次……可别想再那么轻易地逃走了。"

虽然无涯和易少丞就在那边，但焱珠只猜对其一，不知其二。

当年在河道上凿船救走易少丞的，正是这个在打擂台的水鬼头子——无涯。

良久，铎娇才缓缓坐回位子上继续观看。

"休息得可还好？"焱珠笑问道，她倒是很捺得住性子，还能这般柔声说话。如今易少丞既已送上门，还怕煮熟的鸭子飞了？

铎娇也看到了易少丞，顿时眉头皱起来，心中担忧更甚。她硬着头皮回答："本想休息的，可一回到宫中，文大人便将一沓奏折交来，若非是姑姑差遣人来，恐怕文大人不会轻易让我走的。"

"哈哈哈——"看着铎娇有些委屈的模样，焱珠再也没有先前的宽慰了，语气有些冷然道，"这滇国早晚有一日会交与你手，如今你趁早熟悉各种国家大事也是有好处的，文大人虽是汉人，可在朝政方面比那些自诩老臣的还用心良苦，是个股肱能臣。汉人，可是你小铎娇最喜欢用的谋臣啊！"

铎娇听出其中一语双关之意，焱珠的目光更是直指远方的易少丞，铎娇便不再吱声。

"你赢不了我的，趁早认输吧。"

无涯眼神一凛，对桐木帢龇牙咧嘴，提拳冲了过去。

桐木帢熟练地运用弯刀，对着无涯当头劈下，无涯连忙侧闪，一绺红色头发随刀而落，悠然飘下。

"真危险，好锋利的刀啊！"台下不知道谁喊了一句。

桐木帢手指缓缓拂过刀刃，刀面映着他那张自信而略带桀骜的面孔。

无涯不为所动，微微下垂的手掌中指指节颜色正在变得深沉，渐渐地，化为了猩红色，宛如炭火中的烙铁，在指尖泛出，随后丝丝虺蛇般的雷电从这抹猩红中喷发出来，缠绕着手指。

"我要用师父教我的这一招，彻底打败他。"

"死。"

无涯终于说出了一个字。

在桐木帕惊诧之时，无涯使用"刹龙神枪"的手指，朝他的前胸刺了过去。

台下的老头儿再也忍不住，屈指挥手一弹，五根牛毛激射而出。

"嘶——"飞射的牛毛撕裂空气，发出刺耳的声音，从五个方向扎向了无涯的背心、两脚踝、两手肘。

仿佛早有所料的易少丞冷哼一声，忽然大口猛吸气，朝着前方一吐。

但见一股巨大无比的风浪打着旋，凌空冲出。

高手过招，眨眼之间。

巨大风浪瞬间便将五根牛毛卷起……牛毛一分为五股，反扑向了台下的老头儿。

老头儿手中的拐杖狠狠一敲地面。

"砰！"

他那双锋利老眼一瞪，浑身气势骤然爆发，恐怖得好似一头老狮还春，强烈的生命力瞬间扑面，顿时将周围的百姓推开数丈，那凝实的气息将周围空气凝住，形成一堵厚墙。

"砰！砰！砰！"闷响连绵，不明所以的百姓四下张望，还以为是哪里爆炸了，没看到正是那五股气浪与气墙碰撞形成的炸裂声响。

片刻后，那五根牛毛停在老头儿面前，老头儿憋得良久的气终于一松。

墙碎之后，这五根牛毛也纷纷飘落在地上。

气息一松，老头儿便抱着拐杖剧烈地喘着粗气，一边咳嗽，一边擦着汗水。

易少丞显然比他更强，这一比，高低立判。

"人老了就安分点儿，这是年轻人自己的事，我们看着就好。"

护犊子的易少丞，凝丝传音到老者耳中，警告之意不言而喻。老头儿缓缓抬起头，就见看台那边儒雅青年一脸淡然地看着台上，甚至连正眼都没有看自己一下。

"好嚣张的年轻人！"

老者龇牙，面色不禁变得阴沉无比。

仿佛察觉到了他的目光，那个儒雅青年突然转过头来看他，眯着眼，面带一丝微笑。然后，一道声音传入他的耳中，但这话更难听："再有下次，我就弄死你！"

老头儿听得眼神一凝，接着浑身颤抖——并不是因为害怕，而是生气。他是半截儿入土的人，在这大滇国三十六部落中纵横一世，其威名何人不知？不过是为了部族，在几十年前才甘于销声匿迹，专心培养少族长桐木帢。

想当年，他大杀四方的时候，对面这陌生的小子毛还没长全呢，如今倒是反了。

"嘎吱嘎吱——"拐杖被他抓得发出声响，一些粉末木屑从指尖挤出，消瘦如鸡爪般的手指上，根根大蚯蚓似的青筋突兀暴起。

台上，老者的偷袭被阻，无涯的招式稍作停顿后，便一往无前攻向桐木帢。随后化指为拳，跃到空中对着桐木帢肚子狠狠砸下。

"砰——"桐木帢重重摔在擂台上。

观众只听一声巨响落地后，擂台上已经出现了一个人形大坑。

无涯从天而降，抬起一脚将桐木帢踢起，挥舞双拳轰向前方。他出拳速度极快，一拳拳砸出没有任何花哨，飞快的拳头划出无数残影，成了一堵拳墙。快到极致时，就见灰色的拳影像暴风一般。

攻击、破击、连击……观众都看呆了，他们从来没见过如此简单、直接、粗暴、强大、快速的打击，原本看似拥有绝对优势的桐木帢，如今变成了一个人肉沙袋，身上无一处不挨打。几息工夫，桐木帢便吃了无涯两百多拳，口中鲜血不住地往外冒。

"滚！"

无涯一声虎吼，震得众人耳膜嗡鸣！

无涯抬起一脚，狠狠踹向桐木帢。

"砰！"桐木帢整个人飞出砸在了护栏上，碗口粗的铜铸护栏，当场被砸弯。

巨大的冲击让桐木帢五脏六腑翻腾不已，全身气血难平，一口浓稠的血再次从喉中涌出。

然而，短短两个呼吸后，桐木帢还是从地上站了起来，毕竟服用了隆脉丹，体内的生机还是坚不可摧的。他擦了擦嘴上的血，运用全身最后的力量调动起所有元阳纯力，灌入到弯刀之中。

这一刻，这把锋利无比的宝刀上所有的雪花纹都亮了起来，仿佛群星闪耀。

"还没结束？"

观众面面相觑，虽然他们希望看到一场精彩的比武，但如今已是单方面的压倒，这个桐木帢看来很难再给什么新的惊喜了。

这些亮起来的花纹在元阳纯力不停地灌注之下，变得更加耀目。最后，两尺长的弯刀被橙色元阳纯力充盈，好像燃烧起来，刀形的轮廓逐渐变大，直至变成了五尺长的巨大橙光弯刀。

"这是……断山河！"人群中响起一个苍老的声音。

"断山河？"有人疑惑地道。

"断山河！"又有武者惊讶地叫起来，"那是几十年前咱们滇国弯刀魁暮狼的成名绝技！"

"不错。"苍老声音说道，"确切地说，应是刀王魁暮狼。"

一时，人们都在热烈地议论着。

大滇刀王魁暮狼，那是五十多年前的一代传奇，曾经震慑过边缘强势的羌国五部。

"难怪我觉得这弯刀与众不同，原来是魁暮狼当年的佩刀。"

"桐木帢的师父竟是魁暮狼。"

"名师出高徒，但这无涯小子，要比他更强。"

人们议论了一会儿，话题最后还是落在了这招断山河上。所有人的目光都转向了桐木帢，此刻的桐木帢狼狈不堪，浑身伤痕累累，嘴角的鲜血刚擦完了就又流了出来。怎一个"惨"字了得。

人们把他师父说得越传奇，反而越让他感到耻辱，这也激起了他最后的凶性。

"想不到我桐木帢竟然会被你逼到这个地步，哈哈哈——痛快，痛快啊！"桐木帢状若疯癫，话毕，大喝一声，"能让我使出这招，是你的荣耀。此招过后，你成败由命，生死在天，接招吧！"

断山河——

斩！

巨大而又辉煌的弯刀悠悠竖起，无可匹敌地一斩，空气如凝，让人无法呼吸。

置身于风暴之间，无涯面色凝重起来，高高举起手臂，竖起两指。臂为枪杆，指为枪刃。粗壮的肌肉虬结宛若盘龙，整只手臂的颜色在飞快变黑，没多久便状如黑炭了，而那竖起来的两根手指，慢慢褪去黑色，逐渐亮起，变为红色，虺蛇般的雷电从猩红之间绽放，很快便缠绕住了整条手臂。然后，密密麻麻的雷电裹住了指尖，化为一道长长的、状如枪尖的锋刃。

台下的易少丞微微点了点头。

"这小子的领悟力出乎意料，竟然这么快就能灵活运用'刹龙神枪'。"

无涯猛然睁大眼，心中低喝一声，身形一动，犹如离弦之箭，刹那间迎向了断山河。

此刻，观战之人，无论是寻常百姓，还是滇国的武者，抑或焱珠这种高手，每个人都由衷觉得此时无涯手中早已有枪，他们的目光中都带着期待。

到底是这虚拟而出的神枪厉害，还是宝刀更加锋锐？

"刹龙神枪……杀！"

一刀、一枪，终于狠狠撞在一起。

"砰！"瞬间光芒如华，闪耀天地，声音轰然，宛若天崩地裂。

这一瞬，一切都被无比刺眼的光华吞没。

所有人都不知道发生了什么，纷纷闭上了眼，直到良久后光芒消散，这才睁开眼睛看向擂台。这一看，所有人都不禁屏住了呼吸，一双双眼睛都瞪圆了，死死地看着。

擂台上的无涯和桐木帢两个人都只能用"惨不忍睹"来形容。

无涯站着，一条手臂垂下，浑身衣物破碎，身体裸露的部分血肉模糊，那是被无数爆散的刀刃之气割伤的。尤其是他那条垂下的手臂，上面血痕累累，没有一寸皮肤是完整的，血不断地往下滴落着。他满头红色的长发已被卷走一半，剩下的乱糟糟地披在身上。

至于桐木帢则更惨。他半跪在地上，用弯刀强撑着身体，喘息中带着咳嗽，咳嗽中带着血沫。原本一头缀着无数宝石的小辫子，此时也被去了七七八八——是被"刹龙神枪"强猛气劲卷走的。一身雪白上等的羊绒衣着，只留了些许残片遮挡着体躯。

他的身上，同样有着无数焦黑的血洞，焦黑的血从里面不断流出。

他在颤抖，眼神畏惧地看着前方的无涯。

无涯纵然变成那番模样，面色也始终未改半分，似是铁浇铜铸一般，没有悲喜，也没有一丝痛楚。

"认输吧。"无涯声音里没有一丝波动。

"认输？哈哈哈——"桐木帢笑了。

山地族的少主，是绝不能输的。无涯的这句话成了最大的讽刺，反而把他最后的斗志激发出来了。

"去死吧！"桐木帕狰狞着脸，什么荣耀、什么阿泰、什么王子、什么比武，一切都和他无关了，此时，他只有一个心思，那就是赢！

望着桐木帕冲来，无涯叹息一声，低垂着眼皮，完好的那只手的手指逐渐变黑，指尖变红，丝丝雷霆乍起。纵然比原先弱了不少，但在此时也能完胜神兵利器。

"可惜了。"无涯抬头看着杀过来的桐木帕，再没有犹豫，戳了过去。这一招若击中，那把弯刀也无法阻挡，桐木帕的身体必然会被贯穿。

"尔敢！"就在这时，一声大喝蓦地响起，声如洪钟，震得四周嗡嗡作响，不少观众当场被震晕。

桐木帕和无涯的身形都被震得一僵。

那台下观看的老头儿再也忍不住，一跃上台，手呈掌刀，劈向了无涯，速度之快一闪即到。

"哼！"一声冷哼乍然响起，静观其变的易少丞也飞身上台，两根手指并成的枪尖率先截在掌刀前。一掌、两指，一瞬间便碰在了一起。

"啪！"震耳之声响起，一圈圈气劲涟漪状散开，一下盖过擂台，扩散向台下。数不清的观战百姓被这圈涟漪荡得摇摇晃晃，纷纷倒地。

观台上的焱珠见状，终于忍不住地站了起来，目光里透着一股光芒，准确地说，易少丞的强大已经让她有些匪夷所思了。

"看来，这易少丞必须死在我手里，才不枉此生！"

焱珠旁边，铎娇微微闭眼，似乎古井无波，心中却在想此时是否应该偷袭焱珠，偷袭的话又有几分胜算。恐怕只有如此，才能护住易少丞的周全。

"嘿嘿！来得好！老夫魁暮狼来领教一下阁下高招！"老头儿一抖身体，浑身衣物震开，那麻秆儿似的枯瘦身躯正以肉眼可见的飞快速度膨胀起来。不过一会儿，一个瘦弱的老头儿就变成了魁梧壮硕、不输无涯的强者。

"魁暮狼！他就是魁暮狼！"台下一片惊呼。

魁暮狼手一抓，弯刀便从桐木帢手中飞出，落在了他手上。

　　"断！"

　　"山！"

　　"河！"

　　弯刀仍是那把弯刀，但被魁暮狼灌入元阳纯力后，它一下子就长到了一丈长，红芒沿着刀身"噌噌"蔓延、会聚，最后变得如凝血墨一般。

　　台下观众已经屏住了呼吸。这才是真正的"断山河"，威力之强大，远远胜过桐木帢所使出的。

　　魁暮狼旋转着身躯，飞斩一刀，劈下。这魔幻的斩杀，宛如是一个古老的神灵降世，斩下杀灭天地万物的一刀。所有人都觉得心中似乎猛然一沉。他们仿佛看到整个山河天地，将要被凄寒黄昏带入永恒的黑暗之中……在这种特别的氛围中，有人陆续倒下，都是因为心中绝望无比而昏厥了过去。

　　易少丞面色毫无波动，长长唤了一声："枪——"

　　一道银光如龙，忽然从台下人群中跃起，"嗖"的一声落入易少丞手中。

　　易少丞拎着长枪，甩手一拂，枪体被他的指尖所拂过的每一寸，都凝成墨汁般的黑。之后指尖一扫，枪刃又迅速化为烧红的烙铁一般的猩红色。他眼神猛然一凝，枪上骤然雷芒绽放，转瞬间，所有爆涌而出的雷芒裹在枪上，这杆长枪便化为了三丈长短。

　　这长度要比对方一丈大刀更长、更大、更出色。

　　易少丞的枪，稳稳刺出。

　　在刀与枪交接刹那，碰撞产生的无数气劲在擂台四面八方爆开。

　　天地之间，犹如一轮温暖的烈日缓缓升起，驱逐对方所带来的黑暗与阴冷。

　　所有人都看到，雷霆大枪摧枯拉朽地破掉红色巨刀，一路不可阻挡地扎入魁暮狼身体，就在扎入魁暮狼身体的一瞬间，那枪上所有光华忽然消失，露出了银枪原本的面貌。银枪仍在"嗖嗖"转动，好像化成了一条银龙，洞穿魁暮狼的身体，飞了出去。

当所有光芒消失后，魁暮狼与易少丞一错而过，换了位置。

人们再次产生了错觉，看到一条银龙从魁暮狼的后背钻出，飞到了那个儒雅男人手中，直到被那人牢牢攥紧良久后才平息下来，慢慢露出了枪的本来形状。

"砰！"弯刀从魁暮狼手中滑落，径直插入地面，清冷的月色落在刀面上，一片凄然。

魁暮狼的身体并没有倒下去，他就那么站着，但脑袋已经垂下，还睁着的眼睛里失去了所有光芒……一切都在告诉人们，昔年年少成名、纵横滇国无敌手、只活在传闻中的一代刀王魁暮狼，被一个看似儒雅的青年提枪灭杀，只用了一个回合。

传说，从此再无传说。

全场默然，无涯也收起了攻势，不再去打桐木帢。略显寒冷的夜风，在呼号着……

看着出现在擂台上的易少丞，铎娇的心里也紧张起来，当她看到易少丞只一招便杀了魁暮狼时，心中震撼，眼神却又在时时刻刻提防焱珠。

"啪！"魁暮狼的死，让坐下没多久的焱珠重重一拍座椅扶手再次站起，脸色冰冷，眼睛里充满了愤怒。一股强烈威压当即散了出来，周围除了那个铁剑铁甲的侍卫外，所有人都胆战心惊，再也无法抵抗，纷纷跪在了地上。

这股震慑人心的威压，不只是单纯的武力，还有一种来自上位者长期带给旁人的压制感，这点连铎娇都感受到了，她的眼神里不可遏制地出现了一丝惊恐，脖颈上冒出了冷汗。

这便是焱珠！这便是滇国第一高手。

铎娇这才明白，方才若真偷袭了焱珠，自己必死无疑！

"易少丞，你这个罪人，竟敢来我滇国捣乱，你可知这是我滇国最神圣的比武！"焱珠看着擂台上的易少丞，冷冷地道。声音所过之处，台下的滇国百姓一片接着一片跪在了地上。

易少丞听到这个熟悉的声音，慢慢转过头，淡淡地望着至高看台上的滇国长公主。

这是多么熟悉而又精致的脸庞，多么嚣张而又不可一世的气焰，这一刹那甚至让易少丞对其产生一种无法遏制的摧毁欲望。他的目光仍然是淡漠的，没有说话，冷冷地观望着。

几个呼吸后，焱珠心中生出一丝说不清道不明的困惑："十年里，这男人莫非已经变了？"

"想必，你就是滇国大丞焱珠殿下吧？"易少丞终于开口，眉头一挑，用公事公办的口吻故意道，"在下是大汉使臣骁龙，奉我天朝陛下之命出使滇国，此次是特来访求一些事情的。"

"哼，骁龙？你就是骁龙？"

焱珠自然不明白易少丞葫芦里卖的是什么药。说到底，当初她与易少丞交恶，完全是因为铎娇侥幸被他所救导致的。至于他是什么出身，叫什么骁龙，并不重要。因为听说汉人的名、号往往是分开的，譬如这个易少丞字什么、号什么，往往非常啰唆，不如滇国这么简单。

因此，易少丞出现在这里，焱珠却没往深处想是易少丞假冒了骁龙的身份，质问道："原来你就是骁龙，这倒是令本王万万没有想到。既然是汉朝使节，为何偷偷摸摸地来这里？"

此前她已收到汉朝内应李水真的铁鹞子传书，早就知道骁龙会出使滇国。

新仇旧恨，焱珠对易少丞可没那么多耐性，甚至连隐晦地表示尊敬都没有了，大手一挥，又道："我不管你是谁，阻我滇国最神圣的比武……就是大不敬！"

易少丞朗声打断道："原来这就是殿下所说的滇国最神圣的比武，

我看也不过如此！这个叫魁暮狼的三番两次暗中出手，算计这个红毛小子，而你却无动于衷。我身为汉人都看不下去，何来公平公正一说……这滇国的阿泰选拔赛，不过尔尔。"

易少丞此话一出，众人哗然，连焱珠也无话可说。

"而且，刚才所有人都看到了，并非是在下先出手，而是这个魁暮狼。"易少丞再次说道。他这句话运用了元阳纯力，百丈之内，所有人都真切地听到了。

"什么，魁暮狼玩阴的？"

"这人能轻易打败魁暮狼，看来不像在说假话！"

"你们看啊，焱珠长公主都已经默认了。这……这魁暮狼简直该死。"

"这汉朝使节，果然厉害啊。"

众人纷纷表达不满，易少丞见占据了道德上风，便以一种高姿态的语气说道："焱珠殿下，若要算账，尽管来便是。我身为汉使，若没有一颗公平之心，又怎能代表我圣皇谕旨，来这滇国与你们化干戈为玉帛。"

"这么说，你的所作所为、搅乱我们阿泰选拔，反而是值得称颂的？"

易少丞傲然地点点头，那神情差点儿把焱珠气个半死。

焱珠看了易少丞良久，冰冷的表情渐渐柔和下来，最后道："骁龙汉使，这边请。我早就想杀鸡儆猴，如此神圣比武竟然有人作弊，当真罪无可赦，来人——"

焱珠身后的那名铁甲侍卫站了出来，一下子就落在了擂台上。还沉浸在悲痛之中的桐木帢感觉到身后有人，抬起头看，一把大剑骤然落下……

这一刻，所有百姓都扭过头闭上了眼。

不得不说，焱珠的手段极为狠辣果决，杀死桐木帢让本来有些松散的民心再次凝聚起来。

"骁龙汉使，你既已来我滇国，本王理应宴请于你，择日不如撞日，不如请阁下挪步本王的月火宫……如何？"

易少丞淡然回应："既然长公主如此好客，骁某却之不恭。请！"

"请！"

易少丞将手中银枪一甩，银枪被人群中一个背弓、独眼的壮汉接在手中，怀揣至宝似的将枪抱着，然后朗声大喊道："恭迎将军，前往月火宫！"

顿时，一群壮汉从乌压压的百姓堆里钻出来，他们皆身披汉朝戎甲，分成两列，站在了擂台下。这等声势，虽只有二十个人，却给人一种千军万马的感觉。等到易少丞走下台时，所有人执着长枪，齐声道："恭迎将军！"洪亮浑厚的声音在滇国王宫前响起，冲入了天穹，久久不绝。

易少丞被宴请后，铎娇却不能随之而去，因为接下来还有比赛——无涯对阵少离。

就在两人对视良久，准备交锋的刹那，无涯忽然举手："殿下，我认输。"

无涯转过身去，对所有观众都如此示意。铎娇心中感叹一阵："师兄终于开窍了。"

于是，少离的拳硬生生地停在距离无涯后背三寸处，整个人都呆愣住了。

阿泰，对于别人来说，最为神圣不过，但对于少离，不过是虚名而已。

少离这一口恶气难以平复，可他又怪不得无涯。这个傻子今天怎么突然变了？那肯定是姐姐的主意。

"我恨哪！"

少离一甩手，愤然离开了擂台。

深夜来临后，少离王子的寝宫里一片灯火辉煌，歌女声乐，洋溢而出。

他早已吩咐御膳房做了许多丰盛的菜，宴请那五位宗师。

"我能赢得此次殊荣，自然全赖五位师父。师父，少离先干为敬。"言罢，少离一饮而尽。

酒过三巡，菜过五味，少离再次举杯走下台阶道："不瞒诸位师父，少离实在感激。"

"殿下不用客气。"几个老头儿连忙说道。

"所以，"少离顿了顿，笑了起来，"少离已经把诸位师父的家人接入了宫中照料。"

几个老头儿笑了笑，酒喝多了似乎还没反应过来，但笑了一会儿后，忽然面色一变。

"只要几位师宗愿意好好相助，本王子定会好好照应几位宗师的家属亲眷，若是你们不愿意……"少离突然将手中杯子扔在地上，杯子碎了一地，他面容狰狞，一字字吐出，"就是我最大的敌人。我……容不下诸位为虎作伥啊。"

周围传来一阵纷乱之声，从各门之中涌入一群群甲士。

五位宗师你看看我、我看看你，最后终于有人屈膝而跪："我愿意听从王子调遣。"

其他四人，尽皆跪地。

"好了，各位师父请起，本王子希望日后能与诸位师父相处愉快。另外，这酒的滋味如何？"

几个老头儿都是人精，一听此言顿时感觉到不对，连忙屏气凝神，这才发觉少离所说不假，这酒的确有问题。直到此刻，他们才觉察出自己已经无法再反抗了。

"几位师父，请随我一同前往十里坞吧！"

"十里坞？我等去那儿干什么？"几个老头儿不知少离话中含义。

少离大手一挥，道："我王姐铎娇有请。"

"原来是王女殿下，不知……不知王女有何要务，不能在宫中相约？"其中一位老者甚有几分主见，问道。

"自然是为了举兵讨伐焱珠！又如何能在宫中相约？出发！"

"讨伐焱珠？"五位宗师闻言顿时吓得打了一个冷战，直到现在他们才明白事情有多可怕了。

此夜注定不凡，易少丞在焱珠的铜雀台做客，铎娇害怕出什么岔子，于是让晚归的曦云作为策应，秘密前往月火宫铜雀台保护易少丞的安全。

虽然身在十里坞，铎娇已经做好随时破釜沉舟的准备。

另一边，少离带着五位宗师乔装前往城外。直到翌日清晨，他们才抵达目的地。

杏花如霞，目不及边际，处在其中微有暗香，此地便是十里坞了。每每到了季节时，这里数不清的杏花就会盛开，只是今年天气稍寒，大多杏花还只是花骨朵儿。

铎娇身着朴素的衣裙，很好地衬托出她的形体，素颜妆容略显焦虑——她很早就来这里了。

"好美的景色。"一个熟悉的声音忽然出现在铎娇身后，铎娇叫道："少离！"

少离让侍卫与五位宗师留在了外面，一个人走进了十里坞的杏花深处。

铎娇皱了皱眉，不等她开口，少离便迫不及待地道："姐姐，你真有信心，击败焱珠那个老妖婆吗？为何这般急促？我们连准备的时间都没有。"

铎娇自然不会告诉少离，这一切都是为了易少丞。

眼下焱珠对易少丞已心生杀机，时间拖得越久，局势就越难预料。所以早在今天比武时，铎娇已暗暗与少离见过一面，准备随时起兵。浑水摸鱼也好，雷霆一击也罢，一切的手段都只是为了保护易少丞的安全。

隐藏了真正的目的，铎娇挤出一丝苦笑，道："弟弟，船大难掉头。你想一想，这些年来我们一直都活在她的阴影之下，我们就应该突然袭击，打她一个措手不及才有胜算。"

"那，那如何才能突袭？"少离追问，"莫说她麾下那些神射手，一个个非常难对付，就焱珠一人站在那里，也没有人敢去动她。我实在不知，姐姐怎会这般心急？"

少离没有说出"这不像你啊"，只是看着铎娇。

铎娇从怀中取出那枚散发着浓郁气息的幽牝天果。

"一切都因为这个……"

少离看着这枚六眼天果，知道因为它已经引起了汉朝和滇国的冲突。至于更深的秘密，他并不知道，老实说也不想知道。无论是在雍元王廷里，还是在整个滇国中，少离还是颇为清楚自己的分量的，还没有强大到觊觎此等宝物的地步。

"我会用此物调走焱珠。只要她一走，城内必然空虚，你必须立即铲除焱珠在雍元的所有根基，我也会派人帮你！"

"姐姐若能调动身边的好手……"少离沉默片刻，又道，"就算不能连根拔除，也能消灭个七七八八。"

"百足之虫，死而不僵，也只能如此。在我书房中早有一份名单，都是焱珠派系的得力干将。曦云师叔知道这份名单在哪里，她会倾力帮你，还有哈鲁族长、无涯，都能任你调遣，如何？"

"自是好极了，所有余孽都不能留。"少离听完激动不已，随后俯首一拜，"姐姐，我是你的亲弟弟，血亲为最。何时动手，此番全听姐姐安排。"

两人目光相触，铎娇郑重地点了点头。

"少离，我还查出焱珠身边的那个铁甲护卫，名叫魂，他本是羌人的少主，被焱珠训练成了王者境高手，你在行事过程中切记防备。"

"明白！"

"你先回去吧，时间久了必然会被焱珠的眼线发觉。曦云会去找你的。"

第十七章

别十里坞

少离离开后，铎娇的面色才有所舒缓，望着漫天的杏花，心情才逐渐变好。

"不管了，随风而去也好，随风零落也罢……"铎娇自言自语了一句，便抛却了一切烦恼，可是望着被风摧残掉落的花骨朵，她的心中又不禁踌躇起来，人也变得有些忐忑。

没多久，一个清秀宛如道姑的身形携着无数杏花，飞进了林子，落在铎娇身边。

"他们来了。"曦云一见铎娇道，"那焱珠好生可恶。"

"怎么了？到底怎么了？"

"他倒是没什么事情。"说到这里，曦云脸上生出一些绯红之色。铎娇细问才得知，原来昨夜一晚上，易少丞饮酒不下五壶，焱珠却没有刺探出他来这里的目的，最后无计可施，竟然让……让一群宫女假借舞蹈之名诱惑易少丞。

一想到其中过程，曦云支支吾吾起来，铎娇也羞于问她到底发生了什么。不过，曦云最终还是拍着胸口说："易少丞倒是蛮有几分能耐，让焱珠竹篮打水——一场空，哈哈哈。"

闻言，铎娇也嘻嘻笑出声来，最后假装不悦地问："他真的没有……"

"没有！"曦云郑重地说。说完，她心里还在想，世上还真有看着一群花枝招展、极尽魅惑的美娇娘却能无动于衷的男人。

铎娇又问："那他们……现在在哪儿，可安全离开？"

曦云回答："车马队伍正朝十里坞而来，无涯那浑小子也一同来了。"

铎娇点了点头，目光里流露出等待之意。

很久之后，金红映照的杏花外，终于迎来了一队驰骋骏马，这行人当然就是汉朝使者队伍了，为首之人正是易少丞。只见他面色红润清透，虽然左脸上有一道火毒疮疤，却也为他的儒雅平添了几分桀骜。

"易少丞！"

铎娇迎出，站在路旁眺望着。她虽早就想轻唤易少丞一声"爹"，但不知道为何一直无法叫出口，等了这么多年，心底的某种念想却是在改变。

"是娇儿。你们等我一下。"易少丞远远看到那边的少女，将马停在十里坞外的杏林旁，回头望了眼同行而来的无涯，拍了拍他的肩膀，道："小子，别忘记我刚才和你说的，待我离开后，要好好保护你师妹的安全。"

无涯湿润的眼睛夹着一丝不愿："我知道了。只是……师父可别让她再哭了。"

"傻小子。"

易少丞步行来到铎娇面前，道："丫头。"

铎娇淡淡一笑，她现在却是非常矛盾。明明知道易少丞不能留在这里，却又想不出有什么办法挽留他。这种痛，说不出口，无言中又极为沉重。

易少丞率先打破尴尬氛围，道："想必你的曦云师叔都告诉你了吧？焱珠碍于我汉朝来使的身份，根本不敢对我有什么别的想法。"

"嘻，我倒是听说，焱珠对你使了美人计。"

"哦，这你都知道。"易少丞脸色微微一红，挠了挠脑袋，正色道，"爹爹我可不是那种随便的人。喀——好了，此行来滇国，能与你再见一面我也无憾了。只是……"

铎娇闻言察觉出一丝不对劲，连忙问："你……你现在就要走吗？可不可以多待一段时间？"

"嗯？"

易少丞心中一动，他当然知道这十年之后的重逢得来不易，但如今摆在面前的事情更重要，他需要把幽牝天果带回汉朝。不然的话，铎娇也会处于更加危险的境地，焱珠和九头尸鹫这些人也会蜂拥而来，到时候无论是自己还是铎娇，只会疲于奔命。

"爹——"铎娇轻轻唤了一声易少丞，眼中含着泪花，将手中的幽牝天果递给了他，"你走吧……走了，以后就不要回来了，不要打乱我清幽的生活。"

易少丞接过幽牝天果，想要安抚伤心的铎娇，手还没抚到她肩头便被拨开了。铎娇转过身朝杏林中走去。易少丞微微一愣，万万没想到铎娇说变脸就变脸。

诚然，铎娇有一万个理由想让易少丞留下来，但她知道是万万不能这样做的，因为她还指望易少丞带着幽牝天果离开，吸引紧随而至的焱珠等人。唯有这样，才能和少离联合起来，铲除焱珠深藏在雍元王城里的那些爪牙。

这个小小的计划甚至连易少丞都不能告诉——因为铎娇知道，他是万万不会带自己去大汉朝的！或者，即便不要滇国江山，自己随易少丞去了大汉朝，又能怎样？真的要一辈子做他的女儿吗？

滇国是家！滇国才是自己的家！铎娇嘴唇发白，反复告诫着自己，尽量忍住不哭出声来。

易少丞看着铎娇孤寂的背影，虽相隔两三丈远，却如同相隔了千山万水。他心里空荡荡的，既不知如何去安慰，也不知该不该去安慰。

铎娇却停下脚步，语气像是下定了决心，道："爹爹。"

"怎么，还有什么话要对我说？"易少丞欣慰一笑，却难掩其中的苦涩。

铎娇背对着易少丞，尽力克制着情绪说："我师尊青海翼，这么多年来一直不能忘了你。那时候我尚年幼，不知那是什么感情，后来……后来我长大了，渐渐明白这是一种爱慕之情。你若有心，应当在离开之前，与她一叙！"

提起青海翼，易少丞的心微微一颤。他唯一有过肌肤之亲的女人，便是她了。说实在的，自己在汉朝这些年来生活也有诸多不易，并非没有想过成家立业的事情。但他多年来未见铎娇和无涯，心中早已把他们当成了家人，而除了青海翼，他心里恐怕也容不下别的女人了吧。

"就麻烦你和青海翼说一句，多谢这些年来她替我照看你。青山不改，绿水长流，娇儿，我走了。"

"真的要走？"

诚然有一千次准备，但到了此刻，铎娇终于控制不住自己的情绪，转过头噙着泪水道："爹，要不，你带我走吧。去汉朝也行，我再也不要做什么王女了。求求你，带我走吧，爹！"

"不行！"易少丞斩钉截铁地拒绝。他觉得这样说又有些不妥，伤害了女儿也是件他做不出的事情，改口柔声道，"你相信我好吗，我一定会回来。"

"不，我再也不信你了，永远不会再那么傻傻地等着你，就为了等你与我见这两面？不，不，这不是我要的。上一次，是十年前……你对我，易少丞，你对我真的不公平！"铎娇连连苦笑，她仿佛在诉说着人间最为悲苦的一件事。

易少丞确实不懂她，不懂过去的这十年，她是怎样熬过来的。终于赢得繁华绽放，再见到他时，那时候她觉得自己是世间最开心的人。可是呢，幸福来得太突然，转眼又将面临黑暗无日的深渊，铎娇就再也不愿意面对了。可想而知，她此刻的心情有多么低落。

看着易少丞决绝的表情，铎娇越来越失望，终于下定决心掉头小跑，入了杏花林中不见了。

"你说不公平……哪里又有公平？"易少丞自言自语，一声长叹，神情黯然，归队后骑马远去。而无涯听从了他的话，只好跑去追铎娇了。

不远处的曦云看着这场景怅然所失，喃喃自语："师姐啊，这丫头……也和你一样。"

鹤幽教的庙宇神殿遍布整个滇国，然圣地难寻。在一处山峦之地，拨开浓浓的雾瘴后便能看到，这里耸立着无数如黑曜石般的山峰，并且分布十分集中。这里的天终日是青墨般的颜色，无论白天黑夜，这里永远不会陷入黑暗，一切都仿佛有股强大的力量笼罩着、庇佑着。

这时，围绕这片山峦之地、好似凝固的浓雾终于动了一下。

一处山巅凸石崖上，一个姿容不凡的女人正端坐修炼，随着浓雾的波动，她睁开了眼，看向远方。

这人自然是青海翼。

"这丫头平日从来不踏足此处，今日怎过来了？"

青海翼并没有惊讶，而是欣喜——她感应到有人闯入了鹤幽教的修行之地。

"离上次一别，已经过去那么多天了，我不在她身边，也不知道她的修为如何了，嗯……不若测试一番？"青海翼想道。

"师父！"一个冷而清幽的声音忽然响起，青海翼难以置信地猛然睁开眼，因为她方才感应到的闯入自己修炼之地的铎娇，已越过层层禁制，转眼就到了山崖下的一块平地上。

"怎么突然好像强大了不少？"

师徒俩隔空而望。铎娇这般匆匆找来显然是有什么事情，让青海翼心生一丝疑惑。她飘飞而下："你这孩子，今天怎么突然来了？

你可知道若再闯百余丈，就会激活强大的吞噬禁制，到时候连我也救不了你……"

"师父！"铎娇打断青海翼的唠唠叨叨，直奔主题道，"易少丞来到滇国了。"

"什么？他真的来了？"青海翼猛地一惊，想到那个男人的容貌，心中突然涌起一股醉了一般的酥意，便不可遏制地想要去见他一面。

然而铎娇马上就给了青海翼沉重一击，只听她道："不过他现在已经离开了。"

青海翼的心情可想而知，立刻皱眉，瞥了眼铎娇，责怨的神色不言而喻。

"但是……"

"我的姑奶奶，拜托你把话一次说完。"

铎娇盯着青海翼那精致无双的容颜，足足仔细看了好几个呼吸，有些嫉妒，也有些无奈。

"但是你若随我去追，兴许还能追上。"

"那还等什么，走啊……"

青海翼一把抓住铎娇的手腕，直接腾云般离开了这清幽的修行之地。

"青海翼已经情动，修炼一道终将一事无成。"这时，一道低沉的声音从另一座山头之中响起。

"可是师父，左使她巫武同修，连师祖当初都说过，她是鹤幽教最好的圣徒。"另一个年轻的声音说道。

"武道无尽头，巫法亦无尽头，纵然青海翼天资超凡，也不可能一心两用成为两脉至尊。多年来她能如此，已经极为勉强。如今情动，心便乱了，只怕此生再无寸进。"

从鹤幽域群山望去，其中一座山头上有个山洞，山洞前站着一老一少。那声音便是老者发出的，说完，两人退回洞府之中，继续陷入永恒般的修行状态。

易少丞悄悄离开雍元城的消息，很快就传到了王宫各个势力的耳中。

月火宫铜雀台，一张玉石床榻上，焱珠听到护卫珑兮的禀报后，掀开床帏，赤脚走了出来。

"易少丞，不要以为我不知你来滇国的目的。这幽牝天果在冬岭山上不知多少岁月，又岂能白白便宜了你们汉朝？既是我滇国之物，神人古墓就应该由我来取。哈哈——"

李水真作为滇国内应，早就将一切都暗中告诉了焱珠。不过，提起易少丞，自然而然不能少了另一个人。

"还有，娇儿，所谓强扭的瓜不甜。既然你的心始终都在汉人那边，这次我们姑侄之间也再无什么情义。等我灭了易少丞，赐你——自绝！"

一股嘲弄之色，从焱珠面上闪过。

随后，沐浴、更衣，一展窈窕极致的身姿。接着，焱珠唤来了珑兮，耳语一番后，她从凌空百丈的铜雀台一跃而下，宛若天仙般朝易少丞所在的方向飘去。

雍元城外，夜晚，孤风哀号，四野漆黑，远山仿佛在呜咽。

"嚓！"一点火星在葫芦谷的黑暗深处绽放，然后火星落在干树枝上，变成火烧了起来。几点火缠绕在一起，越烧越旺，形成了一个小火堆。

小火堆前，披着斗篷的男人往里面添着柴火，直到周围的温度上升后，他才摘下兜帽。这人正是易少丞。

"既然人已到齐，便出发吧。"易少丞站起来，抬枪敲着地面，二十人立刻站起，默默收拾完所有的行装，全部翻身上了马背。

随着易少丞带头出山谷，其余人也紧随其后。

葫芦谷的谷口狭长，道路狭窄，两面都是荆棘丛。天黑，看不清路，又不宜点火把，所有人只能谨慎前行。这荒郊野外多的是厉害的蛇蟒怪物，那咝咝爬行的声音让人听起来只觉得头皮发麻。

这个夜晚还无月光，那些树林纠缠得好似鬼魅，让人不免有些心里瘆得慌。好在，马上就要走出谷口了。

"不好！"就在众人即将出谷口时，有人突然喊道。

众人心头紧张，感觉不对，连忙四下张望，最后抬头一看，只见黑暗中有许多阴沉沉的东西撒了下来。

"是大罗网！"有人喊道。

"咣——"黑暗中一阵兵器响起的声音，显得尤为刺耳。

罗网是军营中常用的陷阱用具之一，从天上撒下，落在人马身上，四周的边会迅速压下，一时间极难挣脱，想要逃走就会被网格给绊住。而大罗网是以青铜捻成丝线，加入蚕丝绳索中编织而成，重且不说，那韧性强度，纵然刀剑都劈砍不断。

即便这样，也在黑暗中"仓啷"几声后，迸溅出了火星，整张大罗网都碎了。

"这是敌人的投石问路之计！"易少丞手持银枪，低声喝道。

所有人都明白这意思，可当他们刚逃出山谷，一人便拦在了前面。

易少丞勒马止步，面前这人不是别人，正是九头尸鹫。

"桀桀桀——我们又见面了，骁龙，我说过，会把你这身好皮肉煮成肉糜。"

九头尸鹫甩起背上的大鼎，往前面一掷。

"砰！"顿时地面剧颤，虽然易少丞已经后退，可战马依旧受到了惊吓，嘶鸣着站起来，撩动着前蹄，幸亏他力气大又马术娴熟，这才制住了战马。

"将军！我们已经被包围了！"项重低声说道。

易少丞连忙看向四周，果然黑漆漆的夜色下，一个个身穿夜行衣的人就像影子一样围成了一圈，把所有人围在了里面。他心头一紧，沉声说道："哼，九头尸鹫，莫不以为你能阻挡本官？我乃圣上钦差，你真要找死吗？"

　　说完，易少丞枪头横指，上面白芒绽放，犹如星火一样照亮了整个空间。

　　"我可不管你是什么官，交出来吧。"九头尸鹫阴森的眼睛眯着，紧紧盯住易少丞的一举一动。

　　"交什么？"易少丞淡淡地道。

　　"当然是幽牝天果！你若不肯交出来，那我就杀光你所有人马，用这口大鼎煮食他们的心肝。如果你给了我宝贝，死的只是你一个，其余人——我可以考虑放过。"九头尸鹫舔了舔嘴唇。

　　他这番话，目的是想瓦解易少丞的队伍。当然，单靠这几句话，是无法达到预期的目的的，于是九头尸鹫又道："你也是带兵打过仗的老将，我这帮兄弟都是王者境高手。你的队伍嘛，有几个王者境？我看看……哈哈，一半以上只是宗师而已，孰优孰劣，你很清楚……"

　　易少丞没说话，看样子却是有些犹豫了。

　　"将军，不能给！"队伍中有人立刻回道。

　　"将军，我等愿拼死一战！"又有人说道。

　　"某愿背水一战，将军下令吧！"有人求战道。

　　易少丞欣慰地点头，他这支队伍，一大半是当年追随骁龙的悍将勇卒，大家都是从死人堆里爬出来的，感情和信任自然没的说。剩余的四五个人，则是皇帝钦点的随行武官，修为至少都在王者境，对皇帝绝对忠诚。此番也绝不会容忍易少丞将好不容易得手的幽牝天果拱手相让。

　　易少丞轻轻地"嗯"了一声，却并未下令，而是从怀中犹豫着把一只小木盒子拿了出来。

　　"桀桀桀——"九头尸鹫得意地笑着。

　　"将军，不可！"大家声嘶力竭地喊道。

　　但是，易少丞还是把盒子扔向了九头尸鹫。大家的眼里一阵悲戚绝望。

九头尸鹫狂笑着，伸出手来准备接住，说道："你放心！我说到做到！只杀你一人，其余人……"

就在九头尸鹫快要拿到盒子之时，易少丞忽然拍马而起，提枪凌空一戳，一道凌厉的枪劲转瞬爆射而出，顿时落在了那盒子上。

"砰！"盒子刹那间炸裂，一股白色灰尘爆溅，遮住了四周。

"石灰粉……骁龙，你该死！"九头尸鹫顷刻间中计，被石灰粉眯了眼睛，根本睁不开了。他大吼一声，知道接下来易少丞肯定会攻击他，连忙手朝前一伸，抓住了那煮肉鼎，朝着四周一个横扫。

"杀！"黑暗中，易少丞冷声下令。

原来将军早有准备！

"杀！"

大家兴奋得低吼一声，跃下了战马杀向四周，一时间众人交战在一起。

易少丞的队伍虽然人少，可一个个实力至少都达到了宗师境一品，甚至是半步王者境，实力强大，可见一斑。但是九头尸鹫的队伍更不一般，虽然人数比易少丞的人马还少一些，一个个境界却都更高。

好在，易少丞知道兄弟们还可以抵挡片刻，趁着九头尸鹫还未恢复过来，他浑身气息一凛，指尖拂过枪身，顿时银枪便化为了墨黑色，枪头红得如烙铁，整杆枪雷霆闪动。易少丞全身也时不时雷蛇乱舞，如同雷神化身一般。

"刹龙神枪！"

易少丞直接使出至强杀招，身形化为无数残影，从四面八方攻击着无法睁眼的九头尸鹫。

九头尸鹫虽然气急、无奈，不过这并不影响他多少实力。黑暗中本就看不清，睁眼与闭眼相差无几，再加上他境界高，实战经验尤为丰富，在短短一阵慌乱之后便适应了睁不开眼的状态。

巨大的铜鼎，在他双臂的挥舞下轻如鸿毛。每每与易少丞的枪碰撞，都会爆发出剧烈冲击力，使周围卷起厉风。

"死！"

交手良久，易少丞终于找到了九头尸鹫的破绽，提枪前冲，一下便要把枪从九头尸鹫侧耳穿入，然而这一切都在九头尸鹫的算计之中。

九头尸鹫忽然转过身来，抡鼎击向易少丞，与此同时，铜鼎骤然间变红，"呼"的一声烧了起来，黄色火焰又转瞬便化为了红色，四野被照亮。

"不好！"易少丞心头一紧，被火焰大鼎砸中的同时，那锋利的枪尖带着凌厉的枪劲，一瞬间也将九头尸鹫的半张脸连同耳朵一同绞烂。

"噗——"落地的易少丞靠着银枪撑住身体，喷出一口热血。

而九头尸鹫一手擎着大鼎，一手摸着自己半张被毁了的脸，疼得龇牙咧嘴，却狂笑不止，那模样格外阴森可怖，气氛恐怖到了极点。

"滋味如何？"九头尸鹫撕下脸上的血肉，放进嘴里尝了尝。

易少丞冷冷地看着他，只觉得头皮发麻，这还是人吗？

这个人果然很恐怖，一开始便卖了破绽，故意让自己攻过来，而且还给自己限定了攻来的方式。一切都在他的掌握之中，就等着自己上钩……自己，也果然上钩了。

"吃了我这一招'尸火焚鼎'，滋味不好受吧？"九头尸鹫"桀桀"地笑着，抓着鼎足，朝易少丞走了过来。他每走一步，那火焰便涌出数分，没多久，他便化成了一个火人，而鼎也变成了火鼎。

但这并不是结束，而是开始。

那火焰从他脚下弥漫，冲向四周，铺天盖地，很快就把易少丞给包围住了。

火焰的形状在扭曲，变成一张张狰狞的人脸，惨号挣扎着。而九头尸鹫的脖子后面，接连长出具有长长脖子的火焰骷髅头，直至长满九个。

界域！这就是界域！界主境领域！界主境强者的象征！这就是九头尸鹫名字的由来！

易少丞明白这都是幻觉，然而背上好像有千斤大山压着，让他倍感难受与煎熬，他看向九头尸鹫。此时，九头尸鹫在火焰界域的承托下，身影已经变成了两丈高的巨人，而那只鼎也变得如房屋一般大小。

"放心，我会把你砸成肉糜，然后煮汤喝个干净，不会浪费一滴……去死吧！"

九头尸鹫狞笑着，举起巨鼎朝易少丞轰来。

"原来动用了界主的压制，还好……谁说半步界主，就不能蕴含界域之力！"

易少丞咬着牙，眼神坚定，一闭眼一跺脚，张开胸膛猛喝一声，顿时浑身化为黑色，眼睛泛红，黑发也变成了赤红色，根根竖起，全身上下被一条银白色、粗壮无比的雷蟒缠绕着。这时，那杆银枪也开始变得巨大，枪身充满了银白雷光，耀眼、刺目。

"半步界主，竟也能动用界域之力。"九头尸鹫心中一怔。显然，易少丞的界主之力让他非常困惑，毕竟成名以来，这么多年还是头一次看到一个半步界主的强者动用了界域之力。这点让九头尸鹫都不得不服。

"虽然你是半步界主身！但一样得死！"

那巨鼎已到了易少丞头顶，呈现出一路碾轧的雄姿。

"大天雷尊！"——这是易少丞界域的名字，不过因为只是半步界主的境界，只能够爆发全身元阳，凝合这大天雷尊之身，而无法像九头尸鹫一样运用强大的界域之力。

易少丞提枪朝上一戳，"当"，大鼎与雷电蟒蛇顿时撞在一起。

时间仿佛慢了一拍，停了停，两人动作都僵住了片刻，然后一阵前所未有的气劲在鼎与枪的交接处绽放。雷电裹着火焰，化为一圈圈巨大涟漪，不断朝外冲开。弥漫四周的火焰也摇晃不止，即将破灭——这一击，竟然撼动了完整的界域！

就在这时，一阵炸响在交接处爆开，两人各自后退数丈。

"没想到这小子竟能以半步界主之力撼动我，这凝聚的界主神识刚猛强大，竟然能够镇压住我的尸鹫阴火，再这样下去情况不妙，必须拿出全部实力速战速决！"

打定主意后，九头尸鹫便抡起大鼎在空中画圆一圈。

"呼——"四周火焰被其卷动，凝成了一个火焰旋涡。火焰旋涡中，一个又一个火焰凝成的九头尸鹫出现，分不清哪个是真、哪个是假。九个身形从四面八方一齐袭向易少丞——手足挥舞，持鼎轰砸！这正是与其名字相同的成名绝技——"九头尸鹫"！

易少丞咬着牙低吼一声，鼻孔喷出两道气柱，喉中发出了类似龙吟的喘息，身体越变越大，竟然以半步界主的实力，再次化出一个分身，这个分身全身漆黑，红眸赤发，犹如一个凶蛮战神。

这是易少丞的极限战力了。

两个持枪战神，杀向了九座尸鹫的化身。一时间，巨鼎淹没了易少丞的身形，大地被砸得龟裂，无数火焰涌入裂缝又喷出。

"桀桀桀——"九头尸鹫狂笑着——半步界主和界主之间到底有一定的差距，半步界主想打赢界主，简直是笑话！九头尸鹫感到胜券在握，然而就在这时——

"我在这儿。"易少丞冷冷的声音在火焰人形——九头尸鹫背后响起。

九头尸鹫一愣，只觉胸口一凉，低头一看，那杆雷芒凝成的巨大银白长枪，穿透了他的身体。

"你……"声音好似从他的喉咙中磨出来似的，只艰难地吐出这一个字。

然后，忽然，所有火焰界域消失，九头尸鹫恢复原样。

"哧——"易少丞站在九头尸鹫背后，抽出银枪，九头尸鹫仰面倒地。

"没想到……怎么会这样？"九头尸鹫艰难地喘息着，说道。

"因为你一开始就低估了骁龙！"易少丞冷然一笑，话中多少有些一语双关之意。今日的自己，也许不如当年的骁龙那么不可一世，但有一点，论武学的高低，只怕也不遑多让了。

易少丞说完，抬起银枪往前一挺，枪尖自九头尸鹫脑袋开始，沿着中线往下划，力量灌入长枪，九头尸鹫发出杀猪般的惨号……最终，九头尸鹫被凌迟而死！

"凌迟！"

"竟然是凌迟之刑！"

交战的双方竟不约而同地停下来，到底是何种仇恨，竟让向来沉稳的易少丞如此惩罚九头尸鹫？

"骁龙前辈，你的在天之灵可以安息了。"

易少丞将银枪往地上一插，以枪代香，缓缓闭目，仰头向天，心中发出这样的祷告。

是啊！若非当初在"九州洞府"的偶遇，他绝不会成为半步界主的强者，也绝护不了铎娇的安全。

这一切的安宁祥和来得如此不易，虽然风波不断，冥冥中却有骁龙在护卫着自己，护卫着他心中一直执着坚守的祥宁之地。所以，他要以这种方式报恩！

然而就在这时，一道劲风忽然袭来，疾如闪电！易少丞猛一睁眼，拔出长枪朝着那方向匆忙击出。

"叮！"黑暗中，火花骤亮。

竟然是两杆长枪枪头相抵，另外一杆长枪也是一杆银枪。

"死。"黑暗中传来满是戾气的一声。

顷刻间，这银枪之上强大的暗劲爆发，顺着易少丞的枪传了过来，等他反应过来已来不及抵挡。这暗劲汹涌地搅动着，传入他的身体，他只觉天旋地转，五内翻腾。

"喀——"在绝对实力的压制下，易少丞捂着胸口，几口鲜血遏制不住地喷出。

"把天果交出来，我可以不杀你！"黑暗中又走出来一个人，瘦骨嶙峋、眼窝深陷，行家看门道，此人手掌尤为干枯和巨大，这都是因为常年苦修而带来的副作用。

易少丞挣扎着站起，看着他不语，暗暗动用雷电心法，一口鲜活的气息在经脉中缓缓流动着，滋润着受伤的身体。

"你是界主境？"

这个界主境，本身就极为强悍，一击之下，连易少丞都觉得有些扛不住了。

"是。"这人点了点头，道，"老将军说过，九头尸鹫若不能胜任，我便可取而代之。"

"又是一个硬茬儿，比九头尸鹫还要强。徐胜那老家伙果然留了后手啊。"易少丞心头一颤，顿时心凉了半截儿。刚才他和九头尸鹫激战，已经竭尽全力，还算是惨胜。此时，他连挪动一下身体都觉得非常艰难，就算动用雷电心法，也至少需要两三个时辰才能复原。

如今又遇强敌，看来，这次取胜无望了。

见易少丞没有动静，这人也不废话，提起长枪，对准了易少丞的脑袋往前一送，顿时强大气势席卷而来。这一枪下去，易少丞必然一命呜呼。千钧一发之际，一道箭矢陡然射来，穿破黑暗，目标是这人持枪的手。

这人极为警觉，连忙抽枪横扫而去。

"叮！"箭扎入枪身，力道传到枪上，让银枪颤动不已，好似银铃响动。

"将军！"黑暗中传来项重的声音。

一阵马蹄声急促响起，风一般穿过所有人，项重顺手抓住易少丞，将其扔在另一匹马的背上。随后，十来匹骏马飞纵而出，冲破黑暗，逃窜离去。原来，项重在易少丞对九头尸鹫实施凌迟之刑时，便已唤来这群骏马，只为后面能突围而出。

九头尸鹫一死，这支队伍立刻以强者为尊。

"怎么办？"剩下的人全部聚到了那个银枪枯瘦的男人身边，问道。

枯瘦的男人这才平息了银枪的颤动，然后拔掉了上面插着的箭矢，连声赞叹"好箭"，随后看向了前方遥不可及的黑暗，耳朵一动，便张开手臂，凝聚起浑身元阳，顿时一股强大的风力将周围的人猛地排开。

"去！"

银枪骤亮，脱离枯瘦男人的大手，高速旋转着射了出去。这亮光在黑暗中划出一道笔直的轨迹，仿佛白虹贯日，眨眼就冲向了正在飞逃的易少丞的后背。

"不好！"有人当即发现，大叫起来。

"什么人竟有这般能耐！"有人震撼不已。

"目标是将军！"有人骇然叫道。

众人都不知道该怎么办了，因为这枪的威力实在非同小可，已经跑出了一里路，竟然还能追上，并且势头不减，轨迹笔直，简直是神枪绝响！谁都没有自信能够挡下这一击。

"找死！"但闻项重怒吼。

　　项重猛拍马背，顿时从坐着变成了站着，双脚像是焊在了马背上，竟然在马剧烈奔跑中没有丝毫颤移。他当下拿起大弓，激发出浑身元阳，手指扣在弓弦上。只见他手背上的经脉，由于元阳的澎湃亮起了橙色光芒，然后整张弓也被元阳充斥着变为了橙色。

　　之后，橙色加深，变成了红色。红色又加深，迅速变成了滴血般的红色。

　　直到这时，项重才开始拉动弓弦。每拉开一点儿，弓弦就发出难听至极的摩擦声。项重额头的青筋也随着弓弦拉动，越暴越粗。他咬着牙，使出了这辈子最大的力气，整张脸变得无比狰狞。然后，弓被拉成了圆形。与此同时，上面的血红色飞快消退……准确地说，是项重用一身修为，将蕴含血红色的元阳凝成了一支箭！

　　要知道，项重此时尚未到达王者境，还是一个一品的武学大宗师，最多也只能说是半步王者，想要对抗界主境的倾力一击，需要何等勇气与力量。

　　这时，那杆银白如龙吟的长枪已经飞至眼前。

　　"啊！"项重一声大吼，弓弦松动。

　　"砰！"这弓弦弹回瞬间竟然发出了炸雷般的声音，然后这道血红箭矢急速旋转着飞了出去，轨迹笔直，与那银枪不相伯仲！眨眼间，一红一白两道笔直虹练便撞在了一起。

"轰！"两者相击形成一个红白相间交错的巨大光球，光球瞬间飞快膨胀，变得巨大无比，扩向四周。此时的原野，被火球扩散带来的大风撕碎了草木竹石，似是遭遇飓风一般。

等一切恢复平静后，地上出现一个三丈宽深的大坑。坑内，烧红的银枪斜插进土里。忽然，那银枪颤动起来，飞了出去，被一只枯瘦大手握住。"哧——"空气里弥漫着烧焦的味道，但枯瘦男子好似浑然不觉。

他看看银枪，又看着大坑，语气不阴不阳地道："没想到还有这等用弓的高手，以身做弓，人弓合一，元阳为箭。厉害，厉害，这骁龙身边果然也是有狠角的。"

天亮后，那银枪枯瘦男人带着一群黑衣人追到了一处谷口。

"他们跑不了了，追。"有人高兴道。

但是，银枪一横拦住了众人，那毒蛇般的银枪在阳光下发出耀耀寒光，仿佛警示众人再前进一步，就是死。

"你什么意思，想独吞不成？"这支队伍人心复杂，其中一人当即怒道。还没说完，另一人连忙示意这人住嘴。这人立刻眼神一惊，不再说话，看向枯瘦男人的眼神也变得恐惧起来。

这人是界主境，是和九头尸鹫一样的存在！

枯瘦男子笑了一下，枪头一动，劲气迸发，前方的草木忽然纷飞，露出了一块石头。石头上刻着三个磨灭得差不多的字：骷髅海。

"骷髅海……绝死之地！"众人心头一震，方才明白枯瘦男人为何停下。

"若不是你们还有用，我必不会拦着你们，一个个都去送死好了。"枯瘦男人淡淡地说道。

用完那一招的项重，整个人像是被抽了骨头，面色变得如金箔，差点儿从马背上掉下来，幸好被人扶住了。

"项重大哥威武！"众人被那一幕惊呆了，良久后才反应过来。

"项重大哥，你没事吧？"有人关切地问道。

项重这么做，也让浑浑噩噩的易少丞没来由地流下了眼泪。

"无妨，只是脱力罢了，快看看将军。"项重趴在马背上，吃力地说道。

"将军无碍，已经恢复了一些气色，只是需要找地方休整！"

"继续前行，找地方。"

众人催马前行，很快越过一道山岗。不久，众人勒住马，在附近找了一处背风的山脚，本想休整一番。动用第六重雷电心法的易少丞已经恢复了一两成，呼吸吐纳已没有问题，一番话提醒了众人："他们不会放弃的，定会追上，咱们赶快从此地进入山里，若不然撞上了就只有死路一条。只有进入山里，才能利用山里的复杂地形隐蔽休息。"

"将军说得对。"

一听这话，众人不敢怠慢，连忙背着易少丞，扶着项重，上了马，进入了大山之中。

出乎意料的是，这山路出奇地好走，一条路通达无比。起初，左右两边山包上还有茂密的树林植被，后来就渐渐秃了。他们走着走着，天就亮了。穿过一片灰色迷雾，他们发现来到了一片小平原上。

看到这片平原的时候，所有人都吓得面色苍白，半晌说不出一句话来。

这小平原的两边是千丈高的笔直的悬崖峭壁，隐入云端之中，上不见顶，是绝无可能爬过去的。而足下这片土地，是一片白色平原，上面好像铺满了密密麻麻的东西。若是细看，不难发现，这些密密麻麻之物，正是一具具骸骨。

骸骨有人的，有兽的，有认不出来的，有些还保持着死时朝天呐喊的姿势。而白花花的骷髅之中，泛着点点红色，仔细看却发现是一种长得很奇怪的花，花冠似菊花般舒展，花瓣却是卷曲的丝状，特别是那红色尤为鲜亮，红得出奇，红得瑰丽，红得惊心动魄。风动之下，那些花不停地摇摆着，连成一片晃动不已，就像流动的血液。

这时，一阵腐朽的风吹来。"呕——"一群久经沙场的老兵竟也忍不住吐了起来。接着，他们都感觉到皮肤针刺般疼痛。

谁都知道，这是尸体掩埋在地下久了慢慢腐烂的味道，也不知道经历了多久，故而对身体产生了强烈的腐蚀性。

"是骷髅海。"易少丞说着，苍白着脸咳嗽两声，咳出了一口血痰，面色又萎靡了一些。他惊讶地发现，第六重雷电心法应有很强的治愈效果，然而到了这个鬼地方，经脉运转缓慢，雷电心法的作用被削弱了八九成，连自己这"毒生轮转，生死无常"之体，竟也起不了什么作用了。这身体想要恢复到鼎盛状态，还是有些困难。

"这地方有些诡异！"

众人色变。

关于这骷髅海的形成，所有人都不明了，但是都有所耳闻，而在滇国的古书之中记载也极少，唯一能够警示后人的只有四个字——"绝死之地"。

"赶快退出去！"易少丞下令道。

众人连忙掉头，可没走多远就被项重一把拦住。

"我们可能走不了了。"项重忧心忡忡地转头看向一个方向，众人连忙望过去，只见在他们刚刚走过的山间小路上，透过迷雾隐隐约约看见几个晃动的黑色人影。

"是那群疯狗追上来了！"有人咬着牙一拳砸在了地上。

没错，他们是走不了了。

这里只有那一条路，而四周都是悬崖峭壁，根本没有第二个选择。

"我听人说过一句话……"众人踌躇时，队伍里的甘臣忽然说道，他接下来的话让所有人心情都跌到了谷底，"骷髅海兮无尽兮，黄泉路兮不回头，阴间路兮魂吹兮，弱水河兮魂难走。"

"该死的！都到这个节骨眼儿了，你还说这个干什么？"虽然大家都是兄弟，可还是有人气得揪住了甘臣的衣领。

甘臣眼中无光，垂着头，好像死猪不怕开水烫，实则已经绝望了。

"好了。"易少丞吃力地从同伴身上下来，说道。

"将军。"这人松开了手。

"这是滇国古老的童谣，后来传到汉朝，被乐府收录后修饰了一番，并非造谣，我也早已听过。当下互相责备毫无用处，想必这群追兵也知道身在何处，他们也不敢贸然前行。我们正好可以在这里找个地方休整一下。"

"将军说的是，兄弟们，抓紧了。"项重一挥手道。

队伍里，皇帝麾下的一众心腹，如今也都以易少丞马首是瞻。众人快马加鞭进入骷髅海，在这片偌大的白骨森森的平原上，找了一处地方安营扎寨，进行短暂的休整。

该休息的休息，该疗伤的疗伤。转眼间，天色暗下来，天上布满乌云，好像是关内大风起兮暴雪来临的前奏，令人惶恐不安。

这骷髅海的风既是阴风又是暴风，带着低沉的呜咽声，像是痛苦，又像是惨号，像是哀恨，又像是怨怒，再加上这无数骷髅黑漆漆的眼窝正对着他们休息的角落，众人顿觉毛骨悚然。所有人都需调动元阳纯力，来抵抗这怪风腐蚀皮肤。

空中，阴云扭曲成了旋涡，又好像被这块土地独有的力量吸住，怎么都飘不走。

众人也不敢生火，怕烟火暴露了所在地。

很快就到了晚上。好在不但是易少丞这边难挨，银枪枯瘦男子所率之人也都陷入了一种恐惧不安的状态。派出侦察易少丞等人的斥候陆续回来，都向银枪枯瘦男子禀告，未发现易少丞等人的踪迹。

众人都紧紧盯着、观察他的脸色，唯恐他像九头尸鹫一样阴鸷，反复无常。

"放心，我不会杀了你们的，我又不是那个怪物。"枯瘦男人看透了众人心思，干哑着嗓子笑了起来，"那就不用找了，骷髅海那么大，别说你们，我花上几天也找不到。他们又不是等着咱们去找的死人，就算发现了，他们也会跑掉。如今，我们都是为徐老将军办事，你们听我命令即可。"

"那……就这么放弃了？"有人不甘心地说道。

这可是六眼天果啊，不但举世难求，还关系着神人古墓，那里藏着绝世武魂——一旦得之，就能成为当世最强者之一！习武之人，谁不想得到武魂？

"我倒是有个办法，你们若照做的话，他们肯定会出来的。"枯瘦男子皱皱眉，忽然说道。

一看他这脸色，就不像是什么好计策，但在这种情况下，众人仍然忍不住地问道："什么办法？"

枯瘦男却没有马上回答，而是用古怪的腔调唱起了一支古怪的滇国童谣："骷髅海兮无尽兮，黄泉路兮不回头，阴间路兮魂吹兮，弱水河兮魂难走……"

"……弱水河兮魂难走。"

易少丞一边休息，一边琢磨着这支童谣，实际上这支童谣还有后半部分，这后半部分他也恰巧知道。不过这后半部分并不在任何滇国或者汉朝记载之中，记载的地方谁也不会想到。

易少丞知道这支童谣的后半部分，也是最近的事情。

他将手伸入怀中，拿出了一样东西，隐隐中似乎有一束目光偷窥着他。

这东西不是别的什么，正是幽牝天果。这支童谣的后半部分，正是以非常细小、畸形的文字刻在了天果末端：

> 净土路兮浮苦海，
> 奈何桥兮架魍魉。
> 海无边兮不回头，
> 魍魉恶兮莫回头。

"车到山前必有路吧……"

易少丞陷入了思索，却实在想不通，这后半段到底在说什么，便不再去想。毕竟，易少丞虽在滇国居住了多年，但对滇国的文化所知甚少，再加上也非巫教弟子，对滇国的秘闻就有些孤陋寡闻了。

此刻，易少丞感觉身体疲乏得很，他差不多耗费了整整一天时间，才将留存于体内的劲力驱除，现在正是身体最虚弱需要恢复的时候。而睡觉，恰恰是最好的恢复方式。他往角落里一缩，闭上眼，很快就睡了过去。

外面的天已经很黑了，这骷髅海的天却比外面要明亮不少，无数的红色花朵都在发光，而数不清的绿芒也像萤火虫一般，从骷髅海下的土地中浮起，飘向了天上，飘了数丈便消失不见了。

远远望去，整片骷髅海弥漫着数不清的莹莹绿光，分布着数不清的发光红花，所成之景也极为壮观，但也十分诡异，明明狂风呼号，这些绿光依旧冉冉向上升着，丝毫不受风的影响。

若是凑近了那些骷髅看，才发觉其中的恐怖之处。这骷髅海下的地面荧光亮起时，也将一具具骷髅的面貌照得森然，有的露出白牙，有的张着嘴，有的眼窝里有荧光，好像都在嘲笑活人的世界。

不过，易少丞所在的角落还是无比黑暗的、静悄悄的。他的睡眠极好，感觉生命力在"噌噌"地上升着。他甚至还做了个梦，梦到十里坞杏花林里，一个美人回眸灿笑，风华绝代。他仔细一看，不是青海翼又是谁？他的心莫名紧张起来，是的，涌动着一股异样的色彩，是燥热，也是激动。他下意识翻了个身，怀中的幽牝天果在黑暗中散发着灵异的光辉。

就在易少丞酣睡之时，一个黑影悄然接近了他，两者相距不过尺寸距离时，那只手悄然伸向了他，其目标正是他放在怀中即将掉出来的幽牝天果。就在那手的指尖刚触碰到天果时，黑暗中的易少丞忽然睁开眼，一股异常的愤怒让他的眼睛瞪得如铜铃般，暴怒中充斥着一股血红之色。

偷盗之人吓得半死，近乎魂不附体地战栗着。

易少丞猛然一吼："嗷！"

低浑音如在喉中爆涌而出，震撼人心，仿佛是远古巨兽被激怒后所发的怒吼。

"什么事？"当即有人惊醒，连忙吹燃随身带着的火折子照了照。

这时，所有人都被惊醒了，迎着那火折子的光亮看清了黑暗中的情形。只见一个人弯着腰，手伸向易少丞，他的眼瞪得老大，头发竖着，却一动不动。

"甘臣！"所有人都认出这个人来。

"甘臣，你这厮好大的贼胆！"项重当即怒了，上前一拍甘臣的肩膀。"扑通"一声，甘臣倒在了地上，有人连忙上前察看，这才发现甘臣七窍流血，已经死了。

大家再看向易少丞时，他仍然躺在那儿，眉头一动不动，鼾声有节奏地响着。顿时，所有人的眼神变得敬畏无比。先前易少丞因为受伤连走路都困难，不想这一吼竟然直接把王者境的甘臣给吼死了，这种实力恐怕只有假寐的易少丞知道是怎么回事。

他用的是"天龙雷音"，是一种音波功法，其声音既像龙吟又像雷鸣，威力自然不凡。不过也只对王者境以下的人才有震慑效果，像甘臣这样堂堂的王者境，竟然被虚弱的自己一吼震死，原因只有两个：一是昨夜大战甘臣也并未完全恢复，二是甘臣做贼心虚。所以，说是怒吼震杀，其实大半原因是被吓死的。

易少丞之所以继续装睡，其实就是想用这种雷霆手段告诉这群人，如果再有人贼心不死，就会跟甘臣一个下场。

"甘臣想要偷走天果，交与外面那帮人活命，根本就是忘恩负义的叛徒！如今既然已死，倒也干净。不过我还是得和大伙儿说一句，如今情况，我们有进无退，千万不要起私心。"项重说完一挥手，又道，"大家都去休息吧，不要惊扰了将军睡觉。"

众人面面相觑，心中震撼可想而知。转头往回走了几步，就听到易少丞咳了几声。

"将军！"项重拱手道。

易少丞瞥了一眼甘臣的尸体，没有说什么，而是问："你们可闻到一股焦臭之味？"

经他这么一提，众人仔细辨别，果真闻到了一丝焦臭味。这味道很刺鼻，很像……烧尸体的味道，可这里除了刚身死的甘臣，哪里还有尸体？

众人脸色一变，因为此时呜咽的风里还带着噼里啪啦的声音。众人连忙出来看向了外面，只见骷髅海已经变成了火海，这火海并非是从山脚下烧起的，而是从骷髅海外的迷雾区而来，一直烧往山脚下。

熊熊烈火，铺天盖地。这风势又极大！顷刻间，又烧出了十几丈远，恐怕用不了多久就会烧到他们这里了。

"这群王八羔子！想用火势逼我们出去！"项重怒吼道。

"怎么办，将军？"众人焦急地看向易少丞。

只是看了这烈烈火海一眼，易少丞就发现，所有火焰都顺着风的方向被卷起，而所有的风又是打着旋涡灌入了不远处的一个地方。他不禁眼前一亮，连忙挥手道："走。"

众人跟着易少丞在骷髅海飞奔，冲向了那个火焰灌入的地方——恰恰是一个隐秘的山洞。洞口风声呼啸，火焰也集中。众人知道，之所以有风，是因为山洞通风，通风也就代表着山洞里有其他出口，而通常山洞都是入口处风大，里面是没风的，那么，外面滔天的烈焰也就进不去了。

"哈哈！天无绝人之路！走！"一接近洞口，易少丞仰天大笑，"这就像是鬼门关啊！"

原来，从偌大洞口看去，这山崖就像一张人脸，而洞口则是张开的大嘴，借着外面的火势还能看到洞口里面的崖壁就像半卷的咽喉，若是平时看来怎么都会觉得阴森可怖。然而，此刻哪里还有别的选择？

众人一见有希望，连忙用衣服裹着脑袋，冲入了洞口之中，很快全部冲了进去。即便这样，全身的衣服也被烧烂了许多，幸运的是因为速度快，没有被烧伤。

到了山洞里，众人更加欣喜。这山洞果然就和预想的一样。让他们惊奇的是，山洞里十分干燥，地面是松软洁白的沙土，石壁上嵌着无数荧光石，不用火把也能看清四周。他们顺着山洞一路走着，没多久，就来到一处宽阔至极的地方。

"将军，你看！"一阵微风吹在脸上，有人眼前一亮，指着前面说。

众人连忙赶过去一看，原来这是一条地下河。这条地下河颇为奇特——河畔是笔直的断崖，断崖距离河面有几尺来高。河面死寂，水波不兴，似是停止了流动一般，但若仔细看，就会发现河水正在以极为缓慢的速度流动着。

众人又仰头望着离地面有十五六丈高的天宇般的洞顶，洞顶密密麻麻布满了细长尖的钟乳石，每一根有五六丈长，钟乳石的尖端闪耀着神秘的猩红光泽。

这条地下河的河面很宽，目测一下，距离对面足足有二十丈远。一滴一滴的血色水滴从钟乳石上滴下，落入了河中。即使是王者境，也绝无法飞过这么宽的河面。而界主境界就算能飞过去，这洞顶的高度与钟乳石也在告诉众人，不要再动这种念头，否则纤细的钟乳石一旦碰掉一根，其他的也会纷纷落下，还没过去，就会被钉成筛子。

"将军，你快过来看，这里有石梯！"有人喊道。

这一喊，声音便在山洞里回荡着，顿时传来一阵"丁零丁零"的响声。众人抬头一看，心都提到嗓子眼儿了。原来是那一根根钟乳石在摇晃！项重急了，连忙上前一把捂住这人的嘴，指指上面，这人一看，脸都白了。

众人走过去，往下一看，果然，有几节人工凿成的台阶，台阶往下，一直深入到水里，消失不见。

"你们看对面也有这样的台阶，说不定是水涨了，才把台阶给淹没了。咱们下水过去，对面肯定有出口。"项重笑着说道，便让众人让开，脱了身上被烧烂的衣服，准备走下台阶。

易少丞目光一扫，正好看到身后的山壁上刻着三个字——弱水河。他心头一怔，一把将项重拉住。

"将军？"项重不明所以地看着易少丞。

易少丞对众人使了个眼色，众人这才看到那三个字，皆是一愣。《山海经》曰："昆仑之北有水，其力不能胜芥，故名弱水。"又有文曰："凤麟洲，在西海之中央，地方一千五百里，洲四面有弱水绕之，鸿毛不浮，不可越也。"

当下有人拿出一只毽子来，是滇国特有的鸿毛毽，据说是用一种鸟的绒羽制成，极为轻盈，取一小撮于无风之天轻轻撒下，都会久浮不落。这人把毽子递给了易少丞，眼中极为不舍。易少丞看了一眼，便知这兄弟定是买给自己孩子的，于是只取下了一撮，笑了笑，又将毽子扔给了此人。

易少丞顺着台阶走下去，到了近水的地方，将这一小撮随时飘飞的绒毛放到水面上。顿时，这绒毛就像铅铁一样笔直地沉了下去！众人顿时变了脸色，纷纷看向项重，十分后怕，这水不知深浅，幸好没下去，要不可能就上不来了。

待易少丞上来，项重皱眉道："总不能这般耗着。这水就是太轻了，拿根绳子来，我水性好，我下去看看。"

"你别去。"易少丞摇摇头，皱眉道，"再想想别的办法。"

"将军，请听我一言，你现在重伤未愈，外面的大火因为风向又灌进这里，等烧得差不多了，那些人便会发现这个山洞，到时候大家都逃不过一死。这里的人都是老兄弟，我都清楚，就只有我水性最好。"

项重一向有威信，且一语中的，众人无法反驳。易少丞心里虽然有些担忧，但也不知道该说什么了。项重顿了顿，又说道："这水若真有问题，将军若下去，到时候便是群龙无首，剩下的兄弟就只有死路一条了。我若出了事……"

"莫要说些不吉利的话，闭上你这鸟嘴！"有人低声怒喝道。

这人说完，从腰间解下蛇骨绳做的裤带，又拿出了自己的武器——一条细长的锁链，将它们绑在一起，就差不多有一丈半的长度。剩下的人或拿出了头绳，或拿出了裤腰带，所有的这些绑在一起，结成了一条将近十二丈长的牢固绳子。

"你们等我的好消息。"

项重咧嘴一笑，粗糙的脸上散发出一种光辉。他把绳子绑了三圈，系得牢牢的，然后对众人粲然一笑。众人却紧张地看着他，根本笑不出来。适才绑的时候，易少丞嫌一圈太少，便要他多绑两圈，这才绑成了三圈，其他人仍不放心，还要让他多绑几圈，却被他拒绝了。用项重的话说，他又不是被浸猪笼的猪，绑那么多作甚。

项重踏进了河水里，众人全都紧紧攥着绳子的一头，随着他一步步踏入，最后猛地吸了一口气消失在河面上，众人的心也瞬间提了起来。

随着绳子一点点从众人手里放出，水下的项重也在一点点往下潜入。水下还是台阶，台阶延伸向水中更黑暗之处，仿佛无休无止。水下四周的崖壁上，生长着一颗颗发光的萤石水晶，虽然不多，但也能勉强让人看清四周景象。随着越潜越深，台阶忽然断了，于是他便直接潜了下去。结果他发现，一离开水下石阶往下潜，身上的压力顿时就变得极大，压得他的骨头生疼。

他本想游上去，转念一想："不行，我若不探出个究竟来，岂不是无功而返？再往下看看，说不定会有什么发现。易兄弟是个有情有义之人，他得了将军传承本可以一走了之，如今却为了替将军报仇而落入这般境地，真是难为他了。"

他一想到这些事，更加坚定了要潜下去看看的决心。

"若是真的要死，也是我们这帮人，毕竟我们都受过骁龙将军更大的恩惠，而易兄弟不一样，他不用蹚这潭浑水……他还有更重要的事，对，就算为了他，我也要坚持下去。"

项重一边想着，一边一个猛子继续深扎，没过多久，便惊喜地发现，水底下竟然出现了一点白光。那是什么？他连忙往下潜，那白光也越大越亮了，不知过了多久，他忽然发现自己终于到了河底。而他所见的白光，是一具骷髅。

这具骷髅就这么躺在河底，周围长满了骷髅海中所见的那种红色的花，只是这里的花开得无比鲜艳，鲜艳得像是在滴血，还以他肉眼可见的速度在一朵朵生长着、盛开着。

此时，项重的双眼已完全被这种景象所充斥……

河岸上的众人随着绳索不断放长，越发感到不安起来，特别是放到五六丈长时，忽然感觉下面变得沉重异常。直到这绳索快放完时，那沉重忽然一顿，好似见底了。过了一会儿，众人又感到绳索那端在不断地变轻。顿时一个个大喜，知道项重这是上来了，连忙收绳索。

一丈、两丈、三丈……绳子越收越长，终于，快到水面了。易少丞让众人抓住绳索，自己来到近水之处，准备在项重出水时把他拉上来。只听得"哗啦"一声，绳索终于被全部拉上来，绳的末端也出了水。

"项重——"易少丞脸上的喜色很快就消失了，变得惊愕、难以置信，变得木然，一丝痛楚在他的眼眸深处涌出，眼泪瞬间夺眶而出。接着，他的面容变得扭曲了，显得无比痛苦。

众人连忙轻跑过来看，就见易少丞正抱着一具森白骸骨仰面无声痛哭，他张着嘴却发不出半点儿声音，因为一发声音整个洞顶的倒悬钟乳石便会掉下来，后果可想而知。那热泪，滴滴答答落入了弱水河中，像银珠似的沉向了水底。

"怎……怎么会这样？……"

"不，不，不……不会的……"

"这不是项大哥……"

没有一个人相信眼前的景象是真的，一个活生生的人，眨眼就变成了白骨，这怎么可能呢？可是那具骸骨的裤子、腰间绑着的绳子，以及众人熟悉得不能再熟悉的大拇指上所戴的黄金指箍——这是只有弓箭手才会佩戴的东西，是为了防止射箭时被箭羽刮伤。寻常弓箭手只戴铜的，整个大汉有资格戴黄金的也只有一人，那就是项重。

这一切的事实，就像千钧重锤砸着心脏，告诉众人——这就是项重！

"扑通"一声，一个人跪下了，神情木然，仿佛丢了魂。然后，其他人也纷纷跪下，不少人趴在地上，脸埋在柔软冰凉的白沙之中痛哭，却没有一个人敢哭出声来，没人敢带头，也没人敢那么做。这些倒悬的钟乳石就像是万万千千的悬顶之剑，稍不留意，就会将下面这些人纷纷射杀。

一时间，整个山洞里弥漫着悲哀至极、压抑无比的沉重气氛。悲恸的情绪把这些一品宗师、王者、半步界主强者摧残得浑身无力，再无丝毫斗志。

这比死还难过！

"你们等我的好消息。"这是项重说的最后一句话，没想到成了遗言，下去前那桀然一笑，也成了最后的遗容。

不少人想起当年一起参军入伍时，初次见项重的画面。那时候，魁梧的年轻人喝醉了酒，对众人道："你们记住了，我叫项重，霸王项羽的项，重于泰山的重。日后，我必定会成为前锋大将！"

又想起那时有人触犯军规，骁龙将军要责罚。于是，那个已经长了络腮胡子的青年走了出来，一脱衣服，面不改色地对骁龙道："要罚便罚我，我与他们是兄弟，罚他们与罚我无异，纵然要杀了我，我也无怨！"

后来，这个莽撞的青年为了救同僚陷入重围，被射瞎了一只眼睛，差点儿死掉。他躺在床上，嘴唇、面色都极为惨白，看着担忧的众人，哈哈一笑道："大丈夫赤条条地来，赤条条地去！人总归要死的，你们哭丧着脸作甚！我项重已经活了二十几载，杀过的敌人不下三百，救下的人却超过上千，值了！值了！幸好我快死了，不然你们一辈子也甭想超过我！哈哈哈——"

然后就是一别二十年，这二十年里众人偶有碰面、喝酒，那时候的粗莽豪放的青年已经渐渐步入中年，脸上却再也没有了昔日的自信与笑容。二十后再见，众人终于发现了他那颓丧多年的脸上有了笑容。

一日是兄弟，一生是兄弟！岂曰无衣？与子同袍！

可是……可是谁也没有想到，这一次短短相聚才几个月，便是生死一瞬，天人永隔！

易少丞的痛苦不比这些人少，相反更重，他多少年的仇恨憋在心里，没人愿意帮他，也没人体谅他，直到遇到这个大汉，一路都想着他、帮着他，像他的亲大哥。

若非他出手，昨日晚上自己就已经死了。

他明明只是一个王者境，却耗尽全身元阳，在界主境的致命一击中救下了他。

当为一世人，岂无两兄弟。

昔年宗门被屠，他能找到凶手，徐徐图之；骁龙之仇，他也能找到凶手，徐徐图之；当年在滇国备受折磨，敌人再强，亦能徐徐图之。可是……现在他最重要的兄弟死了！他能找谁？他能怪谁？他现在怨恨自己，为什么不拦下项重，然后大家拼死一搏冲出去？只是一想到这里，他又想起项重下水前所讲的一番话。

是啊，项重是为了他们才下去的，为的是什么，还不是让大家都能有活下去的希望？可这希望没找到，项重也死了。而他，现在连放声痛哭都做不到！

就在这时，外面的风声渐渐止了，一些零碎的声音也传了进来。

"厉害！竟然能够想到用火箭点燃骷髅，借风势烧过来，让他们自己往回跑。"

沙哑笑声响起，枯瘦男人道："可惜，他们到底也没跑出来。都被烧死了吧？"

"这里有个山洞，他们肯定跑到里面去了。"

"进去看看，抓住这帮人，我咬死他们。"另一个人凶狠地说道。

山洞内，易少丞这一行人面若死灰，并非因为害怕，而是悲伤、彷徨。如今，队伍中最重要的兄弟就这样去了，他们身心所受的煎熬，确实还不如死来得更爽快些。

"弱水河又叫阴间河、冥河、忘川河，实际上，它真正的叫法是黄泉路……黄泉路，嘿嘿，倒真的是个好去处。"队伍中一人颓笑两声，满面凄然。

易少丞认出这人是皇帝的心腹。他垂眸看了眼项重的骸骨，一声不吭，用衣服将尸骨裹好，系成一个包袱。

"兄弟，我知你一生之中，最念骁龙将军，从来不离左右。哪怕像我这样的冒牌将军，你也不离不弃。兄弟，若我还能活着，一定将你安葬在骁龙将军的身侧。"想到这里，易少丞泣不成声，捧起包袱，"项重大哥……我定然不会再辜负你。"

众人抬头看去，只见易少丞找来皮带将包袱牢牢束在背上。他们又看到他的眼中升起一股凶猛的火焰。

"众兄弟，有话我就直说了，等会儿他们进来，我们就算身死也要让他们有来无回，把他们当作供品祭奠项兄弟，你们看如何？"易少丞站起来，缓缓朝洞口走去。

"大丈夫，当如此！"有人沉声道。

"杀一个不亏，杀两个赚了。"又有人站起来道。

"不弄死他们，我们哪儿有脸去地下见项大哥！"有人攥紧拳头，愤恨地道。

先是陷入绝死之地，再是项重之死，这两件事情，狠狠地刺激了众人。大家一个个都靠拢过来，此刻，作为第二拨出使滇国的大汉使节随军队伍，这才形成以易少丞为中心的完整的一体，不再有间隙，也不再顾及谁是谁的人。

"将军，若还能活着回到洛阳，我定将徐胜那老匹夫的斑斑劣迹面呈圣上，为项重兄弟报仇雪恨。"某人说道。作为皇帝的特派使者，他的身份也非常特殊，可以说是队伍中另一拨人的头目。

"沈飞兄弟，多谢了。"易少丞对他点点头，面带欣慰，又看了看其他几个皇帝心腹，俱充满鼓励之色。

易少丞知道，此时大家确实拧成一股绳了。

振奋起来的人们相继拿起武器，分队展开，面朝洞口，那微微光亮虽让人有些凄迷之感，却又那么真实，让人感到浑身充满一种悍不畏死的勇气。易少丞站在这支队伍的最前面，手中的长枪微微一颤。

作为领袖，易少丞感受到了大战前的肃穆，曾经多少次，他有过类似的感觉，那是惴惴不安中又有一丝嗜血的兴奋，只是……脑海中，不知为何蓦然想起在十里坞与娇儿分别时的场景。

铎娇的那句话，仍然响彻他的耳边："易少丞，你对我真的不公平！"

他也记得分别时铎娇的决绝，以及凄然远去的身影。

易少丞心中便是一痛，有些悲伤。恐怕此生，再无下一个十年可盼。

随着一阵风吹进来，易少丞把注意力再次集中在洞口。远处，光线微暗，偶有风吹落叶而过，飘然而静寂。这时，洞外忽然传来了惊诧的声音。

"你们是谁？"

"想干什么？啊！"

"偷袭！偷袭！"

"兄弟们，杀！"

"竟然是两个娘儿们？"

一阵骚动过后，外面响起了惨叫与激烈的打斗声。众人一怔，知道是有援兵来了，却不知援兵是谁。

"哈哈，这叫天无绝人之路！"

机不可失，时不再来。这些人经验老到，也不用得到易少丞的应允，便纷纷冲出山洞，喊杀声接踵而至。倒是易少丞慢了半拍，心中一动，思忖道："来了两个人就能掀起这么大的风波？难道是娇儿来了，那另外一人又是谁？"

易少丞在绝望中没由来地一阵欣喜——他猜到是谁来了。

洞外，风已骤停。骷髅海被付之一炬，满地都是灰白粉末。原本笼罩这片平原的阴云，被大火焚烧后，也似是散尽了怨气，露出天上清冷的月色。

月光洒在地上，满地灰白粉末好似大漠一般浩瀚无边。

谁能想到，这一把火将整个古战场形成的骷髅海，焚烧殆尽。

而在这片大地上，一群黑衣人正在围攻两名女子。这些黑衣人自然是枯瘦男子那群人，这些人都是王者境，武功高强，身法凌厉，每每都冲要害而去。可这两个女子更为诡异，一冰一火，身法飘忽迷幻，似幻梦蝴蝶。黑衣人举着寒刀铁剑袭来，武器不是被烧得通红，就是被冰封住，这两名女子的手段着实可怕。

"找死！"这时，一个声音从她们身后骤然响起。原来一直静观其变的枯瘦男子终于动手了，他银枪一出，便杀入战局。凭着界主境的强大修为，让整个战局很快倾向了黑衣人这边。

"兄弟们，报仇的时候到了！"

眼看局势不利于那两名女子之时，一群衣衫褴褛的人从山洞里冲了出来，从后方杀向黑衣人。顿时，混战开始。易少丞匆匆瞥了一眼，心中剧震："果然是她们。"

因为无论是铎娇，还是青海翼，都比他想象中的更加强大，手段也更加厉害。就算是这些黑衣人也占不到半点儿便宜，只是那枯瘦男子太厉害了，好不容易争取来的优势，又很快被打压下去。易少丞心中生起一股无名怒火，吼道："杀！"

这一声，像是重鼓猛击震天响，无论是敌是友，都感到一阵心悸。

"唰"，一抹殷红飞溅，易少丞用银枪挑杀了一个黑衣人。普通王者境高手在他面前，已经没了什么还手之力。但对付经验老到的，还是比较麻烦。好在，此时的青海翼正在与那枯瘦如骸的敌将打斗，让他可以趁机消灭更多的敌人。

"青海翼,你竟和娇儿一同来救我了。"易少丞心中默念着,纵然面色冷酷,与敌交战毫不手软,心中却是柔情如水。

"青海翼"这三个字,他等了……十年了。

"滚一边去!"易少丞脸黑无比,面前又出现一人挡住视线,看上去实力还不弱的样子。他眉头一皱,挺枪刺出,却被那人挡住。那人万万没想到这一枪竟是虚晃,易少丞趁机一拳打过去,这人便飞了出去。

"青海翼!"

浑身被冰霜劲气包裹的青海翼,对付这枯瘦男子也并不轻松。若是形容,半斤八两。

易少丞并没有立刻就过去帮她的意思,而是伫立在那里,脑海中浮现出十年前那南源河畔的画面,飞雪连天,想起风萧萧中自己离去前那狠狠的一吻。没来由地,冰凉冷静的心头,涌起了些许热。他的目光就这么穿过无数人落在了她身上。

青海翼仿佛也感受到了他的目光,回过头来,隔着人群遥遥看向易少丞。

"易少丞!"

同样,青海翼历来冰冷、深沉的眸子颤动了几下。岁月早已为他的容貌增添了几分风霜磨砺后的沉淀,可那双眼睛永远不会改变。至少,她永远不会忘记。

适才,枯瘦男子忽然使出大招。青海翼咬牙,身姿如虹,飞舞着闪避、应对,一双玉手操纵巫法对战着。她看到易少丞,也恍惚中想起了十年前在那栋四角楼里突如其来的一吻,让她愠怒、新奇、触动……然而这所有的感觉,很快便随着那豪放的身形,消失在茫茫雪野中。

再见之时,已在雍元。那时易少丞容颜枯槁,只为给娇儿送来一根红头绳,便落拓离去。望着那孤寂的背影渐渐消失,青海翼不知为何竟被深深地触动了，她不知这是否为爱，却知泪光泛许，久久难以忘怀，后来便成了心中再也抹不去的疼痛。

那之后，不知道有多少次曾经想起过，甚至有种冲动去汉朝走一走，说不定能见到他。不过，最后她还是放弃了……谁，又不是在漫长的静守中，历经着属于自己的苦难？

如今再见，已隔十年，光阴荏苒绵长，终究是见到了。

一瞬间，两人遥遥凝视，似乎都有些满足，但仅仅一瞥后，就被那枯瘦男人的背影所阻隔。

"让开！"易少丞猛然一喝，一股狂暴音波冲出，劲气让地上泥土翻滚，出现一条笔直的沟渠。他横扫长枪，呼吼着朝那枯瘦男人杀出。

青海翼这一刻心都融化了，有些茫然，又有些不知所措，脸上洋溢着一种许久不见的色彩——她笑了，脸上泛起桃花般的绯红。

此时的易少丞，整个身躯转瞬化为了黑色，头发、眼睛化为了红色，银白色雷龙盘踞在身上，一股澎湃非常的气势骤然荡开，周围的人被迫退开——"大天雷尊"！

易少丞擎长枪，踏雷步，对着枯瘦男子抬枪便刺。

枯瘦男子猝不及防，连忙后退，一甩银枪，浑身便被狂风包裹，转瞬，一头长发变为了绿色，全身肌肤变成了青色，枯瘦的双手变成了巨大的鬼爪。

这就是他的界主之身。但他知道，想要凭借界主之身赢过眼前之人，显然是不可能的。所以，他要爆发出全身的力量，施展出界域。可是易少丞根本不给他机会，足尖抬起，"啪啪"敲了两声地面，身形一瞬间消失在原地。

踏雷步，瞬息至！

下一刻他就出现在枯瘦男子面前，这时枯瘦男子已经调动元阳，开始施展界域了，他对着面前的易少丞笑了笑。

"界域，你还未领悟到，这次看你……"枯瘦男子话还未说完，易少丞忽然张开嘴，顿时，一阵仿佛来自蛮荒远古的巨兽咆哮，涌泉般爆涌喷出："嗷！"

"天龙雷音！"

震天地，慑鬼神，玄霄幽冥，九天十地，百无禁忌！

那粗浑的雷音与龙吟融为一体，化为无比强大的音波，一圈圈轰出，地面被吹得土浪滚滚，周围人被震得精神恍然，纵然是界主境的枯瘦男子，也没有想到会有这么一下，整个人一时间心神失守，眼神变得茫然。

在枯瘦男子短短失神的瞬间，原本扩散出去的界域全部消散。

界域一消，易少丞再无任何阻碍，他抬枪刺了过去——"刹龙神枪"！一瞬间，枪杆变黑，枪头变红。枯瘦男子回过神来，持枪抵御。两杆枪的枪头戳在一起，发出一阵刺眼的光。

只听"砰"的一声闷响，光芒爆炸消失，易少丞还站在原地，而那枯瘦男子已经倒滑出去十丈远，并且脚嵌入地面，身体还在后退。易少丞身形再次一动，瞬间来到了半空，倒擎着枪朝枯瘦男子戳去。

"来得正好！"

枯瘦男子巨大的手掌狠狠一拍地面，怪物一般的身形飞起，蹿上了天空。谁能想到，即使易少丞这最为强大的一击，让他失去界域的保护，依然能安然无恙，这人着实可怕。

两个人在空中缠斗了起来。不过数个回合，那交战时迸发的劲气已波及了地面，将地面震得尘土飞扬，四处炸响。

队伍之中，沈飞的官阶最高，他见易少丞杀得痛快，亦是热血沸腾，那俊雅的面容顷刻变得扭曲，如同魔鬼一般，他举起兵器狂吼："兄弟们，好机会，杀了这帮王八羔子！"

这种吼声带着悲怆与愤懑，一下子让众人想起了项重。

"为项大哥报仇！"

这一喊顿时让所有人都红了眼，斗志变得无比激昂，怒吼着杀向这群黑衣人。

混在人群中的铎娇，也被这熊烈如火的杀伐气氛所感染，周围人影绰绰，劲气飞舞，撕开了她发髻上的红绳，被她一把抓在手心里。

铎娇的脸上涌起一股愤怒之色："杀！"说罢，她的护腕上猛然爆出一股激流般的能量，会聚成一团后朝对面倾泻而出。

"啊！"一声惨叫——一个被铎娇偷袭击中的王者境强者，被掀开后猛然撞上黑色的崖壁，还未等他摔落下来，空中突然闪现一抹靓丽的英姿，接着，他便感觉脖子上一凉……掉在地上，再无气息。

"唰！"刀身颤音不止，铎娇收回手中的匕首，眼眸中透着一股母狼猎食时的光辉，以长虹之姿再次扑入战团。

这群黑衣人，实力虽然高强，却也架不住如今的势头。因为，易少丞这帮人，全疯了！彻底地疯了！这群疯子似乎感觉不到痛楚，即便以伤换伤、以命换命，也前仆后继地围攻他们。

谁还敢去拼？在这种不要命的气势之下，他们就算有再强的力量，也得败下阵来，只勉强地抵抗着。更何况，那群人里还有青海翼，简直就是死亡女巫一般的存在。

作为滇国第一巫女、鹤幽教的左圣使者，巫法碎片就像一片片飞舞的小刀，缠绕在青海翼周身，这种白色的冰霜气息只要接近就会感觉血液受阻，一不小心就会丧命。在这种情况下，青海翼甚至根本没有动用界域之力，就已经无人可以阻挡。

唯一能与青海翼对抗的，只有那枯瘦男子，但现在被易少丞"截胡"了。

沈飞这边，却是一个人鏖战三个黑衣人，而且丝毫没有落下风——那三个黑衣人身上都已见伤，而沈飞除了略显狼狈，一切都还好。但这三个人的临敌经验也非常丰富，或进攻，或防守，或偷袭，一时间配合得疏密有致起来。如此，沈飞就陷入了苦斗之中，几个回合下来，身上便已见伤。

"啊！竟是兵阵！"

沈飞惨叫一声，忽然手一抖，三把柳叶刀从袖口飞出，朝着那三人的眼睛射去。

三个黑衣人连忙防守，挥舞兵器将柳叶刀打飞，继续围攻沈飞。忽然，听到耳边有犀利风声，连忙扭头、转身，或用兵器格挡躲开。随后他们才发现，那风声不是别的，正是适才被打飞的三把柳叶刀。

这三把柳叶刀像是飞鸟一样，飞回了沈飞身边，环绕着他飞舞着，然后又猝不及防地飞射而出，杀向这三个黑衣人。

"叮叮叮！"三个黑衣人连忙格挡掉，没想到这时候沈飞手再次一抖，又是三把柳叶飞刀从袖口飞出。三个黑衣人只觉头大，这可是阴魂不散的打法。

"你是界——"其中一个黑衣人忽然想到了什么，沈飞的眼神瞬间变得凛冽，九把飞刀陡然全部射向了他，这人转眼间被割成了碎片。

剩下的两个黑衣人吓得一怔，对视一眼，眼中除了恐惧再无战意，掉头就跑。沈飞刚要出招，这时"嘎吱"一声巨响，他动作一顿，循声望去。

原来是青海翼释放出一朵巨大的冰山雪莲花，突然出现在人群中绽放开来。

花瓣绽放，如利剑之锋。三四个黑衣人瞬间被冻结或被戳穿，雪莲花又"砰"的一声破碎，那些人也随之变成了碎片。

青海翼看都不看，冰冷无情的眸光一凝，似乎又在酝酿着下一次大爆发。

"这样的女人千万不能做敌人，更不能做朋友，因为一不小心朋友就成为敌人了。"沈飞暗暗感慨，"像这种群杀之技，太可怕了，这个巫女明显比铎娇王女还要厉害，却不知是什么身份。"

虽然心中疑惑，但一看到身边的铎娇王女也在默默杀敌，沈飞似乎什么都懂了。当下也不说什么，带着众人滚雪球似的，以多压少，很快就把黑衣人清除得差不多了。

另一边，易少丞与枯瘦男子也战到了白热化，两人凌空对战许久之后，终于精疲力竭，倚枪而立。这时，两人上半身的袍子早已被震碎，都赤裸着，露出纵横交错的伤口。

"死。"

易少丞愤怒起来像头野兽般咧着嘴，雪白牙齿上被丝丝血线缠绕。

"我还没见过这般厉害的半步界主境，他的伤势恢复得这么快，有些意外啊。若今日不杀，改日还了得？"

况且，易少丞用的也是银枪，正所谓"一山不容二虎"，这更加让枯瘦男子容不得他。

枯瘦男子抬枪做了个古怪姿势，缓缓弓起身躯，人似弯弓一般，枪横在头上，枪头搭在手背上，对准了易少丞。旋即，元阳猛聚，整个人周身风力暴涨，飞沙走石，以他为中心，形成了一个旋涡。

这是他的绝招，大风枪真义——敌酋犹如大风，一去兮不复返！是极强的杀招。

易少丞不敢大意，抬枪，身形向后弓着蓄力，短时间内就将元阳凝聚到极致，浑身的气劲直往上冲，根根红发竖起；漆黑的身躯上浮现出无数血红的花纹，那是元阳充沛的经络浮现了起来。缠绕着身体的雷龙在此时一条变成了两条，全部注入长枪。顿时，这杆银枪化为一杆雷光长枪，长到了三丈，硕大无朋。

这是易少丞的"刹龙神枪"力量最强的一式！

两个人之间有几十丈远，但这样的距离对于将力量提升到极致的两个人来说，都不过是一瞬罢了。所以，在这一瞬，谁能更快地发动攻击，谁就会有更大的希望活下来。凑巧的是，两人的动作几乎同时而发。

一道化为乌云狂风，一道化为银白苍雷。

两道笔直的线，刹那间撞在一起，于黑暗中发出炽烈的光。

"轰！"前所未有的气劲爆开，地面的骨粉被吹起一层叠着一层、一层高过一层的巨大土浪。

易少丞的枪尖撕开枯瘦男子的银枪，势如破竹，直至到底。

在枯瘦男子恐惧的眼神中，易少丞的神情里带着戾气，"唰"的一枪，枪头送进枯瘦男子的身体里。

又一名界主境强者殒命！

所有人也刚好结束战斗，敌方全灭，己方却也是惨胜——易少丞这边损失了四五个袍泽，剩下的也基本都挂彩。大战结束后，大家都把目光投向易少丞。

"将军！"

铎娇的身形最快，一晃而过，穿过人群，迎向了易少丞。

不远处，青海翼微乱的青丝在风中摆动，也将两道欣慰而轻松的目光投向他。

"将军，咱们终于扬眉吐气了一回，哈哈！"

"这次徐胜的队伍全灭，等回到洛阳，咱们还要让徐胜这老狗罪赃俱现。"

人们纷纷说道。

"娇儿。"

眼看铎娇就要走到易少丞身边，就在这时，一支犀利的箭矢从长天坠下，射在铎娇脚下坚硬的石头上，湛蓝而精美的箭羽颤动不已。铎娇与易少丞等人皆是一怔，面色惊骇。

这支箭在所有人没有发觉的情况下忽然射来，以强大的力道射入石中，足可见射箭之人的实力。这让众人不禁又想起了项重——弓中霸主！但此时并不是缅怀项重的时候。

在这支箭落下之后，所有人忽觉一阵冷风袭来，连忙转头朝天幕看去，只见天空之上出现了数不清的黑点，明月之下尤为显眼。再定睛一看，哪是什么黑点，而是一支支正朝这边射来的夺命箭矢。

"不好！"不知谁叫了一声，但已经晚了，那恍若连绵无尽的箭雨，瓢泼似的冲了过来。众人忙挥动手中兵器，抵挡这密密麻麻的箭雨，可是这箭雨密集不说，穿透力端的是无比强劲，众人兵器与之碰撞便火花不断。没有多久，一些人的兵器便出现了裂痕。

此时，易少丞力量耗尽，吃力抵挡，也十分艰难。一支飞箭擦过他的身体，他身上顿时又多了一道伤，一丝血飞溅了出来。

一支箭矢射来，一人用刀抵挡，刀子骤然破碎，旋即那接踵而至的箭雨，顿时将此人射成了筛子。众人一边胆战心惊，一边心中哀痛，该死的，这又惹了谁？

"咔嚓！"又有一人的兵器在火花迸溅后，出现了明显裂痕。眼看这兵器就要碎裂，易少丞疯狂地挥舞银枪成圆形，挡在了这人面前，立时，那无数的箭头落在枪花上，化为数不清的火星爆溅。

"将军！"这人面色苍白地说道。

但易少丞是无法力挽狂澜，以一人之力对抗这蜂群般的强劲箭雨的。

要知道，这箭雨从高空射下，又快又急，每一支箭都是用特殊材料制成，蕴含着至少是半步王者的力道，说有射虎之力丝毫不为过。就算铜制的军用厚盾都无法抵挡，能被瞬间射穿。易少丞挥舞着寒铁长枪，搅动着蜂群般的箭矢，难度可想而知。不过几个呼吸，汗水就从他脖子上、背上流下，他咬着牙死死抵挡着。

"爹——"铎娇看着在那里强撑的易少丞，心中甚是焦急。

"这些射龙手果然厉害。焱珠，又是焱珠！"

如果再这样下去，只怕易少丞抵挡不了多久了。想了想，铎娇目露凶狠之色，传音道："焱珠，有本事出来单打独斗！黑夜里放冷箭算什么本事！老妖婆，你倒是说话啊！看你这些废物射龙手，也不能把我们怎么样，哈哈，着急了吧？"

可是没有半点儿回应，箭雨依旧在攒射不已。

"焱珠，你还是赶快回去看看雍元城吧！你若不想自己的苦心经营毁于一旦，赶紧撤回去！否则，滇国将再无你的容身之处！"

铎娇一计不成，只能将她交给少离等人的清除任务和盘托出。事到如今，她也不害怕焱珠能再以强盛姿态返回王城了。

此刻，百里外的雍元王城正面临着一场大清洗，少离、无涯、曦云以及哈鲁族长，应该已按照她此前的吩咐，以雷霆之势拔除了一根根钉子。若焱珠在王城中还留下了部分射龙手，此时也应已遭到了灭顶之灾。

这些，都是铎娇的计谋。

"唰唰唰——"可是回答铎娇的，依旧是漫天箭雨，焱珠并没有任何回话！

铎娇能想象出，此刻的焱珠，不彻底消灭他们是绝不会善罢甘休的。

另一边，青海翼深色的瞳孔中也清晰地映出易少丞挣扎的身形，与铎娇比起来，她更能清楚地感受到易少丞的体能正在逐渐减弱。最终，她一咬牙，朝易少丞又看了一眼。

"即若再见，又能怎样？"

青海翼的目光中流露出一丝凄然，手一挥，无数的冰霜花瓣从袖口涌出，飘向了天空，撑开一条冰冻之路，这些冰霜之花与箭支一接触，眨眼间便冻结在一起，形成一道冰与箭的堤坝。

那飞箭依然没有停息下来的样子。

青海翼动用更强的冰冻能量，一脚踩在堤坝上，飞身而起，沿着它冲向了茫茫夜色之中。之后，这道堤坝轰然坍塌，大地震颤。青海翼已朝远方架设而去，不见了踪影。

"焱珠！来与我一战！"黑暗中响起了青海翼的声音，过了几息后，箭雨骤停。

众人有种窒息般的疼痛。

而易少丞望着青海翼离去的一愣，痛与焦虑，在心头并起。

"师尊为我们争取了时间，咱们快走！"铎娇沉声催促呆住的众人。

"走？往哪儿走？"

"这箭雨的规模太大，可见焱珠带了很多人来，就算我们反杀过去也只有死路一条。"

"那……那她呢？"易少丞担心青海翼的安危，可是话到嘴边，却又呆住了，只恨自己嘴笨。

铎娇一把拽过易少丞，道："我师尊和焱珠是老冤家，又怎么会轻易有事？"

易少丞看向铎娇，见她一副信心十足的样子，再看看身边挂彩的兄弟们，只好一咬牙。

"大伙儿还是进山洞，想办法越过那条河。"易少丞冷声喝道，率先转身进入了山洞。殊不知，铎娇望了一眼易少丞的背影后，却又把目光投向了远方，默默念道："师尊啊，青海翼，你可要好好保护自己，你若真是出了什么事，恐怕他这一辈子都会恨我。"

重回山洞找出路，易少丞的抉择并没有错，队伍早已呈衰惫之势，绝不可能再与焱珠那些人交手。

众人进入山洞后，再次来到了弱水河畔，看着那水流微动的河面，大伙儿心情沉重，无论是谁，目光都瞟向了易少丞轻轻放下的包裹上——那是项重的骸骨，易少丞在对战时小心翼翼地将它放在了安全的地方。

众人心头悲戚，但项重之死也同样提醒着他们，想要迈过这条河谈何容易。可再等下去，一旦青海翼抵挡不了焱珠和射龙手卫队，众人还是死路一条。

"为什么不过去？"不知道先前之事的铎娇轻声问着面色有些哀伤的易少丞。

"很难！"易少丞把前因后果说了一遍，包括项重之死，最后沉沉一叹，"包括我在内，无人能够在二十丈的河面上停留，一旦落入水中，血肉就会被侵蚀殆尽，变成项重兄弟一般。"

"等等，我觉得，这渡河的方法可能没有这样难。"

铎娇目光清透，充满了一股狡黠之色。这让众人眼前一亮，随之她又陷入思考之中，来回走了几步。这些汉子见状，一个个又心神不宁起来。

易少丞充满希望地看着铎娇，喝了口水，闭目养神。这小妮子向来多谋善断，虽然这次两人重逢并未相处多久，但易少丞对她实在太了解了。别人着急害怕，她却稳如泰山。

没多久，铎娇停下脚步，易少丞睁开眼看向了她，两人对视了一下。铎娇没来由地脸红起来，低声问道："我是说……如此可好？"

就见铎娇捡起掉在地上的半截儿石笋，微微闭眼，手指上的天果戒指爆发出一股淡蓝色的能量，石笋借助这股力量悬浮御空，横在了河面上方。

"你们实力最弱之人，需要几块这样的石笋作为落脚点，横跨这条河呢？哼哼，我都能做到！"铎娇说完，又一道光芒从她的指尖绽放，支撑着第二块石笋悬浮起来。

此计一出，众人立刻明白了铎娇的意思。

说起来，这群修武之人最弱的也是一品宗师、半步王者，随便一蹿都能掠地数丈，所以铎娇只需悬浮三四块石笋给众人接力，便能让众人通过弱水河。当下，在铎娇的安排下，四块石笋悬空而立。

"还是丫头厉害。"易少丞站起来后，拍了拍铎娇的肩膀，以示称赞，随后示意身边的兄弟们快速通过。

大家脚踩着浮空之石，飞纵而过，就像一只只受伤的小鹿被迫无奈，必须跨越一条至深的大河。而这条河还是如此恐怖，一旦掉入水中，便会化为白骨——"弱水河兮魂难走"，谁都无比紧张，步步小心。

铎娇手结法印，继续输送着一股股深蓝色的能量。

"你先过。"铎娇焦急地看了看剩余的渡河之人，已经没几个了，而她也快到了巫法枯竭的时候，便催促易少丞。易少丞拗不过铎娇，背着包袱，微微一腾身，踩踏着几块石头，便到了对岸。

　　其实，他们渡河并非这么简单，因为这些石块都是悬空飘浮，根本就没有重心。值得庆幸的是，易少丞这些人都是百战之兵。就在易少丞感到松口气的时候，忽然，最后渡河的人一脚踩空，猛地栽倒，惨叫着落入水中，很快就不见了踪影。

　　那人连声的惨号很快就在山洞里回响着，就像夏雷一样滚滚而来。弱水河上面悬挂的不知几千年的密集的钟乳石，跟着左右晃动起来。没两下，便有几根碰撞在一起，顿时破碎，犹如利箭射入水中。但并没有就此停止，接下来，无数的钟乳石犹如万箭齐发，"唰唰唰"，射入水中。

　　铎娇还未渡过来，易少丞看着她，极为着急，当下用银枪挑起身边的一块块石头，将那些飞向铎娇的钟乳石击碎。然而这根本就是杯水车薪！随着无数钟乳石疯狂砸下，易少丞的帮助再也无用，只能眼睁睁地看着一根修长的钟乳石戳向了铎娇的天灵盖。

　　"不！"易少丞惊恐地大叫起来，当下飞身而起，不管那钟乳石雨有多大，他都要过去，绝不能让……不能让娇儿受伤！

　　"不要过来！"

　　易少丞的步伐猛然停住。

　　只见一缕蓝色火焰忽然从铎娇眼眸深处涌出，倏忽间，她全身的衣衫都披满了纯蓝火焰，一头长发也为蓝焰渲染，周围温度暴增。身形一动，铎娇飞步冲向了前面。所有下落的钟乳石，还未靠近铎娇三尺距离，便纷纷被烧成了灰，"噗噗"地落下。

没过几息，铎娇冲上了岸，终于安全到达。易少丞松了口气，一把搂住铎娇，紧紧地抱着。

他是真的害怕了。

周围之人，认识自己的、理解自己的，屈指可数，基本也就是眼前这些人了。无论是谁阵亡，少一个人，孤独就会多一分……他已经无法再独自一人去承受那样的孤独了。

就算彼此不见也好，只要知道心中挂念的人还好好地活着，他就会觉得自己的心里有了倚仗、有了支柱、有了依托，做任何事情都会无惧。

从项重死的一刹那，他就发现，自己又变得孤零零的了。没了项重，他的计划要与何人说？他复仇之后的痛快要找何人倾诉？谁伴自己左右，谁能当自己的矛与盾和手足？他才发现，自己一个人背负的仇恨、背负的信念、背负的一切是多么沉重！

不久前又见到了青海翼，十年未见，一如初见，一见又是故人。可也只匆匆一瞥便又错过……青海翼为了他，决然冲进了最危险的地方，与焱珠单打独斗，而是把生机留给了他和这些兄弟！

铎娇并不知道此刻易少丞为何眼中含泪，被抱住时身体一怔，刚想反抗一下，旋即便感受到了这个拥抱所饱含的浓烈情绪，心不由得颤了颤，也轻轻地抱紧了易少丞。直到良久后，易少丞才主动与之分开，宽大的双手握着她消瘦的肩膀，沉稳温和的面容挂着些许笑意。

铎娇嘴角动了动，想说什么，话到嘴边却是一改："爹！"

这场景在铎娇看来，一如十年前那时的风雪天，他眉头挂满了霜雪。不同在于，他比十年前更加沧桑，细细看去，铎娇忍不住有些伤感。

这又是为何？铎娇并不知道，连她自己也无法解释清楚。

易少丞点点头，算是回应了铎娇的目光，随后转头阔步离开。

"真是一个五大三粗的家伙。"铎娇有些无奈地想道。

夜黑，风高，一阵风吹过雍元王城的湖面，涟漪一直延展而下，最终扩散至太阳河面的某一节航道上。此时，这里烈火熊熊，火光映亮了微波。

被火焰包裹着的不是别的，而是一艘帆上绘制着一条五色神蟒的战舰——罗森号。

河岸边，两个纵火者的脸庞被熊熊火焰映得通红，不是别人，正是红发少年无涯与滇国王子少离。

"真过瘾！"无涯咧嘴一笑，嘴角都要咧到耳朵根了。

少离不解地问："不就是放了一把火吗？有那么过瘾吗？"

"嗯——"无涯的脑袋点得像小鸡啄米，想当初，他曾在太阳河率领水鬼们，费了九牛二虎之力，才把这个覆盖青铜护甲的舱底凿穿，救出奄奄一息的师尊。想起那场景，无涯心中只有一个"恨"字！

"我早就发誓，迟早有一天烧了这船，你说过瘾不？"

"什么？"

少离试图从无涯的眼神里捕捉到一些信息，但无涯对他也极为谨慎，立刻闭嘴，再不言语，怎么看都像一个傻小子。少离见状叹了口气，说道："多亏了你，无涯。现在，事情已完成了一半，接下来就要开始最重要的事了。"

说完，少离将手中的三个锦囊丢到了烈火之中，很快被烧成了灰烬。

如今，他刚刚肃清了焱珠那老妖婆的老巢——月火宫铜雀台，同时也斩灭了宫中所有的射龙手，并且凭着那五个师父的关系，发动军变，将整个滇国军中依附焱珠的武将纷纷肃清。

这一切，只凭他自己是完全没有能力办到的，之所以如此顺利地在一天之内以雷霆之势全部完成，多亏了那三个锦囊。

铎娇离开前，曾将几个锦囊交给他，里面写明了他需要做的事情和办法。待焱珠离开后，他再一一拆开，按计行事。第一、第二个锦囊拆开后，他依计找到了曦云和留在宫中的哈鲁族长，靠着他们的帮助才肃清月火宫铜雀台和宫内的射龙手。

第三个锦囊则是要他收拢兵权，但是铎娇并没有告诉他怎么办。军权在哪里？当然是在城中的各个府衙令武官手里。那么，宁可错杀，也绝不放过——杀光这些人，是收回兵权最简单的办法。剩下的一事则是战舰罗森号。少离按照锦囊所言，去找了无涯，起初他想不出无涯能有什么办法可以毁了这艘青铜护甲、架设弩炮的无敌战舰，结果，不过片刻工夫，无涯便让这艘巨船付之一炬。

少离又打开最后一个锦囊，内容只有一个：诛杀珑兮。

站在河边的草丛里，少离与无涯的脸上都有一丝不解。按理说，珑兮职位并不高，而且她更像是焱珠的私兵统领。如此大动干戈地去消灭她，是不是有些不值？无涯挠了挠蓬松的头发，问道："王子殿下，除了珑兮，还有什么敌人值得……值得让我们动手？"

"珑兮也确实该死。"

少离想到了珑兮平时嚣张的模样，简直就是焱珠老妖婆的代表，自己每次见到她都不敢大喘气。这个人是老妖婆最厉害的刀！必须杀！但此人实力高强，不能大意。

一念至此，少离立刻让无涯去知会了曦云和哈鲁，让他们一同来截杀珑兮。可是，少离去而复返，半途被珑兮跟踪了。珑兮放出消息，大批亲卫便杀了过来。

"糟了！"少离和无涯反应过来时，两人已经被焱珠的大批精锐包围。更糟糕的是，珑兮身侧还有那个身材高大、令人不寒而栗的铁甲侍卫，黑沉沉的铁甲散发出一股死亡气息。

即使少离能做到面无惧色地看着珑兮，一看到这家伙，细密的汗珠立刻从额头冒了出来。

珑兮，很强！这个魂，更强！更何况，还有这么多精锐亲卫！

被团团包围起来后，少离一口冷气也涌上头顶。他身旁的无涯摆出了攻击姿势，似乎只要他吩咐一句，就会立刻扑上去拼命。

"珑兮，你想造反吗？"过了很久，少离用上位者的目光微微一瞥珑兮，悠然说道。

"王子殿下，请您迷途知返，收手吧！等大丞殿下归来，念在与您姑侄情深，只会把这些当作一场玩笑，可您若执迷不悟的话……那就别怪我手下无情了！"珑兮不紧不慢地说道，说到最后一句时，语气忽然变得阴狠，完全一副高高在上的模样。说完，她作势从箭袋里慢慢抽出一支箭。

少离气得浑身微微发颤。

而那个魂更是直接，霜绝微微一提，露出半尺锋利的剑刃后便摁住不动，静待后面的命令。

这些动作很好地说明了什么叫"剑拔弩张"！

"迷途知返？开什么玩笑！"少离很清楚这场游戏的规则，一旦他输了，即便不会死，也会变成废人。而且焱珠那个老妖婆还可能千方百计地折磨他，让他生不如死！那他情愿一死，也不愿束手就擒。

"啰唆什么？动手啊！"少离大声吼道，勇气也被激发出来，"我就不相信你敢对我动手，来啊！"

珑兮叹息一声，看着少离，摇了摇头，神情无奈，又充满讥讽，与焱珠竟有几分相似："既然殿下顽固不化，那我也只好——"

"住手！"这时，曦云的声音从远处传来，接着是马蹄"嘚嘚"的声音。

珑兮一听，面色立马一变，她太清楚这曦云是何许人也了。

"魂，我们一起动手，你杀了那个红发小子。"她催促地说道，"那曦云极为厉害，只要绑住少离，她就不敢轻举妄动，然后我们再去找长公主殿下。"

顷刻间，珑兮全身气势澎湃，杀向了少离和无涯——她竟然直接使出接近半步界主境的全力。

与此同时，珑兮身后的铁甲侍卫魂也抽出了霜绝，一刀斩下——只是，他的目标竟然是珑兮的后背。

"哧——"珑兮猝不及防，身体瞬间被斩成了两段，血腥味在空气中弥漫，久久不散。

一时间，无涯与少离都惊呆了。

刚赶过来的曦云本想拦住珑兮，没想到看见了这样的场面，也一脸困惑。

这……这是……这是临阵倒戈吗？

少离惊呆了！

铁甲侍卫杀了珑兮后，直接将铁头盔脱下，把霜绝插在地上，单膝跪下："殿下，末将魂，自幼被焱珠胁迫欺压，今日终于扬眉吐气。末将愿效忠殿下，扶弱抑强，整肃朝政！"

因事情发生得太过突然，少离许久才回过神来，连忙过来扶起魂。看上去，这人年龄并不大，最多也就十八九岁的模样，但已是王者后期的实力，简直是天才中的天才，真让人妒忌不已。

"你干得好，干得漂亮，珑兮助纣为虐，早就该除灭，我一定会重赏你。"少离夸赞道。

"多谢殿下。"魂淡然回应，始终保持着平静。

少离看向曦云，曦云冲他点了点头，他又看了看无涯，这小子正上下打量着魂，不知在思忖什么。

"珑兮既然已死，魂，那她们怎么办？"少离指着那些亲卫道。

因魂的背叛，珑兮被杀，这些人因群龙无首而变得惊慌失措，不知道该怎么办了。这支精锐卫队虽然远不如那些射龙手强大，但一个个也都是百战之兵，杀了也实在可惜。况且，好多都是如花似玉的姑娘，让人也根本下不了手。

"末将可以说服她们。"魂诚恳地说道。

"真的？"

但见魂去了那边，与几名卫队长沟通起来。不一会儿，那几个队长跟随魂一起来到少离面前请罪。

"诸位都是我滇国股肱，你们也是被蒙蔽了。走，随我回雍元城，还有建功立业之时。"

少离大手一挥，这些人立刻从敌人变成了麾下。

少离等人回到了雍元城，由于魂自幼在焱珠身边长大，知晓许多秘密，有了他的帮助，再加上铎娇留在书房里的那份名单，许多隐藏极深的焱珠派系的大臣也都被挖了出来。

所有效忠焱珠的大臣都被抓了起来，关在大牢之中，只等明日当着全城百姓斩立决。

这一夜，对于雍元城里的所有人来说，都无比漫长。

黎明到来，霞云如血。随着太阳升起来，上百位大臣被脱去官服，跪在了城墙脚下。数万民众，里三层外三层地围观着。整个现场，却是寂静无声。

少离、铎娇这一派，与焱珠长公主之间，此刻终于有了一个结果。

整个滇国，终于变天。只有身为滇国的子民，才能深深感觉到其中的变化。二十年了，整整二十年了，这滇国的天下、滇国的主子，终于易主。

少离身边的文大人一一宣布这些人的罪状后，那依旧身穿铁甲的魂便手起剑落，将这些人一一斩杀。而之所以选择魂充当刽子手，少离也是另有深意——魂将焱珠的这些人斩杀殆尽，也就彻底没了退路，这才算是投名状，才能被信任。

"别杀我！"快杀到一个美妇时，这美妇忽然大叫起来，"我有一事，要对殿下说，事关殿下与大丞之间的秘密。"

少离一听，便觉得奇怪，遂让魂先住手，然后走到了她身边。

"殿下可否凑近些？此事不可让第二个人知晓。"

"殿下，此人是焱珠心腹，几年前才退居下来，嫁给中枢官员为妾。"

魂这短短数语，信息量非常庞大。

焱珠手下那一个个如花似玉的姑娘，既可以被训练成精锐中的精锐，打仗杀敌丝毫不弱于男人，又可以作为温香软玉送到各位大臣的床笫，牢牢把持这些大臣的一举一动。这一切，也许就能说明为何在过去二十年的漫长时间里，偌大滇国以她为尊。

"魂，不要担心我，我能明辨是非！"少离挥了挥手，示意他后退，然后蹲下身来凑过耳朵。只听到那女子低声道："殿下可知为何大丞表面对铎娇很好，暗地里却想诛杀她，而不杀你？铎娇一个女儿身，即便和你一样身份高贵，要坐上王位也极为困难。大丞表面对殿下冷淡，暗地里却异常关心，知道殿下的一举一动，这又是为何？殿下可想过她是否真想谋权篡位？"

"为何？"少离皱着眉头低声道，心里忽然有些不安起来。

这女子所说的，正是他多年来一直觉得困惑的地方。焱珠从未对自己下过任何杀手，要说起来，最多只是有些厌恶、鄙视而已。而她对姐姐铎娇，真的是每时每刻都想夺其性命。

"因为，她才是殿下真正的母亲。"女子终于说出了这辈子所知道的最大的一个秘密。说完，她笑了，又道，"我们都是你母亲的人，没错，她一定不会怪你的所作所为。狮子长大了，就再也藏不住自己的爪牙。希望有一天，你也能用今天对付她的手段来对付铎娇，因为铎娇并不是你的亲姐姐！还有，你的母亲让你去鹤幽神教找一个人，越早越好！"

少离眼神变得惶恐："找谁？"

"右圣使者，黑袍！"

女子依旧微笑着看着他。少离站起来后忽然变得狂怒异常，他狰狞着脸一把夺过魂手中的大剑，高高扬起，狠狠落下，只一瞬，女子便身首异处了，可那女子的脸上却仍带着微笑。少离没有停手，举着霜绝一遍一遍地砍着女子的尸身。

"黑袍是谁，黑袍是谁，我才不管他是谁！"少离心中咒骂着，但他已经相信了这个女子的话。只因这些话太有冲击力，让他完全不能接受。

那些跪在地上的大臣惊恐地看着少离。少离冷冷地看了他们一眼，将剑扔给魂，甩下一句话，头也不回地便走了："不用宣布了，立刻给我动手。"

魂也是一愣。但很快，他手腕扭动，持剑一甩，丝状剑气眨眼化为巨大的月牙形，一下扫过剩下的几十名罪臣，然后收剑走人——他刚走出几步，那些人纷纷脑袋搬家，身体倒在了地上。

"往这里走。"

易少丞、铎娇、沈飞等人，在跨过弱水河后，便往山洞深处走去。这个山洞极为崎岖复杂，分岔很多。众人经历过大战后，心态发生了很大变化，所谓置之死地而后生，现在反而更加淡定了。

"又是岔口。"

出现在他们面前的，是三个大小差不多的洞口。风吹来，发丝微动。

"还是走最右边的吧。"

易少丞想都没想，就笃定地进了右边的洞口。如今没了那些犹如悬顶之剑的钟乳石，众人也就无所谓了，都跟着进去了。一路有说有笑，排遣着内心的担忧。也不知走了多久，众人终于来到一处空旷的山腹之地，道路开阔起来，而一侧临崖，深不见底。

"爹。"铎娇叫住易少丞。

"怎么了？"易少丞停下脚步，疑惑地问。

"不如我去探探路如何？"

"那我怎么放心？不行！"

"我当然有办法啦，你们先休息一会儿，看我的！"铎娇轻轻一捏，右手指上便多了一只小小的火焰蝴蝶扑动着翅膀，她的手指一扬，这只火焰蝴蝶便飞出去探路了。铎娇闭上眼，火焰蝴蝶看到的情景，都会映现在她眼前。

连沈飞都被铎娇的手段给震惊了，他竖起大拇指，一脸称赞。易少丞却眯着眼，靠在石壁边休息着。沈飞本想给铎娇留下个好印象，却多少有些讨好的嫌疑，不过见这对父女都不理会自己，他只好靠到一边吃起干粮。

有人用随身的水壶去接石壁上的山泉，有人用水清洗着伤口，还有人在打坐休息。队伍一松懈下来，寂静无比的山洞内就只有人们活动的声音。

许久之后，铎娇轻喝一声："我看到了！我终于看到了！"

众人纷纷看向她，问道："看到什么了？"

"我们走！到时候，你们自然就知道啦。"铎娇卖关子说道。

众人面面相觑，但也知道这不是什么坏消息。大家跟着铎娇再次进发。许久之后，路至尽头，众人看到一扇巨大的石门挡住了去路。这石门巍然耸立，高约十几丈，简直就是天关一般的存在，令人不禁心生敬畏。

"石门的那一边，又是什么？是谁在这种地方大费周章地建造了这样高的门？又有何意义？"这几乎是所有人看到它第一眼后心中自发涌起的疑惑。但众人知道，在这扇石门的后面，必然有出路。众人纷纷找了一阵，也没有找到打开石门的机关。即便是界主境的实力，以这石门的厚度，也绝对打不开。

就在众人愁眉不展之时，铎娇再次动用巫法力量，召唤出了数只火焰蝴蝶。它们纷纷飞舞，不久，这些蝴蝶集中落在石门上的一个地方。

铎娇凑近一看，精致秀美的面容上露出一丝喜色。

"就是这里了。"她用手擦掉上面的灰尘，石门上出现一行石刻字迹。

那是古老的契文，看着刻痕也有很多年的历史了，让她惊奇的是，就连易少丞的银枪都无法在这石门上戳出个点来，这人竟然能在石门上留下一串刻痕极深的流畅文字。足可见，镌刻之人到底有多么强大。而这行文字的大概意思是：持有幽牝天果之人，无论身在何地，终将被指引来到此处，也必将进入神人古墓。

幽牝天果！神人古墓！霎时，所有人的神情都变得惊诧无比，他们纷纷把目光投向了易少丞，就连易少丞自己也感到十分惊讶。

"难道真的是幽牝天果带我们来到这里的吗？"易少丞心中震惊不已，他很清楚这一路走来，前后至少遇到十几次岔口。也就是说，总共有几十条路的选择。而现在，他站在这扇石门前，也正如这段文字所说的那般：持有幽牝者，必将来此。

"咦？这里有个石槽，这石槽……"铎娇在那段文字旁边发现有个纺锤形的小凹槽。

凹槽太不起眼儿，但一眼便让人觉得应该用于镶嵌什么东西。易少丞一看，连忙将幽牝天果拿了出来。"啪"，清脆的一声，幽牝天果正好嵌入了凹槽中。顿时，幽牝天果上的纹路就亮了，上下两端的光芒注进石门中，石门上的尘埃纷纷落下，一时间出现了无数条幽蓝色的直线纹路。

"咔嚓"，随着一阵石头磨动的声响，大家纷纷后退。这一后退，就看到了整个石门，同时意外地发现，那些直线勾勒而成的形状，竟然是一只张开翅膀侧着脑袋的雄鹰。那天果镶嵌之处，正是雄鹰的眼睛。

但这石门并不像一般的机关往上或者左右或者以扇形打开，而是从中间出现了十来道旋涡状的蛇形裂痕。偌大的门，往四周裂开、收缩，又以极为复杂的图案形状变得彼此交错，且速度极快，轰隆隆的声音伴随着大量的尘埃落地。

在这个过程里，石门的质地也显现出来，竟然呈现出某种金属特殊的横截面，有着犹如白银被利剑削过后的金属色泽。所有人都不知道这到底是什么材质，震惊的同时也很担忧，谁知道石门打开后，里面会有什么突发情况？

终于，"石门"在经过他们所不能理解的图阵变化后，最后形成了一个极长的螺旋甬道，那一圈圈的螺旋绝非是人工可以雕琢的，而是一种无法理解的高级工艺才能完成的庞大工程。

众人对此种技艺惊叹不已的同时，也对这条甬道产生了敬畏。因为这条甬道有十几丈长，穿过都得花费不少时间，更别说建造这条甬道了。众人又在迟疑要不要进去，谁知道进去后会发生什么。

"怎么办？"

"当然是进去，我来带头！"一人笑嘻嘻地道，随后便进去了。

众人相视一眼，也都跟着进去了。

一路相安无事，从甬道里一出来，众人眼前一亮，顿觉来到了另外一个世界。

此地极为明亮，又极为幽暗，定睛一看，到处都是宝贝。有人甚至怀疑自己已经远离了人间，来到了世外桃源。这是一个峡谷，约有几十丈长，峡谷两边是刀砍斧削般的高山峭壁。峭壁颜色乌黑，深沉得如夜空一般，若是细看不难发现，里面还有颜色氤氲，仿佛夜晚天上流动的云雾。

最神奇的是，这些峭壁光滑至极，熠熠发光，仿佛一块黑色巨型宝石，一颗颗闪烁着白色光芒的石头镶嵌在上面，好似繁星。如此一看，两边高耸的山崖，就好像从天上扯下的星空幕布。

易少丞与铎娇也是眼界开阔之人，细细一看，就不难发现，这些发着光的石头是由崖壁的精华凝结而成。铎娇拿起一块，观察了一番后，道："这种东西形成过程极其缓慢，就好似桃树、松树受了伤，伤口凝结出桃胶、松脂。要是师尊在就好了，她一定知道这是什么。"

提起青海翼，易少丞心中的担心又加重了几分，也不知道她现在如何了……想到青海翼为自己所做的一切，他心中便难掩愧疚。

不过很快，众人的目光就落在这条峡谷的尽头。只见那里插着一把巨大的石剑——光高就有十来丈。石剑插在一个隆起的石堆上，准确地说是一大堆崖壁上的发光石头。

若细看就会发现，一节青色指骨从白色发光的石堆里露了出来。这分明就像是一个宝石坟墓，在黑暗中闪烁着妖异的光芒，就等着众人一探究竟。

易少丞怀着好奇的心理，凑上前去，顿时就被这把剑再次震撼了。原来这巨剑恰好挡住了峡谷的出口，所留的缝隙，刚好能容一人通过，而且这巨剑也并非石剑，而是由无数的人类骸骨，像是麻绳一样盘根错节地拧在一起，密密麻麻，一直到顶端，这才形成了这巨大而扭曲的剑形。

石堆上的巨剑到底在镇压什么，从这一节指骨就可见一斑，也不知到底是什么东西，一直想要从里面爬出来的样子，既诡秘而又恢宏壮观。

"这坟墓里到底是什么？难道是神人古墓？不像，一点儿也不像……一点儿生气都没有，比死人墓还冰冷可怕。"沈飞的话里多少透着一些不安，没多久，他又感慨起来，"好瑰丽诡异的剑，也不知出自哪位高人之手，栩栩如生。看样子，这些骸髅生前应该都是强大的沙场战士。这骨骼一个个都如此粗壮，即便没有了血肉都比咱们还要高大一些，倘若还尚在人世，想必个个都是威猛的大力士。"

沈飞虽是笑着说，可眼中的震撼丝毫不加掩饰。他虽是如此说，却不大相信这些骸骨是真的。若是真的，谁又能造出如此骇人巨剑？那得是多么强大的存在！

易少丞微微一笑："沈飞兄弟，此言不妥。虽然我也觉得这像真的，不过细想一下，这么多的骸髅，足足有上千具吧？若是真的话，如此体格的战士，有上千人，那岂不是能媲美传闻中始皇帝的铁甲重骑？这种军队一出，便能横扫当今诸国，若在以前真的出现过，岂有未被史书记载流传下来的道理？"

"嗯嗯，将军所言极是！"沈飞直点头，望着巨剑说道。

他也曾有所耳闻，始皇帝嬴政有一支铁甲重骑，虽只有上千人，但所向披靡。

这支铁甲重骑，每个人都是从秦军之中万里挑一选出来的，他们必须抑制自身的修为，单凭肉体的力量，在身穿百斤重铁甲、腿上绑着沙袋的情况下，背百十斤重物，在规定时间内跑完几十里的山坡、丘陵、坑洼、泥沼地形；在秦军大牢里承受三天三夜酷刑，如此才算通过初次选拔。而对待重骑兵所用的战马，也用一样的手段选拔、训练。

最后一步，是将人与马训练到人马合一的境界。

遥想那时，各国战事频繁，秦国乃天下霸主，何其雄壮。为了培养这样的队伍，单单第一轮选拔，十人便会死掉七人，那也是极为正常的情况。这样的队伍一旦投入战争，那将是无往不胜的利器，遇神杀神，遇佛杀佛。就算今日的大汉朝重铁骑，也无法抵挡一二。

在场的所有人都更愿意相信，那只是被古人夸大的传说罢了，根本不可能存在。然而今日所见，又不得不让人遥想当年秦军铁骑的风采。

"事出反常必有妖，我们还是不要在这里继续待下去了。"铎娇皱眉道，从石门开始，所见到的事物都太过奇特。先是螺旋甬道，再到这把奇怪的巨剑拦路，后面又会遇到什么？神人古墓中的武魂又藏在哪里？岂能在这个地方徒增麻烦。

沈飞点头表示同意："没错，将军，我们还是尽快离开这里吧。"

其他几个人也纷纷附和。

到了现在，包括沈飞在内，所有人都默默地遵守着一个不能点破的秘密，那就是易少丞已经带领他们误打误撞进入了神人古墓。也就是说，铎娇取走的幽牝天果对于汉朝皇帝已经没有意义了。更没有人愿意在这样的情况下，入宝山而空手归。

"沈飞。"易少丞沉默半晌，抬头看向沈飞。

"将军可是在想，回到朝中该如何复命？"

易少丞点点头，这确实是他最担心的事情。

"将军这是多虑了，错不在你，我们都没想到，只要携带天果就会被引导到这儿，虽然玄奇，我却一路陪你亲历过来，等回朝之后，我定会一一如实禀告陛下。不过……"沈飞顿了一下，盯着易少丞道，"骁龙将军，我还有一言，不知当讲不当讲？"

"讲！"

"若我们得到了武魂，你可愿意献给陛下？"

逝去归兮

　　易少丞闻言，马上对他作揖，抬起头说道："沈飞兄弟怀疑我有异心？若得武魂，我以性命担保绝不染指……你，多虑了。"他目光里带着一股愤怒。

　　看到易少丞的反应，沈飞心中一动，道："将军能如此想，自是最好不过。将军要知道，我们是大汉的子民！回朝后，我一定会禀明陛下，厚赏将军，绝不会让将军白白付出。"

　　"多谢沈飞兄弟！"易少丞干巴巴地说。

　　沈飞道："将军，我们还是快快离开这里吧，想必那神人墓葬就在前面不远处！在场的各位兄弟，无论是谁，只要找到武魂，定会加官晋爵……"

　　话音未落，一个不合时宜的声音打断了沈飞："走？你们走得了吗？"

　　那冷冷的声音顺着长长的峡谷传入众人耳中，众人不由得一怔。

　　"焱珠！"

　　枣红马越过陇头，马上的红发少年，挎着青铜古战枪驰骋着。还有一人与之同行，他身着铁甲，背着霜绝大剑，亦是马蹄疾驰。两人的身后，跟着一队人马，每个人都是骑着战马，身穿皮甲，腰挎长枪，身背强弓大剑，戴着青铜面具，约莫有三百人。

这支队伍正是滇国骑兵，乃冬岭山部落培养出来的最精锐的战士。至于领头的两人，正是无涯与魂。

滇国朝中已经过两轮激烈的大清洗，整个滇国已在王子少离的掌控下。无涯几番请求，终于说动了少离派遣最强兵伍给他，让他出来寻找铎娇与易少丞。让无涯略感不爽的是，这个看上去就很奇怪的魂竟也主动请缨前往。

"喂。"无涯突然勒住马，回头看了眼紧随而至的魂，道，"小子，虽然你很厉害，但我的级别要比你高一级，对不？所以，在这支队伍里，我是老大。"

魂冷漠地看着无涯，不说话，也懒得说话。

无涯冷哼一声，之前在阿泰选拔赛上就打得不尽兴，这个魂不是厉害吗？他早就想跟他打一架了，要不是着急找师父和铎娇，恐怕在王宫里就等不及动手了。所以，无涯现在眼里冒着一股红光，就像发春的小猫深藏着狂躁，总有想比试一下的冲动。

无涯随便找了个借口说："这都半天了，还没有斥候回来禀告踪迹，你去前面打探一下，回来告知我情况。"说完，他一挥古铜枪往前一指，颇为高傲。

魂咬紧牙关，脸上露出一丝青筋。因为他没有马上回答，这让无涯立刻蹬鼻子上脸，心想这么赶路也无聊，动手打一架也蛮爽快，便嘿嘿笑道："小子，怎么，你还不服从命令了？是想跟我较量一下吗？"

"不，我只是讨厌你这种说话的语气。"魂终于开口，"如今找王女殿下事大，等过了这茬儿，我再与你较量个高低。"

魂人狠话不多，但所说之话无疑正中要害，让无涯无言以对，彻底噎住。

"哟？"

魂已策马跑出一丈多，听到无涯道："算你这个秃孙跑得快。"

魂的脸上露出一丝厌恶。

神人古墓内。

远处，风声袭来，一身红甲戎装的焱珠越走越近。在她身后，是清一色身穿皮甲、背负弓箭、腰悬弯刀的女兵——射龙手。

"是焱珠！"铎娇震惊地道，"你怎么跟来了？"

"你能来，我为何不能来？娇儿，姑姑我真是小看你了，竟然趁我不在雍元城掀起如此大的风浪。不错，有王兄的风采。可惜的是……你们这群人，今天都要给我留在这里。"

焱珠看向铎娇的目光，似乎能喷出火来。

多年以来，焱珠一直在为少离留下称王根基，那便是朝中的文武大臣、心腹谋士，还有许多精锐卫队和射龙手。万万没想到，她这次外出，却阴错阳差地给少离留下一个空当，又阴错阳差地让少离把那群"自己人"，亲手铲除了。

这一切，怎能让焱珠不气急败坏？——在骷髅海时，焱珠听到铎娇激将的那番话，便推断出雍元城内所发生的事情。此刻她恨不得杀了铎娇！只要铎娇一死，在雍元城的损失就算不得什么了。等她得到武魂回到雍元城，母子相认，再好好安抚少离，一切都会成为过眼云烟。

"快走！"易少丞发现焱珠的脸色在变化，便知不妙，低喝一声的同时，又在想青海翼此时在哪里。不过焱珠能来这里，那么青海翼一定是凶多吉少了。想到这里，他的心头就像被人猛击了一样难受。

"爹，我们快跑！"铎娇拉着易少丞快步离开。

沈飞带着几个人打头准备穿过大剑与崖壁的缝隙，只是缝隙太窄，脚下又坎坷，走得又急，沈飞崴了下脚，伸手摸向骷髅巨剑想要扶住。骤然间，巨剑上爆发出无形的锋锐力量，一下将沈飞的手掌割得血肉模糊。

沈飞惨叫一声，滚地而过，捂着手掌惊骇地看向那巨剑，上面溅上了他的血。

"将军快走！"沈飞从衣服上撕下一块布，胡乱包扎了手掌，喊道，"兄弟们快走！"

大家一起经历过生死，深知焱珠的厉害，顿时如兔子般蹿出。然而就在他们接近巨剑和崖壁的夹缝时，一个个就像风筝般，被一股神秘力量撕碎。

原来，只有强者，才能保住性命。沈飞之所以没有死，完全是因为他隐藏的界主级别的修为，其他人就惨了，一个不留，都成了这把巨剑的祭品。

易少丞和铎娇对视一眼，就在这些人出事的瞬间，他们清楚地看到这把巨剑周围环绕着一层无形幽暗的剑气旋涡，猛地一吸，就将修为低的人血肉搅碎，真是太可怕了。

"看你们还往哪里跑！铎娇、易少丞，今日你们必死无疑！"焱珠向来话不多，但是每句话都蕴含着无法违逆的意志。

言出必行，天底下，还没有她说了做不到的事，除了这两件——杀了铎娇与囚禁易少丞。偏偏，这还是一对父女，无论是老的，还是小的，都让人费尽心思。如今，这两人已再无退路，也没有帮手了，正是下手的最佳时机。

焱珠当即手掌一挥，甩向身后，人便如离弦之箭腾地飞出，笔直地冲向了易少丞，身后一大群实力高超的射龙手旋即跟上。

易少丞见沈飞已经到了对面，沈飞凭着界主修为与巨剑的剑气相抗衡，才没有身死道消。

"他能做到，我也同样能做到。"

易少丞意识到，想要过去，界主境或半步界主是最低门槛。

易少丞一瞬间就爆发出一股强大的修为，拽起铎娇穿越缝隙，他感到身体明显凝空一滞，血肉像要脱体而出一样难受。不过两人还是安全到达了巨剑的背面。铎娇在他的保护下，毫发未伤。

"哇！"铎娇发出一声惊呼，也和沈飞一样，被眼前的场景惊呆了。

满地都是发光的宝石，如海洋一般，一望无际，非常壮观。

然而令人头疼的是，这种地方与一马平川有何区别？面对后面的追兵，毫无藏身之处，该往哪里跑？

"你们倒是跑啊！"

三人发愣之际，冰冷戏谑的声音在身后响起。

焱珠身着鲜红战甲，如同一团火形成的魅影瞬间穿过那道缝隙，来到了距离易少丞不远的地方，背对蠢蠢欲动的大批射龙手。她右手一举，麾下顿时不再前行。

这些射龙手，一个个实力至少都是宗师巅峰级，较强的则已进入王者境。更关键的是，这支女子战团人数并不少，足足有四十多个。好在她们不能立刻穿过巨剑，短时间内只要对付焱珠就行了。即便只有焱珠一人，也足以让人不敢轻举妄动。

短暂的对峙，双方都没有出招。

一股不安的氛围倏然袭来，让人不自觉地有些颤抖。

"为什么我有这种压抑的感觉？"易少丞心中暗道。

奇怪的是，不仅易少丞、铎娇、沈飞，就连强大的焱珠脸上也不自觉地露出一丝惴惴不安的表情。

只见那染着鲜血的巨剑上，无数看上去犹如石雕般的骷髅，忽然间，指节动了动。好像鲸鱼吸水，所有黏附在上面的血肉一下子都被吸入骨骼之中，消失不见。

"哗啦——"一具骷髅挣扎了下，便悄悄落在了地上。接着，是第二具、第三具……

"它们活过来了……这是什么鬼东西？"沈飞见状，眼睛瞪得极大，都快要忘记呼吸了。

易少丞也吞了口唾沫。

铎娇紧紧眉蹙，已经不能用震惊来形容现在的心情了，更多的是惊恐。

　　至于焱珠，虽然背对着不断复活的骷髅，但她从铎娇眼中看出了端倪，连忙飞身而走，转身发现巨剑上的骷髅从上跃下，落地后抓起地上的白色发光石头，便塞入口中，"咔嚓咔嚓"地吞咽着。

　　"这到底是什么东西？"焱珠也惊问道。

　　巨剑的剑气消失，又因骷髅不断落下，视野变宽。射龙手见状，纷纷后退，张弓搭箭，只需焱珠一声令下，就会射杀。

　　骷髅颌骨开合，"嘎巴嘎巴"，白色发光石头被嚼碎，化为粉末，被吸入了骷髅的脑袋之中，化为一团莹莹白光。

　　白光在燃烧。"哗！"两簇森冷的白火从骷髅那漆黑的眼窝中燃烧起来。

　　"难道，这是和那食腐之寒一样的存在？"

　　铎娇曾在冬岭山部落的山巅上，遇到一只巨大危险的尸鸟——食腐之寒。这种不死生物早就没有了生命，因幽牝天果而获得了能量。如今看来，这些骷髅正通过白色的石头获得能量。

　　这些骷髅继续嚼着白色发光的石头，一块一块，速度越来越快，眼窝中的白色火焰随之越来越旺，骨骼上那沧桑斑驳的灰色渐渐变淡，仿若被水一遍遍冲洗过，越来越白，最后变得纯净、森然。最后，一枚青色矛头的标志，出现在了这些骷髅的眉心处。

　　像是积攒够了能量，这些骷髅慢慢站起，仰头望着骷髅巨剑，魂火在它们的眸中燃烧，它们张开骨臂和嘴巴，无声咆哮，眉心处的青色矛头标志同时亮起。

　　眨眼间，整把巨剑上密密麻麻的灰色骷髅都开始动了起来，纷纷从巨剑上跳下，落地后便飞快地吞食着那些白色石头。

　　而第一批复活的骷髅在能量的催化下，粗硕的骨臂已化为一丈长、三尺宽的巨大骨剑。它们的骨头森白发冷，眼眶里燃烧着熊熊的白色火焰，拖着巨大骨剑，排成整齐的序列，以锋矢阵形，缓缓走向了对面的射龙手。

射龙手们一步步往后退着。

依旧有骷髅不断从巨剑上剥落下来，跳到地上吞食着白色石头；不断有骷髅变异，拖着巨大的骨剑慢慢朝射龙手走去……

"这……这到底是什么……"焱珠神色骇然。

"凡躯已腐，战鬼不朽！战鬼……它们是我滇国古老传说中的战鬼……"铎娇喃喃自语，她想起了在鹤幽神教看过的一些书上曾提到过战鬼。

这种怪物，生前大多是一些强大存在的跟随，当他们的主人死了以后，他们也跟着吞服水银，毒发身亡，化为白骨，永远守护墓穴。传闻，若有人动其主人墓穴，这些白骨就会化为战鬼复活，将对方杀死。

显然，在这座神人古墓中，这些骷髅是被某种力量操控着，才会复活过来。而且那把巨剑依旧镇压着白石坟冢，那下面到底是什么东西，更不敢让人想象。

"管它是战鬼还是神魔，不过是一具具脆弱不堪的骸骨罢了！"

焱珠凛然一动，身上的战甲披风跟着抖动，就见她挥手下令："杀！"

对面的射龙手再无迟疑，面对逼近的重剑战鬼，也毫无惧色，因为她们知道，只要箭矢射出，这些战鬼就算不死也会被震退。只听得一阵弓弦声起，砰砰连响，几十支利箭齐发。那撕风裂气之声，让人听了，心中都不禁一颤。易少丞心中忍不住赞叹，不愧是能让王者境都觉得头疼的射龙手！

很快，所有人的脸色都变得无比难看。

"叮叮叮"，当一支支箭矢射在战鬼的森森白骨上时，火星迸溅，箭头转瞬崩飞。有的箭头反弹到别的战鬼身上，立刻碎裂！

这时，一只战鬼突然朝射龙手飞扑过来，箭矢砰砰作响，也未能阻止它前进，那些箭矢全都落在了地上。

"砰"的一声，这只战鬼已经来到焱珠最得意的射龙手卫队跟前，巨大的骨剑瞬间劈出，谁也没有想到这些慢吞吞行走的骷髅，攻击的速度快得令人都来不及反应。一名射龙手当场被劈中，战鬼一甩骨剑，那人直直飞出十丈远，落地后早已没了气息。

"出刀！"

射龙手之中，有人娇喝一声，不知是谁下了令。所有射龙手立刻拔刀而出，要与这些重剑战鬼短兵相接。

这瞬间改变战法的速度，更让远处的易少丞叹为观止，看来这些丫头确实是精锐中的精锐，这种战斗意志和迎击的果敢程度，就算在整个汉朝的军营中也很难见到，难怪焱珠如此倚重她们。

砰砰砰，战斗陷入胶着，只见火星迸溅，弯刀卷刃，几近报废，但那些战鬼的骨身上没有出现丝毫裂痕。攻击竟毫无作用。

这时，第一个攻过来的战鬼忽然一转头颅，"咔嚓"一声，竟转了一百八十度看过来。仅仅一个呼吸，这只战鬼就挥舞着重剑，劈向发起进攻命令的射龙手队长。

"小心！"千钧一发之际，幸亏同袍冲过来，劈出灌注元阳的弯刀。弯刀与重剑相撞，微微一顿，弯刀便割裂巨剑，势头未停，又削向骷髅的脑袋。

"咔！"战鬼被劈成了两半。

消灭这只战鬼后，这名射龙手好像已经精疲力竭了，她剧烈地喘息着，汗流浃背。不少人都意识到，恐怕她发出这倾力一击后，战斗力会直线下降。

初次交兵，便损失了一名精锐。虽然明知这些战鬼很厉害，非常难对付，焱珠依然勃然大怒。

"所有人，不遗余力！"

焱珠下令，更是身先士卒，身影猛然蹿到射龙手附近，一掌推出。元阳纯力宛如电火般飞溅，"哗啦"一声，只见一个战鬼被震碎，那些骸骨落在地上后还乱抖不已，终究是无法再复活了。

"竟然如此坚硬。"

焱珠虽说毫不费力就消灭了一个战鬼，不过这战鬼骨骼的硬度也让她暗暗心惊。更让她吃惊的是，她本想施展的界域之力，竟对这些骷髅毫无作用。

"界域之力，乃神识构成的虚妄空间，这些果然是真正的不死之物。"

更加古怪的是，焱珠从这些骷髅身上感到了一股压制性的力量，就像是活人见到死人，本能地会感到害怕、恐慌。胆气决定力量，这胆气一退，力量自然大打折扣。

虽然这些战鬼的力量和焱珠的力量比起来有些微弱，却属于死人的力量、冥间的力量，焱珠感到的压制性便是由此而来。

焱珠眉头一皱，抬眼看了下远处的易少丞，其目的不言而喻。

"你们还在等什么？"

虽然想得到援助，但焱珠的愤怒眼神依然很强硬、很挑衅。无疑在她看来，大家都是绑在一根绳索上的蚂蚱，一损俱损。

易少丞冷然一笑："丫头，你的姑姑这是想让我们一起出动，击败这些战鬼！"

易少丞把主意交给了铎娇。

"瞧她这种态度，一看就是惯出来的，爹，让她们对付战鬼，我们逃跑好了。"铎娇微微一笑，脸上露出一副完全看热闹的神态。

如果焱珠等人覆灭在此，那将皆大欢喜，再无后顾之忧。

虽然铎娇不建议帮忙，但易少丞沉默了，因为他看得出来，焱珠对付如此众多的战鬼非常吃力，一旦战鬼们将这群射手吞没，就会掉转枪头对付他们。易少丞一时难以抉择。

"将军！"沈飞着急地看着易少丞，言下之意，也是跑得越远越好。

情况再次出现了变化。

两只战鬼的死亡，似乎给了战鬼们一个警示。这种警示不是后退，而是谁最强，便优先攻击谁。一时间，十来只战鬼一起攻向焱珠与那名劈了战鬼的射龙手。

　　在三个战鬼的围攻下，那名射龙手很快战死。至于焱珠，因为修为高深莫测，魅影如火横扫，来去缥缈，比这些战鬼更似鬼魅。所过之处，一只只战鬼被劈得粉碎。虽看似轻松，但只有焱珠自己知道，每一只战鬼的死亡，需要耗费她多少力气。

　　她越打，越心惊！

　　此时，源源不断的战鬼已将焱珠等人包围，焱珠再无心思管铎娇、易少丞，只一心对付战鬼，而包围着她的战鬼也越来越多。

　　"将军，怎么办？咱们还是趁机快逃吧！"沈飞说道。

　　此时，他与易少丞、铎娇背靠着背，手中拿着兵器对着周围慢慢靠近的骷髅战鬼。由于战鬼成群结队，就算一小股分流过来，也不是那么好对付的。

　　"能逃到哪里去？你看看。"

　　沈飞顺着易少丞所说的方向看去，这才发现身后是白茫茫的空地，地上铺满了那种白色发光的石头。既无藏身之地，也无法辨别方向，最重要的是，在这些强大的骷髅面前，他们更加不敢分神去探索，否则便如那些战死的射龙手一般被一击毙命。

　　就在这工夫，战鬼已经到了劈砍的范围，加快速度朝三人攻了过来。

　　易少丞枪中灌注元阳，一枪捅出，正扎进一只战鬼的头骨中，用力一绞，骷髅头就粉碎了，剩下的骨架也旋即"哗啦"一声散开。

　　"好硬的骨头！"

　　易少丞虽然消灭了一只战鬼，可也被震得掌心发麻，不禁暗自心惊。同时也明白了，为何焱珠放弃攻击他们，甚至还向他们求援了。

　　"刹龙神枪，现！"

易少丞加入战局后，一抖银枪，那枪身转瞬变得墨黑，枪头也随之变得猩红。

维持这样的状态，需要他灌入大量元阳。同时，也能实力倍增。

有刹龙神枪的加持，这一枪枪随意扫出，一旦碰到骷髅架子，便雷霆爆发，战鬼瞬间散了架子。但还未等他松口气，那些散落在地的白骨便泛起白光，重新组合成一具完整的战鬼。

"什么？"

这下轮到易少丞吃惊了。战鬼们竟还有这样的能耐，可刚才被焱珠灭杀的战鬼并没有复活啊！

"爹，你得劈它的脑袋。"

铎娇手中正流转着一缕宛如液体的巫法魂火，飘逸地飞出，顿时对面的战鬼脑袋上冒起一团火。它愤怒地朝铎娇杀来，没走几步就被烧成了干灰。

"丫头，你真是聪明，不过爹爹可不会像你那样懂得运用火焰。"

"可是你武功很好啊。"铎娇笑道。说起来，如今这么危险，她却丝毫不觉得有什么可担心的。因为易少丞在这里，就让她觉得很安全，这是一种从内心深处产生的安全感。

她这略带调皮的神情，真让易少丞没有办法。他点点头，手腕一转，长枪狠狠地从上而下，以锤击的方式，杀向一个冲来的战鬼。

只是头骨乃人体最坚硬的骨头，这些战鬼又因获得能量而变异，想要弄碎它们的头骨需要耗费相当大的力量。易少丞用力一击，那只战鬼就被捣碎了脑袋，散落一堆，再也没有复活。

易少丞冲铎娇点点头，两人更是不遗余力地进行收割，顿时更多的战鬼被灭杀。沈飞见这对父女联手打怪威力不俗，也加入了战团。三人一找到窍门后，效率提高了不少。

肃清眼前一片，易少丞抬头看向了那把巨剑，只觉头皮发麻。巨剑之上，依旧不断地掉着骷髅；巨剑之下，是密密麻麻的战鬼骨海。这些骷髅有吞食白色石头的本能，"咔嚓咔嚓"嚼完石头，立刻就变得龙精虎猛。这场景让人胆战心惊。

"这些战鬼没完没了，"沈飞说道，"将军，我们还是撤吧。"

铎娇的脸色也变得难看，似乎在想什么。易少丞拉了她一把，道："丫头，有什么发现吗？实在不行，我们只能跑路了。"

"这些石头好像有点儿古怪！如果不研究一下的话，我们就算跑，又能跑到哪里去？"铎娇说道，她此时的看法倒与易少丞的想法一致了。

只是面对无穷无尽的战鬼大军，实际情形也非常严峻。焱珠、射龙手，加上他们三个，迄今为止，总共才消灭了不足五十只战鬼！而人的元阳有限，这些骷髅却没完没了。

三人短暂休息，可没有一点儿轻松的感觉，都是面色凝重。铎娇还在沉思，用手掰碎一块白色石头，闻了一下，又和自己戴的天果戒指作比较，却被骤然响起的声音惊醒。

"小心！"

原来是一只色泽有些暗金色的战鬼，不知何时来到了她身后，一剑飞速向她劈来。

由于这战鬼好像有些灵智，采取的是偷袭，连沈飞和易少丞都没有注意到。

眼见巨大的骨剑就要劈下，沈飞和易少丞想要拦截已是来不及。就在这时，这只战鬼忽然"咔嚓"一声不动了。旋即，一层冰霜从它后背迅速蔓延至前面，完全冰封后，"啪"的一声，冰块与骷髅俱碎，化为点点晶莹的冰碴儿。

幕布似的冰碴儿"哗啦"一声，掉在了地上。

易少丞吓得不轻，抹去额头冷汗的同时，去看救援之人，正是青海翼。

青海翼一头秀发恣意飘动，就像从天而降的冰雪女神，她看向铎娇的漠然眼神中又含着一股关怀和担心。

"师尊，多谢你救了我！"

青海翼略有些嗔怪道："我不是说过吗？任何时候都不能大意。"

说完，她扭头又看了眼易少丞，神色和对铎娇时完全不一样。在这一刻，她想说什么，却发现什么都说不出来。

两人不约而同地想叫对方的名字，但都未出声，时间仿佛停止了一般。

易少丞眼中泛起喜色，想起当年的强吻，到现在还有些难为情。可从那一刻起，他便知晓自己的心已经拴在这个女人身上了。她的一举一动，都牵动着自己的心弦。

直到不久前，他见到焱珠时，还以为青海翼已被焱珠击败，生死难料，他小心隐藏着内心的那份悲恸。因为对他来说，还有更多的事情需要自己去做，还有更大的责任需要自己去承担。莫说是为了汉帝找到武魂，如今铎娇就在身侧这一个理由，就已足够。

现在，青海翼去而复返，毫发无伤。易少丞喜上眉梢，心中泛起了一丝涟漪。

那边，青海翼看着他，淡然一笑。

几个呼吸后，易少丞率先打破了尴尬："喀，这些战鬼，我们一起来对付。"

话语中，却没有多少底气。

青海翼先是一怔，反应过来便微笑着点点头，算是回应了易少丞。

青海翼又看了看仍然蹲在地上思索的铎娇，她似乎悟到了什么，但又久久不得其法，只好思索着站起来。

青海翼手臂一挥，周围迅速冻结，宛若冰封之河。

随着这股强大的霜冻能量的突然降临，骷髅战鬼们颅内的灵火随之削弱，特别是靠近易等人的这群战鬼，似乎连动作的流畅性都受到了压制，变得迟钝，每动一下都发出"咔咔"的声响。

局势一改，顿时敌弱我强。

如果说易少丞他们三个人刚才的战斗已经非常有效率，却也都消耗了大量的元阳纯力，随着青海翼的加入，局势大有改观。

他们与焱珠等人消灭了两百多只战鬼后，远处的巨剑忽然有松动的迹象，越来越多的强大战鬼如涌泉喷出。后面掉下来的战鬼，因为地上白色发光的石头渐少，已经开始了互相蚕食。

随着那些战鬼疯狂地进食，它们的状态也在发生着巨大变化。与其他骨骼森然发白、眉心出现青色矛头印记的同类不同，它们的骨头白得泛红，矛头印记也变成了血红色。更恐怖的是，它们完全变成红色以后，周围骷髅主动聚来，骨头"哗啦"一声拆散，与之融合拼接。没过多久，一只上半身是人形、下半身是马形的骷髅战鬼就出现了。

"骑兵战鬼！"

众人眼神一凛，惊骇中又透着不能理解为何它们能如此的疑惑。

这只骑兵战鬼双臂都化为了修长重剑，下半化为黑色的马身更是有着八只蹄子。

黑马的眼窝里燃烧着熊熊红色烈焰，马蹄也像踩着火焰，冒着黑烟。只听一声怪异嘹亮的马嘶，这只骑兵战鬼扬起前面两对蹄子冲向众人，它如无可匹敌的庞然大物，速度快到极致，一路撞飞无数的骷髅，杀了出去。

它的目标只有一个——焱珠。

焱珠也是一愣，旋即明白过来，是因为自己消灭的战鬼太多，对这些战鬼构成了最大威胁，所以开始被"特殊照顾"了。

"结兵阵！保护殿下！"五个射龙手齐喝一声，迅速组成一个攻守兼备的兵阵，毫无惧色地挡在骑兵战鬼前。

所谓兵阵，乃合击之术。五个射龙手一起朝骑兵战鬼冲去。然而骑兵战鬼看也未看，一路疾驰而来……即将短兵相接时，这只骑兵战鬼忽然加快速度，远远望去，只见它的骷髅身体仿佛凌空闪烁了一下，便从兵阵前跳到了兵阵后，落地后继续杀向焱珠。动作之敏捷，让人叹为观止。

"找死！"焱珠抓过身边一只来偷袭她的战鬼，手掌一拧，"咔嚓"一声，便将战鬼化为重剑的整只手臂折下。她持着巨大骨剑的手一抖，立刻将火焰元阳灌入骨剑中。

她要用这把剑，对抗马上杀来的骑兵战鬼。

"嗯？不错！"焱珠显然没有料到骨剑竟然如此坚硬，若是换作寻常兵刃，定会被她庞大的火焰元阳化为飞灰，可是这骨剑不同，竟然吸收了她的元阳，整把剑转瞬化为了红玉一般的颜色，剑身透出来的炽热温度，要远远胜过她平时元阳加持时的任何兵器！

这一发现让焱珠欣喜，她又斩杀了一只战鬼，折下骨剑，如法炮制。

待那骑兵战鬼来到她跟前时，她提着两把巨大的红色骨剑，凌空一跃，狠狠斩下。

骑兵战鬼一下停住，双臂化为的两把巨剑交叉，朝上顶去。

"铿！"怪异声响碰撞而出，犹如两块上等翡翠碰撞时的声响，似石非石，似铁非铁，一圈澎湃气劲骤然冲开，把周围寻常的战鬼吹得飞了出去。

至于那些射龙手，都已经精疲力竭，被这气劲一扫，犹如大锤击在了胸口，吐出一口血来。

"竟然能挡下我的五成功力！"焱珠震惊。

她是界主境强者，界主强者视王者境不过蝼蚁，只手都能单挑一群，可这骑兵战鬼竟然硬扛下她这五成功力的一击，这种实力至少得是王者境巅峰！

莫说焱珠吃惊不小，在场的所有人看到这一击后，也很震惊。易少丞等人都很清楚焱珠的实力，皆认为适才一击无比强大，一定能够斩杀骑兵战鬼……可是，结果太出乎意料了。

"不好！"铎娇眼睛一瞥，忽然大声道。

不远处，又一只骑兵战鬼迅速合成，冲向了易少丞这边。

"我来！"

易少丞浑身气息一震，转瞬便已用出了半步界主之身——大天雷尊！

"你要小心！"青海翼担忧地说道。

易少丞点点头，神色渐渐变得凝重。

因为面对的是一群不死怪物，毫无神识可言，也就无法施展界域之力。但易少丞以元阳纯力凝聚的大天雷尊，是一种蛮横的加持之力。只见易少丞浑身气势暴涨，身后仿佛有一个若隐若现的神尊加持一般。

在这重重骷髅战鬼的包围之中，易少丞仿佛一下变成了神明，他擎着长枪，一瞬冲破前面挡路的战鬼。那些战鬼与他擦身而过的刹那，全都骷髅头碎裂，散架而亡。

"砰！"易少丞的枪很快与第二只骑兵战鬼交锋了。

只是甫一交手，易少丞便觉旗鼓相当，浑身的神明气息在这一撞过后，出现了明显动荡。

"好恐怖的实力……"

只是，易少丞还没来得及如何惊叹，眼神就化为了恐惧。

对，是恐惧。即使强如易少丞，也无比骇然了。

因为他刚才消灭的那些战鬼，很快就被其他的战鬼吞吃了，这些战鬼又彼此互相吞食、融合、组建，没过多久，第三只骑兵战鬼出现了。

易少丞只觉头皮发麻："这些东西……根本杀不死！越杀越强大！"

现在更要命的是，所有人的力量都消耗极大，再这样下去，他们都得死在这里。

可是又有什么办法？如今只能凭着各自最强手段来对付眼前的这些怪物。

焱珠之前就已发现界域之力对这些战鬼无效，便将力量发挥到了极致，此刻也终于用出了界主之身。只见她身上的衣物都化为了火焰缠绕，肤色变得似白瓷一般，一头长发火红飘逸，眼眸之中瞳仁消失，取而代之的是一朵三叶红莲。

易少丞使用大天雷尊的手段，也让焱珠开窍了，她也使用这种半步界主之身的方法，使得周围温度暴涨，气势骇然。

焱珠的双剑之上，一朵朵火焰莲花盛开，她拖着重剑，一步一步走向骑兵战鬼。所过之处，地涌火莲——这竟是步步生莲！

骑兵战鬼挥动双剑，无论敌人是谁，它的意志只有一个，那就是斩杀。下半马身八蹄忽然用力刨地，朝着焱珠杀来。

短兵相接，瞬间交战在一起，下一刻仿佛一错而过，换了位置。

焱珠的界主之身消失，恢复了正常，手中两把骨头重剑也随之化为灰尘消散在空气里。

而那只骑兵战鬼停下后，"砰"的一声，骨架变得支离破碎，所有骨头忽然燃起火焰，瞬间被烧成了灰烬。

终于消灭一只骑兵战鬼，焱珠虽然没有费多大力气，依旧有些气喘。

她抬眼过去，那巨剑不知何时已经消失，化成骨山骨海的骷髅正在互相吞食，前面的战鬼仿佛知道后面发生的剧变，更加疯狂地往前涌，好像在掩护后面的战鬼，为它们争取更多的时间。接着，一只又一只的骑兵战鬼，开始出现在这片土地上。

焱珠的眼神透着些绝望。

骑兵战鬼，战力强大如此，对付一个尚可，但对付十个、一百个呢？焱珠不敢再想下去。

远处，因青海翼施展的冰霜系巫力，骑兵战鬼的动作变得迟缓，但易少丞仍旧费尽周折，才消灭了那两只骑兵战鬼，此时也已累得气喘吁吁。

他的力量，真的所剩不多了。

众人因体力消耗过大，都剧烈地喘息着，看着前方新出现的十来只骑兵战鬼，他们的脸色都变得煞白。

铎娇累得半跪在地，手撑着土地，剧烈喘息着，汗水滴滴滑落。

"怎么办？这些……这些东西根本杀不死……不，不是杀不死，是……是力量不够。"

忽然，铎娇再次把目光看向了地上的白色发光石头，脑海里浮现出战鬼吞食石头的情形。她捡起一块白色石头看了看，思索起来，目光变得明亮而复杂，好像明白了什么，又好像想到了什么，犹豫不决起来。

铎娇很清楚，这种石头里一定蕴含着某种强大的能量。这些战鬼一开始都只是枯槁的骸骨，因为吃了这些石头，才爆发出如此骇人的战斗力，就连界主强者在这里都受到了压制。但铎娇无法推测，如果人吃了这种石头会怎么样，能不能也因此战力倍增。

"要不要赌一赌，说不定可以。但是如果失败了，我可能会死掉，赌还是不赌？"铎娇心里纠结起来，万般思绪涌上心头。她紧紧握着石头，忽然，"啪"的一声，石头被攥成了齑粉。

铎娇一愣，旋即一咬牙，就把粉末往嘴里塞。

"娇儿，你做什么？"易少丞和青海翼同时发现了她的举动，异口同声地道。想要阻止已经晚了，铎娇已经吞下了粉末。

铎娇如遭重击，脑袋缓缓垂下，一动不动。但很快，她的手背、脖子上的经络膨胀起来，还发出蓝色的光芒。光芒的颜色越来越深，没多久，就变成了青色，接着又变成了紫色。之后，紫色的经络从暗沉变得闪耀。很明显，力量在不断地加强。

易少丞和青海翼都看呆了。他们敏锐地感觉到，铎娇的实力在不断地攀升！其实，不光是巫法，就连铎娇体内那一股稀薄到可以忽略的元阳的气势，都在加强。

这到底是怎么回事？

"呼——"这时，铎娇吐出一口气，似乎醒了过来。她抬起头，睁开了眼睛，只见她的眼睛里已无眼白瞳仁，只剩一片紫光，直至良久之后，紫光渐渐消失，这才恢复正常。

"怎么样了？"青海翼与易少丞一齐向前，再次异口同声地问道。说完后，两个人愣了愣，彼此对视一眼，又很快收回了目光。

铎娇捏了捏拳头，一簇火焰从手掌上燃烧起来，这火焰的颜色不再是墨色，也不再是青色，而是纯正明亮的紫色。

"娇儿，你突破了？"青海翼惊喜地道。

铎娇多年来一直对青海翼隐藏自己真实的修为，但青海翼又岂会不知，只是谁也不点破罢了。而铎娇抱着赌一赌的心态，吞下了那白色石头的粉末，竟一举突破青色阶位，直接到达紫阶初期。

紫阶，紫袍级巫师！放眼整个鹤幽教，也是顶尖的存在。

"好，实在太好了！"青海翼又道，"连你的曦云师叔如今也只在紫阶巅峰而已。"

巫学阶位，一般有三个阶层：初级、高级、巅峰。

铎娇在青色阶段难以突破，今日却通过这种小石头，一举达到更高阶段，简直让人不可思议。

"是石头。"铎娇说了这么一句，忽然一转身，将手上的紫色火焰扔了出去，正中一只靠近的战鬼。这只战鬼当场飞出去三丈远，很快被紫火包围全身，烧成了灰烬。

易少丞看了一惊，青海翼也震惊不已。

"这里号称神人古墓，石头自然也是神仙石，吃了就能提高境界。"

易少丞与青海翼对视一眼，连忙从地上捡起白色石头，吞了下去。

沈飞见状，直接趴到地上，不甘人后地找了块石头，大咬一口，顷刻，整张脸都变绿了，想必口感不怎么样。

石头一入口，一股苦涩难闻的味道便弥漫开来。虽然石头本身也很坚硬，但在这群人的钢牙铁嘴下，只能用酥脆来形容，而且入口即化，立刻就变成冰凉苦汁般的液体流入腹中。那冰凉充实的感觉在腹中很快蔓延开来，没多久便充斥四肢百骸，涌入骨髓、经脉之中。

易少丞的体内，消耗的元阳迅速得到了补充，并且在不断剧增，元阳越来越盛。

易少丞全身经脉膨胀，元阳纯力犹如洪流，他低喝一声后，浑身上下爆发出了雷霆之力。很快，大天雷尊之身也被激发出来，全身上下的肤色很快化为了黑色，眼睛与头发变得血红，浑身弥漫的雷霆凝聚在一起，化成一条银白雷龙盘踞在他身上。

体内的力量依旧在暴涨，易少丞感觉自己快要控制不住了。白色气柱从他的耳朵、鼻孔、口中喷出，漆黑的身体上浮现出无数红色经脉，远远看上去就好像布满了花纹图腾。

"咔——咔——咔"，伴随一阵阵肌肉、骨节爆鸣，易少丞如被吹气一般，变得高大、威猛、强悍。七尺身高长到了九尺，体态魁梧得仿若天上的巨力神，红色头发如同钢针般披在脑后。可他那双红色的瞳孔这时逐渐地消失了，化为一片猩红光芒。

要知道，这可是易少丞的身体在增长，而非那大天雷尊的虚幻影子。

易少丞觉得自己的身体都要爆炸了，全身上下，散发着强大的气息，而这种能量还在不可控地上涨。

"小心！"看呆了的铎娇忽然发现有两只骑兵战鬼从左右冲出，合攻易少丞，当下便要出手相救，但她突然发现自己的双手被冰做的枷锁锁住，无法动弹。她连忙回头去看，原来是青海翼出现在她身旁，按住了她的肩膀。

"放心。"

"师父，你——"

"这石头不知到底为何物，吃完之后，不仅能增强灵力，还能增强元阳，于你我是再好不过。现在易少丞正在突破，谁都不能靠近。"

"可是——"

"你看。"

只见两只骑兵战鬼已杀到易少丞跟前，体态魁梧的易少丞身躯一震，浑身一抖，一圈强劲的红色雷霆之力冲出，两只骑兵战鬼顿时被掀飞。易少丞变得巨大的手掌好像蒲扇，一把抓住两只骑兵战鬼的骷髅头一捏，掌中红色雷霆之力爆发，骷髅头"砰"的一声化为齑粉。

与此同时，盘踞在易少丞身上的银白雷龙，也逐渐变得清晰。

龙角、龙须、龙眼、龙鳞、龙头、龙鳍、龙爪、龙身……不再只是由雷霆之力凝成的龙形，而是化为了真真切切的龙！

但这条龙的颜色不再是银白色的，而是红色的，一双龙眼红润剔透如宝石，不怒自威。

更重要的是，这龙一出现，便脱离了易少丞的身躯，变为踩着一团乌云徘徊在他的左右。

"他成功了！"看到这里，青海翼的眼中露出喜色。

谁也没有想到，易少丞会临阵突破到界主境。那股突破时强大的气势，让所有人都感到了心悸。准确地说那股无可匹敌、至刚至阳的雷霆之力，异常刚猛凶悍，光是气势便震慑人心，让所有人胆寒。

"界域……现！"易少丞并未开口说话，低沉的声音从他喉头发出。

他将手中的银枪往地上一戳，踏云血雷龙便冲入天空，瞬间化为一道红色雷霆，注入枪杆之中，顺着枪杆冲入地下。但见戳着枪头的地上，十道雷霆笔直地冲出，冲向四面八方。眨眼间，便以猩红的雷霆圈成一个圆，将方圆十丈围了起来。

之后，这十丈范围内，弥漫起了浓重的云雾。云雾之中，似有龙形，若隐若现。

云从龙，风从虎——易少丞在此刻终于展现出了界域，踏入了界主境，成为真正的界主境强者！

然而强大力量的出现，使得外面所有战鬼与骑兵战鬼眉心的矛头印记亮了起来。它们纷纷杀向了易少丞。

"有界域之力在手，如今体内又力量无穷，我还会怕你们这些妖魔鬼怪！"易少丞冷哼一声，持枪一扫，携着界域冲向战鬼。但他很快就发现，界域竟然对这些战鬼没有效用。当他劈杀一只骑兵战鬼后，才发现这些战鬼根本没有灵魂，导致界域无效，甚至……它们能克制界域！

"这怎么可能？"易少丞一时震惊无比，但他立马想起一件之前觉得奇怪的事——焱珠没使用界域，"原来她早就发现了。焱珠还真有些意思。可从今以后，我易少丞就再也不惧你了！"

当年他备受焱珠折磨，承受过太多痛苦。直到今天，他才明白所谓强者，不只是力量的提升，更是精神上的一次洗涤。就像此刻，如果面临一堆宗师级别的人，他会无形中觉得那些人就是一群蝼蚁。虽然支撑整个界域，需要耗费巨大的力量，但是所有被界域困住的界域境界以下的人，都如待宰羔羊，无论上百还是上千，这就是界域的强大之处。

想要对付界域强者，至少也得先达到半步界域，这样才有能力挣脱对方界域的限制。当初易少丞击杀九头尸鹫、枯瘦男子时虽存在侥幸，却也正因为有着半步界主之身，才能成功，否则他陷入对方界域之中，被击杀不过是对方一个念头的事。

一念至此，易少丞收起界域，拔起银枪，随手一甩。银枪飞出，瞬间化为了血雷龙。血雷龙在战鬼海中四处奔腾，到处窜涌，所过之处，那些战鬼纷纷化为飞灰。

血雷龙一出去，就能消灭四五个战鬼，随后雷霆之力耗尽，重新化为银枪飞回易少丞手中，他再如法炮制。同时，他也投入了战斗中，凭借崭新、强大的大天雷尊界主之身，赤手空拳搏杀着那些战鬼。

沈飞吞下石头后，原本消耗的元阳都补回来不说，力量也跟着暴涨，整整提升了一个层次！

青海翼、铎娇、沈飞也在这骷髅海中厮杀起来。

"石头！是这些石头！"

有射龙手看到易少丞的突变，反应过来，连忙抓起一块石头吞了下去。

虽然射龙手现在只剩下二十几个了，但个个都是实力强劲之辈，至少已达宗师巅峰级。石头一吞下，这些人只觉体内枯竭的力量被重新充满。不光如此，那沉寂已久的境界也开始不断攀升。很快，原来只有宗师级修为的射龙手提升到了王者境，原本才进入王者境的射龙手则一路飙升，直接到达王者境上层。

修为提升，力量与前一刻也天差地别，这让射龙手们都欢呼雀跃，与那些战鬼厮杀时，变得异常轻松。如今，她们都知道那石头是好东西了，有些人便露出贪婪之色，捡起地上的石头藏在身上，一边战斗一边啃食，以便有更高的突破。

就连焱珠也眼热了，手一卷便捡了两块藏在身上，吞下一块补充消耗的力量后，修为又精进了一点点，直逼界主的巅峰状态，然后继续投入战斗——她已站在了界主境的巅峰，再怎么吃境界也无法跟着提升，除非找到武魂，化身神人。所以，这些石头虽然蕴含极大的能量，但对她的作用也只是补充力量而已。

"糟了！"易少丞忽然一顿。

"怎么了？"铎娇连忙问道。

"这石头虽然是好东西，但蕴含的能量过于庞大，即便我借助它晋升界主境，消耗了不少能量，如今体内的能量依旧非常充裕。我不敢吞下第二块，便是怕到时候压制不了，被这力量撑爆身体，可是你看她们……"

易少丞担忧地看着那些射龙手，她们已经有人开始吞食第二块，更有甚者开始吞食第三块。他想去阻止，却被铎娇拦住了："这些人是老妖婆的人，死了岂不是更好？你现在过去劝，她们绝对不会听你的。她们只听焱珠的。另外，你已晋升为界主，实力强大，这样的力量谁不想获得？你去说了，她们只会认为，你不想让她们得到这种力量……"

"娇儿说得不错。"青海翼冷静地说道。

沈飞拍死一只骑兵战鬼，来到易少丞身边说道："这些人已经被冲昏了头，我们就别管了！最好能在这些战鬼被全部消灭前脱身，要不然凭着这些人现在的实力，就算只有二十几个，再加上那焱珠，咱们都不好脱身。将军，你有仁心没错，但她们对于咱们来讲，只是被冻僵的毒蛇，死了更好，千万不要去提醒。"

易少丞也醒悟过来，点了点头，四人便再次共同作战，投入了战斗。

如今，所有人的力量都得到了补充，实力又提升了一大截，这些战鬼已经构不成任何威胁。没过多久，之前漫山遍野的骷髅战鬼便被消灭干净了。

一眼望去，地上铺满了白骨骷髅，所有人都觉得恐怖不已，一切就像做梦一样。

大战终于结束，所有人都在喘息。易少丞等人却紧张了起来，几人对视一眼，便默不作声地开始退出这片战场。然而还没等他们踏出第一步，焱珠忽然回过身来，身形一动，冲向了铎娇："想走可以，留下命来！"

焱珠声音冷厉，飞来之时全身披满了红色火焰，她竟直接用出了界主之身，浑身透着杀意。最令人心悸的是，她手中拖着的两把骸骨重剑，上面的温度已将空气烧得扭曲。

"想要她的命，你这恶婆娘问过我没有？"易少丞足下一蹬，腾空而起，擎着银枪冲向焱珠，一霎便用出了界主之身——大天雷尊。

"砰！"两人凌空撞在一起，各自飞退。落地之后，各自的界域之力互相将对方罩住。在这两股力量交错的界域之中，焱珠凌空踏步，所过之处步步生莲，仿佛下凡的天女，被火焰莲花托着。易少丞脚下则忽然出现了一团雷云，托着他往后面飞着。雷云落地为龙，缠在他的身上，龙形再次由虚变实，凝为血雷龙。

"老妖婆，真当我怕你不成！"易少丞冷喝一声，抬枪遥指焱珠，红色的眼眸冷冷地盯着她，心想："这老妖婆到现在还杀心不死，真该杀，可惜我才刚晋升界主境，还不稳定，要不然就算她达到界主巅峰，我也要跟她战上一战。"

界域之外，易少丞挡在铎娇身前，强大得就像无法撼动的守护神。

那些射龙手知道她们的主子已经动用了最强力量，但也不敢贸然冲过去，因为界主之人的神识可以瞬间回归本体，一个不小心就可能被卷入其中，性命不保。

"呵呵——"焱珠冷笑两声，以她为中心的地上立刻长出一株株火焰莲花，不断朝外蔓延，不过片刻，方圆五十丈便被她的火焰领域笼罩。

即使易少丞与之隔了数十丈，都能感觉到那灼人的温度，心中不禁骇然。

就在这时，一阵寒凉之意从他身边涌出。

青色寒凉之意所漫过的地面，长出了无数冰雪刀剑。接着，一个个寒冰巨人擎着冰雪刀剑从冰层中挣扎着站起来。很快，方圆三十丈内，便出现了一支寒冰巨人军团。

冰与火遥遥相对，寒与热彼此争锋。

"别忘了，还有我。"青海翼与易少丞比肩而立，轻声说道。她与焱珠遥遥相视。

冰与火之间出现一阵乱风，显示了冰与火的对抗。

焱珠轻蔑地道："青海翼，你不是巫武同修吗？为何现在只用武道界域，而不同时使用巫法幻界呢？我来猜猜，就算你把武道与巫法同时修炼到如此高深境界，结果却发现它们根本无法融合，更加无法转换自如吧？就这样的你，觉得能胜过我？"

焱珠不管青海翼被发现秘密后的难看脸色，又看向易少丞。她的界域范围至少有五十丈，青海翼的界域有三十丈，唯独易少丞的界域不过十丈，看上去也很单薄。而界域的大小、坚固程度，都能反映出此人界主境的修为高深。

焱珠轻蔑一笑，戏谑地道："区区十丈界域，能做什么？我要杀你，不过是动个手指而已，你以为自己有多强？蝼蚁就是蝼蚁，即便晋升界主境，我要杀你也易如反掌！哈哈！"

这话，也实在太难听了！

不过，焱珠的笑声不自觉地收敛了一些。因为，无论是易少丞还是青海翼都没有看到，她的目光扫过他们四个人时，与易少丞身后的沈飞碰上，不禁露出一丝忌惮。

沈飞自始至终一直平静地看着焱珠。他虽没有施展出界域之力，但从之前的表现可以看出是个不折不扣的界主强者。因不知其真实修为如何，而让焱珠心生警惕。

"废话少说！"焱珠的话激怒了易少丞，打不打得过，试试才知道！他当下提枪冲了出去，浑身界域之力激发，气势一往无前。

焱珠脸上泛起笑意，神色又逐渐变冷，忽然扬手一挥，顿时火莲界域疯狂席卷而去。

"砰！"突然爆炸之声响起，还未等人反应过来，一圈刚猛的气劲吹卷沙石，铺天盖地。易少丞、焱珠、青海翼三人的界域一下都被吹散了，众人连忙往后退去。

"那是什么？"沈飞猛然后退，看向前面，面色震惊。

所有人立刻回望过去，只见原来插着巨剑的地方，石头堆被一股力量掀飞，"哗啦"散落一地。接着，一只蒲扇般的青色手掌从中伸出。

一个青皮巨人，忽然从地上直挺挺地立起，宛若僵尸。

这巨人身高足足有一丈多，身着残破古旧的战甲，青色的皮肤上是纵横交错的疤痕。

在他的胸口上，插着一把修长三角状的金剑。若细看不难发现，这把金剑的外形，与适才缠绕无数骷髅战鬼的巨剑一模一样！

"这……这是什么？"

面对这样的庞然大物，以及那可怕的煞气、威压，哪怕吞服了神仙石，这些神射手还是不由自主地颤抖起来，就如一群凶狠的鬣狗，突然遇到雄狮时瑟瑟发抖的样子。

其实，岂止是她们，焱珠、易少丞等人也心生畏惧，只是没有表现那么强烈罢了。

就在这时，青皮巨人抬起了头，露出一双没有眼球只有眼白的眼睛。接着，巨人微微一动，忍痛拔出胸口的金剑，将剑甩到了一边，面目狰狞地"看着"众人。

所有人也都在看着他，确切地说，是看他的胸口。只见金剑拔出的地方留下一个洞口，里面有一团白色氤氲的雾气，一枚小小的青色矛头悬浮其中，若隐若现。

"是武魂！"沈飞失声道，眼睛紧紧盯着它，面色极为激动。

所有人都反应过来，不禁万分震惊与欣喜。

没错，这就是武魂！这就是众人进入神人古墓，一直寻找的东西！这就是汉朝皇帝费尽心思想要得到的至宝！

武魂的珍贵程度，难以想象！

对于武修者而言，神人境才是修为的顶峰。当界主境界进入巅峰完满，各种机缘都水到渠成，才能进阶为神人境。这个过程繁复，艰难程度难以想象，许多武学奇才都不幸殒命。

"凡人可杀，神人难灭！"这八个字，足可见神人境和界主境的差距。也就是说，界主境终究是凡人，百年后会化为枯骨，而神人的寿命要长得多。

神人之境，以百岁来衡量：一百年神人、二百年神人……甚至还有上千年神人。

虽然神人神通广大，任意一个都能成为当世数一数二的强者，但并非每个人都能修出武魂，而只有拥有武魂，才能真正成为镇国强者。哪怕在战场上面临敌人的特殊兵阵、奇门遁甲，也能游刃有余。

而武魂，则是神人领悟的精华。

得之，不但能强大自身，更能领悟其中真义。就算是普通的界主境强者得到了武魂，只要领悟其中百分之一的精要，也能成为同级别中最为强大的存在。

武魂，所有武者梦寐以求的东西。所以，即使面对如此强大可怕的青皮巨人，在场的每个人在经历短暂的恐慌后，立刻变得跃跃欲试起来。

而且，这股武魂的力量和刚才控制那些战鬼的力量一模一样。如此，所有的疑惑也就迎刃而解。因为这个青皮巨人被那把特殊的巨剑封印着，剑吸收他的力量，滋养出具有武魂气息的战鬼。也只有武魂，才能让这些往日里弱不禁风的骷髅化为强悍的战鬼，险些置众人于死地。

"动手！"

青海翼眼神一凛，足下一动，霎时一道雪白的冰封路径沿着地面铺开，冲向青皮巨人，眨眼就到了距离青皮巨人三丈的地方。

"小心！"铎娇呼喊一声，但已经晚了。一股炽烈的气息从青海翼的身后紧随而至，她面色一变，连忙闪身避开，但立刻就被反超。

那红色身形挡在青海翼面前，焱珠被火莲托着，高高在上，倨傲地看着青海翼。

"武魂是我的，你不够资格。"话毕，焱珠一甩手，元阳凝成的赤红火焰直扑向青海翼，青海翼被逼朝后退去。

由于巨人强大无比，易少丞连忙摁住铎娇，让她不要参与，自己则和沈飞跟着飞掠出去。

此时，焱珠已经飞至青皮巨人身前，她伸手朝青皮巨人胸口里的武魂抓去。

青皮巨人费劲地扭动着有些麻痹的身躯，随意哼了一声，一股强大的力量就从胸口处爆射出来。五光十色的光芒，简直要射瞎人的眼睛。离得较远的青海翼、易少丞和沈飞都被这股光芒逼得停了下来。还未交手，他们就已经明显感觉到体内的力量被压制住了。如果说他们体内的元阳纯力和巫法平时就像水中游动的鱼儿，灵敏无比，随心所欲，那么现在则像被抛到凛冬河岸上的鱼，失去了活力，渐渐被冻住。

三人目露惧意。

而离青皮巨人最近的焱珠直面这股力量，顿觉心口一闷，气血翻涌，人霎时失神，被击飞出去。

"保护殿下！"一旁的射龙手立刻出动，那几个吞了石头达到王者境上层实力的射龙手同时来到焱珠身后，手一推将其接住。但她们的手刚一碰到焱珠，便觉如遭雷击，随着焱珠一同倒飞出去。

"砰砰砰"，她们重重砸进地面，狼狈不堪。焱珠砸出个大坑来，从坑里站起，嘴角流出一丝鲜血。至于那几个射龙手，起身之后大口大口地吐着血，脸色变得煞白，站都站不稳。

这下，所有人面色骤变。

何
为
砥
砺

汉朝之外，无人能敌，如护国之神一般的大丞焱珠，竟然受了重伤！

问题在于只是被对方哼了一声，连碰都没碰到对方。

"走，先撤！"易少丞果断选择了放弃。眼前的敌人太过强大，正面相碰只有死路一条。然而想要撤退，已经晚了，那青皮巨人向前跨出一步，一股强大的吸力吸着众人，身边的石头纷纷向后滚去，众人只觉步履维艰，很难再往前踏出一步。

"吼！"青皮巨人咆哮一声，大手凌空一挥。

"快闪！"易少丞心头升起不祥的预感，可此时他连身法都用不了，便用尽全力拉着青海翼和铎娇朝一边跑去。沈飞也往一边闪去。

"结阵！杀！"

另一边，射龙手好像浑然不怕死，有人冷静地下令，她们迅速结成兵阵。

她们想凭兵阵以弱胜强，然而这似乎惹怒了青皮巨人，又发出第三声怒吼，宛若滚雷，震耳欲聋。所有人都还没有反应过来发生了什么事，就看到十二个射龙手化为一摊血泥，整个地面凹陷了下去，就好像被一只巨大无比的手狠狠砸了一下。

此时，先前还是整齐无比的射手军团，只剩下寥寥几人了。

恐惧，在所有人的脑海中炸开！

森冷，在所有人的身体里蔓延！

这还是人的力量吗？

而这一丈的体型，本来就不属于人类。

忽然，易少丞察觉到一股无形的力量笼罩了这片土地，那股力量和他刚才预感到的一模一样。

"逃不了了。"易少丞道，随后长枪一甩，挡在青海翼与铎娇身前，冷静地看着前方的青皮巨人，"我们，只能一战。"

"射龙手，结八荒困兽兵阵。"焱珠也察觉到了那股力量。此时，她再无心思管易少丞和铎娇，因为面前最紧迫的状况是这个青皮巨人，如果他不死，那么所有人都得死。

一听号令，剩下的八名射龙手立刻站了起来，准备结阵。可是其中一名射龙手刚站起来，便惨叫一声："啊！"随后捂着胸口倒下，身体痛苦地扭动着。

"怎么回事？"众人一愣。

"啊！"又一名射龙手倒下。

紧接着，剩下的六名射龙手也纷纷倒地，症状都一模一样，甚至有的人身体抽搐起来。

"不好，是那石头！"

易少丞眼睛一扫，一下便看到了那个实力最强的射龙手。这人他记得，足足吞了四块白色发光石头！

只见这人一阵痛苦的扭动后，身体开始飞快膨胀，仿若被吹足了气。没过多久，这个人就变成了一个巨大的人形皮球，衣服都被撑裂了，可她还在不断地膨胀。

"快……躲……开……"她用尽力气说出最后一句话，话音未落，"砰"的一声，就炸裂了。爆发出来的力量，让众人不得不用修为来抵抗。

然而这仅仅是开始，接下来又有第二个、第三个、第四个……

一连五个射龙手，全部爆炸，场面惨不忍睹。

　　前后不到十息工夫，焱珠手底下号称域外最强军的射龙手，便只剩下了三个。而且这三个还重伤在身，光是适才的爆炸冲击就让她们受伤不浅。因有前车之鉴，她们不得不立刻打坐调息，试图化解体内越来越汹涌的恐怖力量。

　　青皮巨人根本不理会这些弱者，踩着缓慢沉重的脚步，一步步朝易少丞等人走来。

　　"战！"易少丞大喝一声，周身界域之力激发，立刻动用半步界主便能使用的大天雷尊之身，发挥到极致，冲向青皮巨人。他动作刚猛，速度极快，身后若隐若现的神明之身也发出阵阵怒吼，战意强烈到极致，罡风陡起，引得铎娇也燃起了战意。

　　"爹，我助你一把！"

　　一股紫色空气从铎娇手中升起，这是她凝聚而出的炎火之力。玉手一挥，这气团便将易少丞包裹住，顿时易少丞如有神助，手中银枪就像赤红的烙铁，枪尖聚起烟花般爆裂绽放的光辉。

　　"战！"

　　与此同时，青海翼手一挥，界域用出，冰封天地，无数巨大的冰坨、尖锐的冰锥出现，杀向了青皮巨人。

　　"合击！"

　　焱珠知道，若是此刻不与他们合力消灭青皮巨人，那将万劫不复。她浑身一凛，也将半步界主之力发挥到了极致，化为全身裹着火焰的巨人，速度却不慢，携着无数火莲涌出的界域之力，杀向了青皮巨人。

　　三位界主强者合击，实力何其强大！眨眼之时，攻击已到！

　　"砰！"一阵巨响，狂乱气劲冲开，火、冰、雷三种力量混在一起，光是卷出的狂风都异常狂暴。

　　然而在这股摧枯拉朽的力量攻击下，一只青皮大手忽然伸出，一拳落在易少丞的枪尖上。

"噗！"易少丞一口血喷出，瞬间倒飞出去。

青皮巨人又一拳打出，隔空打向青海翼，青海翼吐血被抛飞。最后，他的手掌胡乱一抓，一扫，整个火莲界域像是被刀子刮过的地面，纷纷被扫向一边，瞬间被清理干净，不剩一点儿火苗。

焱珠被反涌来的无数火莲反噬，贴着地面倒冲出去。"噗"，她也喷出了一口血。

"砰砰砰——"扫清障碍的青皮巨人再次朝众人走来。

"我跟你拼了！"沈飞喊道。他之所以未动，本是想捡个便宜，但现在也没办法了，一扬手，身上瞬间飞出几十把柳叶小刀，小刀组合成一条长龙。他一掌推向前面，长龙就冲向了青皮巨人。

青皮巨人胸口中的青色矛头在那团雾气中亮了亮，一股无形力量迅速游走过青皮巨人全身，将其笼罩在内。小刀长龙盘踞在青皮巨人身上，刀片齐刷刷地从他皮肤上划过，因有保护层，未见一点儿损伤。

青皮巨人一掌虚握，硬是掐住了小刀长龙。他看也不看，随手便是一甩，长龙在空中散开，重新化为无数飞刀，像下雨一样落向沈飞。

"啊！"沈飞额头青筋暴起，两眼充斥血丝，使出全身力气，抬起一块丈余大的冰坨，顶向反杀而来的飞刀阵。

"砰砰砰——"铁刀扎在冰坨上，发出一声声炸响，力量传入冰坨中，冰坨瞬间爆裂成碎片，无数的柳叶小刀也被击碎，再次兜头落下。沈飞无力抵挡，没过片刻，小刀碎片便扎满了全身。

"砰"的一声，最后一把柳叶小刀没有被冰坨挡住，与沈飞擦肩而过，扎在了地上，瞬间炸出一个脸盆大小的坑洼。

沈飞颓然，眼中的光辉渐渐黯淡下来。是的，他败得何其彻底，虽然现在还没有受到什么致命伤，但已然无比恐惧，甚至绝望。

这青皮巨人随手一挥，界主境重伤。若是大开杀戒，何人能敌？

"砰砰砰——"大地继续震颤着，青皮巨人再无阻挡，一步一步犹如踏着响雷走来，每一步都像踏在了众人的心脏上，这股强大的力量所带来的威压，这股在神人面前感到自身是如蝼蚁一般卑微渺小的感觉……所有人都绝望了。

"还有我！我来保护你们！"铎娇往前一站，目光从恐惧变得坚毅。

只见她双臂一举，一条紫色、气势磅礴的火龙从双臂间形成后，冲向了青皮巨人。

"嗖！"这条紫火炎龙就像火线一样眨眼间冲到青皮巨人身前，但明显有一股力量护住了青皮巨人的周身，炎龙越靠近，速度就越慢。

"咬他！"

炎龙终于突破保护屏障，轰然炸裂，一股火焰以燎天之势将巨人吞没。但仅仅一个呼吸后，青皮巨人就从火中走出。

"一招不成，再出！"

铎娇一步未移，依旧挡在易少丞和青海翼的身前，不要本钱地使用着刚刚领悟的紫阶巫师力量，一条、两条、三条，火龙接连飞舞而出。明知道是螳臂当车，却无路可退。

铎娇没有放弃抵抗，她操纵着紫色魂火，一遍一遍攻击着青皮巨人，哪怕……哪怕每一次攻击只能阻挡他前进一点点也好。可是，她的攻击，青皮巨人好像根本没有看到一样，依旧一步步走着，挡也挡不住。任由那无数能将金铁烧为虚无的魂火落在身上，发出"砰砰"响声，然后散开，他那青色的皮肤上始终没有一丝伤痕。

"真的要完了。"铎娇心生绝望。

然而青皮巨人走向的第一个人，不是别人，正是焱珠。

这个巨人的选择，依然是根据谁的实力强就先消灭谁的规则。也许对他来说，铎娇就算拼尽全力也不过是个弱者，这些火焰只当是暖一暖在地下漫长岁月的寒意罢了。

铎娇停止了攻击，她已经疲惫不堪，见巨人走向焱珠，目光中透出一股悲伤来。

"姑姑——"她心想，眼神陡然一寒。

因为青皮巨人已经张开大手，缓缓抓向焱珠。焱珠在临死前心中强烈的不甘，让她的眼中充满了恨意，她咬着牙调动全身的力量，聚于手掌，朝着落下来的手掌拍去。

与巫法力量不同，焱珠掌上的红色火焰越烧越红，最后忽然变成了青色，这证明焱珠已经使用了突破极限的力量。易少丞与之隔了大约二十丈，都感到脸颊被这火焰释放的温度灼痛了。

可是，青皮巨人的大手一压下，焱珠手上的青火转眼就熄灭了，他的手没做任何停留，朝地上的焱珠拍去……一代强者，在滇国犹如神明一样的存在，此时就要陨灭！

然而就在这时，风声大起，从峡谷通道漆黑的入口处，一个黑色的东西忽然飞出。

青皮巨人感受到了那股力量，手中动作一停，抬头看去。

"砰！"他那巨大的身躯，被一根长如毛竹般的钟乳石击飞，狠狠钉在了那如星空般深沉绚烂的崖壁上。

众人一怔。

这时，被钉在崖壁上的青皮巨人全身青色飞快褪去，全是眼白的眼睛里也出现了眼球，似乎恢复了些许神志。他低头看着面色惨白骇然的易少丞等人，沙哑的声音从喉中发出："狄……王……"

可惜第三个字众人还未听清，又一根钟乳石突然出现，"砰"的一声钉入他嘴中。

众人连忙看向钟乳石飞来的方向，看到那通道里好像有个黑色的身形。巨大、幽暗，且散发着一股灭神之威。

狄王？这又是谁？竟以两招就杀了一个神人！

然而那个黑色身形一闪而过，留给众人的只有更多的疑惑。

武魂！那人一消失，众人连忙回头看过去，只见那青皮巨人魁梧的身躯像是泄了气一般，飞快干瘪，唯独他胸口里那一团氤氲的白色雾气依旧存在。

抢！所有人心里都冒出这个念头，铎娇因为状态最好所以立刻飞身而出，抓向了那团雾气。可是有人比她还快，一只手忽然抓住了她的脚踝，将她朝地上重重一甩。

"砰！"铎娇整个人砸进了地面。

就在刚才，焱珠眼看要被拍死，铎娇还流露出一种兔死狐悲的伤感来，可焱珠反过来就下手无情。

"娇儿！"易少丞和青海翼大惊。

焱珠飞到青皮巨人身前，伸手轻轻一抓，便将他胸口里的武魂握在了手中。

"哈哈哈——武魂最终还是被我得到了！哈哈哈——"焱珠狂笑起来。

有了武魂，只要领悟其中真义，哪怕只是一点点，她也能晋升神人，从此成为盖世强者。

只要成为神人，纵然界主境再强，也都是蝼蚁！就像眼前这群人，都会变成蝼蚁，焱珠看都懒得再多看他们一眼。

她渴望了无数年的谁也无法撼动、谁也无法匹敌的力量，如今终于到手了。

然而就在她狂笑之时，手上的武魂竟渐渐消散了。

众人的面色从难看变得震惊，然后目瞪口呆地看着狂笑的焱珠和她手上转眼就消散了一半的武魂。

焱珠忽然看到众人古怪的神色，连忙回过神来，恰好看到掌中武魂逐渐消散，顿时，她的笑声好似狂叫时被掐住脖子的鸭子，戛然而止。

"不要……不要……不要散……我的武魂……"焱珠嚣张的神色变了，一下惊慌失措起来，胡乱抓着空中武魂消散后形成的雾气，甚至用元阳化为一个球将所有雾气锁住，可武魂还是彻底消散了。

"呵呵——"铎娇站起来，一抹嘴角的血丝，笑了，用无恙的眼神告诉易少丞和青海翼自己没事，又对焱珠嘲讽道，"姑姑啊，这个青皮巨人皮囊腐朽，又遭到重击，武魂消散得很快啊，你可得抓紧了，要不然你的千秋大梦，终究竹篮打水——一场空……呀，真没了！"

焱珠扭过头，愤愤地看着铎娇。

铎娇佯装害怕，躲到易少丞旁边："怪……怪我喽？"

"砰！"焱珠一拳砸在崖壁上，面对铎骄如此冷嘲热讽，只能咬牙切齿，恼恨至极。可是，她又看着自己空荡荡的手掌，整颗心仿佛也觉得空了，一下子，好像若干年的追求与苦寻，在此时此刻都烟消云散了。

"我的武魂……"她喃喃地道。

没了，一切都没了。在她以为得到一切、得到毕生追求的刹那，也在这一刻失去了一切，那过去的若干年光阴，犹如打了水漂。

纵然是界主，又有多少个十几年？

良久之后，焱珠叹息一声，回过神来后，看向了易少丞。

易少丞凝望着她，忽然对她一笑。

他大大地咧嘴一笑，嘴角都要咧到耳根了。这笑是多么阳光，可是眼眸之中深藏的杀机，她再熟悉不过。

焱珠心中一凛，这才发现，除了易少丞、老对头青海翼、自己恨了十几年的铎娇，以及另一个陌生的界主境汉人沈飞，此刻都在对她虎视眈眈。焱珠不禁大怒，这些人以为没有了射龙手就能打过她了，简直是笑话！天大的笑话！

她手一挥，红色的披风迎风飞舞，冷笑两声，说道："就凭……喀！喀！"猛地喉头一甜，一口逆血涌了出来。

"不好，我刚才受了重伤，还没有恢复，该死……"焱珠心想，又道，"射龙手，结阵。"

剩下的三射龙手一直坐在一旁调息，应该已经调息完毕，焱珠现在不便动手，立刻命令她们来对付易少丞这些跟她一样受伤不轻的人。

"殿下，我们……"其中一名射龙手面露难色。

"怎么了？"

"殿下，若有来生，我们依然愿意追随殿下！"这名射龙手说完，突然身体就膨胀起来，宛若巨大的圆球，"啪"地就炸裂了。剩下的两个也跟着爆炸了。

她们虽然一直拼命压着随时可能就爆裂的身躯，可那些石头蕴含的能量太过巨大，根本压制不住。挺到现在，终于再也无力压制，纷纷爆裂。

至此，射龙手全军覆没。

扎心的疼痛让焱珠悔不当初——她不该带这些人来此地。

她狠狠地看了众人一眼，一咬牙，转身就逃了。

汉朝边陲之地，一人凌空而行，飞过边关。

守兵一看，只见此人身材修长，身着淡蓝色的先秦服饰，一头银发用修长飘逸的天星冠束着，明明是个老人，面孔却和二十多岁的年轻人一般无二，容貌清秀得好似谪仙。

所有人顿时以为看到了仙人，连忙放下兵器，跪拜起来。

这人不是别人，正是大汉背后的武力支柱之一、镇国强者——罡震玺。

别说，焱珠平时厉害无比，这逃跑的功夫也毫不逊色，动作异常敏捷，这一跳一蹿，就像兔子离窝，飞纵如箭。

"老妖婆，谁允许你逃了！当年你怎么待我，今日我也要怎么对你！"

话音刚落，易少丞的枪风便袭来，带着冰冷刺骨的杀意，直袭焱珠后脑。

他本来对焱珠还没有如此强烈的杀机，因为刚才焱珠凶残地将铎娇甩出去，一下子就打开了他的仇恨之匣。

焱珠一边逃窜，一边转身甩手一掌拍出，澎湃的火焰元阳化为无数火莲疯狂生长纠缠而成的手掌，压向了易少丞。

"焱珠，你作恶多端，今日是逃不了了！"话闭，青海翼也加入了战团，一阵裹着无数雪花的狂风袭来，"哗啦"一声扑灭火焰手掌，又继续朝着焱珠席卷而去。风雪之中，青海翼的身形若隐若现。

更加凌厉的是，在这两波强大的攻击中，一把犀利的飞刀撕裂扭曲的空气，直冲向焱珠的后脑勺。

"将军不让你走，我让你走，但尸体留下！"

原来是沈飞，他不顾身上的伤痛，动用元阳甩出了这凌厉的一刀。

甩出后，沈飞又吐了口血，半跪在地上，脸色惨白，看来受伤不轻。他知道，只要自己不死，剩下的所有力量应当用来杀掉这个滇国大丞，不论是为了大汉除掉一个威胁也好，还是为了之后探索神人古墓更为顺畅也罢……这焱珠，都必须死！

"老妖婆！你害我生父生母，又害我养父师父，十多年来无一日不想杀我，今日老账新账一起算个清楚，休怪我铎娇无情！"

众人之中唯一没有受重伤的便是铎娇，她实力虽稍弱，可如今也是紫袍初阶。

铎娇化身为火焰人，随着紫袍力量的爆发，全身火焰化为万千紫色燕子。接着，所有燕子凝聚在一起，不断叠加，色泽竟然有从紫色向橙色过渡的迹象，最终变成一只紫中略带黄的燕子，形似剪刀，"嗖"的一声滑飞出去。

它虽后发，可速度竟然一下子超过沈飞的飞刀，瞬间到了焱珠背后。

"砰！"焱珠后背的衣服瞬间被烧毁，露出的内甲也变得焦黑。

因受到攻击，焱珠身形一顿，往前一扑。

这一顿可了不得，身后那三波猛烈攻击接踵而至。

焱珠一咬牙回望，整个眼眸顿时被风雪、雷枪、飞刀充满，透出绝望。

　　她看着铎娇、易少丞、青海翼、沈飞，贝齿咬着红唇，竟咬出血丝来。她眼中的恨意、不甘、愤懑，瞬间如同大火冲到了头顶。手掌一动，便想冲破所有攻击，与这些人拼个鱼死网破。

　　想想昔日……不，哪怕直到现在，自己都是滇国的最高权位者！这群人……不过是蝼蚁……全都是蝼蚁！她能捏死一百个！他们嚣张什么！

　　可是……

　　"不，我要活下去！我要得到武魂！"

　　这位身居高位，能够把持滇国朝政二十年，且将整个滇国治理得井井有条的强者，这一刻，脑子很快清醒过来。即便有天大的怨气，也被她强行压下。对，要活下去！要找到武魂！

　　焱珠做出最理智的选择后，玉手一抖，整条手臂便裹满了红色火焰，火焰又瞬间化为蓝色。这已是她能调动的最后一点儿元阳！手一甩，一道蓝色火焰月牙飞出，与身后所有攻击碰撞在一起。

　　"轰！"虽然这种程度的爆炸，远远没有适才青皮巨人释放能量的威力，可是依旧让人胆战心惊，烟尘四起，遮天蔽日。易少丞与青海翼被冲击得连连后退。

　　等烟尘散去后，只见那道红色的身影已在这片平原上跑出三里有余，两人连忙追去，只是刚跑了一段，前面的焱珠便消失不见了。两人停下，这时铎娇与沈飞也赶了过来。

　　"人呢？"铎娇连忙问道。现在谁都害怕焱珠恢复。

　　"不见了。"青海翼皱着眉道。

　　"强弩之末，追！"虽然易少丞心里气得发疯，脸上却没有什么波动。

　　十年前，他被焱珠关在罗森号上折磨了那么久，又整日担忧着小铎娇，后来纵然在大汉谋划着复仇，可是心头也慑于焱珠会对铎娇有所妄动。所以多少年以来，焱珠一直是易少丞的一块心病、一个毒瘤。好在今日在神人古墓内，只有前路没有后路，而且焱珠的实力也已经削弱许多。

"必须杀了她。"易少丞淡然地道。他看向焱珠消失的地方，那里若隐若现，总让人心里有些不安，便对铎娇道："丫头，你不是会用那种火蝴蝶侦察地形吗？"

铎娇立刻会意。

没多久，众人的目光便随着几只火蝴蝶朝前方看去，大概只飞了几丈后，这几只蝴蝶便飞不动了，在原地打转。

众人一怔，连忙看向铎娇。易少丞问道："如何？"

铎娇却也疑惑不解。

众人走了过去，几只火蝴蝶依旧在那里上下飞着。

"丫头，好像有什么东西挡在了这里。"青海翼犹疑着说道。

"不是好像，你们看。"铎娇连忙上前，指着空中一点道，这上面有一点儿皮屑与血斑，想必是焱珠留下的。可是，怎么会这样？眼前不就是空气吗？什么都没有啊！

"不对，这里的确是有什么东西。"青海翼思索着，她与铎娇对视一眼，仿佛想到了什么，将手往前面一按，毛糙、有层次的触感立刻出现在掌心。

"是墙壁！"铎娇也按了上去，转过头来看着易少丞激动地道，"爹，是墙壁，这里是一堵看不见的墙！"

易少丞一怔，和沈飞对视一眼，也连忙用手摸了上去。这一摸，果真如此，那一块一块有层次的又显毛糙的感觉，可不就是摸着城墙时的那种触感吗？

既然有墙，那肯定也有门，刚才焱珠跑着跑着就不见了，一定是非常偶然地撞上了门，进入了里面。

"原来如此。"易少丞道，"没想到焱珠的运气还真好，要不是歪打正着，咱们在这儿就能把她抓住了。"

众人开始在这面无形墙壁上找入口。铎娇来回摸索着，忽然碰到了一层柔软的墙壁，与方才结实的触感不同，如同一层膜。她稍一用力，整个人就被吸了进去。

发现这一情况的其他人连忙跑过来。

"娇儿！这应该就是门了！进去！"易少丞跟着进去了，青海翼与沈飞随后。

众人一进来，眼前一亮，好像来到了另一个世界。这里到处是巨石、碎石，无数形态扭曲的花草与披着绿苔的树木肆意生长，脚下云雾弥漫。接着，他们就看到远处巨大的石头建筑，像是庙堂，又像是宫殿。

这里竟是一座古城，而且全以巨大整石砌成，即便如今已是废墟，看起来也异常宏伟。

众人都被震撼了，很难想象，这里恢宏之时，该是何其壮观。

易少丞一向淡定，仿佛从来就没有什么事情可以让他动心。即便当年焱珠把他折磨得求生不得求死不能时，也极为冷静。可眼下一切都变了。自从进入神人古墓，无论是初时的螺旋甬道，还是之后的如星空般的崖壁、巨大的战鬼骨剑，抑或眼前的古城废墟，都让他震撼不已。

"啊——"

易少丞不禁感慨，如能生出翅膀，这里应该是天上宫阙，不似人间的存在。

如此巨大的废墟，纵然是旁边一根断了半截儿的石柱，都有五丈高，三人合围那么粗。

"这到底是什么地方？原来做何用处？为何会变得这般荒废？"

便是沈飞，心中也难以自制地发出了疑问。

沈飞乃汉皇心腹，此时当然也是拿汉宫与之比较——汉宫竟然不及这里一半大。

"这里……恐怕是传说中的不见王城。"青海翼思忖良久，说道。

"不见王城？这只存在于咱们滇国的民间传说中，就连王室里的秘典都记载极少，好像……鹤幽教之中的古典里也没多少记载。"听到"不见王城"四个字，铎娇也异常惊讶。

传说鹤幽女神有一座气势恢宏的仙宫，这仙宫随鹤幽女神来去，并无定处，只有有缘人才能看得见。又传说，这仙宫里面珍宝琳琅满目，以金石珠玉做装饰，凡人视为价值连城的奇珍异宝，在这里也不过如泥土一样寻常。而鹤幽女神就沉睡在这座仙宫的最中央，即便有人进来，若心怀不轨也无法接近，因为会有强大的仙宫护卫将之驱逐。

鹤幽女神是滇国的最高神明，就像大地之母、创世之神、救世主一般的神灵，是所有鹤幽教信徒的精神支柱。鹤幽女神居住的仙宫正是不见王城。

铎娇想了许多细节，越发觉得这里很可能就是传说中的仙宫。于是青海翼师徒将双手交叉在胸前，低头闭目，口中喃喃祈祷，神情肃穆，直到良久才停止。

"我们已经向女神请罪了，并且祷告了来此地的原因，希望鹤幽女神允许。"青海翼看着易少丞说道。

铎娇也面色虔诚地说道："焱珠长公主在滇国恃强凌弱，就算对鹤幽教也有不敬。这次，看她怎么逃出这里！"最后一句说得恶狠狠的。

铎娇见易少丞有所疑惑的样子，道："爹，这些……你经历此行后，一定会明白我们作为巫女，为何对鹤幽女神如此恭敬。她能赐给我们力量，同样也能收回去！"

易少丞见她们师徒俩都如此虔敬，只好点点头，表示明白了。实际上他心里仍有疑问，修为不是自己修炼得来的吗，怎么说是别人赐予的？令他着实不解！

"那还等什么，咱们赶紧去找吧！这地方虽大，可一眼就能看清布局，我们把焱珠翻出来，然后一举消灭她！"沈飞说完就朝前奔去。

"这家伙好像还真有点儿意思。"易少丞眼中露出好奇之色。老实说,他对沈飞的提防之心丝毫没有减弱——少帝之人,又岂会真的和自己一条心?

不过,一码归一码,眼下最要紧之事,是找到焱珠,把这个心腹大患铲除。

只是众人走了一会儿就发现周围景色有些不对劲,再一看——

"咦,咱们怎么还在刚才的地方?"沈飞停下脚步一看周围,旁边是一根折断的巨大石柱,脚下是一片满是石块、长着怪异花草树木的废墟空地。这不正是他们刚才进来的地方吗?

铎娇和青海翼皱着眉,忽然像是都想到了什么,同时看向对方,异口同声地道:"巫法幻阵!"

"报告将军,前方骷髅海找到大量踪迹,并在那边的山谷里找到一个山洞,洞前有不少尸体和箭矢,但骷髅海已经被大火烧成了灰,我们进还是不进?"

听斥候禀报完,无涯不禁皱了眉头,随后又点点头。

魂在一旁听着,眼神渐冷。

这一路上,魂与无涯都不对付,其实说起来无涯完全只是想过一过手瘾而已,并没什么坏心眼儿。魂却不然。所谓什么样的过往,决定着什么样的人生。魂虽然年轻,但心性老成。他作为白羌部族的少主,很小的时候就和母妃一起被焱珠俘虏,被囚禁了许多年,一直过着生不如死的日子。

由于羌人与滇国是敌对关系,所以每当焱珠长公主以大丞身份接待外国使者,或者其他族群领袖时,为了彰显滇国的强大,就让魂的母妃前来陪侍或者侍寝。焱珠的话言犹在耳:"此乃白羌主母,艳色无边,人皆欲得之。我若为男,必取其艳。哈哈哈——"

焱珠本是心狠手辣之人,又岂会对小小的魂心生怜悯?只是她见魂天赋不错，便以凡人无法忍受的手段训练他……多年以后，才成了今日的魂。

虽然一直活得很痛苦，但对魂而言，只有两种恨最刻骨铭心：囚母之恨，杀父之仇。

"魂，你又在想什么？"无涯忽然大声问道，唤醒了铁甲侍卫，见他心不在焉，又道，"我在问你，你怎么看？"

无涯站在山上，用枪指着骷髅海的方向，由于天气还不错，能看到远处染着烟火色的骷髅海，不久前的那场大火至今都还没有完全熄灭，有的地方仍旧是浓烟滚滚，充满恶臭之味，隔得如此远都能闻到。

"你已有意见，何须再问我？"魂冷淡地说道。

第
二
十
四
章

诡都异城

"我就是看你闷闷不乐，来，喝一壶。"

无涯一甩手，一个酒壶飞到魂的手中。他看了看酒壶身上的花纹，正是滇国的图腾——五色神蟒，思绪不禁再次沉到一个冰冷、昏暗的世界。

这支数百人的队伍再次开拔。不久之后，便到了那片骷髅海。虽然骷髅海已经被烧成了一片灰白，但入口处的灰色迷雾始终没有散去，颇为诡异。无涯望着满地厚厚的骨粉，依旧震惊不小。随后跟着斥候来到那个山洞前，看到了枯瘦男子那群人横七竖八的尸体，以及焱珠的射龙手射来的无数箭矢。

无涯知道这里一定发生过惨烈的战斗，幸好没有找到他师父易少丞和铎娇的尸身，让他松了口气。

随后，众人步行进了山洞，一直走到弱水河前。无涯先遣人游水过去打探，不料人入水就沉了下去，再用绳子拉上来已和项重一样变成了白骨。无涯察觉出了这河有问题。接着有人发现山崖上有以箭固定的绳索，不过另一头已经落入水中。将绳子拽出后发现另一头是被砍断的。很明显，另一头是连接对岸的。焱珠和射龙手应该就是以此方法过河的。

无涯依法炮制，将绳子的一端系在长枪上，调动元阳之力掷出长枪。"嗖"的一声，长枪飞过河面，扎入对面的崖壁上，绳子又连接起两岸。

接着，无涯让人去外面山上砍伐树木，制作绳梯，又让人爬长绳将绳梯带过去。不久，一道结实的悬桥便架了起来。

"走。"

无涯一声令下，队伍上了悬桥，平安地到达了对面。

无涯拿回长枪，带着队伍继续前行。只是没走多久，就遇到了好几个不同的入口。

"看地上。"正当众人都不知道走哪边时，无涯忽然说。

探路斥候立刻看向地面，顿时发现白色的沙土上有许许多多的脚印，已经踩出了一条完整的路，不禁眼前一亮，马上带头前行。

无涯稳稳地坐在高头大马上，享受着这帮士兵投来的崇拜目光。

他们循着脚印，终于来到那条极长的螺旋甬道入口处。

"怎么会有这样的地方？"无涯惊叹道。

"鬼斧神工。"一向话少的魂，终于开口说了一句。

"魂，你很会说话嘛！"无涯转头赞叹道。

魂更无话可说了。

"我是说……'鬼斧神工'这种词，你都能想到，有学问……不过，还真是鬼斧神工啊。"

众人进了甬道，一出来，就来到那片峡谷里，看到两侧巨大的犹如星空般的崖壁，镶嵌着一颗颗白色的发光石头。细一看，这些石头成色极好，里面充斥着一股神奇的力量，虽然数目已经不多，放眼望去，依旧壮观。

"拿袋子来，统统带走。"无涯下令道。

"这么多，都要带走吗？"魂忍不住地问道。他现在算是看清楚这个红发壮汉的本来面目了——守财奴！对，就是守财奴！在滇国王城抄那些大臣家的时候，无涯见到好东西就据为己有。

"都给我装起来！一切值钱的宝贝，或者什么好的战利品，我都要收集起来，保不齐哪天师父、师妹就需要，我得给他们预备着。"想起师父和小师妹，无涯脸上露出憨憨的神情，但也仅仅持续了一会儿，他又响雷般地吼道，"快啊！还愣着干什么，这些都是宝贝！宝贝！"

士兵立刻拿来麻袋，一边走一边捡，将地上的所有白色发光石头全都装进了袋子，没多久就装了满满两大麻袋。至于崖壁上的石头因为没办法弄下来，也就算了。

众人继续往前走，很快就看到了那一具被钟乳石钉在山崖上的尸体，也看到了峡谷尽头的平原上，密密麻麻全是骷髅，令人倍觉恐怖。

"禀告将军，属下发现了这个。"

一名骑兵将一把金剑呈上，这把金剑呈修长的三角形，上面雕刻着无数骷髅。

"千鬼？"无涯拿起剑，看到剑柄处刻着两个字，随后把剑又递给那名骑兵，"收起来，回去呈交铎娇王女殿下。"

"遵命！"

"报告将军。"又一个骑兵走了过来。

"何事？"无涯虽然这样问，但已经看到这个骑兵拿着一些零碎的骸骨。

这些骸骨和满地的骸骨并没有什么不同。

"将军，你看。"这名骑兵拔出剑用力劈下，只听"砰"的一声，火花迸溅，那骸骨却完好无损。

无涯和魂对视一眼，无比震惊。无涯连忙蹲下，拿起来一看，先是发觉这些骨头比金铁还重，旋即又发现，这些骸骨并非像寻常的骸骨那样发白或者发黄，而是森白之上又有着一层极淡的金色，断口处也闪耀着金属般的光泽。

"也不知到底是何物，暂且把这些都装起来运回滇国，说不定可以铸造武器。"

无涯再次一声令下，很快，所有人又开始收拾起这满地的骸骨来。

魂吃惊地看着无涯，此刻，他终于觉得无涯这个人不简单！

巫法幻阵内。

"你们等我，我知道怎么验证了！"沈飞突然叫住大家，也不管易少丞等人的反应，往前一蹿，跑了。没多久，沈飞就气喘吁吁地出现在了易少丞的身后。

"你……你怎么会从我们身后出现？"

"我哪儿知道！"沈飞面露惊恐地道。

原来，沈飞一直一溜烟地往前跑，结果雾气一起，就不辨方向了，但他仍往前走着，最后还是回到了这里，就像绕了一圈又回来了一般。

"难道……我是遇到了鬼打墙？"沈飞看向站在一边不动的青海翼与铎娇，问道。

铎娇笑而不语，青海翼更是倨傲不理，她们都看出沈飞根本不相信是什么巫法幻阵，所以现在怎么解释都没用，只能等他实在无计可施了，再来慢慢破阵。

沈飞瞪着眼又看了下易少丞，嚷嚷道："什么不见王城，咱们……咱们再另找出路，绕过去就行了……"

沈飞边走边说，易少丞又没拦住。

这次沈飞更加谨慎了，他一直小心翼翼地往前走着，又渐渐被浓雾包裹住，仿佛一下子天旋地转起来，只听到耳边传来易少丞的声音："沈兄……沈兄……"可还没听他把话说完，就"砰"的一声，像是撞在了什么东西上。

"沈飞兄弟，你这下可相信了？"易少丞笑着问。

沈飞一惊，不知何时，自己又来到了易少丞身后。

"这是什么鬼地方！"沈飞不禁咋呼道，"难道，我们撞邪了？"

"沈兄，你别着急。"易少丞按住沈飞，回头看向铎娇和青海翼，"有没有办法？"

青海翼摇了摇头，示意铎娇来说。铎娇想了想，说道："巫法幻阵其实是以幻术对对方的眼耳口鼻舌身六感造成假象，从而藏匿自身，但并无任何杀伤力。不过，阵法一旦触发，便会将对方困住。我们既在不见王城，那么，自然会落入巫法的陷阱之中。"

沈飞和易少丞听得瞠目结舌，但至少是明白了，他们落入了一个非常玄妙的阵法之中。在这里稍不留意，就会面临各种困境，甚至有很大的危险。而这里之所以布置了这种阵法，其目的正是为了阻止可能闯入的外来者。

青海翼缓缓开口："也许，这里的主人……不许我们来这里，不如我们回去好了。"

"他们不希望我们来，我们就偏偏来。"沈飞一拍大腿，把目光投向易少丞，"将军，还记得之前的青皮巨人吗？他提到的什么狄王，一定就藏在这里。"

易少丞觉得沈飞的话有道理，狄王可以轻易杀死青皮巨人，武魂保存得一定非常完整。而不像青皮巨人，由于被战鬼巨剑封印了太久，连体内的武魂都变得脆弱不堪。刚刚一死，武魂就立即烟消云散。也就是说，大家还有机会得到完整的武魂。

"富贵险中求，看来我们不虚此行。"

易少丞对青海翼摇摇头，执拗的态度让青海翼委实有些不悦。

"武魂就真的这么重要？"

"岂止重要！"

"既然如此，那我就再帮你。"

"多谢。"

易少丞和青海翼完全是用眼神来交流，铎娇见状，心中莫名有了一些奇怪的反应。不知道是不是该用"酸"这个字来形容，至少变得有些沉重。

易少丞越是与青海翼走得近，她的这种感情便越是强烈。

"明明，我是希望他们在一起的。"

铎娇在心里反反复复地告诫自己。但，她发现压根儿找不到想要的答案。

"窸窸窣窣——"就在这时，草丛里响起了细微的声音。

"谁？"易少丞猛然喝了一声，身形一动，手中银枪朝前一挑。顿时，一条丈长大蛇被挑出草丛，摔在了地上，扭动着肥硕的身躯。

"蛇而已……不对！这是什么东西？"沈飞先是笑了笑，但细看地上的东西后，顿觉不对劲。原来这条蛇是由一块块石头组成的，蛇头以及身体上的鳞片都是雕刻出来的。这不是真蛇，却真的在动。

众人皆被这条石蛇所吸引，还没反应过来时，石蛇忽然一个翻身腾地飞起，凶猛地扑向易少丞。易少丞竟觉得有些头皮发麻，当即抬枪狠狠一抽。

"啪！"石块崩裂，这条石头蛇也散为了一地石块。

这时，又有一只大鹰飞扑过来，眼疾手快的沈飞甩出飞刀，当场射中，这只鹰当即化为了一地的碎石块。

这鹰竟也是石头做的。

可是，更可怕的情况发生了。这一蛇一鹰变成碎石后，各种各样的石头动物从四面八方忽然出现，开始对他们进行不死不休的攻击。而且，力量越来越强，居然还有虎豹狮群，异常可怕。让众人觉得诡异的是，明明是石头做的，却好像个个都有情绪一般，疯狂无比。

"是镇狩！"铎娇将一只石头豹子烧成灰烬后，连忙说道，"看来，这里真的是不见王城。传说，鹤幽女神以泥土造就人类，以石头造就虫鱼鸟兽，其气息与土地结合孕生万物，这才有了我滇国。据说，她的仙宫里有无数鸟兽虫鱼看守，它们就是镇狩。"

"原来镇狩是石头做的，有什么可怕？哼，雕虫小技！"沈飞不屑地道。

青海翼白了沈飞一眼，心想待会儿再让他吃点儿苦头。忽然，她对铎娇道："娇儿，快算算……"

铎娇立刻领会，点点头，目光扫过这些镇狩出现的方向，迅速掐着指头算着。很快，她脸上露出喜色，对青海翼说道："六个。"

易少丞转身，疑惑地问道："六个什么？"

巫法幻阵，上溯的历史极为古老。这种古老强大的阵法，并非因为失传才导致没有人再使用，而是想要布置这种阵法，必须有一些奇异宝物作为阵眼——大阵一旦布置成功，就得靠着巫法力量运转，这是极其消耗巫力的，就算榨干一个橙袍这种举世无双的大巫师，也很难维持运转。使用宝物却可以。不过，宝物本就难以获得，何况还要寻找到符合阵法属性的宝物，简直难如登天，上百年也不见得能碰到一两件。

总而言之，虽然布置巫法幻阵很难，破解却相对简单一些。只要找到那些阵眼，将其去除，便可解开阵法，众人也就能离开这里了。铎娇所说的"六个"指的便是阵眼的数目。也就说，这里一共有六件强大的宝物。

铎娇向众人解释一番后，见又有几只镇狩冲了过来，连忙去对付。易少丞也不担心，而是后退了几步，问青海翼道："现在该怎么做？"

由于两人凑得很近，青海翼甚至能感觉到易少丞的体温，忽然有些恍然，上次两人挨这么近还是十年前……她的脸上慢慢多了一丝绯红。

"你还是担心这些镇狩吧……"青海翼声音微弱，避而不答易少丞的问题，但脸颊上那片霞光般的淡淡微红，正说明了她内心的惴惴不安。

让她如此心绪不宁的，并不是面对源源不断涌出的镇狩，而是易少丞的灼灼目光。

"青海翼……"似乎感受到了对方的刻意回避，易少丞话音顿住，不敢再说话。他很明白，此时若是再多说一句套近乎的话，必然能将自己和她的距离拉近一些。

如今摆在彼此之间的，就是一层窗户纸而已。

然而，易少丞经历了过去十年的磨砺，再也不是当年的毛头小子，岁月就像一把锉刀，磨掉的不只是激昂，更平添了很多责任。

易少丞哑然，望着青海翼鼓起勇气投过来的期望目光，他张了张嘴，最终还是什么也没有说，连目光也开始回避青海翼。

"这是什么意思？"青海翼带着期待的目光渐渐又冷寂下去。

她等这个人，已经等了十年。

青海翼很清楚自己想要的东西，她来这里不是为了什么武魂，而是因为易少丞！她最想要的是易少丞的心，一颗隶属于自己的心，一颗能温暖自己冰冷界域的心。

"你……"她的声音微微一抖，还是淡然道，"你……易少丞，你不会指望着让我徒儿一个人对付这些镇狩吧？"

那边，铎娇正在抵挡镇狩的围攻，紫色火焰迅速清空了眼前的几只巨大蝙蝠，转头时恰好看到青海翼与易少丞别扭的一幕。

"我爹和师尊之间到底怎么了？"铎娇想道。不过，她一眼就看明白了，这两个人竟然还没有敞开心扉，还这么别别扭扭，她不知道自己是该欢喜还是该难受。

但是她也无暇多想，又忙着对付眼前的镇狩。思考片刻，铎娇忽然道："这些镇狩出现的地方，就是人能够走的方位，循着方位一直走下去，便能到达阵眼，我们快去吧！"

易少丞看向铎娇，冷静了下来，点点头，再也不看青海翼，迅速循着一个方向杀了过去。一路上，长枪横扫狂劈，一只只镇狩石兽灰飞烟灭。他心里却一直在默念："我……若能活下来……"

"若能活下来，我必娶你。"

这句话就像一颗种子，虽然落地了，却没有生根发芽，因为易少丞到现在也不能确定，自己能否活下来。这种担忧随着古墓的深入越来越强烈，他害怕那远在千里之外的巍巍大汉，那铁血和阴谋同时存在的大汉朝，在完成这次任务后，还能容他活下去吗？

所以，易少丞不敢轻易回应，也不敢轻易许诺。至少，现在还不能。

"像她这样一个执拗的女人，若我死了，必将是青丝化白发的一生，失意寥落的百年光阴，再也容不得他人一丝半毫。我绝对不能让她承受这种痛苦。"

那种清冷和孤寂，就像漫长黑暗里的一声叹息，不知多久才能结束。易少丞在过往的十年里，体会至深。

而他，不敢去想，不敢去奢望，一切只因为两个字：责任！沉重的责任。

所以，此刻这股沉重而失望的负面情绪，化成了力量挥舞出去，一只只镇狩被劈碎形成灰雾，又将易少丞包裹在里面，使得这身影看上去若隐若现，好似天各一方般。

沈飞不知道易少丞在发什么疯，一边消灭镇狩，一边循着方位离去。铎娇走之前看了青海翼一眼，然后迅速扭头进入了大阵。

直至剩下青海翼一人时，她看着易少丞消失的方向，眼神失落，泪珠滚滚而下。

"你这……又是为何？"

疼痛酸楚，犹如锥心。

骑兵押解着一大堆东西进入了雍元城。不久，拿着千鬼剑和白色发光石头的少离站在王位上高兴地大笑起来。

"来人哪！"他说道，"传令下去，给无涯将军增派人手！"

"殿下英明！"顿时，满朝文武跪拜，所有人都臣服于他的脚下。

但是少离并未再露出半点儿喜色来，只因押送东西回来的骑兵将无涯的话禀告了他。

这把剑、这些石头，乃至这些骸骨，都不是献给他的，而是给铎娇的。

无涯，并非他的人。

这满朝文武又有多少人是忠于自己的？这是一个非常重要的问题。

少离淡淡看了众人一眼："散朝。"说完，便走了。

如今整个滇国的势力已经重新洗牌，焱珠的势力被彻底拔除。

因为焱珠一派势力庞杂，攀附焱珠的一些大臣贪婪愚昧，打压良才，甚至制造了无数冤案也不加以治罪，导致人们对她的恐惧大大地增加。按理说，任何时代、任何朝廷，都会有这样一些人存在，蝇营狗苟，无法从根部断绝。一朝天子一朝臣，许多很小的事情，在如今这个特殊的时刻就表现出非凡的作用。

由于铎娇外出未归，少离暂时代管滇国，攀附焱珠横行一时的昏官、庸官都被罢官斩杀，那些被打压的良才得到任用，各种冤案也得以昭雪，这使得少离纵然还不是滇王，却已在民间、朝堂赢得极高的声望。

这让他受用极了，先前获得阿泰时备受质疑的窝囊气，终于一扫而光。但这种声望并没有令他真的感到高兴。因为又有谁知道，自己所做的一切，竟然也只是自己的生母焱珠，下了一盘多年的棋，或者说是一件做了多年的嫁衣。

一切的一切，都在焱珠的掌握之内，就仿佛一直在等着这一天的到来，等着他接手滇国，甚至包括在眼前的情形下，继承她的衣钵。

少离在御花园中一边闲逛一边思索着，眉头紧皱。

"看来，我是时候去找那个人了……"

半日之后，少离来到一个地方——鹤幽山脉，鹤幽教的圣地。少离终于按捺不住，踏入了这片禁地。

刚一踏入，一根钟乳石立刻从脚前伸出，挡住了他的去路，险些将他杀死。

"滇国禁地，闲杂人等不得乱闯，往前一步，死。"

淡淡的声音从四面八方涌入耳中，少离抬头四下张望良久也没有发现人影。虽然刚才的恐吓让他心惊肉跳，但是依旧无法阻止他迫切想要知道真相的心情。

他朗声道："我乃滇国王子少离，是你们曾经亲自册封的命运之子。"

"本尊当然知道，否则，你觉得你还有机会说话？"

那威严的声音冷哼了一声，似乎根本不屑这个所谓的滇国王子命运之子的身份。

"我有事相求！放我进来！"少离一咬牙，没有后退，反而前进一步吼道。

良久之后，空中传来一声叹息，仿佛料到了早晚会有这样一次会晤。

少离面色一喜，连忙朝前走去。顺着崎岖坎坷的山路翻过山脉，又走了一会儿，他终于看见一个山洞。穿过山洞，就来到一处悬崖上，有一个穿着黑袍的人背对他而坐，身形一动不动，仿佛是一块黑色礁石。

"我知道你想要问什么，本尊索性将所有事情都告诉你吧。"

不见王城中，镇狩仍然不断地冒出来，但这些石头怪物根本阻挡不了易少丞等人。

循着镇狩出现的地方，易少丞一步跨入，眼前景色顿时改变，好像进入了另外一个地方。不再是先前的宫殿废墟，而是一条朝着山上走的台阶。这台阶一层又一层，举目望不到尽头。台阶两旁立着一尊尊威严巨大的猛虎。这些猛虎都是用石头雕成的，或坐或卧，形态各异。仔细一看，它们的眼睛都被细细地打磨过，反着光，好像在注视着你，极为灵动、传神，似乎随时能复活过来一般。

"这般的能工巧匠，怕是我大汉都没有，难道这里的主人真是神不成？"

即使现在想来，易少丞都觉得那些石头做成的镇狩有些不可思议。他实在想不通，为何石头也会有生命，而且还能像活物一样，有着极为强烈的攻击意识。

如果不是神，不是造物主，谁又能说明这一切？

"阵眼应该就在上面。"他看了看四周，猜测道。

四周是无尽的黄叶树林，蓝天下一片金黄，被这条看不到尽头的石阶横穿而过。

易少丞一个箭步冲向了台阶，朝上面奔去。让他猝不及防的事情发生了，台阶两旁的石头猛虎忽然眨眼，爪子一动，朝着他扑来。他连忙挥动长枪攻击。本以为也能像刚才那般轻松，不想，这次的镇狩实在厉害，一交手，便知几斤几两。

"不错，正好可以磨炼一下我的枪法，巩固一下修为。"

易少丞直接用出了界域力量，一路扫上去。没过多久，他便登上了这石阶的尽头。除了一座亭子和镇守在亭子前的一尊巨大石虎，再无其他东西。

易少丞知道这石虎也肯定是镇狩，但他没有轻举妄动，因为这尊石虎和刚才所见的石虎有着明显的不同。它体积巨大，足有丈长，全身披着斑斓纹路，头上长着一只螺旋状独角，背上还有一对翅膀。

"飞虎！"

此刻，它如大猫般趴在地上，闭目酣睡，但浑身散发着一股气势……

这股气势很独特，让易少丞都觉得震惊不已。

突然，飞虎眼皮一抬，身体一躬一弹，朝着易少丞扑了过来。

"呼！"狂风呼啸，虎未至，风先到。

易少丞连忙一个闪避，躲过了这一击，只是身后的台阶遭了殃，"砰"的一声，全碎了。好像一点儿都不给他喘息的机会，这只飞虎脚还未完全落地，背后翅膀猛拍，转身就朝他再次扑了过来。

易少丞惊诧地发现，飞虎炯炯有神的眼睛紧盯着他，注意着他的一举一动。

易少丞心中一动，连忙虚晃一枪。飞虎直接朝后飞了一段距离，与他拉开一大段距离，眼睛依旧死死盯着他。它好像在打量、思考。

易少丞无比震惊，这头石虎不仅会攻击，有情绪，还会思考，做选择！这让他直怀疑那层虎形石皮底下裹着的是一个人！

易少丞突然迅速抬起枪攻向独角飞虎，枪在其身上狠狠一抽。

"砰！"一阵火花迸溅，这才让易少丞安心不少，原来它还是石头做的。

接下来，他没有再做多少思索，扬起枪直接冲了上去，与这只巨虎战成一团。

易少丞本想用界域之力直接将其消灭，却发现界域之力对这石虎不管用，更令他吃惊的是，它头上的独角还能爆发雷霆之力！

"你会，我也会，看看我们之间谁更厉害！"

易少丞直接动用大天雷尊之身，而飞虎一跃以滑翔之态冲杀过来，猛然一撞，毫无技巧可言。易少丞只凭半步界主的实力，一瞬间便将其绞杀，击了个粉碎。毕竟这只独角飞虎还只是界主初期的实力，和人相比，终究还是落了下风。

易少丞收起长枪，不禁觉得有些惋惜："可惜了，若是能收它为坐骑，岂不要羡煞天下人？但此地不宜久留。我要找到阵法之眼，破了这局才行！"

这只独角白飞虎虽然实力强大，但依旧不是阵眼。

根据青海翼所说，阵眼一旦被破，周围景色便会发生变化。可如今白虎已碎，周围一切如初。

"对了，亭子，无端的放个亭子在这里做甚？"

易少丞心思一动，连忙进了亭子，观察了一番，但并没有什么发现。忽然，他注意到脚下有些空洞之声，又踩了踩，恍然明白，这亭子下面是空的。

"找到了！"

易少丞走出亭子，用力一抬亭子的台阶，台阶就动了。他再一用力，整个亭子就被掀了起来。

亭子下面果然是空的，就像一个巨大的空坛子，里面刻着各种神秘的纹路与图腾，纹路还发着光。在那些纹路、图腾的正中央，飘浮旋转着一颗黑色果子模样的东西，上面时不时还有细小鲜红的雷霆爆发，宛若一颗闪耀红光的宝石。

"这是阵眼，不好……"

突然，里面产生一股强大的吸力，易少丞一个趔趄，就被吸了进去。他只觉得自己好像身处一片无形旋涡之中，跟着旋转、飘荡，身体似乎越来越小，周围的世界却在无限变大，连这枚小小的果子也都变成了庞然大物，散发着恐怖的热量。他不由自主地围绕这枚果子打转，且越来越近，那种马上要熔化的感觉让他心生绝望。

"怎么会这样，我体内的雷霆元阳……"

更让他感到心悸的是，自己体内的元阳纯力似乎与之产生了共鸣，开始不由自主地从体内抽离出来，飘卷向那枚黑色的果子，瞬间被吸收了进去。进而，它爆发雷霆的频率越发频繁，旋涡的力度也一下子变大，易少丞体内的元阳被抽取的速度加快，很快就少了小一半。

他原本已渐趋稳定的界主境，因此开始直线下降，很快跌到了半步界主。没有多久，又跌到了宗师之下。

感到身体越来越虚弱的易少丞，终于费了九牛二虎之力，挪动步法来到那颗黑色果子前。就像微不足道的蚊蝇，面对着一个熊熊燃烧的巨大火球，可是别无他法，要么被烧死，要么就把它吃进去。

易少丞抱着果子，忍受着雷霆之击与灼热，一口用力咬下去。

"这味道……"

比那些白色发光石头还难吃，就像半腐烂的石头，味道说不出的奇怪，有点儿像丹药。易少丞猛然醒悟，这不是什么果子，而是一颗丹药。

只是这一口刚入腹中，带着他旋转的旋涡力量顿时消失了大半，周边景色也随之发生了变化。亭子、台阶渐渐消失，变成了平地。那金黄无边的秋意落木，也化为了绿草丛生、怪异花朵到处生长的废墟。

"这丹药就是阵眼！那我再咬一口。"

易少丞没有留意到，他那缩小至如蚊蝇的身体已经不知不觉长到如螳螂大小。

随着阵眼的消失，幻术力量被解除，这里也露出了本来的面貌——废墟上布满了各种奇形怪状的石雕。从鸟兽到虫鱼到不认识的怪物，什么都有。只听一阵"咔嚓"声，这些石雕纷纷裂开，变成了一堆碎石。

易少丞的身体此时已经变得有手掌大小了，他加快速度吃着丹药，虽然不知道吃完后会不会像白色发光石头那样让身体爆裂，但他也别无选择。等吞下最后一块，"噗"的一声，他的身体一下复原如初。

他未作停留，立刻往外走去，想去找铎娇他们。然而没走几步，忽觉上腹一阵绞痛，且越发剧烈，就好像整个胃被一只无形大手拧毛巾般狠狠一绞。

易少丞疼得眉头颤抖、脸色苍白，捂着腹部半跪在地，直冒冷汗。很快，这阵疼痛就消失了，转而冒出一种说不出来的麻酥感觉，流向了四肢百骸，让他倍觉舒爽。然而这股奇特之力并未消失，似是找到了共鸣，全都涌入了他的经脉之中，与雷霆元阳融合起来。这种融合的过程并不像捣糨糊那般相融在一起，而是以吞噬的方式互相融合。

在这个融合的过程中，易少丞的力量在不断增强，实力飙升。

更让他惊喜的是，体内原本无法消化、只能慢慢消耗的白色发光石头的力量，也在此刻被疯狂席卷，融入到了元阳之中。随后，易少丞体内的力量开始疯狂增长。

宗师！王者！王者初期、中期、巅峰，一路飙升到半步界主！终于又回到界主了！但力量还在增长。界主初期、界主中期！力量的增长终于有了停滞的感觉，最后一截像是被什么东西推动了一下，竟然落在了界主中期与后期之间。

"这阵眼之物果然是宝贝，只是一颗丹药，竟能助我提升这么多，让我省去了多年精修。"

丝丝鲜红的雷霆从易少丞的经脉中钻出，缠绕着他（没有动用界主之力，雷霆就变成了红色，足以证明他的雷霆之力又变强了）。同时，他发觉自己的身体好像多了一层无形吸力，这股吸力正是来自血红色的雷霆之力。他随手朝旁边一挥，红色雷霆之力便化为了一道血红雷蛇射出。

"砰！"巨大的石头被炸出了一个窟窿。

易少丞面露狂喜。

他清楚地看到，这道元阳攻击在爆发之时，因为血红雷霆的吸附之力，周围的东西也被卷了过来，旋转成一道螺旋炸了开来。这块石头上的有着螺旋纹理的洞，便是最好的证明。

如此强大的吸附能力、洞穿能力，这让他最直接的雷霆元阳攻击威力倍增！

此时，易少丞不光修为直线提升，便连元阳性质也再次变强，纵然单独碰上全盛状态的焱珠，也有信心抗衡了。

"焱珠！"易少丞猛地握紧拳头，看向了远方。

　　随着第一个阵眼的拔除，整个王城恢复了颓败的原貌。紧接着，第二个、第三个阵眼也被拔除，整个王城的样子已经恢复了大半，各处的巨大石头宫殿、房屋、雕像、花园也逐一显露出来。

　　待易少丞与众人会合后，他惊讶地发现，大家都有奇遇。

　　先是铎娇，原本她已经晋升紫阶，操纵的魂火也变为紫色，现在则变成了耀眼的金黄色。一旦用出，无数的火焰便会化为一只三足金乌，那炽烈的温度，任何人稍稍一靠近，就会被烧得皮焦肉烂。

　　易少丞刚返回原地时，铎娇也恰好拔除阵眼赶来，面对照耀着铎娇美丽脸庞的熊熊火光，他只觉得背后仿佛烧起了熊熊烈火。转眼一看，就瞧见铎娇所过之处，一切草木竹石，纷纷化为灰烬熔岩，其威力让人咂舌。

　　第二个回来的是沈飞，他只露了一手，就让易少丞大开眼界。

　　只见沈飞飞空而至，足下踩着的是他的小小碧绿色柳叶刀，也不知是怎样的奇遇，竟然让他这般了得。

　　就在三人相聚互相赞叹时，前方有一块景色发生了扭曲。那本来是一片苍翠之地，很快化为了与周边一样的颓败景色。众人知道，这是阵眼消失的情形，看来青海翼已经成功拔除了第四个阵眼。

　　果然，所有景色消失后，青海翼便从一个神坛样的地方走了过来。此刻，她宛如一位冰雪女战神，手中擎着一把冰雪做的长剑，身上披着一身水晶战甲，英气勃发，威风凛凛。而那巫法的力量只成了点缀青海翼的装饰，增加了一分飘逸感——原来青海翼得了武学奇遇，精进了一大截，这种武学与焱珠的武学截然相反。

"冰冻系武学！"

众人只觉一阵冷气袭来，一道风雪卷成的透明人影便到了跟前。

这道风雪人形由虚转实，慢慢化为了青海翼的模样，而且与真人一模一样，再看远处的青海翼，身形则由实转虚。

"移形换影，天哪！"沈飞惊诧无比，一下子认出了这种能力，顿时羡慕无比。

他虽然不能完全确定这就是移形换影，却听别人说过，身法之中最厉害的便是移形换影，可以说只要学会这招，便是碰上再厉害的对手也可保全自身。

易少丞笑了笑，拍了下这位老兄的肩膀。

"人已经到齐了，还剩下两个阵眼，及早破除才是。"铎娇说道。

虽然没有再出现那些古怪的镇狩，不过光观察眼前的景色便可清楚地知道，不远处的巍峨宫殿仍被巫法幻阵笼罩着——他们的周围都是杂草巨石颓败的景色，这座宫殿就显得格外突兀、不搭调。

众人正要朝那座宫殿走去，景色忽然再次扭曲变幻，巫法幻阵消失了。

就在众人疑惑时，一道红色的身影出现在前方。

"焱珠！"易少丞一下认出那人来。

没错，这个人正是先进入此地，而后消失不见的焱珠。令他们没有想到的是，她竟误打误撞拔除了一个阵眼。

众人一看焱珠浑身好似容光焕发，再无先前那么狼狈，就知道她也有奇遇，只是不知道是什么。大家都不敢轻举妄动。

"站住！"

易少丞擎着长枪吼道，焱珠回眸看了他一眼，目光中竟然带着一丝玩味的笑意。

焱珠并不与易少丞交手，甩手转身，红色身形一晃而过，在与他拉开距离后，朝着另一个方向飞去。

"焱珠，你觉得你走得了吗？"

易少丞身形一动，人消失在原地，但见凌空之中划过一道红色雷霆，他再出现时，便拦在了焱珠身前，举枪杀去。焱珠两根手指一夹，枪头便被捏在了手中。

"易少丞，我没工夫和你闲扯，今日放你一马，改天定取你狗命，滚！"她厉声一喝，两指一弹，劲道爆发，便要将易少丞震飞出去。

"笑话！"易少丞身躯一震，一股强大刚猛的雷霆之力便爆发出来，顺着银枪冲出。

焱珠只觉手臂一麻，似是从银枪上传来一股强大吸力，在撕扯她体内的元阳，连身上的衣服也砰砰作响，露出了腿。长公主不禁又羞又怒，当即面色大变，看向易少丞时满眼不可思议，连忙松开长枪，与之拉开了一段距离。

"如何？焱珠，十年前你给我的痛苦，今日连本带利，十倍还回。自然，你当年是如何对待娇儿的，那我也十倍还于你！"

易少丞笑了笑，瞬间化身为大天雷尊，施展界域之力。

"轰！"就在这时，突然一声巨响，让所有人住了手，循声望去。

最后一处阵眼竟自动消失了！

随着这处阵眼的消失，这里出现的东西让所有人都瞪大了眼睛，全然忘记了打斗。

"为何会有这样的东西？"

整座王城的最中央处，一座高台从地下浮出，台上站着十二尊巨大的金人，刚好围了高台一圈。这些金人的服饰极似滇国古时的战甲，且它们皆身体朝外，手中拿着各种各样的兵器，面容栩栩如生，眼睛炯炯有神。

看它们的模样，似乎是在守护着什么。

众人的目光越过这些金人，落在了金人身后的巨大石柱上，石柱光华四溢，隐约可以看到上面刻着三个古体大字。

"狄王墓！"

铎娇、青海翼、焱珠三人异口同声地说道，这种古老的滇国文字只有她们三个人认识。

狄王墓，便是神人古墓的终点，也是武魂最终的所在地，所有人来这里不都是同一个目的吗？一路历经坎坷，目的地终于出现在眼前，众人欣喜若狂，就连易少丞也露出了难以掩饰的激动神情，把追杀焱珠一事彻底抛诸脑后。

但是，当众人来到这十二尊金人面前时，顿时被金人的气势震慑，一时不敢向前。每一尊金人身上所散发出来的力量，都让人立刻想到了被钉在山崖上的青皮巨人。

"难道这些也是镇狩？"沈飞诧异道。

"恐怕是的……"青海翼面色不太好看，顿了顿，接着道，"它们应该是守墓镇狩。"

焱珠不屑地冷哼一声，但先前青皮巨人带给众人的阴影，仿佛刚刚发生过一般，现在想起依旧心怀恐惧。

其实，青皮巨人并不算是真正的神人，而是半步神人。可是界主境在半步神人面前，却如蚂蚁一般被碾轧。焱珠能够以一敌众，把众人打得落花流水，但在半步神人面前，一巴掌呼扇过来，不死也重伤。

若这些金人真的是镇狩，我们能打败它们吗？这个问题一下子出现在所有人的心中。

"守墓镇狩……"易少丞心中默念，又观察着这些金人。

这十二尊金身镇狩体型巨大，并非像普通雕塑那般，仅仅有一个外形，它们的毛发、五官、服饰以及姿势、武器等都极为逼真，宛若真人，气势威猛慑人。

"传闻昔年，有帝王收缴天下兵器，铸造了一十二尊铜人，后来不知为何，这十二尊用途不明的铜人便消失了，难道就是它们？"焱珠忽然喃喃说道，随后气势一凛，"我若为王，定会策马奔袭汉朝，让你们这些汉人以我滇国为尊！"

"好大的口气！"沈飞白了口气甚大的焱珠一眼。

她这话一出口，所有人旋即也想起了那个古老的传说。但因内容语焉不详，众人也只是知道个大概而已。

那个帝王一生之中，传说极多，除了铸造十二尊铜人之外，还有寻找长生不老丹。而历代皇帝听闻这个传说后，都曾派人去找过长生不老药。可是纵观千年的历史，又有谁真的见过长生不死之人？

"传闻，这个帝王曾经派出三千人出海去找长生丹。也许……真的有长生丹，也有长生人——神人墓！"青海翼忽然像是明白了什么，眼睛睁大，看向了前面的石柱，之后朝前一步步走去。

她的双眸中飞快地闪烁出一道道光华的同时，足下的一块块石板正以某种规则重新组合。

铎娇一下子明白过来，青海翼正在破解这条路上留下的一些阵法，连忙道："这里到处是陷阱，大家不要乱走，先等师尊破了这些阵法。"

阵，可大可小，可强可弱。地砖上的纹理，并非仅仅是用来装饰的，更是无数小阵的集成。青海翼作为整个滇国最为强大的巫师之一，破解这些阵法的速度也极快。众人注意到，直到青海翼走到那根光华四溢的石柱前站住，身后地砖上的所有纹理才消失殆尽。

也就是说，青海翼步履之间，轻描淡写地化解了许多危机。

众人小心上前，只见这根粗大的石柱上，浮雕着无数兵马。这些兵马图案一幅接着一幅，连贯起来，众人立刻就看明白了，这是一个故事。讲的是强大的帝王派出大军要来剿灭狄王家乡，年轻的主人带着无数勇士奋勇杀敌，依旧眼睁睁地看着族人被杀，家乡被付之一炬。

年轻的主人带着残存的部下被迫离开家乡，开始逃亡。敌人并没有就此放过他们，一路追杀而来。那个帝王似乎是想要找到什么东西，而这个东西就在年轻主人的身上。年轻的主人边战边逃，利用智慧谋略，消减对方的兵马。他所逃的方向并非漫无目的，而是循着一份地图，这地图或许就是那个帝王想要得到的东西。

"原来，骷髅海是因为这场恶战才形成的……"易少丞沉思道。

到最后，年轻的主人终于按照地图的指示，进了一个山洞，渡过一条河，穿过甬道之后，来到一片瑰丽奇秀的地方，得到了一样东西——一把雕刻着无数骷髅的黄金三角剑。

与此同时，敌方大将也追了过来，一场恶战就此爆发。最终，重伤的年轻主人催动了那把剑，献祭所有牺牲勇士的元阳，封印了这名大将。

变得孤身一人的年轻人继续前行，来到了一片让他震惊的宫殿，也就是传闻之中的不见王城。

故事到这里就结束了。不过大家也都明白了遇到的一切到底是怎么回事，也明白了这故事之中的年轻主人就是神人古墓的主人——狄王！

狄王，武魂的拥有者，就沉睡在这里！

入口就设在后面的图案被抹去的地方，这里被雕成一扇巨大的门框，门框里镌刻着各种古老文字，文字的中央是个手掌形的空槽。只要进入，武魂便唾手可得！青海翼眼疾手快，出手便按向了空槽。忽然，背后一阵烈火烧来，她连忙回身挥手，甩出一道冰墙。

"砰！"冰墙与烈火相撞，顿时粉碎。

在这一瞬间，焱珠的红色身影已经越过了青海翼，手掌按向空槽。

就在这时，"砰"的一声，一把金色巨剑陡然劈下，气劲震得青海翼与焱珠同时飞了出去。

反应过来的易少丞等人连忙回头一看，只见原先面朝外的十二尊金人不知何时转了身，眼睛都死死地盯着他们。一个甩出金剑的金人手掌一动，金剑便飞回它的手中。

三尊金人同时一动，围住焱珠，举起兵器就砍了下去。

谁也没有想到，这些雕刻的金人竟会忽然发难，而且实力亦如他们担心的——异常强悍。

焱珠娇喝一声，身形闪动，仿佛化为了一道红色绸缎，从这些金人之中穿了出去。就在她飞出的那一刻，金人出手如闪电，忽地一下抓住了她的脚，重重一甩。

"砰！"焱珠就像射出的箭矢，整个人深深嵌入地面。剩下的两个金人又朝她砍去。

"娇儿，小心！"易少丞忽然大喝一声，闪身上前，原来有一尊金人袭向了铎娇。

这些金人如此强悍，连焱珠都处于下风，以铎娇的能耐是无法与这些半步神人对抗的。

"小心！"青海翼大叫一声，拦住易少丞。

易少丞忽觉背后不对，转眼一看，这才发现也有三尊金人朝他砸来。

"走开！"

易少丞一时间使出浑身力量甩动银枪，朝前荡去。三尊金人立刻双手交叉，做了格挡的态势。银枪转瞬落在金人身上。

"砰！"这一声如黄钟大吕，让人头脑一震，神情恍惚，更是荡起一圈粗硕的气劲。更令人吃惊的事，易少丞闷哼一声，竟被自己的气劲给震得飞了出去。这令人何其骇然！

一时间，场面混乱，青海翼想要去帮铎娇与易少丞，但她一动，立刻被四尊金人围了起来，环顾四周，心立刻沉到了谷底。

沈飞投出飞刀，要去帮易少丞，只是飞刀一动，他立刻就被一尊金人缠住，金人磨盘大的拳头朝他砸下。

如今他的修为好歹也是界主巅峰，纵然一时敌不过这个金人，但抵挡一下完全没有问题。

沈飞气息一定，周身飞刀似孔雀开屏飞出，化为一个旋涡刀盾挡在前面。

　　"砰！"金人的拳头眨眼打碎刀盾，砸在了沈飞胸口，他当场吐血飞了出去。他刚落地，金人手中的巨大长矛便戳向了他的眼睛。这一刻，他只觉得身体被一股奇大无比的气势压迫定住，无法动弹，只能眼睁睁地看着长矛戳来。

　　然而就在长矛到达他眼睛的一刹那，他忽然看到了金人的眼睛。只觉眼前一晃，周围一切景物都消失了，他来到一个四周漆黑的地方。

　　在这个无边无际的漆黑之地，前方亮起了一个金色光点，沈飞连忙追了过去。那光点越来越大，很快，他就看清了其面貌，正是攻击他的那尊金人！

　　此刻，这尊金人变得无比巨大，见到他便疯狂杀来，速度丝毫不减。

　　沈飞吓得一愣，转身就跑，脑子里只想着怎么先躲开，然后再寻找出路离开此地。然而他不知道的是，此时的他只是灵魂被强势拉出，拽入虚空，正与金人进行天人交战！

　　外界，他躺在地上，面色惊恐地看着一支离他的眼睛只有半寸的金色长矛，握着长矛的金人正面目冷厉地看着他。时间好像静止了一般。或许是因为灵魂被拽入虚空，沈飞虽然保持着面部表情，可整个人身上的那股子生气好像消失了，变得如雕塑一般。

　　更古怪的是，就连那个金人也是如此，虽和先前没有什么变化，但身上流淌的那股气势不见了。

　　而这一刻，无论是焱珠也好，青海翼也罢，以及铎娇、易少丞，一个个也都纷纷如此。眼看要被金人杀死的刹那，灵魂却坠入另外一个空间。

　　沈飞遇到的情况，所有人都遇到了，只是这次比以往任何一次都更加险峻。

在这片只有无尽漆黑的虚空之中，每个人面对强大的金人，都觉得压力陡增。

"这里是哪里？为什么我会在这里？"

铎娇一边躲避着金人的攻击，一边思索着。

她并非武修，纵然也会一招半式的如龙枪诀，参透了雷电心法的奥义，但是她最大的天赋、最擅长的还是巫法。

"砰砰砰！"半步神人的金人，每一次气势极强的攻击都引得虚空震动。

铎娇左晃右闪，使出了一些增强防守的巫法，却只守不攻。

此刻，铎娇极为冷静地分析着自己的处境："这里应该是一个虚空，虚空之中活人无法生存，我如今的状态应当是灵魂。"然后她转念一想，"如果这个金人真的想要杀死我，为什么这样大费周折？还有，从进入不见王城开始，里面一切没有生命的东西都被赋予了生命，犹如传闻中的鹤幽女神造物一般，可像又不像。再者，这些金人除了具有半步神人的恐怖修为，身上还有一股独特的力量。"

铎娇心中一时闪过无数念头。

与此同时，青海翼也与铎娇一般的处境。

在无尽的黑暗虚空中，青海翼在面对变大无数倍的金人攻击后，也开始思考起来。

"我巫法、武道同修，如今巫法已到了橙袍巅峰，但瓶颈多年都难以突破，总觉得缺少了些什么，可这绝对不是武魂。武道一途，我如今也已达到界主巅峰，与神人看似只有一步之遥，却相隔甚远，现在才知道界主与神人之间还有个半步神人。"

青海翼感觉到自己似乎摸索到了什么，但又好像什么都没有。

青海翼毕竟不是纯粹的武修，她摸索不到的那点明悟，焱珠与易少丞却同时想到了。

"是一股气势，不对，是一种心中所想与身上气势的融合！"

易少丞心中并无任何关于巫法的杂念，焱珠也完全一样。在各自的虚空世界里，他们共同想到一个词——战意！

是非凡的战意，让这些半步神人的金人雕像，宛如被赋予了生命一般。

一瞬间，从踏入骷髅海到此刻为止，那些被赋予力量的骷髅、攻击他们的石头镇狩，以及这些栩栩如生的金人，一切都化为无数的碎片，同时闪现在焱珠与易少丞的脑海里。

就是战意！

这一刻，两人头脑同时豁然开朗，眼前像是忽然打开了一扇门，门的后面是星辰大海，无限广阔！存于心中多年的武道困惑，忽然解开，力量和领悟便如洪水般爆发。

战意是什么，是那股由念起、由胆壮、由心发的无形之力。看似毫无用处，却能造就一种非常气势。有了这种气势的人，纵然毫无修为，也能狠狠震慑住有修为之人。

然而战意，也有千万种。就如这十二尊金人，有的金人面目狰狞，所拿兵器也是狼牙棒一类凶狠骇人的东西，这种战意就是惊怖！有的金人眼皮低垂，面色无悲无喜，一身素净，手拿长棍做轻轻敲打姿势，但让人看了都觉得这一棍下去，能敲碎泰山，这种战意叫庄严！还有的金人横眉立目，面色冰冷，面容棱角分明，扬手举剑对着一边，眼睛死死地盯着，好像见神杀神、见佛杀佛，没什么是杀不了的，这种战意叫必杀。

总之，这十二尊金人，每个都有一种战意，一种至纯的战意。

众人在虚空里被这种战意威慑，觉得对方太强大，有着无可匹敌的气势，一旦碰上必死无疑——有了这种心理，自然心生胆怯，落入下乘，所以才会觉得自己变得渺小，不堪一击。此消彼长，那些金人就变得越发强大。

"我如何才能让自己也具有战意？"

易少丞一边躲避着金人攻击，一边回忆着。

他首先想到的是人生的第一场硬仗——十年前与霜绝剑主人江一夏的对战。对方是界主境，自己不过是王者境，可硬是凭借一股不死信念、杀上九重天的气势与意志，强行破掉了江一夏的界域对自己心神的入侵。之后，便是不久前与九头尸鹫、枯瘦银枪男子的战斗。

　　是的，每一个对付过的敌人都比他厉害，可论意志，没有谁比他更加坚定。

　　"所以我才赢了，那时候其实我便具有了这样的战意。我的气势……我的意志……这就是我的战意！"易少丞恍然大悟。

　　"我的战意！"

　　一声怒吼，处在虚空里的易少丞，身体猛然长大，很快长到了和周围三尊金人一般大小。

　　"果然！这就是战意的力量！"

　　易少丞猜对了，当他心中鼓起战意时，力量再次回到体内。只是他忽然发现，自己变大的身体有些透明。

　　"原来如此，此处的我并非真正的我，而应是我的灵魂，否则身体又怎么可能这样变大变小？我的灵魂应当是被强行抓来了这里。我身体如此透明，不如这些金人凝实，想必是因为我的战意才刚刚凝成，并不如它们的战意强大、坚固。"

　　易少丞悟出战意后，立刻挥舞拳脚，与这些金人交战起来。

　　"咦，在这里无法使用元阳，也无法使用界域，只能拼斗招式，一招一式都落在实处……不对，我如今的身体代表着战意，那么这些金人也就并非是真的金人，而是一股战意。这是战意与战意的碰撞，自然不能用元阳来解决。"

　　明白了这些的易少丞，拳脚并用，如武修初学者一般，与这些金人对战起来。

　　"砰砰砰——"他的拳脚一次次落在这些金人身上，忽而举轻若重，忽而举重若轻。

这些金人非常凝实，当易少丞一拳打到它们的身体上，就会出现一个拳印。它们的反击如果落在易少丞的身上，易少丞就会感觉灵魂一荡，身体都会轻微模糊一番，好像能量消散了一些。他便明白，如果不战胜这些金人，最后只能落个身死道消的下场。

渐渐地，搏击速度越来越快，易少丞却越战越强。

掌握其中规律后，易少丞在虚空中的身体比之前更加凝实稳固。数回搏击过后，他的身体已如平时一般凝实。这也正说明，在这样的磨炼之中，他的战意变得清晰而坚固！

"砰！"又是一次激烈碰撞，终于，对面的一尊金人被易少丞一拳击碎。

这尊金人化为无数细小的金光颗粒，涌入了易少丞体内，他清晰地感觉到这股破碎的战意是一种何其强大的存在。而且，这股战意还有个名字，名为"不休"，正好符合他那一旦生死对决，便不死不休的性格。

吸收了这股战意后，易少丞的身体再次发生了明显变化——不光变得更加凝实，而且皮肤上出现了一层极淡的金色。

这种金色来源于金人，但出现在易少丞身上，就给人一种固若金汤的感觉。

易少丞的战意，比原来更加强大！

易少丞以摧枯拉朽的力量，两拳打碎剩下的两个金人，将战意全部吸入体内，他皮肤上的金色变得浓了一些。

一时间，那种极为豪放、毫不畏惧的战斗意志充斥全身。

易少丞猛然一跃，灵魂钻回躯壳，只是与身体彻底融合时，他又有些后悔："早知道如此，我应当多揽下几尊的。这些战意纯净而强大，但就是太少，若十二尊都变成我的，那我绝对能在神人之下纵横无敌！"

易少丞双眼猛然一睁开，一团金光从他眸底深处涌现。他眼前的世界逐渐明亮起来，看到周围的漆黑慢慢消失，变成了白雾，待白雾散去，周围的景象终于映入眼帘。

他彻底醒了过来，立刻看到了眼前的三尊金人。

被他吸收了战意的金人已经失去了之前的光泽与气势，色彩变得黯淡而死气沉沉。

"多谢。"

易少丞忍不住拍了下一尊金人的肩膀。只听"咔嚓"一声，这尊金人眨眼间破裂，变成一地碎片。其他两尊金人也相继破碎，散落一地。

"对了，现在想来，那时候在水下洞窟里第一次见到骁龙前辈，被他震慑到，也是因为如此——他身虽死，可战意犹在，就像这些金人一般……"

"哗啦！"一声巨响打断了易少丞的回忆，他回望过去，就看到围困焱珠的三尊金人同时粉碎。焱珠的身形露了出来，她一眼扫过四周，目光果断落在一动不动的铎娇身上，眼神一冷，杀气与战意勃发，变得比之前更加强大，瞬间冲向了铎娇。

就在这时，一股同样无可匹敌、压倒一切的气势撞向了她。

"砰！"两人实打实地对上了一掌，接着各自后退。这一掌都没用上元阳，也没有产生任何气劲。但碰撞出来的声响和这一掌相撞时的气势，异常骇人，若是常人看到，说不定会有两座巍峨大山狠狠一撞、天崩地裂的错觉。

没错，这就是战意的对撞！

"焱珠，你再试试看！"易少丞落地，护在沈飞、铎娇、青海翼身前，冷冽的目光如刀子般割开空气，极具侵略性地冲焱珠看去。

"哼，易少丞，没让我失望啊！"焱珠冷哼一声，毫不畏惧地与他对视。她的目光高高在上，仿佛有着千钧之重，睥睨众生，随意操控别人的生死。

两道目光凌空撞在一起，这是战意的对撞。

"砰！"传来一声巨响，两人之间的石头地面忽然出现了一道笔直裂缝，就像一把大斧劈下，一砍而成。

虽然他们以前也有战意，却无形无质，如今领悟了战意，吸收了战意，虽依旧无形，却能杀人于无形。

不难想象，若是有个人站在他们中间的话，恐怕此时已经粉身碎骨了。

这一眼过后，焱珠脸上露出难得的妩媚笑容，忽然身形一动，划出一连串残影，下一刻便出现在那根巨大的石柱前。她将手按在那个空槽中，石柱忽然变得无比柔软，她的身形一下子陷入里面，消失不见了。

"哼。"易少丞虽然只能眼睁睁地看着焱珠消失，但心里还是高兴的。以前他在焱珠面前不过蝼蚁一般的存在，现在他可以毫不畏惧地和焱珠对抗，让焱珠不敢轻易与他交手，这就是实力的象征！

"哗啦哗啦——"焱珠刚一进去，剩下的金人纷纷碎裂，铎娇等人也陆续醒了过来，每个人身上都散发着不同的气势。只是，这气势有强有弱。

最强的莫过于青海翼。她身为鹤幽教的左使，身份、地位极高，很久以前就养成了那种高高在上的气势，如今又领悟了将这种气势转化为战意，加之一下子吸收了四尊金人的战意，整个人所展现出来的气势已经不能用"恐怖"来形容了。易少丞见了，虽然不惧，可心底也有些看不透的感觉。

"这次神人古墓之行，青海翼与娇儿这对师徒收获最大。娇儿如此年轻，便领悟了战意。青海翼巫武同修，殊途同归，这战意恐怕就是巫法的灵魂修行与武道的意志修行互融的结果。"

青海翼因为巫武同修，面临瓶颈，无法将武道和巫法两者融合、转换自如，如今领悟了战意，终于将巫法与武道彼此融合，日后前途必定不可限量。

青海翼恐怕是鹤幽教有史以来第一个达到如此境界之人。

看着青海翼变得这般强大，易少丞心中不胜惊喜。

青海翼也感受到了易少丞的目光，温暖柔和，让她心头一颤，一丝甜蜜涌了上来，可她马上就想起刚才他那畏惧而不敢与自己深层次前进一点点的样子，心里不禁又有些难受。

　　都说"男追女隔座山，女追男隔层纱"，易少丞畏畏缩缩，难不成心里还有什么顾忌？

　　青海翼也看向了易少丞，两人目光交会，一切尽在不言中。

　　只是，铎娇忽然出现在了两人中间，一皱眉头，看了看青海翼，然后又看向易少丞："爹，那个老妖婆呢？"

　　"定是害怕将军威严，跑了！"沈飞哈哈笑道，自从领悟战意之后，他整个人容光焕发，性格好像也变得豪放不少。

　　易少丞抬眼指向那根石柱道："焱珠进去了。"

　　铎娇等人面色一变，二话不说，便来到了石柱跟前。

　　沈飞拍了拍石柱："这怎么进去？"

　　易少丞学着焱珠的样子，将手按在了那个空槽中。顿时，一股吸力传来，像是里面有一只手，将他一把拉了进去。

　　青海翼等人看到易少丞像是陷入泥潭，一下子消失在柱子里，连忙跟上。

　　在他们进入石柱后，石柱上又多了几幅人形浮雕，它们的模样不是别人，正是易少丞、青海翼、铎娇、沈飞以及焱珠。

　　没过多久，原本一动不动、惟妙惟肖的兵马浮雕，开始动了起来。

第
二
十
六
章

朽尸开眼

　　易少丞只觉陷入了一片黑暗之中，身体不断往下坠着。没有多久，他就掉到了底层，一个趔趄，险些跌坐在地上。

　　待他站稳，连忙抬头，不禁被眼前的景象惊住。

　　一片偌大的星空。

　　明亮的星辰如同河流一样壮阔，分布在每个角落。人身处其中，就像踏足虚空，足下地面一片白茫茫，像是用云雾堆砌而成。再往前，则是千军万马。但这些兵马并非是真的，全是用石头雕刻而成，有成千上万之多，每个石雕手中都拿着一件古老的青铜武器。

　　看了良久，易少丞才松了口气。这些石雕兵马身上并无战意，也就是说不会像外面那些镇狩一样"复活"。

　　"巫法玄门竟然真的存在……"

　　他的身后传来青海翼的声音与铎娇的感叹。

　　"巫法玄门？"易少丞走到青海翼的身边，不解地问。

　　"在我鹤幽教秘典记载的传说中，巫法玄门是一种将巫法修炼到一定境界才能领悟的强大存在，用你们汉人的话说，便是芥子须弥。"青海翼解释道，"在任意一块载体上，创造一扇门，在门里面造出一个小世界，这便是巫法玄门，也叫方外界。"

　　"这不是只有神仙才能做到的事？"沈飞惊异道，"难道世界上真有神仙？"

"有没有神仙我不知道，但是神人或许就能够做到。"铎娇说道，"这种巫术在我鹤幽教中是仅次于鹤幽女神抟土造物的传说。我们此刻正身处在这浮雕的画作之中。"

易少丞和沈飞听了后，只觉得神乎其神，不过两人看到铎娇与青海翼紧张的面色、攥紧的拳头，便明白这巫法玄门非同一般。万一出不去，岂不是要困死在这里？遂不敢轻举妄动。

就在这时，前面林立的无数石头兵马中闪过一道红色身影。

"是焱珠！"易少丞大吼一声，吼声如雷，饱含七分战意，音波扩散出去。所过之处，石头兵马"哗啦啦"破碎，如同风暴席卷而过一般。

眼见这股风暴就要冲到焱珠身后，焱珠忽然转身，张开嘴唇，一声清脆凤鸣自空中发出。清亮、柔软，却一样饱含战意，浩荡而强大。这竟是龙吟、虎啸、凤鸣、狮吼四种上乘音波之一。

"砰！"两道音波撞在一起，刚柔相冲，看似彼此抵消，除了撞在一起时的刺耳响声，没有发生任何爆炸，然而等音波消失之后，周围看似没有被波及的石雕身上，出现了密如蛛网般的裂痕！

"这个老妖婆怎么变得这么厉害？"沈飞震惊道。

沈飞忘记了，他们在拔除阵眼时各有奇遇，焱珠也是如此。另外，她也领悟了战意。自然，实力也扶摇直上。

焱珠遥遥望着易少丞等人，略微皱眉，没想到他们这么快就追上来了，只是这些人如今已经不是她想杀就能杀的了，况且，还有更要紧的事——得到武魂！

"先放你们一条狗命！"

焱珠略微一想，丢下这样一句狠话，便甩袖冲向了前方。

在这一大片石雕后面，是一座四面梯形的巨大高台。台阶是用汉白玉修建而成，每一层台阶上面都刻满了古怪玄奥的文字，一直到顶端。高台之上是一座巨大、古朴、沧桑的神龛，上面的雕刻精美，纯白无瑕。

神龛里有一个青铜王座，上面坐着一个身穿残破战甲的高大之人。此人面容严肃，青脸红发，皮肤枯槁，手持一杆镶嵌着一颗天果的青铜长矛，浑身散发着无上威严。

他看似陷入了沉睡，但那一身青色的皮肤显然是因为死去时间太久而未腐烂，尸化了。

这是……

"狄王！"铎娇喊道。

众人一怔，立刻明白了焱珠的企图，下一刻也纷纷冲了过去。

移形换影！

青海翼虽然离得最远，但是身形一动，便原地消失，再出现时，是在焱珠的前面！她的身形由虚到实，飞快凝聚。

"就凭你也想拦住我？"焱珠冷笑一声。

她志在武魂，无意打斗，当下冲过去。就在这工夫，"呼"的一声，她的手掌上，火焰剧烈燃烧，整只手像烧红的烙铁，且愈发红润，一瞬间化为了红玉一般。虽然手上没了火焰，但温度高得吓人，空气都跟着扭曲起来，接着，一道烈焰风暴在她手上形成。

焱珠一掌对着青海翼的面门拍出，烈焰风暴铺天盖地扑向青海翼。

"威力寻常的火焰掌，居然胜过先前百倍，已臻化境，你果然也得了奇遇。"青海翼话毕，眼睛猛地一睁，只见深邃的眸底涌出一阵寒光，双眼立刻化为了冰雪般的颜色，一股冰森刺骨的战意猛然冲出。

冰霜战眸！

"不好——"焱珠手一顿，当即后退，可已经晚了。

"哗啦——"一瞬间，她带火的手掌连带周围的石雕、地面全部被冰霜冻结！

"这是巫术……不对……武道……也不对……青海翼！你竟然将巫法与武道融合了！"焱珠仅仅慢了一拍，半个身体便被飞快蔓延的冰霜冻住了。她不可思议地看着身上的寒冰，眼中闪过些许窘迫之色。

刚才青海翼的那一眼的确是战意勃发，但是一眼就让周围如此大范围地结冰，她一点儿防备都没有，这也只有巫法才做得到。放眼整个鹤幽神教，能做到这一点的，除了青海翼，恐怕也只有那个人了。

　　"不知我儿，此刻是否已去找他？"

　　焱珠实在不敢再分心去考虑少离的事情，开始专心对付这个老对手青海翼。如她所言，青海翼这招巫法兼容了武道意志。

　　"就允许你有奇遇不成？"青海翼眼眸里的白光消失，恢复正常，冷冷地道，"这个幻阵有六个阵眼，每一个都被天灵地宝镇压着，想要走出幻阵就必须拔除阵眼。我们五个人，每个人拔除了一个，但是想要走出这座不见王城，还得拔除最后一个阵眼。"

　　青海翼话音未落，只听"咔嚓"一声，一道冰霜脉络顺着焱珠衣裙往上，冰花蔓延到她的脸颊时，她的脸色已变得苍白。她却冷哼一声，笑道："这我自然知道，只是第六个阵眼只有我能得到，那就是狄王身上的武魂，除了我……你们谁都不配！"

　　最后一句冷喝而出，焱珠双眸之中泛起炽热的红色，周身冰霜开始融化。待她的战意与火焰元阳融合爆发，不光身上的冰霜瞬间消失，周围的冰霜也刹那融化。焱珠浑身上下冒着热气，宛若刚刚沐浴完，说不出的惊艳。连远处的沈飞也都一时怔住，直到易少丞轻轻咳嗽一声，他这才转了头，没有再看。

　　"青海翼，既然你要打，今天我就先灭了你！"

　　焱珠举起手掌，带着狂风凌空拍下，顿时，无数火焰掌像雨点一般射向青海翼。

　　这种掌法，每一掌都蕴含着强大的武道意志，地面都被劈出裂纹，周围石头兵马瞬间支离破碎。

　　"你以为杀得了我？"青海翼身形一动，一层冰霜迅速覆盖全身，很快，这层冰霜变厚、凝结，化为了一身冰霜战甲。任由下雨般的火焰掌落在身上，冰甲岿然不动，青海翼更是毫发无损。她再次使用移形换影。

"先杀了焱珠，再安心去取武魂。"易少丞暗暗想到。

虽然偷袭向来不是他的风格，可如今也顾不得那么多了。只是还没等他冲出去，身后的铎娇身形一动。她后背长出一对巨大的金色火焰翅膀，一扑一动，无声无息，就飞向了焱珠身后。

"娇儿——"易少丞心中一紧，想要阻止已经晚了，他低估了铎娇对焱珠的恨。

这股恨，不只是杀父之仇，还有被焱珠夺走的童年的所有快乐、纯真与爱，让她长成了一朵带刺的玫瑰。如果不报仇雪恨，这些尖锐的刺会伴随她终生。

"你，必须死！"

眼见铎娇悄然接近，就要偷袭成功，焱珠忽然嘲讽地笑了笑，一转身便挥出了一道月牙状火焰。让人震惊的是，这道火焰的颜色凌空还在变化，红色逐渐加深，很快变成了青色。

这才是炉火纯青，真正的巅峰武学淬炼后的圆满形态！

"铎娇啊铎娇，是你自己送上来的，莫要怪姑姑无情！"焱珠冷酷无情地想道。

不死之火，沾之即燃，生命不息，烈火不休！

焱珠挥手间，重重火焰掌疯狂地攻击着青海翼，同时哈哈大笑着。她头发有些散乱，从身上破碎的战甲中流出了一些血，这副样子却为她增添了几分霸气，让她显得更加不可一世。

"巧了，我这火跟你的一样。"铎娇面对飞来的月牙状青色火焰，双手一挥，悠然说道。

金色火焰同样化成月牙状飞出去了。

"砰"，两道属性神秘的火焰刹那间撞上，但并未就此消散，反而在空中角力着，僵持不下。

"什么？"焱珠未曾想到会是这样，"你这是什么火焰？"

"你不知道我的，我却知道你的。"

铎娇双手虚虚握住两道月牙火焰，接着狠狠一抓，两道火焰同时爆散，消失不见。

在滇国的传说之中，天地之间有三种火最为神奇：石中火、空中火、木中火。这三种火焰没有根，也无法得知产生契机，而它们产生的地方也是最不可能产生火焰的地方。后来有人钻研古籍，研究山海志异发现，这三种火可能真的存在。

石中火，便是夷明火，指的是大地深处的心脏位置产生的火焰。大地为土，心为石，大地深处是滚烫熔岩，这熔岩深处的火焰，便是火焰中的火焰，被称为"石莲业火"，汉人又称为夷明火。

空中火，虚空之中又怎么会有火焰？

有，那就是太阳。

太阳，便是金乌。

传闻，远古时期，有十只金乌居于东方的扶桑树上。后来金乌生乱，导致天有十日，民不聊生。后有神人射下其中九只，这九只金乌陨落大地却并没有死，最后不知所终。

至于木中火，便是朱雀火，又叫凤凰火、涅槃火。

朱雀，自古有云，便是火凤凰。又有人言，火凤凰栖于梧桐之上，而这梧桐并非寻常梧桐，乃太古时期，燧人氏取火时遇到的光明树，树上有无数奇特的鸟啄着树木，故而树木发光燃火。凤凰涅槃，死后重生，实则是这些火焰灵体得形衰老后，用这生命力无穷的火焰烧掉残躯，再次新生罢了。

只是不知道狄王有何能耐，竟聚齐了两种传说中的火焰——木中火、空中火，将它们作为运行巫法幻阵的两个阵眼。如今，木中火被焱珠得到，空中火被铎娇得到，虽用法不同，威力却不相上下。

"丫头，我还是小看你了。"

"姑姑说的什么话，我们不过是彼此彼此。"

"你真当我没有办法杀了你吗？你们几个人之中，我想取谁性命，谁又能奈何得了我？哈哈——"

　　焱珠武艺更高一筹，前压青海翼，后抗铎娇，从容不迫。易少丞和沈飞看得着急起来，易少丞更担心铎娇的安危，便欲加入战团。

　　"你们现在立刻给我后退，否则，我要铎娇第一个死！你们谁也拦不住！大不了，同归于尽！"

　　焱珠语气里带着疯狂，似乎易少丞和沈飞再往前走一步，她就敢和青海翼、铎娇同归于尽。

　　"老妖婆！先前敬你是滇国大丞，如今看来，不过是疯婆子，还敢抢我大汉的武魂，那就别怪我沈飞心狠手辣！"沈飞大喝一声，身形腾空而起，浑身飞刀随心飘出，萦绕周身，随手一挥，这些飞刀便随他所指，纷纷射向了焱珠。

　　易少丞用出雷龙啸——鼓足元阳，震天一吼，吼声融合战意，化为一圈圈粗硕音波，所过之处，石头兵马纷纷化为齑粉！

　　这一次夹击，配合得天衣无缝，一波胜过一波。这焱珠要还不死，众人也无可奈何了。

　　"哈哈哈——"就在这时，焱珠忽然放弃了所有防御与攻击，仰天一阵狂笑，任由无数的攻击袭向自己。

　　她想干吗？她当真疯了吗？这女人一向不可一世，为何自寻死路？

　　一时间，四人心中闪过无数念头、无数疑问，很快，疑问化为了震惊。

　　"朱雀红莲界域！"

　　焱珠大喝一声，脚下忽然盛开了一朵红莲，全身上下也燃烧起火焰。

　　那被火焰包裹的人形越来越大，转眼化为一只无比巨大的火鸟。

　　竟然是火凤凰！

　　"轰！"所有攻击眨眼就到，一声巨响，火凤凰湮灭在了这数波攻击之中。

"这老妖婆——"沈飞松了口气,骂道,但还未说完,就见攻击产生的硝烟过后,那里依旧被红莲状大火包围着,焱珠化成的火凤凰已经消失不见,唯有一团球状的火焰在大火上空燃烧着。这团火焰骤然变大。

"啪!"一阵燃烧爆鸣,火焰骤涨,重新化为了一个人形,正是焱珠!

"怎,怎么可能!她难道已经是神人了?"沈飞失声道。

"不是,是她已与木中火融合,界域产生了变化,成了不死之火的界域。在界域内,只要她元阳充沛,就能不断再生。想要杀死她,必须把她的元阳完全耗空不可。"铎娇咬着牙,额头冒出冷汗,遥遥望着焱珠。

"哈哈哈——"焱珠被火莲托着,一边鼓掌,一边哈哈大笑,笑完俯瞰众人道,"不错!不过就凭你们,有那个能耐吗?"

焱珠手一抓,界域消失,仿佛一切力量都被她握在了手中。

"你们以前是蝼蚁,现在依旧是!滚!"

说完,焱珠振臂一挥,顿时比之前更为猛烈的火焰掌疯狂扑向众人。

众人连忙抵挡。

焱珠趁机几个起落冲向那座高台,落在了狄王尸身前。

远处的易少丞等人刚挡掉攻击,便看到焱珠伸出手掌,探向了尸身的胸膛,不禁大惊失色,但追过去已经晚了,纷纷怒吼起来。

"焱珠!"

"尔敢!"

焱珠笑了笑,她有什么不敢的。

她以手为刀,只要割开这具尸身的胸口,就能得到她梦寐以求的武魂!但是,就在她的指尖将要碰到尸身时,她忽然发现,尸体的皮肤好像抽动了一下。

错觉？焱珠一怔，心中顿时涌起不祥的预感，猛一抬头，就看见青皮红发的尸体一下睁开了双眼……不，不只是睁开了双眼，他的额心还裂开了一道细长的缝，竟然是第三只眼！这第三只眼极为恐怖，里面竟有数枚"瞳仁"。

"铮！"第三只眼中光芒骤亮，焱珠顿时仿佛被巨锤击在胸口，脑袋更是一阵眩晕。

"砰！"焱珠被击飞出去，凌空喷出一口血来，直冲向易少丞。

本来就冲向焱珠的易少丞一愣，想要避开，已经来不及，只能硬着头皮被迫接下。哪里知道被击飞过来的焱珠，就像被一双力大无比的大手推着，连带着他一个劲后退，直到他费了九牛二虎之力，爆发出元阳，一脚重重陷进地面。

就算如此，他的双脚依旧后退着，直到在地上犁出两道长长沟壑，方才停下。

这时，易少丞因使出全身力气，已满脸涨红，青筋暴起。

"易少丞！"

"将军！"

"爹！"

青海翼、沈飞、铎娇三人连忙跑过来。

易少丞好像脱了力，一屁股坐在地上，一个劲地喘着气。待发现焱珠还靠在自己身上，不禁惊叫一声："我的天！"

他立刻松开手，将怀中的这个凶神推了出去。

焱珠从地上站起来，稳了稳身形，随后看向易少丞，眉头一挑："你还真是不懂得怜香惜玉。"

易少丞也站了起来，因为根本没想过焱珠会跟他道谢，所以也就根本不在意她的态度。

青海翼三人这时过来了，虎视眈眈地盯着焱珠，一时气氛又剑拔弩张。

"现在不是窝里斗的时候，最厉害的那个在那边。"焱珠的目光又转向高台，可这么一看，她忽然怔怔地后退数步。

刚才她算是幸运，捡回来一条命。又被狄王的三只眼这么一扫，顿觉自己变成了风口前的蜡烛。

易少丞也抬起眼睛，猛然看到神龛，当即喝道："小心！"

青海翼、沈飞、铎娇看到易少丞和焱珠如此奇怪，一想不对，连忙回头看。这一看，当即震惊得什么话都说不出来了。

睁着三只眼的狄王缓缓从青铜王座上站起，慢慢浮空，他冷冷地看着众人。与此同时，一股浩瀚如海、沉重如山的气势，一下子从天上压下，笼罩在每个人身上，众人一时间感到寸步难行。

这不是精神上的威慑，而是实质的威压！

威压一出，空气的流通似乎都变得缓慢，让众人呼吸不畅。全身似是陷入泥潭里，动一下都要耗费很大的力气。

然而众人也很清楚，这种威压带着熟悉的感觉，因为它是由战意凝成的，仅仅是战意！

"光凭战意便能达到如此程度，那还是人吗？"众人的心头震惊得无以复加。

这种战意，比起他们领悟的战意总和还要强大万倍！

也许那人只要动一个念头，他们所有人都会粉身碎骨！

这一刻，众人心头只有一个念头：恐惧！

死人复活已经不让他们惊奇，惊奇的是这个复活的狄王，力量竟然如此强大。

"乖乖，这就是真正的神人之威，这才是大家伙！"

众人粗重地喘息着，心中不约而同地想道。

就在这时，狄王动了起来。似乎是因为刚刚苏醒，身体还有些僵硬。他抬手将青铜长枪缓缓朝前一指，犹如指挥千军万马的王……不，他就是王。

这一指，枪头上镶嵌的异色天果亮了起来，散发出璀璨光芒。

"滋滋——"蕴含能量的光芒扫过地面，地面升腾起热气。

在众人的注视下，四周那些碎石、石粉开始熔化，变成了岩浆，岩浆如细流一般汇合着。没多久，就变成了一大摊岩浆，一只大手忽然从中探出，撑在地面上。接着，又一只手探出，也撑在地面上。

两只手好像很用力地撑着什么，很快，一个流着岩浆的脑袋从岩浆里冒出。

"啪！"上半身探出之后，这个熔岩人形一下子趴在了地面上，不断往前爬着，使劲地往外拔着自己的后半身。当脚脱离那一摊熔岩时，身上的熔岩全被吸进了这具身体之中。

那模样正是之前的石头兵马！

活了！石头兵马活了！

所有人都震惊不已。

这熔岩形成的石头人全身上下充满了战意，那双原本雕刻出来的无神眼睛，此刻睁开后，也变成了熔岩涌动的红眼。

地上的那摊岩浆还在不断变大，更多的熔岩士兵、骑兵从里面爬出来，变成石头兵马。很快，就黑压压一片，令人骇然。

易少丞、沈飞四下环顾，只是这一看，面色更加苍白。

刚才进来之处看不到任何口子，周围像个无边无际的星空，根本找不到任何出路！

"死！"

不信邪的焱珠突然跃起，一掌落在其中一个石头骑兵的脑袋上。"砰！"它的脑袋顷刻爆碎，飞溅出无数岩浆。然而一击过后，它的石颈处又涌出岩浆，很快再次形成了一个脑袋，脑袋冷却后，和之前的一模一样。

这个石头骑兵"咔嚓"一扭脖子，冷冷地看着焱珠，忽然张开大嘴，发出"嘎嘎嘎"的一阵恐吓，一股熔岩星子喷涌而出。焱珠躲过，出手如电，猛一抓，就将它的石头脑袋揪下，往地上一摔。"啪！"在易少丞脚前爆炸成一摊熔岩。

"擒贼先擒王，只有灭了狄王，才能……喀喀！才能让这些石头兵马消失……"

焱珠不愧是得了不死之火的人，说这两句话的工夫，体内元阳便调动起来，体能已恢复得七七八八。

焱珠又咳嗽了两声，忽然道："易少丞，你来为我开路！青海翼，你与我一起，还有你们，统统帮我，杀！"

一刹那，焱珠身上多了一种凛冽的战意——她本是滇国第一强者、第一统帅，此刻表现出来的便是让众人不由自主服从的威势。

"杀"字刚落音，易少丞的瞳孔突然一动，他果断用出大天雷尊之身。健步如飞，冲了出去，成了开路先锋。战枪一路扫过，横冲直撞，扫荡着密密麻麻的石头兵马，以一己之力强行开路！

就像之前一样，遇到更加强大的敌人，他们就暂时先放下仇恨，一致对外。否则，只有死路一条！

易少丞也遇到了和焱珠一样的情况，戳碎这些石头兵马的脑袋，会立刻重新长出来。

不死不灭！

易少丞的破坏速度，竟不及这些石头兵马的修复速度！

他前脚开路，后脚那些石头兵马立刻恢复如初！

"我来帮你！"

青海翼使出一招冰霜冻结之法，作为助攻袭来，石头兵马被冻结，熔岩喷涌不出来，果然就不再修复了。但这冰冻时间有限，几个呼吸之后，冰一融化，又开始修复。没多久，这些石制战俑先前受到的破坏就恢复得七七八八了。

"擒贼先擒王，继续冲！"焱珠也跃了过来，横扫一片，咬牙说道。

铎娇等人立刻紧随而至，各自使出看家本领扫荡，强行破路。

青海翼虽然用巫法冻结了一大片石俑，可他们才前行一半时，巫法就渐渐失效了。那片石俑宛若复活一般，开始苏醒、活动，那一双双眼睛的瞳仁里开始凝聚出活物般的色泽，并且它们好像已经慢慢有了意识，开始朝众人围拢过来。

众人脸色越来越难看。

"这些石头人和那些战鬼一样，没完没了！"沈飞喘着粗气道。

不同的是，战鬼破坏其头就可消灭，这些石头兵马却怎么也消灭不了。

焱珠武力深厚，以拳相击，一拳拳裹着红色火焰元阳落在这些石头兵马身上。

"砰砰砰"，石头兵马应声破碎，不死之火燃烧在它们的破碎处，使得它们的修复速度变得缓慢，但是依旧不能阻挡它们复原。况且，就算被不死之火包围，一直烧个不停，也没什么用处，这些石头兵马既不会熔化，也没有任何痛感。

眼看众人就要被这些石头兵马淹没……

"看来这老妖婆也束手无策了。不如我尝试一下，先前得到的异火，也许会有意想不到的效果。"铎娇道。

"姑姑，你的不死之火看来也并不怎么样嘛……"铎娇嘲笑了焱珠两句，手一甩，掌心上的金色火团飞出，火焰化成三足金乌，冲向其中一个石马骑兵。

金乌与骑兵狠狠地撞在一起。

"砰！"金乌爆裂，火焰四散，骑兵破碎，碎块飞溅。每一块碎石上都燃烧着金色不灭之火，很快就被火焰包围，化为了灰烬。

消灭了！彻底地消灭了！

"娇儿，好样的！"易少丞大为振奋。

铎娇的修为是众人中最差的，偏偏这个时候，帮上了大忙。这并不是铎娇的异火更加厉害，而是应了那句话："一物降一物。"

铎娇挑衅地看了一眼焱珠。焱珠满不在乎地冷哼一声，那眼神分明在说："小铎娇啊小铎娇，日后姑姑会好好教你如何做个乖孩子的。"这让铎娇心生怒火。

"这都什么时候了，还在斗来斗去！"沈飞一见二人互相看不顺眼的神情，忍不住说道。

铎娇不爽地看了眼沈飞，手上更加卖力地发动金色火焰，一团团火焰飞射出去，凌空化为三足金乌，砰然撞上一个个石头兵马，它们纷纷被烧成灰烬。

青海翼立刻助力。她的手狠狠一挥，顿时狂躁的冰霜劲风卷出，吹倒前面十来个石头兵马。之后，她的眼眸刹那间变得冰白，那些倒下的石头兵马瞬间被冰封。"咔嚓"一声，纷纷冻得粉碎。铎娇见状，立刻射出金色火焰，将这些碎石烧成灰烬。

焱珠冷冷地瞅了一眼这对师徒联手干脆利落地消灭了十多个石俑，不禁冷哼一声，嘴角一如既往地带着讽笑。眼下铎娇这个小丫头成长的速度太快，必须废掉她了。

"得了武魂，何愁灭不了这群人？"

不爽归不爽，眼下焱珠却不得不压着这股心思，继续对付周围的石俑。

焱珠虽没有招惹铎娇，铎娇却嘲讽道："怎么，姑姑，是不是力不从心了？莫怕……我们会好好保护姑姑的。嘻嘻！"

"你说什么？"焱珠压着火气，低声冷冷地问道。她又怎么会力不从心？

"姑姑若非强弩之末，为何这般攻击无力，就像是……一只弱鸡。"铎娇好像唯恐天下不乱，依旧挑衅着焱珠。

"弱鸡"两个字顿时激起了焱珠的心火。她冷哼一声，狠狠一掌朝前打去。"砰砰！"一掌打穿两个石头骑兵的身体，她又一个凌空旋转，一腿重重劈下。这两个石头骑兵当场四分五裂，这比之前仅仅打爆石俑的脑袋要威猛多了。

"小丫头，你再敢出言不逊，下场就是如此。"焱珠恶狠狠地道。

易少丞一听这还了得，立刻扭头看了眼焱珠，怒道："焱珠，你敢！"

沈飞和青海翼虽未搭话，但动作和眼神里分明都带着"有种你试试"的威吓。

焱珠气得直哆嗦，眉宇间凝聚的杀气也越来越重。

"哦！面对如此强敌，姑姑不把力气往这些怪物身上使，却还要处处针对我，娇儿真的好伤心，好害怕。姑姑是觉得凭借一己之力就能得到武魂，还是觉得一人便可对抗这剩下的数千石头兵马，安然脱身？"

"你！"焱珠气得面色涨红，当下力气全往这些石头兵马上发泄，不再回一个字，生怕自己会真的忍不住杀了铎娇。

看到焱珠这般"卖力"，铎娇的嘴角露出了一丝笑容，心情也好得不能再好了，就像是大夏天里喝下一杯冰镇果汁。当然，这还是胜利者的笑容，因为铎娇感觉自己在队伍中掌握了局面。

"真是只小狐狸。"易少丞忍不住心中暗笑。他手掌转动，顿时枪头就像钻头般又捣碎了一个石俑。那些成群结队的石马虽然动作笨拙，却在外围越聚越多，渐渐将他们包围起来。正所谓蚂蚁多了咬死象，想到这个突袭之计并没有立刻奏效，他的心情也渐渐沉重起来。

这时，铎娇的眼神一动，暗忖："焱珠这是在干什么？"

铎娇停止了手中的巫法，因为她竟然发现焱珠的攻击动作越来越轻，只是用力量将石头兵马震退，并没有将其彻底摧毁。以焱珠的实力，震退它们，轻而易举。那就只有一个结论，焱珠在偷偷地保存实力！

易少丞在前面这般卖力，消耗巨大，青海翼也消耗巨大，沈飞更不敢怠慢，唯独焱珠敢如此。照眼下的状态，只怕到了狄王面前时，众人已经脱力。这样一来，保存实力的焱珠便可要风得风、要雨得雨，既能够拿到武魂，又能将众人杀死，以绝后患。

真是恶毒的心思！

铎娇顷刻就看得明明白白。

"焱珠其心必异。我得让这老妖婆知道一下厉害，这天下向来没有白捡的好处。"铎娇嘴角露出一丝讥讽笑意的同时，也在飞快地转动脑筋。

第二十七章

这很扎心

"爹，焱珠在耍滑头保存实力，我们要小心。"

"爹知道了。"

"我要想个办法，不能让她白捡便宜。"

"想到了，告诉我如何配合！"

"嗯。"

铎娇和易少丞凝丝传音，暗暗地交流着。

"娇儿真是长大了，懂得观察别人，并且找出破绽。"易少丞依旧不停地消灭这些石人石马，心中感到极为欣慰。但这种欣慰他想找一个人分享。只是一转头，便迎上了青海翼同样的目光，两人远远地凝视了好一阵，他忽然像想到了什么，面色一冷，扭过头去。

"绝不能和她走得太近，至少现在不能！"易少丞暗暗提醒自己。

青海翼在适才对视时一阵欣喜，很快欣喜变成了错愕。

"你又不理我？易少丞，你简直就是个不解风情的傻子！"

一刹那，青海翼心中有些失意，她停下手中巫法，真想去质问易少丞为何如此。难道他不知道面对这些无休无止怎么也杀不死的石头兵马，活下去的希望非常渺茫吗？万一此生不能再见，无论是谁死去，难道不是一种刻骨铭心的遗憾吗？

"真的要这样吗？"

"真的就这么……"

青海翼的心沉入谷底。骤变的心情让她萌生出一种恨意。没错，是对易少丞失望透顶的恨意。一刹那，她好像对任何事情都失去了兴趣。

"那我为什么……还要在这里陪你们厮杀？为什么……这不公平。"

青海翼依旧沉浸在自己的怨恨思绪中，她的停止不动让整个队伍的压力猛然增加了许多。这群石头兵马已经形成了一圈厚墙，里三层外三层，一杆杆石头标枪、大刀，从包围圈上面砍杀、穿刺进来。

石头兵马反攻后，就像潮水一样压迫而来，险象环生。

"唰！"

青海翼的瞳孔中，突然出现点状的流萤，带着破空的白色气流飞来，原来是一支锋利的箭从空中射来。青海翼微微一笑，凄然中做出一个决定，那双让人难忘的美眸缓缓闭上，绝美的脸上流露出一种即将解脱的释然。

这是解脱？还是悲哀？

青海翼不懂自己此刻的心情，眼角却流淌出两行泪。还有什么比失望更加令人憔悴心死的？

"真的要完了吗？"易少丞咬着牙，看着不断靠近的石头兵马，全身都紧绷起来。

包围圈越来越小，石俑齐齐举起了它们古朴的兵器，朝着易少丞等人戳去。就在这时，易少丞惊讶地发现，几支箭朝着青海翼疾射而去，青海翼却一动不动。

"不！"易少丞大喝一声，猛然一蹿，浑然不顾阻截他的几支长矛，银枪在元阳纯力的加持下，扫荡了一切阻碍。

易少丞以最快速度来到青海翼面前，大手一捞，一下就抓住两支箭，但仍有一支穿过他的手心，"嗡"的一声，箭头在距离青海翼额头一寸距离处停了下来。

浸染着易少丞鲜血的箭头上，凝聚了一滴殷红的血悄然落下，一点朱砂般轻轻地滴在了青海翼的眉心处。

"呼——"

是风声，还是呼吸声？

青海翼蓦然睁开眼，便感觉到易少丞呼出的滚热气息，就这样压迫着自己，吹着自己的脸颊，宽厚的胸膛起伏着。他像一座山，巍峨的山，喷涌着热流的巨山，阻挡着外面的世界，拦腰抱住自己。

这个男人，正默默地注视着她。

"你为什么要救我？"青海翼再也控制不住自己的感情，她本想发誓再也不要这么凝视易少丞的脸庞，然而做不到。

就算此刻易少丞救了自己，但若得不到想要的答案，她还会如此。

只是，他会让自己失望吗？

青海翼凝视着易少丞，只在等一个答案。

易少丞没有回答，而是对着她的唇狠狠地吻了下去，那抱着她的大手也搂得更紧了。

此情，此景，大大震惊了他们身边的几个战友。每个人见状都反应不一。

谁能想到这骁龙将军竟会在这种时候，和滇国大巫女发生这种"人神共愤"的事情。沈飞百忙中扫了一眼，立刻眼睛都直了。

沈飞嫉妒且不说，自己还要像个傻子般，在旁边承受更大的防卫压力。

面前这些石头兵马碎了又复原，即便化为齑粉也能变成岩浆重铸形态，无休无止，没完没了，数量又多如牛毛，沈飞恨不得吐出一口老血，真扎心啊！

相比沈飞的扎心，焱珠却笑了。因为她想起十年前在河畔镇时就推断青海翼与易少丞关系不一般。当时，易少丞明知道死路一条，却仍不惜性命，也要把一线生机让给青海翼和铎娇。若是没有关系，这一切都说不通了。

如今不过是证实了她的推断而已。然而有一个情况让她很困惑——距离自己不过丈远的铎娇，此时正使用火焰金乌撞向一头石马。石马"哗啦"一声散架后，铎娇转而又攻向另一头石马，这是完全不顾及体内魂力能否跟上的拼命打法。

"娇儿？"焱珠难得语气温柔地唤她，似乎在提醒她那边易少丞和青海翼在拥吻。

"我知道。"铎娇没好气地转过头来，挤出一丝笑容，回敬道，"姑姑就不要藏着掖着了，你看那边的狄王……刚才我还差点儿以为你作为滇军统帅，要带领我们消灭他。可惜，我错了，没想到啊，连你都这样糊弄，我还打什么？"

焱珠一看自己的小心思被揭开，脸上也终于因为扛不住羞耻而有些愤然了。

更绝的是，铎娇说不干就不干，立刻撂了挑子，顿时十余支长枪齐刷刷地刺向她，她很干脆地一闭眼，竟是连命都不想要了。

"什么？！"

其实，铎娇此时心乱如麻，当她看到易少丞和青海翼这般亲密，只觉得比一切经历过的委屈都要来得悲伤。

明明知道自己无法阻拦易少丞，更阻止不了青海翼那份等待了十年光阴，只为再见到易少丞的决心。甚至，曾几何时，自己是多么期盼这对璧人可以走在一起。可是，当一切变为现实后，扎心的疼仿佛刺穿了自己柔软的心房。

在这一刻，她又何尝不明白自己正走向另一个深渊。

上天让自己没得选，自己也不会去选。

她真想问一句：你们为何，要让我这般难受。

既逃不过，又不让我逃，还不如一死了之！

刹那间，耳边响起呼呼风声，各种念头交织在铎娇脑海里，纷乱如麻。

"去死吧！"

焱珠怒吼一声，接着一股火风扑面而来，铎娇觉得自己真的要死了。

始料未及的是，焱珠像是发疯般一下子替铎娇挡住了这些进攻。那些石人被排山倒海的火焰掌推出老远。

焱珠这倾力一击，非同凡响，同时隔空一巴掌"啪"地打在铎娇的脸上，顿时多了个掌印。

焱珠站在那里，脸上充满不屑，同时呵斥的声音凝丝传来："我滇王之女，身份何其尊贵，从来只有我们欺负别人，没有别人欺负我们，更不会自虐致死，我不管你有什么心结，但绝不允许你用这种懦弱的手段结束自己。你……只能死在我手里，先把你的小命留着吧！"

铎娇猛然睁开眼，看向焱珠的目光先是愤怒无比，渐渐地，变得凄婉起来。

"振作一些。"

焱珠身形一动，来到铎娇前面截杀进攻的石人军团。

"我来助你一臂之力。"铎娇说完，目光幽幽地瞥了一眼易少丞的背影，便开始助攻焱珠。

"将军，还有完没完！"

沈飞的这一吼顿时让易少丞和青海翼回过神来，霞光顷刻染红青海翼的脸庞。两人深情地对视，彼此一笑，心结解开，之后便分开，纵身杀敌。如今，活着击败狄王才是最重要的事。

易少丞一甩长枪，正欲杀出包围，忽然，一道金光落下，化为一个半圆形的罩子，足有几丈之宽，罩住了众人。

石人挥舞着兵器，落在罩子上，发出金铁相击的鸣响，异常刺耳，也让人异常心惊。

是谁？所有人心头一怔，连忙四下张望，想看看到底是谁救了他们。便见一道白色身形飘过，所过之处，石头兵马纷纷化为齑粉。转瞬间，那人又从天上降落，剩下的石头兵马忽然不动了，然后"砰"的一声，也都化为了齑粉。

"好……好厉害……这人是谁？神仙？"沈飞目瞪口呆。

仿佛听到了沈飞的声音，那人转过身来，众人便见到这人所着衣衫好似先秦天官的服饰，满头银发用高高的天星冠扎起。面如冠玉，一副仙风道骨的模样。他手中拿着一把玉如意，白中泛绿，绿又绿得通透而正气，一看便知不是凡品。

"多谢高人相救，我等感激不尽！"沈飞抱拳对着这人行了一礼。

"哼。"不承想，此人只是冷哼一声，看也不看沈飞，目光直直地盯着铎娇。

易少丞当下便想挡在铎娇身前，只是他刚上前一步，就感觉身体好像被一只大手抓住了，未及抵抗，就被狠狠一甩，飞了出去。"砰"的一声，他狠狠撞在了护罩壁上，滑落在地。

"你是……你是大汉镇国……"焱珠看着这人良久，眼神在颤抖，最后咬着牙，勉强让自己镇定下来。

众人连忙看向焱珠，焱珠一向不可一世，目空一切，如今却如此惊恐，仿佛遇到某个不为人知的禁忌一般。

焱珠吐出一个名字："罡震玺。"

大汉镇国、神人罡震玺——徐天裘的师父！

众人震惊得无以复加，铎娇的心更是一下沉到了谷底，因为她很清楚彼此间的新仇旧恨，徐天裘正是被她杀死的。

罡震玺慢慢收回目光，淡淡地道："铎娇，纵然徐天裘再不好，你也不该杀他。等我拿了武魂，再将你千刀万剐。"说罢，他转身离去。

"砰！"一阵巨响传来，众人连忙扭头看过去，原来是易少丞用

410

出了大天雷尊之身，狠狠撞击着护罩。可是在这种能将那些半步神人的金人都绷飞的力量撞击下，这个罩子没有丝毫波动。反倒是易少丞被反震得摇晃不已，嘴角流出血丝。

"该死！这根本不是用来保护我们的，我们被困住了！"易少丞恶狠狠地道。

谁能想到会有这样的情况发生，本以为逃出了狼群，没想到是入了虎口。

现在，众人的力量都已消耗大半，莫说是逃离，就是反抗也没了足够的力量。而且面对这样一个神人，他们只比刚才更加绝望。周围数千石头兵马，怎么都死不了，罡震玺单手一挥，全部化为齑粉，且无修复的迹象。

光是这样的力量，他们就算能出来，也绝对逃不过罡震玺的一击。

罡震玺，可是活着的神人！真正的神人！只活在传闻中的大汉镇国！

大汉也正因为有这样的神人存在，所以这么多年就算吃过败仗，也无人敢轻易破关而入。

"不要费劲了，有这么大的力气，不如坐下来好好想想退路吧。"焱珠冷哼一声。

即使面临如此境地，也不过片刻错愕。焱珠很快冷静下来，盘坐在地，一边调息恢复，一边思索接下来应该怎么办。

"你知不知道这是什么东西？"易少丞看着微微泛着金光的护罩，问青海翼。

"这应该就是神具。"青海翼皱着眉头说道。

"神具？"

"嗯。修为达到神人后，领悟了天地之中的某些规则，就可以将规则施加在器具上，借器具发挥威力。这种器具在我滇国被称为神具，在汉朝又被称为法器。"青海翼说完，看了看易少丞，脸上流露出一种浑然不怕的神情，原因无他——现在就算是死在一起，她也不会有半点儿怨言了。

她的手指下意识地捻动了一下，道："焱珠，你说说，我们该如何破了这道护罩。"

"自古就有说法，神人只能被神人杀死。能够毁掉神具的除了神人，就只有神具。"焱珠说完又戏谑地看着易少丞道，"现在，不如安静等死好了。但若把铎娇交出去的话……说不定还有一条生路。"

"不可能！"青海翼、易少丞异口同声。

铎娇顿时看向焱珠，眯着眼笑了起来。

"姑姑，你这反复无常的性格，真让娇儿捉摸不透。若我出去真能救得了大家，那也无妨，我出去便是。"铎娇幽怨地看了眼易少丞，又对焱珠道，"可是……姑姑，只怕我们的下场都会很惨，或许这个神人会将你收为丫鬟什么的，等你将他伺候得很舒坦，说不定他一高兴，就会赐你一颗武魂。"

"咔咔"，焱珠的手骨捏得直响，冷冷地盯着铎娇，脸上却挂着笑容："你放心，徐天裘之死，罪在你身，你这个好养父和这个汉人都是大汉使臣，再不济，身上都背负着大汉皇命，罡震玺绝不会为难他们。至于你师父，那就更好说了，和此事更无丝毫牵连。你以为他为什么用护罩困住咱们，而不是一招全都杀了？说起来，我还真要感谢你这养父大汉使臣的身份呢。"

焱珠与铎娇你一言我一语，针尖对麦芒，丝毫不让。

其实，两人所戴的伪善面具早在出了雍元城后便完全撕破了。此刻，两人更是毫无顾忌，不管什么话都直来直往，简直就像多年未见的仇人，如今虽还在克制着自己，嘴皮子上却谁都不让。

"我不管他是神人还是狗人，娇儿若少一根毫毛，我便与他拼了。"易少丞深沉地看着青海翼说道，之后又转头看向焱珠，目光中全是杀气，"包括你。眼下不杀你，是因为生死犹未可知，杀了你也无好处。一会儿若能脱困，你一人自然无法对付他，必须齐心合力才行。不然，你刚才就该死了。"

焱珠瞥了一眼罡震玺，忽然像想到了什么，微笑着站起来，毫不畏惧地看着易少丞那一双充满魄力，仿佛要吃人的眼睛。她缓缓走过去，白葱似的手指轻柔地点在易少丞的胸口，凑到他耳边轻声道："别忘了，十年前……或者更久之前的……疼……"

易少丞仿佛想到了什么，眼中一片复杂之色，面色也变得铁青，接着狠狠一掌拍掉焱珠的手，不再理她，焱珠却哈哈大笑起来。

"爹，她说了什么？"铎娇面色变了，连忙过来问道。

在她的印象中，他脾气一向温和，即使偶有冷厉，像这般生气也极少见。

"易少丞，你……"

青海翼好像也想到了什么，狐疑地看向了外面的罡震玺，又眼神复杂地回头看着易少丞，正好看到他虎视眈眈地盯着罡震玺的背影。

什么十年前的疼，明明是十六年前的！

每一天，他易少丞都记得。

一年三百六十五天，他每天都会想起十六年前的那一天，更多的时候会半夜惊醒，或发狂，或愤怒，或悲伤，那是他挥之不去的噩梦。

几千个日夜，他每日都受着那样的煎熬。

但他知道自己的弱小，需要隐忍。即便此刻再难忍下去……可还得忍，必须忍！

坐在角落调息完的沈飞睁开眼睛才发现，所有人的目光都若有若无地落在罡震玺身上，便觉得奇怪。又一眼看到骁龙将军的面色，心中便起了疑惑。一时间似乎有些事情怎么都想不通，让他皱起了眉头。

这时，罡震玺已走到了高台下，遥遥望着神龛里的狄王。

"后生，你来此地，是为何故？"坐在青铜王座上、手持长枪的狄王嘴唇未动，声音低沉厚重，宛如嗡嗡响的大钟，声音在整个空间里回荡起来。易少丞等人即便在金色护罩内，也只觉被这声音震得头晕目眩。

"前辈，你就不要与我打哑谜了，都是天上人，何必说凡间话？"罡震玺笑了笑，嘴唇也没动，那声音却浩浩荡荡充斥整个空间，甚至带着一些刺耳。

"既如此，那为何不动手？"

"动手自会动手，只是晚辈有一些事情还要请教一下前辈。"

"千年之乱我不甚了解。"

"哈哈哈——前辈误会了，事情都已过去了千年，其中内幕如何，后果如何，又因何而起，都与我无关。晚辈关心的是，那艘宝船现在在何方。"

"那宝船自空冥海出，落于这凡间。凡间之大，我未踏足之处甚多，又如何知晓？"

"前辈若不知晓，那又为何能得其宝藏？"罡震玺笑笑，咄咄逼人道，"此地，可不是前辈能够建成的，若非宝船之力，即便前辈再神通广大，恐怕也无法搬来外面的星崖木吧？星崖木可是制造宝船唯一的材料。想来，是从宝船上掉落下来的。"

后生？前辈？天上人，凡间话？千年之乱？宝船？星崖木？

一系列的词落在众人耳中，众人先是疑惑，随后变得无比震惊：他们根本不是九州之人！

可又觉得不准确，确切地说，他们根本不是这个世界的人！难道他们真的都是天上的神仙？

"星崖木？"铎娇喃喃自语，像是想到了什么。

"娇儿，你知道星崖木？"易少丞困惑地问。

罡震玺说外面有星崖木，可是他们一路走来，从未见过什么木头。

"恐怕……我们已经见过星崖木了。"青海翼也不确定地道。

"嗯?"焱珠也惊异了。

"这东西到底是什么?"沈飞皱眉问道,"哎呀,你们就不要打哑谜了!"

"我也只是猜测,并不能确定。"青海翼道,"就是出了螺旋甬道后,我们不是路过一条峡谷吗?峡谷两边的悬崖你们可还记得?"

众人点了点头。

沈飞忽然明白了过来:"我知道了,你是说那些白色发光石头,是星崖木?"

"不是,是那两座巨大的悬崖。"铎娇道。

"怎么可能!"沈飞吓了一跳。

"那东西应当就是星崖木。上面结的并不是石头,而是类似树脂的东西。就像桃树结桃胶,松树结松香。我鹤幽教内有残缺不全的古籍零碎记载过星崖木,星崖木扎根虚空,吸收日月星华,乃为神明所种。凡人以稻谷为粮,神明则以其果为食。如今看来,这些于鹤幽教创立之前便已存在的古老传说,怕是真的。"铎娇解释道。

除了青海翼,易少丞三人都听愣了。很难想象,外面那两座星空似的悬崖,竟然是木头!而且还是从两位神人口中的宝船上不小心掉下来的!那艘宝船到底有多大?他们竟难以想象出来。

众人一时惊讶得说不出话来。

"咦,娇儿,我自刚才便觉得这狄王有些面善。"青海翼忽然道。

"面善?呵呵,青海翼,你要知道,这人都死了几百年了,如今之所以能说话,完全是靠着体内的武魂支撑着残存的意志罢了。难道你与这人几百年前便认识不成?"焱珠似乎终于找到嘲讽青海翼的机会,阴阳怪气地说道。

但是她也好像发现了什么,正遥遥打量着狄王。

"不错,应当不错,一切都吻合,确实是他。"青海翼想了良久,忽然没头没脑地来了这么一句。

易少丞和沈飞一头雾水，根本不知道青海翼在说什么，就连铎娇也没猜出来。

青海翼理了理思绪，道："我滇国是在鹤幽教创立后若干年才建立的，具体时间不可追溯，无法查证。根据典籍的记载，无数年前，那时候尚未有滇国，我滇国的先祖也居住在九州之中。但先祖爱上了一个女人，这个女人同时被一位大帝看上，大帝要先祖交出此女，先祖拒不交出，誓死保护她，结果大帝派兵讨伐。先祖不敌，带着剩下的族人一路南迁，后来因为种种缘故，先成立了鹤幽教，后来才建立了滇国。"

听青海翼说到这里，焱珠和铎娇的眼睛皆是一亮。

"你是说，这个狄王是我滇国王室的始祖——太烬煌阳？"焱珠比铎娇知道滇国更多的秘史，一下便道出了这个古老的名字。

"晚辈已无疑问，如今前辈已油尽灯枯，烦请把武魂交出来吧。等晚辈取得此物，了结恩怨，便返回域内，不再踏足此地。"罡震玺笑了笑，他虽然装出一副仙风道骨的模样，但谁都看得出来，他分明就是个强盗。

"武魂……呵呵，先前能够给你，现在却是不能了。"狄王语气一变。

"那前辈以为，凭借腐朽之身，能斗得过我不成？"罡震玺冷哼一声，周身气势大涨，一股无形压力蔓延，让整个护罩都颤抖起来。

之前，易少丞奋力一击都没有让这个护罩有一丝波动，众人不寒而栗。

"你若觉得能拿走，便……来吧。"狄王缓缓飞起，皮肤上出现银色纹路，好似藤蔓，蔓延全身后，又爬满盔甲。犹如穿针引线，残破不堪的盔甲很快散发出熠熠光泽，让狄王看上去无比雄拔魁梧，充满霸气。

"砰！"狄王重重落在地上，整个空间好似都在颤抖。他的手一挥，地上所有石粉顷刻化为熔岩，一个个石头骑兵列阵出现；他的脚一跺，熔岩之中出来一匹有八只蹄子、全身燃烧着火焰的熔岩大马。

狄王飞到马上，一甩缰绳，熔岩马前蹄腾空，仰天长啸，疾驰而去。狄王擎着青铜长枪便向罡震玺冲杀过去。

"这是什么阵法？气势怎会如此恐怖？"沈飞骇然道。

原来易少丞等人离得较远，便一下子看清了狄王所用之法。狄王身后的所有石头兵马，呈锋矢阵形冲出，狄王处在阵形最前端，于是，那些石头兵马的气势就像个漏斗，全部涌到了狄王身上。

气势，本来无形，可经狄王这么一弄，就不得了了，远远望去，能够明显看到狄王身上似结冰一样结了一层犀利气势，它呈淡琥珀色，就像把狄王冰封了一般。这层气势的强硬坚固，让人光是远远看一眼，都觉得害怕。

"这就是神人之间的交手。"焱珠的额头不禁冒出冷汗，虽然自己这次奇遇连连，修为已经超过巅峰界主，隐隐到达半步神人，但亲眼看过神人过招后，才真正明白什么是天人、什么叫神人，她忍不住心中默念："一丝明悟，胜修十载。古人诚不欺我！"

那边，罡震玺仰天哈哈一笑，银发飘舞，一身极有仙气的袍子猛地鼓胀，身上也如狄王一般长出纹路，只不过是月白色的。这些纹路都朝着他的右臂生长，最后会聚到他的手中，化为一柄巨大无比的圆月战斧。

他全身的气势也像狄王一样凝结！

面对狄王的进击，他挥动圆月战斧劈了下去。

"锵！"

斧未与枪碰，隔空气势撞在一起，发出刺耳的金铁交击之声。

忽然，易少丞等人头顶传来"咔嚓咔嚓"的声音。

"怎么回事？"沈飞惊讶道。

被护罩困住的众人连忙抬头看去，不禁面露喜色。这个坚固无比的护罩因为狄王与罡震玺的一击竟然出现了裂痕，可想而知冲击力有多么巨大。

沈飞一拍大腿，先喜后悲，道："先前，我心里有一万个念头想要打破这罩子，如今想想，我们出去也是送死啊。我现在有十万个念头盼着这罩子不要碎。"

沈飞说出了大家的心声。罩子一旦破碎，他们就会暴露在外，或许只受那么一下冲击，都要一命呜呼。

怕什么来什么，"咔嚓"，又是一声，罩子的裂缝变大了一些。

就在易少丞等人紧张兮兮地看着这道裂痕时，罩子外的那两个神人再次交手，使得这道裂痕猛长了几尺。他们的心一下提到了嗓子眼儿，大气不敢出，生怕声音大一点儿都会让这道裂缝再次变大。

"砰！"又是一声猛烈碰撞，一道更加粗硕的气势劲道爆发，狠狠打在了护罩之上。

"咔！"一瞬间，整个金光护罩密布蛛网般的裂纹。

沈飞眼都瞪直了，面色惊恐到极点。

众人此时已经明白，护罩的破碎不过是时间问题，他们无可奈何，于是连忙把目光转移到外面的战斗。这时候，两个神人的战斗已经到了白热化阶段。

狄王与罡震玺从起初的气势碰撞，已经到开始拼斗武魂了。

武魂是什么？乃神人修为的核心，就存在他们的胸腔之中，这点又多少像一些有了修为的妖物。易少丞立刻想起十六年前在太阳河畔遇到的那条拥有妖丹的大蛇，心想，妖丹和武魂有着异曲同工之处，都是修为的结晶，只不过武魂更为玄奇奥妙，非妖丹可以比拟。

"砰！"又一次碰撞过后，狄王远远后退。

这位王者，虽经历了生死轮回，依然极为强大。他脚踏虚空，魁梧的身形一抖，顿时，身后出现一个个银白色光点，这些光点由金色的线连接起来，让人一眼便能看出，是与天上的星辰遥相呼应。

这便是武魂！

武魂一出，狄王周身的气势再次产生变化，他那一身因为尸化而变得阴森的气息消失，整个人容光焕发，散发着纯净与洁白的气息。在这种气息的衬托下，他的面容无悲无喜，庄严肃穆；在虚空背景的衬托下，他就像是真正的神明。

最重要的是，这种气息给人感觉极为肃杀！

看到狄王的变化，罡震玺目光一怔，很快落到了狄王身后的星图上。

"好浓烈的杀气，先前晚辈还在猜测，前辈的武魂到底是什么，原来果真是'七杀'。武魂，皆以星图示之，而悉数星图之中，又以七杀杀气最纯最浓。持七杀武魂晋入神人者，便为七杀星神。晚辈罡震玺，领教了！"

话毕，罡震玺身形慢慢浮空，周身散发出银色光芒，变得与狄王一样。只是，他身后浮出的星图，却又与狄王不同。狄王见了这幅星图，眼神顿了顿，沙哑地说道："怪不得一介小辈也敢如此托大，原来得到的竟然是这武魂。"

焰珠紧紧盯着两个神人的武魂，目光之中散发着赤裸裸的掠夺之意。这让一旁的易少丞看愣了，他没想到焰珠对武魂的执念竟然这般深。

要知道，这两个神人打斗，光是余波就能让他们死无全尸，他们眼下应该考虑的第一件事绝对不是武魂，而是如何保全性命；要考虑的第二件事也不是武魂，而是如何让自己活着逃出这里。至于第三件事……没有了！

神仙打架——凡人遭殃，能够活下来已经不错了，还想要武魂？简直不要命了！

无疑，焱珠就是一个为了武魂可以不要命的女人。这一点，连易少丞都自愧不如。不过，他此时也不愿意退走半步，他莫名地非常相信焱珠所说的话——罡震玺，便是导致当年九州剑宗灭门的幕后黑手。所以，他一直紧紧盯着罡震玺，对他来说，什么时候进行一次突袭，并不是什么不可能发生的事情。

　　"这星图模样……是贪狼武魂，恐怕……恐怕狄王有危险了。"铎娇看到罡震玺的星图，心中不禁为先祖紧张起来。她忽然发现易少丞的额头上冒出了很多汗，顿时心中一软，先前对他和青海翼之事的介意又消除了一些。

　　"爹，你莫要着急，一有机会，我们逃走便是。"

　　铎娇强行挤出一丝笑容，也让易少丞有些心疼起她来，这次若非她和青海翼前来相救，只怕自己和沈飞早就被焱珠这只毒蛾子给咬了。

"爹，你听我说。"

虽然铎娇以前从未接触过武魂，但自从得到幽牝天果后，她也通过种种途径，了解了武魂的事情，例如天上无数星辰，在神话传说之中都有灵，且各司其职。而武魂，则对应着这些星辰，其中所蕴含的规则之力，也与之相互对应。

当下，铎娇便娓娓道来。

七杀、贪狼、破军为传说中的三灾星。传闻，天师夜观星相，若发现三灾星直逼紫微星，便是有兵戈直指皇权，是天下要起兵祸，即将天下大乱的征兆。

七杀星，杀气最重，最为凶戾，可震慑，并以杀气凝为意志，附着死物，使其得灵。

破军星，统领千军万马，为先天将才，团战为甚。

贪狼星，虽不似前两者这般霸气外露，但是它最大的作用，便是吞噬。

滇国自古有贪狼吞月的传说，据说贪狼是贪婪、吞噬、无底洞的象征，也象征战争无情吞噬人命的黑暗与血腥。

紫微星，具有天下一等一的帝王之气，是所有独立星辰之中最霸道的存在，能够震慑、压制住一切星辰。但当三灾星会聚在一起时，紫微星必须后退中宫，运用其他星辰来守护自己，否则的话将会被三灾星联合攻破，后果不堪设想。

从这种星相克制便不难看出，三灾星的威力之大超乎想象。只是三灾星之间也互相克制：贪狼星克制七杀星，七杀星克制破军星，破军星克制贪狼星。

而武魂对应星相，武魂的作用与相互克制也和星相相同。也就是说，罡震玺的贪狼武魂正克狄王的七杀武魂。

听了铎娇这一番话，焱珠狂热的神情变得惶恐，易少丞的眉头皱成了一个"川"字。

照罡震玺先前所说，狄王尸化多年，其身早已枯竭而死，若非体内武魂威力绝伦，能够运行经脉窍穴，以换元阳，从而得以将意志永存。若是有一日，武魂散尽，狄王自然也就灰飞烟灭。

但是这位狄王毕竟已历经千年时光，七杀武魂能够维持他的躯体和意志这么久，已是非常不错。此时却要和实力鼎盛的罡震玺斗，纵然他曾经是能以一人之力抵挡千军万马的雄杰，如今也只是强弩之末。

一旦狄王战败，铎娇必然身死道消！

"罡震玺必须死！"至少此时，易少丞与青海翼、铎娇是这般想的。

但是，神人只能由神人来杀死，因为只有神人拥有武魂。

"易少丞、青海翼，做笔交易如何？"焱珠忽然说道。

"什么交易？"易少丞狐疑地看着焱珠。

"武魂有两枚，我只要其中一枚便可。"焱珠微笑着看着易少丞。

"只怕你一枚都得不到。"青海翼嘲讽道。

焱珠道："若任由罡震玺如此下去，确实一枚都得不到，但是，要是我们能牵制住罡震玺，帮助狄王杀了罡震玺，不就成了？"

"你这婆娘当真恶毒。"

沈飞指着焱珠语气不善道："你觉得我们谁能靠近罡震玺？不，

没有一个人能靠近。上去就是送人头，你又想着让将军去牵制他吧？你夺了罢震玺的，我也不说你什么，但这位狄王是你们的先祖，连自己的老祖宗的武魂都想夺走，我看你当真是胡蜂尾上针、毒蛇口中牙。这趟浑水别想拉上我们。最后我想说的是，罢震玺只会对你滇国人下杀手罢了，我们都是汉人……"

面对沈飞连珠炮的话，焱珠大笑着打断，"哈哈哈——汉人？"她看着沈飞的眼神充满鄙夷，"你耳朵聋了，还是眼瞎了？他们根本就不是人，不是我们这个世界的人。你们不是常说，非我族类，其心必异，怎么？你忘了？"

"你——"

易少丞压下沈飞的手，沈飞想说什么，终究压了下去。

"虽然我也很讨厌她，不过，她说得对，无论狄王还是罢震玺，和我们都不一样，他们不是人，至少不是和我们一般无二的人。他们此刻也不过是为了武魂争斗罢了，我们没必要在这里送死。"

"一切听将军的。"沈飞道。

事到如今，谁能想到两尊大能在此斗法，无论谁赢谁输，想得到武魂都已经是不可能的事了。

焱珠不甘心地道："难道我们就这么空手而归？武魂就在眼前啊！"

"要命还是要武魂，你自己选择。反正我们恕不奉陪。"

易少丞说完，猛然一喝，一枪挑破了已经碎裂不堪的罩子，众人冲了出去。

而在此时，狄王与罢震玺再次碰撞结束，恰逢两人都各自飘身后退。

"想要离开这芥子须弥空间，可不是那么容易找到出口的。"

对于罢震玺来说，这群蛾子般弱小之人的一言一语，他都听在耳中。他们想要逃，倒也不是坏事，眼下无须更多时间便能搞定狄王，到时轻易就能把他们抓回来，再慢慢拷问，甚至全部灭杀。

这神人的秘密，一旦传到外界那还得了？所以，罡震玺一开始就没有打算留下他们的性命。

由于狄王的情况极不乐观，全身青色尸化的身体已经出现了皲裂，身后的星图也时而模糊时而清晰，明显不稳了……罡震玺已胜券在握。

就在这时，正在撤退中的青海翼忽然飘身，以移形换影的身法凑近后，猛一睁眼看向正在后退的罡震玺。一瞬间，力量提升到极致，眸底涌出寒白之色，眼里爆发出清冷白光——冰霜战眸！

竟然是偷袭！冰冻声响起，还在空中往后退的罡震玺忽然变成了一大坨冰块，轰一下往地上砸去。但还未碰到地面，冰块骤然破碎。"砰！"无数冰屑飞溅。

突然失去控制的青海翼，身体一颤，眸中光芒消失，眼睛里一下流出了血泪。

"雕虫小技。在绝对实力面前，一切阴谋毫无意义。"罡震玺落地，浑身没有一滴水，仿佛适才的攻击只是小儿科一般，他冷哼一声，不屑地看向了远处捂着脸的青海翼——他周身有凝成实质的气势护体，这种程度的冰封自然不值一提。

就在这时，天上下起红色莲花雨，一只三足金乌穿过这阵莲花雨，凶猛地扑向了他。

"不死之火！不灭之火！"罡震玺瞬间认出，脸色一变，周身一抖，连忙展开身后贪狼星图，霎时，一股无形吞噬之力笼罩全身，所有莲花雨、三足金乌在这股吞噬之力下，都化为丝丝火焰，吸入了他的口中。

"还给你们！"罡震玺哈哈一笑，仿佛是猎人在逗弄一群毫无还手之力的小兽，张嘴一吐，喷出一串金火，扫向了众人。

"不好！"众人连忙躲开。

这股不灭之火所过之处，全是一片烈焰熊熊，即便沾染的是地面，也能燃烧。沈飞一不小心被烧到了一片衣角，幸亏他眼疾手快撕下了整个衣袖，不然整个人都会被这恐怖的火焰顷刻间烧成灰烬。

就在众人狼狈之时，易少丞以极快的速度，忽然出现在了罡震玺背后。他的长枪散发着猩红雷光，背后是一个巨大的大天雷尊的幻影。他倾力一击，狠狠扎向罡震玺。

罡震玺看上去好像浑然不知，嘴角却微微勾了上去，满是嘲讽。

易少丞的枪好像扎进了一团黏稠泥泞之中，在距离罡震玺还有一尺远时，火星闪烁，却再无寸进。

"怎会这样！"易少丞吃惊道。

"当然会这样。"罡震玺冷哼了一声。

易少丞只觉一股无形的力量迎面撞上自己，他一下子就飞了出去，凌空之时，只觉天旋地转，胸中血气澎湃翻滚，难以平复。

"噗——"他落地之时喷出一口鲜血，体内元阳紊乱。

让人震惊的是，那杆银枪依旧插在距离罡震玺后背一尺的空中，好像那里真的有什么东西。罡震玺笑了笑，用手一挥，这杆银枪便从他身后绕过来，飞到了他面前。

"这银枪……有些眼熟啊。"罡震玺仔细看了看，瞥了易少丞一眼，"你刚才用的那一招，可不像是枪法，倒像是……剑招。"

易少丞站起来，冷冷地看着罡震玺，焱珠说得没错，罡震玺果然是他的灭门仇人！罡震玺能看出自己的武学之中有着九州剑宗的痕迹，决计不会错！

"废物！一群废物！"罡震玺随意将银枪一弹，银枪刹那间便射了出去。

易少丞只觉身体一震，反应过来时，便觉得身体不能动了，连忙转头一看，才发现自己的银枪竟洞穿了自己的肩窝，牢牢插在地上的一块磐石上。

钻心刺骨的疼痛方才传来。

"啊！"

易少丞五脏六腑受到严重震荡，此刻又被生生洞穿肩胛骨，痛到极致，终于惨叫一声。

　　焱珠被他的惨叫声弄得心头一怔，想当年，自己在罗森号上那样折磨易少丞，他都没有像这样惨叫过。

　　身硬，骨头硬，心更硬，他也是第一个让她触动极深的男人。她知道，即便是将他千刀万剐，他也不会这样惨叫。可是现在……焱珠打了个冷战，再看向罡震玺时，眸中已充满了恐惧。这种恐惧，是对神人之威的敬畏。但恐惧之中，又有一丝悸动，这丝悸动是对力量的渴望。

　　绝非易少丞不够硬气，而是神人的力量，早已超出他们的承受与认知！

　　眼看罡震玺一步步朝易少丞走去，焱珠不由得后退，再后退……

　　"易少丞！"青海翼着急地跑了过去，用力一击，长枪才弹射而出，她又将易少丞搀扶起来。

　　"爹！"铎娇不顾危险跑了过去，她转头看着罡震玺，眼中透着愤恨。

　　"将军！"沈飞飞了过去，手臂挥动，飞刀齐出，化成一个巨大护罩，将易少丞、青海翼、铎娇以及自己护在了其中。同时，又挥出一连串的飞刀劈砍向罡震玺。可惜这些飞刀就像叶子落在钢铁上一般，除了飞溅起一些火花，并没有什么作用。

　　"运气不错。"罡震玺无所谓地笑了笑，对易少丞道，"竟然还有一些人为了你，愿意去死，你也值得了。但，你们终究无法理解，生命的意义何在。"

　　别说一个界主，就算一百个半步神人，对罡震玺来说都能轻而易举灭杀，这就是神人的力量。他一步一步朝前走来，易少丞四人完全被威慑住了，就像眼睁睁地看着死神走向他们，却无能为力。接着，罡震玺扬起手掌，手上闪烁着武魂独有的星光。

　　就在下手之前，罡震玺突然回头朝狄王笑了笑："前辈，你看到了吧，我到现在都还没有真正出手，只是念在大家都是域内人。至于这群蚂蚁，就先灭了吧，你我交手也好落个清净。"

眼看巨大的能量朝着易少丞这群人砸来……一片金箔样的东西从狄王手中突然飞出。"啪！"金箔打在罡震玺手上，当即武魂光芒四溅，他竟然踉跄后退了几步。这时，金箔再次弹飞出去，像灵动的蝴蝶，飞舞一阵后，转瞬以一个诡异角度杀向了罡震玺。

众人本以为罡震玺会接招，但他只是张口一吸，竟然将这金箔吞了下去，接着就听见他的肚子里响起一阵阵沉闷的轰隆隆的响声，好似闷雷。众人不自觉地一阵抖动，显然这股力量触发了须弥空间的不稳定。毕竟，众人还处在那根大柱子上的浮雕之内。

"域内？"狄王出手阻止罡震玺灭杀众人，遥遥望着他，毫无感情的声音却充满了难得的人性，道，"我早已非域内人，我在这片土地扎根，我的子孙在这片土地繁衍生息，你……才是我真正的敌人。"

"如此说来，前辈是要殊死一搏了？"罡震玺微微笑着，只是这笑容有些阴冷，让他那原本充斥着仙气的面貌变得扭曲，看起来异常狰狞。

"后生，你说错了一点。"狄王这时仿佛下定了决心，微微仰起了头，睨着罡震玺。

"我说错什么了？"罡震玺不明所以。

"死亡，并不可怕。既然我已经死了，死亡对我来说还有何所惧？"狄王说罢，身形一震，须发张扬，气势变得威猛无比，领着身后那些石头做的千军万马，从地上飞到空中，从空中往下冲，杀向罡震玺。

"那就再死一次！"罡震玺恶狠狠地道。他飞身而起，迎着冲向狄王。

"轰！"两个神人再次交战在一起，这次交手比先前更为猛烈，速度已经快到了极致。

众人只能偶尔看到空中爆发出的气劲和闪动的模糊人影，却连一点儿动作都捕捉不到。只是这次的交战距离地面更高，好像是狄王有意为之。

铎娇用手摁住易少丞肩部的伤口，血从她的指缝中流出。她一边流泪，一边从衣袋中找出疗伤药为他小心敷药。药膏清凉，可敷药也带来更剧烈的疼痛，易少丞的面色变得苍白不少，额头也直冒冷汗，但他一声未吭。青海翼从衣服上撕下一块布，给他迅速包扎了一番。

青海翼与铎娇对视一眼，心中都非常担心，因为易少丞的伤口不光是洞穿那么简单，而是整个伤口周围的皮肉都被绞拧在了一起，变得无比褶皱，全部扭曲变形，还有一股灼烧的痕迹，恐怖非常。

"神人果然厉害。"易少丞笑了笑，示意众人不要担心。这句话却让众人心情极为压抑。

他是第一个亲身体验神人威力的人，能够活下来已然不错，只是这身上的伤怕是一时半会儿好不了了，不光如此，还会让实力大打折扣。

罡震玺如此强大，谁还敢再去打他的主意？别说牵制他了，便是连接近都接近不了！

就在众人踌躇之际，一个声音传入了众人耳中。

"我在你们身上感觉到了域外血脉的味道，纵然稀薄，我也不会辨认不出。你们先前猜得没错，我，的确就是你们的祖先——太烬煌阳。我知道，你们一定有很多疑问，但是这些我都无法告诉你们，因为留给我的时间不多了。"

这是狄王的声音！

狄王所说的后人，不是别人，正是铎娇与焱珠。她们是不折不扣的滇王后裔、王族血脉。

所有人一怔，立刻聚精会神地倾听。

"你们听着，能够杀死神人的只有神人，但是我即将彻底消亡，所以能够杀死罡震玺的，只有你们了。"

离众人很远的焱珠立即回复："可是……还请先祖告诉我方法。我是滇国如今的大丞，您的真正子孙。"

焱珠审时度势能力极强，立刻把铎娇抛得远远的，万一老祖宗有什么恩赐，也绝不想让铎娇有什么机会。果然，正与罡震玺交战中的狄王，注意到了她。铎娇冷哼一声，站了出来挺挺身，朗声道："老祖，我有滇国王位继承权，但她……没有！"

狄王又一下子看向铎娇，这让焱珠好生气愤。但狄王不再说话，而是用一种心意相通的声音告诉除罡震玺外的所有人："神人真正的意义是什么？武道无尽头，巫道无尽头，为何殊途同归，都有神人一说？"

众人一怔。虽然他们都想过这个问题，也做过种种猜测，可他们毕竟不是神人，没有武魂，从未达到那个高度。不过，这话从真正的神人口中说出来，就更加不一样了。

神人到底是什么？狄王为他们解惑释疑。

在域外之境，通往神人之境的，只有两条路——武道与巫道，它们各自拥有独特的体系。武道巅峰，便是修炼自身，让自己强到突破自身的桎梏，达到能够承受天地规则的程度，从而捕捉、领悟这种规则，将其融入武修之中。而巫道则不同，巫法是创造，是探求，它的巅峰便是穷尽灵魂的力量，达到能够感知天地规则，从而探求出天地规则运行的规律，以灵魂之力模拟出这种规则。如此，两者才有了相同的神人境界。

之所以是神，正是因为掌握了一定规则。可是掌握这种规则何其艰难？巫法修行灵魂，武学修炼肉身，抵达极限彼端，才会渐渐与其交融。

而武魂的形成则是一个人实力抵达彼端时的顿悟，是豁然间的清明，是惊才绝艳之辈寻找到的造化之极。它就像铁树开花般坚韧毅力的大圆满。人与天地交融到至臻完美状态时，天地的规则终于能够接受人的介入，这时规则就像松树、桃树受伤，渗出一滴香脂般对人类至强者给予恩赐。

"原来神人武魂，是恩赐之物。"

"说是恩赐，又何尝不是追求的极限——人终究不如天地规则。"

众人心中终于渐渐明朗了一些。

但是，足下这片土地，无论是西域七十二国，还是大汉天朝，都距离这天地规则太过遥远。就连无际苍穹、日月星辰，尚且都不能算是真正的天。只有在域内，那个被狄王称之为祖籍的地方，凌驾于虚空之上，离规则运行极为接近，才能产生更高的武魂。即便在那个地方，武魂也非常稀有。因为武魂是参透奥妙、领悟天地源流的唯一媒介，所以神人之间的争夺也异常激烈。

凡人无法触及武魂，因为武魂是天地规则的显化。

如果触及有主的武魂，便会被规则排斥，说得严重点，就是被天地排斥，为天地运行之道所不容。自然，也就根本无法扰乱或者破坏规则。所以，能够打破规则的，只有规则，能够碰撞武魂的，也只有武魂，能够杀死神人的，便只有神人！

"可是，我们要怎么做，先祖，请您告诉我。"铎娇轻声呼唤。

"我来告诉你怎么做，但是机会只有一次，如果失败了，这里的一切，包括你们都将不复存在。"

"是，请先祖明示。"

众人终于明白，狄王为何会在随时可能消亡的危险情况下，不惜分神与大家心意相通，想必早已有了主意。

"你如今已经油尽灯枯，还敢托大，那我就让你死无全尸！"罡震玺似乎觉察到了什么，挥动巨斧，疯狂劈向狄王。他背后的星图在闪耀，贪狼武魂发挥着吞噬之力。

狄王挥舞青铜长枪，也在疯狂攻击罡震玺，七杀武魂极为浓重的杀气形成了超强震慑之力，但是这种力量不断被贪狼武魂吞噬，转化成罡震玺的力量。

此消彼长，每一个呼吸都在改变着战机。

狄王身上的杀气越来越弱，罡震玺则越攻越强。

"少废话，要战便战。"狄王声音低沉，霸气内敛，丝毫不示弱。

"砰！"兵器再一次碰撞，狄王被击飞出去。

"拿来吧！"罡震玺身形一闪，来到狄王身后，狞笑着将手刺入他的后心。七杀武魂就在这个位置，只要取走，狄王便灰飞烟灭了。

"你休想！"哪知狄王这时还有反抗之力，他猛然一个转身，将手中似杖亦枪的武器，掷了出去。青铜战枪上流光闪烁，威力非常。这一击蕴含了狄王的全部力量，罡震玺见了也头皮发麻，连忙躲闪。

"砰！"青铜战枪嵌入了地面。

"呼——"做完这一切的狄王，好像脱去了浑身力量，背后的星图消失了。

"老家伙，早该死了，这就送你上路。"罡震玺一步来到狄王面前，挥出拳头。他一拳打碎狄王胸膛，手插进了他的胸口。

"怎么回事？"罡震玺在狄王胸口之中抓捏一阵，忽然变了脸色，原来这里面并没有他想要的东西！疑惑中，他一抬头，看到了狄王冷冷的面孔。狄王三眼怒睁，额心处作为第三眼的天果放出光芒，这让狄王力量大增，他狠狠一抓，将凑近的罡震玺狠狠抱住。

"无相樊笼！"

狄王喊出最后一句话后，额心的天果破碎，化为巨大的红色光芒，将他与罡震玺笼罩在内。

这一刻，被狄王死死抱着，又被这红光罩紧紧裹住的罡震玺，竟然丝毫无法动弹，一时间也就无法挣脱束缚。

"快！"就在这时，下面忽然传来了一个声音。

罡震玺连忙低头看去，顿时瞳孔收缩，面色异常恐惧。

只见易少丞拔出了青铜战枪，取下了枪上一团圆珠状的氤氲气息，气息中有一枚猩红的剑形图腾若隐若现，"嗖嗖"转动不停，同时散发着凛冽的杀气。

这就是七杀武魂！

一枚经历数百年岁月才凝结而成的武魂，就算在这里蒙尘多年，依然流光溢彩，充满让人无法抗拒的吸引力。

易少丞用力一抛，七杀武魂进入青海翼与铎娇、焱珠结成的阵法之内。

此刻，焱珠与青海翼两人手牵着手，围成一个圆。一个浑身散发着红色的火焰，另一个身上散发着冰蓝寒气。火焰与寒气一出现，便形成了圆圈的两极，虽然看上去是对抗，然而何尝又不是另外一种平衡。

铎娇突然施展巫法，金乌之火介入其中时，这种对抗立刻产生了变化。冰冷之气流动到焱珠身上，火焰流动到青海翼身上，寒气与火焰不断追逐，两人之间的圆圈里形成了一个高速旋转的无形旋涡。

竟然是八卦阵图！

铎娇一挥手，将武魂丢入旋涡之中，立刻就形成了八卦阵图中的旋转圆心。旋涡里冲出暴躁的气息，武魂仿佛被某种力量激发，发出耀眼的光芒，随后化为一支红色的能量之箭，会聚的气息也变得凝实，犹如弓弦。

此乃狄王传授给铎娇的巫武结合之术，同时又蕴含着中土大地上古时代流传的易术——落日神弓易经图。

火为阳气，冰为阴气。阴阳相转，气息轮回。再加上用特殊巫法加持，这就形成了一个强大的蓄气池。气息会聚，充盈浮动，看上去就像是冰与火形成的海洋。

这个蓄气池便是弓，武魂就是箭！

想要拉动这张"弓"，必须使用特殊的灵物，铎娇的不灭之火为上乘之选。

随着铎娇双手结印，她全身涌起了金色火焰，这些火焰化为一只巨大的金色大手，在蓄气池里抓住凝实的气息，朝后一拉。

这一拉，青海翼和焱珠同时觉得浑身的力量不受控制地涌了出来。两人一个踉跄，手差点儿松开，导致蓄气池失败。不过这一刻，两人都知道，千万不能出差错，因为机会只有一次，更何况罡震玺已经看到了，如果不成功，他们会被罡震玺全部杀光，绝无第二次机会。

要拉开这张"弓"不需要多大的力气，但需要强大的魂力。而铎娇魂力纵然强大，可是想要拉动这个等同神器的武魂，也极为艰难，她整个人的灵魂在拉动之时也在飞快消耗，急速燃烧。这让她越拉越虚弱，越拉越吃力，动作也就越来越慢。

至于狄王，原本就是个死人，靠着武魂维持意识。在他设计之下，将武魂拿出后，他就彻底沦为了死人，只是靠着最后一点儿意志，燃烧天果，发动了古老强大的禁制巫术，将罡震玺定住，为这支团队争取了唯一的一点儿时间。

"老怪物！你竟敢算计我！死都死了，还摆我一道！"

罡震玺看下面看得头皮发麻，心中对狄王又惊又怒又怕。他怎么都没想到，这个半死不活的怪物，竟然还有这样深沉可怕的心机！他奋力挣扎，却发现这个禁制很古怪，狄王作为第三只眼的那枚高级天果爆炸后，竟然遏制了他的武魂！

他再一次看向狄王，发现狄王虽然死了，可眼睛睁着，正直勾勾地看着他，嘴角挂着一丝得意、蔑视、阴险和厌恶并存的奇特笑容。

"可恶！可恶！"罡震玺狂吼着，拼命挣扎着。终于，"咔嚓"一声，紧紧包裹他身体的红色网状的禁制上出现了一丝裂痕。

"快！全都给我碎掉！快啊！"罡震玺面露喜色，继续挣扎，红色禁制上的裂痕越来越多。

"快，快，快……"易少丞看着铎娇干着急，一边看着束缚罡震玺的禁制上出现了越来越多的裂痕，一边看着以极慢速度拉开的"弓弦"，可是他完全帮不上忙。

易少丞冷汗直冒，面色异常，最后干脆席地而坐，闭目调息，蓄力等待战机。他身边放着两杆战枪，左边是他自己的银枪，右边是狄王的青铜战枪。

"砰！"红色禁制全部破碎，罡震玺终于打破了无相樊笼。但身材高大的狄王仍然紧紧地搂着他，这具神人的尸骸同样坚不可摧，比钢铁还要坚固，不过对他来说，这种以身体做支撑的禁锢不值一提。

"快啊！"焱珠也忍不住了，急得虚脱到近乎苍白的面色无比紧绷。

"你们只知其一，不知其二，狄王先祖所传授的秘术需要耗费的力量实在太大了，我如果能像师尊那样，修炼一些武道，凝聚一些元阳，只要多一些力量，也不会像现在这样窘迫。"铎娇用尽力量拉"弓"，这些心里话根本说不出来。她的额头渗出一颗颗豆粒般的汗珠。

"拼了！"

铎娇一睁眼，拉动弓弦的力量不再施加控制，全部涌出燃烧。这一刹那，因为燃烧，她的魂力大增！可是魂力的这种猛然增长，是因为她的修为在剧烈燃烧，而这种燃烧的速度之快稍纵即逝。所以她紧紧抓住这一瞬间，将"弓弦"狠狠往后一拉，即将圆满，旋即眼睛猛地盯住空中的罡震玺。

"砰！"

刹那间，众人心中一沉——"谁都不能阻拦我！"罡震玺狠狠一震，就挣脱了狄王尸体的禁锢。狄王尸体应声破碎，像是崩裂的石头化为无数碎块，掉落地上。

罡震玺哈哈大笑，无比张狂，犹如过山的猛虎。下一刻，他眼神狰狞，看向地面的铎娇等人，猛地冲了下去。

"快！"沈飞浑身抖动，无数把飞刀狂涌而出，如蝗虫遮天，冲向了罡震玺，想要阻拦他，哪怕是一瞬间也行。但是……罡震玺的身形与数不清的飞刀撞上后，强劲的气势瞬间将这些飞刀震碎。

"啊！"失去对飞刀的控制，沈飞就像被人用力打了一拳，狂吐鲜血倒飞出去。

"糟了！"众人心头一怔，铎娇所做之事就像是英雄举鼎一样，好不容易把鼎举起来，就差一点儿举稳了，一旦没有坚持住就会功败垂成，一切努力都将付之东流。

罡震玺已经到了铎娇面前，手掌抓向了那支能量之箭。

"铎娇还没有完成最后的蓄力……这种蓄力一旦不成功，罡震玺就绝不会死。该我上了。"

坐在地上的易少丞猛地睁开眼，骤然间全身猩红雷霆爆发。两杆长枪也如有灵性一般随着他飞舞，伴随左右。

他狠狠冲向罡震玺。

这时，铎娇蓄力刚好到达极限，金色大手一松，发出"嘣"的一声，好似弓弦弹动的清脆声响。在这一瞬间，焱珠与青海翼作为秘术落日弓的弓身，所有力量都被抽离，吸入了红色的能量之箭中。能量之箭光芒骤然大亮，忽然消失。

众人面色一怔，就连罡震玺也怔住了。所有人的目光立刻落在了罡震玺的身上——他的胸口上有一圈圈力量波纹荡漾着，那支红色扭曲、若隐若现的能量之箭插在上面，已没入一半，还在缓缓深入。

"啊！"罡震玺惨叫一声，因为异常痛苦，面容都变得狰狞起来。他伸出手抓向这支能量之箭，要将它拔出来。只是一道身形飞快地撞向了他。

"砰！"罡震玺被撞得吐血，飞上了天，但这对他来说并无大碍，他依旧咬着牙，吃力地把能量之箭从胸口里往外拔着……

撞飞罡震玺后，易少丞猛地冲向天空，身形出现在罡震玺之上。他双手所持的两杆长枪，皆为无往不利的兵器，如雨点般落下，攻向罡震玺。

"噗噗噗——"罡震玺的身上转瞬出现了无数个血洞。即便这样，依旧不能阻止他拔出胸口利箭，好像把这支箭拔出来，比他的生命还重要。这是因为，神人有武魂庇佑，自然不死，可是这支狄王的武魂之箭已经限制住了他的武魂，他体内的贪狼魂力全部用在了抵抗之上，让他暂时失去了庇佑！

　　就这样，这支武魂之箭被他紧紧握住，一点一点拔出，一寸……两寸……

　　短短半个呼吸，易少丞只觉无论如何攻击都无法阻止罡震玺，眼睁睁地看着他将武魂之箭一点点拔出，这是何其煎熬！

　　"啊！"易少丞大吼一声，浑身力量猛涨。

　　"想要拔出来，做梦！"

　　他终于用出了燃烧元阳、鱼死网破的秘法。

鱼
死
网
破

易少丞整个人化成一道鲜红雷霆闪烁的黑色流星，两杆长枪形成一条直线，再次狠狠撞向了罡震玺。

"砰！"两道身形合在一起，凌空爆发出一圈涟漪，时间都好像停了一停。

只见易少丞的攻击，就像一把巨锤狠狠敲在钉子上，又把七杀武魂之箭狠狠钉进了罡震玺的体内。前胸进入，后心出。所有人都看到，七杀武魂之箭顶住了一团圆珠状的青色氤氲气息，正从罡震玺的后背一点点挤出。这团气息中，一枚仰头咆哮的青色狼形图腾若隐若现，正是贪狼武魂！

刹那间，所有人血液上涌，焱珠、青海翼、铎娇都紧紧盯着那枚武魂。

这正是狄王谋划之事，以自己的身体作为诱饵与囚笼，禁锢住罡震玺，为他们赢得时间，再让他们用秘法来将自己的武魂射出去，以武魂碰撞武魂，强行将贪狼武魂从罡震玺的体内撞出去。没了武魂的神人，就算有半步神人的力量，也再非神人；失去武魂的庇佑，神人就不再是杀不死的。

"师父！"铎娇看着贪狼武魂，神色一凛，突然从身上掏出一样东西甩给了青海翼。

焱珠连忙转头去看，便看到那是一块白色发光石头。这种石头能让神人境以下之人实力暴增，也能让界主境巅峰以上的人瞬间恢复力量。

青海翼眼神一动，这块石头顷刻变成粉末，一股脑儿被她吞吸进去。

"你休想！"焱珠冷声道。

青海翼嘲讽一笑，浑身气势暴涨，她狠狠将焱珠推开，闪身飞了出去，意欲夺下这两枚交错的武魂。

"娇儿，你真是姑姑的好侄女，帮外不帮亲啊……"焱珠冷冷一笑，也忽然拿出一样东西吞了下去，之后身形如离弦之箭冲了出去。

"你怎么也有？"铎娇惊愕道。

他们在和战鬼打斗时，焱珠已是界主境巅峰，与半步神人只有一点儿差距，这种白色石头对她实力提升并无用处，但深谋远虑的她看一步算十步，就怕易少丞等人吃了之后实力暴增，对她产生威胁。她并不怕易少丞变强，而是担心如果这些人一起对付她，会极为难缠。

"打消耗战，她也不怕，于是事先便藏了好几块在身上。"铎娇明白过来。

焱珠只是对铎娇冷冷一笑，浑身气势陡然暴涨。但是铎娇下一刻就发现，焱珠的目标竟然不是武魂，而是……青海翼！

"师——"铎娇只能用尽全身力气大喊，焱珠看也不看她，袖口朝后狠狠一甩，一个巨大的红色火焰手掌刹那朝铎娇飞去。

"砰！"铎娇话未喊完，便吐血飞了出去。

"老妖婆……"铎娇捂着胸口站起来，嘴角流着血。

武魂之箭的那一击，已耗光了她所有力量，她现在连走路都很困难，只能眼睁睁地看着，心里干着急。

"对了，我还有两颗！"铎娇急中生智，一眼看到旁边的沈飞。他被罡震玺重伤后一直躺在地上半死不活。铎娇连忙来到他身边，蹲下来对他说了几句话，他虚弱地点头后，她就将一块白色石头塞进了他的嘴里。

一个呼吸过后，沈飞一下子睁开了眼。他翻身站起，散落在地上的无数飞刀仿佛听到了召唤，纷纷朝他飞来。这些飞刀不断钻入他的手心，直到全部消失后，一把晶莹剔透的碧绿色飞刀从他的掌心中钻了出来。

焱珠瞬间追上了青海翼，冲向武魂的青海翼好像浑然不知。焱珠嘴角露出冷笑，手一拧，一团红色火焰出现在掌中，她悄悄将这只手掌伸向青海翼的后背。就在这时，青海翼忽然一停，转身瞪眼看向焱珠。

"不好……"焱珠意识到时已经晚了。她闪身想要躲开，可是青海翼眸底的寒白狂涌，转瞬双眼之中便爆发出冷白之色。"咔嚓"，下一刻，焱珠就被冰封住，脸上保持着震惊之色。

"这几招是替娇儿给你的！"青海翼的眼神变得愤怒，刚才焱珠的偷袭她早已察觉到了。她挥起拳头，拳头上迅速结起厚冰，瞬间形成一只包裹着螺旋气劲的巨大冰拳，猛然砸出。

"砰！"焱珠遭此一击，全身冰封破碎，皮肤被冰拳所带气劲四处割伤；身体因遭重击，五内震荡，当即喷血倒飞出去。

青海翼一拳挥出，手上又迅速结冰，冰封破碎，化为锋利冰刀。她随手一甩，冰刀飞向焱珠，一片片冰刀洞穿焱珠的身体，焱珠"砰"的一声掉到地上，一动不动，似乎已经毙命。

"这是替他讨回来的。"

青海翼含恨望着躺在地上的焱珠，又扭头看向上面的易少丞。

铎娇、青海翼、焱珠之间的事都是瞬间发生，时间极短。罡震玺被易少丞击飞出去后，猛然撞上一根巨大的石柱，贪狼武魂瞬间脱离他的身体，流星般坠向地面，青海翼迅速飞去一手接住。

武魂！到手了！

"咦，怎么会这样？"

就在这时，青海翼忽然发现，被七杀武魂洞穿的贪狼武魂，两者开始融合。

化成箭的红色七杀武魂开始如冰消雪融般飞快缩小，变成红色光雾，涌入贪狼武魂之中。仰头咆哮的青狼也在发生变化，它浑身皮毛疯长，变为紫色，眼神变得凶戾，眼睛颜色则变成了红色，散发着令人心悸的气息。

原本青海翼还在担心两颗武魂这么一撞是否会破碎，没想到，它们竟然融合在了一起！

"是了，根据狄王所说，所谓武魂本就是天上星辰力量的显化，也是天道运行力量的显化。如此说来，武魂皆是天道规则的碎片，原本就是一体，既然这样也就不存在互相破坏，那么，融合也在情理之中。"青海翼想明白后，眼中充满着欣喜。

就在她高兴之时，头顶上空突然传来一声咆哮。她连忙抬头看去，却没发现，一丝黑色的气息从这颗融合的武魂中钻出，如毒蛇一样顺着她的指尖一下子钻了进去。

是易少丞发出的咆哮，他使出全部力量，从石柱上空将失去武魂的罡震玺狠狠撞入地面。发出"砰"的一声巨响，一层气浪狂卷着朝外排去。

罡震玺砸进地面一丈深，地上出现一个巨坑。

"咔嚓！"这时，一道闪电般的粗大裂缝迅速从坑中往外蔓延，一瞬间便将偌大的地面分成了两半。紧接着，这道大裂缝两旁又产生无数裂缝向四周蔓延，像是老树生根，眨眼间蔓延到了整个空间。

这个如黑夜星空般的世界，这片狄王用巫法秘术创造出来的空间，从地面到天上，全是裂痕！狄王都死了，这里又怎么可能不崩坏呢？

不同的是，天空的裂缝里有蓝白色闪动，清冷的气息从裂缝里流下，地面的裂缝里流动的是橘红色的气息，炽热的气息从裂缝中喷溅出来。

整个空间都在晃动！崩坏也只是瞬间的事！

焱珠一动不动所躺的地方，裂缝交错，丝丝炽热气息从她身下涌出。她的身体就像油染上了火，瞬间燃烧起来。火焰之中，焱珠的身形重新凝聚……她重生了！不，应当说焱珠原本就没有死，她被青海翼算计，来不及防御，就被强大的冰封力量封住了经脉穴位。但在这些炽热气息的炙烤下，她体内的不死之火力量被激发了出来，两者内外夹击，一下破解了冰封力量，她也就迅速恢复过来。

然而这一切，拿着武魂的青海翼并不知晓。她刚刚拿到武魂，还没回过神来，这里又天摇地动，尚未明白发生了什么事，等她反应过来时，炽烈的气息已经逼近。

青海翼刚一转身，焱珠炽烈的手掌已经打向她的胸口。她脸色大变，匆忙用出冰封战甲护体，却晚了一些。冰封战甲在未成形时被击中，破碎，余下的掌力将她轰飞了出去，她手中的武魂也飞了出去。

焱珠眼疾手快，挥手成爪，迅速一掠，那颗融合而成的紫色武魂，便被她抓在了手中。

"武魂……终于到手了！"

天摇地动，空间不断崩塌时，焱珠狂笑不止。这一刻，她感觉付出的一切都值得了。多年来的心愿，如今总算实现了！有了武魂，就能成为至强者，而且这枚武魂还是合二为一的，所蕴含的价值更无法用语言来表达。然而就在这时，她身后传来"砰"的一声巨响，她心头一惊，当下就将武魂吞了下去，旋即扭头。这一回头，便与一张脸撞了个正着。

这人一头银发，脸色苍白，全身狼狈，目光冷冽，正是罡震玺。

"罡震玺……你……"焱珠瞪大双眼，低头看着胸口。

原来罡震玺出现时，就已用手穿透焱珠胸口，一阵抓捏，抽出后，满是鲜血的手已经握住了武魂。

"半步神人，怎会如凡人一般说死就死，贪狼武魂在我体内多年，纵然离开也尚有一丝存留在我体内，那我也不是你们这些蝼蚁可以战胜的。"罡震玺说着看了一眼手中的紫色武魂，先是露出惊异之色，又变得难以置信，喃喃道："这怎么……这不可能……"

就在这时，一道绿色而又巨大的刀光，穿过无数掉落下来的碎石，飞来后凝空一劈。

"镇魂刀！"沈飞冷冷的声音响起，这是他在拔除阵眼时得到的法宝，一直未曾展现出来。

罡震玺回过神来，冷冷一笑，随即抓起焱珠一挡。

"啊！"身体被洞穿都没有吭声的焱珠，此时却撕心裂肺地惨叫起来。

"什么！"罡震玺无比震惊——只见这把碧绿色的飞刀，穿过焱珠的脑袋，没有带出一丝血迹，速度不减地一下射入他的脑袋中。下一刻，身体好像四分五裂的疼痛，让他也哀号起来，痛不欲生。

这就是镇魂刀，杀人不杀身，摄魂留死人！

这把镇魂刀据说乃铸剑大师欧冶子用偶然得到的陨石无意间铸炼而成，后来流落到了楚国刑觋手中，变成对罪人施加最严厉的惩罚——"魂戒"的刑具，后来不知何故便失踪不见了，那盛行一时的"魂戒"刑罚也就此消失。只是没想到会流落到狄王手中，之后又辗转落入沈飞的手里。

"武魂是我的！"焱珠对武魂的执念，已经超过了她灵魂受伤带来的痛苦。

这一刀，焱珠毫发无损，她咬着牙，一把从罡震玺的手中夺过武魂。

罡震玺寻找武魂数百年，如今好不容易获得，岂容被夺？

"动我武魂者，都得死！"他忍着巨大的疼痛狰狞着脸，一甩手，那柄巨大的圆月战斧出现，他举起双手抡起战斧，竭力劈向将要飞离的焱珠。

"哧！"焱珠后背被砍出一道又长又深的伤口，整个人重重砸在地上。但她依旧紧紧握着武魂，脸上也是为了武魂，不惜一切的神情。

罡震玺朝着焱珠走去，这时，一杆长枪突然"嗖"地飞来，罡震玺被狠狠钉在地上。

"这不是枪法……是九州离心剑！你……"还有余力的罡震玺拔掉身上的青铜长枪，转过身来。

此时，易少丞已经蹒跚着脚步，走到了他面前。

整个空间摇晃得越发剧烈，崩坏加速……

易少丞冷冷地看着罡震玺，举着银枪，面色无悲无喜。他将银枪一下又一下地扎在罡震玺身上，语气异常平静道："我乃汉人，也是汉臣，按理说你是我汉朝镇国之一，理应敬你。不过，我还有一个身份，那就是九州剑宗最后一名弟子。"

"你……你……你……不是骁龙……"

"我叫易少丞。"易少丞抹了一把喷溅到脸上的血，手中动作不停，继续道，"对待仇人，我向来有一个杀一个，虽然他们太强太多，但总有一天会杀光。血债，报一分少一分，虽然很多很重，但总有一天会讨清。你这个镇国强者，也许并不知道我们这片九州江湖上流行过一句话：出来混的，迟早要还。"

罡震玺看着易少丞那双已被仇恨浓浓包裹的眼睛，知道自己就算哀求也无用处。他怎么都没想到，当年竟有漏网之鱼。可他还不想死，一点儿都不想死，死了，就什么都没有了。活着，才是唯一出路。

"等等，你不能杀我。"罡震玺好像想到了什么，忽然冷静了下来。

"你以为我杀不了你？"

"不，年轻人，我告诉你一个秘密。"

"交易？说。"

"我们，所有人，都被狄王算计了。狄王与我来自同一个地方，我们自身的秘密是绝对不能被你们凡人知道的。所以，无论是我也好，狄王也罢，都不会放过听到秘密的你们。"

"狄王是娇儿的先祖，有血脉维系。"

"呵呵，血脉维系？那你可知道那个秘密有多大吗？这份血脉淡薄了千年万载，纵然是嫡系，也早已异常稀薄。更何况，对于一个死人而言，是没有任何亲情可言的。狄王明明能够活动，却躲在这里不出去，你不觉得奇怪吗？"

易少丞眼神一动，好像明白了什么，他继续看着罡震玺。

"没错，你也想到了，他是想守着这里的秘密，至于秘密是什么，我不得而知，但应该不是我想要得到的东西，我想要的只有武魂。对……那艘宝船，才是他拼命守护不想被外人知晓的秘密；对……自传，和他在外面留下的自传有关。你觉得，他死了都要镇守的东西，会让你们这些毫不相干的人得到吗？"

易少丞的脸上露出一丝明了，罡震玺说得没错，狄王很可能还藏着一个更大的秘密。

"继续。"易少丞杵了杵枪，他身后的那几位伙伴开始把目光投向焱珠，他却要回神来对付罡震玺，免得被他溜掉。

"狄王阴险无比，他以自己为诱饵害我。他知道自己被我杀死后，你们也会死。与其这样，不如教你们杀了我的方法。你看看这周围，现在还有力气逃出去吗？如果我猜得不错，这座以石头为载体建成的芥子空间，是立在熔岩之上的。下面就是熔岩海，一旦崩塌……没有神人修为，必被焚化成灰！"

"别废话，我自有办法。"

"不，你太低估狄王了。他的血统在我们域内都是非同一般的存在，血统越高便越睿智，算知数十年后会发生的事也是轻而易举。

你以为你们变强了，得到武魂就万事大吉了？那你就错了，你想想看，你们一路到此获得的好处，是不是太理所当然了？外面的那些也好，拔除阵眼也罢，还有获得的战意……"

"你跟踪我们？所以你会在那个时候出现？"

"对，我原以为狄王已经把所有力量用在对付你们身上……只是没想到，原来我也只是他算计的一环，果然，他要比我老谋深算。我如果死了，接下来这武魂就会成为你们的弱点，二桃杀三士，你们最后只会有一个人活下，那个人自然也不会好活，因为……哈哈哈——"

罢震玺的每一句话，都像雷一样敲打着易少丞的心房。

"别卖关子，快说，为什么得到武魂必死无疑？"易少丞一枪把罢震玺的心脏挑破。

罢震玺丝毫不以为意，就像身体不是他的一样，因为他体内还残留着一点儿贪狼武魂力量，他就不会像凡人一样被杀死。

罢震玺惨笑连连："七杀武魂早就浸染了狄王数千年墓葬中的尸毒。而解开这种尸毒的方法，光靠武魂无用，只有我们域内之人才知晓。你，想让你同伴死去吗？"

易少丞看着前方崩裂的地上，握着武魂半死不活的焱珠，笑了笑。忽然，这笑容变得狠厉，面孔扭曲，变得无比狰狞，他一枪戳向罢震玺的脑袋。

"砰！"易少丞飞了出去！

罢震玺缓缓坐了起来，收回血肉模糊的拳头，看着自己被捣烂的胸腔，浑身打了个哆嗦，一丝晶莹剔透的力量在他体内涌动，不过眨眼工夫，胸腔内的器官已重新长好，胸腔也已完全闭合，看不出任何伤痕。

"罢——震——玺！"易少丞被罢震玺这蓄力一拳打得飞了出去。落地后，口吐鲜血不止。

罢震玺冷笑几声，戏谑道："即便我没了武魂，你以为我就会被你杀死？笑话，我体内只要还有一丝武魂之力，你便杀不死我，适才那些话也只是为了拖住你让我蓄积力量恢复。如今……"罢震玺突然狰狞一笑，手臂一扬，那柄巨大的圆月战斧出现在手中，"再见。"

他狠狠朝下一抡。

"砰！"

所有开裂的地面，在这一瞬间，全部炸裂，纷纷掉了下去。

这巨大的震动造成上面的石头加速掉落，罢震玺看着易少丞狂笑着，然后身形一跃，他凌空踩着一块又一块掉落的石头，不断往上，很快，找到一个出口"嗖"地不见了。

"休想跑——"易少丞大喊。

"轰！"一声巨响，整个地面掉了下去，易少丞吓得连忙不敢动弹。随之飞溅起无数带火的熔岩，原来这下面真的是一片熔岩海。

碎裂的地面掉入熔岩海，犹如泥牛入海，很快不见了踪迹。一股炽烈的风暴从下面旋即反涌而出，在空间内产生了巨大的涡流，导致了天顶加速崩坏。

"不好！"易少丞想到了什么，连忙看去，这才松了口气。

原来这片空间是建立在四根石柱之上，现在地面虽然坠落，但是石柱依旧巍然挺立，易少丞等人飞到石柱上，才得以安全。

"罢震玺一日不死，我们就一日不得安生。"

易少丞长长一叹，旋即想到了汉朝，眉头皱得更紧。

另一边，在地面全部崩塌之前，焱珠吃力地爬起来，手中握着武魂，觉得一切终于值了。只是"轰"的一声，打破了她的遐想，她站起来想要逃却已经来不及，脚下的地面猛然陷落，她也跟着掉下去……

"完了！"焱珠心里"咯噔"一声，惊恐到了极点。然而就在这时，她的手被一把抓住，掉下去的身体悬在半空。她大口大口地喘息着，终于得救，失而复得的情绪弥漫心头，只是再往下看时，那些掉下去的地面溅起百丈高的熔岩浪，浪头差点儿扑在她身上，又让她面色惊恐，惶然不已。幸好，幸好得救了……只是回头看救她的人是谁时，不禁再次愣住。

"姑姑！抓住我！"铎娇一手抓着焱珠，另一只手紧紧扒住残存的地面。

大块大块的石头掉入熔岩之中，冒出的熔岩泡都有水缸那么大。"咕嘟咕嘟"，这些熔岩泡不断变大，变成一丈大小时，"啪"的一声爆炸。

四根漆黑巨粗的石柱屹立此处，宛如逆龙升天，易少丞等人站在柱子上往下看去，不见其底，不禁感到胆战心惊。

由于柱子之间的距离太远，足足有几十丈，除非长久谋划飞石悬渡，若贸然飞跃，肯定容易掉落下去。

易少丞等人看向了铎娇那边。

武魂如今还在焱珠手里呢。

铎娇咬着牙，嘴角流出血丝，姣好的五官纠在一起，看起来有些狰狞，但是她依旧死死地抓着焱珠，没有一点儿松手的意思。

她嘴角流血，是因为又牵动了之前焱珠打在她身上所受的伤。

她本就不修武道，加上之前"拉弓射箭"几乎耗尽了所有力量，如今都还尚未恢复，此刻不过是凭借一股意志坚持罢了。可终究越来越吃力，她的身体重心开始偏移，而且越来越快。易少丞等人看得干着急，却不敢出声喊。因为铎娇此刻精神高度集中，若是一喊导致心神失守，后果不堪设想。

"姑姑……你爬上来啊……"铎娇低声吃力地说道。她看着焱珠，面带恳求。

焱珠看着这张从小看到大的脸，她漂亮，聪慧，身份高贵，让男人喜欢，让女人嫉妒，更是自己的眼中钉、肉中刺。

焱珠脑海忽然闪过十六年前的月色之夜，罗森号上，她将那个褴褛婴儿抛入太阳河后，张弓搭箭，最后却又放弃了。她现在心情很复杂，既悔恨当初为什么不心狠手辣一些，干脆杀了这个小丫头，那样就不会有今天这个局面。可是，看到铎娇纯净的眼神，看到这个侄女拼命想救自己，焱珠又很厌恶自己。

这种凌乱的心情，让焱珠也无法选择。

她们本来血浓于水，是至亲之人。滇国王室血脉本就凋零，可自己为什么还那样不珍惜？

这时，焱珠忽然转头看向了站在一根柱子上的易少丞和青海翼。

"你们……"

这两个人在铎娇的生命中所占据的地位都极为重要。但这两个人，一个是自己必杀之人，另一个是自己的死敌，两个都是那么该死……

"姑姑！上来啊！娇儿求你了！"铎娇从牙齿缝里挤出声音，她快要坚持不住了。

焱珠凄然一笑，她也想爬上来，可是身体受了重伤，已经油尽灯枯，再无力气。而且，那百丈之下的熔岩旋涡有着巨大的吸力，她完全没有力量抵抗这股吸力。

"易少丞！青海翼！你们听着，从今以后，我焱珠与你们的所有恩怨，一笔勾销！"焱珠对易少丞和青海翼说道。

这话说完，铎娇再也坚持不住，身体快速下滑，她和焱珠就像飞蛾一般坠入要吞噬一切的熔岩之海。

"娇儿！"青海翼和易少丞看到这一幕，不禁感到撕心裂肺，惊恐大叫。

"啊！"铎娇一边往下坠，一边惨叫着。

"娇儿，以前是姑姑不好，姑姑对不住你，但从今往后……"焱珠忽然想起没有往后了，她笑了笑，"就此别过，不要再恨姑姑了，这个还给你。"

焱珠一把将武魂塞入铎娇手中，大声说："娇儿，一定要好好活着！待你弟弟好一些！走！"

在这一刻，焱珠内心已经放下所有的恩怨，她反而希望少离是铎娇的亲弟弟，也许那样，反而不用承受更多。

焱珠眼中露出一丝柔和，终于爆发出了全身最后的力量，狠狠推出一掌。

铎娇握着武魂被一下击飞到一根黑色石柱上，而在力量的反震之下，焱珠则加快了坠落的速度，重重落入岩浆之中，周身燃烧起熊熊火焰，身形很快沉了下去。

铎娇连忙趴在柱子上往下看，正好看到焱珠最后带着微笑的脸，被无情的熔岩吞没。

她顿时瞪大了眼，难以置信的神色在脸上蔓延，心脏猛然抽搐，针扎般疼痛。

"姑姑！"悲痛的声音，远远飘荡。

"姑姑——"铎娇喃喃地叫着，坐在石柱上，握着武魂，心中无比悲伤，一颗颗泪珠滴落下来……

焱珠，曾经多少个日夜自己发誓要扳倒的人，如今竟落了一个这样的结局……在她掉下去的刹那，那眼神中流露出的，是一种铎娇从来都没见过的情感。

真正的血亲！

若她真的歹毒，一定会带自己一同葬在熔岩之中。毕竟，她曾手握滇国重权，而且还曾酒后戏言：生前得不到的一切，日后死了也要拽着这一切陪葬。

她的霸道，她的专横，从来就和其他帝王一样。

可她没有这样做。宁可孤身一人，堕入轮回。

"原来，我已经原谅了她。"

铎娇心中空空如也，就算得到了武魂也没有任何欣喜可言。

她望着那流动的熔岩海，一个个巨大的岩浆泡鼓起又破灭，破灭了又鼓起，喃喃道："姑姑，我会好好待少离，他是我的弟弟——血亲为最！"

远处，易少丞三个人一直看着铎娇，准确地说，易少丞和青海翼心疼铎娇，所以脸上挂满担忧。而沈飞的眼神却盘桓在铎娇手中的武魂上，他心中仍记得在临出洛阳前，圣上的叮嘱：

"不惜一切代价，务必夺下武魂。"

"圣上，沈飞宁死，也要完成陛下所托。"

"卿，请起。"

沈飞收回眼中的一丝凛然气息，眼神变暖。不久，便静坐下来调息，以恢复元气，对周围的一切动静置若罔闻。此刻若表现出任何争夺武魂的想法，他十分明白，等待自己的将是死路一条。

"娇儿——"

易少丞和青海翼的心情都无比复杂，最终相视一眼，唯有一声叹息罢了。

铎娇遥遥地看向这对璧人，道："好了，现在我们还是想想如何出去比较好，悲伤最是无用。"

青海翼也点了点头，给了铎娇一个鼓励的微笑。

"娇儿，我们先像沈飞兄弟这样，恢复气力，同时想想办法该如何脱困。"易少丞道，青海翼与铎娇点头，三人也各自开始打坐调息。

易少丞和青海翼虽在一根石柱上，铎娇和沈飞却独自待在另外两根石柱上，如前所说，柱子之间相去甚远，别说众人此刻受重伤的受重伤，没力气的没力气，就算全盛状态也没有办法逃脱。难道要被困死不成？这个念头从易少丞的脑海里闪过，旋即他就想起了罡震玺说的话，心头不禁一凛。

罡震玺确实跑了，不过，他说的话未必是假，一路过来都是如此，实在太巧。

"轰！"突然，外面所有石头爆炸。

不光形成空间的穹顶坍塌，就连四周的墙壁也忽然炸裂开来。

"这是……"

炸裂声隆隆不断，卷起无数尘埃，尘埃散尽，易少丞看到外面站满了人，顿觉无比诧异。但看到这些人身上的衣服时，他就明白过来。这些士兵，是滇国的军伍！

远处，为首之人穿着一身铁甲，手中拿着硕大铁剑，看着这场景愣了愣，然后一挥手。当即，身后的士兵们将绳索抛甩到了石柱上。绳索头上绑着铁楔，铁楔落下时直接插进了柱子顶端。然后又如法炮制了几次。

几道绳索中间宽出一段距离。后面的士兵拿着木板一边铺着，一边前行，很快一座悬索桥便铺成了。由于士兵人数众多，似乎准备又极为充分，在第一座悬索桥建起后，其余几座悬索桥也很快搭建完毕。铎娇、沈飞顺着悬索桥来到易少丞与青海翼所在的石柱上，四人一起看着外面的真实世界。

这芥子须弥的手段实在是神通广大，就像在人眼前设下了一层迷雾，除了这四根大柱子和滚烫流动的岩浆告诉他们这一切都是真实的。至于其他，却像轻风吹过，每个人都有些恍若隔世般的错觉。

"奇了，真是奇了。"易少丞惊叹道，转头看向青海翼，这素来是冰山美人的青海翼却笑颜如花，伸手握住了他的右手。

"有何玄奇，也许对于神人来说，这些只是一些小手段而已。"

"你说的对，我们的实力距离神人这种境界还有很长的一段路要走呀。"易少丞发出一声慨叹，很快又把目光移向铎娇，"你要保护好武魂！"

"爹，交给你保管。"

"不用，此事重大，容不得在此商议。"

铎娇点点头，收回武魂。她明白如今还有沈飞这个外人在这里，万万不能让他得到，就算此物要献给汉朝帝王，也绝对不能是沈飞来献。

沈飞的脸上始终保持着淡淡的笑意，轻轻一拍易少丞的肩膀：

"将军，我等先回雍元城最为重要，武魂还是由王女殿下保护最为妥帖。请——"

"沈飞兄弟，此次多亏你相助，请！"易少丞望着沈飞笑道。

众人沿着悬索桥往外走去，身下仍是炙热的岩浆，热浪掀动着众人的衣服和头发，宛若末日逃生。

"恭迎王女殿下——"

随着领头的铁甲侍卫单膝跪地，其余将士也纷纷跪地迎接。

这支队伍，正是无涯和魂所率领的援兵。

铎娇扫了一眼，目光落在了铁甲侍卫身上，眼神很奇怪。

"在下愿效忠殿下，万死不辞。"

魂似乎知道铎娇的心思，当即将宫廷发生的一切悉数禀告，并将此行缘由也说了一番。

"王子殿下说，叛贼焱珠，务必捉拿归案。"

"焱珠？"铎娇面容有些悲戚，她微微摇头，苦笑了一下，道，"姑姑已经去了，就葬在这里的熔岩之中……她，是为了保护我而死的。"

魂身形一怔，旋即低下了头，抱拳低声道："请殿下节哀。"

那铁面具之下的面孔，却露出了狂喜之色。

焱珠已死

　　焱珠死了！她终于死了！哈哈！魂这一刻欣喜若狂。

　　辱母之仇终于得报，现在只剩下杀父之仇。

　　不过，魂清楚地记得，那时候的自己是多么仰望易少丞。从十年前易少丞与江一夏的那场战斗开始，魂就已经将这个男人视为自己的偶像，视为存活下来的精神图腾。

　　然而，易少丞毕竟是……杀父仇人。虽然那个所谓的生父白狼，贪婪、恶毒又好色，确实该死！

　　无涯烧掉罗森号之时，也就是烧掉象征着焱珠不可一世的地位的五色神蟒大船时，他的母妃——白羌王妃也在船上。他听到了母妃的哀号，却没有去救她。

　　"她活着，就是我一生无法忘记的耻辱。"

　　魂的内心深处依旧认为，那艘燃烧的大船，才是她的最终归宿。

　　每每想起那一幕，魂的心就如针扎般疼痛。但这并不重要，尘归尘，土归土，一切恩怨都有尘埃落定的时刻。

　　"既然焱珠已死，我只需要将易少丞铲除……也就算了了一切仇恨。我还要回到羌族，继承我应得的爵位。"魂握住剑柄的掌心已经冒出了汗。正当他要看向易少丞时，铎娇忽然问道："为何我没见到师兄？"

对于投靠自己的魂，铎娇虽有不解，可也没想到此人被焱珠培养多年，内心却隐藏着一股隐忍而强大的复仇执念。魂立刻收拢心神沉声道："禀告殿下，殿下未出来前，无涯将军见一人从里面踏石飞出，便带人追了过去……"

"什么？"旁边的易少丞大惊失色，急忙道，"娇儿，是罡震玺！无涯会有危险！"

经历了刚才之事，所有人都知道罡震玺的强大早已超出了认知。易少丞纵然已有硬拼半步神人的强大实力，却也不敢保证对付体内尚有一丝贪狼武魂力量的罡震玺，就有战胜的把握。而无涯不过是个初达王者境的毛头小子，如何承受得住罡震玺的攻击？

"混账，早知道就算……就算是拼了命也不应该让他跑掉。来人！备马！"铎娇立刻命令道，然后转身悄声道，"爹，我和你一起去。"

"不！"易少丞断然拒绝。救无涯都没有十足的把握，他可不想再白搭一个进去。铎娇和无涯，谁都不能有半点儿危险。

"慢！将军！"就在这时，一个低沉的声音响起。易少丞转头看去，原来是沈飞。两人对视一眼，他知道沈飞有事要说，二人便走到一边。

"将军，如今武魂已经到手，此间之事都是滇国内务，我等还是别管为好。"

易少丞看着沈飞，眯着眼心思一转，面色肃然。

"沈兄有所不知，无涯是我唯一的弟子。罡震玺如何强大，你又不是不知。他有难，我绝不能坐视不理。莫说无涯，哪怕是兄弟你遭遇这样的情况，我也当仁不让地找你去。"易少丞目光灼灼地看着沈飞。

"那将军何时将武魂献给陛下？"沈飞盯着易少丞的脸看了很久，终于说出内心的担忧。

要知道此番来到滇国，虽然易少丞名义上是他的上级，但沈飞又何尝不明白另一个道理：他真正的主子是大汉天子，易少丞若有半点儿侵吞武魂的念头，他就算拼了性命，也要加以阻止。

易少丞想了想，皱眉严肃道："沈兄，我这样与你说。武魂我会献给陛下，但是还要献给陛下一个人。准确地说，一枚武魂是不够的，还必须有一具尸体……"

"哦，你是说罡震玺，他可是镇国强者……你若杀了罡震玺，只怕我们都没办法交代。"

"沈兄，你这就有所不知了。我大汉所有镇国强者，都是迫不得已供奉的。他们虽不理朝政，但手段强大，日子过得比皇室还舒服，要什么皇室都得给予。然而如今能与这些镇国强者对等说话的恐怕只有一人，那就是太后她老人家，而不是圣上。陛下如今年少，与太后关系内里不睦，想必沈兄也应该清楚吧。再者，罡震玺妄图夺得武魂，实在罪大恶极，应当与武魂一同交与陛下才是，如此日后陛下才能够一言九鼎。若是让罡震玺逃回去，后果可想而知！其他闲云野鹤的镇国强者，又如何信得过我们大汉威仪？只怕，活着的罡震玺，才是留不得的。"

一番话，直说得沈飞不寒而栗，一思量后果是否能够承受，脸色顿时大变。

"确实如此……"

"沈兄且在滇国等我一段时日，我拿了那罡震玺的人头便回来，然后与沈兄一同回汉朝。"

"好。"沈飞虽觉得不妥，却也只能答应。

"娇儿，这是我同袍，这段时日，还有劳你照顾。"易少丞背对沈飞对铎娇说道，使了个眼色，铎娇心领神会。

易少丞旋即上马，缰绳却被一人拉住。

"你……要与我一同去？"易少丞望着青海翼，短暂的聚首，如今却又有劲敌要对付。青海翼满眼的担忧："你若走了，武魂怎么办？"

虽然青海翼确实想同他一起去，但话到嘴边，不知道为什么就变成了这句话。而且，她脸上还挂满了羞涩，想必心脏也在"怦怦"乱跳。

"有你在此守护铎娇，我放心。"易少丞轻声道，"就让我去吧！"

然后，他盯着青海翼看了很久，突然一笑，凝丝传音道："待我解决了这些凡俗之事，你……你若是愿意，我可以陪你看遍这繁花似锦的尘世，再也不要什么高官显爵。我答应你……答应你，从此再也不会让你有任何担心……我们去一个地方安宁地生活……那样的生活，安宁的生活，又会是怎样的……等我！"

他说完嘿嘿笑着，脸上却不再是傻乎乎的表情，而是透着看透一切的明悟与希望。

易少丞大手扯起缰绳，欲催马离开。

"等等。"青海翼递过青铜战枪，这正是狄王的武器。它既是杖，又是枪，还有一个巨大的天果加持，乃迄今为止等级最高的武器。

易少丞接过来，点了一下头，马飞奔离去，他的身形很快消失在众人的视野里。青海翼纵然一万个不愿意，可是想起易少丞说"那样的生活，安宁的生活，又会是怎样的……"，心头便是一暖，眼中充满了神往。

"我得替他守好这枚绝世武魂，绝不能让这个沈飞生出任何事端。"青海翼回过神来想道。

眼下最重要的就是守住这枚武魂，考虑好应该如何处理它，这不但关系到铎娇和易少丞两个人，甚至关乎整个滇国的国运。孰轻孰重，青海翼当然知晓。她温柔的眼神渐渐变得凝重。

那边，铎娇依旧望着易少丞离去的方向。

"你爹爹会没事的，娇儿！"

铎娇回过神，望着青海翼那动人而又带着一些绯红的面庞，凄婉一笑，此时若用"失魂落魄"来形容再贴切不过。但世间有很多无法违逆之事，那些曾充满希望的幻想终究是竹篮打水——一场空。

心中若有所失，但不再似针扎般的疼痛。铎娇长叹一声，吩咐魂："开道吧，我们即刻返回雍元城。"

"遵命！"

众人走出幽深的山洞后，当炙热的阳光照在身上，铎娇顿觉有些头晕，可能是因为在幽暗的狄王墓里待得太久了，也可能是因为心中的支柱渐渐地没了。就连呼吸都有些停顿，本骑在马上的她差点儿跌落，幸好被青海翼扶住。

"殿下，您没事吧？"魂冷声问道。

铎娇皱眉不语。

众人觉得奇怪，整支队伍跟着停了下来，等待铎娇发话。

"爹爹这般去找罡震玺，就算他如今元气大伤，也非爹爹一人可以抵挡。我可千万不要在这种关键的时候犯糊涂啊！"铎娇此刻越想越不对劲，脑海中浮现出易少丞那温暖的笑容，以及脸上那一道微微狰狞的伤疤，"我又怎能让他……为了我滇国，为了无涯再去牺牲，再去冒险？不行，这不行，断然是不行的。"

只是如今，她与师父都已经没有多少力气了。这种心力的憔悴，绝不是用神石可以补充回来的。既然如此，易少丞又能好到哪里去？而罡震玺纵然再不济，他逃脱的时候，都能踏着落下的石头冲飞而起。这其中需要的武学技巧，就算是青海翼，都得在全盛时期拼尽全力才行。也就是说，罡震玺如今虽已沦落为半步神人，却有着半步神人的巅峰实力。

爹爹此去……怕是有危险。

铎娇越想越觉得害怕，眉间担忧也愈发深邃起来。

"殿下可是担心将军？"魂的声音在她的耳边响起，充满了磁性和一股安抚之意。

陷入深思的铎娇没在意是谁，只是点了点头。

"这个好办，在下愿领兵马前去，定会护将军安危。"魂说道。

这时候铎娇才回过神来，她看着铁甲侍卫良久，终于开口："命你即刻驰援大汉使臣骁龙将军，若有半点儿闪失，提头来见。若他安然无恙，我升你为滇国第一勇士，厚赏十年俸禄，滇国宝库中的宝物任你挑选。"

不得不说，铎娇所许诺的，足以让任何人大吃一惊。就算是当今滇国的元帅、将军，只怕也没有得到过这样的恩赐。

"定不负王女之令。"铁甲覆盖下的魂，此时全身透露着一股浓烈的杀气。

他一领命，立刻下令，掉转马头飞奔而去。

"跟上！"他在远处冲后面的骑兵冷喝道，一丝得意的狞笑瞬间从嘴角蔓延。

"娇儿，不如我也去。"

青海翼看着离开的人马，总觉得有些不放心，也不知道是为什么。

铎娇思索再三，又摇摇头，拿着手上武魂，看着青海翼："师父，这个东西，是我们拿命换来的，不能再出岔子。"

"只是他一人……那罡震玺……"青海翼攥着缰绳的手，骨节微微发白。连她自己都没注意到，一丝墨点状的黑线，正沿着右手中指的螺心朝掌心蔓延。

"他会回来的，师父，你就放心吧，毕竟……"铎娇看了看武魂，眼神不经意扫过沈飞，没说下去，但青海翼已经完全明白她的意思了。

几天后，雍元城，王宫一角。

这里原本是铎娇所住的地方，在不久前的那场动乱中，被一场大火烧毁。少离掌权后，派了不少能工巧匠进行修复，恢宏大气之余，更有一丝汉朝江南建筑的味道。

"唉……独在异乡啊……"

458

一声叹息，沈飞的目光从阁内探出，看着外面的那一片竹林，眉头深锁。

但他所能看见的，并非只有竹林，若顺着他的目光细细看去便不难发现，这栋建筑的四周都有滇国王宫精锐侍卫在巡逻。他也问过为何宫里变得草木皆兵，回答是最近宫里出事之后，王子担忧宫中安全，故而加派了人手巡查，可是他后来才发现，只有他这里是这样的。

这些情况让他越想越不对劲。是，骁龙确实离开了，没有带走武魂，可是武魂所在的地方，何尝又不是在骁龙的手中？

"好一对父女，好深的心机啊……如今虽只是软禁我，若是万一……他或许会命人把我杀了，到时候再由滇国推托一切责任，骁龙岂不是就能带着武魂逍遥离去？骁龙啊骁龙，焱珠已死，如今你才是滇国最大的掌权者，恐怕只需你三言两语，就能举一国之力，这手段也当真恐怖。"

沈飞思前想后良久，最终眼神坚定地点了点头。他不能死，他要回去，将所有事情都禀告陛下，一定……一定得离开这里。最后，他将目光瞄向了那些巡逻的侍卫。

一片被冰雪半覆盖的草地上，有些地方坑坑洼洼，周遭一片狼藉。寒冷的空气里夹杂着粗重的呼吸声。

刀枪剑戟散乱地躺在地上，和它们的主人一样沉寂——这是一具具滇国骑兵精锐的尸体，每一个死相都很凄惨，胸口被洞穿，个个都是一招毙命。

一个魁梧的少年，红发散乱张扬，一身衣甲已破烂不堪，他苍白的脸上满是鲜血，半跪在地，仰着头用坚毅的眼神瞪着罡震玺。

"乳臭未干，也想来杀我？你师父有没有教过你什么叫量力而行？"罡震玺讽笑两声，旋即拿出圆月战斧凌空劈下，"不过，你，配得上死在我的斧下。"

斧刃即将落在少年额心的一刹那，忽然停下，罡震玺脸色骤变，蓦地抽身后退。他前脚刚走，后脚一道东西"砰"地落下，嵌入他方才所站之地半丈，是一杆杖枪。

"是你！"罡震玺面色肃穆，先前的得意消失，眼神变得非常冷冽，好像遇到了生平大敌。

一只手握住了这杆杖枪，反应过来的无涯这才看到，一道高大的身形出现在面前，他顿时瞪大了眼睛，无比惊喜："师父！"

"起来吧，接下来的事情交给我。"易少丞拔出青铜杖枪，上面的巨大天果犹如宝石一样粲然，散发着浓烈而无形的能量。他举起杖枪，遥遥一指罡震玺，眼神凛冽。

"不，我也要与师父一起战斗，我非得剁下这人的脑袋不可！"

易少丞的到来让无涯信心倍增，他对易少丞的崇拜已经到了盲目的程度。殊不知眼前这个披头散发、狰狞无比的老东西，是他们迄今碰到的最强劲的敌人，全盛时期的罡震玺就算打个喷嚏，都能把他震飞。

"无涯，待会儿只需自保，无须管我。"

"不，我要像师父一样，宁可站着死。"

"好。那就别让为师失望。"

无涯手持长枪，与易少丞并肩而立，两人身上战意勃然，兽性的眼睛都死死盯着罡震玺。

罡震玺周身衣物无风自动。

他，只怕是要认真一回了。

一只大嘴飞鸟忽然从角楼里飞出，越过竹林上空。这时，一支利箭"嗖"地飞出，洞穿了这只鸟，落在了地上。一人捡起，将绑在它腿上的书信拿出来一看，顿时皱紧眉头。这人不是别人，正是铎娇的小师叔曦云。

曦云被铎娇命令看守此地，以防止沈飞逃走。这本来是一件很无聊的事，今日，曦云似乎有了有趣的收获。她拿着书信，找到了正在批阅奏折的铎娇。

"看看吧。"曦云把信一扔。

铎娇打开一看，嘴角掀起一丝冷笑。

看到这丝冷笑，曦云转身要离开，好像知道自己要做什么了。

"算了，师叔，此事暂且压着，等爹爹他回来再说。沈飞，好酒好肉地招待即可。"

"可这人能留吗？他早就知道你爹的骁龙身份是冒充的，还知道你爹的一些心思，跟了那么久，潜藏得很深啊。若是不杀，万一逃走，岂不自找麻烦？"曦云担忧道。

"放心，短时间内，他逃不走。"铎娇说到这里像是想起了什么，问曦云道，"师叔，少离这些日子一直不在宫中，你可找到了他在何处的线索？"

"没有。"曦云也觉得奇怪，但不如铎娇那么担忧，"你弟弟自从和我们剿灭了焱珠那一派后，心情似乎有些黯然。毕竟，他还年幼，想必是没有见过如此血腥的场面。"

少离已经离开数日，杳无音信。

"师叔，这几天我也一直在思考从前，姑姑在临死之前所说的话对我的启发很大。她说得没错，人间红尘滚滚，大部分人都是过眼云烟，而血亲为最。她还嘱咐我多关心一下弟弟。这些年来，虽然焱珠姑姑一直在打压我们姐弟俩，但每每想来，终究是觉得少离待我最好、最亲。"铎娇脸上露出回忆的神色，想起了年少时的很多事情。

雕栏之外，绿竹摇曳。清风袭来，竹影婆娑。

铎娇脸上露出一丝苦涩："小时候我总想快些长大，想见到易少丞，那种念想非常强烈。"

"嗯，现在呢？"

曦云抱着双臂，斜斜地靠在一侧，用一副老人家的眼神，看了铎娇一眼，又把目光改而看向天边，神态既像是在倾听，又像是在思索自己的一生。

"现在，我只希望易少丞可以平安归来，无涯哥哥平安归来。还有……师父能和他在一起。"铎娇的声音越说越低，语调也越来越沉重。她的肩膀颤抖不已。曦云转过头才发现，她早已泣不成声，豆大的泪珠滑落，溅起浮尘。

"娇儿……听你这么一说，让我想起了无涯，我倒有些想念这个无脑小子了。呵呵……你该上朝了。"曦云走到近前，轻轻地拍打了一下铎娇的肩膀，"收拾一下心情，待会儿你还要会一会那些大臣呢。别忘了……我们还有更重要的事情要做。明天，明天的太阳一样会升起。"

曦云的眼神里充满鼓励。这是她第一次用这样的眼神看铎娇。

铎娇强行挤出一丝笑容，但又忍不住哭了。

"你可以喜欢他的。只是我……不能！"

许久之后，在曦云的注视下，铎娇才离去。

片刻之后，铎娇召见了所有大臣商议政事，所说之事只有一件，那就是焱珠之死。

如今朝中，大臣凋零，不再似从前那样济济一堂，但也不乏一些新的面孔，应是最近几日提拔上来的。

"姑姑她……便是这样掉了下去。"

铎娇忍不住抹泪。

"殿下节哀。"众臣劝慰道。

接着，文大人立刻拟了草案，建议王室举行衣冠冢葬礼。铎娇马上允了此事，并且要厚葬。焱珠生前用过的器具、读过的书，包括她收藏的秘典、拥有的金银财宝，都要统统埋葬，并且一切交与文大人处理。

只是私下里她又吩咐了文大人一番："姑姑生前一向爱清静，一切秘葬，在我父王墓边设衣冢，真冢设在冬岭山。"

"遵命。"

"少离他去哪儿了？此事他必须得知道。"

文大人摇了摇头，随后眼神一动道："殿下，老臣不知，但前些时日，老臣看到王子殿下一人出了雍元城西门……"

"西门？"铎娇陷入了沉思。西门那个方向，只会是一个地方。

"殿下，臣有一个疑问。"文大人忽然打断铎娇的思绪问道。他看了看铎娇，目光慎之又慎。铎娇笑了笑，道："文大人，有事直说便可。"

"殿下，焱珠殿下她……"

"我起初为了救她，只是力有不逮掉了下去，姑姑用了最后的力量将我送了上去。我亲眼……看她落入深渊烈焰之中，绝无幸存可能。"铎娇说到这里，那场景又历历在目，她的声音和呼吸带着颤抖，眼睛又湿润了，这让她很难说下去，但她依旧继续道，"她，沉下去了。"

神人古墓的最深处，熔岩滚滚，黑烟升腾。

先前狄王的宫殿，早已破败，继而被一大片熔岩所取代。

在熔岩海中，巨大的涡流依旧如以前那样旋转，亘古不变。在这片熔岩下面，一团赤红色的火焰仍在燃烧着，下沉着，若是细看便不难发现，这团火焰之中有着一个人形，不是别人，正是焱珠。

没错，焱珠并没有死，却生不如死。

炽烈无比的熔岩将她裹住，她的躯体被一次次毁尽，又在不死之火的帮助下一次次重生。

不死之火吸收着熔岩之中无穷无尽的火焰力量，根本不会衰竭，反倒愈发旺盛。但焱珠对灼烫的承受力毕竟是有限的，她在这似乎永无结束的死亡与重生之中，内心狂躁得近乎疯狂。这是折磨，赤裸裸的折磨！

随着时间的流逝，她的身体在不断下沉，每日只下沉那么几丈。

直到这身体终于在反反复复之中，被锤锻得开始定型，不再被热火毁坏时，周围的景色忽然一变。原来她已经沉到了熔岩海最深处。

这里没有别的东西，只有一朵巨大无比的灰色石头莲花。在这莲花的中间，放着一口透明的水晶棺椁。棺椁中躺着一个穿着红衣、脸色苍白、唇红如血的女人。

女人一身鲜红盛装，美艳华贵无比，仿佛只是睡着了一般，皮肤仍然光滑水嫩。但她身上散发着一股奇特的力量，这股力量竟然能隔绝外面的熔岩。确切地说，外面的熔岩好像也是因为这股力量方才存在的，只是这种力量绝非人能拥有，光是散发出来的威严，就让人心悸不已。

焱珠本以为落在此地可以休憩一下，忽然，全身涌起了灰红色的火焰。她本以为再无火焰能伤到自己，这时脸色骤变，因为极度的痛苦开始扭曲，惨号着，她抱着脑袋倒在地上，身体痛苦地抽搐着。

往事一幕幕在她脑海中闪过。第一次杀生，第一次杀人，第一次作恶……以往无数的罪过一一浮现，身上的火焰也越烧越剧烈。只是由于不死之火的存在，她仍能勉强维持不死。

焱珠并不知道，昔年狄王不惜耗费大手笔，不知道从哪里取来了天地间第一火焰——三昧真火，且用巨大的力量将其分开，形成三簇火焰。其中两簇被用作阵眼，后来分别被铎娇和她得到，最后一簇却被放在此处，守护这里。而这簇火焰正是三昧真火中的最后一昧——石中火。

狄王将石中火种在了这个女子体内，使其与之融合，好守护她。

石中火，又被称为石莲业火，是天地之间最炽烈的火焰。但它也有一种特性，就像浇不灭的空中火、死不了的木中火，这石中火别看温度炽烈非常，却燃烧不了任何死物。因为它就是业火！

人生在世，难免犯错，也就难免背上业债。作恶越多，业债越重，业火以业债为引而燃，罪孽越大，火自然越旺，但烧的不是人的躯体，而是灵魂，一切罪孽都在灵魂之上。

寻常人就算错误再小，也承受不了这业火的煅烧，转瞬间，灵魂便会焚毁。可焱珠一路下来，身体为熔岩烧毁，又被不死之火修复，反反复复无数次。每一次轮回，灵魂与身体结合就紧密了一分，在身体能够承受住火焰煅烧时，她早已灵肉合一，不分彼此，练就了一身特殊的力量。

如今又被业火清洗罪孽，因为她灵肉合一，灼烧灵魂便也损伤身体。只是身体一受损，又会立刻恢复。但焱珠自小生在王室，从小到大做的错事、恶事、见不得光之事多如牛毛不说，单从她杀过心爱之人、至亲之人以及血亲这三重人间最重之罪，就能够让她痛不欲生，承受无休无止的焚烧了。

如今火焰才刚刚开始，清算的只是她以前多如牛毛的小恶，她便发出了撕心裂肺的惨叫，显然也坚持不了多久。

戈壁之地，风沙滚滚。

就在刚才，罡震玺突然怒吼，无涯竟直接如断线风筝被吹飞。无涯躺在一块巨大石头后面，面色苍白，眼睛紧闭，好像死了一般。而易少丞和罡震玺边战边腾挪，早已换了地点。

这时候，轻微的脚步声越来越近，一个铁甲男子在慢慢靠近。

寒冷大剑的剑刃拖在地上，割过一路黄沙，发出"刺啦刺啦"的声音。

魂来到了无涯面前，脚步停顿。剑刃抬离地面，缓缓地，稳稳地，刺向了无涯的喉咙。

森冷的剑刃在即将刺进无涯的脖颈里时忽然停住，犹豫了几个呼吸后，魂的耳朵一动。魂猛然转过头，脸上露出一丝笑意。剑刃也被收了回去，继续拖在地面前行。

戈壁滩后的一片山上，易少丞依旧在与罡震玺战斗。只是此时，两人都已狼狈不堪，所用招式也只是寻常劈砍。这足以说明两人都已精疲力竭，如今只是在互相消耗，看谁先倒下去。

"没想到……还有你这个漏网之鱼……让我今天……变成这样……"罡震玺颤抖着自嘲道，可是脸上满是得意之色。他看着仿佛下一刻就会倒下的易少丞，眼神冰冷，戏谑道，"我能落得如今这般模样，不怪你，都怪我当初太仁慈，现在，就当亡羊补牢。"

言罢，罡震玺看看身上的一个个窟窿，简直是前所未有的耻辱啊。

"我可是神人，神人，神人……两百年的神人啊！"

罡震玺怒吼着，充满了不甘，握着圆月战斧，拖行冲向易少丞。

易少丞冷笑，手上一动，青铜杖枪舞成了一个圆，旋即猛地一握，捅向罡震玺。

"如今你体内已再无武魂之力了吧？"

"强弩之末都算不上，宰你绰绰有余。"

罡震玺举起圆月战斧劈向易少丞，易少丞的杖枪也猛刺过来。

"哧！"易少丞的枪头捅穿了罡震玺的心脏，罡震玺的战斧砍在了他的肩膀上，一半陷入骨肉中。

"呵呵——"罡震玺反而笑了，"没用的……就算我只有一丝神人气息，你都无法杀死我。更何况，你根本就不懂狄王武器的奥妙。"

易少丞也笑了，手头一拧，杖枪之上，猩红色雷霆之力爆发，顿时将天果包围，一股似电非电的能量涌出。瞬间，罡震玺的半边身子便被搅成一个大窟窿。

"你……在隐藏实力。你怎么可能懂得使用这武器？"罡震玺睁大眼睛，看着神器一样的巨大杖头，抽搐了两下，才不甘地倒了下去。

"我忍了你们十六年，忍了你们每一次因为权谋而导致的无辜杀戮。我还差这一时半刻？"易少丞拔掉肩头上的圆月战斧，狠狠劈向罡震玺的脑袋。

就在这一刻，罡震玺眼神猛地一狞，面露凶相，会聚全身最后一点儿力量打出一掌。

"啪！"

"砰！"

战斧将罡震玺的脑袋劈成两半之时，易少丞也结结实实吃了一掌，身体倒飞出去。

"喀喀喀——噗——"落地之后易少丞边咳边吐，直到猛地呕出一大口污血，方才平复。只是平复之后，他的眼前开始模糊，全身力量都散掉了，已经不能凝聚一丝力量。难道是幻觉，还是……气穴全破？

此时，易少丞已经不再担心，他渐渐地感到寒冷。这种冷的感觉，竟已多年未有。就算是若干年前，置身于河畔镇的飘飘大雪中，站在辽阔的冰冻大河上，也不曾有过这样冰冷刺骨的感觉。

"呵呵……谁会想到，我追求的武道，竟止步于此。好，真是好……"易少丞脸上的笑容不知道是解脱还是释然。

他躺在那里一动不能动，也不知道过了多久，乌云沉沉的天空开始淅淅沥沥地下起雨。他望着天空，默默地坚持着，他知道只要睡过去，自己就会死去。

模模糊糊中，一张戴着铁面具的脸出现在了他的眼帘之中。当那只手摘下铁面具后，露出了一张坚毅冰冷的脸……

虽然事情已经过去了十年，但是，这张脸易少丞是不会认错的。

"原来是你……"

"是我。"铁甲侍卫摘下了铁面具，这时候，他才能拥有"魂"这个名字。

魂双手握着大剑，眼神死死盯着躺在地上的男人，目光复杂到了极点！

十年之前，南源河畔，风雪连天，他的侍卫江一夏，堂堂界主境，修罗战谱舞出，鬼神惊泣，却被当时不过王者境的易少丞杀死，这件事简直是天方夜谭。

那时，易少丞破冰而出，犹如杀神，先杀了自己的生父，又一枪结果了江一夏……

这个男人，他从第一眼见到就佩服、就敬畏，远胜过对江一夏的佩服。但是，自从这个男人杀掉自己的父亲后，就成了他的梦魇。

十年来，日日夜夜被焱珠折磨，忍着辱母之痛的他，每每承受不了时，都会想起这个当年被江一夏虐得血肉淋漓的男人，曾有一副多么冷酷的眼神，桀骜不驯的眼神，坚韧隐忍的眼神。

这些，都来自眼前的这双眼眸。

魂知道，如果自己无法牢记这双眼睛所拥有的意志，那么……他纵然侥幸活下来，也永远无法报杀父辱母之仇！而这双眼睛更是他十年来参悟所有武道的唯一精神支柱。

"十年……大仇终于得报……"

魂呢喃着，双手紧握霜绝大剑，剑尖对准易少丞的额头。他仰头长啸，狠狠劈下。

几乎就在同时，一个红色身形瞬间闪到剑下。然而还是晚了一步，剑重重落下。

"哧——"

血花飞溅，细雨霏霏，空中似有声音呢喃，细听，却并无任何声音。

只有彻骨的寒气，将整个世界冻结住。

滇国王宫，铎娇寝宫内，青海翼、曦云和铎娇，这三个堪称滇国最强的女人，同时也是颜值最高的美人，聚在了一起。

铎娇闭目盘坐榻上，双掌掌心上下相对，虚虚握着。掌心之间，那颗六眼幽牝天果正散发着幽幽光芒（返回时，铎娇将其收回），缓缓旋转着。若是细看，就会发现，这些光芒乃从这颗天果的六个孔眼之中散发而出，缓缓进入铎娇的手指之中，顺着她手指的经络，丝丝往上，融入体内。

最终，这颗天果的光芒逐渐暗淡下来，变得寻常而普通。但也只有同为巫师的人才会发现，这颗天果光芒虽然淡去，却多了更多灵性。

这便是滇国巫师参悟天果之法。

参悟完天果，铎娇睁开眼，脸上露出喜色，连忙下了床榻，打开了门。

"这么短的时间……你就参悟了？"守在门口的曦云难以置信。

"这是自然。"没等铎娇回答，青海翼便说道，眼神之中，隐隐有一丝骄傲。

青海翼看着铎娇的目光变得欣慰，这无关铎娇拥有多么强的天资，进步有多神速，而是此行之中，她终于看到了铎娇的成熟。

当年的小女孩儿，终于长大了。

"这还得多谢师父平日里的教导。"铎娇自信一笑。

青海翼也笑了，然而笑容刚起，她的面色忽然变得煞白，整个人毫无预兆地软软倒了下去。

"师父！"

"师姐！"

青海翼的右手从手心到手臂，密密麻麻遍布宛若藤蔓般的黑色经络。

"怎么会中毒？"曦云震惊道。

青海翼倒下的同时，一队衣袍神秘的人忽然从西而至，进入了雍元城西门。

这支队伍约有上百人，大部分身着墨袍，十几个身穿青袍，还有两人，一人着便装，一人穿黑袍。这身穿黑袍的人不是别人，正是滇国鹤幽教之中身份崇高至极、与青海翼这左使对等存在的右使。

右使的神秘，远超过左使青海翼。据说他曾一人在极地驯服凶兽，也曾一人凭借巫法北入寒海取得海玑，实力的强大似乎无人能及，更为关键的是，这世上从来没有一个人见过他的真面目。

至于另一个穿着便装的人，正是少离。

一行人有了少离的存在，进入城内，畅通无阻。一直到了王宫门口，少离与右使点了点头，右使手一挥，所有的墨袍便消失在了原地。

俯瞰整个王宫才能发现，这一刻，整个滇国王宫的各处角落，已经多了不少影子、不少眼睛。

随后，少离才走上前去，与右使并肩而行，进入了王宫，他们身后，十余名青袍紧紧护卫左右。

少离消失了一段时间后终于回来了，只是他与往日大不相同，就像变了个人。

"站住，闲杂人等，不得进入。"

正值雍元城宫变不久，城门戒备还颇为森严。守卫的士兵当即拦下两个衣衫褴褛、浑身血污的"乞丐"。他们是一人背着另一个人，那个人好像只有一口气了，濒死的模样。

拦住他们的士兵语气里充满官老爷的威严，仿佛在这城门地头，他就是王。这时候，背着人的"乞丐"抬起了头，风吹起他灰蒙蒙、乱糟糟的头发，露出了他那张年轻、充满野性的面孔。

这名守卫吓了一跳，周围守卫连忙持枪过来围住。哪知道还没摆出阵势，这背人的"乞丐"手疾如电，粗大的手掌狠狠落在拦路的守卫脸上。

"啪！"这名守卫被打得凌空几个翻转，又"砰"的一声撞在了墙上。

"瞎了你的狗眼！"

"乞丐"开口骂道，其他守卫当即认出了此人是谁，连忙跪下，噤若寒蝉。

"无涯将军饶命！"

无涯不理这些人，背着易少丞继续前行。

易少丞咳嗽了两声，虚弱地笑道："没想到我的弟子也有这么大的官威了……喀喀喀——"

无涯也无奈地笑了笑："都是师妹教的，师妹说必须这样，您再忍忍，马上就到王宫了。"

"这丫头，喀喀……"

两人都笑了，不禁一起抬头看向远处，已经遥遥看见了宫门。

这时，一大片乌黑的云朵遮天而至，缓缓遮在王宫上空。

一阵混着沙子的湿风吹向了两人脸庞，这季末风里夹杂着一股说不出的味道。

两人脸上的笑容，渐渐消失……